www.PeterDyckhoff.de

www.kirchenshop-online.de

Seite aus dem „Leben der Christina von Markyate"

Peter Dyckhoff

KREUZGANG DER LIEBE

Das Leben der Christina von Markyate

J. F. Steinkopf Verlag

Bildnachweis

Autor und Verlag danken allen Rechte-Inhabern
für die Genehmigung zur Reproduktion der Abbildungen.
S. 2: British Library Board, London
S. 13: The Live of Christina of Markyate, ed. & transl. by C. H. Talbot
S. 108 + 213: Archiv St. Albans / Dr. David Kelsall
S. 384 + Buchrückseite: Dombibliothek Hildesheim / Frisch

Das Titelbild zeigt den Kreuzgang des Klosters Fontevrault bei Poitiers. Im Jahr 1130 bekam Christina von Markyate das Angebot, Äbtissin dieses Benediktinerinnen-Klosters zu werden.

ISBN 978-3-7984-0809-8

Umschlaggestaltung: Finken und Bumiller, Stuttgart
Lektorat und Layout: Johannes Keussen, Kiel
Printed in Germany

INHALT

Vorwort

Wie kann eine herausragende Frau wie Christina von Markyate, die im 12. Jahrhundert in England lebte, in Vergessenheit geraten?

Warum kommt einer Frau, die ihrer Zeit weit voraus war und vielleicht in vielem uns heute noch voraus ist, weder von kultureller noch von kirchlicher Seite die Hochachtung und Anerkennung zu, die ihr eigentlich gebührt?

König Heinrich VIII. trennte sich im Jahr 1534 endgültig von der Katholischen Kirche. Ein Parlamentsgesetz bestätigte die Loslösung von Rom und den König als Oberhaupt der Kirche Englands. Das Katholische und seine Wurzeln, zu denen auch Christina gehört, fand ab dieser Zeit weder Beachtung noch Anerkennung. Im Gegenteil: Die Katholische Kirche wurde sogar geächtet und somit das Leben vieler großer Persönlichkeiten vergessen.

Ein anderer Grund mag vielleicht darin bestehen, dass diese wegweisende Frau – wenn es darauf ankam – nicht geschwiegen und sich sowohl der politischen als auch der kirchlichen Männergesellschaft ihrer Zeit gestellt hat. Sie setzte die von ihr erkannte Lebenswahrheit mutig in ihr aktives Leben um und brachte sie auch anderen Menschen nahe.

Christina stammte aus einer Familie, die Anfang des 12. Jahrhunderts mit den neuen Herren von England sympathisierte, den Normannen im Gefolge Wilhelm des Eroberers. Sie wurde mit den Schönheiten und den Schattenseiten zweier wichtiger Lebenskräfte konfrontiert: der Sexualität und dem christlichen Glauben. Christina widersetzte sich den Erwartungen der Eltern, die eine vorteilhafte Heirat für die Tochter erzwingen wollten. Nachdem sie jedoch gegen ihren Willen verheiratet worden war, floh sie in die Wälder zu einem Einsiedler, der sie in die Geheimnisse des spirituellen Lebens, der Pflanzenheilkunde und des Lebens in der Natur einführte.

In Markyate begegnete sie zum ersten Mal dem Abt des benachbarten Benediktinerklosters St. Albans, Geoffrey de Gorham. Beide fühlten sich zueinander hingezogen. Geoffrey fand in Christina eine bald unentbehrliche und kluge Gesprächspartnerin, mit der er regelmäßig nicht nur Fragen der Spiritualität, sondern auch die weltlichen Turbulenzen einer Zeit im Umbruch erörterte.

Vor dem Hintergrund gravierender Machtereignisse prägten Christinas Begegnungen mit vielen politischen und kirchlichen Persönlichkeiten sie zu einer reifen, selbstbewussten Frau. Tiefe Erfüllung erfuhr Christina in der Liebe zu Geoffrey. Durch Schicksalsschläge – vor allem aber durch seine Liebe zu Christina – wurden sein Stolz und sein Egoismus gebrochen. Dieser Einbruch in eine verhärtete Männerwelt führte zu ungeahnten Dimensionen menschlicher und spiritueller Freiheit – zu einer Kultur, die trägt und überlebt.

Als Ausdruck seiner Liebe ließ Abt Geoffrey de Gorham in zwölfjähriger Arbeit in seinem Kloster für Christina einen reich bebilderten Psalmenkodex anfertigen. Als der Abt von St. Albans 1146 starb, war Christina Priorin des ersten Benediktinerinnenklosters in Markyate und bewahrte Geoffreys Erbe, den kostbaren Albani-Kodex.

Welche „Botschaften" dieser herausragenden Frau haben die Jahrhunderte überlebt und sind heute ebenso aktuell wie im 12. Jahrhundert?

Christina …

- hat für alle Rat- und Hilfesuchenden Zeit und das rechte Wort. Ihr Einfühlungsvermögen lässt sie Rechtes zur rechten Zeit tun.

- setzt sich für Einzelne ein – besonders für die Rechte Schwacher und Kranker.
- gibt anderen Menschen Raum und Bestätigung; sie selbst hält sich zurück.
- stellt ideelle und wahre religiöse Werte unvergleichlich höher als äußere Macht und materielle Güter.
- scheut auch unbequeme Wege nicht, wenn es darum geht, ihre innere Einstellung, ihre Liebe und die Wahrheit zu leben. Sie folgt ihrer tiefen inneren Stimme – oft gegen rationale Widerstände – und lebt ein einfaches religiöses Leben; übertriebenen Kult lehnt sie ab.
- nutzt die heilenden Kräfte der Natur.
- nimmt aktiv am politischen Leben teil. Sie setzt sich für das Bewahren und Beleben kultureller und religiöser Werte ein.
- behauptet sich als Frau gegen die dominante Männergesellschaft der Kirche.
- zeigt, dass tiefe Spiritualität mit dem Lebensalltag gut zu vereinbaren ist. Ihr gelebtes Leben beweist, dass die innere Ruhe die Aktivität belebt und alles Tun letztlich wiederum zur inneren Ruhe führen kann.
- zieht ihre Kraft aus einer einfachen Gebetsweise, dem Ruhegebet – was sie auch an andere weitergibt.

DER RITT NACH MARKYATE

Seit Wochen lag eine klirrende Kälte über dem Land. Schnee und Schneeverwehungen ließen nicht einmal mehr den Verlauf der Straßen erkennen. Der eisige Nordwind, der auch nachts nicht aufhörte zu heulen, brachte jegliches Leben zum Erstarren. So wagte es kaum jemand, sich für längere Zeit im Freien aufzuhalten. Doch an diesem 25. Februar 1146 machte sich ein Reiter vom Kloster St. Albans auf den Weg nach Markyate.

Er wusste, dass der Ritt etwa drei Stunden dauern würde. Heute, mit der Botschaft des Todes von Abt Geoffrey, gab es jedoch nur ein unendlich mühsames Fortkommen – über vereiste Schneefelder und ab und an auf freigewehten Straßen, die ihre Richtung schnell wieder verloren.

Andrew sah, wie durch das Fell am Hals des Pferdes Schweiß ausbrach. Er verlangsamte den Schritt. Der süße und warme Geruch gegen den kalten Wind erfüllte ihn mit einem sicheren Gefühl von Vertrautheit und gleichzeitiger Geborgenheit. Wie oft hatte er bei den Pferden die Nächte verbracht – wohlig in ihrer Nähe und Wärme. Immer wenn die Enge seiner Klosterzelle ihn bedrückte und er vom weiten Land und der Ferne zu träumen begann, schlich er sich heimlich aus der Klausur und ging zu den Pferden. Sein Abt wusste davon, hatte sich aber niemals etwas anmerken lassen, denn nur allzu gut konnte er diese Unruhe und Sehnsucht nachempfinden.

Abt Geoffrey hatte ihn in all den Jahren immer wieder ausgewählt, wenn es darum ging, eine besondere Botschaft sofort und gewissenhaft zu überbringen. Einige Tage vor seinem Tod hatte er Andrew zu sich kommen lassen. Er bat ihn, Christina von Markyate so schnell wie möglich die Nachricht von seinem Tod zu übermitteln, sobald das Unabänderliche eingetreten sei.

In den frühen Morgenstunden dieses kalten Februartages war es geschehen. Geoffrey de Gorham hatte sanft und in großem Vertrauen nach 76 Jahren die Gabe seines Lebens an den Ursprung zurückgegeben. Als die anwesenden Mönche mit dem Totenoffizium begannen, hatte Andrew bereits das Pferd gesattelt, um nach Markyate zu reiten. Dankbar dem Verstorbenen gegenüber, war er sich dieser ganz besonderen vertrauensvollen Aufgabe bewusst.

Trotz der gebotenen Eile stieg er vom Pferd, um es vorübergehend auf dieser unwegsamen Strecke zu entlasten. Geoffrey war tot, und nun stand er hier, mitten im hohen Schnee und in der klirrenden Kälte, und atmete die Wärme seines Pferdes. Ihm war wohl dabei; konnte er doch die Todesbotschaft noch etwas hinauszögern. Als er auf den Hals des Tieres klopfte und es liebevoll streichelte, spürte er, dass er in dieser kalten, erstarrten Welt nicht allein war.

Am frühen Nachmittag schließlich, der scharfe Ostwind hatte sich ein wenig gelegt, kam er in Markyate an.

Als Andrew der Priorin gegenüberstand, wusste Christina, was sie gefühlt und in der letzten Nacht wahrgenommen hatte: Geoffrey, der Abt von St. Albans, hatte die große Reise angetreten. Geoffrey würde nun nicht mehr nach Markyate kommen – zu ihr, in das von ihm gegründete Priorat.

„Es war noch finstere Nacht, als es geschah, und wir waren bei ihm“, sagte Andrew leise. Die Gewissheit traf sie zutiefst. Mit dem Anflug eines Lächelns fragte sie: „Ist für das Pferd gesorgt? Ihr bleibt in dieser Nacht hier – ohne Widerrede – und wenn Ihr es nur dem Tier zuliebe tut; eine Höllenqual bei diesem Wetter. Kommt, wir werden alles Notwendige richten. Später frage ich nach Einzelheiten; erholt Euch erst einmal.“

Christina gab Eile vor, um endlich mit sich und dem unsagbaren Schmerz allein zu sein. Als sie den Riegel der Zellentür hinter sich geschlossen hatte, flüsterte sie leise: „Ihr werdet es gut haben, Ihr werdet es jetzt sehr gut haben.“ Dann nahm sie „das Buch“ fest und liebevoll in ihre Hände, streichelte es, presste es an sich, als wolle sie es bis in alle Ewigkeiten nicht mehr loslassen: das Buch – ein „Ring ohne einen Anfang und ohne ein Ende“ –, das sie mit dem Himmel und mit Geoffrey verband; das Kostbarste, das es je für sie gegeben hatte: der Albani-Psalter.

Abt Geoffrey hatte dieses Buch – unterstützt von der ganzen Klostergemeinschaft St. Albans – in fast zwölfjähriger Arbeit für Christina von Markyate schreiben und illuminieren lassen. Das im Scriptorium vom Alexismeister und seinen beiden Schülern geschaffene Kunstwerk wurde für sie eine niemals in ihrer Kraft endende heilbringende Gabe.

Wer war diese willensstarke und liebenswerte Frau, der vom Abt eines der größten und einflussreichsten Benediktinerklöster Englands ein Buch gewidmet und geschenkt wurde, das menschliche Grenzen überschreiten lässt?

Wer war diese Frau, die sich bereits im 12. Jahrhundert inmitten einer eher rauen und ablehnenden Männergesellschaft behauptete und noch weit über ihren Tod hinaus eine derartige geistige und geistliche Stärke bewies, dass ihr Leben zum Leitbild und zur Orientierung vieler wurde?

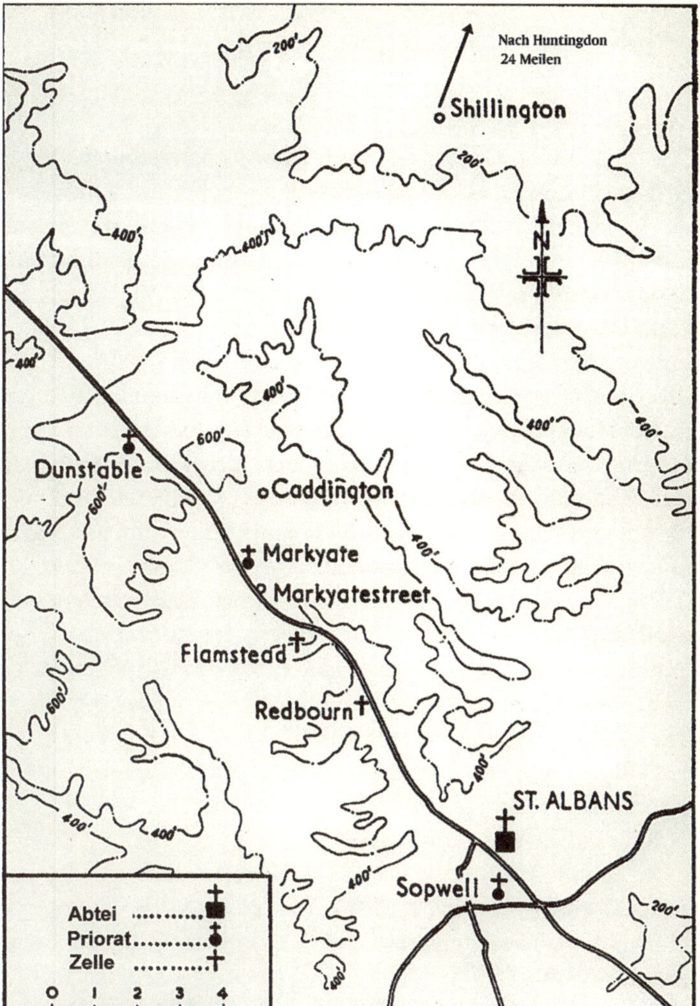

Wirkungskreis der Christina von Markyate

CHRISTINA

Man sagt oft, dass eine Lieblingstochter ihrem Vater ähnlich ist. Doch Christina mochte die politischen und kaufmännischen Reden nicht sehr, die sie seit ihrem Dasein täglich umgaben. In der Zeit eines großen politischen und wirtschaftlichen Umbruchs hatten ihre Eltern geheiratet – Autti, ein angelsächsischer Adeliger, und Beatrice. Obwohl beiden eine sensible und künstlerische Ader eigen war, blieb ihnen keine Zeit, sie auszukosten und zu kultivieren. Es war ihnen nicht vergönnt, mit Schriften und Büchern, eben mit einer geistigen Kultur umzugehen, denn die Besitztümer in Huntingdonshire mussten gehalten, unterhalten und verwaltet werden. Die Wirren im 11. Jahrhundert, insbesondere in den 60er-Jahren, hatten jede sichere Zukunft infrage gestellt. Wie würden die täglich wachsenden Spannungen zwischen England, der Normandie und Norwegen ausgehen?

Christina war mit dieser englischen Geschichte schon als Kind so vertraut, dass sie jede Einzelheit fast auswendig aufsagen konnte – immer wieder hatte ihr Vater, zutiefst vom politischen Geschehen beeindruckt und geprägt, seinen Kindern die Zusammenhänge zu erklären versucht. Dies war ein unveränderlicher Teil ihres Vaters.

Im Januar 1066 starb der englische König Edward der Bekenner und wurde in der neu errichteten und konsekrierten Westminster-Abtei beigesetzt. Er war kinderlos geblieben, hatte aber sowohl Harold, dem Sohn Godwins aus dem englischen Hochadel, als auch Herzog Wilhelm aus der Normandie Zusagen für die englische Thronfolge gemacht. Der angelsächsische Adel hatte die größten existentiellen Befürchtungen, da der König sich in der Hauptsache kirchlichen Fragen gewidmet und der Tagespolitik wenig Interesse entgegengebracht hatte.

Gravierender aber war, dass er den mächtigen englischen Adel teilweise ignoriert hatte, indem er ein Gegengewicht geschaffen, sich bevorzugt mit normannischen Ratgebern umgeben und Normannen sogar in wichtige Staatsämter berufen hatte. Nordfranzösische Barone hatten Landschenkungen erhalten und waren nach England übergesiedelt.

Als Christina später in der Schule in Huntingdon Französisch lernen musste und viel später die hervorragendsten Bücher in französischer Sprache lesen und verstehen konnte, erinnerte sie sich dankbar an diese frühe englisch-normannische Geschichte, von der ihnen der Vater so oft berichtet hatte.

So war unter König Edward England bereits in enge Berührung mit dem wesentlich höher entwickelten Normannenstaat gekommen. Der Einfluss des kontinentalen normannisch-französischen Kulturkreises war so weit gegangen, dass schon bald Französisch die Sprache des Hofes geworden war, der Aristokratie und der Geistlichkeit. Diese Normannisierungspolitik hatte bei der Bevölkerung Englands zunächst keinen Anklang gefunden. So hatte Harold Godwinson, der mit Tatkraft und Umsicht die väterliche urenglische Familienpolitik fortsetzte, jetzt – nach dem Tod Edwards – die größten Hoffnungen, König von England zu werden.

Immer wenn Christinas Vater voller Stolz daran erinnerte, dass Harold wirklich König von England geworden sei, atmete sie tief auf, denn nach Vaters Bericht stand der neue König ja auf ihrer Seite. Doch dieses Glück währte nur einige Monate. Christina war jedes Mal entsetzt, wenn ihr Vater mit erregter Stimme von Herzog Wilhelm dem Eroberer sprach, denn unweigerlich folgte sein Kommentar über die Schlacht bei Hastings, bei der das angelsächsische Heer völlig vernichtet worden war und König Harold sowie seine Brüder den Tod gefunden hatten.

Als Christina noch jünger war, hielt sie sich beide Ohren zu, denn diese Grausamkeiten wollte sie sich nicht vorstellen – besonders wenn sie an die vielen Pferde dachte, die auf dem weiten Hügelgelände von Hastings umgekommen waren.

Ihr Vater erzählte von Weihnachten 1066. Was hier geschah, war einfach schön für Christina. Herzog Wilhelm aus der Normandie wurde in der Westminster-Abtei zum neuen König gekrönt. Während der feierlichen Krönungszeremonie gab es vor der Abtei blutige Auseinandersetzungen. Wenn ihr Vater hiervon erzählte, hörte Christina nicht hin. Sie wollte nur wissen, wie es in der Kirche aussah, von Bischöfen hören und dem König.

Um die Inthronisierung abzusichern und den neuen König zu stärken, wurde Wilhelm von einem angelsächsischen und einem normannischen Bischof in jeweils angelsächsischer und altfranzösischer Sprache den beiden Volksgruppen als König vorgestellt.

Zu den ersten Amtshandlungen des Königs gehörte, dass alle Ländereien angelsächsischer Adeliger, die für König Harold bei Hastings gefochten hatten, enteignet und an seine Ritter als Lehen ausgegeben wurden. Christina war erleichtert, denn niemand aus ihrer Familie hatte bei Hastings auf Harolds Seite gekämpft. Aber ihre Freude war nicht ungetrübt: Widerstände im Land mussten brutal gebrochen und viele weitere Gebiete unter die normannische Herrschaft gezwungen werden. Als Zeichen der Macht ließ Wilhelm I. auf runden künstlich angelegten Hügeln Wehrbauten errichten, zu denen auch Londons berühmtes Bauwerk, der Tower gehört.

Wenn es auch vorübergehend danach aussah, dass die Normannenherrschaft sich Englands vollends bemächtigte und radikale Neuerungen eingeführt wurden, so kam es letztlich doch nicht zu einem unüberwindbaren Bruch mit der angelsächsischen Vergangenheit. Christinas Vater Autti legte besonderen Wert darauf, dies zu erwähnen. Keiner der Familie durfte vom Tisch aufstehen, bevor er diesen versöhnenden Gedanken zu Ende geführt hatte, denn es ging gleichzeitig um die Geschichte ihres adeligen Besitzes in Huntingdonshire, auf dem und von dem sie alle lebten. Autti verstand es glänzend, seine Liebe mit der Geschichte und dem jetzt Notwendigen zu verbinden.

Wilhelm I. handelte klug in seiner Herrschaftspolitik. Er verstand es einerseits, normannische Neuerungen und tiefgreifende Veränderungen einzuführen, andererseits aber auch, am angelsächsischen Erbe festzuhalten und bewusst alte Einrichtungen und Traditionen zu bewahren und zu pflegen.

Autti und seine Frau Beatrice waren streng im christlichen Glauben aufgewachsen und erzogen. Sie versuchten, dieses Glaubens- und Kulturgut, welches von König Wilhelm I. im Sinne römischer Reformvorstellungen neu organisiert und unterstützt worden war, ihren Kindern wie auch allen auf ihren Anwesen Beschäftigten weiterzugeben. Die höher entwickelte normannisch-französische Glaubenskultur fand in der zweiten Hälfte des 11. Jahrhunderts allmählich in ganz England Einlass.

Fünfzig Jahre später entstand auf dieser Basis und durch Christina ein Buch, dem sich jeder Betrachter in höchster geistiger Ergriffenheit, Bewunderung und heiterer Freude kaum mehr entziehen konnte und kann.

Den Boden dazu bereitete Wilhelm I., nicht, indem er Geistliche angelsächsischer Herkunft aus ihren Ämtern entließ, sondern indem er bei Neubesetzungen ausschließlich auf normannische und nordfranzösische Geistliche zurückgriff. So berief er 1070 einen hochangesehenen Gelehrten zum Erzbischof von Canterbury, den Abt von St. Stephan in Caen, Lanfranc von Bec. Alles aber, was Autti von kirchlichen Angelegenheiten zu berichten wusste oder berichten wollte, war äußerst kurz gefasst und eher sachlich als erbaulich – wie Christina es gern gehört hätte.

Mit dem Tod Wilhelm I. im Jahr 1087 während eines Feldzugs in Nordfrankreich wurde die Geschichte für Christina weitaus spannender – bewegte sich dieses Ereignis doch lediglich zehn Jahre vor ihrer Geburt. Die Sicherheit der Familie und der Besitzungen wurde noch einmal erschüttert durch die bange Frage, wer nun König von England werden würde. Es zeigte sich jedoch sehr bald, dass die wirtschaftlichen und sozialen Strukturen derart gefestigt waren, dass die Wirrnisse der

Folgezeit ihnen nichts anhaben konnten. Der nahezu selbstmörderische Kampf der Söhne Wilhelm und Heinrich um das Erbe des Vaters war zwar anfangs für alle bedrohlich, wurde aber dann zusehends auf der persönlichen Ebene unter den Geschwistern ausgetragen.

Wenn Autti zu seinen Kindern davon sprach, dass trotzdem für die Familie dreizehn harte und arbeitsreiche Jahre bis zur Jahrhundertwende gefolgt waren, so tat er es, um ihnen versteckt zu sagen, dass ihm und seiner Frau keine Zeit geblieben war, in der sie schönen Dingen, geistiger und religiöser Bildung, der Kunst und der Musik hätten nachgehen können.

Wilhelm, auch Rufus, der Rote, genannt, übernahm die Herrschaft. Sein jüngerer Bruder Heinrich wurde mit Geld abgefunden und mit Ehrenämtern betraut. Autti erzählte seinen Kindern, mit welch brutaler Macht- und Steuerpolitik der neue König Wilhelm II. auch gegen die Kirche vorging. Er zögerte Abtwahlen und Neubesetzungen von Bistümern hinaus, um sie in der Zwischenzeit ungestört ausplündern zu können. Nach dem Tod des Erzbischofs stellte er Canterbury vier Jahre lang unter königliche Verwaltung, bis er sich 1093 in Folge einer sehr schweren Krankheit dazu entschloss, Anselm, einen der berühmtesten Theologen und Philosophen, zum Erzbischof von Canterbury zu berufen. Nach der Gesundung des Königs begannen jedoch heftige Auseinandersetzungen und Dispute, sodass Anselm im Jahr 1097 – dem Geburtsjahr von Christina – beschloss, das Land zu verlassen.

Christina war betroffen, unter einem so streitsüchtigen und rücksichtslosen König geboren zu sein. Dass Wilhelm Rufus zügellos lebte, verschwieg Autti, denn er wusste nicht, wie er seinen Kindern dies näher erklären sollte.

Autti, der Christinas Betroffenheit bemerkte, versuchte, ihr die weiteren Zusammenhänge nahezubringen.

„Als du drei Jahre alt warst und Heinrich seine Königspläne durchsetzen konnte, wurde auch für uns alles erträglicher und wesentlich besser. Der ungeliebte König Wilhelm II. fand unter seltsamen Umständen am 2. August 1100 den Tod. Während einer Jagd im New Forest in Südengland wurde er von einem Pfeil tödlich getroffen. Aller Wahrscheinlichkeit nach handelte es sich dabei nicht um einen Unfall. Sein jüngerer Bruder Heinrich nahm auch an der Jagd teil …

Ohne sich um seinen toten Bruder zu kümmern, ritt Heinrich nach Winchester, um am nächsten Tag seine Wahl und bereits drei Tage nach dem Tod des Königs seine eigene Krönung einzuleiten. Nie versuchte er, den Tod seines Bruders gerichtlich aufzuklären oder zumindest den gedungenen Todesschützen, der überstürzt nach Frankreich geflohen war, zur Verantwortung zu ziehen.

Aber dieses alles darf ich euch gar nicht erzählen; wir könnten belangt werden, da nichts wirklich bewiesen ist. Heinrich I. bewirkt viel Gutes für unser Land. Daher sollten wir über ihn nicht schlecht reden."

Sich selbst gestand er ein, dass er einen englischen König mit normannischer Abstammung immer noch nicht vollends akzeptieren konnte.

Die Taube von Huntingdon

Was geschah zur Zeit ihrer Geburt? Christina wollte es wissen. Ihrem Vater zuliebe fügte sie hinzu, dass sie natürlich auch etwas von dem wissen wolle, was im Jahr 1097 über das Ereignis ihrer Geburt hinaus in England geschehen sei. Jetzt war Beatrice an der Reihe – zunächst einmal. Denn wie konnte Autti schweigen, da er nach politischen Ereignissen der jüngsten Vergangenheit gefragt wurde?

„Als du unterwegs warst, stand ich eines Tages am Fenster und schaute lange auf die Stadt, auf den Wehrturm, die Kirche und das Kloster. Plötzlich sah ich eine Taube, weißer als der Schnee. Sie kam geradewegs in einem sanften Flug und in getragener Ruhe auf mich zu. Sie schien zahm zu sein, denn sie setzte sich, als ob sie Schutz suchen wolle, auf den breiten Umschlag meiner weiten Bluse, die ich damals trug. Als ob sie, wie deine Schwestern und deine Brüder, zur Familie gehörte, blieb die Taube eine ganze Woche lang. Sie war ganz ruhig und erlaubte mir, sie mit der Hand zu streicheln. Auch jetzt zeigte sie in keiner Weise eine Unruhe. Sie kuschelte sich an mich und setzte sich vertrauensvoll auf meinen Schoß. Eine solche Freude durchströmte mich, dass ich deinen Geburtstag kaum erwarten konnte. Dann wurdest du am 6. November zwischen 6 und 9 Uhr abends geboren. Als erstes wünschte ich dir, dass du ein Mensch von großer Seelenstärke werden mögest."

Alle schwiegen und schauten auf Christina, denn die Erfüllung dieses Wunsches musste sich ja noch verwirklichen.

Bei passender Gelegenheit, doch wohl eher unbedacht, hatte Christina, als sie schon in Markyate lebte, dem Abt von St. Albans bei seinem Besuch diese Begebenheit mit der Taube erzählt. Wie überrascht und innerlich bewegt war sie, als sie später in ihrem „Buch", das sie von Geoffrey de Gorham geschenkt bekam, diese Taube in einigen Zierrahmen der Miniaturen wiederentdeckte. Gleich vier Tauben sah sie auf dem Bild der Darstellung im Tempel, obwohl der Evangelist Lukas nur von zwei Tauben spricht. „Die Flucht nach Ägypten" hatte der Alexismeister mit groß schwingenden Arkaden umrahmt, die wie Brücken ihre Bögen von einem Ufer zum anderen spannen. Unter ihnen sitzt jeweils – sicher und geschützt – eine Taube.

Christina spürte deutlich und dankbar die ganz persönliche und liebevolle Zuwendung, die sich in dem beschützenden Detail verbarg. Niemals mehr in ihrem Leben sprach sie über dieses vorgeburtliche Geheimnis der Taube.

Autti, der sich zurückgehalten hatte, drängte es nun, Christinas Frage nach den Ereignissen des Jahres 1097 zu beantworten.

„Wenn auch die Taube seit Noah ein Zeichen der Versöhnung mit der Schöpfung und ein Symbol des Friedens ist – denn sie hat keine Galle und ist daher von Natur aus besonders friedfertig – und wenn auch die Taube über dem heiligen Dunstan von Canterbury schwebt: Bei deiner Geburt hatten wir noch keinen Frieden im Land.

In Rom bemühten sich gleich zwei Päpste, die Christenheit zu regieren. Der Gegenpapst Clemens III. musste aus Rom nach Ravenna fliehen, um Papst Urban II. Platz zu machen, der mit allen Kräften versuchte, die Kirchenspaltung zu überwinden. Unter Urban II. entstand die römische Kurie. Leider wurde er zum Initiator der Kreuzzüge, die in deinem Geburtsjahr begannen. Fünfzigtausend Mann zu Fuß und zu Pferd meldeten sich gleich bei seinem ersten Aufruf. Damit begann eine grauenvolle Folge des Leids.

Bei uns hatten wir noch unter der brutalen Regierung König Wilhelms II. zu leiden. Sein zweiter Bruder, Robert, der Herzog der Normandie, war der ständigen und unerfreulichen Auseinandersetzungen mit Wilhelm müde und beschloss, dem Aufruf Papst Urbans II. zu folgen. Der König gab seinem Bruder die hierzu notwendige hohe Geldsumme und erhielt dafür alle Herrschaftsrechte der Normandie. Wie du dir vorstellen kannst, mussten wir – und nicht die Normannen – den gesamten Wert in Silber hier in England aufbringen."

Sueno – ihr erster Freund

Christina, die niemals müde wurde, zu fragen und immer wieder zu fragen, entwickelte bereits in ihrer frühen Jugend ein gutes Unterscheidungsvermögen und vor allem Eindeutigkeit. Alles, was ihr gefiel – und das war eine Menge –, konnte sie gut behalten, doch alles, was sie nicht berührte, vergaß sie schnell wieder.

Es fiel ihr schwer, über den Verstand den Unterschied zwischen richtig und falsch zu begreifen. Sie konnte daher auch nicht verstehen, warum sie das sogenannte Rechtschaffene lieben und auf der anderen Seite das Schlechte, die Gottlosigkeit, ablehnen oder sogar hassen sollte. Sie konnte nicht verstehen, warum sie ihre Gefühle dem Verstand und dem Denken unterordnen sollte, anstatt ihnen spontan zu folgen. Es war doch viel einfacher und heiterer, wenn sie sich selbst nicht immer beachten und beobachten musste – nicht abwägen musste, ob etwas angemessen war oder nicht, wenn sie die Freude nicht filtern und sie der Umwelt anpassen musste. Man versuchte, ihr ein ethisches und religiöses Bewusstsein anzuerziehen, bemerkte aber nicht, wie in diesem Kind schon sehr früh ganz von selbst diese Werte ihr gemäß aufbrachen und ins Wachsen kamen. Da aber die Spannkraft und die Ruhe ihrer Seele stark waren, litt sie keinen Schaden. Auch keine Norm, selbst wenn sie von Beatrice oder Autti kam, konnte sie zu etwas zwingen.

Sie hatte zwar von Gott gehört und von Christus, dass er überall gegenwärtig sei und gut, doch erst als die Zeit gekommen war, in der sie mit sich selbst Zwiesprache hielt, begann ihr religiöses Bewusstsein zu wachsen.

Christina entdeckte eines Abends beim Einschlafen eine Kraft und einen wohligen Frieden in sich. Ihr wurde klar: Dieses Empfinden konnte sie selbst niemals willentlich herbeiführen. Sie sehnte sich immer wieder hiernach, besonders wenn der Tag zu viel Abwechslung gebracht und sie müde gemacht hatte. Ganz von selbst, ohne Anleitung und Weisung von außen, begann Christina, in dieses Schweigen der Nacht hinein zu beten. Manchmal sprach sie laut dabei, sodass Matilda und Margaret, ihre beiden Schwestern, die in der Nähe schliefen, sich fragten, mit wem Christina rede. Fest davon überzeugt, im Gebet von niemandem außer von Gott gehört zu werden, war Christina erstaunt, als ihre Schwestern sich am nächsten Tag über sie lustig machten. Von nun an vermied sie es, in ihrem Beten laute Worte zu machen.

In Huntingdon gab es einen Kanoniker, der Sueno hieß – bekannt durch seine Herzlichkeit und Zuwendung, die er jedem zuteil werden ließ, der ihm begegnete. Das, was er lehrte und auch schrieb, fand Anerkennung und eine große Verbreitung. Als Christina mit ihrer Mutter in der Stadt war, begegneten sie Sueno, der stark von der Ausstrahlung und dem Wesen dieses kleinen Mädchens beeindruckt war. Von da an suchte er die Gelegenheit – und oft ergab sie sich –, Christina zu sehen und mit ihr zu sprechen.

Mit zunehmendem Alter konnte Christina alles verstehen, was er ihr sagte, und es kam langsam zu Gesprächen zwischen beiden, aus denen auch Sueno neue Erkenntnisse für sich gewann. Sie sprachen über ein geistliches Leben, die Hinwendung im Gebet zu einem Kraftquell und über die Aufgaben, die das Leben für jeden Menschen bereithält. Sueno war erfüllt, wie Christina all das in so frühen Jahren einsichtig verstand. Er bejahte und unterstützte sie. Manchmal hatte er jedoch etwas Angst, Christina würde den Boden der Wirklichkeit unter ihren Füßen verlieren und vielleicht einem Traum oder einer Illusion nachgehen. Deshalb erzählte er ihr von den Schwierigkeiten, die das Leben – und ganz besonders das geistliche Leben – mit sich bringen kann. Immer aber, wenn er auf die Wirklichkeit seines eigenen Lebens zurückkam, leuchtete große Dankbarkeit in ihm auf. Er konnte nicht anders, als Christina Mut dem Leben gegenüber zu machen, das auf sie warten würde, damit sie es mit sich selbst fülle.

Leonard bereitet den Weg

Eine ganz andere Art der Begegnung und Freude, die ihrem Alter – wie alle glaubten – wohl eher angemessen sei, entstand durch ihre Tante Alveva, bei der Christina häufig mit ihren Eltern, manchmal aber auch allein zu Gast war. Obwohl Beatrice und Autti größten Wert darauf legten, ihre Geburts- und Namenstage, wie auch die der Kinder, zu Hause und angemessen zu begehen, konnten sie in diesem Jahr am 6. November eine Einladung der Gilde nach London nicht absagen. Autti hatte den Vorsitz der Kaufmannsgilde und war mit allen

Kräften darum bemüht, die ursprünglich religiösen Ziele der Gilde den weltlichen wieder vorzuordnen.

Christina durfte den Geburtstag und die Nacht bei ihrer Tante, der Schwester ihrer Mutter, verbringen. War das ein Fest! Alveva versuchte, den Tag für ihre Nichte so schön wie möglich zu gestalten. Da sie wusste, wie sehr Christina Bücher liebte, aber selbst noch nicht richtig damit umgehen konnte, schlug sie am Abend vor, etwas aus einem sehr alten Buch vorzulesen. Sie holte es aus einem Schrank unterhalb der Treppe, die zu den Schlafräumen führte.

„Weißt du, dies ist ein Buch, das von Menschen handelt, die es im Leben sehr schwer hatten und dann mit ganz besonderer Hilfe etwas Großes oder Einmaliges vollbrachten. Es ist eine Hagiographie, aus der ich dir jetzt gern von dem Mann vorlesen möchte, der von der Kirche heute, am 6. November, gefeiert wird. Hast du schon einmal etwas von Leonard von Limoges gehört? Er ist an deinem Geburtstag gestorben und wird seither als Patron der Gefangenen, der Fuhrleute und der Pferde verehrt."

Nachdem sie es sich beide vor dem wärmenden Feuer bequem gemacht hatten – es war schon dunkel und regnerisch kalt –, schaute Christina ihre Tante mit großer Freude, begeistert und gespannt an. Manchmal hatte Christina den Eindruck, dass wohl nicht alles in dem schönen Buch geschrieben stand, was Alveva berichtete, wenn sie recht lange zu ihr hinüberschaute, ohne in das Buch zu blicken. Dann hatte Christina auch den Mut, sie zwischendurch zu fragen, was sie so gern tat, wenn sie etwas nicht verstanden hatte oder gar genauer wissen wollte.

„Leonard lebte im 6. Jahrhundert und stammte aus einem fränkischen Adelsgeschlecht. Seine Eltern gehörten zu den Vornehmsten am Hofe König Chlodwigs I., der von 481 bis 511 die Königskrone besaß. Der Knabe kam schon sehr früh zu ritterlicher Ausbildung an den Hof und machte sich sehr beliebt. Da auch der König Leonard sehr schätzte und förderte, stand dem jungen Ritter eine glänzende Zukunft bevor. Am Hof lernte er die christliche Religion durch den Bischof Remigius von Reims kennen und war von dieser Lehre so ergriffen, dass er sich taufen ließ. Der König selbst war der Taufpate Leonards. Durch Remigius von Reims weiter unterrichtet, gab er sich immer mehr einem ernsten philosophischen und theologischen Studium hin. Leonard verzichtete auf alle Vorteile seiner adeligen Geburt und wurde am Ende seiner überaus erfolgreichen Studien zum Priester geweiht.

Der junge Geistliche predigte das Christentum mit so großer Begeisterung und geistlicher Redekraft, dass sich sein Ruf sehr schnell ausbreitete. Wie sein Lehrer Remigius hatte sich auch Leonard besonders der Gefangenen angenommen. In der liebevollen Fürsorge für alle Unfreien spürte er seine Hauptaufgabe. Er war bei allen beliebt, da seine Taten die Wirkung seiner Worte verstärkten. Durch eindringliche Bitten hatte es Leonard schließlich beim König erreicht, dass dieser ihm weitgehende Vollmachten zur Befreiung von Gefangenen übertrug. Chlodwig allerdings hatte mit dem demütigen und bescheidenen Kleriker Größeres vor: Er wollte ihn mit einem Bistum belehnen, um ihn noch stärker an sich zu binden. Doch Leonard, der vor allem die Einsamkeit und ein einfaches Leben liebte, lehnte dieses königliche Angebot ab und kehrte Reims den Rücken. In einem bei Orleans gelegenen Kloster lernte er, noch tiefer zu meditieren, und gab sich ganz der Askese und Betrachtung hin."

Als Christina, die gespannt zugehört hatte, mit der Frage „Was ist Askese? Ich habe das Wort noch nie gehört" ihre Tante unterbrach, freute sich Alveva zuerst über diese Unterbrechung, musste aber dann lange und angestrengt überlegen, ehe sie Christina eine verständliche Antwort geben konnte.

„Du hast Vater und Mutter gern – auch deine Geschwister – und liebst sie. Weil du sie liebst, bist du ganz von selbst bereit, hier und da für den anderen auf etwas zu verzichten oder gar Entbehrungen auf dich zu nehmen. Das ist Askese, eine Lebensweise, die aus dem liebenden Miteinander entsteht. In einem größeren Zusammenhang gesehen ist es schon sehr wichtig, verzichten zu können, damit andere Menschen, die Tiere und die Pflanzen überleben können.

Leonard wollte dazu beitragen und verzichtete auf Macht, Gewalt und Reichtum. In der Zurückgezogenheit des Klosters ging er in seiner selbst gewählten Askese noch einen Schritt weiter und schränkte seine leiblichen Bedürfnisse wie zum Beispiel das Essen ein, um eine größere geistige Kraft zu gewinnen. – Jetzt lese ich weiter.

Leonards Wunsch, in einer noch größeren Einsamkeit zu leben, ließ ihn in die Wälder nahe bei Limoges gehen. Obwohl er sich hier als Einsiedler ganz zurückgezogen hatte, kamen viele Menschen zu ihm, die ihn um Rat fragten und ihn um seine Hilfe baten. Die Bauern der Umgebung brachten ihre kranken Pferde zu Leonard, der durch seine einfühlende Art und durch seine Naturkenntnis auch bei Krankheiten und Seuchen anderer Tiere zu einem gütigen Helfer wurde. Nach und nach entstand aus der Einsiedelei eine kleine Gemeinschaft.

Vom König selbst erhielten sie ein Stück Land, um ein Kloster zu errichten. Leonard nannte es 'Nobiliacum', weil die Stätte ihnen von einem edlen König geschenkt worden war. Jetzt konnte Leonard außer dem Gebet auch wieder praktisch etwas für die Gefangenen tun, die ihm sehr am Herzen lagen. Er besuchte die Gefängnisse, sooft er nur konnte, sprach den Insassen Mut zu und setzte sich für ihre Befreiung ein. Um diesen Gefangenen, die mit der neu gewonnenen Freiheit nicht viel anfangen konnten, zu helfen, sie vor lasterhaftem Leben, Müßiggang und Rückfall zu schützen, betraute der kluge Abt sie mit Rodung und Bebauung. Auf diese Weise schuf er bäuerliche Siedlungen, die der einheimischen Landwirtschaft Nutzen brachten.

Es kamen auch zahlreiche Vornehme in die Einsamkeit des Klosters, um sich vom Abt Leonard Rat und Lebensmut zu holen. Er zeigte den Hilfesuchenden neue Wege auf und befreite sie von ihren sorgenvollen Ängsten. Im Volksmund wurde er der 'Löser von feindlichen Ketten' genannt.

Auch erzählte man sich von ihm, dass er den Lärm der Räder und den Brand des Feuers nicht sehr liebte und beidem gern aus dem Wege ging. Seine Klugheit soll so groß gewesen sein, dass er mit offenen Augen geschlafen und seine Fußspuren beseitigt habe. Doch dies war nicht wörtlich gemeint: Leonard wachte durch die Arbeit seines Tuns und schlief im Wachen durch die Ruhe innerer Betrachtung. Er lebte derart in einer von Gott erfüllten Gegenwart, dass alles, was er dachte, sprach und tat weder bei ihm selbst noch bei anderen dunkle Spuren hinterließ.

Hochbetagt und geehrt starb Leonard nach einem erfüllten Leben am 6. November 559. Um ihn noch einmal zu sehen und zu würdigen, kamen viele Menschen zum Kloster. Drei Tage fasteten und beteten sie. In dieser Zeit war über alles Land Schnee gefallen. Doch allein die Stätte, an der der heilige Leonard ruhen wollte, war frei von Schnee. Dahin überführten sie ihn jetzt, freudig und dankbar im Glauben, dass ein anderer den Ort der letzten Ruhe für ihn bestimmt hätte."

Christina war sehr berührt von den Worten, die Alveva gelesen und gesprochen hatte, und musste darüber nachdenken. Nach einem langen Schweigen stellte Christina viele Fragen, und das Gespräch wollte nicht enden.

Erste Ein-Sicht in St. Albans

Über Jahre, obwohl sie sich nicht allzu oft sahen, war es der Kanoniker Sueno, der das geistig-geistliche Wachstum Christinas begleitete, der ihre eigentlichen Fragen beantwortete und dem sie viel bedeutete. Eines Tages ergab es sich, dass ein Dritter an ihrem Gespräch teilnahm. Das gemeinsame Thema war die sexuelle Enthaltsamkeit vor der Ehe, die Ehelosigkeit und das Unberührtsein eines Mädchens. Sueno legte die damit verbundenen großen Schwierigkeiten dar, aber auch das tiefe Glück, das alle die Menschen empfinden, die diesen Weg ohne einen Zwang von außen ein Stück weit oder ihr ganzes Leben lang gehen.

Es war für Christina eine große Provokation und Herausforderung, als der dritte Gesprächspartner – Sueno war zwischenzeitlich zu einer dringenden Aufgabe gerufen worden – zu ihr sagte: „Hast du denn nicht bemerkt, dass der Kanoniker Sueno selbst sexuell derart stimuliert war, als er redete, und besonders, als er dich anschaute? Wollust und Gier sprachen ihm aus den Augen. Wenn es nach ihm ginge und er den Klerikerberuf nicht hätte, würde er ohne weiteres und ohne sich im Geringsten dafür zu schämen selbst noch mit einer hässlichen und missgestalteten leprakranken Frau lustvoll schlafen."

Christina war entsetzt. Voll Abscheu, ärgerlich und ungehalten unterbrach sie böse: „Wenn du mit mir vernünftig reden willst, dann tue es, und ich höre dir zu. Wenn du aber fortfährst, werde ich auf der Stelle gehen." Auch die weiteren Worte Christinas waren von einer derart klaren Entschiedenheit, dass diese Person sofort verstummte und sich entschuldigte. Später soll sie einmal gesagt haben, durch Christina sei in ihr der Glaube an das Gute grundgelegt und gefestigt worden – so wie aus Zement feste Steine werden und aus ihnen wiederum eine Mauer.

1112, in ihrem fünfzehnten Lebensjahr, sollte Christina einen Ort und die Menschen dort kennen lernen, die ihren weiteren Lebensweg bestimmen würden. Vielleicht war es eine gute Fügung oder gar eine Vorsehung, dass Autti und Beatrice beschlossen, zum Kloster St. Albans zu fahren und ihre über alles geliebte Tochter mitzunehmen. Viele Menschen wallfahrten von überall und weit her, um den Märtyrer Alban zu verehren, dessen Reliquien in einem Schrein in der Klosterkirche aufbewahrt wurden. So wollten auch Beatrice und Autti in diesem Jahr Segen, Schutz und Geleit des heiligen Alban für sich, ihre Familie und besonders für Christina erbitten.

Sie machten sich mit dem großen Planwagen auf den langen Weg von Huntingdon nach St. Albans; eine mühsame Zweitagesreise über 42 Meilen. Christina war nicht nur von der großen und mächtigen Klosteranlage begeistert, sondern mehr noch von der Begegnung mit den Mönchen. Sie erlebte diese während der Feierlichkeiten in der Kirche: bei der heiligen Messe, den Gottesdiensten, zu den Tagzeiten. Sie hatte auch Gelegenheit, mit einigen von ihnen persönlich zu sprechen und – wie immer – viele Fragen zu stellen. Alles, was ihr in St. Albans begegnete, nahm sie sorgfältig und intensiv in sich auf. Die gelebte Spiritualität der Menschen, die hier in St. Albans ihr Leben miteinander teilten, beeindruckte sie stark, und aus innerer Betroffenheit und Freude spürte sie in sich den brennenden Wunsch, selbst auch ein Leben dieser Art zu führen.

Die Begegnung mit St. Albans löste ein tief empfundenes Glück in ihrer Seele aus. Ein unaussprechliches Gefühl durchflutete sie – so, als ob man von einer langen Reise nach Hause kommen darf. Sie wollte und konnte nicht darüber sprechen. Als ihre Eltern sich schließlich anschickten, das Kloster wieder zu verlassen, wurde Christina förmlich gezwungen, ihr Schweigen zu brechen, indem sie ein äußeres Zeichen setzte. Sie lief, ohne dass es jemand bemerkte, zurück zur Kirche und ritzte mit ihrem Fingernagel ein Kreuz in die Tür, mit dem inneren Versprechen, ihr Leben wie diese Mönche zu gestalten.

In der Eile und im Umschauen war sie unendlich glücklich. Es war ihr gelungen, das Kreuz als Ausdruck und Dokument ihrer Liebe zu St. Albans und zur monastischen Lebensweise an der Tür des Gotteshauses zu hinterlassen.

Noch am selben Tag begannen sie die Heimreise und kamen bis nach Shillington, einem kleinen Ort, 18 Meilen nördlich von St. Albans. Hier übernachteten sie. Doch die innere Ruhe, die sie aus St. Albans mitgebracht hatten, war schnell dahin, als sie sich am Abend in Gesellschaft anderer je nach Laune dieser oder jener Unterhaltung hingaben.

Christina wurde es zu viel; sie zog sich zurück, um zu beten. Sie sah sich in der Meditation auf dem Totenbett liegen, so, als ob die Zukunft bereits Gegenwart geworden wäre. Dieses Bild war mit der gedanklichen Vorstellung verbunden: Wohl keiner kann den Aufenthaltsort der Seele voraussagen, wenn sich das Leben aus dem menschlichen Körper zurückgezogen hat. Doch eines wurde ihr jetzt durch und durch bewusst, und sie war sich ganz sicher: Wenn ich mein Leben positiv einrichte, wird irgendwann eine tiefe Freude, Heiterkeit der Seele und Glückseligkeit entstehen. Wenn ich auf der anderen Seite negativ und böse bin, wird das Leben hier und danach zu einer unerträglichen Qual werden.

Christina war ganz erfüllt von dieser aus dem Herzen kommenden Erkenntnis. Am Ende der Meditation und aus tief empfundener Dankbarkeit mündeten die Ströme ihrer Gedanken wie von selbst in ein Gebet:

Herr, du kennst mein Verlangen,
und meine Sehnsucht ist dir nicht verborgen.
Du bist gegenwärtig und für immer da.
Wenn ich auch schwach bin,
so bist du, Gott, die Stärke meines Herzens.
Alles, was dir fern ist, hat keinen Bestand.
Lass mich dir nahe sein, um mich auf dich zu verlassen
und um aus dir mein Leben zu gestalten.
Gewähre mir, ich bitte dich,
Einsicht in das, was recht ist,
und erfülle mich mit der Gegenwart deines Heiligen Geistes.

Am nächsten Tag kehrte Christina mit ihren Eltern wohlbehalten nach Huntingdon zurück. Es waren von Shillington aus noch 24 Meilen, die sie – manchmal auf recht unwegsamen Straßen – zurücklegen mussten. Wie konnte es anders sein, dass Christina gleich Sueno aufsuchte, um ihm alles zu berichten, was sie in St. Albans erlebt hatte und was in ihr vorgegangen war? Das Wichtigste, sie vertraute es ihm sehr leise an, war ihre innere feste Zusage, ein einfaches eheloses Leben wie die Mönche von St. Albans zu führen. Sueno war still und überlegte lange, ehe er etwas sagte. Da er Christinas Elternhaus gut kannte, zog er einige Gegenargumente in Betracht, sprach sie aber nicht aus.

Zutiefst innerlich davon überzeugt, dass dieses Mädchen Einsicht in ihr eigenes Wesen und in den für sie zu gehenden Weg erhalten habe, wiederholte und bestätigte er Christinas Versprechen in einem gemeinsamen Gebet.

In ihrem Elternhaus ereignete sich nichts Auffallendes. Niemand bemerkte den großen Prozess ihrer inneren Reifung und Entscheidungsfindung. Christina lebte in Frieden mit ihrer Umgebung und sich selbst. Sie war sehr glücklich darüber, dass sich ihr Tag für Tag neue Einsichten schenkten, tiefere Erkenntnisse, die sich ihr in den verschiedensten Alltagssituationen offenbarten. Doch die Dunkelheit konnte dieses Einbrechen des Lichtes in ihre Seele nicht länger ertragen und versuchte zu zerstören. Aufrührerische Gegenkräfte konkretisierten sich schon recht bald und stellten sich Christina in den Weg.

Leidenschaftliches Verlangen

Die im Jahr 1093 erbaute große normannische Kathedrale von Durham im Nordosten Englands war der Sitz des Bischofs Rannulph Flambard. Gleichzeitig hatte er die Stelle des Justitiars für ganz England inne und war demzufolge direkt dem König unterstellt. Zur Klärung von Rechtsfragen und Rechtsangelegenheiten musste er häufig die lange und beschwerliche Reise nach London auf sich nehmen. Rannulph Flambard war ein guter Bekannter von Alveva, der Tante von Christina. Lange bevor er 1099 zum Bischof geweiht wurde, hatte er sich für Alveva interessiert und sie zu seiner Geliebten gemacht. In der Hoffnung auf eine Ehe hatte sie eingewilligt und ein Kind von ihm bekommen. Nachdem sich ihre gemeinsame Situation jedoch erheblich verändert hatte, heiratete sie einen Bürger aus Huntingdon, mit dem sie und ihre Familie sehr glücklich waren. Ihr zuliebe, wie auch des Kindes wegen, zeigte sich Rannulph Flambard großzügig. Er hielt die Beziehung zur Familie aufrecht und schätzte auch die übrige Verwandtschaft. So besuchte er sie jedes Mal, wenn er auf dem Weg von Northumbria nach London war, und machte auch auf seinem Rückweg bei ihnen in Huntingdon Station.

Bei einer solchen Gelegenheit kam oft Autti mit seinen Kindern in das Haus von Alveva, um Rannulph Flambard zu treffen, mit dem er sich freundschaftlich verbunden fühlte. Der Bischof hatte Christina, jetzt 17 Jahre alt, lange nicht gesehen und war entzückt – nicht nur von ihrer Anmut, sondern auch von ihrer Schönheit. Er konnte seinen Blick von ihr nicht abwenden, so sehr fühlte er sich zu ihr hingezogen. Ihre Ausstrahlung berührte ihn auch körperlich so stark, dass er ganz fasziniert von ihr war und das Verlangen in ihm aufstieg, sie für sich zu haben. Weiteres stellte er sich bildlich vor …

Bischof Flambard zeigte sich von nun an äußerst geschäftig, da er einen Vorwand suchte, mit dem Mädchen allein zu sein. Raffiniert lockte er Christina, die bis dahin nichts ahnte, in das Gästezimmer, in dem er auch schlief.

In diesem mit wundervollen Wandteppichen behängten Raum waren außer ihnen beiden – Flambard und diesem unschuldigen Kind – noch einige Bedienstete des Bischofs. Ihr Vater, ihre Mutter und andere, mit denen sie gekommen war, vergnügten sich abseits dieses Geschehens mit anregenden Getränken unten in der Halle des Hauses. Als es langsam dunkel wurde, waren einige von ihnen schon ein wenig angetrunken. Beides kam dem Bischof sehr entgegen. Auf ein geheimes Zeichen hin verließen seine Diener den Raum, und der Bischof war endlich mit Christina allein: der Wolf und das Lamm zusammen im selben Raum.

Der stark erregte Flambard ergriff sie am Ärmel ihrer Bluse und fasste sie an. Mit eindeutigen Bewegungen versuchte er, sie willig und gefügig zu machen. Mit schmeichelnden Worten unterstützte er die bei ihm bereits begonnene sexuelle Handlung, um auch sie anzuregen.

Christina überlegte, was sie in dieser Zwangslage tun könne. Sollte sie schreien und nach ihren Eltern rufen? Dass sie dem Liebesspiel nicht zustimmte, stand bei ihr außer Frage. Es gab nur eines: ihm zu widerstehen und ihm Widerstand zu leisten. Zu rufen oder zu schreien getraute sie sich nicht, denn man würde ihr nicht glauben, dass ein Bischof sie vergewaltigen wollte. Sie handelte überlegt und im wahrsten Sinne umsichtig: ein Blick zur Tür und sie sah, dass diese zwar geschlossen, aber nicht verriegelt war. „Erlaubt Ihr mir, die Tür zu verriegeln? Selbst wenn wir beide uns vor Gott nicht fürchten, sollten wir zumindest Acht geben, dass kein Mensch uns bei diesem Tun überrascht."

Er verlangte von ihr zu versprechen, dass dies kein Vorwand sei. Sie tat es, bat aber noch einmal darum, die Tür verriegeln zu dürfen. Als er die Umklammerung löste und sie aus seinen Armen befreit war, stürzte sie zur Tür, öffnete sie blitzschnell und rannte aus dem Zimmer. Im Handumdrehen hatte sie die Tür von außen verriegelt und lief so schnell sie konnte aus dem Haus.

Folgenschwere Vergeltung

Dies war der Anfang der furchtbaren Ereignisse, die diesem peinlichen Vorfall folgten. Bischof Flambard, durch dieses junge Mädchen bloßgestellt und irregeführt, war empört und nahezu außer sich vor Wut. Er war wie gelähmt, blockiert in seiner Arbeit und dachte ständig darüber nach, wie er sich rächen könne, denn er litt furchtbar unter der Beleidigung, die gerade ihm als Bischof zugefügt worden war. Der einzig denkbare Weg, an diesem Geschöpf Rache zu nehmen, bestand für ihn darin, alles zu tun, damit Christina ihre Unschuld verliere. In seinen dunklen Plänen und Vorstellungen hoffte er, dass es durch ihn selbst geschehe; sonst auf jeden Fall durch einen anderen Mann. Zunächst aber hielt er sich zurück, verbarg sein Vorhaben und brach auf nach London.

Als der Bischof während seiner Rückreise wieder über Huntingdon kam, brachte er kostbare Kleidung aus Seide und wertvollen Schmuck mit. Erneut machte er Christina mit diesen Geschenken sein Angebot. Sie würdigte ihn weder eines Blickes noch interessierte sie sich für die Kostbarkeiten, die er vor ihr ausgebreitet hatte. Damit wies sie nicht nur die materiellen Zuwendungen zurück, sondern lehnte auch Flambard selbst erneut zutiefst ab. Der Bischof – zuerst in den Fängen seiner eigenen sexuellen Begierden verstrickt und jetzt in die Macht des Bösen – musste resigniert einsehen, dass er mit seinen bisherigen Mitteln nichts erreichen konnte.

In vorsichtigen, vorbereitenden Gesprächen vermittelte er einem jungen, gut aussehenden Adeligen, der Burthred hieß, die Attraktivität Christinas wie auch die ihres Elternhauses. Einige Zeit später spornte er ihn an, um die Hand dieses Mädchens anzuhalten, indem er Burthred versprach, alles in seiner Macht Stehende für sein berufliches Fortkommen zu tun. Als der junge Mann auf die Bitten des Bischofs hin aktiv wurde – aber auch aus eigenem Antrieb, denn er war von Christina sehr angetan –, beeinflusste Rannulph Flambard mit fast aufdringlicher und bösartiger Beharrlichkeit die Eltern. Geschickt, unauffällig und diplomatisch erfüllte er auf der einen Seite die beruflichen Wünsche des jungen Burthred, auf der anderen Seite gelang es ihm, auf Beatrice und Autti so einzuwirken, dass sie nicht nur einer Verlobung zustimmten, sondern diese sogar wünschten.

Alles geschah gegen Christinas ausdrücklichen Willen. Sie wurde nicht gefragt. Mit allen inneren und äußeren Kräften lehnte sie sich gegen diese Pläne auf, obwohl sie wusste, dass das Verheiratetwerden in adeligen Kreisen durchaus üblich war. Diesen Schritt aus Zwang tun zu müssen, nur weil andere es wollten, konnte sie nicht fassen. Als Bischof Flambard das erreicht hatte, was er wollte, zog er sich – befriedigt und stolz auf seinen Erfolg – nach Durham zurück.

Christina musste sich eingestehen, dass sie trotz all ihrer Auflehnung nichts gegen die bevorstehende Verlobung und die geplante Heirat unternehmen konnte. Sie spürte ihre Ohnmacht, und ihr Herz verkrampfte sich. Sie musste mit ansehen und anhören, wie Burthred ihre Eltern bat, die Verlobung auszurichten, denn sie hatten bereits dem jungen Adeligen die Hand ihrer Tochter versprochen. Mit Wohlwollen und Güte versuchten alle, Christina umzustimmen. Sie verließ stets das Zimmer, wenn in ihrer Gegenwart über die Hochzeitsvorbereitungen gesprochen wurde. Immer wenn Burthred oder ihre Eltern sie nach dem Grund ihrer totalen Ablehnung fragten, antwortete sie: „Ich möchte gern allein bleiben, denn ich habe ein Versprechen gegeben, nicht zu heiraten."

Die Reaktion auf diese Begründung war immer die gleiche: Man nahm sie nicht ernst, sondern machte sich lustig über ihre angebliche Naivität und Unbesonnenheit. Dies wurde umso stärker, da sie unausweichlich bei ihrer Meinung und Einstellung blieb. Dann wiederum versuchte ihre Familie in aller Ruhe und mit sanften Worten, sie davon zu überzeugen, dass ihre Vorstellung kindlich, ihr Verhalten albern und die Zurückweisung Burthreds unverantwortlich sei.

Auch wurde sie unter vier Augen bedrängt, in die Ehe einzuwilligen und endlich mit ihren eigenen Vorbereitungen zur Hochzeit zu beginnen. Sie lehnte alles ab. Burthred machte ihr gut gemeinte Geschenke und große Versprechungen. Nichts, rein gar nichts konnte sie in die Richtung bewegen, die von ihr erwünscht und erwartet wurde. Man überredete sie, man bedrohte sie sogar, aber sie gab nicht nach. Selbst Helisen, eine der besten Freundinnen Christinas, war unermüdlich in ihren Bemühungen und ließ keine Gelegenheit aus, den Widerstand der Freundin aufzuweichen. Aber auch sie war nicht in der Lage, Christina so weit zu beeinflussen, dass sie wenigstens ein Wort ihrer Zustimmung gegeben hätte.

Der ständige Druck, dem Christina von allen Seiten ausgesetzt war, dauerte ein ganzes Jahr. Nichts und niemand vermochte ihre Einstellung zu ändern, doch war sie allmählich müde und erschöpft, da sie sich ständig behaupten und gegen alles ankämpfen musste.

Der offene Ring

Im Jahre 1115 fand dann ein besonders merkwürdiges Ereignis statt, kurz, jedoch einschneidend. Wie gewöhnlich waren alle Mitglieder der Familie – unter ihnen auch Christina – zum sonntäglichen Gottesdienst in der Kirche. Ein von allen Seiten lange vorher und gemeinsam geplanter Überfall wartete auf Christina, der für sie so unerwartet kam, dass sie unter Schock stand und sprachlos war. Was und wie es geschah, ist kaum zu beschreiben. Unter dem Druck, der jetzt in der Öffentlichkeit und sogar noch in der Kirche auf sie ausgeübt wurde, gab sie nach – zumindest in Worten. Und an diesem denkwürdigen Tag des Jahres 1115 wurde Christina mit Burthred vermählt.

Um ihr eine weitere Bedrückung zu ersparen und sie ganz allmählich an den neuen Zustand zu gewöhnen, nahmen ihre Eltern Christina nach der Eheschließung zunächst wieder mit zu sich, während ihr Ehemann – obwohl er ein eigenes Haus besaß – damit beschäftigt war, für Christina und sich eine neue Wohnung ganz in der Nähe seiner Schwiegereltern einzurichten. Trotz ihrer Verheiratung änderte Christina ihre frühere Absicht nicht – im Gegenteil, sie brachte sogar ganz offen ihre Entschlossenheit zum Ausdruck, sich nicht den körperlichen Annäherungen eines Mannes hinzugeben, weder sich umarmen zu lassen noch mit ihm intim zu werden.

Je mehr ihren Eltern diese andauernd starre Haltung und die ihnen völlig unverständliche Geisteshaltung ihrer Tochter bewusst wurde, umso mehr versuchten sie, auf jegliche Weise den hartnäckigen Widerstand zu brechen.

Sie bemühten sich, besonders freundlich zu ihr zu sein, ihr jeden Wunsch zu erfüllen, ihr Gutes zu sagen, wann immer es möglich war. Weder Geschenke noch Versprechungen änderten etwas an der Lage. Außer sich und verzweifelt blieb ihnen nichts anderes übrig, als ihrer geliebten Tochter Vorwürfe zu machen, ihr Angst einzujagen oder ihr gar Strafe anzudrohen. Alle Freunde und Verwandten redeten zusätzlich auf sie ein, um sie mit aller Gewalt vom Sinn und Zweck der Ehe als dem Höchsten zu überzeugen und sie umzustimmen.

Ihr Vater Autti übertraf alle mit seinen außerordentlichen Bemühungen, selbst seine Frau. Davon wird gleich noch zu sprechen sein.

Alle Methoden, ihr beizukommen, blieben ohne Erfolg. Schließlich griff man sogar in ihr privates und religiöses Leben ein. Christina wurde unter strenge Aufsicht gestellt und alles, was sie tat, unterlag genauer Beobachtung. Menschen aus religiösen Kreisen hielt man strikt von ihr fern und verhinderte jegliches Gespräch mit ihnen. Auf der anderen Seite luden ihre Eltern wie selbstverständlich Gäste nach Hause ein, die locker scherzten und lachten, als ob alles in Ordnung und leicht sei.

Für Christina war es schier unerträglich, mit diesen Leuten zusammenzutreffen, mit Leuten, die viel Geschrei und wenig Worte machten, die nur über Weltliches redeten und sich nur aus Zeitvertreib über dieses und jenes unterhielten. Es war ihr äußerst unangenehm – es tat ihr fast körperlich weh – mitzubekommen, wie diese Menschen schlecht über andere sprachen, böse Dinge, und damit die guten Umgangsformen ihres Elternhauses verdarben.

Noch weitaus mehr litt sie unter dem Verbot, in das nahe gelegene Kloster von Huntingdon gehen zu dürfen. Schon sehr bald war ihren Eltern offenbar geworden, dass sie nach jedem Besuch mit noch größerer Entschlossenheit, in ihrem Vorhaben bestätigt und bestärkt nach Hause zurückkam. Von allem, was man ihr auferlegte, war für Christina dieser erzwungene Verzicht am schwersten zu ertragen. Als ihr ausdrückliches Bitten, dieses Verbot aufzuheben, erneut abgeschlagen wurde, sagte sie klar akzentuiert ihre Meinung: „Selbst, wenn ihr mir den Zugang zum Kloster verwehrt, so könnt ihr mir nicht die Erinnerung an das, was ich dort erleben durfte und gelernt habe, aus dem Herzen reißen."

Gegen ihren Willen wurde sie von ihrer Familie zu öffentlichen Festessen mitgenommen, wo zu vorzüglich bereiteten Fleischspeisen Getränke aller Art gereicht und betörende Lieder von Sängern vorgetragen wurden – begleitet von den Klängen der Zitter und Harfe – in bezaubernden Melodien. Wenn bei anderen diese betörende Musik eine große Wirkung hatte, warum sollte sie dann nicht bei Christina verschlossene Gefühle aufbrechen und sie in eine andere Stimmung versetzen? Könnte nicht endlich durch diese Atmosphäre die Härte ihrer Gesinnung aufgeweicht werden und sie Gefallen und Geschmack an weltlichen Freuden finden?

Was ihre Eltern sich auch einfallen ließen: Christina wurden infolge ihrer außergewöhnlichen Wahrnehmungsfähigkeit und Klugheit die Hintergründe und Absichten sofort bewusst.

Wie geschickt und intelligent sie sich verhielt, zeigte das große Fest der Kaufmannsgilde, das in diesem Jahr Autti und Beatrice ehrenhalber ausrichten durften. Unter den Gästen war eine große Zahl von Adeligen, zu denen auch Christinas Eltern gehörten. Sie standen an diesem Abend im Mittelpunkt. Christina, ihre älteste und meistgeliebte Tochter, machte ihnen die Freude, in dieser so ehrenwerten Gesellschaft die Getränke zu reichen. Um diesen Dienst angemessen und attraktiv auszuführen, wurde sie mit Nachdruck gebeten – ja, ihr wurde sogar befohlen –, ihren langen Umhang, den sie trug, abzulegen. So wirkte sie durch ihre Kleidung – die gestickte

Borte an den Seiten und die gefälligen Ärmel – weitaus verbindlicher und liebenswürdiger auf die noblen Gäste.

Autti hoffte stark darauf, dass durch die Komplimente, die dieses attraktive und schöne Mädchen von überall hörte, ihre Entschlossenheit ins Wanken geraten würde. Aber mehr noch: Er hoffte, dass durch die vielen kleinen Schlückchen Wein beim Zutrinken sich bei ihr über kurz oder lang eine entsprechende Wirkung einstellen würde. Sein Hintergedanke bei allem war, dass sie dann endlich bereit sei, sich körperlich hinzugeben, um damit die Ehe zu vollziehen. Doch Christina durchschaute das eine wie das andere und hatte entsprechende Gegenmaßnahmen getroffen. Um Auswirkungen der Komplimente, die man ihr wiederholt machte, gleich im Keim zu ersticken, richtete sie sich in Gedanken und innerlich auf das, was für sie wesentlich war. Sie bat im Gebet um Schutz und Hilfe. Dann schaute sie sich in der großen Halle um, in der die Gäste saßen, um von den vielen Ausgängen die Tür zu fixieren, die in die Himmelsrichtung wies, in der das von ihr so geliebte Kloster in Huntingdon lag.

Christina zog Kraft aus diesem Augenblick der Ausrichtung und des Innehaltens. Um in keiner Weise Gefahr zu laufen, durch Alkohol die Übersicht zu verlieren, vermied sie es, Wein mitzutrinken. Es war niemandem aufgefallen, wie geschickt sie sich verhalten hatte, obgleich sie seit Stunden den Gästen eingeschenkt und ihnen jeweils zugetrunken hatte. Erst spät am Abend, als sie ziemlich erschöpft von der Arbeit und durstig von der Anstrengung und Hitze war, trank sie unbemerkt klares Wasser, das sie körperlich und geistig wieder erfrischte.

In der Nacht – alle hatten sich voneinander verabschiedet – sollte sich der lang vorbereitete Plan verwirklichen. Ihre Eltern ließen heimlich Burthred in das Schlafzimmer von Christina. Er hatte vor, sie im Schlaf zu überraschen, um dann endlich das zu vollziehen, was er sich vorgestellt hatte und wovon er schon lange träumte: die Liebesvereinigung mit Christina.

Ihre gute Intuition und die Vorsehung, der sie sich anempfohlen hatte, ließen Christina – trotz des anstrengenden Tages – zu dieser Nachtzeit hellwach und angezogen in ihrem Zimmer sein. So begegnete sie ihrem jungen Ehemann und verhielt sich ihm gegenüber, als ob er ihr Bruder sei. Ohne sich über die Motive seines Kommens zu erheben, konnte sie alles gut verstehen, weil sein Verhalten normal und natürlich war, aber nicht, dass niemand sie verstand.

Sie bat ihn, Platz zu nehmen, und es ergab sich ein gutes Gespräch zwischen ihnen. Christina versuchte, ihm jetzt in dieser besonderen Situation noch einmal klarzumachen, wie gern sie ein eheloses Leben führen, ihm aber nicht wehtun wolle, und dass es bestimmt andere Wege für ihn gebe, sein Leben nach seinen Wünschen zu gestalten.

Um Burthreds Situation und sein nächtliches Vorhaben nicht vor ihm peinlich erscheinen zu lassen, erzählte sie ihm in aller Ruhe die Lebensgeschichte der Caecilia und ihres Ehemannes Valerian. Unterschwellig verband sie damit ihre eigenen Vorstellungen und Wünsche, die auf diese Weise Burthred noch einmal geschickt zu Gehör gebracht wurden.

Christina schilderte Caecilia als junges Mädchen, bei dem sich Adel der Herkunft mit der Schönheit des Körpers und des Geistes zu einem ungewöhnlichen Liebreiz verbanden. Von den Eltern zur Ehe mit dem jungen Römer Valerian bestimmt, konnte sie nach Sitte und Erziehung dem Plan nicht offen widersprechen, obwohl sie fest entschlossen war, nicht zu heiraten. Caecilia hoffte, der ihr zugedachte Gatte würde beizeiten ihre innere Einstellung respektieren. Doch es kam zur Hochzeit. Als während der Feierlichkeiten die Musikinstrumente erklangen, bat sie noch einmal im Gebet inständig darum, ein Leben ohne Ehe führen zu dürfen. Durch diese Bitte und ihre glaubwürdige Einstellung drang eine absolute Musik, ohne dass sie es sinnlich wahrnahm, tief in ihr Bewusstsein. Dieses Erlebnis gab ihr Sicherheit und Bestätigung, der inneren Stimme zu folgen. Auf der anderen Seite erlebte sie die Begrenzung des äußeren Geschehens, in das sie durch den Willen anderer verwickelt wurde. Sie erfreute sich zwar an der Schönheit der Musik, nahm aber auch gleichzeitig die Ohnmacht aller sinnlich wahrnehmbaren Klänge in sich wahr.

Unweigerlich kam die Nacht, in der sie mit ihrem Gemahl in der Kammer an ihre Heimlichkeit kam. Caecilia verstand es – unterstützt von himmlischer Kraft –, mit Klugheit und Charme von sich abzulenken, sodass die Begierden des stolzen Römers nicht zum Ausbruch kamen. Dieses Mal und immer setzte sie sich durch und bewahrte die Blume ihrer Jugend. Caecilia vermochte es, ihre gemeinsame Umgebung zum christlichen Glauben zu führen.

Es gefiel Christina, Burthred jetzt, nachdem sie die schwierigste Stelle der Lebensgeschichte von Caecilia und Valerian überwunden hatte, von den politischen und religiösen Kämpfen in der Regierungszeit Marc Aurels zu berichten. Sie erzählte davon, wie beide unerschrocken und mutig ihren Weg gingen, legte aber – in ihrem eigenen Interesse – den größeren Wert auf die Ereignisse im Leben Valerians, der die Entscheidung seiner Frau respektierte und, ohne seelisch Schaden zu leiden, für sich und andere erfolgreich wirken konnte.

Als Christina bemerkte, wie betroffen Burthred war, sprach sie ihn direkt und persönlich an: „Bitte, nimm es mir nicht übel, dass ich mich deinen Umarmungen entzogen habe. Ich möchte dir aber einen annehmbaren Vorschlag machen. Damit unsere Familien, vor allem aber deine Freunde, dich nicht ablehnen und lächerlich machen, weil ich dich auch jetzt noch nach unserer Hochzeit ablehne – du weißt, wie ich das meine –, möchte ich gern mit dir gemeinsam in die neue Wohnung ziehen. Lass uns dort eine Zeit lang zusammen leben wie Mann und Frau, wie Eheleute, wenigstens nach außen. Aber in Wirklichkeit bitte ich dich ganz inständig darum, meine Haltung und das, was du mit mir erlebt hast, zu respektieren im Hinblick auf eine für mich größere Liebe, die ich im Glauben finde und der ich in mir noch weitaus mehr Raum schaffen möchte."

Beide schwiegen, bis Christina freudig aufsprang und ihm

beide Hände reichte. Sie bedankte sich bei ihm, dass er sie weder berührt noch den Vollzug der Ehe erzwungen habe. Sie bedankte sich bei ihm, dass er sich die ganze Zeit über verständnisvoll zurückgenommen und sie nicht vor anderen bloßgestellt habe. „Ich möchte meinem Versprechen treu bleiben", sagte Christina leise am Ende des Gespräches, „und spätestens in drei oder vier Jahren in einer klösterlichen Gemeinschaft leben."

Der größte Teil der Nacht war vorüber, und in den frühen Morgenstunden verließ Burthred ihr Zimmer. Es blieb Christinas Eltern nicht verborgen, was wirklich geschehen war. Mit großer Bestürzung mussten sie hinnehmen, dass das, was sie sich von dieser Nacht erhofft hatten, nicht stattgefunden hatte. In seiner Enttäuschung und Wut nannte Autti seinen Schwiegersohn einen rückgratlosen und schlappschwänzigen Kerl. Durch eine Reihe weiterer Vorwürfe gelang es, Burthred erneut zu bewegen, Christina in ihrem Schlafzimmer auf geschicktere Weise zu überfallen. Auch Beatrice legte ihm dringend nahe, sich dieses Mal nicht wieder durch Tricks und naive Worte irreführen zu lassen noch das Wollen und die Kraft seiner Männlichkeit vorzeitig zu verlieren. Alles, was er zu tun habe, sei, den Mann herauszustellen.

Christina sprang hastig aus dem Bett und versteckte sich hinter dem breiten, schweren Fenstervorhang. Inzwischen hatte Burthred sich in der Dunkelheit ihrem Bett genähert, jedoch nicht gefunden, was er darin suchte. Im Glauben, sie sei nicht in ihrem Zimmer, gab er enttäuscht auf und zog sich zurück.

Trotzdem betrat Burthred ein drittes Mal in ähnlich überraschender Weise ihr Schlafzimmer. Wieder konnte Christina ihm geschickt entkommen – in einen Nebenraum, dessen Tür sie von innen mit vorher bereitgestellten Möbelstücken verbarrikadierte. Zitternd und erschrocken wurde ihr in diesem Augenblick noch einmal die Ernsthaftigkeit der Situation bewusst, und dass sie etwas Entscheidendes tun müsse, damit nicht wieder so Entwürdigendes und weitaus Schlimmeres geschehe.

Christina kam sich wie eine Gefangene vor, die ständig versuchte auszubrechen. Gelang es ihr, sich in Situationen wie dieser zu bewahren, atmete sie für Momente eine kosmische Freiheit, die ihr Durchsetzungsvermögen erneut stärkte. Gleichzeitig wurde es um sie herum licht. Unfähig, mit diesen veränderten Dimensionen der Wahrnehmung umzugehen, fragte sie sich ängstlich, vor wem sie auf der Flucht sei. Für einen kurzen Augenblick definierte ihr vordergründiges und anerzogenes Denken diese Macht, vor der sie eine solche Angst hatte, als den göttlichen Widersacher, also den Dämon. Doch die wahre Antwort kam aus tieferen Schichten ihres Seins. Ihr wurde klar, dass sie einer Lebenswirklichkeit, die für ihre Eltern und Burthred notwendig war, ständig aus dem Wege ging. Mit ihren 18 Jahren, als Frau und in dieser Welt, war sie noch nicht stark genug, ihre inneren Intentionen gegen die anderen durchzusetzen, die – wie sie spürte – nicht schlecht waren. Es war ihr deutlich: Sie war auf der Flucht vor einer Lebenswirklichkeit, die man ihr aufzwingen wollte – einer Lebenswirklichkeit, die nicht die ihre war.

Allmählich gab Burthred Christina gegenüber seine Liebesforderung auf, denn mit einer derart andauernd ablehnenden, starren Haltung hatte er nicht gerechnet. Die beiden adeligen Familien, die durch die Heirat enger miteinander verbunden waren, hatten sehr darauf geachtet, dass von dem seltsamen Geschehen und Geheimnis um Christina möglichst nichts nach außen drang.

Abstieg ins Licht

So war auch der ehrenwerte Sueno, der Kanoniker aus Huntingdon, von einer guten Ehe zwischen Christina und Burthred überzeugt. Der Kontakt mit ihm war völlig abgebrochen, denn man verhinderte geschickt seinen Besuch im Elternhaus. Auch erhielt er keine Nachricht von dem von ihm so hoch geschätzten Mädchen. Er ahnte nicht, unter welch eingehender Beobachtung und strenger Bewachung die junge Ehefrau stand. Sueno glaubte fest, dass Christina inzwischen in die Ehe eingewilligt und ihr Versprechen, nicht zu heiraten, aufgegeben habe.

In einem wohl eher intimen Gespräch unter Kanonikern beschuldigte er sie der weiblichen Unbeständigkeit, indem er sagte: „Dass ich mich so in ihr täuschen würde, hätte ich nicht geglaubt." Diese eher unbedachte Äußerung Suenos wurde Christina – wohl nicht ohne Absicht – schnell überbracht. Sie musste diese intrigante Nachricht natürlich so auslegen, dass sich jetzt ihr wirklich einziger Freund gegen sie gestellt habe und er sich voll Bedauern selbst Vorwürfe mache, ihr Freund und geistlicher Berater gewesen zu sein.

Nachdem sie wieder allein und ein wenig zur Ruhe gekommen war, erfüllte sie ein noch größerer Schmerz, und tiefer Kummer legte sich auf ihre Seele. Sie war wie erstarrt. Regungslos und wie versteinert saß sie eine lange Zeit und blickte unbeweglich immer auf dieselbe Stelle. Waren denn Sueno und die wunderbaren geistlichen Erfahrungen, die sie mit ihm und durch ihn haben durfte, keine beständige Wirklichkeit? Christina weinte bitterlich. Sie weinte über die ausweglose Situation, in der sie unentrinnbar gefangen war, aus Enttäuschung über Sueno und über ihr eigenes Schicksal, das sich nicht wenden wollte. So unglücklich und von allen verlassen hatte sie sich niemals zuvor gefühlt.

In diesem seelischen Schmerz, der sie überwältigt hatte, wurde ihr bewusst, was Sueno ihr bedeutete und welchen Halt er ihr über so viele Jahre gegeben hatte. Er war es, der schon früh ihr wahres Wesen und Sehnen erkannt und gefördert hatte. Er war es, der sie liebend angeschaut und rechte Worte als Nahrung ihrer Seele gefunden hatte. Sollte auch er sich jetzt von ihr abgewandt haben, wo bereits alle in ihrer Umgebung sie verachteten und ihre Art zu leben und zu hoffen ablehnten?

Die freundschaftliche Verbundenheit und die Vertrautheit

waren für sie zu einem festen Fundament und einer Lebensquelle geworden, aus der sie – selbst bei den ärgsten Anfeindungen anderer – Mut und Kraft schöpfen konnte. Aber jetzt schien diese Quelle ausgetrocknet, und gerade der Mensch, den sie am meisten achtete und auf den sie baute, hatte sie allein gelassen und ihr sogar den Rücken gekehrt. Ihren Widersachern gegenüber fühlte sie sich von nun an allein.

Christina wurde krank. Sie wurde sehr krank, denn jetzt konnte ihre Seele dieses Leid nicht mehr tragen, und auch für ihren Körper wurde eine solche Last untragbar. In fast rhythmischen Abständen überfielen Christina Fieberwellen, die mit einer großen inneren Unruhe einhergingen. Da der eilig gerufene Spitalmeister nicht in der Lage war, durch spezifische Kräuter und kalte Bäder den Genesungsprozess einzuleiten, bat man einen Arzt an das Krankenbett von Christina. Doch zeigten weder die von ihm verordneten feuchten Umschläge noch das Tausendgüldenkraut fiebersenkende Wirkung. Als er erkannte, dass durch den Verschluss der Hautporen das Entweichen eines inneren Giftes nicht möglich war, verabreichte er der Patientin den vielgerühmten Theriak, ein opiumhaltiges Allheilmittel. Einerseits blieb der Erfolg nicht aus – das Fieber wich –, andererseits bildeten sich auf der Haut am ganzen Körper Pusteln und Finnen. Dieser erfahrene Arzt, der täglich zu ihr kam, hatte die wunderbare Gabe, der Krankheitsursache tiefer auf den Grund zu schauen. Er sah, dass es Christina in ihrer Haut nicht wohl war und sich in diesem Hautleiden innere Zustände ausdrückten. Als er ihr erklärte, die Natur sei bestrebt, sowohl die schlechten Säfte als auch die schlechten Eindrücke an die Oberfläche zu treiben, damit das Innere gereinigt werde, verstand Christina den größeren Zusammenhang. Von nun an half sie, den Heilungsprozess zu beschleunigen.

Auf der einen Seite bewirkte der Saft der Mandragorapflanze ein Eintrocknen der schmerzhaften Blasen auf ihrer Haut und stellte ein inneres Gleichgewicht her, auf der anderen Seite waren es die vertrauenswürdigen Gespräche mit dem Arzt, die Christina von ihrer so schweren Krankheit genesen ließen.

Durch die Zuwendung zur Quelle ewigen Heils fand sie nach dieser überstandenen Krise neue Lebenskraft und einen weitaus stärkeren und tieferen Zugang zu dieser Quelle als je zuvor.

Herr, lass mich erkennen,
warum die Anfeindungen kein Ende nehmen!
Viele sind es, die sich gegen mich erheben.
Ich habe nach Menschen gesucht,
die Mitleid in ihrem Herzen hegen.
Ich habe gesucht und sie nicht gefunden.
Zu dir erhebe ich voll Vertrauen meine Seele,
zu dir, der es gut meint mit allen.
Ich glaube an dich als die Quelle rechten Lebens.
In den Tagen der Prüfung, von allen verlassen,
breite ich mein Inneres vor dir aus.
Du erfüllst mich mit deiner liebenden Gegenwart.
Ich kann die Verfolgung der Menschen ertragen,
denn in dich setze ich all mein Vertrauen.

Durch diese Hinwendung an den Ursprung allen Seins, der unendliche Liebe ist, wuchsen Christina neue Lebensimpulse zu, die sie als Geschenk Gottes dankbar annahm. Sie erinnerte sich an den Namen, auf den sie getauft war: Theodora, der übersetzt „Gottesgeschenk“ bedeutet. Doch ihre Familie und alle, die sie lieb hatten, riefen sie beim Namen „Christina“. Ihr wurde die tiefere Sinngebung beider Namen bewusst und die Verantwortung, die sie damit trug. Mit der bejahenden Antwort bereits in ihrem Herzen, fragte sie sich, ob sie nicht doch – auf der Grundlage des Geschenkes ihres Lebens und in der Nachfolge Christi – die Kränkungen ihrer Eltern ertragen und das Verhalten Suenos verzeihen könne. Sie war überzeugt, es würde ihr gelingen.

Es verging einige Zeit. Während Christinas Eltern sie heftiger als je zuvor zu unterdrücken suchten, sich fast feindlich ihrer geistigen Haltung in den Weg stellten und dabei immer wütender wurden, kam Sueno die wahre Situation zu Ohren, in der sich das Mädchen befand. Er war sprachlos und wurde sich seiner großen Schuld ihr gegenüber bewusst. Sueno schämte sich, dass er an ihrer Beständigkeit hatte zweifeln können und es ihm an Treue fehlte. Enttäuscht und traurig dachte er über sich selbst nach, klagte sich an und ging streng und erbarmungslos mit sich zu Gericht, um den begangenen Fehler wieder gutzumachen. Aus Verantwortung und Sorge suchte Sueno eine Gelegenheit, mit Christina, der er sehr wehgetan hatte, Kontakt aufzunehmen. Doch es blieb ihm vorerst versagt, da ihre Familie sie nicht aus den Augen ließ und geschickt alles das zu verhindern suchte, was sie von den Plänen ihrer Eltern hätte abbringen können.

Durch den Tod eines adeligen Verwandten und die damit verbundene Ausrichtung der Beerdigung konnte man sich vorübergehend nicht so intensiv um Christina kümmern. Mit ihren Eltern nahm sie an der Trauerfeier in der Kirche von Huntingdon teil. Sueno, der zu den Kanonikern dieser Kirche gehörte, hatte den rituellen Ablauf der Totenfeier so gesteuert, dass sich die Gelegenheit bot, Christina anzusprechen. Er bat sie inständig um Verzeihung und darum, einem traurigen alten Mann um der Liebe Christi willen doch zu vergeben. Mit leiser Stimme fügte er hinzu, dass sie durchaus im Recht sei, wenn sie sich in Folge seiner mangelnden Treue von ihm abwende. Tief bewegt hielt Sueno die Hand vor sein Gesicht, da er sich der Tränen schämte. Ohne viele Worte zu machen, verzieh Christina ihm aus ganzem Herzen. Sie gaben sich die Hände und erneuerten damit schweigend ihre frühere Freundschaft. Trotz des traurigen Anlasses in der Kirche waren beide jetzt sehr, sehr glücklich über diese Wende in ihrer Beziehung. Sueno blieb im Kloster, Christina aber musste mit ihren Eltern nach Hause zurück.

Eine bessere Partie

Die Kirche St. Mary in Huntingdon war dem Kloster zugeordnet, in dem Kanoniker, die auch Chorherren genannt wurden, die kanonikale und monastische Lebensweise miteinander verbanden. Seit der Lateransynode von 1059 war den Regular-Kanonikern ein strenges mönchisches Gemeinschaftsleben und der Verzicht auf Privatbesitz auferlegt. Zu dieser zwischen 1086 und 1092 in Huntingdon gegründeten Gemeinschaft, die nach der Augustiner-Regel lebte, gehörte Sueno. Dem Prior dieses Klosters war neben seinen klösterlichen und gemeindekirchlichen Pflichten auch die Rechtsprechung eigen.

Eines Tages brachte Autti seine Tochter Christina vor den ehrwürdigen Prior Fredebert. Außer ihm hatten sich auch andere Kanoniker zur Rechtsanhörung im Saal versammelt. Autti begann seine Ansprache mit den folgenden traurigen Worten: „Ich weiß, verehrter Herr Prior und geehrte Chorherren, ich weiß, dass meine Frau und ich Christina gegen ihren Willen zur Heirat gezwungen haben und dass sie mit innerem Widerstand das Sakrament der Ehe empfangen hat. Das gestehe ich vor Euch und meiner Tochter. Ich denke, dass es jetzt jedoch keine Rolle spielt zu erklären, wie es zu dieser Ehe kam. Auf jeden Fall stellt sich seither unsere Tochter durch ihre ablehnende Haltung gegen die Autorität ihrer Eltern und macht uns bei unseren Nachbarn lächerlich. Sie geht sogar so weit, dass wir zum Gespött und Hohn werden bei allen, die uns kennen. Deshalb, verehrter Herr Prior, flehe ich Euch an: Wirkt auf sie ein, dass sie Mitleid mit ihren Eltern hat und die Gültigkeit ihrer Ehe vor Gott und den Menschen einsieht. Dann werden wir ihr keine weiteren Vorwürfe mehr machen. Warum muss sie derart aus der Art schlagen und von der Tradition abweichen? Warum bringt sie eine solche Schande über ihren Vater? Ihr Leben in Armut zu leben, wie sie es sich vorstellt, wird noch den ganzen Adel der Lächerlichkeit preisgeben. Verehrter Herr Prior, bringt sie zur Einsicht, damit sie endlich unseren Wunsch erfüllt. Uns ist so viel daran gelegen, dass wir bereit sind, ihr unseren ganzen Besitz zu überschreiben."

Nachdem Autti sich so ereifert hatte, bat der Prior ihn, das Plenum vorübergehend zu verlassen, um sich ohne seine Anwesenheit zu beraten. Die um ihn versammelten Kanoniker hörten gespannt zu, als der Prior jetzt das Mädchen ansprach: „Wir sind ganz überrascht, Theodora, von deiner Unbeugsamkeit oder, wir sollten eher sagen, von deinem unverstehbaren Verhalten. Wir wissen, dass du nach kirchlichem Brauch und Recht vermählt worden bist. Und wir wissen, dass das Sakrament der Ehe, das durch göttliches Gesetz bestätigt wird, nicht wieder rückgängig gemacht und die Ehe nicht aufgelöst werden kann, denn was Gott zusammengefügt hat, kann der Mensch nicht wieder trennen."

In einer langen Rede erklärte der Prior nicht nur den Sinn und die christliche Grundlage der Ehe sowie die gegenseitigen Pflichten der Gatten, sondern ging besonders auf den Respekt ein, den man den Eltern gegenüber zu erweisen habe. Viele Zitate und Begebenheiten aus der Schrift unterstützten die Eindringlichkeit seiner Worte, die auf Christina den Eindruck einer endlosen, mahnenden Predigt machten. Sie hatte recht aufmerksam zugehört, sich jedoch in keiner Weise bereden oder gar umstimmen lassen. Sie fand schnell eigene Worte, die sie vor der versammelten Geistlichkeit entschieden zum Ausdruck brachte:

„Ich kenne zwar nicht alle Schriften, aus denen Ihr zitiert habt, Vater Prior, aber ich glaube, verstanden zu haben, was Ihr mir damit sagen wolltet. Gern möchte ich Euch darauf antworten. Mein Vater und meine Mutter, wie Ihr gehört habt, waren meine Zeugen, dass dieses Sakrament – wie Ihr es genannt habt – mir gegen meinen Willen aufgezwungen wurde. Ich war niemals Ehefrau und denke auch nicht daran, eine solche zu werden. Ihr sollt wissen: Seit meiner frühen Kindheit wünsche ich mir ein einfaches Leben, und ich habe versprochen, nicht die Ehe einzugehen. Das Gelübde legte ich vor Zeugen ab, die allerdings körperlich nicht anwesend waren. Gott aber wird letztlich Zeuge meines Versprechens sein – für immer. Vor ihm und vor mir selbst habe ich versucht, verantwortungsvoll und aufmerksam zu leben – nach außen hin war es nur so weit möglich, wie es mir erlaubt wurde. Da nun meine Eltern mir die Ehe aufgezwungen haben und von mir verlangten, mein Versprechen zu brechen, stelle ich es Euch anheim, Vater Prior, über diese Sachlage zu urteilen. Wenn Ihr schon so ausgezeichnet anderen Menschen die Wahrheit der heiligen Schriften vermitteln könnt, werdet Ihr ohne weiteres in meinem Fall Recht sprechen."

Fredebert war erstaunt über ihre starken Worte und lobte insgeheim ihren gesunden Menschenverstand, den er jetzt auf die Probe stellen wollte. „Wie kannst du mir beweisen, dass dein Motiv stärker ist als die Pflicht der Ehe und der Gehorsam den Eltern gegenüber? Vielleicht lehnst du die Ehe mit Burthred nur ab, um eine bessere Partie zu machen?"

„Ja, gewiss", sagte Christina, „um eine bessere Partie zu machen."

„Ich rede ernsthaft mit dir und mache keine Witze. Wenn du möchtest, dass wir dir glauben, so schwöre in unserer Gegenwart, dass du nicht nur die Ehe mit Burthred ablehnst, sondern nicht einmal den Sohn des Königs heiraten würdest."

In wahrer Begeisterung, die sich in ihrem Gesicht widerspiegelte, schaute Christina den Prior mit strahlenden Augen an: „Ich bin nicht nur bereit zu schwören, ich würde auch, um den Beweis anzutreten, heißes Eisen in meine bloßen Hände nehmen. Entschuldigt meinen Hochmut, aber ich bin im Vertrauen auf Gott fest davon überzeugt, dass die Zeit nicht mehr weit ist, in der sich alles klärt und ich meinen Weg auch nach außen hin unbeirrt gehen kann."

Der Prior ließ Autti hereinrufen und sagte zu ihm: „Wir haben unser Bestes versucht, damit sich Eure Tochter Eurem Willen beugt. Doch haben wir in dieser Sache keinen Fortschritt erzielt. Daher möchte ich Euch einen Vorschlag machen. In Kürze wird Robert Bloet, unser Bischof von Lincoln, zu einem Besuch nach Buckden kommen. Die leider noch ungeklärte Situation verlangt es, diese so wichtige Frage vor ihm auszubreiten. Gern würde ich diesen Fall zur Entscheidung in seine Hände legen, denn kein anderer als der Bischof ist in der Lage, hier ein Urteil zu fällen. Dem zwecklosen Leiden auf beiden Seiten sollte ein Ende gesetzt werden. Ich respektiere – ich denke, wir alle – die Entschlossenheit und die unerschütterliche Haltung dieses Mädchens."

Autti zögerte kurz, dann stimmte er dem Vorschlag in der stillen Hoffnung zu, Bischof Robert werde auf seiner Seite stehen.

Durch diese Sitzung wurde das Problem um Christina in Huntingdon öffentlich bekannt. Viele Bürger der Stadt wünschten sich, dass der Bischof Christina bewegen – ja, ihr sogar durch seine Autorität befehlen – würde, sich der Ehe zu unterwerfen. Doch fiel das Urteil, das Bischof Bloet nach langen Gesprächen und Erörterungen der Sachlage fällte, überraschenderweise und für alle unerwartet völlig anders aus. Er sagte: „Es gibt keinen Bischof auf der Welt, der dieses Mädchen zur Ehe zwingen könnte. Sie hat sich aus freier Willensentscheidung dazu entschlossen, einen anderen Weg zu gehen." Diese Antwort löste allgemeines Unverständnis und Verwirrung aus. Autti fühlte sich besonders betroffen und gekränkt. Sich selbst bemitleidend, gestand er Christina resignierend ein: „Gut, nun haben wir für heute Frieden, und du hast über mich gesiegt. Der Bischof hat dich sogar in den Himmel gehoben und erklärt, dass du freier bist denn je. Geh' und lebe dein eigenes Leben, wie du es willst. Erwarte aber keine Unterstützung oder Hilfe von mir."

Schlüssel-Erlebnisse

Autti konnte jedoch diesen Worten nicht standhalten und wurde von Tag zu Tag trauriger. Viele hatten aufrichtiges Mitleid mit diesem unglücklichen Mann und berieten sich, wie sie seinen Kummer lindern könnten. Autti wurde hellhörig, als man ihm ins Ohr flüsterte, wie er seine Tochter doch zur Ehe zwingen könne. „Weißt du denn nicht, warum der Bischof seine Entscheidung erst am darauf folgenden Tag fällte und sie gegen alle Erwartung ausfiel? Er hat auf eine materielle Unterstützung von dir gewartet. Hättest du ihm Geld gegeben, wäre das Urteil zu deinen Gunsten ausgefallen. Weißt du nicht, wie habgierig und korrupt er ist, wie er sich auf die Seite desjenigen stellt, der ihm aus 'Freundschaft' Geld anbietet?"

Von diesen Augenblick an war Autti voll neuer Hoffnung. Trotz seiner vorherigen Niederlage und seines gekränkten Stolzes hielt er es für machbar, selbst einen Bischof ein Urteil revidieren zu lassen. Autti rechtfertigte vor sich sein eventuelles Tun, indem er sich sagte, dass einmal Begonnenes – koste es, was es wolle – zu Ende geführt werden müsse. Charaktereigenschaften seines adeligen Blutes bestärkten ihn in dieser Haltung. „Wäre es nicht erstrebenswert, wenn die hervorragend guten Eigenschaften Christinas" – Autti hatte letztlich Hochachtung vor ihr – „nicht brach liegen blieben, sondern im Sinne der Familientradition weiter vererbt würden? Sie ist eine so intelligente Frau, umsichtig in jeglicher Hinsicht, liebenswerter als alle anderen Frauen. Wie klug handelt sie in der Verwirklichung ihrer Pläne! Alle lieben sie, die Familie, die Verwandten, und bei Fremden kommt sie mit ihrem Charme und ihrer Liebenswürdigkeit sofort an. Es ist einfach notwendig, dass diese Frau eigene Kinder hat mit Charakterzügen ihrer Art."

Weil Autti von den Vorzügen seiner Tochter so angetan war, merkte er nicht, dass er ihr ein ehe- und kinderloses Leben einfach nicht gestatten wollte. Er hatte unbändige Angst davor, sie zu verlieren und seine Hoffnungen nicht erfüllt zu sehen. Christina wusste um all diese Zusammenhänge, doch setzte sie sich trotz ihres großen Mitgefühls und ihres sensiblen Einfühlungsvermögens über alles hinweg, was sie fremdbestimmte – sogar über die gebotene Liebe zu den Eltern. Stärker denn je fühlte sie den brennenden Wunsch, ein anderes Leben zu führen als das, was man von ihr erwartete. Sie war begeistert von einer diese Welt übersteigenden spirituellen Dimension und bis zum Äußersten entschlossen, alles daranzusetzen, um auf diesem für sie noch geheimnisvollen Weg weitere Erfahrungen und Fortschritte zu machen.

Die Erlebnisse im Benediktinerkloster von St. Albans hatten ihre Seele berührt und in ein neues Schwingen versetzt, das sie seither nicht mehr unterdrücken konnte. Mit dieser Sehnsucht im Herzen, die sie ausleben musste, machte Christina jegliche Erwartung und alle Hoffnung ihrer Eltern zunichte.

Autti beriet sich heimlich mit seinen Freunden, um geschickt eine neue Verbindung zu Bischof Bloet aufzubauen. Diese Treffen hinter verschlossenen Türen machten Christina äußerst misstrauisch. Sie überlegte, wie sie einem eventuellen Komplott zuvorkommen könne. Sie spürte, dass es höchste Zeit war, Burthred zu bewegen, sie endlich freizugeben. Durch den so gewichtigen bischöflichen Urteilsspruch fand ihr gemeinsames Gespräch auf einer sachlicheren Grundlage statt. Burthred musste sich von Christinas Argumenten überzeugen lassen. Diese Kunst der Überzeugung wurde auch durch das Wohlwollen und die Aktivität Suenos gefördert, der zusätzlich mit Burthred sprach.

Als jedoch Beatrice und Autti zu Ohren kam, dass Burthred sich aus der Ehe mit Christina zurückziehen wolle, um sie ungehindert ihren religiösen Weg gehen zu lassen, reagierten sie wutentbrannt mit der Äußerung: „Eine solch unglaubliche Entscheidung kann ohne unsere Zustimmung nicht gültig sein." Christinas Eltern versuchten noch einmal ideenreich und mit aller Kraft, Burthred umzustimmen, was ihnen zumindest dahingehend gelang, dass ihr Schwiegersohn Bestechungsgelder nach Lincoln zu Bischof Robert Bloet brachte. Wie erwartet, ließ kurze Zeit darauf der Bischof das Ehepaar zu sich kommen und gab auf äußerst geschickte und elegante Weise dieses Mal sein Urteil gegen Christina ab.

Christina, die erst langsam ahnte, was wirklich geschehen war, zeigte sich nicht sehr betroffen von diesem wankelmütigen, bestochenen Urteilsspruch. Sie lebte damit, als ob sich nichts verändert habe.

Um sein Misstrauen kundzutun, nahm Autti ihr zunächst gewaltsam die Schlüssel für das Haus und die Schränke ab, in denen sich Wertsachen befanden. Um Christina seine Liebe zu zeigen, hatte er ihr vertrauensvoll Zugang zu seinem gesamten Besitz verschafft. Jetzt kannte er sich in seiner Wut nicht mehr und ging noch einen Schritt weiter. Wie ein Wahnsinniger riss er ihr – bis auf das Unterkleid – alle Kleider vom Leib, drohte ihr mit den Schlüsseln in seiner Hand und schrie: „Raus aus meinem Haus! Geh' weg, so weit du kannst. Lauf' ihm doch nach, so nackt, wie du bist!"

Ein Gast, der zufällig anwesend war, verhinderte das Ärgste, denn sonst hätte Autti tatsächlich seine Tochter in diesem Zustand und bei Nacht vor die Tür gesetzt. Wegen der ihr in Aussicht gestellten Freiheit empfand Christina dieses Auftreten ihres Vaters in keiner Weise als tragisch. Schnell zog sie sich in ihr Zimmer zurück, tat das Notwendige und verließ am frühen Morgen, als niemand es hörte, das Haus. Doch Stunden später – Autti hatte von ihrer Abwesenheit erfahren – ließ er sie suchen, jagte ihr nach und brachte Christina gegen ihren Willen zurück nach Hause.

Durch den Einfluss böser Kräfte ließ auch Beatrice von diesem Tag an ihren Zorn an ihrer Tochter aus. Sie suchte jede Gelegenheit, um dem Ansehen Christinas zu schaden und gar ihre Integrität zu zerstören. Manchmal öffentlich, manchmal heimlich, fügte sie ihrer Tochter unaussprechliche Grausamkeiten zu. Sie sprang nicht nur plötzlich auf und brachte Christinas fein aufgestecktes Haar durcheinander, sondern schlug auch bis zur Erschöpfung auf sie ein. Striemen einiger Schläge trug Christina ein Leben lang auf ihrer Haut. Später schwor Beatrice sogar, dass Christina längst defloriert worden sei und sie nicht einmal wüsste, wer über ihr gelegen habe.

Je größer der Druck und die Bedrängnis von außen wurde, umso mehr fühlte Christina sich vom inneren Leben her begnadet. Ihr wurden Zusammenhänge von Schicksalsabläufen einsehbar, neue Energiereserven zugänglich, und es bildete sich auf der Grundlage leidvoller Erfahrung allmählich ein Wissen um den Ursprung und die Zukunft des Menschen.

Christina empfing nicht nur inneren Zuspruch, sondern sie bekam Ahnungen von zukünftigen Geschehnissen; es schenkten sich ihr sogar Visionen. Oft durfte sie inmitten aller dunklen Bedrängnis in ihrem Inneren die lichte Helligkeit eines strahlenden Tages wahrnehmen. Es war, als ob die Wurzeln ihrer Lebensblume sich anschickten zu wachsen, um später einen Baum tragen zu können.

Alle, die Christina näher kannten, stellten bei ihr wesentliche Veränderungen fest. Sie war davon überzeugt, schon recht bald in Freiheit die Freiheit leben zu können, die ihren sehnlichsten Wünschen entsprach. Immer wenn sie daran dachte, hellten sich ihre Gesichtszüge auf und eine strahlende Heiterkeit erfüllte ihr Wesen.

Trotz aller Widrigkeiten um sie herum gelang es ihr, eine Möglichkeit zu finden, mit Sueno zu sprechen, ihn teilhaben zu lassen an ihrem neu aufbrechenden Glück. Als Sueno diese Entwicklung sah, die Christina durchgemacht hatte, war er durch und durch davon überzeugt, dass die Tragik ihres Schicksals bald beendet sein würde. Doch neue Attacken gegen sie wurden ihr auch in naher Zukunft nicht erspart, und nichts deutete auf ihr baldiges Freisein.

Eadwin – Beihilfe zur Flucht

Christina, die bis dahin ein gewisses Maß an Leiden schweigend hingenommen hatte, blieb nicht länger untätig. Sie hatte von einem Einsiedler namens Eadwin gehört, der in der Nähe von Huntingdon ein streng religiöses Leben führte. Ihn zu erreichen, mit ihm Kontakt aufzunehmen und seinen Rat zu hören – das war ihr ganzes Bestreben. Da Christina erneut unter strengem Hausarrest stand und nie allein gelassen wurde, sah sie die einzige Möglichkeit, ihren geheimen Plan weiter durchführen zu können, darin, ihre Beobachter mit Geld zu bestechen. So waren sie bereit, Eadwin eine Nachricht zu überbringen. Seine Antwort erfüllte Christina mit Erleichterung: Der Eremit war bereit zu kommen. Sie trafen sich heimlich, um alles Notwendige auszutauschen – kurz, wie es Zeit und Ort erlaubten. Dem Fluchtplan, den Christina ihm unterbreitete, stimmte er voll zu und versprach zu helfen. Klug und geschickt gelang es ihr, diese Begegnung und die Vorbereitungen zur Flucht zu vertuschen.

Als Eadwin in Gedanken immer wieder die verschiedensten Möglichkeiten durchging, Christina zu befreien und gleichzeitig zu verstecken, fiel ihm Roger ein, ein Verwandter.

Roger war zu dieser Zeit schon ein alter Mann; weise und zurückgezogen stand er ganz im Dienst der Wahrheit. Nachdem er viele Jahre Mönch in der benediktinischen Gemeinschaft von St. Albans gewesen war, hatte ihm der Abt erlaubt, in einer Einsiedelei in der Nähe des Klosters sein Leben zu verbringen. Einer inneren Eingebung folgend, hatte er die für ihn geeignete Klause in Markyate gefunden. Rechts von der Straße, die vom Kloster St. Albans nach Dunstable führte, erstreckte sich ein großer dichter Wald, umgeben von unfruchtbaren Hügeln. In dieser unwegsamen Gegend gründete er seine Einsiedelei. Auf dem steinigen Weg aus der Mönchsgemeinschaft dorthin musste er viele Schwierigkeiten und Anfeindungen ertragen. Durch Gebet und Hingabe hatte er zu einem kontemplativen Leben gefunden; darüber hinaus besaß er die Gabe der Prophezeiung.

Zu ihm, dem Einsiedler Roger, machte sich Eadwin auf den Weg. Er fragte, ob er ein junges Mädchen, das ein hohes geistliches Ziel vor Augen habe, in seine Obhut nehmen könne. „Wegen der Nähe zu ihrem Elternhaus", sagte Eadwin, „ist es nicht möglich, dass sie bei mir wohnen kann. Sie stammt aus der Familie eines alten, einflussreichen englischen Adels, und noch weit um Huntingdon herum wohnen ihre vielen Verwandten." Aufmerksam erkundigte sich Roger nach Christinas Charakter und ihrer Art zu leben. Der weise alte Mönch hörte Eadwins Worten konzentriert zu. Als Roger jedoch vernahm, dass Christina verheiratet sei, blickte er seinen Vetter scharf an und sagte ungehalten: „Meine Aufgabe ist es nicht, Ehen zu lösen. Wenn du deshalb gekommen bist, hast du Schläge verdient!"

Nachdem Roger den Gedanken zurückgewiesen hatte, Ehepartner zu separieren, und kein weiteres Sprechen mit ihm möglich war, verlor Eadwin jede Hoffnung und bedauerte, überhaupt diesen Versuch unternommen zu haben. Als er unverrichteter Dinge zurückgekehrt war, kam ihm der Gedanke, den logisch nächsten Schritt zur Klärung der Rechtsfrage zu tun: den Erzbischof von Canterbury in dieser heiklen Angelegenheit aufzusuchen und ihn um Rat zu fragen. Eadwin hatte über Ralph d'Escures, der seit 1114 Erzbischof war, gehört, dass dieser nicht nur im Kirchen-, sondern auch im Zivilrecht hervorragend bewandert sei und es vor allem auch gerecht anwende; dass er ein Mann sei, der diese hohe Position durch eine starke Persönlichkeit ausfülle und gleichzeitig ein offenes Herz für die Benachteiligten habe.

Es war eine lange Reise nach Canterbury, die Eadwin auf sich genommen hatte. Obwohl er gern darüber geschwiegen hätte, öffnete er sich gegenüber dem Erzbischof und berichtete ausführlich von Christinas Ehe. Als Eadwin im Gespräch großes Wohlwollen und Verständnis spürte, enthüllte er vertrauend Christinas Absicht zu fliehen und fragte hoffnungsvoll, ob der Erzbischof zustimmen könne.

„Glaub' mir, Bruder", sagte Ralph d'Escures, „wenn jemand dieses Mädchen in die Ehe gezwungen hat, dann hat er die gleiche Strafe verdient wie jemand, der einen Totschlag auf dem Gewissen hat. Ich würde sie daher sofort und ohne Bedenken den Pflichten der Ehe entheben." In einem Gebet, das der Erzbischof für Christina sprach, segnete er sie und ihren Weg, den sie sich trotz aller Widerstände zu gehen vorgenommen hatte. Dann wandte er sich zu Eadwin und forderte ihn auf, nicht mehr in Canterbury zu verweilen, sondern eiligst aufzubrechen, um Christina so schnell wie möglich die notwendige Hilfe zukommen zu lassen.

Voll Freude und Dankbarkeit ritt Eadwin zurück. An verschiedenen abgelegenen Orten sprach er mit Einsiedlern, um den Fluchtplan vorzubereiten. In Huntingdon ergab sich die Gelegenheit, dass Loric, der Begleiter Eadwins, der in alles eingeweiht war, Christina unbemerkt treffen konnte. Sie erfuhr von mehreren Zufluchtsorten und den dort lebenden Einsiedlern und Einsiedlerinnen, die ihr Unterkunft und ein sicheres Versteck bieten würden. Blitzschnell entschied sich Christina für Flamstead, weit entfernt von Huntingdon und vor allem in der Nähe von Markyate, wo der Einsiedlermönch Roger lebte. Die Klausnerin Alfwen aus Flamstead, zu der Christina sich hingezogen fühlte, stand in gutem Kontakt zu Roger und wurde von ihm hoch geschätzt.

Gutwillig und in seiner schlichten Einfachheit sagte der Begleiter Eadwins zu Christina: „Ich wollte, ich könnte Euch jetzt sofort mitnehmen aus der Stadt!" So einfach schien ihr die Flucht nicht zu sein. Zwei junge Menschen bei Tage in offener Landschaft würden der Wachsamkeit ihrer Beobachter bestimmt nicht entgehen. Daher unterbrach sie ihn, verlegen und etwas errötend, und sagte in einem eher bestimmenden Tonfall: „Beeile dich und geh' zu deinem Meister. Er soll zu einer genau vereinbarten Zeit zwei Pferde bereitstellen – eines für mich und eines für dich.“ Dann bestimmte sie nach einer kurzen Überlegung den Wochentag und fuhr fort: „Ganz früh, bei Einbruch der Morgendämmerung, warte mit den zwei Pferden, bis ich komme.“ Sie beschrieb genau die Stelle, nicht allzu weit von ihrem Elternhaus entfernt, und sagte: „Mache keinen Fehler und sprich niemanden an. Wenn ich sehe, dass die Pferde bereitstehen, versuche ich sofort zu kommen. Gebe ich dir aber ein Zeichen, indem ich den Zeigefinger der rechten Hand hebe, zügle auf der Stelle die Pferde und halte dich und sie ganz ruhig. Dann wird es noch dauern, bis der rechte Augenblick gekommen ist. Voraussichtlich werden meine Eltern an diesem Tag nicht zu Hause sein, denn wie gewöhnlich besuchen sie Guido, der auf einem abgelegenen Hof ungefähr sechs Meilen von der Stadt entfernt wohnt.“

Der lang ersehnte Tag

Endlich brach der lang ersehnte Tag an. Nachdem am frühen Morgen die Eltern aufs Land gefahren waren, ging Christina eiligen Schrittes herunter zum Fluss, schaute weit über die Felder und Wiesen – ihr Komplize aber war nicht zu sehen. Die verabredete Zeit war längst überschritten; aus Gründen der Sicherheit musste sie nach Hause zurückkehren. Innerlich klagte sie und fragte sich, ob es für sie denn überhaupt noch eine Hoffnung gäbe. „Warum wird es mir so schwer gemacht, und kein Wunsch geht in Erfüllung? Was ist geschehen? Wurde der Plan vereitelt? Ist dies ein Zeichen des Himmels, zu Hause bleiben zu müssen, sich um weltliche Dinge zu kümmern und gar Burthred gefallen zu müssen? Gelingt es mir, doch noch zu entkommen, werde ich niemals hierher zurückkehren. Niemals mehr zurück – wie ein Hund, der sein Erbrochenes nicht mehr anrührt!“

Die Bediensteten, die pflichtbewusst nach Christina Ausschau hielten, fanden sie schließlich maßlos traurig und durch die Enttäuschung völlig erschöpft in ihrem Zimmer.

Als sie bereits alle Hoffnung aufgegeben hatte, nahm sie ein zartes Klopfen wahr wie von einem Vogel, der mit seinen Flügeln einen Widerstand berührt. Christina spürte in sich hinein, wie sie es in ihren Meditationen gewohnt war, und hörte, dass sie jemand beim Namen rief. Schlagartig wurde sie sich der Wichtigkeit des Augenblicks bewusst. Sie richtete sich auf und sah, wie alle um sie herum mit ihren häuslichen Aufgaben voll beschäftigt waren. „Warum bist du so träge, beeil' dich", sagte die Stimme – sie konnte nicht von außen kommen, denn niemand war Christina zugetan –, „Loric ist da und wartet auf dich."

Von einer starken inneren Kraft geführt, überlegte sie nicht lange, nahm diese Intuition auf und ging in ein bestimmtes Zimmer, das abseits gelegen war. Hier hatte Christina schon vor längerer Zeit passende Männerkleidung versteckt, um gegebenenfalls als Mann handeln zu können. Schnell zog sie sich um und eilte – in einen weiten Mantel gehüllt, der ihr bis zu den Füßen reichte – unbemerkt aus dem Haus. Ihr war nicht ganz wohl dabei, denn sie meinte, dass ihre jüngere Schwester Matilda sie doch gesehen und einen sonderbar verdächtigen Blick auf sie geworfen hätte. Umso schneller rannte sie jetzt auf die Wiese zu, wo sie sich mit Loric bereits vor Stunden verabredet hatte. Es war heller Tag. Und da stand er mit den beiden Pferden.

Schnell ergriff sie die Zügel des für sie bestimmten Pferdes, hielt für einen Moment inne, denn Angst und Verwirrung überfielen sie. Doch gab sie sich innerlich einen Stoß, fasste Mut und spornte sich an: „Keine Verzögerung jetzt, du Flüchtling. Nimm keine Rücksicht auf deine Weiblichkeit. Du bist jetzt ein Mann und sitze wie ein solcher auf." Damit hatte sie blitzschnell alle Furcht besiegt, schwang sich auf das Pferd, spornte es an, indem sie wie ein Mann kräftig in seine beiden Flanken stieß, und galoppierte davon. Mutig drehte sie sich um und rief Loric, der ihr gefolgt war, zu: „Halte Abstand – wir können nicht zusammen reiten. Wenn wir gefasst werden, töten sie dich!"

Es war ungefähr neun Uhr am Morgen. Gegen drei Uhr am Nachmittag erreichten sie Flamstead, nachdem sie weit über dreißig Meilen zurückgelegt hatten. Christina war neunzehn Jahre alt, als sie ihr erstes größeres Ziel erreichte.

Dort empfing sie herzlich die von allen hoch verehrte Einsiedlerin Alfwen. Noch am selben Tag legte Christina das Habit an, ein einfaches praktisches Gewand aus grob gewebtem Stoff. Für einen Augenblick fühlte sie den großen Gegensatz zu der Kleidung, die sie im Elternhaus getragen hatte: seidene Kleider und kostbare Pelze.

Ein kleiner, verborgener, dunkler Raum wurde ihr zugewiesen, in dem sie sich eine lange Zeit – von der Außenwelt abgeschieden – versteckt hielt. Sie nutzte die Stille, um ihre Gedanken zu ordnen, zu beten und zu meditieren. Besonders dankbar war sie für ein Buch mit den Psalmen, das Alfwen ihr zum persönlichen Gebrauch lieh. Obwohl sie damals in St. Albans insgeheim versprochen hatte, wie die Mönche ohne eigenen Besitz zu leben, ergriff sie jetzt, als sie den Psalter in Händen hielt, der sehnliche Wunsch, ein solches Buch einmal ihr eigen nennen zu dürfen.

Nachdem Christina zur Ruhe gekommen war und sich ein wenig erholt hatte, schlug sie noch am ersten Abend das Buch auf, willkürlich, und las die ersten fünf Verse des 37. Psalms:

Errege dich nicht über die Bösen,
wegen der Übeltäter ereifere dich nicht!
Denn sie welken schnell wie das Gras,
wie grünes Kraut verdorren sie.
Vertrau auf den Herrn und tu das Gute,
bleib wohnen im Land und bewahre Treue!
Freu dich innig am Herrn!
Dann gibt er dir, was dein Herz begehrt.
Befiehl dem Herrn deinen Weg und vertrau ihm;
er wird es fügen.

Sie lernte diese Verse auswendig und wiederholte sie auch später oft, wenn sie schwerlich mit ihrem jeweiligen Schicksal fertig wurde oder sich an die Gewalttätigkeit und Arglist ihrer Eltern, Freunde und Verwandten erinnerte, die danach trachteten, das von ihr gewählte Leben zu zerstören. Doch zunächst einmal war sie von unendlichem Dank erfüllt, all dem Schrecklichen, was sie durchgemacht hatte, entkommen zu sein.

In der Zwischenzeit waren ihre Eltern von der Tagesreise nach Huntingdon zurückgekehrt. Als sie Christina weder zu Hause noch in der Kirche St. Mary oder im Kloster fanden, wurde ihnen klar, dass ihre Tochter ausgebrochen war. Wie konnte sie entkommen sein trotz der vielen Sicherheitsvorkehrungen, die sie verstärkt vor ihrer Abreise getroffen hatten? Wohin könnte sie gegangen sein? Unverzüglich stellten sie mehrere Gruppen von Leuten zusammen, die alle Straßen, besonders die aus Huntingdon hinausführenden, absuchen sollten. Sie hatten den Auftrag, ihre nun noch mehr in Ungnade gefallene Tochter zu verfolgen, sie zu ergreifen, um sie nach Hause zurückzubringen, und demjenigen, der in ihrer Begleitung sein sollte, Fesseln anzulegen.

Während einige in diese, andere in jene Richtung losstürmten, war es Burthred völlig klar, dass Christina nur bei einem Einsiedler oder einer Einsiedlerin Zuflucht hatte nehmen können. Sofort ritt er zu allen Einsiedlern, die er in der ganzen Gegend kannte, suchte, fragte und bot Geld an, wenn man ihm weiterhelfen würde, Christina zu finden. Doch musste er eine Absage nach der anderen und manche treffende Bemerkung einstecken.

Nachdem Roger davon gehört hatte, dass das Mädchen aus Huntingdon, von dem ihm Eadwin erzählt hatte, ganz in seine Nähe zur Einsiedlerin Alfwen gekommen war und von ihr versteckt wurde, spürte er ganz deutlich seine kommende Aufgabe, die mit dem Schicksal dieses Mädchens zu tun haben würde. In seiner Zurückgezogenheit und durch sein fürbittendes Gebet für Christina wurde ihm bewusst, dass der Schöpfer für eine gewisse Zeit ihre Seele in seine Hände legen würde. Roger war betroffen darüber, dass er bei dem Besuch Eadwins und der damit verbundenen Anfrage des Mädchens, ihr zu helfen, nicht empfindsam genug gewesen war, tiefere Zusammenhänge wahrzunehmen. Jetzt zog er sich beschämt zurück, um Abbitte zu tun, zu fasten und vor allem, um Einsicht zu erhalten.

Dass Christina ihren Plan durchgesetzt und tatsächlich verwirklicht hatte, ihre klare Entschiedenheit, ihr Durchhaltevermögen und die geglückte Flucht – das alles hatte auch bei Sueno, dem Kanoniker aus Huntingdon, eine Menge in Bewegung gesetzt. Innerlich häuften sich seine Vorwürfe der Mutter gegenüber, dass sie Christina, den Segen ihres Hauses, fortgejagt hatte. Er sah voraus, dass diesem Haus von nun an großes Missgeschick widerfahren würde.

Der Traum von den Bullen

Als Christina über Alfwen hörte, dass Loric, der junge Mann, der ihr zur Flucht verholfen hatte, von ihren Eltern gesucht und ihm eine erhebliche Strafe angedroht wurde, wenn er nicht sprechen würde, geriet sie in große Unruhe. In der darauf folgenden Nacht erschien er ihr im Traum und sprach ihr aus einem lichterfüllten Antlitz großen Mut zu. Sie brauche keine Angst mehr vor ihren Verfolgern zu haben und dürfe Vertrauen aus der unendlichen Liebe Gottes schöpfen.

Christina handelte danach, bewahrte dies jedoch schweigend in ihrem Herzen. Sie schwieg weiterhin – obwohl sie erschüttert war –, als sie nach einiger Zeit hörte, dass Loric in Folge eines Unfalls verstorben sei. Er soll einen schmerzlosen, ruhigen Tod gehabt haben, so wurde ihr berichtet.

Christina trug schwer an dem plötzlichen Tod des jungen Loric. Sie musste außerordentlich viel an ihn denken. Ihr Gebet begleitete ihn. Wohl mit diesem Ereignis im Zusammenhang stehend, hatte sie in einer der nächsten Nächte einen Traum, der sie tröstete und ihr Sicherheit gab.

Sie sah sich auf einem festen und tragfähigen Erdboden stehen, während sich vor ihr eine große und sumpfige Wiese ausbreitete, auf der eine Vielzahl von wilden Bullen auf sie losstürzte. Besonders erschreckend waren für Christina die übergroßen bedrohenden Hörner und die schreienden Augen der Tiere. Als die Bullen versuchten, ihre Hufe aus dem sumpfigen Boden zu ziehen, um Christina anzugreifen und sie zu zertrampeln, hielt der Boden ihre Hufe derart fest, dass sie sich nicht mehr bewegen konnten. Während Christina voll Entsetzen die bewegungslosen Tiere anstarrte, die gerade noch im Begriff waren, sie anzufallen, wurde ihr bereits während des Traumes der tiefere Zusammenhang dieses Bildes bewusst. Ruhe und Sicherheit überkam sie. „Wenn du den Platz, auf den du gestellt bist oder den du dir aus freier Entscheidung gewählt hast, bejahst und versuchst, ihn zu bestehen, brauchst du keine Angst zu haben vor den Grausamkeiten dieser Bestien. Bist du jedoch unfähig, zu dir zu stehen, um dich zu behaupten, und ziehst dich aus Unsicherheit auch nur einen Schritt zurück, fällst du unweigerlich ihrer zerstörerischen Macht anheim."

Durch die Klarheit dieser Gedanken wurde Christina hellwach. Sie führte sich noch einmal das geschaute Bild mit all seinem Schrecken wie aber auch die glücklich bestandene Situation vor Augen. In der bedrohlichen Vielzahl dieser gehörnten Tiere kam ihr die überstarke, aggressive, maskuline Macht entgegen mit ihrer unkultivierten, animalischen Sexualität. Dass sie sich ihr gegenüber so oft behauptet hatte und standfest geblieben war, um ihr eigenes Leben durchzusetzen, erfüllte sie jetzt – im Bewusstsein dieses Traumes – mit neuem Mut. Sie wusste zwar nicht, wie sich ihr Leben konkret weiter gestalten würde, aber in dieser Phase völliger Zurückgezogenheit empfand sie tiefen Frieden. Es war, als ob der Boden bereitet würde für Kommendes und Größeres. Das Buch der Psalmen bedeutete ihr dabei sehr viel. Im Abschreiben lernte sie die Texte auswendig und im Singen und Rezitieren erfreute sie sich an ihnen.

Wenn Christina auch in ihrem Versteck in Flamstead, behütet und beschützt durch die Klausnerin Alfwen, sicher vor den Menschen war, so bedeutete das aber noch keinesfalls Sicherheit vor dunklen inneren Kräften und Anfeindungen. Vor ihnen konnte sie nicht fliehen, sondern musste sich ihnen immer wieder erneut stellen.

Einmal wurde sie maßlos erschreckt durch eine Menge kleiner Besucher, die ihre Zelle förmlich überfielen. Den ausgesprochen hässlichen Kröten mit ihren großen und entsetzlich starren Augen konnte Christina keine Sympathie entgegenbringen; sie fürchtete sich gar vor ihnen, als sie sich nicht nur überall auf dem Boden verteilten, sondern versuchten, die Wände hinaufzuklettern, und sich anmaßten, über den Psalter zu laufen, der aufgeschlagen auf ihrem Schoß lag.

Christina brach weder in Panik aus noch wurde sie aggressiv. Durch ihren hellen, klaren Gesang verließen die Kröten die Zelle wieder.

Roger von Markyate

Zwei volle Jahre weilte Christina im Flamstead. Sie lebte so zurückhaltend und verborgen, dass trotz intensiver Suche – ihre Eltern und Burthred hatten alles darangesetzt, sie zu finden – niemand auch nur die leiseste Spur von ihr aufnehmen konnte. In diesem Jahr 1118 aber – nachdem Alfwen, hochbetagt und in tiefem Frieden, gestorben war – fühlte sich Christina in Flamstead nicht mehr sicher.

Roger, der Einsiedlermönch aus St. Albans, der jetzt in Markyate lebte – ungefähr 2,5 Meilen von Flamstead – und als geistlicher Vater Kontakt mit den umliegenden Einsiedeleien hatte, erfuhr von der erneut gefährdeten Situation, in der sich Christina befand. Jetzt wollte er ihr seine Hilfe, um die Christina ihn bereits vor über zwei Jahren gebeten hatte, unverzüglich anbieten. Er rief seine beiden Begleiter, Acio und Leofric, zu sich: „Bereitet euch darauf vor und macht euch bewusst, dass ein besonders begnadeter Mensch zu uns kommen wird und ihr ihn wahrscheinlich abholen dürft. Mehr kann ich im Moment noch nicht sagen, als dass dieser Besuch dem Urgrund der Schöpfung wohl weitaus näher steht als wir alle zusammen."

So begegneten sich Roger und Christina noch am selben Tag in der Einsiedelei von Markyate. Als sie sich gegenüberstanden, staunten sie: Christina über die aufrechte Haltung des alten Mannes und seine herzliche Offenheit; Roger über die klare und entschiedene Ausdruckskraft einer noch so jungen Frau. Beide spürten, dass ihre Begegnung weder Zufall war noch auf ein menschliches Denken und Planen zurückgeführt werden konnte.

Christina hatte nicht mehr an ihren ursprünglichen Wunsch gedacht, in der Nähe Rogers oder gar in seiner Einsiedelei zu leben. Ebenso war Roger überrascht, jetzt Christina, deren Lebensweg er verständnislos abgelehnt hatte, in Verantwortung gegenüberzustehen. Bei ihrem gegenseitigen Anblick sprang ein Funke über – nicht der einer menschlichen Leidenschaft, sondern der eines inneren Feuers, das der Geist Gottes in jedem von ihnen auf individuelle Weise entfacht hatte.

Aus diesem unendlichen Gefühl des Getragenseins und Geführtwerdens, aus Hochachtung und Nächstenliebe bot Roger Christina an, in seiner Einsiedelei von Markyate zu leben. Christina, erfüllt von der Strahlkraft und Gottesnähe dieses alten Mannes, stimmte dankbar zu. Da der Eremit Roger ein Mönch der nahe gelegenen Benediktiner-Abtei St. Albans war und mit Erlaubnis des Abtes getrennt vom Konvent unter der benediktinischen Regel in der Einsiedelei von Markyate sein Leben führte, fühlte sich Christina bei seinem Angebot nicht nur räumlich mit ihrer großen Liebe St. Albans näher verbunden, sondern sah auch die geistige und geistliche Verbindung. Roger lehrte sie durch Anweisungen in der Meditation und Kontemplation, ihre Lebensinhalte und Ziele neu zu überdenken, sie zu ordnen und höhere in den Blick zu nehmen.

Auch sein geistliches Leben erhielt durch die Gespräche und den Erfahrungsaustausch mit Christina neue Impulse. In ihrer glühenden Liebe zur Schöpfung hatten sie beide das Verlangen, auf ihrem meditativen und kontemplativen Weg dem Schöpfer über die Schönheit alles Geschaffenen näher zu kommen. Roger und Christina waren sich gegenseitig Ansporn, durch eine entsprechende Lebensweise dem Geheimnis der Schöpfung tiefer auf die Spur zu kommen. Ihr hohes geistiges Ziel erlaubte es, machte es sogar notwendig, dass sie gemeinsam in der Einsiedelei von Markyate lebten. Beiden war die Notwendigkeit voll bewusst, mit der Kostbarkeit ihrer Begegnung umsichtig vorzugehen.

Der neue Aufenthaltsort Christinas durfte nicht bekannt werden, da auf der einen Seite Christina die Rache derjenigen fürchtete, die sie immer noch verfolgten, auf der anderen Seite beide sich vor einem eventuellen Skandal in Acht nehmen mussten, denn viele Menschen – auch einige der Mitbrüder Rogers – hätten diese ihre Lebensweise nicht oder gar falsch verstanden. In allem war daher äußerste Wachsamkeit und Vorsicht geboten.

Im Anschluss an das Oratorium des alten Einsiedlers Roger befand sich ein ganz kleiner verwinkelter Raum, den er Christina als Zelle und Versteck zuwies. Sie war glücklich darüber. Um ganz sicher zu gehen, dass niemand einen weiteren Raum hinter dem Oratorium vermutete und somit je in Versuchung geraten würde, ihn zu betreten, stellte Roger ein schweres, großes Brett aus Eichenholz vor die Zelle, die wegen ihrer Enge eher als Nische bezeichnet werden konnte und wegen dieser Verbretterung als Gefängnis. Doch Christina empfand nicht so, obwohl sie von innen das Brett und den davor geschobenen schweren Holzklotz aus eigener Kraft nicht bewegen konnte. Sie ließ sich auf dieses körperliche und psychische Abenteuer ein und hielt es tatsächlich vier lange Jahre bis zum Tod Rogers in diesem Versteck aus. Der beschränkte Lebensraum und die damit verbundene beschränkte und ärmliche Lebensweise führten sie jedoch manches Mal bis an die Grenzen ihrer Belastbarkeit. Auf der anderen Seite gelang es Roger gerade durch dieses fast menschenunwürdige Versteck, Christina vor Fremden, selbst vor seinen Freunden und Begleitern zu verbergen.

Infolge ihrer geistigen Kraft und ihres starken Willens vermochte es Christina, Unannehmlichkeiten und größte Entbehrungen zu ertragen: den fensterlosen Raum, den steinigen Boden, die entsetzliche Kälte im Winter, die Hitze im Sommer, Hunger und Durst. Die Enge ihrer Zelle ließ es nicht zu, über das Notwendigste hinaus noch etwas unterzubringen. Der Mangel an frischer Luft machte heiße Tage unerträglich bedrückend. Manchmal litt sie unter heftigen Magenschmerzen, die nicht enden wollten. Hinzu kam ein häufig auftretendes Nasenbluten – äußerst unangenehm und angstmachend, wenn es länger anhielt. Doch von all dem war eines am unerträglichsten: Erst am Abend, wenn es dunkel war, konnte sie ihre so peinlich gehütete Verborgenheit aufgeben, um endlich das zu erledigen, was der Körper zu seiner Entlastung verlangte. Auf die Dunkelheit warten zu müssen – selbst wenn die natürlichen Bedürfnisse sich eher meldeten – war für Christina das Schlimmste und täglich eine Qual. Oft aß oder trank sie allein wegen dieses Umstandes wenig oder nichts. Wenn es aber trotz allem zu einem nicht aufzuhaltenden quälenden Bedürfnis kam, musste sie auf ein besonders vereinbartes Zeichen Roger rufen, weil sie wegen des schweren Eichenbrettes die Tür ihres selbst gewählten Gefängnisses nicht öffnen konnte. Da sie möglichst wenig Aufhebens von sich machen wollte und Roger gewöhnlich erst bei Einbruch der Dunkelheit zu ihr kam, war ihre Not oft groß und schmerzhaft.

Auch wenn sie jederzeit nach Roger rufen oder klopfen

durfte, machte sie kaum Gebrauch von dieser Möglichkeit. Obwohl sie manches Mal entsetzliche Qualen litt, bemühte sie sich, zu warten und ruhig zu bleiben – aus Angst, entdeckt zu werden, falls Roger gerade nicht allein sein sollte. Wenn sie spürte oder durch Geräusche und Worte wahrnahm, dass Besucher bei Roger weilten, wagte sie kaum zu atmen. Lieber wäre Christina in dieser äußersten Zeit der notwendigen Zurückhaltung in ihrer Zelle gestorben, als dass sie ihre Gegenwart irgendjemandem kundgetan hätte.

Diese täglich neu zu übende Zurückhaltung und die daraus entstehenden großen Entbehrungen machten Christina über den langen Zeitraum von vier Jahren schwer zu schaffen. Das Annehmen und Ertragen körperlicher Leiden forderte viel Kraft von ihr; zu viel Kraft, sodass sich allmählich chronische Krankheiten einstellten, mit denen Christina sehr und lange Zeit zu kämpfen hatte.

Doch ihr ständig wachsendes Bewusstsein und die geistige Kraft, die ihr zuströmte, machten es ihr möglich, tägliche Sorgen, große Mühen, Strapazen und Krankheiten als unabänderlich anzunehmen und durchzustehen. Der Sinn zeigte sich ihr zwar noch nicht konkret, aber auf der Grundlage von Gebet und Meditation empfing Christina eine große Sicherheit, die sich in der Klarheit ihrer Gedanken und in der Entschiedenheit ihrer Taten ausdrückte.

Zu der kontemplativen Meditation, die Sueno sie gelehrt hatte, durfte sie jetzt durch den weisen Roger eine völlig andere und einfachere Gebetsweise lernen: das Ruhe-Gebet. Niemals hatte sie einen glaubwürdigeren Menschen erlebt als Roger, der sie nicht nur durch Worte, sondern vor allem durch sein Beispiel lehrte. Christina folgte ihm. Wenn auch die äußeren Entbehrungen oft unerträglich hart waren und bis zur Grenze der körperlichen Belastbarkeit führten, wurden gerade durch das hesychastische oder Ruhe-Gebet geistige Kräfte und heilende Lebensenergien frei, die ganz von selbst und sofort in die seelischen und körperlichen Bereiche strömten, die geschwächt waren. Christina war unendlich dankbar dafür, dass Roger ihr durch die einfache Gebetsweise der Hingabe einen gangbaren Weg aufgezeigt hatte, der ihr eine noch größere Unabhängigkeit und Freiheit schenkte.

Da Christina schon sehr schnell große Fortschritte in der geistigen Entwicklung machte, konnte Roger ihr auf der Grundlage ihrer religiösen Erfahrung ein Wissen vermitteln, das an Wunderbares grenzte. Würde man versuchen, diese Weisheit des Herzens in Worte zu fassen: Sie wäre kaum glaubhaft. Durch verschiedene Einweihungsriten erhielt Christina allmählich einen Zugang zu umfassenderen Dimensionen des Glaubens und des menschlichen Schicksals, die ihr bisher noch verborgen waren. Obwohl Roger körperlich noch ganz in dieser Welt weilte, hatte sich sein Geist bereits auf Himmlisches ausgerichtet. Auf dem Fundament der Erfahrung der Wirklichkeit der Welt lehrte er Christina, verborgene und transzendente Geheimnisse zu entschlüsseln.

Worte reichen nicht, ihre Meditations- und Gedankenerfahrungen zu beschreiben. Doch ihr Leben selbst im Ablauf der Zeit gab genügend und reichlich Kunde davon.

Wenn gegen Abend die Dunkelheit sich verbreitete und der Besuch eines Fremden fast ausgeschlossen war, brach für Christina die erfüllendste Zeit des Tages an. Oftmals fühlte sie über die vielen einsamen Stunden während des Tages in ihrer Klausur – verbunden mit einer Sehnsucht – das Wort, das die Bibel dem Schöpfer als erstes in den Mund legt: „Es ist nicht gut, dass der Mensch allein sei." Welch große Freude und Dankbarkeit empfand sie in ihrem Herzen, wenn Roger sie abends aus ihrer Zelle befreite und sie mit ihm zusammen im Oratorium beten, meditieren und sprechen durfte. Besonders wenn sie in der Meditation gemeinsam schwiegen, nahm Christina wiederholt – von Roger ausgehend – eine Helle und Wärme wahr, die nicht nur den ganzen Raum in gleißendes Licht zu tauchen schien, sondern sie auch für einige Momente glauben machte, Roger würde brennen.

„Mein Name ist Alban“

Es verging kein Tag, kein Abend ohne gemeinsame Meditation und ohne Gespräch. Christina war unendlich dankbar, in Roger einen Freund und gleichzeitig ihren geistlichen Lehrer gefunden zu haben. Er sprach darüber nicht; doch der Name, den er für Christina gewählt hatte und mit dem er sie gern ansprach, drückte seine Gefühle zu ihr aus: „Myn sunendaege dohter.“

„Ihr seid Mönch von St. Albans. Vor einigen Jahren war ich zusammen mit meinen Eltern zum ersten Mal dort. Ihnen war es damals ein großes Anliegen, den Schrein des heiligen Alban zu besuchen und ihn zu berühren. Ich weiß, dass sie für mich als ihr erstes Kind besonders gebetet haben. Sie wünschten sich einen Lebensweg für mich nach ihrer Vorstellung. St. Albans ist zu dem stärksten Erlebnis meines Lebens geworden. Doch kam alles anders, als meine Eltern es erhofft hatten. Da ich nur sehr wenig von Alban und den Umständen seines frühen Todes weiß, möchte ich Euch herzlich bitten, mir aus seinem Leben zu erzählen.“

Roger nahm die Worte und den Wunsch Christinas tief in sich auf. Nach einem langen Schweigen – es war, als ob ein Bild der Erinnerung sich auf seine Seele legte – begann er leise zu sprechen:

„Vor langer Zeit – während der ersten zwei Jahrhunderte nach Christus – wurde unser Land von den Römern erobert und gehörte zum Römischen Reich. So stand auch England unter der Regierung eines Kaisers, der ein grausamer Tyrann war. Mit tödlichem Hass verfolgte er die Christen, denn er fürchtete ihren wachsenden Einfluss derart, dass er befahl, alle zu töten und ihre Kirchen niederzubrennen. Nach kurzer Zeit erreichte diese schreckliche Verfolgung auch England. Unter den Christen, die fliehen mussten, um ihr Leben zu retten, war auch der walisische Priester Amphibalus. Auf der Suche nach einem sicheren Versteck kam er nach Verulamium, einem bekannten Ort, der an der großen Römerstraße lag, die von London nach Chester führte. In die wohlhabende Stadt, die von hohen, schützenden Mauern umgeben war, gelangte man durch prächtige und herrlich geschmückte Toreingänge. Es gab dort ein bewundernswertes römisches Theater, mächtige Befestigungsanlagen, Bürgersteige, die mit den schönsten Mosaiken geschmückt waren, und eine Vielzahl anderer Kostbarkeiten.

Hier in Verulamium fand Amphibalus Zuflucht im Haus eines jungen römischen Bürgers, der Alban hieß. Alban war selbst kein Christ, er hatte aber viel von der christlichen Lehre gehört. Da er ein gütiges und gleichzeitig auch mutiges Herz hatte, empfand er Mitleid mit dem Priester, der auf der Flucht war, um sein Leben zu retten. Alban gab ihm eine sichere Unterkunft und sorgte für ihn. Trotz der großen Gefahr, von den römischen Verfolgern entdeckt zu werden, lebte Amphibalus sein religiöses Leben konsequent: Er betete viel – sogar nachts – und pries in Hymnen und Gesängen die Herrlichkeit Gottes. Dieses Verhalten war für Alban rätselhaft und gleichzeitig dermaßen beeindruckend, dass er den Wunsch hatte, mehr von der Geschichte und den Hintergründen des Christentums zu hören – besonders aber von Christus, für den Amphibalus sogar bereit war, sein Leben zu opfern.

Der Kleriker übernahm diese Aufgabe sehr gern und begann, Alban Unterricht zu erteilen. Schon bald war Alban derart fasziniert von dieser Lehre, dass er sich aus tiefer Überzeugung entschloss, Christ zu werden. Diese Offenheit und Glaubensbereitschaft beeindruckte Amphibalus, und er freute sich sehr über die Konversion seines Freundes. Eine Zeit lang war Ruhe. Als aber ein Gerücht durch Verulamium ging, ein Christ sei in Albans Haus versteckt, wurden einige Soldaten beauftragt, der Sache auf den Grund zu gehen. Alban war fest entschlossen, Amphibalus bis zum Letzten Schutz zu gewähren. Deshalb ließ er ihn das Priestergewand ausziehen und gab ihm seine eigenen Gewänder, um ihm die Flucht zu ermöglichen.

Als Alban die Soldaten, die sein Haus durchsuchen sollten, von weitem kommen sah, ging er ihnen entgegen: Er hatte die Priesterkleidung des Amphibalus angelegt. Die Soldaten, die annehmen mussten, dass der Gesuchte sich ihnen auf diese Weise selbst gestellt hatte, nahmen Alban fest und führten ihn vor den römischen Richter.

Doch schon bald erkannte der Richter durch seine klugen Fragen, dass er hintergangen worden war und man einen falschen Gefangenen zu ihm gebracht hatte. Dieser Mann, der jetzt vor ihm stand, konnte unmöglich der gesuchte Kleriker sein. Der Richter wurde nicht nur ungehalten, sondern auch außerordentlich böse und befahl Alban, auf der Stelle heidnische Götter zu verehren oder sich der grausamen Strafe zu unterziehen, die für Amphibalus vorgesehen war.

Alban weigerte sich standhaft nachzugeben und antwortete: „Ich bin ein Christ und möchte auch ein Christ bleiben. Daher werde ich nur und immer Christus verehren."

Darauf fragte der Richter: „Wie ist dein Name?"

„Mein Name ist Alban, und ich bete nur den einen wahren und lebendigen Gott an, der alles geschaffen hat."

Noch einmal drohte der Richter Alban mit allem Nachdruck eine furchtbare Strafe an, falls er dem Christentum nicht abschwören würde, um heidnische Götter zu verehren und ihnen zu opfern.

Doch Alban weigerte sich beharrlich.

Der Richter war so rasend vor Wut, dass er befahl, Alban zu prügeln. Sollte dieser aber die Strafe geduldig ertragen und immer noch nicht nachgeben, bestand das Kommando für die Soldaten darin, Alban abzuführen und ihn zu enthaupten.

Der Platz, auf dem zum Tode Verurteilte hingerichtet wurden, lag auf einer Anhöhe jenseits des Flusses Ver. Um Alban dorthin zu bringen, mussten die Soldaten eine Brücke überqueren. Hier war bereits eine große Volksmenge versammelt. Man hatte von diesem grausamen Urteil, das sofort vollstreckt werden sollte, gehört und wollte dabei sein. Die Menge folgte den Soldaten und ihrem Gefangenen. Da nun die vielen schaulustigen Menschen die Soldaten, die zur Exekution abkommandiert waren, behinderten, benötigten sie einige Stunden, um mit Alban zur Hinrichtungsstätte zu gelangen. Der unerbittliche Richter, der dieses Urteil gesprochen hatte, soll – so sagt man – an diesem Tag allein in der Stadt zurückgeblieben sein und gegen seinen Willen gefastet haben, da niemand mehr da war, der ihm hätte sein Essen bereiten können.

Auf dem langen Weg zum Richtplatz sollen sich sonderbare und unerklärbare Dinge ereignet haben, sodass der Scharfrichter nicht fähig war, seine Aufgabe auszuführen. Erstmals hatte ihn eine große Furcht überfallen, die ihn vor den Augen aller das Schwert fortwerfen ließ. Er entschuldigte sich bei Alban und sagte ihm, dass er eher mit ihm sterben wolle als ihn zu enthaupten. Lange Augenblicke lag sein glänzend poliertes Schwert vor den anderen Soldaten auf dem Boden, bis sich einer herausgefordert fühlte, es aufzuheben.

Als nun endlich alle, die Soldaten, Alban und viele Menschen, auf der Anhöhe angekommen waren, trat große Stille ein. Alban wurde enthauptet. Er war der erste Christ, der in England für seinen Glauben sein Leben lassen musste. Daher wird Alban auch Protomärtyrer von England genannt. Man erzählt sich, der Soldat, der den Exekutionsauftrag hatte und ihn infolge einer inneren Wandlung und Einsicht nicht ausführte, sei kurz darauf ebenso enthauptet worden.

All dieses geschah am 22. Juni im Jahr 208. Doch kurz nach der Hinrichtung Albans hörte die Christenverfolgung auf. Ihm zur Ehre und zu seinem Gedächtnis wurde über seinem Grab – auf der Anhöhe der Richtstätte – eine Kirche erbaut. Die Kunde von einer heilenden Kraft am Ort des Martyriums zog immer mehr Pilger an. Die herrliche, dem Martyrium Albans würdige Kirche wurde später im Jahr 793 vom Mercierkönig Offa noch einmal umgestaltet und erweitert. Er ließ neben der Kirche das Kloster St. Albans errichten und führte dort die benediktinische Regel ein.“

Roger schwieg, als wollte er das Echo seiner eigenen Worte wahrnehmen. „Und nun sind es genau 325 Jahre seit der Gründung des Klosters St. Albans, zu dem auch wir beide gehören."

„Myn sunendaege dohter"

Über der kostbaren Zeit, die Christina in Markyate beim Einsiedlermönch Roger verbringen durfte, lag für beide auch ein gewaltiger Schatten. Immer wieder verfolgte sie eine gewisse Furcht, die sogar in der Lage war, ihnen die Freude am Dasein zu verderben – eine durchaus berechtigte, ernste Sorge, Christina könnte entdeckt werden. Was würde geschehen, fände man sie in Begleitung des alten Einsiedlers Roger? Es würde nicht nur ein Skandal daraus entstehen, sondern – das war für Christina das weitaus Schlimmere – es bestünde auch die Möglichkeit, dass Bischof Robert Bloet von Lincoln infolge seines großen Einflusses und seiner Macht Christina von hier fortbringen und sie ihrem Ehemann aushändigen lassen würde.

Roger und Christina spürten – obwohl sie nicht darüber sprachen –, dass sich der Feind, wer auch immer es sein möge, ihnen gewaltig aufdrängte. Hatte er nicht auch die Macht, anderen einzugeben, wo sich Christina befand? Umso eifriger war sie bemüht, ihr Versteck zu hüten und Entsagungen geduldig zu ertragen. Wie oft Roger als Schutz für Christina Gnade vom Himmel herabflehte, bleibt ein Geheimnis.

Es war der 25. März. Wenn auch nicht das Licht, so drang doch die Kraft der Sonne, ihre Wärme durch das Dach und die Mauern ihrer Zelle. Angstvolle Gedanken durchzuckten Christina. Trotz der äußeren Stille ihrer Abgeschiedenheit lärmte es kräftig in ihr. Für einen kurzen Augenblick glaubte sie, ein Klopfen zu hören. Sie horchte auf, blieb unbeweglich sitzen und hielt ihren Atem zurück. Als nichts geschah, führte sie sich das sinnlose Verhalten ihrer Verfolger vor Augen. Sie dachte an ihre Eltern, Burthred und den Bischof von Lincoln. Christina muss an diesem lichten Tag viele Stunden bewegungslos in ihrer Zelle gesessen haben, denn nach diesen schrecklichen Gedanken legte sich ein wunderbares Bild und eine tiefe Ruhe in ihre Seele.

Sie sah ein Kind auf sich zukommen, das einen großen Frieden und unendliches Vertrauen ausstrahlte. War es ein Sonnenstrahl, der durch die Mauern ihrer Abgeschiedenheit drang, eine Wahrnehmung ihrer eigenen Seele, eine Erscheinung oder Verkündigung? Für diesen Augenblick fielen Angst und Furcht von ihr ab wie äußere Schalen, die etwas Kostbares verbergen. Ein Vertrauen, das allmählich in ein Selbstvertrauen überging, schenkte sich ihr. Sie spürte die Aufrechte ihrer Wirbelsäule und darin eine Energie fließen, die in ihrer Verlängerung die Erde mit dem Himmel verband. Gleichzeitig nahm sie die Horizontale ihres Schultergürtels wahr und damit das Kreuz, das auf ihr lastete. Da es sich aber durch sie hindurch auf eine andere, große und lichtvolle Dimension ausweitete und sie aus dieser Quelle überreiche Kraft empfing, wurde ihr durch und durch bewusst, dass es leicht war, ihr Kreuz zu tragen. Ein anderer trug es zusammen mit ihr und entlastete sie.

Als am Abend – nach diesem neuen, lichterfüllten Anfang – Roger in das Oratorium trat, standen Christina vor Freude Tränen in den Augen. Sie sog förmlich die ihr vertrauten und liebgewordenen Geräusche in sich auf und konnte es kaum erwarten, Roger von ihrem Erlebnis zu berichten. Seine langsamen und bedächtigen Schritte erfüllten den Raum; dann schob er den schweren Holzklotz, der das Eichenbrett hielt, beiseite, entfernte das Brett und öffnete die Tür. Christina stand vor ihm. Nachdem sie sich erfrischt und gegessen hatte, trafen sie sich zur gewohnten Zeit im Oratorium. Ohne Fragen zu stellen, verstand Roger sofort den Sinn und die Bedeutung des geschauten Bildes, von dem Christina ihm erzählt hatte. Nun gingen auch ihm voll Dankbarkeit die Augen über, und er sagte nach einem langen Schweigen „myn sunendaege dohter“ zu ihr. „Freue dich mit mir, denn ich bin sicher, die härteste Zeit liegt hinter dir und die Prüfungen werden bald ein Ende haben. Das Kreuz, das du gesehen und gefühlt hast, ist ein Zeichen für das Leiden und die Tragik in dieser Welt. Dein persönliches Schicksal, das sich zu einem schweren Kreuz für dich entwickelt hat und das du schon so lange und geduldig auf dich genommen hast, wird sich in absehbarer Zeit wandeln.“

Roger hatte ihr die Zeichen, die sich ihr geoffenbart hatten, noch einmal vor Augen geführt, bewusst gemacht und entschlüsselt. Christina glaubte seinen Worten, denn durch ihre eigene Erfahrung an diesem Tag war sie ganz sicher, dass eine große Veränderung eintreten würde.

Licht in Markyate

Schon nach zwei Tagen trat ein bewegendes Ereignis ein, das die Voraussage des weisen und weitsichtigen Einsiedlers in Erfüllung gehen ließ. Burthred hatte ausfindig gemacht, dass Roger Christina versteckt hielt, und war zusammen mit seinen beiden Brüdern in die Einsiedelei nach Markyate gekommen. Einer der beiden Brüder Burthreds war Kanoniker, und besonders von ihm waren gute Initiativen ausgegangen. Nun standen sie vor Roger und entschuldigten sich für ihr Stören. Es war Burthred bewusst – und er gestand es auch –, dass er sich schwer versündigt habe gegen ihn, vor allem aber und besonders gegen Christina. Er sei nun, so sagte er, mit seinen Brüdern als Zeugen gekommen, um jeglichen Anspruch auf eine Ehe mit Christina zurückzunehmen und sie – soweit er es als ihr rechtlich angetrauter Ehemann vermöge – von dem Eheversprechen zu entbinden. Auch sei er gern bereit – und er bat förmlich darum –, einen Rat oder eine Empfehlung Rogers anzunehmen. Burthred berichtete darüber, dass es ihm gerade in den letzten Tagen und Nächten erschreckend bewusst geworden sei, was alles er Christina angetan habe und wie verantwortungslos es sei, sie weiter zu verfolgen.

Roger überlegte und kam zu der Überzeugung, dass für einen so wichtigen und lebensentscheidenden Akt die beiden leiblichen Brüder Burthreds als Zeugen nicht ausreichen würden. So handelte er klug, indem er sich einige Tage Bedenkzeit erbat und es Burthred nahelegte, mit Zeugen, die in der Öffentlichkeit stünden, wiederzukommen. Nach der verabredeten Zeit kam Burthred mit einer schriftlichen Erklärung zurück. Auch hatte er namhafte Zeugen mitgebracht. Vor Roger und in Gegenwart acht weiterer Personen versprach und bestätigte Burthred feierlich – er hatte seine rechte Hand in die rechte Hand Rogers gelegt –, dass er auf eine Ehe mit Christina verzichte. Neben dem alten Einsiedlermönch Roger waren als Zeugen anwesend: der Priester, der Christina und Burthred getraut hatte, der Dekan Robert aus Huntingdon, Ralph, der Pfarrer aus Flamstead und fünf Einsiedler, die unter der geistlichen Führung Rogers ganz in der Nähe von Markyate lebten.

Noch in dieser Stunde fühlte Roger eine große Entlastung, und Sicherheit legte sich in sein Herz. Der Weg, den Christina gegangen war und er in den letzten Jahren gemeinsam mit ihr, hatte sich als richtig erwiesen. Seine Freude und Dankbarkeit waren groß. Größer aber noch war Freude und Dankbarkeit in Christina, die bei dieser Verzichtserklärung zwar beteiligt, aber nicht anwesend war.

Roger konnte ihr gegenüber nun endlich etwas ansprechen, das er lange schon in seinem Herzen hegte. So fragte er Christina noch am selben Abend, ob sie bereit sei, seine Nachfolge anzutreten und die Einsiedelei von Markyate als geistliches Zentrum auszubauen. Obgleich sie fürchtete, diese Aufgabe und das damit verbundene große geistige Erbe Rogers würde über ihre Kräfte hinausgehen, widersprach sie nicht. Andererseits gab sie jedoch auch nicht ihre Zustimmung. Sie handelte in der Weise, wie sie es in der Meditation gewohnt war: Sie legte beides, ihre vermeintliche Unfähigkeit und die faszinierende Möglichkeit, Erbin von Markyate zu werden, in die Hände Gottes.

In der kommenden Zeit fügten sich viele wunderbare Dinge wie zu einem Ganzen. Besonders ihre Persönlichkeit als Frau, die sie über so lange Zeit unwürdig untergraben musste, fand jetzt neuen Raum und Nährboden, um zu wachsen. „Fragt Christina, was sie sich wünscht, denn ich möchte ihr all das geben, worum sie bittet" – hörte sie eine innere Stimme sagen. Da sie allein war, ließ sich Christina auf den Boden fallen. Ihr Bewusstsein weitete sich in die Vorstellung und das Gefühl hinein, über der Welt zu schweben. Ein Lichtstrahl fiel auf die Einsiedelei Rogers, und Christinas Augen folgten diesem Hinweis bis in das Oratorium, das jetzt in glänzendes Licht getaucht war. „Diesen Platz auf der Erde wünsche ich mir, um dort zu leben." Vom Zeitpunkt dieser Erkenntnis an wusste Christina mit Sicherheit, sie würde die Nachfolgerin Rogers in Markyate sein, doch sprach sie vorerst nicht darüber. Sie wünschte sich, noch recht lange in der Gegenwart Rogers zu leben, seinen Schutz zu erfahren und seine geistlichen Lehren annehmen zu dürfen.

Die Zeit aber, die ihnen geschenkt wurde, war kurz. Roger wusste darum, sonst hätte er nicht Vorkehrungen für seine Nachfolge getroffen. Auch Christina wusste darum, dass das Leben Rogers in dieser Welt bald erfüllt sein würde. Aus ihren vielen Fragen, besonders zur Geschichte des Klosters St. Albans, zum Kirchenrecht und zur Weitergabe spiritueller Wahrheiten, wurde es Roger offensichtlich, dass sie sich innerlich bereits dazu entschlossen hatte, nach seinem Tod in Markyate zu bleiben. Daher konnte er viele Fragen Christinas mit noch größerer Begeisterung ausführlich und umfassend beantworten. Wenn sie allerdings – und das geschah zwischendurch immer wieder – etwas aus seiner persönlichen Lebensgeschichte hören wollte, waren seine Worte spärlich und zurückhaltend.

In der ihr verbleibenden kostbaren Zeit mit Roger nahm sie

jetzt umso intensiver vieles an seiner Lebensweise wahr, das sie vorher aus der Perspektive ihrer Enge nicht bemerkt hatte. Als Mönch von St. Albans, als der er sich trotz seines Einsiedlerdaseins weiter empfand, rezitierte er dieselben Psalmen zur selben Zeit, wie sie auch von der Mönchsgemeinschaft im Kloster gebetet und gesungen wurden. In allem, was eben möglich war, hielt er die Treue zur benediktinischen Regel. Kam es vor, dass Christina mit Gästen sprach, die sich von Roger Rat und Hilfe erbaten, fielen ihr besonders die Hochachtung und Dankbarkeit auf, die sie dem Einsiedler entgegenbrachten. Sie erfuhr immer wieder, dass alle Voraussagen, die Roger zum Heil der Hilfesuchenden getroffen hatte, in Erfüllung gegangen waren. Doch darüber ließ Roger nicht mit sich sprechen. Umso mehr freute sich Christina – sie hatten die Gewohnheit beibehalten, nach der Abendmeditation im Oratorium gemeinsam miteinander zu sprechen –, als er ihr von seiner Pilgerfahrt nach Jerusalem erzählte. Mit allem, was er sagte, verband er konkrete Anweisungen, damit Christina auch ohne ihn in dieser Welt das Leben bestehe. „Alle, die nach Jerusalem gehen wollen, müssen auch in der Lage sein, das Kreuz zu tragen." Christina erfuhr von Roger, wie schwer er es gehabt hatte, sich nach Jerusalem von der Mönchsgemeinschaft zu lösen, um hier in Markyate die Eremitage zu gründen, welchen Anfeindungen, Verleumdungen und inneren Kämpfen er ausgesetzt war. Fasziniert und ergriffen war sie, von ihm zu hören, dass ihm durch Lichtboten der Weg nach Markyate gewiesen wurde. Von ihrem ähnlichen Erlebnis aber sagte sie nichts.

Roger und St. Albans

Ganz aufmerksam – wie als Kind bei ihrem Vater – lauschte Christina seinen Worten, als Roger über seine Begegnung mit König Heinrich I. Beauclerc im Kloster St. Albans sprach. Mit der Perspektive ihrer kommenden Verantwortung hatte jetzt jede Äußerung des hochbetagten Einsiedlers besonderes Gewicht. Christina hatte sich vorgenommen, alles zu tun, um auch später – selbst als Frau – den geistigen Einfluss aufrechtzuerhalten, der von St. Albans auf Markyate überging.

„Der erste normannische Abt war Paul de Caen, der im Jahr 1077 die Abtei übernahm. Es war für ihn eine höchst schwierige Aufgabe, das geistige Niveau der Mönche wieder anzuheben und für die gebotene Disziplin und Ordnung zu sorgen. Seine Reformbemühungen waren umwälzend. Er gründete in St. Albans eine hervorragende Bibliothek und das Scriptorium, in dem ständig Mönche, Schreiber und Illuminatoren beschäftigt waren, Bücher abzuschreiben und neu zu gestalten. Lanfranc von Bec, Erzbischof von Canterbury, ein Verwandter des Abtes, schenkte dem Kloster über einhundert kostbare Bücher zum Einstellen in die Bibliothek. Da Lanfranc ferner dem Bau neuer und großer Kirchen zugetan war, unterstützte er Paul de Caen bei seinem Vorhaben, nicht nur die Klostergebäude zu erneuern, sondern auch eine monumentale normannische Kirche zu bauen."

Roger unterbrach einen Augenblick und überlegte. Dann fuhr er fort: „Im Jahr 1093 starb der große Reform-Abt Paul de Caen. Er hat die Einweihung der größten Kirche Englands Weihnachten 1115 nicht mehr erlebt, da die Bauarbeiten in St. Albans 38 Jahre in Anspruch nahmen. Obwohl ich Markyate nie gern verlassen habe, bin ich doch auf die inständigen Bitten des Konventes einen Tag zu den Einweihungsfeierlichkeiten nach St. Albans gegangen. Die Eindrücke waren erhebend und gewaltig. Da wir zusammen an einem Tisch aßen und ich nach der mönchischen Lebensweise außerhalb des Klosters gefragt wurde, stellte man mich der königlichen Familie vor. Fortan nahm ich besonderen Anteil an ihrem Schicksal. Obwohl sieben Jahre vergangen sind und ich ein alter Mann bin, sind mir dieser Tag und diese Begegnung in ausgezeichneter und bleibender Erinnerung.

Neben König Heinrich I. saßen seine Frau Matilda und ihr

Sohn Prinz William. Von den anderen noblen Gästen lernte ich Stephan von Montain, einen Neffen des Königs, kennen und William de Warenne sowie den Erzbischof von Rouen. Anwesend waren auch die Bischöfe von Durham, Lincoln, Sarum und London sowie viele bekannte Grafen, Barone und Adelige aus England und der Normandie. Die Feierlichkeiten dauerten vom 27. Dezember bis zum 6. Januar. Alle Gäste konnten in dieser Zeit kostenlos im Kloster oder in der Stadt wohnen."

Roger erzählte Christina auf ihr drängendes Fragen viele Einzelheiten dieses Tages, der ihn stark beeindruckt, aber auch kritisch gestimmt hatte. „In der Abwesenheit des Königs hatte man sich erzählt, dass er gegen treulose Amtsträger, vor allem, wenn finanzielle Interessen der Krone berührt wurden, mit barbarischer Strenge vorging. So wurden, als von königlichen Münzstätten Münzen mit zu geringem Silbergehalt in Umlauf gesetzt wurden, die Münzer auf Befehl des Königs mit der Entmannung und dem Verlust der rechten Hand bestraft."

Roger vermied es, schlechte Eigenschaften anderer Menschen über seine Lippen zu bringen. Deshalb sagte er – von Christina erneut nach der königlichen Familie gefragt: „Vielleicht wird König Heinrich gerade wegen seiner unbarmherzigen Härte als ein 'Löwe der Gerechtigkeit' gepriesen. Man kann ihm nicht absprechen, dass er unserem Land Sicherheit und Frieden garantiert. Seine friedvolle Regierung gibt uns besonders hinsichtlich der Ausübung des Christentums, aber auch hinsichtlich Recht und Finanzen ein gesichertes Fundament. Vor allem beeindruckt mich seine hohe geistliche Bildung und sein guter Wille bei allem, was er in Angriff nimmt.

Wenn du über ihn nachdenkst – und vielleicht wirst du sogar eines Tages mit ihm zu tun bekommen –, solltest du wissen, dass ihn zwei aufeinander folgende Schicksalsschläge äußerst hart getroffen haben. Als du vor vier Jahren zu mir kamst, hattest du genügend eigene Sorgen. Daher habe ich dir nicht erzählt, dass 1118 die Königin Matilda plötzlich starb. Der

Tod seiner Frau bedeutete für Heinrich, der im selben Jahr seinen 50. Geburtstag gefeiert hatte, einen schweren Verlust; war sie es doch, die ihm – der kaum als ein liebenswerter Charakter galt – viele Herzen und Sympathien zugeführt hatte.

Als weiteres Problem stellte sich für den alternden König die Frage der Nachfolge. Neben einigen unehelichen Kindern, die für die Thronfolge nicht infrage kamen, hatte Heinrich lediglich einen Sohn und eine Tochter. Prinz William – ich erzählte dir, dass er, jung und frisch, mit seinen königlichen Eltern bei der Einweihung zu Gast in St. Albans weilte – war von seinem Vater zum Thronfolger ausersehen und wurde hierfür sorgfältig erzogen. Doch am 25. November 1119 verlor König Heinrich seinen Sohn durch ein tragisches Unglück. Nach dem gerade abgeschlossenen Frieden mit Frankreich verließ das 'Weiße Schiff', die 'Blanche nef', das Mitglieder des Hofes und auch Prinz William an Bord hatte, die Normandie, um zurück nach England zu fahren. Durch grobe nautische Bedienungsfehler, die offensichtlich auf die total betrunkene Schiffsbesatzung zurückzuführen waren, kam die 'Blanche nef' niemals in England an. Sie sank, und nur ein Besatzungsmitglied überlebte die Katastrophe.

Als man gerade ein Jahr nach dem Verlust seiner Frau König Heinrich diese furchtbare Nachricht vom Tod seines Sohnes William überbrachte, wurde er ohnmächtig und fiel sprachlos zu Boden."

Der Ritt nach Caddington

Der Hochsommer des Jahres 1122 war ins Land gezogen. Unter der gleißenden Sonne waren die um Markyate sich ausbreitenden Wiesen verbrannt – so weit man schauen konnte ein trostloser Anblick, der eine Missernte ankündigte.

Christina hatte große Mühe, das Gemüse, die Kräuter und die Blumen ihres kleinen Gartens am Leben zu erhalten. Sie bewässerte und pflegte in dieser trockenen Jahreszeit den Garten mehrere Male am Tag. Ihre heitere und tief geistige Natur war von einer kraftvollen und lebensunterstützenden Ausstrahlung, die sich auch auf die Pflanzen übertrug. Doch Roger, dem diese heißen Sonnentage sehr zu schaffen machten, hegte arge Bedenken hinsichtlich der Zukunft Christinas. Er hatte gehört, dass der Bischof von Lincoln, Robert Bloet, zu dessen Territorium auch Markyate und St. Albans gehörten, immer noch keine Ruhe gab und darauf sann, Christina mit einem Vergeltungsschlag zu treffen. Solange er, Roger, noch lebte, bestand keine Gefahr. Christina wusste von diesem Schutz, den ihr Roger durch seine Anwesenheit juristisch und kirchenrechtlich gewährte. Aber von einer möglichen großen Veränderung ahnte sie nichts.

Roger war als Mönch von St. Albans direkt seinem Abt unterstellt, der in der kirchlichen Hierarchie einem Bischof gleichgestellt war. Der Abt Paul de Caen und seine beiden Nachfolger, Richard d'Albani und Geoffrey de Gorham, hatten ihm erlaubt, in der Eremitage von Markyate, abseits des großen Klosters, in Abgeschiedenheit zu leben. So war rechtlich wie auch kirchenrechtlich geklärt, dass sowohl er als auch seine Schüler und Schülerinnen nicht der Jurisdiktion des Bischofs von Lincoln unterstanden. Diese Befreiung und Freiheit fühlte auch Christina, die zu einem großen Teil daraus Kraft schöpfte. Der Ortsbischof konnte und durfte sich nicht in klösterliche Angelegenheiten mischen, da die Benediktiner-Abtei St. Albans direkt dem Papst in Rom unterstellt war. Robert Bloet hatte jedoch einen Versuch unternommen – als durch Burthred und seine Suche nach Zeugen bekannt geworden war, wo Christina sich aufhielt –, sie gewaltsam aus der Einsiedelei in Markyate zu holen. Ohne dass Christina hiervon Kenntnis erhielt, hatte Roger ihn barsch und unmissverständlich verstehen lassen, dass eine Einmischung seinerseits weder erwünscht noch rechtlich zulässig sei.

Was würde geschehen, wenn Roger Markyate verlassen würde? Der neue Abt, Geoffrey de Gorham, der seit 1119 im Amt war, würde nach Rogers Tod für eine neue Situation in Markyate kein Verständnis haben. Daher war Roger sehr besorgt und überlegte, was er tun könne, damit Christina nicht erneut der Willkür des Bischofs von Lincoln ausgesetzt würde. Es stand fest und war unter ihnen besprochen, dass Christina die Nachfolge in Markyate antreten würde. Aber wie sollten die rechtlichen Bedingungen sein, da ihre Ehe zwar privat unter Zeugen, aber noch nicht offiziell von kirchlicher Seite annulliert war?

Schließlich erinnerte sich Roger an Erzbischof Thurstan von York, der ihm familiär und freundschaftlich verbunden war. Vielleicht könnte er zum Beschützer und hilfreichen Befürworter für Christina, seine Nachfolgerin, werden? Hellauf begeistert von dieser Idee schickte Roger eine Nachricht an den Erzbischof von York – der im Rang höher als ein Bischof steht – mit der brennenden und eiligen Frage, wie es mit Christina als Erbin von Markyate weitergehen solle. Thurstan würde sicher Verständnis für das Anliegen haben und Christina auf ihrem Weg weiterhelfen, denn sein beruflicher Weg war ebenfalls von Unebenheiten begleitet – er wurde 1114 zum Erzbischof gewählt, jedoch erst 1119 geweiht und eingeführt. Thurstan antwortete erwartungsgemäß sofort und bat, da er in absehbarer Zeit in Redbourn sei, dort um ein Gespräch mit Christina unter vier Augen.

Obwohl es ihm nicht gut ging oder gerade deshalb, handelte auch Roger schnell. Er litt unter der Hitze dieses Sommers, und sein Alter machte ihm zu schaffen.

Daher freute er sich sehr, als gleich auf seine Bitte Godescal und seine Frau, ein ihm sehr liebes älteres Ehepaar aus Caddington, zu ihm nach Markyate kamen. Über Jahrzehnte hatten sie Roger in der Einsiedelei besucht, mit ihm geistliche Gespräche geführt und auf seinen Rat hin ihr Leben neu geordnet. Sie waren in einer guten Ehe gemeinsam alt geworden. Die Anfrage Rogers hatte sie sehr glücklich gemacht, denn jetzt konnten auch sie ihm endlich einmal einen Wunsch erfüllen. So machten sie sich noch am selben Tag mit ihrem Pferd auf den Weg nach Markyate, das zwei Meilen südlich von Caddington lag.

Roger hatte vor und wollte darüber in Ruhe sprechen, ihnen das Liebste, was er auf Erden hatte – Christina –, anzuvertrauen, um sie am nächsten Tag nach Redbourn zu Erzbischof Thurstan zu bringen und wieder zurück nach Markyate. Wohl keinem anderen hätte er dieses grenzenlose Vertrauen entgegengebracht als Godescal von Caddington, der sofort zustimmte, anderntags diesen Auftrag auszuführen. Roger schickte das Ehepaar mit den Worten auf den Weg: „Kommt wohlbehalten zu Hause an und seid unbesorgt, meine guten Wünsche werden euch begleiten. Ich danke euch herzlich für die Mühe, die ihr für Christina auf euch nehmt."

Godescal und seine Frau verabschiedeten sich und bestiegen beide das eine Pferd, auf dem sie hergeritten waren. Um schnellstens dem Ruf Rogers zu folgen und ihn auf dem kürzesten Weg zu erreichen, hatten sie auf einen Wagen verzichtet. Auf ihrem Rückweg – es war bereits dunkel geworden – passierte Folgendes:

Als sie auf dem schmalen Waldweg nach Caddington ein Stück weit bergan reiten mussten, riss ein Sattelgurt, der Sattel löste sich vom Rücken des Pferdes und fiel zusammen mit den Reitern zu Boden. Zum Glück hatten Godescal und seine Frau sich nicht verletzt. Was sollten sie tun? Vor Schreck war das Pferd durchgegangen. Da es dunkel war und auch infolge ihres Alters konnten sie das Tier nicht wieder einfangen. Selbst am Tage wären sie mit dieser Situation schwerlich fertig geworden. Nachdem die beiden sich ein wenig beruhigt hatten, machten sie sich zu Fuß auf den Heimweg. Den Sattel ließen sie zurück, denn sie konnten ihn, da er ihnen zu schwer war, nicht tragen. Die Dunkelheit nahm zu und Godescal und seine Frau hatten große Mühe, den Weg zu finden. Traurig über dieses Missgeschick erinnerten sie sich an Rogers Worte und waren enttäuscht, dass sich seine guten Wünsche nicht erfüllten. Doch kaum hatten sie dies ausgesprochen, als plötzlich in der Dunkelheit das Pferd vor ihnen stand, bereit und willig, die beiden Alten nach Hause zu tragen. Da direkt neben dem Tier ein umgeschlagener Baum lag, fiel es Godescal und seiner Frau nicht schwer, das Pferd zu besteigen. Dankbar und mit guten Gedanken an Roger kamen sie wohlbehalten in Caddington an.

Ein-Sicht in Redbourn und Rogers Tod

Am nächsten Morgen kehrte Godescal – diesmal mit Pferd und Wagen – nach Markyate zurück, um Christina rechtzeitig nach Redbourn zu bringen, wo der Erzbischof sie erwartete. Godescal fuhr und geleitete sie so unauffällig, dass niemand ihren heimlichen Besuch bei Erzbischof Thurstan bemerkte. Stunden über Stunden musste er warten, denn Christina führte ein sehr langes Gespräch. Thurstan spürte sofort, unter welcher Bedrängnis sie stand, und wusste, was zu tun notwendig sei. Schon nach einigen Worten gewann er Christina lieb und beschloss, sie auf alle Fälle unter seine Obhut zu nehmen. Je mehr Christina ihm aus ihrem Leben erzählte, umso eindeutiger war es für Thurstan, dass ihre Ehe annulliert werden könne und müsse. Er versprach, alles zu tun, um diesen Prozess in Gang zu setzen.

„Das Recht sagt eindeutig, dass es zwischen einem Mann und einer Frau, die im Hinblick auf eine Eheschließung entführt oder hintergangen worden ist, eine gültige Ehe nicht geben kann. Zur Wesenseigenschaft der Ehe gehört, dass durch geschlechtliches Zusammensein Nachkommenschaft nicht generell abgelehnt wird. Wenn aber ein Partner durch positiven Willensakt die Ehe selbst oder ein solches Wesenselement der Ehe ausschließt, ist die Eheschließung ungültig.“

Als Christina hörte, wie sich der Erzbischof mit dieser Sicherheit für sie einsetzte, wusste sie, dass endlich – jetzt auch rechtlich und kirchlicherseits – alles für sie gut werden würde.

„Ungültig ist eine Ehe, die geschlossen wurde auf Grund von Zwang", fuhr Thurstan fort, denn er spürte, wie wohl Christina diese kanonischen Worte taten. „Die nicht vollzogene Ehe kann aus einem gerechten Grund, über den wir noch sprechen müssen, auf Bitten beider Partner oder eines Partners, selbst wenn der andere dem widerstrebt, aufgelöst werden. Wichtig erscheint mir – und das sollten wir auf keinen Fall außer Acht lassen –, dass du, Christina, die du auf den Namen Theodora getauft bist, vor deiner erzwungenen Eheschließung ein Versprechen abgelegt hast. Wie du es mir in unserem Gespräch anvertraut hast, legtest du in St. Albans vor Gott ein Gelübde ab, nicht zu heiraten, sondern wie die Mönche dort in Ehelosigkeit zu leben. Da keine Zeugen dabei waren, hast du zu einem späteren Zeitpunkt dein Versprechen vor dem Kanoniker Sueno in Huntingdon wiederholt. Ich bin sicher, dass er es mir jederzeit bestätigen wird."

Am Ende des Gespräches gab der Erzbischof Thurstan Christina die Zusage, er werde einen apostolischen Indult bewirken, durch den ihre Ehe aufgelöst und auch Burthred von der gesetzlichen Eheverpflichtung befreit würde, um wieder heiraten zu können.

Godescal hatte einen Platz für sein treues Pferd gefunden, an dem er es vor der Mittagshitze schützen und tränken konnte. Den mitgebrachten Hafer wies es zurück, da sich die Unruhe seines Herrn – Godescal war durch Roger in alles eingeweiht – auf das Tier übertragen hatte. Treu auf Christina wartend, hielt Godescal viele Stunden die Tür im Auge, durch die Christina gegangen war, um den Erzbischof von York zu treffen. Erst am späten Nachmittag verließ sie das Haus, eilte auf Godescal zu und fragte als Erstes, ob mit dem Pferd alles in Ordnung sei und es sich wohl fühle. Für ihre Rückreise – sie fuhren der untergehenden Abendsonne entgegen – nahmen sie sich viel Zeit.

Redbourn war zu einem bedeutenden Markstein in Christinas Leben geworden. Sie dachte darüber nach und spielte vor Freude mit den Worten „Markstein“ und „Markyate“. Der Name „Markyate“ stammt von „Mark-Gate“ und bedeutet „Grenztor“ zwischen den Grafschaften Hertfordshire und Bedfordshire.

Dankbar in seinem Herzen für alles, was in Redbourn geschehen war, nahm Roger Christina in seine Arme und ließ sie wieder und wieder von der Begegnung mit Thurstan erzählen. In ihrer großen Begeisterung für den Erzbischof und die guten Aussichten, die er ihr gegeben hatte, bemerkte Christina vorerst noch nicht, dass in einigen Wochen niemand auf der Welt mehr „myn sunendaege dohter“ sagen würde.

Der Abschied wurde für Roger leicht, denn fast alles, worum er gebeten hatte, war mit diesem Sommer des Jahres 1122 in Erfüllung gegangen. Christina war bei ihm, als er am 12. September starb. Er wurde zum Kloster St. Albans überführt und einige Tage später nach einem feierlichen Requiem in der Abteikirche beigesetzt. Sein Grab befindet sich nahe dem Mönchschor an einer bogenförmig gewölbten Mauer nach Süden. Neben Roger wurde der kurz nach ihm verstorbene Einsiedler Sigar von Northaw beerdigt. Die Grabinschrift lautet:

Vir domini verus iacet hic Heremita Rogerus
Et sub eo clarus meritis Heremita Sigarus.
(Hier ruht der wahre Mann Gottes, des Herrn,
der Einsiedler Roger,
und unter ihm, durch Verdienste berühmt,
der Einsiedler Sigar.)

Über Jahrhunderte verehrten sehr viele Menschen diese Grabstätte und erhofften sich von den heiligmäßigen Einsiedlern Hilfe in ihren Anliegen. Man erzählte sich, dass Sigar zeitlebens jede Nacht von seiner Eremitage Northaw zur Klosterkirche St. Albans wanderte, um an der Matutin teilzunehmen.

Im Anschluss an den täglichen Kirchenbesuch meditierte er in der Stille seiner Zelle und betete stellvertretend für die Menschen, die infolge harter Schicksalsschläge keinen Zugang zum Gebet fanden. In diesen verborgenen und schweigenden Dienst der Nächstenliebe stimmte jedes Mal im Frühjahr und Sommer eine Schar Nachtigallen mit lautem Gesang ein.

Genau 135 Jahre nach Rogers Tod, als Papst Alexander IV. im Jahre 1257 die Vertragsverpflichtungen König Heinrichs III. anmahnte und drohte, bei Nichterfüllung den König zu exkommunizieren, unternahm Heinrich III. eine Pilgerreise zum Grab des Einsiedlermönches Roger.

Der König, der eine große mystische Frömmigkeit besaß, sich aber gleichzeitig den Sinnfragen und der Realität des Alltags stellte, verehrte den Eremiten in besonderer Weise. Von Roger, der als Mönch von St. Albans in hohem Ansehen stand, der über die Gabe der Prophetie verfügte und geistlicher Lehrer der Mystikerin Christina von Markyate war, erhoffte sich Heinrich III. Hilfe in seiner Bedrängnis. Er hatte als Geschenk wertvolle, reich geschmückte Wandbehänge mitgebracht, sogenannte Baudekinos, die er über der Grabstätte Rogers, über dem großen Mauerbogen im südlichen Chorgang der Kirche anbringen ließ.

Christina verliebt sich

Nach dem Tod Rogers versuchte Christina, weiter in Markyate aus seinem Erbe heraus und nach seinen Anweisungen zu leben. Da aber die rechtlichen und kirchenrechtlichen Entscheidungen im Hinblick auf ihre Ehe noch nicht rechtskräftig waren, hatte Bischof Robert Bloet von Lincoln erneut Zugriff auf Christina. Um jegliche Auseinandersetzung und jeglichen Ärger mit ihm zu vermeiden, machte es die augenblickliche, sich noch in der Schwebe befindliche Situation unbedingt erforderlich, Markyate vorübergehend zu verlassen.

Durch den unaufhaltsamen Antagonismus des Bischofs wurde Christina zu mehrmaligem Ortswechsel gezwungen, da er sie immer wieder ausfindig gemacht hatte und sie nicht in Ruhe ließ. Schließlich empfahl ihr Erzbischof Thurstan von York, der alles daran setzte, die Ehe-Ungültigkeitserklärung so schnell wie möglich zu erreichen, sich dem Schutz und der Führung eines Klerikers anzuvertrauen – einem seiner engen Freunde. Wegen der öffentlichen Stellung, die dieser sehr bekannte Kleriker zusätzlich innehatte, verpflichtete Thurstan Christina dazu, seinen Namen nicht preiszugeben. Christina bejahte diesen Vorschlag sofort dankbar und nahm bei ihm Zuflucht. Sie konnte sich auf ihn verlassen und fühlte sich in seinem Haus doppelt sicher, weil er einen kirchlichen und gleichzeitig weltlichen Status vertrat.

Anfangs fühlten sie nichts Besonderes füreinander, akzeptierten sich gegenseitig und schätzten sich in ihrer jeweiligen Individualität. Doch mit der Zeit faszinierten ihn immer mehr persönliche Eigenschaften Christinas: ihre Einfachheit, ihr Charme und ihre Schönheit. Auch bei ihr brach etwas auf und sie begann, eine geistige Zuneigung zu ihm zu fühlen.

Bestimmte, nach Erfüllung drängende Kräfte im Menschen ließen jetzt ihre beidseitige Distanz nicht länger zu und wollten sich entfalten. Auf der Grundlage ihrer engen, aber verschwiegenen Kameradschaft hatten diese Kräfte leichtes Spiel. Christina und der Kleriker zeigten zunächst ihre Gefühle sehr zurückhaltend, verstohlen und andeutungsweise. Doch allmählich wurde ihre gegenseitige Zuneigung immer offensichtlicher. Der Kleriker war ein gutaussehender junger Mann von feinem Charakter. Er hatte in seinem geistlichen wie auch politischen Beruf bereits Hervorragendes geleistet und stand in hohem Ansehen. Sein Vorhaben und seine Absichten, Christina neutral und distanziert zu begegnen, wurden jetzt von einer unaufhaltsamen und unkontrollierbaren Woge von Liebeszuwendung hinweggeschwemmt. Auch Christina wurde von dieser Woge so stark erfasst, dass sie ihre Sympathie nicht mehr leugnen konnte. Obgleich sie von den kühnsten Vorstellungen, wie Liebe sich auch körperlich ausdrücken könnte, gepackt und geschüttelt wurde – obgleich sie unter einem faszinativen und begehrenswerten Anreiz zu sexueller Lust stand und es sie über alle Maßen drängte, die geschlechtliche Lust auch auszuleben, gab Christina letztlich seinen und ihren Wünschen nicht nach.

Doch die Versuchung, sich liebend mit dem Geliebten zu vereinen, war groß und nahm vorerst kein Ende. Besonders in seiner Gegenwart nahmen ihre Gedanken und Gefühle eindeutige Wünsche und Vorstellungen auf, die sich in quälenden Bildern ausdrückten, da Christina sich selbst und ihm die sexuelle Erfüllung versagte. Aber auch in den Stunden ihres Alleinseins wurde Christina von dem brennenden Feuer ihrer Liebessehnsucht zu ihm gepackt und geschüttelt.

Damit es nicht passierte – beide wussten es, ohne jemals darüber zu sprechen –, durften sie nicht durch ihre Gedanken, ihre kühnen Träume und körperlichen Annäherungen die Atmosphäre belasten oder gar in diese Richtung drängen. Trotzdem geschah es immer wieder, dass er vor Christina zu Boden fiel und sie inständig darum bat, sie möge doch Mitlied mit ihm haben und sich seiner Sehnsucht nach Liebeserfüllung hingeben.

Da er sich so flehentlich in diesen Situationen unterordnete und Christina dieses Verhalten ihrer Natur entsprechend nicht genehm war, konnte sie einen kühlen Kopf bewahren und tadelte ihn wegen seines geringen Respektes vor seinem Ruf wie auch vor seinem Beruf. Durch strenge Ermahnungen und gewisse Vorwürfe gelang es ihr, seine Bitten zum Schweigen zu bringen und ihn zu beruhigen. Am liebsten hätte sie ihn jetzt umarmt, denn auch sie hatte mit und in dieser Situation zu kämpfen, in der er sich so liebevoll und zärtlich ihr genähert hatte. Doch zwang sie sich und tat vor ihm so, als ob sie nicht berührt sei. Oft sagte sie dann in diesen Augenblicken, um etwas zu sagen, dass sie lieber ein Mann als eine Frau sei. Sie sprach bewusst von ihren sogenannten männlichen Eigenschaften, um ihn eventuell dadurch ein Stück weit abzustoßen.

Das Feuer der Liebe brannte jedoch so stark in ihr, dass ihre Bemühungen, dagegen anzugehen, kaum oder gar nicht erfolgreich waren. Nachdem Christina wochenlang gefastet hatte, nahm sie äußerst wenig Nahrung zu sich, die nur aus Kräutern und rohem Gemüse bestand. Sie gönnte sich wenig Schlaf und übernahm im Haus alle nur denkbaren Arbeiten wie Scheuern, Spülen und Wolle entschweißen. Aber die inneren Wallungen und Wünsche waren in jedem Fall stärker als das, was sie dagegensetzte. Durch seine Gegenwart wurde Christina in einen derartigen Bann versetzt, dass sie sich kaum noch beherrschen konnte. Nicht nur ihre Vorstellungen, sondern auch ihr Körper war überhitzt und mit sexueller Energie aufgeladen. Diese Kräfte drohten sie förmlich zu zerreißen.

Christina zweifelte an ihrem Versprechen und fragte sich, ob sie es weiterhin halten könne. Ihre Gebete waren – so schien es ihr – oberflächlich und ihre Meditationen trocken. Wen sollte sie um Rat fragen? Die Verbindung zu ihren Eltern war unterbrochen, Roger weilte nicht mehr in dieser Welt und in ihrer Nähe, Thurstan lebte in York, weit weg und sehr beschäftigt. In ihren immer heftiger werdenden Auseinandersetzungen empfand Christina ihre drängenden Gefühle und Wünsche, in einer Zweisamkeit zu leben und letztlich in einer eigenen Familie, als lebensnotwendig und von Gott gewollt.

Doch wie und wozu sollte sie sich jetzt entscheiden? Fast ohne Unterlass bat sie den Schöpfer alles Geschaffenen, ihr den für sie gangbaren Weg zu offenbaren – er war es doch, dem sie ihr Versprechen, ein Leben wie die Mönche von St. Albans zu führen, gegeben hatte. Er war es, der ihr Leben eingefädelt und ihr in vielen Widerwärtigkeiten seine Hilfe nicht versagt hatte.

Eigentümlicherweise bemerkte Christina an sich selbst – im Gegensatz zu früher –, dass ihre brennende Liebessehnsucht in Abwesenheit des Geliebten weitaus stärker war. Ihr Alleinsein konnte sie kaum ertragen. Manchmal hatte sie dann das Gefühl, dass nicht nur ihr Inneres sich brennend für ihn verzehrte, sondern dass sogar ihre Kleider Feuer gefangen hätten.

Unverständlicherweise kam in seiner Gegenwart ihre Leidenschaft eher zur Ruhe. Wäre es umgekehrt gewesen, wären zwei Feuer zu einem einzigen alles verzehrenden großen Feuer geworden.

Eines Tages, als Christina unterwegs zu einem nahe gelegenen Kloster war, stellte sich ihr der über alles geliebte Kleriker in den Weg. Fast wie ein wildes Tier verbot er Christina und hinderte sie daran, die Kirche zu betreten. Dass eine Szene wie diese öffentlich wurde, war ihr äußerst unangenehm. Sie setzte sich durch und ihren Weg in die Kirche fort. Vielleicht haben ihre Gebete und ihre Tränen ihn besänftigt, denn noch nach einer Stunde und länger saß er schweigend neben ihr.

Die inneren und nun auch die äußeren Spannungen und Auseinandersetzungen waren zu viel für Christina. Sie wurde krank, schwer krank, und durfte über vierzehn Tage das Bett nicht verlassen. Der Hausherr, der zwar alles für sie tat, damit sie wieder gesund würde, hielt sich mit seinen Annäherungsbekundungen und Annäherungsversuchen auch während der Krankheit Christinas nicht zurück. Für sie war es nur schwer zu ertragen, dass er sich ihr gegenüber genauso verhielt wie in gesunden Tagen. Durch ein gutes Gespräch aber konnte sie ihm einiges bewusst machen, und er bat sie danach um Entschuldigung für sein ichhaftes Verhalten.

Als jedoch ihre Krankheit vorüber war, brach erneut und stärker als zuvor ihre Liebe zu ihm auf. Weder sein vornehmes und zurückhaltendes Verhalten noch Christinas Vorsätze, die sie während ihrer Krankheit getroffen hatte, waren in der Lage, ihre Leidenschaft für ihn abzukühlen. Mit diesen sich unermüdlich in den Vordergrund drängenden Kräften – so wurde ihr bewusst – konnte sie in seiner Gegenwart und in seinem Haus weder vernünftig noch angemessen umgehen. Nach einiger Zeit des inneren Ringens, das wie immer ohne Erfolg blieb, bat Christina den Kleriker in einem ernsten, ruhigen und sachlichen Gespräch, ihr einen großen Gefallen zu tun. Er versprach es ihr, weil er sie liebte, ohne vorher zu wissen, was er versprechen würde.

Sie zog aus, um für einige Monate an einem versteckten, neutralen Ort zu wohnen. Schweren Herzens verließ sie sein Haus, um im Abstand zu ihm Ordnung in ihre Gefühle zu bringen. Auch er – so sagte sie – habe durch ihre Abwesenheit die Möglichkeit, sein Leben zu überdenken und neu zu gewichten. Viele Wochen, nachdem sie ihn verlassen hatte, quälte sie noch immer heftiges Verlangen, ihn nicht nur wiederzusehen, sondern ihn auch wieder zu erleben. Christina wünschte es sich und stellte sich vor, ein Kind von ihm zu haben. Selbst wenn ihre bewusst gesteuerten Gedanken nicht in diese Richtung gingen, wurde sie von den Vorstellungen, eine eigene Familie zu haben, förmlich überfallen.

Eines Nachts träumte sie von einem Kind, das zu ihr in die Einsamkeit gekommen war. Es blieb einen ganzen Tag bei ihr und schenkte ihr mütterliche Erfahrungen, wie sie von keinem Mann beschrieben werden könnten. Christina nahm das Kind auf ihren Arm und drückte es liebevoll an ihre Brust, immer und immer wieder, den ganzen Tag lang. Dabei überkam sie eine unbeschreibliche Wonne, wie sie sie nie zuvor in ihrem Leben empfunden hatte. Je mehr sie das Kind an sich drückte, umso stärker fühlte sie seine Gegenwart in ihrem Inneren, in ihrem Leib und in ihrer Seele. Im Traum war es Abend geworden und das Kind hatte sie wieder verlassen. Christina erwachte, erfüllt von Glück, obgleich die Wirklichkeit unverändert war.

Tagelang dachte Christina über diesen Traum nach und vergegenwärtigte sich immer wieder die Gefühle, die sie dem Kind gegenüber gehabt hatte. Sie wunderte sich darüber, wie schnell sie diese mütterlichen Gefühle loslassen und abgeben konnte. Je intensiver sie darüber nachdachte, desto mehr erschien ihr die Begegnung als Zuwendung aus einer anderen Welt. Es war, als ob etwas ganz Wesentliches mit ihr und in ihr vorgegangen sei. Sie wurde von Tag zu Tag ruhiger und gewann einen größeren Überblick über ihr Leben. Notwendige Zusammenhänge wurden ihr klar, und sie verstand es besser, sich in eine natürliche Schöpfungsordnung einzufügen und nicht mehr ihr eigener Mittelpunkt zu sein.

Allmählich schloss sich der Kreis, der ein bewegtes Jahr für sie gebracht hatte: ein Jahr ohne Roger, ein Jahr – wie Christina später rückblickend sagte –, das für ihre erneute und endgültige Entscheidungsfindung notwendig und von höchster Bedeutung war.

Der tiefste Wunsch

Der Sommer des Jahres 1123 neigte sich seinem Ende zu. Ohne abgelenkt oder bedrängt zu werden, dachte Christina viel an Roger, an das, was er ihr bedeutete, und vor allem an die wunderbaren allabendlichen Gespräche.

Warum waren ihr seine Worte über die beiden großen Wege im Leben nicht eher eingefallen? War sie sich ihres einen Weges so sicher und hatte die Möglichkeit des anderen völlig verdrängt? Licht fiel in ihre Seele, und auf einmal konnte sie sich ganz klar an einen Abend erinnern, an dem Roger sie nach ihren tiefsten und geheimsten Wünschen gefragt hatte. Er war von dem Satz ausgegangen: „Die tiefsten Wünsche des Menschen neigen dazu, die Erfüllung an sich zu ziehen."

Christina erinnerte sich, wie unverständlich ihr seine Worte damals erschienen waren. Erst jetzt – in der Ruhe nach dem Sturm ihrer entfesselten Leidenschaften – leuchteten sie ihr ein.

„Die Erfüllung geschieht oft durch große schmerzliche Umwandlungen, aber doch so, dass diese Verwandlungen schließlich – wenn man zurückschaut – als Erfüllung erkannt werden." Christina hatte Roger nach der Übermacht fremder Gegenkräfte gefragt, die jegliche erfahrbare Erfüllung verhindern. „Hast nicht gerade du die Erfahrung gemacht, dass dir das entgegenkommt, wofür du offen bist? Denn sobald der Geist auf ein Ziel gerichtet ist, kommt ihm vieles entgegen, und unsere Wünsche werden erfüllt. Aber denke immer daran: Nur das Wünschen, das aus deinem ureigensten Wesen kommt, aus dem, was du zutiefst bist und sein kannst, hat diese Kraft. Wenn du wachsam und konsequent den Impulsen folgst, die aus deiner Sehnsucht kommen, dann wachsen dir auch Kräfte der Verwirklichung zu.

Nicht gemeint sind natürlich die Wünsche und Sehnsüchte, die aus der Oberfläche und nicht aus dem Wesen des Menschen kommen. Als König Midas von den Göttern einen Wunsch frei bekam, erbat er: 'Alles, was ich berühre, soll zu Gold werden!' Mit Entsetzen musste er bald feststellen, dass die Erfüllung dieses Wunsches sein qualvolles Verderben wurde: Alles wurde zu Gold, was seine Hände berührten, das Wasser, das ihm zum Waschen gereicht wurde, das Brot, das seine Hände berührten, der Wein, den er trinken wollte – er wurde flüssiges Gold.

Wenn wir uns ganz tief, in Übereinstimmung mit unserem Wesen, für etwas entschieden haben, dann kommen uns verwandte Kräfte entgegen, die uns den Weg öffnen und zu gehen ermöglichen. Bestimmte Wege – wenn ich sie vom Wurzelgrund meines Seins gewählt habe – können nur bis zu Ende gegangen werden. Als ich aus Jerusalem kam und nicht mehr zurück in die Klostergemeinschaft wollte, befand ich mich in einer lebensgefährlichen Krise. Erst als ich mich radikal und mit allen Konsequenzen entschieden hatte, in der Einsamkeit zu leben, wuchsen mir auch die Kräfte zu, die es ermöglichten."

Jetzt erinnerte sich Christina nur allzu gut, dass sie Roger nach einem ehelichen Leben und im Gegensatz dazu nach einem zölibateren Leben gefragt hatte.

„Es liegt an der Wahl, die ich getroffen habe", antwortete er. „Habe ich den einen oder den anderen Weg für mich bejaht und mich vom Grund her für ihn entschieden, wachsen mir auch die Kräfte zu, die mich führen, besonders in Krisen und Versuchungen. Das Wählen – und das ist für dich, Christina, sehr wichtig – muss reif werden, bis es seine tragende und nährende Wurzel gefunden hat. Nicht selten geschieht diese letzte Reifung des Wählens im Bestehen einer großen Anfrage, im Durchhalten oder gar im Bestehen einer Widrigkeit."

Mit größter Entschiedenheit auf diesen Grund zu kommen, um eine Entscheidung treffen zu können, war Christinas sehnlichstes Anliegen. Wie klar hatte Roger das ausgedrückt, ohne sie zu beeinflussen oder sie von außen zu einer Entscheidung zu drängen! „Ich werde also den Weg geführt", wiederholte Christina leise für sich, „den ich aus dem tiefen Wurzelgrund meines Seins gewählt habe."

Ohne etwas erzwingen zu wollen, sich anzustrengen oder sich selbst zu quälen, versuchte sie, die nächsten Wochen aus der Stille ihrer natürlichen Umgebung Kraft zu schöpfen. Wie sie es bei Roger gelernt hatte, lebte sie jetzt wieder stärker und bewusster im Einklang mit der Natur. Sie spürte, wie die Harmonie der Naturgesetze ihre aufgebrachte Seele beruhigte. In den Meditationen gewann sie eine gute Distanz zu sich selbst und gewährte damit einer anderen Dimension Raum zum Wachsen. „Wenn die Sehnsucht Gottes der Mensch ist", rief sie sich in Erinnerung, „und die Unruhe des Menschen auf Gott ausgerichtet ist, müsste es doch möglich sein, das Leben besser nach Seinem Willen zu gestalten." In ihren Meditationen konnte Christina sich jetzt wieder leichter und vertrauend der anziehenden Kraft Gottes überlassen und wurde somit auch sensibler für die Zeichen, die ihr auf dem Weg begegneten.

Heilkräfte der Natur

Noch bevor Christina die Nachricht von der offiziellen Ungültigkeitserklärung ihrer Ehe mit Burthred erhielt, trat ein Ereignis ein, das ihr erhöhtes Selbstbewusstsein und eine größere Entscheidungsfreiheit schenkte. Der Mensch, der ihr das Leben am meisten erschwerte und vor dem sie immer noch auf der Flucht war, ihr unerbittlicher und hartnäckiger Verfolger, Bischof Robert Bloet von Lincoln, war gestorben. Schon seit langem hatte er eine Krankheit, unter der er ständig litt. Sein Tod trat jedoch plötzlich und unerwartet am 10. Januar 1123 ein, als er zusammen mit König Heinrich I. im Wildpark bei Woodstock auf der Rotwildjagd war. Nun gab es niemanden mehr, der Christina verfolgte, denn durch den Tod Robert Bloets waren auch seine Helfer und Beauftragten ihr gegenüber machtlos.

Noch im selben Jahr kehrte Christina in die Einsamkeit nach Markyate zurück – befreit von jeglicher Bedrängnis. Sie hatte, ihrer inneren Stimme folgend, Erzbischof Thurstan in York einen Dankesbesuch abgestattet und ein langes, gehaltvolles Gespräch mit dem ungenannten Kleriker, ihrem früheren Geliebten, geführt. Sie trennten sich in beiderseitigem Einvernehmen, in Wohlwollen und Güte. Jetzt endlich konnte Christina – sichtlich erleichtert – das Erbe Rogers in Markyate unbelastet antreten. Der innere Friede, nach dem sie sich so lange gesehnt hatte, schenkte sich ihr und bildete die Grundlage ihrer erfüllenden Meditationen und Gebete. Sie war unendlich dankbar und betete zu Christus, der sie in all ihren Gefahren und Krisen nicht verlassen hatte.

Nachdem Christina das Notwendigste hergerichtet und sich in ihrer Einsiedelei von Markyate eingelebt hatte, begann sie, konsequent nach der benediktinischen Regel zu leben, nach der die Arbeit ein sehr wichtiger, dem Gebet und der Meditation nachgeordneter Bestandteil des geistlichen Weges ist. Langsam und mit einem wachsenden Gefühl von Freiheit gestaltete sie ihr Leben. Sie führte feste Gebets- und Meditationszeiten ein – nicht weil es die Klosterregel verlangte, sondern aus ihrem eigenen tiefen Bedürfnis heraus. Ein Dankgottesdienst bildete die Mitte ihres Tages. Mit großer Begeisterung las Christina die Psalmen, rezitierte sie und lernte die Texte dabei langsam auswendig. Zwischen diesen Zeiten hatte sie größte Freude daran, ihren Garten zu bestellen. Sie hatte ihn bereits angelegt, als Roger noch lebte; doch jetzt war der Garten total verwildert und musste neu bearbeitet und bepflanzt werden.

Bei Alfwen, ihrer ersten geistlichen Meisterin, hatte Christina ihre Liebe zu Heilkräutern entdeckt und viele Kenntnisse in der Zubereitung verschiedener Arzneimittel erworben. Im Frühjahr und Sommer des folgenden Jahres wuchs in ihrem Garten bereits eine kleine Kräuter-Apotheke. Neben den Einsiedlern der Umgebung kamen auch Fremde zu Christina, die sie um Heilmittel gegen ihre Krankheiten baten.

Auf Grund ihrer hohen Schulbildung hatte Christina damit begonnen, die Psalmen wie auch andere Bücher, die ihr geliehen wurden, abzuschreiben. Das Weben von Matten – eine Arbeit für den Winter – hatte sie zu Gunsten des Nähens von Gewändern und Kleidungsstücken aufgegeben.

Von den vielen Menschen, die infolge ihrer Schicksalsschläge zu Christina in die Einsiedelei nach Markyate kamen, sind nur wenige namentlich bekannt. In keinem Fall sprach Christina selbst darüber. Hinzu kam, dass die meisten Besucher sich an ihre Anweisung hielten, über die Begegnung mit ihr zu schweigen.

Für eine junge Frau aus Canterbury allerdings war der Kontakt zu Christina so heilsam, dass sie ihre Erlebnisse und Erfahrungen überall erzählte. Diese Frau, die noch bei ihren Eltern lebte, bereitete ihnen durch eine eigentümliche Krankheit zunehmend Sorgen. Sie litt unter Krampfanfällen, von denen man glaubte, sie seien auf eine allgemeine Schwäche zurückzuführen. Dieses rätselhafte Leiden überfiel sie regelmäßig – ungefähr einmal in der Woche, und zwar jedesmal am Morgen nach dem Aufwachen. Ihr wurde zunächst schwindelig, es folgten heftige Kopfschmerzen, ihre Arme begannen salvenförmig zu zucken und Gegenstände, die sie gerade in der Hand hielt, ließ sie fallen oder schleuderte sie gar fort. Langsam übertrugen sich die Zuckungen auf die Beine, sie knickte ein und stürzte zu Boden. Bewusstlosigkeit überfiel sie, und als nach einigen Anfällen dann Schaum vor ihren Mund trat, riefen die Eltern in ihrer Not den Arzt. Er stellte bei der jungen Frau die „Hinfallende Krankheit“ fest, auch Epilepsie genannt. Ein Dämmerzustand hielt sie gefangen, und es dauerte lange, bis sie gänzlich aus ihrer Ohnmacht erwachte. Der Arzt, der ihr Rosensirup mit viel frischem Wasser verordnet hatte, wusste kein weiteres rechtes Mittel gegen diese „Schwere Not“, und alle Versuche, sie zu lindern, waren erfolglos. Er sagte nur – und damit konnten weder die Eltern noch ihre kranke Tochter richtig umgehen –, dass eine böse Kraft den Körper anfalle, um ihn zum Sturz, zu Zuckungen und zum Schäumen zu bringen. Während des Krampfes würde die geistige Kraft vernichtet und die gesamte Seelentätigkeit käme zum Erliegen.

Über zwei Jahre schon hatte die Frau die Fallsucht über sich ergehen lassen müssen, ohne dass ihr geholfen werden konnte. Für ihre Eltern war sie durch die Krankheit zu einer schier unerträglichen Last geworden. Im dritten Jahr ihrer „Hinfallenden Krankheit“ hörten sie von einer Einsiedlerin, die ganz in der Nähe des Klosters St. Albans lebte und über wunderbare heilende Kräfte verfügen sollte: Christina von Markyate. Die kranke Frau glaubte daran und war sich sicher, dass Christina ihr helfen würde. In einem Traum sah sie sich bereits in Markyate angekommen. Sie trank von dem Wasser, das die Einsiedlerin ihr reichte, und fühlte, wie sie gänzlich gesund wurde.

Dieser Traum machte der fallsüchtigen Frau Hoffnung und gab ihr einen so starken Auftrieb, dass sie sich unverzüglich auf den Weg machte und schon bald in Markyate ankam. Sie berichtete Christina von ihrer schrecklichen Krankheit, dem damit verbundenen Elend und der unendlichen Traurigkeit, die auch ihre Eltern überfallen hatte. Als sie schließlich von der Offenbarung in ihrem Traum sprach, die sie hierher geführt habe, und Christina um Heilung bat, wich diese erschrocken zurück. Sie gab der kranken Frau unmissverständlich zu verstehen, dass sie für ein solches Anliegen nicht zuständig sei und die Kranke höchstwahrscheinlich durch den Traum einer Täuschung erlegen wäre.

Doch die Frau aus Canterbury ließ sich durch Christinas Worte nicht abschrecken. Durch den Priester Alfwyn, der mit einigen anderen Besuchern gerade in Markyate war, ermutigt und bestärkt, brachte sie erneut ihr Anliegen vor. Schließlich baten alle, die zur Feier eines Gottesdienstes gekommen waren, Christina ganz inständig darum, diese Frau nicht abzuweisen, sondern ihr die Kraft des fürbittenden Gebetes zu gewähren. Als Christina der Kranken eindeutig erklärt hatte, dass nicht sie im Mittelpunkt stünden, sondern die Mitte des Christseins und des erlösten Daseins Christus selber sei, erlaubte sie schließlich der fallsüchtigen Frau, bei ihr zu bleiben. Alle nahmen jetzt das traurige Schicksal als besonderes Anliegen mit in den Gottesdienst und beteten inständig für sie. Christina fühlte sich von einem Druck befreit, denn – sollte es der Kranken besser gehen und sie Erleichterung empfinden – die gesamte Gemeinschaft hatte Anteil an der Gnadenzuwendung.

Der Gottesdienst wurde zu einem Fest. Inmitten der Feier wurde Christina die besondere Gabe verliehen, die Wandlung wahrzunehmen und gleichzeitig die, die sich in der kranken Frau vollzog. In Gedanken sah sich Christina vor ihr stehen und ihr das aufgeschlagene Buch der Psalmen reichen. Die Frau schaute voll Vertrauen auf das kostbare Buch und wagte nicht, es zu berühren. Doch Christina bat sie, die nächste Seite aufzuschlagen. Ein neuer Text mit einem strahlenden Bild wurde sichtbar.

Niemand außer Christina selbst hatte dieses Bild wahrgenommen. Sie schwieg. Da sie aber ahnte, dass etwas Großes mit dieser unter ihrer Krankheit entsetzlich leidenden Frau geschehen war oder geschehen würde, bat sie darum, sie möge doch eine ganze Woche bei ihr in der Einsiedelei von Markyate bleiben. Obwohl die Frau aus Canterbury zunächst dankbar einwilligte, wurden ihr die Tage lang – mehr noch die Nächte, denn mit großer Angst vor den Anfällen stand sie am Morgen auf. Zitternd ging sie dann in das Oratorium und wartete, doch nichts geschah und die Tage gingen dahin ohne einen Rückfall.

Christina versuchte, ihren immer noch sehr verstörten Vorstellungen und Ängsten durch sanftes Zuhören und durch vernünftiges Zureden zu begegnen. Sie spürte, dass dieser Frau auch körperlich geholfen werden musste, damit sie den Prozess der inneren Heilung besser annehmen konnte. Sie empfahl ihr, viel zu trinken, klares Wasser, und für zu Hause milden Wein – täglich, aber in kleinen Mengen. „Wein macht das verhärtete Gemüt wieder weich wie Eisen, das man ins Feuer gelegt hat.“ Zur weiteren Vorbeugung gegen die Fallsucht und die vorher auftretenden Kopfschmerzen gab Christina ihr noch folgenden Rat mit auf den Weg:

„Bei den leisesten Anzeichen von Kopfschmerzen oder Schwindel halte einen Smaragd an deinen Mund und erwärme ihn durch den Atem, sodass er feucht wird. Mit dem feuchten Stein bestreiche dann Schläfen und Stirn und nehme ihn in den Mund. Behalte ihn eine ganze Weile im Mund – so lange, bis du dich besser fühlst.“

Bevor Christina jedoch die Frau aus Canterbury, die von keinem Anfall mehr heimgesucht wurde, verabschiedete, empfahl sie ihr eine besondere Art zu beten. Christina lehrte sie das einfache Gebet der Hingabe und ließ sie erfahren, dass nur jenes Beten wirklich hilft, das dem Menschen immer wieder von neuem den Kontakt zur Quelle aller Freude vermittelt, zum quellenden Urgrund allen Seins. Die Bitte, die Christina stellvertretend für die kranke Frau während der ganzen Woche wiederholt gebetet hatte, gab sie ihr nun mit auf den Weg, damit sie dieses Gebet auch in Zukunft häufig spreche:

Wie der Geist des Herrn den Erdkreis erfüllt,
so erfülle er das Haus meines Leibes mit Seiner Gnade,
auf dass es niemals mehr erschüttert werden kann.

Der Grund-legende Weg ist bereitet

Christina versuchte, anderen das Leben leichter zu machen. Viele Menschen kamen nach Markyate, um mit ihr zu sprechen und sich Rat zu holen. Durch gute Mittel der Erde und die Gnade des Himmels war es ihr vergönnt, oftmals auch da noch Hoffnung und Heil zu bewirken, wo keine Hoffnung auf Besserung mehr bestand. Über ihre eigenen Schmerzen und Krankheiten, die sie ertragen musste, sprach sie niemals mit anderen. Durch ihre eingeschränkte Lebensweise in früheren Jahren hatten sich seit längerer Zeit Behinderungen und Schmerzen eingestellt.

Am meisten zu schaffen machte ihr eine Paralyse – Lähmungserscheinungen –, die sich halbseitig von ihrem Arm bis zu ihrem Kopf ausgebreitet hatte. Obwohl Christina noch keine dreißig Jahre alt war, taten sich bereits erschreckende Anzeichen kund: Ihre Wangen waren geschwollen und immer leicht entzündet. Die sich zusammenziehenden Augenlider ließen nur jeweils einen kleinen Sehspalt offen, der eine Augapfel war blutunterlaufen, die Haut darunter zuckte und flackerte unaufhörlich – es sah aus, als ob ein Vogel ständig mit seinen Flügeln schlagen würde.

Von Ärzten, die man zu ihr geschickt hatte, musste sie manche Behandlung über sich ergehen lassen: sich Aderlässen unterziehen, Arzneien schlucken und immer wieder ihren flimmernden Blick der Betrachtung durch andere aussetzen. Aber alles das, von dem die Ärzte glaubten, es würde ihr Erleichterung bringen, hatte eher eine gegenteilige Wirkung. Tatsächlich wurde die Krankheit, die sie eigentlich heilen sollten, immer schlimmer, die Entzündungen breiteten sich weiter aus und die Schmerzen steigerten sich ins Unerträgliche. Durch diesen nicht mehr auszuhaltenden Krankheitsverlauf, der sich schließlich ununterbrochen schmerzhaft über fünf Tage und Nächte erstreckte, wurde Christina – der Verzweiflung nahe –

an die Grenzen ihrer körperlichen und seelischen Existenz gebracht. Nichts, aber auch rein gar nichts wurde ihr an Leiden erspart, nichts an Schmerzen ausgelassen, sodass sich die Leidenszeit fast bis zur Vollkommenheit erfüllen konnte.

Ein alter Mann brachte ihr eine zu einer Tablette gepresste Arznei und erklärte, dass diese – in Wein aufgelöst und getrunken – sofort in der Lage sei, speziell ihre Krankheit zu vertreiben und auszurotten. Um Linderung zu erfahren, vertraute Christina allem blindlings. Doch auch dieses Medikament verschlimmerte nur ihren Zustand. Am sechsten Tag wurden ihre Schmerzen so stark und die Atemnot so beängstigend, dass sie glaubte, jeden Augenblick ihren letzten Atemzug zu tun. An dieser äußersten Grenze ihres Lebens sehnte sich Christina nach dem Tod, um endlich von den körperlichen Qualen erlöst zu werden. Am Abend dieses entsetzlichen Tages schlief sie jedoch sanft ein und erstaunlicherweise die ganze Nacht hindurch.

Als sie erwachte, hatte sie keine Schmerzen mehr. Wohlig und unendlich dankbar ließ sie sich in dieses Gefühl hineinfallen und nahm bis in die letzte Zelle ihres Körpers und in ihre Seele die Sabbatruhe auf, von der die Bibel am siebten Schöpfungstag spricht. Dieses überwältigende und einschneidende Erlebnis in ihrem Leben führte Christina von der Dunkelheit wieder ins Licht, von unsagbaren Schmerzen und Depressionen in eine Hoch-Zeit, in der sie zutiefst die Nähe des Schöpfers spürte. Jemand hatte die Tür des Gefängnisses, das ihr zur grausamsten Folterkammer geworden war, von außen geöffnet und Christina in eine lichtvolle Freiheit geführt.

Langsam bewegte sie sich und versuchte ihre Augen zu öffnen. Licht fiel in beide Augen, durch sie hindurch, und sie konnte ihre Umgebung deutlich sehen. Auch ihr geschädigtes Auge, das infolge der schweren Krankheit fast erblindet war, hatte seine volle Sehkraft wiedererlangt. Zuerst traute sie ihren Augen nicht, doch nachdem Christina sie mehrere Male geschlossen und geöffnet hatte, war sie von ihrer Heilung überzeugt. Sie konnte jetzt auch nach Belieben das Lid des kranken Auges bewegen, dessen Sehvermögen sich gänzlich wieder eingestellt hatte. Ihre feurigen Augen, die von Natur aus dicht bei der Sonne lagen, waren wieder gesund und konnten die Strahlen der Sonne sehen. Christina tastete mit ihren Händen das Gesicht ab und merkte dabei, dass nicht nur die Schwellungen aus ihren Wangen gewichen waren, sondern sie auch den paralysierten Arm und die Hand wieder voll bewegen konnte. Tiefe Erleichterung durchströmte ihren Körper und ihre Seele. Christina konnte es immer noch nicht fassen, dass sie – von allem geheilt – nun aufstehen konnte.

Voll Freude rief sie die Aspirantinnen zu sich, die mit ihr in der Einsiedelei wohnten. Alle waren sprachlos und überrascht, ihre Lehrmeisterin gesund und strahlend vor Begeisterung anzutreffen. Am nächsten Tag, als sie alle zusammensaßen und das Gespräch über die Gesundung Christinas nicht enden wollte, sagte ein junges Mädchen, dass es in der vorletzten Nacht etwas Sonderbares geträumt habe.

„Als die Erste von uns bei der Schwerkranken Nachtwache hielt, sah ich im Traum eine Frau von großer Autorität vor mir. Ihr Gesicht leuchtete hell. Sie trug eine weiße Kopfbedeckung, die an der Breitseite goldbestickt und mit Goldfäden umsäumt war. Sie ging an das Krankenbett der Patientin, setzte sich und holte aus ihrer Tasche eine kleine Schachtel, in die sie Latwerge hineingetan hatte – eine teigförmig zubereitete Arznei, die man im Mund zergehen lässt. Während diese wunderschöne Frau mit einer zierlichen Handbewegung die ungewöhnlich stark duftende Latwerge nahm, um sie der Kranken zu geben, warnten wir sie. Wir alle standen jetzt am Krankenbett und sagten mit Tränen in den Augen: ‚Verschwenden Sie bitte nicht Ihre kostbare Medizin und machen sich keine Mühe, verehrte Dame, denn gerade gestern ist unsere gute Lehrmeisterin knapp dem Tod entronnen, nachdem sie eine ähnliche Latwerge eingenommen hatte. Sie wurde ihr von einem alten Mann gebracht, der vorgab, sie mit dieser Latwerge heilen zu können.' Die Dame schenkte unseren Worten, der Warnung und dem Verbot jedoch keine Beachtung. Sie führte schweigend den Auftrag aus, für den sie gekommen war, gab der Kranken die Arznei und heilte sie."

Nachdem das junge Mädchen ihren Traum erzählt hatte, waren alle für einen Augenblick sehr betroffen. Dann brach eine große Freude aus und Christina – die Patientin, die jetzt wieder ganz gesund war – nahm freudig an dem lebhaften Gespräch teil. Die Aspirantinnen fragten ihre Meisterin immer wieder nach dem Zusammenhang zwischen ihrer Heilung und der Vision. Christina, die um größere Zusammenhänge wusste, antwortete auf eine Weise, die die Mädchen verstehen und ertragen konnten. Christina hatte in der Nacht ihrer Heilung von der Vision nichts mitbekommen und die Aspirantin nichts von der tatsächlichen Heilung Christinas.

Nach ihrer Genesung benötigte Christina viel Zeit für sich selbst, um die wunderbaren Ereignisse weiter wirken zu lassen, ihre Konsequenzen zu bedenken und sie sich bewusst zu machen. Sie empfand unendlich dankbar die gnadenvolle Zuwendung des Himmels, und die Melodie ihrer gesungenen Psalmen – ihre Lebensmelodie – wurde heiterer, sodass sie auch andere begeisternd ansteckte. In stillen Stunden dachte sie viel über ihre Krankheit nach und versuchte, Zusammenhänge zu ergründen. Warum war sie hier in Markyate, am Beginn ihrer geschenkten Freiheit, so krank geworden? Warum wurde sie von ihrer teilweisen Bewegungsunfähigkeit so schnell geheilt?

Die Männer, die Pflüger, die auf ihrem Rücken schmerzhafte, fast todbringende Furchen hinterließen, waren über viele Jahre ihre Verfolger, aber gleichzeitig waren es ungeordnete und unerlöste Kräfte ihres eigenen Wesens, die sie krank gemacht hatten.

Da sie nun in geistigem Frieden und in Freiheit leben durfte – ohne den Zwang, der ihr erhebliche nervliche Belastungen und Beschwerden eingebracht hatte –, konnte sie an Leib und

Seele gesunden. Wie eine Explosion, die sie an die Grenze des Todes geschleudert hatte, kam ihr im Nachhinein ihre schwere Krankheit vor. Die immer stärker werdende geistige Kraft hatte sich auch im Körper und im Nervensystem einen Weg gebahnt und alle Hindernisse hinausgeschleudert. In dieser Wucht und Intensität war es ein lebensgefährlicher Prozess gewesen, den Christina durchleiden musste. Schlagartig wurde ihr bei diesen Gedanken bewusst, dass ihre schwere Paralyse kein organisches Leiden war, sondern eine seelische Ursache hatte.

Benediktinerinnen-Priorat von Markyate
Gründung durch Christina

GEOFFREY DE GORHAM

Christina hatte zwar das Erbe Rogers, des Einsiedlermönches von St. Albans, angetreten, doch war es ihr in dem ganzen Jahr nach ihrer Rückkehr nach Markyate nicht vergönnt, näheren Kontakt mit dem Kloster St. Albans zu bekommen. Obgleich die Abtei als ihr geistliches Zentrum alles für sie bedeutete, gab es kaum äußere Berührungspunkte. Die Mönche, besonders der Abt, hatten zwar einiges von Christina und ihrem nun offenkundigen Weg in die Einsiedelei von Markyate gehört, schenkten ihr jedoch weder besondere Beachtung noch Wertschätzung. Der ihr liebste Mönch, Alvered, den sie von ihrem ersten Besuch in St. Albans kannte, war gestorben. Dennoch war er dazu ausersehen – er erschien Abt Geoffrey im Traum –, die erste Verbindung zwischen Christina und Geoffrey herzustellen. Beide sollten in ihrer gegenseitigen Zuneigung das höchste Geschenk erfahren, das Menschen zuteil werden kann: grenzenlose Liebe aus menschlicher Freundschaft und göttlicher Gnade.

Doch Geoffrey de Gorham – seit 1119 Abt von St. Albans – sah in Christina zunächst nichts anderes als eine Frau, die eine fromme Einsiedlerin mit frommen Träumen war, eine Frau, die zwar dem Frieden, aber auch einem frommen Wahn nachjagte.

Wer war Geoffrey de Gorham, der zunächst Prior von St. Albans war und dann von den Mönchen einstimmig zum Abt dieses Klosters gewählt wurde? König Heinrich I. hatte dieser Abtwahl nicht nur zugestimmt, sondern Geoffrey de Gorham in einem persönlichen Gespräch ermutigt, trotz seines Zögerns diese Wahl anzunehmen.

Wer war Geoffrey de Gorham, der erst durch die Liebe zu einer Frau – Christina von Markyate – zu einem wahren

Menschsein fand und damit zu einem Liebenden verwandelt wurde?

Als dritter normannischer Abt von St. Albans hatte er kein leichtes Erbe angetreten. Ein so großes Kloster wirtschaftlich führen zu müssen und dabei geistliche Ziele an die erste Stelle zu setzen, sie vor allem den Mönchen wie auch den vielen Mitarbeitern immer wieder bewusst zu machen, war seine Hauptaufgabe und kostete große Mühe. Schon als Prior – in den Jahren vor seiner Abtwahl – hatte Geoffrey vieles zu beanstanden, das er jetzt ohne weiteres und ohne viel zu fragen verändern oder neu gestalten konnte. In der Liebe zur Wissenschaft, zu den Büchern, der Bibliothek und dem Scriptorium stand er ganz in der Tradition seiner beiden Vorgänger Paul de Caen und Richard d' Albani, die er darin sogar bei weitem übertraf. Geoffrey war ein großer Förderer der Wissenschaften und Künste, vor allem unterstützte er die Schreib- und Buchkunst, für die er alles Erdenkliche aufbrachte und tat.

Die hierzu notwendigen Mittel verschaffte er sich durch Einsparungen, die er klug und geschickt vornahm. So ließ er für Neu- und Umbauten der Klosteranlage alte Steine der früheren Römerstadt Verulamium verwenden, die sich in Mengen bei Ausschachtungen fanden. Im Kloster selbst führte er in allen nicht „erbaulichen“ Bereichen Sparmaßnahmen von erheblichem Umfang ein. Gleichzeitig versuchte er, bei den Mönchen eine gewisse Schwerfälligkeit zu beheben. Es gab genügend Ansätze, Gewohnheiten zu durchbrechen, und indem Geoffrey behutsam vorging, hatte er auch Erfolg. Jedoch Gewohntes im täglichen und persönlichen Lebensrhythmus der Mönche zu verändern war nicht nur äußerst schwer, sondern bedurfte auch seiner überzeugenden Erklärung und Begründung – oft bezog er sich dabei auf die Wiederbelebung der benediktinischen Regel.

Geoffrey scheute sich nicht, in den von den Mönchen geschätzten Speiseplan einzugreifen. Die deftigen und gehaltvollen Fleischpasteten lagen ihm schon als Prior zu schwer im Magen, doch Abt Richard d'Albani hatte es nicht gewagt, hier einzugreifen und Erleichterung zu schaffen. Ohne sich lange mit dieser Geschichte auseinanderzusetzen – die Benedikt-Regel schrieb Fleischlosigkeit vor –, gab es von heute auf morgen anstatt der guten alten Fleischpasteten ein kleineres und leichteres Gericht: Heringspasteten, die nach normannischer Art zubereitet und „Karpie" genannt wurden.

Um zusätzlich die Zahl und die Menge der Mahlzeiten zu verringern, ließ Abt Geoffrey einen würzigen, schmackhaften Mischtrunk aus aufgeweichtem alten Hartbrot und etwas Wein zusammenstellen. Dieser Trunk, der den Mönchen vor dem gemeinsamen Mittagessen im Refektorium gereicht wurde, erfüllte seinen Zweck und zeigte schon recht bald seine „guten" Auswirkungen. Infolge der pikanten Zubereitung wurde er von allen sehr geschätzt und gern getrunken. Der geringe Alkoholgehalt dieser Mixtur aus Brot und Wein – vor dem Essen zu sich genommen – hatte eine erheiternde und Gemeinschaft stiftende Wirkung. Danach schmeckten die Speisen, was es auch gab, einfach besser. Die intensive Kornkraft des Getränkes hatte eine weitere gute Eigenschaft: Der Sättigungsgrad beim Essen war eher erreicht, sodass die Mönche aus einem natürlichen Bedürfnis heraus die Speisen einschränkten und sogar auf eine Mahlzeit täglich verzichten konnten. Der Abt war sehr stolz, denn schon nach kurzer Zeit brauchte er den Kutschern, die zusätzliche Lebensmittel aus London und anderen Orten zum Kloster brachten, nicht mehr vier Schillinge in der Woche zahlen, sondern nur noch drei.

Dass Geoffrey de Gorham ein hervorragender Ökonom war, wird – unter vielen anderen Aufzeichnungen – lobend in der „Gesta Abbatum", der Klostergeschichte von St. Albans, belegt.

Seiner ersten Begegnung mit diesem Kloster liegt eine dramatische Geschichte zu Grunde, die nicht nur das äußere Leben Geoffreys verwandelt hatte, sondern auch seine innere Haltung und Einstellung allem Geschaffenen und letztlich dem Schöpfer selbst gegenüber.

Geoffrey de Gorham stammte aus einer berühmten französischen Adelsfamilie und wurde im Jahr 1070 in La Tanière geboren, einem kleinen Ort in der Normandie, abseits der großen Straße zwischen Mayenne und Fougères. Einige Kilometer östlich von La Tanière liegt die Ortschaft Gorron, benannt nach dem Namen seiner Familie, denn das Geschlecht „de Gorham" nannte sich gleichzeitig „de Gorron".

Für den jungen Geoffrey war der erste Besuch der Provinzhauptstadt Laval ein überwältigendes Erlebnis. Besonders das große Schloss der Herzöge von Laval hatte ihn, der aus einer ländlichen Gegend stammte, stark beeindruckt. Später lernte er Le Mans kennen und staunte über die monumentale Kathedrale St. Julian. In guter Erinnerung an diese Kathedrale und seine französische Heimat gab er dem Hospital für Leprakranke, das er als Abt von St. Albans gründete, den Namen St. Julian.

Schon früh war in Geoffrey die Liebe zur Literatur, die Liebe zu Büchern erwacht, ohne die er nicht leben konnte. Als Junge faszinierte ihn das „Rolandslied" derart, dass er von den 290 Strophen durch häufiges Lesen viele auswendig gelernt hatte. Die Vitalität und die Größe der Dichtung, die den heldenhaften Tod Rolands im Tal von Roncesvalles besingt, wirkten auf den jungen Geoffrey berauschend. Das Gedicht – wahrscheinlich um 1070 von dem gelehrten Kleriker Turold verfasst – beschreibt phantastisch ausgeschmückt eine historische Begebenheit, die im Jahr 778 stattfand. Die kraftvollen, schneidend wie eine Schwertklinge schwingenden mehr als 4000 Verse sind im zehnsilbigen Rhythmus geschrieben und teils durch Reim, teils durch Assonanz gebunden. Der klangliche und sprachliche Eindruck des Rolandsliedes hatte zur Folge, dass Geoffrey später eigene Kompositionen nach diesem einschneidenden Rhythmus gestaltete.

Doch zunächst hatte er die Möglichkeit, in seiner französischen Heimat das zu studieren, was er sich erträumte: Rhetorik, die Kunst, sich in weltlichen Wissenschaften gut auszudrücken. Grundlage für sein gesamtes weiteres Studium waren allerdings Kenntnisse in den weltlichen Wissenschaften. Am Beginn allen Lernens stand das Studium der Grammatik, weil hierauf das Verständnis, richtig zu sprechen und zu schreiben, beruhte. Geoffrey hatte schon sehr früh erkannt, dass Grammatik die Grundlage aller Gelehrsamkeit bildete und die Wissenschaft darstellte, Dichter und Geschichtsschreiber auszulegen. So nahm er große Mühen und langatmige Übungen in Kauf. Aufbauend kam ein weiteres Fach hinzu, das ihm sein Leben lang große Freude bereitete: die Dialektik – Logik oder Philosophie –, die Geoffrey kurz als „Wissenschaft vom Denken" bezeichnete. Der Faktor Zeit wurde für ihn zur Dauer, und alle einengenden Begrenzungen lösten sich auf, wenn er damit beschäftigt war, bestimmte Begriffe zu untersuchen und gründliche Erörterungen anzustellen, vor allem aber Wahres von Falschem zu unterscheiden. Verschlagenheit im Denken zu erkennen – ob aus Schriften oder im Dialog – und giftige Trugschlüsse zu widerlegen wurde für Geoffrey zu einer Faszination, die nicht einmal durch Müdigkeit oder vorübergehende Unlust geschwächt wurde. Gerade in diesem Studium der Philosophie taten sich ihm bedeutende Quellen für seine eigene Kreativität auf.

Die Wissenschaft der zählbaren Größen und Zahlen – die Arithmetik – verursachte ihm dagegen manche Schwierigkeiten. Auch schätzte Geoffrey während seiner Studienzeit die Geometrie nicht allzu sehr, die sein Lehrer als „Messung der Erde" bezeichnete. Obwohl er versuchte, seinen Schülern diese „Wissenschaft von der unbeweglichen räumlichen Größe und von den Gestalten" lebendig und anschaulich zu vermitteln, fand Geoffrey wenig Zugang zur Geometrie. Die weiteren beiden Fächer dagegen wurden von ihm hoch geschätzt und mit großer intellektueller und emotionaler Begeisterung ausgeübt.

Zum Fundament christlich-abendländischer Gelehrsamkeit gehörte auch die Musik. Sie bildete zusammen mit den anderen Wissenschaften den zentralen Gegenstand schulischen Unterrichts. Obwohl dieses Fach stärker von der Musiktheorie her als von der musikalischen Praxis verstanden wurde, bedeutete Geoffrey das Erkennen und Nachempfinden einer Harmonie äußerst viel. Neue Welten taten sich ihm auf – auch wenn diese Wissenschaft eher von Zahlen handelte, die sich bei Tönen finden. Besonders aber taten sich ihm neue Welten im Studium der Astronomie auf: „Die Wissenschaft, die den Lauf der himmlischen Gestirne und all ihre Figuren betrachtet und die Verhältnisse der Sterne untereinander und zur Erde mit aufspürendem Denken durchforscht."

Nach diesem grundlegenden Studium der weltlichen Wissenschaften, das Geoffrey de Gorham mit überaus großem Erfolg abgeschlossen hatte, war er durch und durch bestrebt, eine weitere Stufenleiter zur Weisheit zu erklimmen. Vom Studium der Theologie erhoffte er sich nicht nur eine größere Vollkommenheit im Geistigen, sondern auch reichen Gewinn für sein persönliches Glaubensleben. Aufgrund seiner hervorragenden Begabung, seines Ehrgeizes wie aber auch durch seine Liebe zum Christentum erreichte Geoffrey sehr schnell sein Ziel. Er wurde Kleriker – hielt sich aber trotz seines Priesteramtes die Möglichkeit zu heiraten und eine Familie zu gründen offen.

Sein guter Ruf als Wissenschaftler verbreitete sich rasch, sodass er – Gelehrter in den Fächern Philosophie und Religion – schnell eine ihm gemäße Anstellung fand.

Zu Beginn des 12. Jahrhunderts – Geoffrey de Gorham war etwas über 30 Jahre alt – hatte man selbst in England Kenntnis genommen von seinem fachlichen und pädagogischen Können.

Richard d'Albani, seit 1097 Abt von St. Albans, hatte in Folge seiner normannischen Abstammung und seines weiterhin guten Kontaktes nach Frankreich von einem bekannten französischen Gelehrten gehört, von Geoffrey de Gorham. Ihm ließ der Abt ein Schreiben übermitteln, in dem er seine Wertschätzung zum Ausdruck brachte und gleichzeitig Geoffrey einlud, nach England zu kommen, um als Scholastikus die Leitung der Kloster-Schule von St. Albans zu übernehmen. Geoffrey zögerte – doch in einem längeren Gespräch mit dem Überbringer des Briefes erfuhr er Näheres über diese hervorragende englische Schule und ließ sich von der hohen Qualität der dortigen Ausbildung überzeugen.

„Da unsere Schule gerade in den letzten Jahren durch den Einfluss des Abtes Richard einen unerwarteten Aufschwung genommen hat, müssen einige Stellen – wie auch die des Schulleiters – neu besetzt werden. Der Abt ist sich der großen Verantwortung bewusst, die dieses Amt mit sich bringt, und war lange auf der Suche nach einem bekannten Gelehrten, der über die erforderlichen Kenntnisse und Fähigkeiten verfügt."

Geoffrey, der ahnte, welche Ehre ihm jetzt entgegengebracht würde, unterbrach, indem er ein Glas Wein anbot, um diesen Augenblick in vollen Zügen zu genießen.

„Wie Ihr aus dem Brief erseht, sucht St. Albans für die Spitze der Kloster-Schule einen Scholastikus, der über ein hohes Maß an Gelehrsamkeit verfügt, überaus zuverlässig ist und große menschliche und persönliche Reife besitzt. Als Richard d'Albani von Euch hörte, wusste er, dass Ihr diese Eigenschaften in hohem Grade besitzt, und bat mich – über diesen Brief hinaus –, mit Euch zu sprechen, um Euch Weiteres von der Schule zu berichten und Eure Fragen zu beantworten."

„Wie ich wiederum hörte", sagte Geoffrey, „verfügt die Abtei von St. Albans nicht nur über eine der größten und hervorragendsten Bibliotheken Englands, sondern dem Kloster gehört auch eine Vielzahl gelehrter Mönche an, von denen bestimmt einer die Stelle des Scholastikus weitaus besser ausfüllen würde, als ich es vermag."

„Ihr dürft die Schule von St. Albans, die sogar auf dem Kontinent bekannt ist, nicht mit der eigentlichen Kloster- oder Novizen-Schule verwechseln. Eine solche Ausbildungsstätte für junge Männer, die Mönche werden möchten, um in die Abtei einzutreten, gibt es gesondert und sie ist direkt dem Kloster angegliedert. Die allgemeine Schule von St. Albans ist daher im eigentlichen Sinn keine Kloster-Schule, denn Jungen mit allen Berufswünschen ist der Zugang gewährt. Aus diesem Grund und wohl auch nicht zuletzt wegen der königlichen Unterstützung dieser Schule darf der Leiter kein Mönch sein, sondern muss – wie auch in anderen Schulen dieser Art – ein weltlicher Kleriker sein. Ihr, verehrter Geoffrey de Gorham, seid der richtige Scholastikus und rechte Mann für St. Albans."

Geoffrey schwieg. Er lehnte sich zurück, hielt seine Hände vor die Augen und stellte sich die große Bibliothek von St. Albans vor, zu der er sicher als Scholastikus auch Zugang haben würde. Und dann: Englisch, Französisch und Latein – drei Sprachen im lebendigen Wechsel –, welche Anforderung und Herausforderung würde das sein!

„Wenn Ihr nach den Schülern fragt, die die St. Albans-Schule besuchen, so darf ich Euch sagen, dass es Söhne vieler Adeliger sind – besonders die des mittleren und niederen Landadels – und Söhne der ortsansässigen Bürger. Einige Schüler kommen auch aus den Nachbarorten oder gar von weit her, sogar vom Kontinent. Niemand wohnt im Kloster; sogar die Fremden sind in der Stadt bei Familien untergebracht. Einige wenige junge Adelige wohnen im Haus des Abtes innerhalb der Klosteranlage und werden von ihm zusätzlich in ritterlichen Manieren geschult. Da die meisten Eltern wohlhabend sind, werden neben den Einkünften der Schule aus Zuwendungen des Königs und den Unterhaltskosten, die die Abtei trägt, von den Schülern einheitliche Gebühren erhoben. Dabei gibt es Ausnahmen für bedürftige Schüler. Diese leben während der Schulzeit aus einem eigens für sie gespendeten Fonds.

Vielleicht möchtet Ihr noch gern etwas von der Schule selbst wissen? Sie liegt räumlich außerhalb der Klausur und nicht einmal innerhalb der Klosteranlage. Rechts neben dem großen westlichen Torhaus, das Einlass in den Klosterhof gewährt, befindet sich als Teil der Klostermauer das Schulgebäude. Es erstreckt sich über drei Stockwerke und hat Eingänge von außen, ist aber auch vom Klosterhof zugänglich. Was den Schülern besonders gefällt: Direkt neben der Schule – in einem rechten Winkel angebaut – befinden sich die großen Stallungen für die Pferde."

Diese Auskünfte waren für Geoffrey nebensächlich. Da er nicht nach solchen Einzelheiten gefragt hatte, konnte er schnell das Thema wechseln und nach dem fragen, was für ihn von besonderer Bedeutung und Faszination war: Bibliothek und Scriptorium.

„Um allem Schaden durch einen eventuellen Brand zu entgehen, befinden sich in St. Albans die Bibliothek und das Scriptorium außerhalb der großen Klostergebäude. Die wertvollen Bücher und die einmaligen Schätze der Buchkunst findet Ihr in einem frei stehenden dreigiebeligen Haus im Süden der Klosteranlage. Hinter der Bibliothek erstreckt sich ein Obstgarten mit hohen Bäumen, die dem Haus im Sommer Schatten und eine angenehme Kühle geben. Damit immer gleichbleibendes schattenloses Licht zur Verfügung steht, sind die Fenster des Scriptoriums nach Norden ausgerichtet. In diesem wunderschönen großen Raum werden Handschriften hergestellt und vervielfältigt. Wenn Ihr die Bücher und die Künste liebt, werdet Ihr Euch hier sicher viel aufhalten und zuschauen, wie die Pergamente vorbereitet werden und die Schreiber wirken. Ihr werdet Ruhe und Atmosphäre trinken, die von den Illuminatoren ausgehen, wenn sie die Bilder zu den Büchern malen, und den Handbewegungen der Miniatoren begeistert folgen, wenn diese die Initialen gestalten.

In der Bibliothek findet Ihr nicht nur die wichtigsten Bücher der christlichen Überlieferung, sondern auch Schriften anderer Kulturen, besonders antiker Autoren. Der erste normannische Abt von St. Albans, Paul de Caen, war ein großer Liebhaber der Buchkunst. Er baute die Bibliothek aus und wurde dabei tatkräftig von Erzbischof Lanfranc von Canterbury unterstützt, der dem Kloster viele kostbare Handschriften als Schenkung zukommen ließ. Auf diese Weise kamen auch alte außerchristliche Schriften nach St. Albans, die einerseits notwendiges Rüstzeug für theologische Bemühungen liefern, andererseits Gegenstand einer kritischen und kreativen Auseinandersetzung sind."

Geoffrey war wach, hellwach, und hörte mit großer Aufmerksamkeit zu.

„Einige besonders wertvolle Bücher – um ganz sicher zu gehen, dass sie nicht mitgenommen oder entwendet werden – liegen zur Benutzung an Ketten und werden entsprechend sicher verwahrt."

Ihr gemeinsames Gespräch über die Bibliothek dauerte Stunden, und Geoffrey beendete es mit den Worten: „Ein Kloster ohne Bücher ist wie eine Festung ohne Waffen, wie ein Garten ohne Kräuter, wie ein Baum ohne Blätter."

Nach einer geheimnisvollen langen Pause – voll Spannung – fügte er, wie nebenbei erwähnt, mit leiser Stimme hinzu: „Sagt dem hochwürdigen Abt von St. Albans: Nach reiflicher Überlegung möchte ich seinem Ruf folgen und die Stelle als Scholastikus in St. Albans annehmen. Zur gegebenen Zeit werde ich, wie wir noch vereinbaren müssen, in England sein."

Die Natur wollte es anders

Nachdem Geoffrey in einem ausführlichen Brief an den Abt von St. Albans, Richard d'Albani, seine Zusage noch einmal bestätigt und seinen Dank für das große Vertrauen wie auch seine Freude zum Ausdruck gebracht hatte, begann er damit, die notwendigen Vorbereitungen zu treffen.

Sich von seiner Familie zu verabschieden fiel ihm in diesem erwartungsvollen und abenteuerlichen Aufbruch nicht allzu schwer. Doch der Abschied seiner Familie von ihm geschah zögernd und unter Tränen.

Auch in England begann das neue Schuljahr erst im Herbst, da viele Schüler im Sommer auf Landgütern arbeiteten und helfen mussten, die Ernte einzubringen.

Nach einer Nacht ohne Schlaf bestieg Geoffrey de Gorham im Morgengrauen eines rauhen Herbsttages den Wagen, der ihn zur Küste bringen sollte. Sein Gepäck war schwer und vor Regen zu schützen: Bücher und nochmals Bücher. Der starke Westwind, der dunkle Wolkenfetzen über das Land jagte, zerrte und rüttelte derart heftig an der Plane des Wagens, dass der Kutscher mehrere Male anhalten musste, um die Gurte wieder festzuzurren. Er war schon seit Jahrzehnten im Hause de Gorham beschäftigt, wo er sich sehr wohlfühlte. Daher wurde es ihm besonders schwer, heute für Geoffrey diesen Dienst tun und ihn verabschieden zu müssen.

Je näher sie auf ihrer mehrtägigen Reise dem Meer kamen, umso stürmischer wurde das Wetter. Sie mussten, allein schon der Pferde wegen, manches Mal einen sicheren Unterstand aufsuchen, wenn wegen der orkanartigen Böen kein Weiterkommen möglich war. Geoffrey wurde unruhig, weil er bereits viel Zeit verloren hatte. Seinen treuen Begleiter störte das nicht – stand doch für ihn die Sicherheit Geoffreys und das Wohl der Pferde an erster Stelle. Mochte ihn Geoffrey auch noch so sehr antreiben: Diesmal konnte er auf die Gangart keinen Einfluss nehmen.

Am Hafenbecken – der gewaltige Seegang und der starke Westwind hatten das Wasser bereits über die Ufer treten lassen – erfuhren sie, dass bei diesem Sturm weder ein Schiff ablegen noch ankommen könne. Nachdem sie für die Pferde gesorgt und Quartier genommen hatten, bedankte sich Geoffrey bei seinem treuen Gefährten. Erst jetzt war ihm vollends bewusst, wie machtlos und ohnmächtig sie gegenüber den Naturgewalten waren und wie umsichtig der Kutscher gehandelt hatte. In der Nacht ging Geoffrey – wie er es gewohnt war, wenn er unter Druck stand – unruhig in seinem Zimmer auf und ab und überlegte, was zu tun sei. Mit zurück nach Gorron oder La Tanière zu fahren hielt er für sinnlos – konnte sich doch die See von Stunde zu Stunde beruhigen.

Am nächsten Morgen schickte er daher das Gespann auf den Weg in seine Heimat und überließ sich – in Geduld wartend – seinem jetzt ganz der Natur ausgelieferten Schicksal.

Geoffrey de Gorham wartete. Er lernte von Tag zu Tag mehr zu warten, er saß auf den Bücherkisten, ohne sie zu öffnen, in der Hoffnung, die Überfahrt nach England könne jeden Augenblick stattfinden. Doch er musste endlose Tage, endlose Gedanken aushalten – verbunden mit der immer größer werdenden Sorge, nicht zur vereinbarten Zeit in St. Albans anzukommen. Die Herbststürme wurden heftiger, der Seegang höher und seine Angst, als unzuverlässig zu gelten, nahm zu.

Etliche Wochen voll Unruhe waren vergangen, als endlich der Vierspänner mit Geoffrey de Gorham, dem neuen Scholastikus, und seinem wertvollen Gepäck vor dem Eingang der mächtigen Abteikirche von St. Albans hielt. Obwohl Eile angesagt war, wollte er nicht geradewegs durch das Klostertor gefahren werden, sondern es drängte ihn, zunächst einen Blick in die Kathedrale zu tun – seine neue geistliche Heimat.

Für Geoffrey eröffnete sich eine überwältigende Dimension. Er sah und fühlte sich plötzlich in einer Welt, die mit den Strapazen, der Enge und der Unruhe der letzten Zeit nichts gemein hatte. Die alles überragende Kathedrale, ihr strenges Raumgefüge, die Reihen der Pfeiler und Rundbögen, die weit gespannten bemalten Holzdecken und steinernen Gewölbe, die Ornamentbänder an den Wänden, die Fresken mit biblischen Motiven und die Reliefs der Fratzen und Dämonen ließen ihn nicht nur die hohe Kunst menschlichen Könnens spüren, sondern auch etwas von der gewaltigen göttlichen Macht und Ordnung. Geoffrey war glücklich, eine solche Kirche unmittelbar erleben zu dürfen, und freute sich auf kommende Begegnungen.

In diesem erhebenden Gefühl bestieg er erneut den Wagen, passierte den Pförtner, der bereits das schwere Tor zum Klosterhof geöffnet hatte. Noch ehe die Pferde ausgespannt und in den nahe gelegenen Stall geführt wurden, hatte der Prior von St. Albans Geoffrey bereits willkommen geheißen. Im selben Atemzug gab der Prior die Anweisung, man möge das Gepäck abladen – zögerte dann aber, als ob er überlegen müsse, wohin es gebracht werden solle. Geoffrey war dieses eigenartige Verhalten aufgefallen und es mutete ihn sonderbar an. Hatte man ihn denn nicht erwartet und dem neuen Scholastikus eine Wohnung bereitet? Er schaute sich um und sah, wie es ihm beschrieben worden war, neben dem Torhaus das große Schulgebäude und daran rechtwinklig sich anschließend einen lang gezogenen Trakt – die Stallungen für die Pferde. Ihnen gegenüber lag das Gästehaus, wohin der Prior ihn jetzt einlud. Geoffrey hatte den Eindruck, dass der Prior geschickt seinen Fragen auswich.

„Nehmt zunächst dieses Zimmer hier und ruht Euch ein wenig von der anstrengenden Reise aus. Ich sorge dafür, dass Euch ein reichhaltiges Mahl zubereitet wird, und nachdem Ihr gespeist habt, wird es gut sein, unseren Abt persönlich kennen zu lernen." Geoffrey spürte förmlich, wie der Prior eine nicht angemessene Eile vorgab und es kaum abwarten konnte, seine eigenen Wege zu gehen.

Unmittelbar hinter dem Gästehaus lag das Gebäude, in dem der Abt wohnte. Dass man von dort einen direkten Zugang zur Kirche hatte und im Haus des Abtes neben einigen Sprechzimmern auch eine Küche untergebracht war, erfuhr Geoffrey von einem Mönch, der ihm von dort das Essen brachte. Es drängte ihn, mehr zu erfahren, doch weitere Auskünfte erhielt er nicht.

Zu später Nachtstunde – einige Kerzen waren bereits abgebrannt – verließ Geoffrey de Gorham das Zimmer des Abtes Richard d'Albani. Der Abt hatte ihm mitgeteilt und sich dabei immer wieder um einfühlsame Worte bemüht, dass die Stelle des Scholastikus bereits besetzt sei. Man habe nicht länger warten können und geglaubt, da keine Nachricht eingetroffen sei, er, Geoffrey de Gorham, habe es sich noch einmal überlegt und sei in Frankreich geblieben. An eine Reiseverzögerung durch einen über Wochen andauernden hohen Seegang, der die Überfahrt unmöglich gemacht hatte, habe niemand gedacht, insbesondere da das Wetter im Inland und in St. Albans in der letzten Zeit mild und herbstlich schön gewesen sei. Hiervon nahm Geoffrey jedoch kaum Notiz.

Beide waren tief betroffen und Geoffrey maßlos enttäuscht, als sich der Abt von ihm zur Nacht und darüber hinaus verabschiedete. Der Sturm an der französischen Küste und die damalige Unruhe, die endlosen Tage und Gedanken des Wartens waren nicht im Entferntesten mit dem Zustand zu vergleichen, der sich in dieser Nacht Geoffreys bemächtigte. Er stand bewegungslos in einem Zimmer, einem Gästezimmer des Benediktiner–Klosters von St. Albans, als dessen Scholastikus er sich noch vor Stunden gefühlt hatte.

Der wertvolle Umweg

Am nächsten Morgen, als Geoffrey nach durchwachter Nacht von seinem Fenster aus auf den Klosterhof voller Leben und Geschäftigkeit herabschaute, hatte er bereits einen größeren Abstand gewonnen. Die Entscheidung, nicht nach Frankreich zurückzukehren, stand für ihn fest. Jegliches Gefühl von Schuld war von ihm abgefallen; er fühlte sich lediglich als Opfer unvorhergesehener Naturgewalten. In dieser Überzeugung, Selbstverständlichkeit und wiedergewonnenen inneren Ruhe begegnete er erneut dem Abt, der ihm hoffnungsvolle Versprechungen machte. Geoffrey sah darin zwar seinen guten Willen, jedoch kaum eine Möglichkeit der Verwirklichung.

Richard d'Albani hatte ihm den Posten des Scholastikus wiederum in Aussicht gestellt, sobald dieser frei werden würde. Darüber hinaus bot er Geoffrey seine Hilfe bei der Suche nach einer vorübergehenden ihm gemäßen Position an. In der

Zwischenzeit – so kam ihm der Abt zusätzlich entgegen – habe er selbstverständlich freie Kost und Logis im Kloster. Geoffrey spürte in seinen freundlichen und ermutigenden Worten, wie entlastet und befreit sich der Abt fühlte. Er räumte Geoffrey weiterhin die Möglichkeit ein, jederzeit bei ihm vorzusprechen. Da sich jedoch schon sehr bald die Situation in eine neue und unerwartete Richtung änderte, war es Geoffrey vergönnt, keinen Gebrauch hiervon machen zu müssen.

Bei ihrer erneuten Begegnung zeigte sich der Prior von einer derart herzlichen Seite, dass Geoffrey glaubte, einen völlig anderen Menschen als bei seiner Ankunft vor sich zu haben. Schon nach kurzer Zeit schenkte sich ihnen eine Freundschaft, die eine persönliche Anrede erlaubte und die währen sollte. Bei einer dramatischen Situation, in die Geoffrey später auf unangenehme Weise verwickelt wurde, erwies sie sich als besonders tragfähig und kraftspendend.

„Ich habe heute eine gute Nachricht für dich. Nur einige Stunden von uns entfernt liegt der Ort Dunstable. Hier besteht die Möglichkeit, eine Stelle als Lehrer in den Fächern Philosophie, Latein und Religion zu übernehmen. Vor nicht allzu langer Zeit hat König Heinrich I. für eine Zahl von Regular-Kanonikern, die nach der Augustiner-Regel leben, in Dunstable ein Priorat gestiftet. Die Gemeinschaft, die im 10. Jahrhundert von Bischof Ivo von Chartres gegründet wurde, unterhält und führt eine Schule wie die unsrige. Die Katharinen-Schule wurde gleichzeitig mit dem Priorat im Jahr 1107 eingerichtet und sucht nun Lehrer, die in Dunstable ansässig werden wollen."

Ehe Geoffrey sich dazu äußern konnte, fügte der Prior scherzhaft hinzu: „Wenn auch das gerade entstandene Augustiner-Priorat nicht mit unserem alten Benediktiner-Kloster zu vergleichen ist, solltest du allein schon wegen Katharina von Alexandrien nicht ablehnen, denn – wie du weißt – sie ist die Patronin der Philosophen und Bibliotheken."

Einige Tage darauf ritt Geoffrey sechzehn Meilen über die

alte Römerstraße, die an Markyate vorbei von St. Albans nach Dunstable führte, um sich im Augustiner-Priorat St. Peter als Lehrer vorzustellen. Im Gegensatz zum Kloster St. Albans, das hoch erhaben auf dem Märtyrerhügel erbaut ist, war der Weg zu den Augustinern und der Katharinen-Schule ein wenig abschüssig. Auch waren im Gegensatz zu den Benediktinern die Kanoniker von Dunstable keine Mönche, sondern Priester, die unter einer gemeinsamen Regel zusammenlebten.

Von der Straßenkreuzung bis zum Priorat betrug der Weg nur einige hundert Fuß. Geoffrey stieg vom Pferd; bescheidener und weniger selbstbewusst als bei seiner Ankunft in St. Albans durchschritt er das Torhaus und meldete sich beim Pförtner. Er erfuhr den Namen des Priors – Bernard –, und dass es einiger Zeit bedürfe, ehe dieser zu sprechen sei. Ähnlich wie in St. Albans das Haus des Abtes, lag auch hier das Haus des Priors links hinter dem Eingang zum Klosterhof in unmittelbarer Nähe der Kirche. Anstatt als Erstes die Kirche zu besuchen, erkundigte sich Geoffrey in der Wartezeit nach der Katharinen-Schule, um diese zumindest von außen zu besichtigen. Er erfuhr, dass neben den allgemeinen Fächern, zu denen die Philosophie und die Vermittlung der lateinischen Sprache in besonders bevorzugter Weise gehörten, gerade die Musik in der Katharinen-Schule einen hervorragenden Stellenwert hatte. Ihr zuliebe und zur Pflege der Musik hatte man neben dem allgemeinen Schulgebäude ein weiteres Haus für eine eigene Musikschule errichtet.

Obwohl die Schulen im Besitz des Klosters waren und viele Kanoniker als Lehrer dort unterrichteten, lagen diese Räumlichkeiten abseits der Klostergebäude und führten ein eigenständiges Dasein. Zu ihnen – im Gegensatz zum Kloster – war der Weg durch zwei Torhäuser offen. Die große Kirche, die den Namen St. Peter tragen sollte, befand sich noch im Bau.

Ehe Geoffrey es erwartet hatte, wurde er zu Prior Bernard gerufen. Ihr Gespräch war kurz, sachlich und klar – von Erfolg gekrönt. Als erstem Prior von St. Peter hatte ihm nicht nur die Errichtung der Klosteranlage und der Schule etliche Sorgen bereitet, denn die Erwartung des königlichen Stifters war groß und fordernd, sondern darüber hinaus war er mit dem Bau der neuen Kirche beauftragt. Er erklärte Geoffrey, dass sie in Form eines Kreuzes angelegt sei und genau über dem Kreuzungspunkt des Quer- und Längsschiffes ein hoher Turm entstehen werde.

Der Prior genoss es sichtlich, in Geoffrey – einem Normannen, wie auch er es war – einen äußerst intelligenten und wachen Zuhörer gefunden zu haben. Geoffrey war gelöst und heiter, denn die Lehrerstelle in Dunstable war ihm mit großem Entgegenkommen ab sofort zugesagt worden. Er freute sich, nach der wolkenschweren dunklen Zeit wieder ein gefragter Mann zu sein. Daher fiel es ihm leicht – mit sich selbst im Frieden –, dem Prior zuzuhören und ihm Fragen zu stellen, die weder mit Philosophie, Bibliotheken noch Büchern zu tun hatten. So hatte Geoffrey erfahren, dass der Prior nicht nur die Aufgabe hatte, das Priorat in Dunstable aufzubauen und zu führen, sondern auch die Augustiner-Regel in ganz England zu verbreiten.

Ein Stück weit überfordert und gleichzeitig etwas ironisch sagte er zu seinem neuen Philosophie-Lehrer: „Dazu kommen noch Hunderte von Schafen! Zur Unterhaltung des Klosters und der Schule hat uns der König große Wiesen- und Weideflächen übereignet, die unseren klostereigenen Schafen als Lebensraum dienen."

Das Wohlwollen, das der Prior ihm als Gelehrten entgegenbrachte, wurde Geoffrey an dieser Stelle sehr bewusst. Er spürte die hohe Erwartung, die an ihn und seine neue schulische Aufgabe gestellt wurde, nicht nur zu unterrichten, sondern den allgemeinen Bildungsgrad der Schule anzuheben. Geoffrey schmunzelte und der Prior verstand. „Die Schafe sind recht genügsam; trotzdem liefern sie uns Wolle, Milch, Käse und Fleisch."

Noch zur Stunde bestätigte Geoffrey durch seine Unterschrift, so bald wie möglich als Lehrer nach Dunstable zu kommen, um beim geistig-geistlichen Aufbau des Priorates und der Katharinen-Schule behilflich zu sein. Als er sich verabschieden wollte, stand Prior Bernard auf und bat ihn, einen Blick aus dem zum Fenster zu tun.

„Schaut geradewegs über diese Wiese – sie wird später einmal unser Friedhof sein – und Ihr seht dieses gewaltige, vom Wasser umgebene Gebäude dort. Es ist einer der Paläste König Heinrichs I., der den Wunsch hatte, ihm gegenüber ein Kloster zu errichten, nachdem er bereits Jahre zuvor den Ort Dunstable gegründet hatte. Zur Vervollständigung und um das Gleichgewicht zu halten, benötigte er unbedingt für sich selbst und das Bild der Stadt ein solches Kloster. Uns Augustinern, die wir von Frankreich aus in England Fuß fassen wollten und wollen, kam dieses königliche Angebot sehr entgegen. Vielleicht werdet Ihr von hier aus einmal dem König begegnen. Zu ihm in den Palast von Kingsbury gelangt man allerdings nur über eine Zugbrücke."

Geoffrey de Gorham, der seiner Freiheit wegen in einem Bürgerhaus von Dunstable Quartier genommen hatte, führte mit großem Erfolg neue Lehr- und Lernmethoden in der Katharinen-Schule ein. Das Angebot, als Lehrer im Augustiner-Kloster zu wohnen, hatte er ausgeschlagen. Nur in der Distanz zur Schule konnte er sein persönliches Leben nach seinen Wünschen gestalten und in Ruhe lesen, denken und schriftstellerisch arbeiten. Einige Augustiner-Chorherren und einige andere seiner klerikalen Mitbrüder konnten das in keiner Weise verstehen und malten sich um Geoffrey Geschichten aus, die sie sich selbst erträumten.

Uneingeschränkt kamen ihm die Schüler wohlwollend und mit Freude, bei Geoffrey lernen zu dürfen, entgegen.

Schüler: „Wir Jungen bitten dich, Lehrer, dass du uns richtig Latein reden lehrst, denn wir sind ungelehrt und reden fehlerhaft."

Geoffrey: „Worüber wollt ihr jetzt reden?"

Schüler: „Was kümmert es uns, worüber wir reden, wenn es nur eine richtige und nützliche Rede ist, nicht dummes oder schlimmes Zeug."

Geoffrey: „Wollt ihr beim Unterricht geschlagen werden?"

Schüler: „Lieber wollen wir geschlagen werden, um etwas zu lernen, als dass wir nichts können. Aber wir wissen, dass du sanft bist und uns keine Schläge geben willst, außer wenn wir dich dazu zwingen."

Geoffrey: „Nun frage ich euch, worüber wollt ihr mit mir reden?"

Schüler: „Wir möchten in lateinischer Sprache reden lernen."

Geoffrey: „Ja gern, ich will es euch lehren. (Und Geoffrey begann, in lateinischer Sprache weiterzusprechen.) Welchen Beruf ihr auch einmal haben werdet – ob ihr Bürger oder Krieger seid, Priester, Mönch oder Laie, Bauer, Hirte, Jäger oder Fischer, Schuster, Bäcker, Koch oder Schmied –, übt euch darin und seid, was ihr seid. Denn es ist ein großer Schaden und eine Schande für den Menschen, wenn er nicht sein will, was er ist und was er sein soll. Nun, Jungen, wie gefällt euch dieses Gespräch?"

Schüler: „Es gefällt uns gut, aber du sprichst sehr tiefgründig und redest über unsere Altersstufe hinweg; sprich doch nach unserer Einsicht mit uns, dass wir verstehen können, was du sagst."

Geoffrey: „Dann frage ich euch, warum ihr so fleißig lernt."

Schüler: „Weil wir nicht dumm sein wollen."

Geoffrey: „Und was wollt ihr sein?"

Schüler: „Wir wollen weise sein."

Geoffrey: „In welcher Weisheit? Wollt ihr wetterwendisch sein, tausendfältig im Lügen, schlau im Reden, schlau, verschlagen, schön redend und übel denkend, süßen Worten ergeben und im Inneren Arglist nährend, wie ein Grab mit aufgemalter Fassade, innen voller Gestank?"

Schüler: „Solcher Weise wollen wir nicht sein, denn der ist nicht weise, der sich durch Verstellung selbst betrügt."

Geoffrey: „Und wie wollt ihr sein?"

Schüler: „Wir wollen einfach sein, ohne Heuchelei, und weise, um das Böse fernzuhalten und das Gute zu tun. Aber du redest auch jetzt noch zu tiefgründig mit uns, als dass unsere Altersstufe es fassen könnte; sprich doch auf unsere Art mit uns."

Geoffrey: „Ich will tun, wie ihr es erbittet. Du, Junge, was hast du heute gemacht?"

Schüler: „Viel habe ich getan. Doch jetzt sind wir hier bei dir und bereit zu hören, was du uns sagen willst."

Geoffrey: „Was isst du den Tag über?"

Schüler: „Jetzt esse ich Fleisch, weil ich ein Junge bin, der noch wachsen muss."

Geoffrey: „Was isst du außerdem?"

Schüler: „Kohl und Eier, Fisch und Käse, Butter und Bohnen, überhaupt alles."

Geoffrey: „Da bist du sehr gierig, wenn du alles isst, was dir vorgesetzt wird."

Schüler: „So gefräßig bin ich nicht, dass ich alle Arten von Speisen bei einer einzigen Mahlzeit essen kann."

Geoffrey: „Und was trinkst du?"

Schüler: „Bier, wenn ich es habe, oder Wasser, wenn ich kein Bier habe."

Geoffrey: „Trinkst du keinen Wein?"

Schüler: „So reich sind wir zu Hause nicht, dass wir uns Wein kaufen können. Wein ist auch kein Getränk für mich, sondern für Greise und Weise."

Geoffrey: „So, ihr tüchtigen Jungen und liebenswerten Schüler, euer Erzieher ermahnt euch: Benehmt euch anständig an jedem Ort! Lasst den Unfug und geht gutwillig hin, wenn ihr von euren Eltern gerufen werdet."

Dieses lateinische Kolloquium, welches Geoffrey mit seinen Schülern geführt hatte, sollte bewusst über das Lernen der Grammatik und der lateinischen Wörter hinausgehen. Schon sehr schnell bemerkte Geoffrey, dass seine Schüler über keine philosophische Vorbildung verfügten. Er begann daher seinen Unterricht mit Gesprächen in Latein über das Alltägliche, was seinen Schülern nicht nur große Freude bereitete, sondern auch den Grundstein zu höherem Wissen legte.

Manchmal aber, wenn sich zu wenig bewegen wollte, konnte Geoffrey nicht umhin, seinen Schülern ihre Rollen vorzusagen. Sie schrieben sie dann auf und lernten sie auswendig. Auf dieser Stufe des Lernens wirkten oft die Gespräche wie ein Theaterstück.

Es dauerte lange und forderte von Geoffrey viel Einfühlungsvermögen und Geduld, bis die Schüler ihre eigenen Gedanken und Gefühle in der ihnen fremden Sprache Latein ausdrücken konnten. Der Lehrer verstand es, seinen Schülern ihrer Altersstufe entsprechend Sätze in den Mund zu legen, deren Aussprache und Aussage sie allmählich verinnerlichten und vertieften. Auf diese Weise gelang es ihm, den Sprachschatz und den Horizont seiner Schüler ohne besondere Anstrengung zu erweitern. Ganz allmählich begann Geoffrey damit, anspruchsvollere Texte zu lesen und lesen zu lassen.

Im Jahr 990 hatte der englische Benediktiner Aelfric Grammaticus für seine Schüler in Winchester Texte und Bücher zweisprachig verfasst, um Neulingen die lateinische Sprache – vielleicht auch die mönchische Lebensform – nahe zu bringen. Geoffrey hatte sich für Aelfrics Buch *Auf König Alfreds Spuren* entschieden, um diese spannende Erzählung seinen Schülern in lateinischer Sprache vorzustellen. Dass es neben dem lateinischen Text eine englische Übersetzung gab, verheimlichte er nicht, um auch denen, die immer noch Schwierigkeiten im Verstehen und Sprechen hatten, entgegenzukommen.

Im ersten lateinischen Dialog, den Geoffrey mit seinen Schülern führte, bemerkte er, dass in den Antworten der Schüler und in ihren Fragen das „Wir" vorherrschte. Waren sie vor seiner Zeit so geschult, dass keiner vorlaut aus der Gruppe heraustreten durfte? An ihre Gewohnheit, ihn, ihren Lehrer, zu duzen wie ihresgleichen, daran musste er sich erst gewöhnen. Von Stunde zu Stunde legte er ihnen nahe und ließ sie verstehen, dass Einsicht nur eine Frage der Übung und des Alters sei.

Geoffrey war sich seiner verantwortlichen erzieherischen Aufgabe bewusst, aus einer mehr oder weniger verrohten Umwelt Menschen herauszuziehen, die nicht im Alltag untergingen. In besonderer Weise achtete er jedoch darauf, dass keiner bequem wurde oder gar andere für sich arbeiten ließ. Geoffrey war immer neu darum bemüht, seinen Schülern zu vermitteln, dass sie auf der einen Seite nicht stehen bleiben dürften, auf der anderen Seite sich aber weder über andere erheben noch sich einen Bildungsunterschied anmerken lassen dürften.

Wie ihm bei seiner Anstellung in Dunstable Prior Bernard zu verstehen gegeben hatte, versuchte Geoffrey, die Katharinen-Schule geistlich zu orientieren und zu organisieren. Es war ein nicht leichtes Vorhaben, jede Äußerlichkeit von Sprache und Studiengang auf Verinnerlichung auszurichten. So übte er vor allem das gemeinsame Reden und Schweigen und ließ seine Schüler verstehen, dass Bildung das Zusammenleben der Menschen erleichtern kann.

„Vogel auf einem Dornstrauch"

Während seiner langen Ausbildung in den sieben grundlegenden Wissenschaften hatte Geoffrey zwar im Fach Musik sehr viel Theorie gelernt, doch erst in Dunstable an der Katharinen-Schule erfuhr er, was Musik bedeutet und wie unendlich schön sie ist. Wann immer es seine Zeit erlaubte, besuchte er die Musikschule im Nebengebäude, um die Musik zu genießen, die ihm lange gefehlt hatte – aber auch die Freude der jungen Menschen am Musizieren. Hier wurde eine Gruppe im mehrstimmigen Gesang unterrichtet, da im Instrumentalspiel, hier wurde der Ostertropus „Quem quaeritis in sepulcro?“ für die Messliturgie einstudiert – und in einem anderen Raum erhielten Jungen und sogar Mädchen Anweisungen, „Minstrels“ zu spielen. Geoffrey staunte und freute sich außerordentlich darüber, dass auch Mädchen die Musikschule besuchen durften und dass sogar im klösterlichen Bereich von St. Peter Unterhaltungsmusik gespielt wurde.

Hier hielt er sich oft und gern auf, denn die Tanzmusik – auf der Fithele oder der Harfe dargeboten – bereitete ihm Spaß und nach seinen lateinischen und philosophischen Stunden Entspannung. Dass sich neben dem Gregorianischen Choral, der ein grundlegendes Pflichtfach war, gerade die weltliche Musik großer Beliebtheit erfreute, sah er an den heiteren Gesichtern der Schülerinnen und Schüler. Alle volkstümlichen Tanzweisen wurden in der Dur-Tonart gespielt. Geoffrey konnte diese Musik immer und immer wieder hören. Symmetrische Rhythmik und unmittelbar eingehende Melodik beeindruckten ihn sehr.

Als Geoffrey nach dem Unterricht den Lehrerkollegen seine Anerkennung und Begeisterung ausdrückte, erfuhr er von ihnen, dass dies gar nicht so selbstverständlich, sondern ein gewagtes Spiel sei.

„Wisst Ihr nicht, dass ein Konzil den Bischöfen und Priestern untersagt hat, weibliche Musikanten einzusetzen? Doch wie käme der himmlische Klang einer Harfe zustande, wenn sie nicht von einem Mädchen gespielt würde? Wir können nur in seiner ganzen Schönheit und Fülle den Hoketus anwenden – die Verteilung der Melodie auf verschiedene Stimmen –, wenn wir die Mitwirkung der Mädchen nicht ausschließen. Aber nicht nur wegen der Mädchen an unserer Schule müssen wir böse Kritik hinnehmen, sondern es protestieren einige Äbte und Bischöfe auch gegen das Überhandnehmen der instrumentalen Begleitung des Gesanges und sogar gegen die reine Instrumentalmusik.

Leider betrachtet die Oberschicht die Musik nur allzu oft mit hochmütiger Herablassung, sodass besonders in der Provinz eine musikalische Ausbildung kaum möglich ist. Damit aber nicht nur London zum Musikleben beiträgt, ist es der ausdrückliche Wunsch König Heinrichs I., dass sich auch hier in Dunstable die Musikkultur verwurzele."

„Wann immer ich es vermag und es mir vergönnt ist", sagte Geoffrey, „werde ich mich für eine umfassende Musikkultur einsetzen, wie sie hier an unserer Katharinen-Schule vermittelt wird."

Alle, die mit dem Fortschritt der musikalischen Entwicklung zu tun hatten, waren glücklich darüber, dass wenigstens der Tropus – Einfügung von Texten und ihre melodische Ausschmückung – Einlass in die Messliturgie und in den Gregorianischen Choral gefunden hatte. Einen Kleriker wie Geoffrey für ihre Anliegen gewonnen zu haben gab den Musiklehrern, zu denen er sich in besonderer Weise hingezogen fühlte, neuen Mut und Durchsetzungsvermögen. Ohne vorher zu fragen, hatte Geoffrey nicht nur freien Zugang zu allen musikalischen Veranstaltungen, sondern er konnte auch an den Unterrichts- und Übungsstunden teilnehmen. Bereits seine wiederholte Anwesenheit unterstützte den Aufbau der Musikschule; er setzte sich auch bei den Gegnern der Musik für die Notwendigkeit und Ernsthaftigkeit eines Musikstudiums ein.

Neben der Instrumentalmusik liebte Geoffrey vor allem die Liedkunst. Ihm gefiel es sehr, beim Terzen- und Sextensingen in die volkstümlichen Improvisationen einzustimmen. Ein zweistimmiger Gesang, der aus Nordengland kam, wurde besonders gepflegt. Es war ein wunderschönes Lied, das mit seinen fünf Strophen Geoffrey jedes Mal wieder zu Herzen ging:

Ar ne kuth ich sorghe non. (Früher kannte ich keine Sorge.)

Durch Oktavenverdoppelung konnte sodann ein zweistimmiger Gesang von einer beträchtlichen Anzahl Stimmen gesungen werden. Da alle jetzt mehr auf die Melodie achten mussten, war der Text eines solchen vielstimmigen Liedes wesentlich kürzer. Nie mehr sollte Geoffrey das Lied vergessen:

Bryd oné brerè (Vogel auf einem Dornstrauch),

das später in seinem Leben eine besondere Bedeutung einnehmen sollte:

Vogel auf einem Dornstrauch,
schöner Vogel auf einem Baum,
die Natur ist erschienen,
um den Inbegriff der Liebe um Liebe zu bitten.

Als Geoffrey, der alles einmal in seiner Hand halten und ausprobiert haben musste, sich eine Fithele – eine achtförmige Fidel – ausbat, ergaben sich beim Melodiespiel, unter dem Gelächter aller, nur Dissonanzen mit Tönen benachbarter Saiten. Doch seine Vorliebe zu diesem Instrument, das im Gegensatz zur Harfe, Laute oder zum Harpsichord gestrichen wurde, war so groß, dass er sich nähere Einzelheiten erklären ließ. Ob es seine Sehnsucht war, auf der Fithele einmal selbst Tanzmusik zu spielen oder selbst nach ihr zu tanzen – den Klerikern war es strengstens untersagt –, darüber hat Geoffrey niemals gesprochen. Ihn faszinierte es, ein solches Streichinstrument in Händen zu halten, das aus einem Stück Holz gestochen und mit einer Holzdecke verleimt war. Man erklärte ihm, dass eine Fithele aus Mandel-, Walnuss- oder Ebenholz gefertigt sei und auf das rohe Holz eine Lackschicht von zerstoßenem Glas und Leim aufgetragen würde.

„Ihr seht, diese fünf Saiten liegen alle in einer Ebene. Sie dürfen nur jeweils mit geringem Druck gestrichen werden, sonst gibt es Dissonanzen mit Tönen benachbarter Saiten, wie Ihr sie zum Klingen gebracht habt. Doch eines dürfte vielleicht für Euch noch von Bedeutung sein: Das Material, aus dem die

Saiten gemacht sind, ist Schafsdarm. Wie Ihr wisst, gehören zu unserem Augustiner-Priorat etliche Schafherden. Da lag es nahe, dass sich hier in Dunstable ein bekannter Saitenmacher niederließ, der seine Produkte nicht nur in ganz England, sondern auch in Frankreich verkauft."

Von einer solchen Zunft hatte Geoffrey noch nie etwas gehört; und da der über alle Grenzen hinaus bekannte Saitenhersteller in Dunstable ganz in seiner Nähe wohnte, besuchte er ihn. In einem nicht besonders ästhetischen Vorgang – optisch wie auch vom Geruch her – wurden die Schafsdärme in einem langen und sorgfältigen Prozess gereinigt. Anschließend mussten sie mehrere Tage in einer besonders zubereiteten Lauge liegen – die für sehr wertvolle Instrumente bestimmten Därme sogar einige Wochen in abgelagertem kostbaren Rotwein. Der Saitenmacher, ein freundlicher, geschäftstüchtiger Mann in mittleren Jahren, zeigte Geoffrey, wie noch im feuchten Zustand drei bis vier Därme kräftig zusammengedreht und anschließend in einem Spezialverfahren getrocknet wurden.

Da Geoffrey von Natur aus doch weit mehr dem Schreiben und der Kalligraphie als der Musik zugewandt war, musste er bei der Fertigung von Saiten unweigerlich an die Herstellung von Pergamenten denken.

Entscheidende Nacht in Dunstable

Der Prior von St. Albans, der Geoffrey de Gorham aus der vorerst größten Enttäuschung seines Lebens heraus den Weg in die Katharinen-Schule gewiesen hatte, erhielt regelmäßig Briefe aus Dunstable, in denen Geoffrey ihm seine Befindlichkeit, aber auch seinen wiederholten Dank mitteilte, vom Aufbau der Schule und den dortigen Neuerungen schrieb und ihm persönliche Fragen stellte, die ihre Freundschaft belebten:

Dir habe ich zu verdanken, dass ich diese wunderbare Lehrerstelle – wenn sie auch nicht die eines Scholastikus ist – hier im Augustiner-Priorat annehmen konnte. Sie füllt nicht nur meinen Geist, sondern auch mein Herz aus. Nach meinen vielen Studien in Frankreich und der Dozententätigkeit hätte ich nicht geglaubt, wie erfüllend ein einfaches Lehrerdasein sein kann! Meine Lehrmethoden, die ich einerseits in Auswahl von meinen früheren Lehrern übernommen habe, andererseits mir aber auch immer wieder von Stunde zu Stunde ergänzend und neu überlege, finden nicht nur bei den Schülern, sondern sogar bei einigen Lehrern guten Anklang. Ich fordere sehr viel eigene Gedankenarbeit von den Schülern – selbst in lateinischer Sprache. Ganz langsam gelingt es mir, erste Tore zur Philosophie zu öffnen und die Jungen für dieses Fach zu begeistern.

Bitte entschuldige, wenn dieser Brief sehr kurz ist und außerdem nur von mir handelt. In meiner Freude muss ich dir einfach spontan und schnell mitteilen, dass Prior Bernard und mit ihm alle Kanoniker wie auch einige aus dem Lehrerkollegium an mich herangetreten sind mit der Bitte, ein Mysterienspiel über das Leben der Katharina von Alexandrien zu schreiben. Ich habe zugestimmt – kann dir gegenüber einen gewissen Stolz, den ich empfinde, nicht leugnen – und vorgeschlagen, das Stück in lateinischer Sprache zu verfassen. Da jedoch das Mysterienspiel, wie man es hier nennt, am Patronatsfest der Schule, also am 25. November aufgeführt werden soll und viele externe Gäste, vor allem die Eltern der Schüler eingeladen werden, hat man mich gebeten, es weder in Latein noch in Französisch, sondern in Englisch zu schreiben. Dafür – so räumte man mir wohlwollend ein – dürfe ich auf den philosophischen Disput Katharinas mit den Gelehrten eine nachhaltige Betonung und großen Wert legen.

Ich habe mir schon meine Gedanken und erste Aufzeichnungen gemacht. Dabei entstand ein Wunsch an dich, der mir im Augenblick noch zu hoch und unerfüllbar scheint, um ihn aussprechen zu können. Vielleicht darf ich dir bei deinem Besuch hier in Dunstable mein wohl nicht ganz unbescheidenes Anliegen vortragen?

Die freien Nachmittage und Wochenenden, die Geoffrey nutzte, um Briefe an seine Familie und Freunde in Frankreich zu schreiben, die Landschaft zu erkunden, London oder gar den Saitenmacher von Dunstable zu besuchen, waren nun angefüllt mit vorbereitenden Arbeiten zum „Leben der Katharina von Alexandrien". Auf der Suche nach geeigneten und fundierten Quellen – Geoffrey wollte sich keineswegs auf die volkstümliche und sagenumwobene Überlieferung stützen – fragte er in einem späteren Brief seinen Freund, den Prior von St. Albans, ob er die dortige Bibliothek benutzen und sich eventuell Bücher ausleihen dürfe.

Zwei Wochen später ritt Geoffrey zurück von St. Albans nach Dunstable, freudig und beglückt darüber, fündig geworden zu sein. In seinem Gepäck hatte er die beiden wichtigsten Bücher über Katharina von Alexandrien: die Abschrift eines griechischen Textes aus dem 6. Jahrhundert von Simeon Metaphraster und einen darauf aufbauenden Text in lateinischer Sprache des Mönches Arechis aus dem 8. Jahrhundert. Aus diesen beiden Quellen begann Geoffrey konsequent sein Mysterienspiel zu erarbeiten, denn nach den Sommerferien sollte mit den Proben begonnen werden.

Um seine Schüler jedoch mit der dramatischen Geschichte schon vorher bekannt und vertraut zu machen, stellte er sie ihnen wiederholt vor – jeweils unter anderen Aspekten und mit den Dialogen, die er bereits geschrieben hatte.

„Versetzt euch nach Alexandrien in die Zeit des 4. Jahrhunderts. Alexandrien, Weltstadt des Altertums, besaß bereits im 1. Jahrhundert als zweitgrößte Stadt des Römischen Reiches fast eine Million Einwohner. Sie wurde 331 v. Chr. von Alexander dem Großen gegründet. Von weitreichender Bedeutung war die Philosophen-Schule, die seit Alters her in Alexandrien bestanden hatte. Hervorragende Lehrer aus der damals bekannten Welt unterrichteten an dieser Schule: Pantaenus, Clemens von Alexandrien, Origenes, Heraklas, Dionysios.

Um die Wende vom 3. zum 4. Jahrhundert war Pierios, der

auch der jüngere Origenes genannt wurde, Leiter der berühmten Schule, die zu dieser Zeit auch Katharina besuchte. Sie kam aus königlichem Geschlecht, war von außerordentlicher Schönheit und hoch gebildet. Ihre Eltern starben früh, sodass Katharina bereits mit achtzehn Jahren ganz auf sich allein gestellt war. Als um das Jahr 310 Kaiser Maxentius nach Alexandrien – der großen Metropole am Nil – kam, beabsichtigte er, Christen zu verfolgen, um den Naturgöttern wieder Raum und Verehrung zu verschaffen. Als Katharina von der Furcht der Christen vor dem Kaiser hörte, erschien sie als Verteidigerin des Christentums, geleitet von ihrer Dienerschaft, unerwartet am Ort des Geschehens."

Katharina: „Das hohe Amt, das du, Kaiser, bekleidest, darf von mir Achtung und ehrerbietigen Gruß fordern; die Klugheit könnte mir raten, mich dir in Demut und blindem Gehorsam zu nähern. Aber Anbetung kannst du weder für dich noch für deine steinernen Bilder verlangen. Anbetung gebührt allein dem einen Gott, der Himmel und Erde erschaffen hat."

Kaiser: „Meine Tochter! Die Dinge, die du behauptest, wären sehr schön, wenn sie sich auf stärkere Beweisgründe stützten. In der Tat, es ist uns nicht unbekannt, dass alle religiösen Sekten behaupten, ihren Ursprung auf vernünftige Gründe stützen zu können."

Katharina: „Dein Tempel ist zwar voll der Kunstwerke, die deine Steinmetze gemacht haben, seine kostbare Zierde ist von Menschenhand geformt und du bewunderst ihn. Dennoch weißt du, dass all dies leicht zu Staub zerfallen kann. Betrachte dagegen Himmel und Erde, das Meer und alles, was darinnen ist, sieh' die Sonne und die Planeten, wie sie von Anbeginn der Welt ohne Unterlass Tag und Nacht vom Aufgang zum Niedergang laufen.

Dann frage dich, was gewaltiger ist, und bewundere ihren Schöpfer, der auch dich schuf."

Kaiser: „Den Freimut deiner Rede und den Anstand deiner Erscheinung erkenne ich an. Nach deinen Worten zu schließen, würdest du, wenn du in den Wissenschaften unserer Philosophen unterrichtet worden wärest, an Erkenntnis alle Frauen unserer Zeit weit übertreffen."

Katharina: „Haben die Götter, die ihr verehrt, euch denn schon jemals geholfen? Nein, sie sind nicht bei euch, weil es nur Bilder sind, deiner Vorstellung und deinem Willen entsprungen."

Kaiser: „Ist es wahr, was du sagst, so müsste sich ja die ganze Welt irren und du allein redetest die Wahrheit. Doch niemand glaubt dir, wärest du auch eine himmlische Kraft. In Wirklichkeit bist du nur eine schwache Frau."

Katharina: „Kaiser, ich bitte dich, lass' dich nicht von deinem Zorn überwinden, denn das Gemüt des Weisen ist von Grimmigkeit unbewegt. Wer mit Sinnen herrscht, der ist ein König; wer aber mit dem Leibe herrscht, der ist ein Knecht."

Kaiser: „Ich sehe, dass du uns mit böser Klugheit fangen willst und mit Sprüchen unser Gespräch unnütz in die Länge ziehst. Da sie es besser vermögen als ich, sollen die besten Philosophen – gelehrt in Grammatik und Rhetorik – nach Alexandrien kommen, um dich zum Schweigen zu bringen."

Katharina: „Mit welchem Recht setzt du Philosophen und führende Gelehrte ein, damit sie mit mir streiten? Sollten sie siegen, versprichst du ihnen gar noch große Gaben. Was wäre mein Lohn, sollte ich sie zum Schweigen bringen?"

„Hier möchte ich", sagte Geoffrey, indem er den Text aus der Hand legte, „unterbrechen, um euch einen kurzen Überblick über die drei Teile des Dramas zu geben. Ihr habt es dann leichter, die euch gemäße Rolle auszuwählen.

Im ersten Teil unterbreitet Katharina dem Kaiser die Kraft und Schärfe ihrer Beweisführung. Zwischendurch stellt sie sich mit ihrer persönlichen Lebens- und Glaubensgeschichte vor, da Maxentius mehr von ihr erfahren möchte.

Der zweite Teil unseres Dramas „Das Leben der Katharina von Alexandrien" besteht aus der Disputation über die Wahrheit an sich und über das Christentum. Mit ausschließlich Männerphilosphen hat sich Katharina auseinanderzusetzen. Die eitle Sprache und Beweisführung der Staatsphilosophie scheitert aber schließlich an ihrer klugen und unwiderlegbaren Argumentation. In diesem sprachgewaltigen Teil, in dem keine äußeren Handlungsabläufe stattfinden, müsst ihr so gut sein, dass ihr nicht nur im Stück selbst einen hohen Bildungsgrad widerspiegelt, sondern auch euren Eltern und den Gästen zu verstehen gebt, welch großen Wert und Sinn es hat, dass ihr diese unsere Schule besucht. Ich erwarte und verlange von euch diesbezüglich viel.

Der dritte und letzte Teil ist voll der dramatischen Handlung, in die wiederholt geistreiche Dialoge – aber jeweils nur sehr kurz – eingebaut sind. Katharina, die alle an Gelehrsamkeit übertrifft und die Kunst zu überzeugen meisterhaft handhabt, war und blieb im geistigen Gefecht Siegerin. Der Kaiser, der zwar ihre gnadenvolle Ausstrahlung wahrnimmt, sie aber nicht zugibt, führt noch einmal ein brillantes Gespräch mit ihr. Doch dann – um seiner Wut Herr zu werden und seine eigene Schwäche nicht zuzugeben – kann er nicht anders, als den Befehl zu geben, Katharina grausam zu foltern und hinzurichten.

Kurz vor dem Ende unseres Mysterienspiels gibt es noch einmal einen Höhepunkt. Von besonderer Ausdruckskraft und geistlicher Tiefe ist das letzte, in seinen Verheißungen so konkrete Gebet der sterbenden Katharina.

Wir haben bis zu den Ferien noch viel Zeit, tiefer liegende Strukturen des Stückes zu besprechen. Ich werde euch zu verstehen geben, wie durch unterschiedliche Syllogismen Katharina allegorisch und metaphorisch, dialektisch und mystisch mit dem Kaiser disputiert. Ihr werdet beim Auswendiglernen und Besprechen der Texte begreifen, wie die Philosophie dreigeteilt ist in Theorie, Praxis und Logik.

Dann werden wir noch einen Schritt weiter gehen und ich zeige euch, wie sich die Theorie aufgliedert in einen intellektuellen, einen natürlichen und einen mathematischen Teil. Aus der Praxis ergeben sich Ethik, Ökonomie und Politik. Auch die Logik ist dreifach gegliedert. Ich werde euch auf ganz einfache Weise und ohne viel Anstrengung den demonstrativen oder beweisenden Aspekt darlegen, dann den probativen oder wahrscheinlichen und den sophistischen Aspekt. Dieser letzte Schritt besteht in einem reinen Vernunftschluss, der von etwas, was wir kennen, auf etwas anderes schließt, von dem wir noch keinen Begriff haben, dem wir aber trotzdem objektive Realität zuschreiben."

Der Sommer zog ins Land. Nach dem langen Unterricht drängte es die Schüler, die Natur zu erleben und ihre aufgestauten Vitalkräfte umzusetzen. Sie machten Wanderungen, Fahrten in die benachbarten Städte; vor allem aber halfen sie in der Landwirtschaft ihrer Eltern, Verwandten oder Nachbarn tatkräftig mit. Geoffrey war mit dem abgeschlossenen Schuljahr sehr zufrieden. Er hatte den Grundstein gelegt für das tiefere Verstehen seines Dramas „Das Leben der Katharina von Alexandrien", das am 25. November, ihrem Gedenktag, in der Kirche von St. Peter oder bei gutem Wetter im Klosterhof aufgeführt werden sollte.

Da er die Komposition des Stückes fast beendet hatte, konnte er sich jetzt bereits um die Einzelheiten der Aufführung kümmern. Geoffrey schwebte schon seit langem ein besonders effektvoller Akzent vor, den er jetzt endlich angehen musste. Hätte er geahnt, welch dramatische Wendung sein Leben dadurch nehmen würde, hätte er ab sofort keinen einzigen Gedanken mehr in diese Richtung geschickt. Doch er handelte.

Bei dem Besuch seines Freundes, dem Prior von St. Albans, fragte Geoffrey ihn während eines Spaziergangs im neu angelegten Garten des Augustiner-Priorates in Dunstable, ob die Möglichkeit bestehe, sich für das „Leben der Katharina von Alexandrien" einige Chormäntel von St. Albans als Kostüme für die Schauspieler auszuleihen. Endlich hatte er sich diesen Wunsch, den er schon so lange hegte, von der Seele geredet.

Der Prior war durch den besagten Brief von Geoffrey auf einen außergewöhnlichen Wunsch an ihn vorbereitet. Er handelte klug, indem er seinem Freund nicht gleich Zusagen machte, sondern ihn an den Sakristan des Klosters verwies. Die vorübergehende Profanisierung der Gewänder gefiel dem Prior zwar nicht sehr, doch verwendete er sich bei dem Sakristan und bereitete Geoffrey den Weg. Für sich selbst hatte er ein ungutes Gefühl und dachte darüber nach, warum Geoffrey diesen grandiosen äußeren Aufwand für sein Stück betreibe. Vielleicht – aber er wollte seinem Freund kein Unrecht tun und sprach nicht darüber – träumte Geoffrey nicht nur von den kostbaren Chormänteln für „Katharina", sondern wollte sie auch zur größeren Würdigung seines eigenen Daseins benutzen.

Die Zeit eilte dahin. Geoffrey hatte sein Mysterienspiel nach Fertigstellung noch einmal korrigiert, gekürzt und durch Anleitungen für die Spieler ergänzt. Der Sommer war vorüber, die Schule hatte begonnen und damit auch die ersten Proben. Geoffrey war aufgeregt, kritisch, unnachgiebig und darauf bedacht, dass auch die kleinste Spielanweisung sorgfältig eingehalten wurde. Nach harter Probenarbeit, Umbesetzungen, einer Meuterei unter den Schülern, Aggressionen gegen ihren so viel fordernden Lehrer wurden Stimmung und Atmosphäre zusehends besser. Freude am gekonnten Spiel breitete sich aus und Ehrgeiz spornte an, je näher der Tag der Aufführung rückte. Geoffrey war zufrieden; er war sogar sehr mit seiner Arbeit und der seiner Schüler zufrieden, als er sich Mitte November mit einem Wagen auf den Weg nach St. Albans machte, um die Chormäntel beim Sakristan auszuleihen.

Vor Wochen noch hatte es einer großen Überredungskunst bedurft, bis der Sakristan bereit war, die kostbaren, mit Silber und Gold besetzten Mäntel, die die Mönche nur bei besonderen Feierlichkeiten in der Kirche von St. Albans trugen, für einige Tage abzugeben. Infolge einer guten Vorbereitung durch den Prior und nach Rücksprache mit dem Abt Richard war man sich zwar im Konvent darüber einig, gerade Geoffrey diesen Wunsch zu erfüllen, doch der Sakristan widersetzte sich, da er eine so kostbare Ausstattung für ein Spiel für unangebracht hielt. Geoffrey hatte ihn aber durch die Kunst seiner Rede und die philosophischen Argumente so stark beeindruckt, dass auch er nicht mehr Nein sagen konnte.

Durch Geoffrey de Gorhams „Leben der Katharina von Alexandrien", das am Nachmittag und Abend des 25. November in der Kirche von Dunstable zu einer glänzenden Aufführung kam, wurde der Grundstein für das Drama in der englischen Literaturgeschichte gelegt.

In der darauf folgenden Nacht – Geoffrey hatte die Chormäntel, um sie so bald wie möglich wieder nach St. Albans zu bringen, mit nach Hause genommen – geschah das Unglück: Es brach ein Feuer aus, das in diesem Holzhaus so schnell um sich griff, dass die Bewohner größte Mühe hatten, ihr bloßes Leben zu retten. So stand in dieser Nacht Geoffrey paralysiert und fassungslos vor dem wie Zunder brennenden Gebäude und musste hilflos und unter Tränen mit ansehen, wie auch die geliehenen Chormäntel ein Raub der Flammen wurden. Man hatte ihn mehrere Male gewaltsam zurückhalten müssen, als er versuchte, in das total vom Feuer ergriffene Haus zurückzulaufen, um wenigstens die kostbare Leihgabe zu retten. Doch jetzt hatte er resigniert, wandte sich ab und weinte bitterlich. Zu Asche wurden auch seine über alles geliebten Bücher, die er – sorgfältig ausgewählt – aus La Tannière mitgebracht hatte.

Bei jedem angedachten Titel durchzuckte es ihn wie ein Blitz: *Apophthegmata Patrum,* die Weisung der Väter, die *Briefe des Ignatius von Antiochien,* die *Eulalia-Sequenz,* das geistliche Lied für die Messe, das *Leben des Alexius* und die *Klosterregel Benedikts.*

Ein Gedanke an die beiden von St. Albans geliehenen Bücher über Katharina durchzuckte ihn. Waren auch sie verbrannt? Nein, er hatte sie beim Abholen der Chormäntel dem Bibliothekar zurückgegeben. Aber die Roben, die Mäntel, die Umhänge, die kostbaren Chormäntel ... Wie könnte er ihren Verlust je wieder gutmachen? Worte reichen nicht hin, um die entsetzliche Verzweiflung auszudrücken, in der sich Geoffrey befand, und die quälenden Schuldgefühle, die sich seiner bemächtigten.

Der Kampf um die Seele

Bevor Geoffrey, der sich zu Fuß auf den Weg gemacht hatte, St. Albans erreichte, war die Kunde von den verbrannten Chormänteln ihm bereits wie ein Lauffeuer vorausgeeilt. Stolz und erhobenen Hauptes war er vor zwei Jahren als vermeintlicher Scholastikus durch dieses Klostertor gefahren, das er jetzt wieder passieren musste, um Abt Richard den Verlust einzugestehen. Das Mysterienspiel vom Leben der Katharina von Alexandrien hatte sich für Geoffrey derart dramatisch auf seine ganze Existenz ausgewirkt, dass er nicht wusste, was er tun sollte. Sollte er nach La Tannière zurückfahren und seine Familie um sein vorzeitiges Erbe bitten, damit er den Wert der verlorenen Kostbarkeiten ausgleichen konnte? Wie würde der Abt ihm begegnen? Was würde der Prior sagen? Wäre es vielleicht gut, dem Kloster eine Gegenleistung anzubieten? Sollte er eine untergeordnete Stellung annehmen, im Garten arbeiten oder Bücher abschreiben?

Gegen alle Erwartung wurde Geoffrey im Kloster wie ein

Gast aufgenommen, dem die angemessene Ehre erwiesen wird. Er, der es gewohnt war, Anweisungen zu geben, brauchte jetzt Hilfe; er, der sich in seinem Können und im Erfolg gesonnt hatte, stand jetzt im Schatten. An der Pforte von St. Albans begegnete er einem weisen älteren Mönch, der Bescheid zu empfangen und zu geben wusste. Indem Geoffrey durch die unabänderlichen Ereignisse sich bescheidener und wacher als jemals zuvor fühlte, bemerkte er in ihm eine Reife, die daran hinderte, Unwesentliches zu sagen, und eine liebevolle Zuwendung, die ihm in dieser Situation sehr wohl tat.

Im Gästehaus wartete er auf den Prior, um mit ihm zusammen in das Sprechzimmer des Abtes zu gehen. Durch den Prior – sie hatten ein kurzes Gespräch auf dem Weg – erfuhr Geoffrey Beruhigung für seine aufgebrachte Seele und echte Freundschaft, die sich nicht überhebt, sondern trägt. In ihm, dem Prior, und in dem Abt Richard erlebte er jetzt zwei Menschen, die zwar im Kloster höher und über andere gestellt waren, doch es sich in ihrer Bescheidenheit und guten Zurückhaltung in keiner Weise anmerken ließen. Ihm kam wie aus einer geöffneten Hand Vertrauen und Zuneigung entgegen. Daher fiel es Geoffrey jetzt während seines Geständnisses nicht mehr schwer, Worte zu finden und sich auch innerlich vertrauend auszuhändigen.

Beschämt durch so viel Güte und Verständnis stiegen ihm Tränen in die Augen. Wenn auch der Abt spontan auf keinen seiner Vorschläge reagierte, so spürte Geoffrey eine Woge des Wohlwollens, die ihn unweigerlich anzog. Später dachte er des Öfteren über diesen Augenblick nach und erkannte, dass eine ganz neue Bewegung ihn ergriffen hatte. Ihm ging auf, was einen Abt ausmachte und wer Richard d'Albani war, der mit diesem Amt eine große Bürde auf sich genommen hatte, aber mitfühlender Mensch geblieben war. Hätte für das Haus Gottes ein würdigerer Verwalter bestellt werden können? Einer, der wusste, dass es Not tat, mehr zu helfen als zu herrschen! Über einem strengen Urteil stand für ihn liebendes Entgegenkommen, ein Abwägen und Bedenken, um eine klare Entscheidung treffen zu können. Doch diese überließ er im Fall der verbrannten Chormäntel ganz allein Geoffrey.

Klugerweise hielt sich der Abt zurück, denn allzu oft schon hatte er erlebt, dass ein Gefäß zerbrach, wenn man es mit dem füllen wollte, was es nicht fassen konnte. Obwohl Geoffrey sich nicht vollends entlastet fühlte – und das war gut so –, war er für dieses gemeinsame Gespräch mit dem Abt und dem Prior dankbar, denn sie hatten es verstanden, das geknickte Rohr nicht zu zerbrechen, sondern aufzurichten.

An diesem regnerischen letzten November-Wochenende blieb Geoffrey im Kloster von St. Albans, nicht nur um zu prüfen, welchen Bestand das ihm entgegengebrachte freundschaftliche Vertrauen hatte, sondern weil es ihm einfach von Wert war, hier sein zu dürfen. Wie konnte es anders sein, als dass er am nächsten Morgen schon sehr früh in die Bibliothek ging – Geoffrey, der Liebhaber der Bücher, der kein eigenes Buch mehr besaß. Auch hielt er sich viele Stunden im Scriptorium auf und schaute zu, wie die *Psychomachia* des Prudentius geschrieben und illuminiert wurde. Wie nach einer geleisteten und überstandenen schweren Arbeit konnte er sich förmlich in dieses Werk hineinfallen lassen und Ausgeglichenheit und eine angenehme heitere Ruhe finden. Aus seiner Studienzeit in Frankreich erinnerte sich Geoffrey an Aurelius Prudentius Clemens, der klassische Formen für neue christliche Inhalte benutzte und ein Meister darin war, in Versform zu dichten. In seinen Werken aus dem 4. Jahrhundert, die stilistisch von Vergil und Horaz beeinflusst waren, herrschte Einklang zwischen Christentum und altklassischem Erbe. Seine theologische Bildung hatte Prudentius vornehmlich von Ambrosius von Mailand übernommen.

Sich jetzt mit der *Psychomachia,* die Geoffrey nicht kannte, beschäftigen zu dürfen, bedeutete ihm viel und vermittelte ihm endlich ein wenig Abstand zu den ereignisreichen Tagen und Nächten, die gerade hinter ihm lagen. Nach einem kurzen Einblick in den Text sah er, mit welch begeisterndem Schwung und großem Einfühlungsvermögen Prudentius formgewandt und in bildreicher Sprache die Tugenden mit den Lastern um die Seele des Menschen ringen ließ. Die bildkräftige Sprache dieses allegorischen Epos' gab der Buchmalerei beste Anregung. Geoffrey war gespannt darauf zu sehen, wie der Illuminator diese aussagestarken sinnbildlichen Texte umsetzte.

Der Maler war erfreut, dass jemand sich so viel Zeit für ihn und seine Arbeit nahm. Mit Begeisterung hielt er inne und erklärte Geoffrey, dass er das asketische Leben, das immer wieder von Gegenkräften angegriffen wurde, in Bildern der Kriegsführung darstelle.

„Ich zeige Euch mein erstes Bild mit dem Titel *Das Vertrauen kämpft gegen die Vergötterung.* Alle Laster wie auch alle Tugenden habe ich als Frauengestalten personifiziert, die – wie Ihr seht – sich jeweils in einem tödlichen Kampf befinden. Ein wenig habe ich mich dabei an angelsächsische Vorbilder gehalten, doch versuche ich, meinen eigenen Stil zu verwirklichen und jede vorgegebene Monumentalität auszuschalten."

Geoffrey bewunderte und lobte die Bilder, die ihm nacheinander gezeigt wurden. Er sah die kleinen Figuren – intensiv, lebendig und passioniert –, die durch farbige Linien vor einem leeren Hintergrund dargestellt waren. Kein Rahmen umgab die Zeichnungen, und nicht einmal die leiseste Andeutung eines Hintergrundes war zu erkennen. Die kämpfenden Frauen auf den Bildern schienen schwerelos zu sein. In rasender Bewegung – der Faltenwurf ihrer Kleider und ihre Gestik drückten dies aus – stürmten sie aufeinander zu.

In dieser Nacht träumte Geoffrey von Frauen, von schönen Frauen, die er sein eigen nennen durfte. Dann kamen die schwerelosen kämpfenden Frauen aus dem Prudentius-Kodex mit mahnender Gebärde auf ihn zu. Im Traum erkannte er, was sie gleichnishaft darstellten, und fühlte sich ihnen total ausgeliefert. Sie verkörperten die Unachtsamkeit, den Stolz, die

Selbstgefälligkeit, die Eitelkeit, den Machtanspruch, die Geltungssucht, ungesteuertes und wildes sexuelles Verlangen – aber keine Tugend. Daraufhin erlebte Geoffrey noch einmal den Brand und das bis zum Himmel lodernde Feuer in Dunstable und am Ende des Traumes seine unendliche Verlassenheit und Hilflosigkeit. Kein Zeichen, keine Andeutung, kein Gedanke daran, wie es weitergehen würde, zeigte sich ihm. Entblößt und in Schweiß gebadet wachte er auf.

Weder der Abt noch sein Freund, der Prior, oder der Pförtner, liebe Menschen, die am Anfang und nun auch am Ende seines schweren Weges nach St. Albans standen, konnten ihm konkrete Hilfe geben. So kehrte Geoffrey zu Fuß nach Dunstable zurück, um vorerst weiter als Lehrer tätig zu sein. Die Heiterkeit, die ihm eigen war, stellte sich nicht mehr ein; das Ansehen, das er an der Katharinen-Schule genoss und das ihm immer sehr wichtig gewesen war, spielte auf einmal für Geoffrey keine Rolle mehr. Der Eifer, mit dem er sich auf den Unterricht vorbereitete, wie auch die Freude am Unterrichten selbst hatten nachgelassen. Das Erleben der Brandnacht und der darauf folgende Besuch im Kloster St. Albans erforderten Auseinandersetzung, sodass er das Bedürfnis hatte, zu schweigen und allein zu sein.

Eine innere Bewegung hatte ihn ergriffen, die er jedoch als solche noch nicht in ihren Auswirkungen wahrnehmen konnte. Es war, als hätte jemand einen Stein weit hinaus in ein großes Wasser geworfen. Der Stein war in rhythmischer Horizontalbewegung – so als scheute er sich, in eine ihm unbekannte Welt einzudringen – in unsichtbare Tiefen hinabgesunken. Die sich kreisförmig ausbreitenden Wellen, die er beim Auftreffen auf das Wasser verursachte, waren noch nicht am Ufer angekommen, denn der See war groß. Geoffrey dachte über den Stein nach: woher er kam, wer ihn geworfen hatte und in welche Tiefen er gefallen war. Was hatte er bei seinem Fall los- und mit sich gerissen, was aufgewühlt? War er jetzt endlich zur Ruhe gekommen? Geoffrey sah sich am Ufer in Erwartung der ersten Woge, die ihn treffen würde. Sie kam und zog andere in einer nicht endenden Bewegung nach sich.

Immer wenn er an St. Albans dachte, war er erfüllt von einer inneren Ruhe, wie er sie kaum in seinem Leben erfahren hatte. Etwas sonderbar Geheimnisvolles zog viele Menschen an, die St. Albans begegnet waren. Wenn das Leben selbst nicht dafür sorgte, war höchste Vorsicht geboten, dass dieser Sog keine ungute Radikalität oder einen Fanatismus verursachte. Die Mönche von St. Albans kannten diese Kräfte und achteten streng darauf, dass dem, der neu kam und das klösterliche Leben beginnen wollte, der Eintritt nicht leicht gewährt wurde.

Die Zeit in Dunstable war erfüllt. Geoffrey wusste darum und hatte sich schon seit langem innerlich auf den benediktinischen Weg gemacht. Da er durch den Brand alles verloren hatte, was er in England besaß – seine wertvollen Bücher, die Möbel, seine Kleidung und vor allem die Unterkunft –, war er in das Augustiner-Priorat St. Peter gezogen. Wieder stand er nach durchwachter Nacht in einem Zimmer, einem Gästezimmer; dieses Mal aber mit einer klaren Entscheidung. Er hatte sich entschlossen, als Mönch in das Benediktiner-Kloster von St. Albans einzutreten. Obwohl Geoffrey niemals in seinem Leben daran gedacht hatte, Mönch zu werden, stand jetzt, nach einer erneuten Begegnung mit dem Abt und dem Prior, sein Entschluss fest.

Bevor er von der Katharinen-Schule in Dunstable seinen Abschied nahm, vergingen einige Monate. Er brauchte Zeit, diesen Schritt wieder und wieder zu überdenken, er brauchte viel Zeit, wenn er auch äußerlich die Entscheidung getroffen hatte, sich mit der auf ihn zukommenden Ehelosigkeit, der Armut und dem Gehorsam auseinanderzusetzen. Auch wollte Geoffrey, der mitten im Schuljahr ausstieg, seinem Nachfolger, der zur gegebenen Zeit für ihn einspringen konnte, alles gut abgesprochen übergeben, weil kein Schüler Schaden leiden sollte.

Da sie Geoffrey sehr liebgewonnen hatten, stimmten Prior Bernard und der Scholastikus der Katharinen-Schule nur sehr schweren Herzens zu, als sie hörten, dass er sie verlassen wollte. In einem vertraulichen Gespräch hatte er ihnen alles erzählt, was ihn bewegte: dass er es sich nicht leicht mache, besonders der Enthaltsamkeit wegen, und dass der Verzicht auf eine Ehe ihm große Schwierigkeiten bereite. Genauso ehrlich sprach er auch über alles, was ihn in so wunderbarer Weise an St. Albans begeisterte: die Vornehmheit der Mönche, die ihm dort begegnet waren, die Möglichkeit, sein Christsein intensiver zu leben, wie er es vorher nicht gekannt hatte, dem die Ehre zu geben und Ihm nichts vorzuziehen, der alles geschaffen hat und der einmal jedes einzelne Leben zurückfordert.

Dann berichtete Geoffrey über seine besondere Liebe zur Bibliothek und zum Scriptorium, zur Musik, die ihm eigentlich erst hier in Dunstable richtig nahe gebracht worden war, und zum Gregorianischen Gesang. Natürlich sprach er auch von der neuen Kirche, die in absehbarer Zeit ganz fertiggestellt werden würde.

Prior Bernard, dem neben der Führung des Priorats die Verbreitung der Augustiner-Regel in ganz England zur Aufgabe gemacht worden war, gab sich keine Mühe, Geoffrey in diese Richtung zu ziehen. Er hatte bemerkt, dass in Geoffrey durch und durch ein Benediktiner erwachte, der nicht mehr aufzuhalten war.

Bevor Geoffrey de Gorham – er war jetzt etwas über vierzig Jahre alt – in das Kloster nach St. Albans umzog, wo man ihn wohlwollend und freudig erwartete, packten und schüttelten ihn noch einmal heftige Zweifel. Vor allem waren es die Nächte, die Fragen über Fragen in ihm aufwarfen und sein sonst so starkes Selbstbewusstsein immer wieder schwächten. Gehe ich ins Kloster, um durch meine Gegenwart dort den Wert der kostbaren, niemals mehr zu ersetzenden Chormäntel aufzuwiegen? Halte ich die strenge Gemeinschaft aus, kann ich der Ordensregel treu sein, im Brunnenhaus mich mit anderen zusammen waschen und rasieren? Wie wird es überhaupt möglich sein, in einer Welt zu leben, zu der Frauen der Zutritt verschlossen ist? Werde ich auch noch nach Jahren glücklich darüber sein, mich zusammen mit der Mönchsgemeinschaft sieben Mal am Tag in der Klosterkirche zum Gebet einzufinden?

Infolge seines Alters, seiner Bildung, seiner Erfahrung in der Schule und als Priester waren die Aufnahmebedingungen, um Mitglied der Mönchsgemeinschaft von St. Albans zu werden, für Geoffrey de Gorham ein wenig leichter als für junge Novizen. Die erste Frage, die ihm gestellt wurde, als er endgültig im Kloster ankam, lautete: „Freund, wozu bist du gekommen?" Geoffrey war darauf vorbereitet und antwortete kurz. Als alle zum gemeinsamen Mahl im Refektorium versammelt waren, wurde ihm der Platz gleich neben dem Abt angeboten. Alle Mönche – es waren über hundert – standen schweigend an ihrem Platz und warteten, bis der Lehrer aus Dunstable den Segen gesprochen hatte. Fast lautlos setzten sich alle und hörten während des Essens – genau wusste man es nicht, wessen Gedanken in eine andere Richtung gingen – dem Lektor zu. Er las einige Abschnitte aus der Ordensregel sowie aus einem geistlichen Buch, dessen Inhalt zeitweilig aufmerken ließ. Dann gab der Prior wegen des besonderen Anlasses die Erlaubnis zur Unterhaltung.

Am nächsten Morgen wurde Geoffrey innerhalb des Gottesdienstes sein Ordensgewand feierlich überreicht. Damit hatte für ihn die Probezeit, das Noviziat, begonnen. In seiner Zelle, seinem ihm zugewiesenen Gebets- und Schlafraum, las er am Nachmittag in der Regel: *Unserer Meinung nach genügen in Gegenden mit gemäßigtem Klima für jeden Mönch Kukulle und Tunika, die Kukulle im Winter wollig, im Sommer leicht oder abgetragen, für die Arbeit ein Überwurf und als Fußkleidung Socken und Schuhe. Für einen Mönch genügen zwei Tuniken und zwei Kukullen; so kann er zur Nacht und zum Waschen die Kleider wechseln. Was aber darüber hinaus geht, ist überflüssig und muss entfernt werden.*

Überschüssige Säfte

Einmal am Tag musste Geoffrey die Bibliothek und das Scriptorium besuchen – er konnte nicht anders, denn er wurde magisch angezogen. Oft nahm er sich ein Buch mit einem Titel, der zu seiner augenblicklichen Stimmung passte. Geoffrey konnte sich nur langsam an das Habit, sein neues Ordensgewand, gewöhnen, das er jetzt täglich zu tragen hatte. So fand er besondere Freude an einem Buch aus dem Jahr 972 – *Das lockere Leben der Mönche und die Bemühungen, sie zur Einhaltung ihrer Regel zurückzuführen:*

Es gibt Mönche, die ausländisches Pelzwerk der mönchischen Kopfbedeckung vorziehen, die sich statt in einen bescheidenen Habit in Luxuskleider stecken. Denn gar sehr sehnen sie sich nach teuren Tuniken. Während sie die Ärmel in weiten Falten wallen lassen, ziehen sie die Tuniken an beiden Seiten so zusammen, dass sie mit ihren eingezwängten Hüften und vorgestrecktem Steiß von hinten eher wie Freudenmädchen als Mönche aussehen.

Geoffrey musste bei dieser Vorstellung innehalten und herzhaft lachen.

Gefällt die Tunika nicht durch ihr Schwarz, so wollen sie eine solche nicht anziehen. Hat der Weber dem Schwarz vielleicht ein Weiß beigegeben, so ist das Kleid schon dadurch unmöglich. Ein bräunlich wirkendes Gewand wird verschmäht. Es genügt ihnen auch nicht, wenn die Wolle von Natur schwarz ist, nein, mit Rindensaft muss sie noch tiefer schwarz gemacht werden. Was soll ich aber von ihren unanständigen Hosen sagen? Sechs Fuß breit klaffte jede der beiden Röhren, und das feine Gewebe schützt nicht einmal die Schamteile vor dem Anblick. Einem genügt nicht so viel Stoff, der gut für zwei reichen würde. Sonstige Übelstände, über die ich nicht sprechen möchte, wollen wir privatim abschaffen.

In den ersten Wochen seines Mönchseins verschaffte Geoffrey sich einen Überblick über das Leben und die Einrichtungen im Kloster. Er nutzte die wunderbare Möglichkeit, überall hingehen zu dürfen, zu fragen und Einsicht zu nehmen in die Bücher und Unterlagen, die etwas von den Besitzverhältnissen und der Geschichte St. Albans aussagten. Zum Kloster gehörten nicht nur die große Anlage mit ihren Gebäuden, Gärten und Friedhöfen, sondern auch die Ländereien von Codicote bis Rickmansworth und von Abbots Langley bis Barnet und Northaw. In der Einsiedelei von Northaw lebte der Mönch Sigar, in der Einsiedelei von Markyate der Mönch Roger.

Geoffrey verließ vorerst das Kloster nicht, denn er wollte zunächst die Mönche bei ihrer Arbeit kennen lernen, die im Kloster angestellten Fremden, die Tiere und die vielen Einrichtungen. Im „Langen Stall" waren etwa dreihundert Pferde untergebracht. Jetzt im Frühjahr standen in der Mittagssonne die Halbtüren bereits offen und ein süßer, warmer, wohliger Geruch legte sich über den ganzen Klosterhof. Geoffrey erfuhr, dass im Sommer viele Pferde im Wald oder auf entlegenen Fluren gehütet wurden. Die Herde blieb oft über Nacht und lange Zeit draußen. Man erzählte ihm von den rauhen und wilden Pferdehirten und davon, dass viele geistliche Herren recht gut zu Pferde seien.

Völlig abgesondert von den anderen Klostergebäuden lag nach Süden vor der Bibliothek ein eigenes Haus für die Kranken: die Infirmerie. Geoffrey, der bisher von allen Krankheiten – außer seinen Kopfschmerzen – verschont geblieben war, hatte sich vorgenommen, zunächst dieses Klosterhospital zu besuchen. Er war schon oft an der Infirmerie vorbeigegangen, wenn ihn sein Weg in die Bibliothek oder das Scriptorium geführt hatte. Wie das Gebäude für die Lesenden und Schreibenden lag auch das Krankenhaus weit entfernt von der Kirche, dem Refektorium und den Zellen der Mönche, damit die Kranken durch keine Unruhe oder lautes Gerede gestört wurden.

Den kranken Mönchen galt die Hauptsorge des Abtes Richard d'Albani. Sie hatten unter keiner Vernachlässigung zu leiden. Die Infirmerie, die über eine eigene Küche, Bäder und eine gesonderte Abtrittsanlage verfügte, wurde von einem heilkundigen Mönch geleitet. Als Krankenmeister nannte er sich Infirmarius und hatte für alles zu sorgen, was die Kranken brauchten. Er bereitete die Heiltränke wie auch die Bäder und betrieb die kleine Chirurgie, wozu auch Brennen und Aderlassen gehörten. Der Infirmarius wurde durch einen Arzt, der täglich ins Kloster kam, unterstützt. Sie behandelten die kranken Mönche und einige andere, die aus verschiedenen Gründen vom vollen Klosterleben befreit waren. Zudem hatten alle Mönche einmal im Monat einen Aderlass, der in der Infirmerie vorgenommen wurde. Die zur Ader Gelassenen konnten an einem solchen Tag die weniger strenge, entspanntere Lebensform des Klosterhospitals genießen, in dem es Fleisch zu essen gab und man sich lediglich an verkürzten Gebetszeiten zu beteiligen hatte. Während erlesene Speisen und guter Wein das Menschenherz in der Infirmerie erfreuten, war für die gesunden Mönche ein Wasser- oder gesüßter Essigtrunk und karge, ungeschmalzene Speise eintönige und fade Nahrung.

Geoffrey sprach lange mit dem Infirmarius, der sich viel Zeit nahm aus Freude an einem Menschen, der so aufgeschlossen und liebenswert war.

„Da, wie du weißt, die Nächstenliebe über der Regel steht, wird für die Kranken die einfache Kost durch ein reichliches Mahl ersetzt und das Schweigen unterbrochen."

Wenn während ihres Gespräches der Infirmarius zu einem Kranken gerufen wurde, wartete Geoffrey geduldig, bis er seinen Dienst getan hatte. Es war für ihn wunderbar zu sehen, mit welcher Sorgfalt und erfinderischen Liebe er die Kranken bediente und Verständnis für ihre Bedürfnisse zeigte. Eine derart liebevolle Sorge-Haltung, die den ganzen Menschen betraf, hatte Geoffrey noch bei niemandem erlebt.

„Wir alle, der Arzt und heilkundige Mönche, die uns oft helfen, versuchen selbstverständlich, die Kranken so pfleglich wie möglich zu betreuen. Dazu gehören neben der medizinischen Behandlung gutes Essen und Trinken, warme Decken, das Bereiten von Arzneien und wohltuenden, heilsamen Bädern."

Der Infirmarius führte Geoffrey durch alle Räume und machte ihn – so weit es möglich war – mit den Kranken bekannt: Bettlägerige, Rekonvaleszenten, schon Gehfähige, die noch betreut werden mussten, Greise, Blinde und einige Mönche, die verwirrt waren.

Auf der linken Seite des großen Gartens, der nur für die Kranken bestimmt war, erstreckte sich von der Infirmerie bis zur Klostermauer eine mit Efeu bewachsene Wandelhalle. Hier konnte man sich auch bei schlechtem Wetter an frischer Luft aufhalten und dem Treiben der Tauben zusehen, die sich im gegenüberliegenden Taubenschlag heimisch fühlten.

Geoffrey hatte bei seinen ersten Erkundungen des Klosters immer wieder persönliche Fragen zu stellen. Auf den Fluren, an denen die Zellen lagen, hatte er nur Abtritte, jedoch keine Bäder gesehen. Da er ein großer Genießer des Badens war, drängte es ihn, den Infirmarius nach Bademöglichkeiten zu fragen.

„Nur um seinen Körper zu baden", antwortete dieser und sah bereits Geoffreys Enttäuschung, „darf kein Mönch ins Bad gehen, ausgenommen bei Krankheit oder nächtlicher Befleckung. Sonst kann ich von unseren Bädern nicht viel sagen. Nur zweimal im Jahr, dann freilich ohne Erlaubnis, kann baden, wer will: vor Weihnachten und vor Ostern. Sonst darf man mit Erlaubnis baden, wenn es die Gesundheit erfordert."

Der Infirmarius schaute Geoffrey verständnisvoll und wohlwollend an und – als ob er ihm bereits eine stillschweigende Sonderregelung einräumte – beschrieb die Vorteile des Badens:

„Die guten Auswirkungen des Badens wurden von erfahrenen Ärzten vielfach erprobt. Das Bad öffnet die Poren und leitet überschüssige Säfte ab. Es löst die Winde und lässt den Urin leichter fließen. Bei Verdauungsbeschwerden schnürt es den

Bauch zusammen, und es schwämmt den Schweiß ab; es tilgt ferner das Jucken und die Krätze. Ein Bad hebt Ermüdung auf und durchflutet den Körper, es regt die Verdauung an und bereitet zur Nahrungsaufnahme vor. Weiter lindert es die Schmerzen in den von der Gicht ausgedörrten Gliedern, zersetzt den Katarrh und fördert beim Fieber die kritischen Tage."

Geoffrey, der so stimuliert war, dass er am liebsten in die nächste Badekufe gesprungen wäre, bedankte sich beim Infirmarius mit einem Augenzwinkern und einem festen freundschaftlichen Händedruck. Wenigstens geistig wollte er diese seine Stimmung ausbaden. So ging er noch am Abend in die Bibliothek, denn er erinnerte sich an ein Buch aus dem keltisch-irischen Sagenkreis mit einer köstlich beschriebenen Badeszene. Er fand den *Ritter Perceval,* der zur Tafelrunde des Königs Artus gehörte, aber der Liebe wegen seinen Ritterdienst so lange vernachlässigt hatte, bis der Gral das Ziel des irrenden und sich läuternden Perceval wurde:

Da Perceval sehr müde war, schlief er so, dass er sich kaum auf die andere Seite kehrte. So lag er bis in den Tag. Als der Vormittag vorüber war, ließ ihm der Fürst ein Bad bereiten, gleich am Ende des Bettes, auf dem er lag. So gehörte es sich am Morgen: Man warf Rosen auf das Wasser. Wie wenig Geräusch man auch machte: Der schlafende Gast erwachte doch. Der junge, edle Mann setzte sich alsbald in die Badekufe.

Ich weiß nicht, wer es sie geheißen hatte, aber Jungfrauen in reicher Kleidung und schön anzuschauen kamen züchtig hereingeschritten. Sie wuschen und strichen sogleich mit sanften Händen die blutige Beule. Wirklich, er konnte sich wohl heimisch fühlen, der ein Waisenkind an Klugheit war. So ließ er die Freundlichkeit über sich ergehen. Die Mädchen hatten nichts gegen seine Einfalt. Die zagen und zugleich kecken Jungfrauen dienten ihm auf diese Weise. Wovon sie parlierten, dazu durfte er wohl ruhig schweigen. Sie hatten so schon ihre Unterhaltung mit ihm. Er konnte nicht meinen, dass es noch früh und dämmrig sei, denn von der

Mädchen Schönheit strahlte ein zweiter Tag. So lag Glanz mit Glanz im Streit, aber seine Schönheit verdunkelte die beiden Helligkeiten: Daran mangelte es ihm nicht. Man reichte ihm ein Badelaken, aber er sträubte sich, es zu nehmen. Er wollte sich nicht vor den Mädchen aus dem Bad erheben und sich das Tuch umlegen, denn er schämte sich vor ihnen. Die Jungfrauen mussten hinausgehen. Sie durften nicht länger bleiben – freilich, ich glaube, sie hätten gern nachgesehen, ob ihm auch unten am Körper etwas geschehen sei, denn die Frauen sind treu besorgt: Wenn es ihrem Freunde schlimm ergangen ist, so haben sie an seinem Schmerz lebhaften Anteil.

Herstellung von Pergament

Am nächsten Tag konnte sich Geoffrey endlich einen Wunsch erfüllen, den er schon lange in seinem Herzen hegte. In der ihm zur Verfügung stehenden freien Zeit – er nahm jetzt regelmäßig an den sieben Gebetszeiten der Mönchsgemeinschaft teil – besuchte er die Lohgerberei und den Pergamenter, einen älteren, nicht gerade sehr beredten Mönch, der die Leerblätter für das Scriptorium herstellte. Obwohl der Geruch in der Gerberei vorübergehend unerträglich und ätzend war, hielt es Geoffrey, der gern allem auf den Grund ging, mehrere Stunden hier aus, um den Arbeitsvorgang in allen Einzelheiten zu verfolgen.

„Schönschreiben wollen sie alle, aber wer denkt schon daran, welcher Aufwand damit verbunden ist, wenn ich von den Häuten die Haar- und Fleischreste entferne?“

Geoffrey sah, wie die Beize aus aufgelöstem Kalk und Asche in Trögen bereitet wurde. Als er nach der genaueren Zusammensetzung fragte, bekam er zur Antwort, dies sei ein altes, seit Generationen überliefertes Geheimrezept, über das nicht gesprochen würde. Dem Mönch schien seine Anwesenheit nicht sehr erwünscht, doch ließ er sich nicht davon abhalten, dem

Pergamenter weiter aufmerksam zuzuschauen, und wagte es, ihm weitere Fragen zu stellen. Je mehr Geoffrey diese vorbereitenden, schmutzigen und stinkenden Arbeiten anerkannte und lobte, umso gesprächiger wurde der Mönch.

„Wenn wir Leder herstellen für Gürtel und Schuhe unserer Mitbrüder, werden die Häute nicht wie zur Herstellung von Pergament in eine Ätzkalklösung gelegt, sondern in Eichenrindlohe."

Als der Mönch jetzt einige Tierhäute in den Trog stampfte, um sie aufzuweichen, fragte ihn Geoffrey nach der Herkunft der Häute.

„Da nur in der Infirmerie und im Kloster bei besonderen Gelegenheiten Fleisch gegessen wird, müssen wir viel Rohmaterial zusätzlich einkaufen. Der Bedarf an Pergament wird immer größer. Jeder Schreiber – wenn er in Normalschrift arbeitet – beschreibt pro Tag durchschnittlich drei Folioseiten. Ich verarbeite am liebsten Häute von Schafen, Kälbern und Ziegen zu Pergament. In vielen Scriptorien auf dem Kontinent, vornehmlich in Italien und Spanien, benutzt man zusätzlich Gazellen-, Antilopen- oder gar Straußenhaut. Aber Schafs- und Kalbshäute bieten den wesentlichen Vorteil, dass sie auf beiden Seiten beschrieben werden können, selbst wenn ihre Haar- und Fleischseite sich in Farbe und Struktur unterscheiden. Beim Glätten muss man jedoch sehr achtsam vorgehen. Die Außenseite der Haut kann mit ihren dichteren Fäserchen das Blankputzen mit der Klinge besser vertragen als die Innenseite, die oft flockig wird, wenn Messer oder Bimsstein darübergleiten."

Geoffrey fragte den Pergamenter, ob ihm auch Velin bekannt sei – ein Pergament, dessen Name ihm aus seiner normannischen Heimat vertraut war. „Veel" war eine französische Bezeichnung für das Wort „Kalb".

„Velin ist ein besonders hochwertiges Pergament, das aus der Haut sehr junger oder tot geborener Kälber gewonnen wird. Der größte Vorzug des Velin ist, dass es Tinte oder Farbe nicht schluckt und so deren ursprüngliche Tönung originalgetreu erhalten bleibt. Aus diesem Grund werden die wohl kostbarsten und schönsten Buchmalereien auf Velin ausgeführt."

Über ihr Gespräch hatte der Mönch fast vergessen, die Zeit der Laugenwirkung genau einzuhalten. Er nahm schnell die aufgeweichten Häute aus dem Trog und begann jetzt, sie mühsam von allen Fleisch-, Fett- und Haarresten zu befreien. Es verging viel Zeit, doch Geoffrey schaute aufmerksam zu, wie die Häute kalziniert wurden. Der Pergamenter hatte ihm diesen Vorgang erklärt, bei dem durch Erhitzen das Wasser aus dem Leder getrieben wurde. Ehe er die Häute zum Trocknen auf Weidenrahmen spannte, bestreute er sie mit Gips, der alle Fettspuren aufsaugte.

Die Zeit der Vesper war gekommen; man verabschiedete sich. Geoffrey dankte für das, was er lernen durfte. Sie verabredeten, dass Geoffrey in den kommenden Tagen erneut die Gerberei besuchen würde, denn vor der Weiterverarbeitung benötigten die Häute viel Zeit zum Trocknen.

Die Herstellung des so kostbaren und arbeitsaufwändigen Schreibmaterials hatte Geoffrey so stark beeindruckt, dass er an diesem Abend lange nicht einschlafen konnte. Er dachte an die kleinasiatische Stadt Pergamon, die zu den glänzendsten antiken Großstädten gehörte. Im ersten Jahrhundert lebte in Pergamon eine der sieben christlichen Gemeinden Kleinasiens, an die Johannes den Auftrag hatte zu schreiben. Geoffrey erinnerte sich, dass denjenigen, die sich nicht von dunklen Kräften beeinflussen ließen, ein weißer Stein gegeben wurde, auf dem ein neuer Name stand, den nur der kannte, der ihn empfing.

Es ging ihm durch den Kopf, dass er den Mönch in der Gerberei nicht einmal nach seinem Namen gefragt hatte. Ob er, Geoffrey, sich vorgestellt hatte, wusste er ebenfalls nicht mehr.

Auf die Stadt Pergamon geht die Erfindung des Pergaments, der Haut aus Pergamon, zurück. Als die Ägypter die Lieferung des unentbehrlichen Papyrus verweigerten, mussten die kleinasiatischen Schreiber zu einem anderen Material greifen: dem

Leder. Geoffrey freute sich bei dem Gedanken, dass die Vormachtstellung der Papyrusrollen zu Ende gegangen und das Buch, sein geliebtes Buch, durch das Zusammenbinden der Pergamentblätter zum Kodex geboren worden war.

Mit Erinnerungsbildern an eigene Bücher schlief er ein: das *Rolandslied* in La Tannière, die kleine Bibliothek seines Vaters, die Studienbücher, die er geliehen hatte, und nicht zuletzt seine Lieblingsbücher, die sorgsam in Kisten verpackt zwar die abenteuerliche Fahrt von der Normandie nach England überstanden hatten, dann aber beim Brand in Dunstable vernichtet worden waren.

Am nächsten Tag erkundigte sich Geoffrey nach dem Namen des Gerber-Mönches und erfuhr, dass er Alkuin hieß. So konnte er ihn zur verabredeten Zeit persönlich anreden, ohne dass die Nachlässigkeit, nicht nach seinem Namen gefragt zu haben, auffiel.

Die auf große Weidenrahmen gespannten Häute waren durch und durch getrocknet; ihnen haftete aber ein unerträglicher Geruch an. Um diesen endgültig loszuwerden, schabte Alkuin mit einem Spachtel die Pergamente noch einmal gründlich von beiden Seiten ab. „In den nächsten und letzten Arbeitsgängen", sagte er, „werde ich die Blätter für die Beschriftung so gut wie möglich präparieren."

In einer genau festgelegt ablaufenden Handlung, die fast liturgisch auf Geoffrey wirkte, holte er das notwendige Werkzeug aus einem Nebenraum: Bimssteine, ein Federmesser, zwei Klingen, einen feineren und einen gewöhnlichen Stichel sowie ein Stilett.

„Als Erstes versuche ich jetzt, mit der Klinge das Pergament ganz vorsichtig und fein abzuschuppen." Nachdem die zweite Messerklinge bei dieser Arbeit stumpf geworden war, schärfte Alkuin sie beide und führte an allen Pergamenten seine Arbeit zu Ende.

„Jetzt kommt das Glätten", sagte er und drückte dabei Geoffrey einen Bimsstein in die Hand, mit der Aufforderung, sich zu versuchen und es ihm gleichzutun. „Durch diese letzte Behandlung müssen Flecken und Unebenheiten verschwinden. Bei sehr grobem Material kann man auch eine Klinge verwenden, doch muss man sehr achtgeben, dass das Pergament nicht angeschnitten wird. Vorsicht: nicht mit dem Bimsstein zu fest drücken! Das Blatt darf nicht zu glatt werden. Es muss eine leicht körnige Oberfläche entstehen, die Tinte annimmt, ohne sie zu sehr zerfließen zu lassen."

Geoffrey legte den Bimsstein zur Seite, um den gekonnten und geschliffenen Handbewegungen Alkuins zuzuschauen.

Still-Schweigen

Solange Geoffrey seine Probezeit noch nicht bestanden hatte, war der Novizenmeister sein Vorgesetzter. Durch ihn lernte er, die Regeln einzuhalten, die notwendig waren, um in den Konvent aufgenommen zu werden. Als begabter Lehrer, Gelehrter und Rhetoriker fiel es Geoffrey besonders schwer, das zu bestimmten Zeiten und an bestimmten Orten vorgeschriebene Stillschweigen zu wahren. Nach der Komplet, dem gemeinsamen Abendgebet in der Kirche, wurde nicht mehr gesprochen. Alle gingen stillschweigend zu Bett. Geoffrey erfuhr, dass es für niemanden mehr die Erlaubnis gab zu reden – ausgenommen, wenn das Sprechen wegen der Gäste nötig war oder der Abt jemandem einen Auftrag gab. Alles Reden geschah dann in vornehmer Zurückhaltung. Nach jedem Gottesdienst gingen die Mönche in Stille aus der Kirche, wodurch sie nicht nur vor Gott, sondern auch voreinander Ehrfurcht bezeugten. So wurde ein Bruder, der noch für sich allein bleiben und meditieren wollte, nicht durch lautes Gerede oder die Rücksichtslosigkeit eines anderen daran gehindert. Ebenso herrschte im Refektorium während der Mahlzeiten Stillschweigen. Kein Flüstern und kein Laut waren zu hören; nur die Stimme des Mönches, der bei Tisch vorlas.

Manchmal musste allerdings aus praktischen oder notwendigen Gründen das Schweigen umgangen werden. Es wurde eine Zeichensprache erfunden, mit der sich die Mönche untereinander verständigen konnten, ohne dieses Schweigen zu brechen. Das übliche Zeichen für Brot war ein aus Daumen und zwei Fingern beider Hände gebildeter Kreis, denn Brot war meist rund; ein Finger unter das Auge gelegt bedeutete „Kirschen".

So war Geoffrey bemüht, die Zeichen sorgfältig zu lernen, mit denen er in gewissem Sinne schweigend sprechen konnte. Das allgemeine Zeichen wurde immer den besonderen Zeichen für die Einzelfälle vorausgeschickt: „Man schlägt die Finger der einen Hand in die der anderen und umschließt so die eine Hand mit der anderen."

Zutiefst und einige Tage lang musste sich Geoffrey mit dem ihm vorgelegten Jesaja-Zitat auseinandersetzen: *Der Hüter der Gerechtigkeit ist das Schweigen, es ist Friede und Sicherheit.* Als er mit dem Novizenmeister, der das Schweigen als Schlüssel und Mauer des ganzen Ordenslebens bezeichnete, darüber sprach, musste Geoffrey zugeben, wie wohl es ihm tat zu sprechen – auch dann und da, wo es nicht angesagt war.

„Du hast Recht", erwiderte der Novizenmeister, „deine Eindrücke und Gedanken müssen Ausdruck finden, sonst wird deine Seele krank. Durch die Einübung des Schweigens zu den bestimmten Tageszeiten und an den Orten, die dir bekannt sind, werden nicht gar so viele Eindrücke in dich hineinfallen, sodass du die vorhandenen besser und schneller verarbeiten kannst. In ein Gefäß, das keinen Deckel oder Verschluss hat, wird man alles Mögliche hineinwerfen. Du bist dieses Gefäß, der Deckel aber, der von Zeit zu Zeit darauf gelegt wird, ist das Schweigen."

Geoffrey, der angenommen hatte, vom Novizenmeister nicht allzu viel mehr lernen zu können, musste schweigen. Voll Aufmerksamkeit hörte er ihm zu, denn diese Dimension des Schweigens hatte bisher in seinem schulischen Leben keinen Platz.

„Die Liebe zum Schweigen ist ein Grundpfeiler mönchischen Lebens und eine Voraussetzung für die Liebe zu Gott. Vordergründig bedeutet das Schweigen ein Sich-Zurücknehmen und ein Loslassen. Wenn wir schweigen, verzichten wir freiwillig darauf, zu reden oder uns zu äußern. Ganz allmählich setzt sich dann dieser Verzicht fort im bewussten Abstand zu unseren Gedanken, Gefühlen und Stimmungen. Im Schweigen gehen wir wie von selbst den Weg von außen nach innen und wechseln gleichsam den Standort unseres Lebens. Das äußere Schweigen ist dazu da, dem inneren Schweigen Raum zu geben. Wo das Wort aufhört, fängt zwar das Schweigen an, aber es fängt nicht an, weil das Wort aufhört. Es wird nur jetzt deutlich und erfahrbar. Da das Schweigen etwas Ganzes ist und zur Grundstruktur des Menschen gehört, kann man es nicht mit der Aufhebung des Wortes gleichsetzen.

Das Schweigen besitzt die große Kraft mitzuhelfen, den Menschen nach dem zu formen, was er eigentlich ist. Je mehr der Mönch ein Schweigender wird – ich meine damit nicht, dass er verstummt und sprachlos wird –, desto mehr wird er auch ein Liebender, in dem Gott die Welt liebt und durch den die Welt Gott liebt. Von einem solchen Schweigen geht etwas Heilendes und Verbindendes aus; in ihm offenbart sich ein Stück Ewigkeit innerhalb unserer Zeit."

Mit weiten und fragenden Augen schaute Geoffrey seinen Novizenmeister an: „Glaubst du, dass ich dieses Schweigen, von dem du gesprochen hast, in meinem Alter noch je lernen werde und dass es mir etwas bedeuten wird?"

Der Novizenmeister lehnte sich zurück und blickte seinem Gegenüber in die Augen, ohne ein Wort zu sagen. Dann atmete er lange und tief ein und langsam aus. „Man erzählte über den Altvater Agathon: Drei Jahre trug er einen Stein im Munde, bis er zurecht kam mit dem Schweigen."

Geoffrey nickte wohlwollend mit dem Kopf, lächelte ein wenig verlegen, denn er musste unweigerlich an die vielen glücklichen Jahre denken, in denen er als Lehrer und Rhetoriker tätig gewesen war. „Du musst das nicht gar zu ernst nehmen“, sagte der Novizenmeister, „aber ohne eine gewisse Übung, wie wir sie hier täglich im Kloster praktizieren, wirst du nicht weiterkommen. Darf ich dir noch eine kurze Begebenheit von den frühen Mönchsvätern aus der ägyptischen Wüste erzählen?“

Geoffrey, der liebend gern seinen Worten zuhörte, weil sie für ihn einsehbar waren und er sie gleichzeitig in seinem Alltag nutzbringend anwenden konnte, stimmte freudig zu.

„Brüder besuchten von der Sketis aus den Altvater Antonios. Sie bestiegen ein Schiff, um zu ihm zu kommen. Dort trafen sie einen Alten, der dasselbe Ziel hatte, doch die Brüder kannten ihn nicht. Als sie im Schiffe waren, unterhielten sie sich über Aussprüche der Väter, über Worte der Schrift und auch über ihre Handarbeit. Der Alte aber schwieg. Als sie nun am Landeplatz waren, zeigte es sich, dass der Alte auch auf dem Weg zu Altvater Antonios war. Als sie dann bei diesem ankamen, sprach Antonios zu ihnen: ‘An diesem Alten habt ihr einen guten Begleiter gefunden.’ Er sagte aber auch zu dem Greis: ‘Treffliche Leute hast du bei dir.’ Der Greis erwiderte: ‘Gut sind sie schon, aber ihr Gehöft hat kein Tor und jedermann kann in den Stall hineingehen und den Esel losbinden.’ Das sagte er, weil sie alles herausschwätzten, was ihnen in den Mund kam.“

Das Gespräch mit dem Novizenmeister hatte Geoffrey an einer Stelle getroffen, von der er glaubte, dass er hier weder zu treffen noch zu bewegen sei. Um dieser für ihn neuen Bewegung in Ruhe nachzuspüren, hatte er das große Bedürfnis, jetzt allein in die Abtei-Kirche zu gehen. Ihm wurde schmerzlich bewusst, wie übermäßig viel er in früherer Zeit selbst geredet und wie wenig er den Redenden zugehört hatte. „Habe ich tatsächlich einmal einen anderen Menschen nach seiner Meinung und seinen Ansichten gefragt, konnte ich es nicht abwarten und es bildete sich die Antwort in meinem Kopf, ohne dass ich ihn ausreden ließ. Wie oft geschah es, wenn ich mich jemandem zuwandte, dass meine Gedanken bei einem anderen weilten? Hörte ich aber einmal jemandem etwas länger zu, zog ich bereits nach wenigen Sätzen meine eigenen Schlüsse und bildete mir ein vorschnelles Urteil."

Zuhören ist eigentlich nur möglich, so wurde ihm klar, wenn das Schweigen im Menschen ist, denn Zuhören und Schweigen gehören zusammen. Mit welcher Inbrunst hatte er es genossen, die bei ihm angesammelten Worte abzuladen, und immer wieder erneut darauf gewartet, sie vor den Zuhörern ausschütten zu können?

An dieser Stelle hatte vor tausend Jahren Alban schweigend den Tod auf sich genommen. Geoffrey spürte innerlich und mit seinem ganzen Körper, dass sich das Schweigen, um nicht verlustig zu gehen, in dieser Kirche selbst eingeschlossen und sich durch Mauern nach außen hin geschützt hatte. Dieses Schweigen, das die Kathedrale wie eine beständige Substanz erfüllte, legte sich auf seine Seele. In den tragenden Säulen, den Rundbögen, Wandmalereien und hohen Fenstern sah er Boten, die das Schweigen weitertragen sollten zu denen, die es nicht besaßen. Sie sollten das Schweigen bringen, wie man Diener ausschickt mit Gefäßen, das Wasser zu bringen – aber im Schweigen vergaßen sie, sich weiter zu bewegen. Daher musste man zu ihnen kommen, um das Schweigen in sich aufzunehmen und zu trinken. Wie konnte jemand vor dieser Macht und Tiefe des Schweigens noch reden? Geoffrey erfuhr jetzt an sich selbst die Notwendigkeit, in diesem gewaltigen Raum des Schweigens auf viele Worte zu verzichten. Und wenn es jemals ein Wort in diesem Schweigen geben würde, so könnte das Wort nur zu Gesang werden – vibrierend über der Tiefe eines noch größeren Schweigens.

Als nach Stunden die Mönche die Kirche zum Gebet betraten, war Geoffrey noch immer in dieses Schweigen versunken. Man holte ihn auf seinen Platz. Erst langsam in die Gegenwart zurückkehrend, konnte er an ihrem Gregorianischen Gesang teilnehmen. Das Lied „Bryd oné brerè", vom Vogel auf einem

Dornstrauch, das er in Dunstable so gern mitgesungen hatte, kam ihm in den Sinn. Geoffrey fühlte sich jetzt wie dieser Vogel, der den Dornstrauch verlassen hatte und am Rande des Daches dieser Kathedrale saß. Sein Singen bat nicht mehr den Inbegriff der Liebe um Liebe, sondern die Töne seines Liedes waren wie das Pochen an der Wand des Schweigens, dass es komme.

„Die Ordnung für Handarbeit und Lesung"

Hocherfreut war Geoffrey, als zu Beginn der Fastenzeit jeder ein Buch aus der Bibliothek erhielt mit der Weisung, dieses von Anfang an vollständig zu lesen. Es war allerdings unverständlich für ihn, dass drei ältere Mitbrüder aufgestellt wurden, die zu den Stunden der Lesung im Kloster umhergingen und nachsahen, ob sich nicht ein Bruder fände, der sich dem Müßiggang oder der Unterhaltung hingab, anstatt zu lesen. Wenn auch nach der traditionellen benediktinischen Anschauung die Lektüre der manuellen Arbeit gleichwertig war, so musste Geoffrey doch für mehrere Stunden täglich eine praktische Arbeit übernehmen. Die vom Gründer des Ordens vorgeschriebene Handarbeit führten alle Mönche des Klosters aus – selbst der Abt und der Prior. Der Arbeitsbereich und die zu erbringende Leistung waren vom Novizenmeister auch für Geoffrey genau festgelegt. So lange Geoffrey mit der Lektüre oder Schreibarbeiten beschäftigt war, hörte er die Klosterglocke nicht. Wenn er aber beim Kirchenbau mithelfen musste, im Garten oder auf dem Feld arbeitete, dem Keller- und Küchenmeister zur Hand gehen musste oder andere praktische Tätigkeiten in der Bäckerei, der Mühle, dem Brunnenhaus oder beim Walker übernommen hatte, wartete er schon ein wenig ungeduldig auf den nächsten Glockenschlag.

Weil mit den Sonnenuhren und Stundengläsern eine naturgegebene Unbestimmtheit der Zeit einherging, zeigte für die meisten Mönche fast immer die Glocke die Stunde des Tages an. Der regelmäßige Glockenschlag bestimmte einen gleichmäßigen Tagesablauf.

„Bei meinen Studien ist es mir etwas lästig, auch Handarbeiten zu verrichten. Sie reißen mich aus meinen Gedankengängen und halten mich ab vom Lesen und Schreiben", sagte Geoffrey mit leicht vorwurfsvoller Stimme zum Novizenmeister.

„Wohlweislich hat Benedikt es verfügt, dass jeder Mönch auch körperliche Arbeit übernehmen soll. Je intensiver du geistig arbeitest oder an den Gottesdiensten teilnimmst, umso mehr wirst du spüren, wie ausgleichend, erneuernd und erfrischend die manuellen Tätigkeiten auf dich wirken. Warte es ab und mache erst einmal die entsprechende Erfahrung. Für das gesamte Klosterleben ist diese Arbeit wesentlich, da sie nicht nur zum eigenen Unterhalt dient, sondern auch jegliche Lustlosigkeit und Trägheit verhindert. Aus den Beobachtungen und eigenen Erfahrungen meiner langen Zeit hier in St. Albans darf ich dir sagen, dass gerade die Handarbeit ein gutes Gleichgewicht zum geistig-geistlichen Leben herstellt. Depressionen, unter denen viele Mönche litten, wurden gerade durch die manuelle Arbeit geheilt, indem ihnen durch ausgewogenes praktisches Tun das Gefühl von Leere, Nutzlosigkeit und Wertlosigkeit genommen wurde.

Du solltest darüber nachdenken, ob nicht auch die körperliche Arbeit eine Gabe Gottes ist und einen wesentlichen Bestandteil für die menschliche Würde darstellt."

Geoffrey hatte wie immer – ohne einzugreifen – zugehört und die Worte des Novizenmeisters ganz in sich aufgenommen. „Meine jungen Novizen muss ich schrittweise zum Verstehen und Einhalten der Regel führen. Wir sprechen viel miteinander und raufen uns oft. Dir, lieber Geoffrey, darf ich diese vorläufige Regel mit ihren einundzwanzig Positionen ohne Kommentar in die Hand drücken. Unter Punkt vier liest du kurz gefasst, was wir jetzt ausführlich beredet haben. Die anderen Punkte werden dir nicht neu sein, dich aber bestimmt zum Nachdenken anregen und dir manches Mal – so wie ich dich kenne – ein Schmunzeln abverlangen.

Die einundzwanzig Regeln für die Novizen:

Das Chorgebet soll nach den allgemeinen Bestimmungen verrichtet werden.

Nach der Matutin dürfen die Novizen sich zum Schlafen zurückziehen.

So oft sie zu einer Tagzeit zu spät kommen, sollen sie ebenso wie die anderen auf der Matte stehen.

Neben dem Chorgebet und dem Studium haben die Novizen im Refektorium, in der Infirmerie, in der Küche, dem Backhaus und in den übrigen Werkstätten mit eigenen Händen zu arbeiten und ihre Kleider zu gelegener Zeit zu waschen.

Bei der Erledigung ihrer Arbeit vermeiden sie nicht nur Zank und Scheltworte, sie enthalten sich dabei auch aller müßigen Reden.

Allein, ohne die Begleitung eines anderen Bruders, darf einer nie auf den Weg geschickt werden.

Der Novize hat züchtig zu essen, nicht mit der Geschwindigkeit des Fraßes, als wenn er nicht gesättigt werden könnte. Er hat sich nicht wie ein hungriger Hund über die Speise zu beugen. Auch darf er nicht wild um sich schauen mit unruhigem Herzen, ob nicht ein anderer ein besseres Essen hat als er.

Am Karfreitag darf nur Brot und Wasser genossen werden.

An der Klosterpforte nehme keiner von den Novizen mit den Gästen etwas zu sich.

Obst und Lattich darf nur zur gewöhnlichen Essenszeit gespeist werden.

Niemand speist oder trinkt etwas ohne Erlaubnis außerhalb des Klosters.

Der Gebrauch der Bäder wird vom Novizenmeister bestimmt.

Alle acht Tage werden – soweit vorhanden – die Bärte, alle vierzehn Tage die Köpfe rasiert.

Eine bestimmte Zeit zum Aderlass ist bei den Novizen nicht vorgesehen.

Wünscht einer, seine Nägel zu schneiden, so sage er es dem Bruder, der neben ihm sitzt. Dieser muss zustimmen und seinem Mitbruder die Nägel schneiden.

Keiner nennt etwas sein Eigentum; alles ist allen gemein.

Beim Gehen, Stehen und in allen Bewegungen des Novizen geschehe nichts, woran irgendein Auge Anstoß nehmen könnte.

Wenn auch einem Menschen nicht alles im Schlaf angerechnet werden kann, so ziemt es sich für einen geistlichen Menschen doch nicht, dass er unsauber daliegt mit zerworfenen Beinen und mit in den Schoß gezogenen Händen. Die Novizen schlafen deshalb bekleidet und gegürtet, damit sie keine Gelegenheit haben, die Hände am nackten Leibe hin- und herzuführen.

Beim Lernen muss die gehörige Ordnung eingehalten werden. Es darf einer nicht Bücher, die in der Reihenfolge wissenschaftlicher Belehrung später kommen, zuerst lesen und die vorausgehenden auslassen.

Die Bücherwälzer dürfen nicht wie ewige Wanderer sein: Herbergen haben sie viele, eine Heimat mit dauernder Freundschaft nirgends.

Wer etwas zu lesen, zu hören oder zu lernen begonnen hat, bleibe dabei bis zur Vollendung des angefangenen Werkes.

Ein langer Tag im Kloster St. Albans …

Durchdrungen vom Bewusstsein der Gegenwart Gottes, hatte Benedikt die biblische Mahnung ernst genommen, ohne Unterlass zu beten, und dem gemeinsamen Gebet eine feste Ordnung gegeben. Zu bestimmten Zeiten fanden sich die Mönche zum Gotteslob zusammen. „Dem Gottesdienst soll nichts vorgezogen werden.“ Mehr noch an seinem eigenen Leib als an seiner Seele erfuhr Geoffrey den wesentlichen Unterschied zwischen einem Mönch und einem Kleriker. Was ein

Kleriker war oder zu sein hatte, war ihm bekannt. Was aber einen Mönch ausmachte, der nichts, aber auch rein gar nichts dem Gottesdienst vorziehen durfte, musste Geoffrey in einem sehr langen Prozess erst lernen: persönliche Besitzlosigkeit, Hören und Gehorsam, alles in Gemeinschaft zu tun, das rechte Maß, Rückzug aus der Seelsorge und ein lebenslängliches Verbleiben im Kloster. Er ließ sich ganz darauf ein, dass der Tagesablauf vom Gottesdienst bestimmt wurde.

Matutin und Laudes – Nachtoffizium

Kurz vor zwei Uhr nachts zündete der Sakristan oder einer seiner Helfer die Kerzen im Mönchschor der Kirche an. Zusätzlich beleuchtete er das Querschiff so, dass die Mönche, die vom Kloster durch eine Tür und über „Nacht-Stufen" in die Kirche kamen, ihren Weg finden konnten. Zur selben Zeit betrat der Prior oder der Subprior das Schlafhaus der Mönche und gab durch das Läuten einer Handglocke das Zeichen zum Aufstehen. An bestimmte Zellentüren musste er zusätzlich klopfen. Dagegen weckte er im gemeinsamen Schlafsaal der Novizen durch einen Stoß mit einem kleinen Stock diejenigen, die allzu tief schliefen.

Überall wurden Kerzen angezündet und Pech- oder Kohlenpfannen entflammt, damit man sich ankleiden konnte. Im Winter trugen die Mönche zu den frühen Gebetszeiten pelzgefütterte Schuhe, da der Chorraum nicht geheizt war. Auch war es zu dieser Zeit erlaubt, warme Mützen aufzusetzen. Beim Läuten der Kirchenglocken verließen Mönche und Novizen ihre Zellen oder den Schlafsaal und folgten einem Lichtträger, der sie durch die Flure des Klosters, über die Stufen in das Querschiff und von hier zu ihren Plätzen im Chorgestühl geleitete. Dann knieten alle, bis der Abt die Kirche betrat. Nach dem Vaterunser und dem Glaubensbekenntnis wurden fünfzehn aufeinander folgende Psalmen – Psalm 120 bis Psalm 134

– abwechselnd gesungen. Dann folgten bis zu zwölf Schriftlesungen, die jeweils von einem anderen Mönch vorgetragen wurden. Nach dem „Te Deum“ und dem Tagesevangelium wurde die Matutin mit einem besonderen Gebet für den Tag beendet. Nach einer kurzen Pause begannen die Glocken zur anschließenden Laudes zu läuten – genannt nach den eröffnenden Worten zu den Psalmen „Laudate Dominum“.

Einige Mönche blieben in dieser Zwischenzeit still auf ihrem Platz sitzen, andere verließen den Chor, um sich im Kreuzgang zu bewegen und somit ihren Kreislauf anzuregen. Die Matutin und die anschließende Laudes dauerten gewöhnlich eineinhalb bis zwei Stunden. Einigen Mönchen fiel es in dieser Zeit äußerst schwer, wach zu bleiben.

Auch Geoffrey, der eher ein Nachtmensch war und in den Abend- und Nachtstunden am besten an seinem Schreibpult arbeiten konnte, musste nicht selten während der Matutin und der Laudes mit dem Schlaf kämpfen. Daher empfand er es als besonders unangenehm und hätte – wenn er Oberer gewesen wäre – es sofort abgeschafft, dass ein „Circator“ mit einer Laterne langsam durch den Chor schritt, um nachzusehen, ob jemand schlief. Bei den über hundert Mönchen im Chor entdeckte er während eines jeden Rundganges immer wieder Schlafende, denen er das Licht vor die Augen hielt und sie damit erschreckte.

Die Prim – die erste Stunde

Nach Beendigung des Nachtoffiziums zogen die Mönche in einer Prozession aus der Kirche. Sie gingen in ihre Zellen oder ins Dormitorium, um einige Stunden zu schlafen, bis sie erneut durch die Glocke geweckt wurden, die zum ersten Tagesoffizium, der Prim einlud. Die Zeit für dieses Gebet zur ersten Tagesstunde war im Sommer um sechs Uhr morgens, im Winter bei Tagesanbruch.

Nachdem die Mönche jeweils die Kleidung angelegt hatten, die sie den Tag über trugen, stiegen sie die „Tages-Stufen“ am östlichen Kreuzgang hinunter und erreichten durch das Ostportal die Kirche. Noch bevor die Glocke verstummte, hatten sie ihre festen Plätze im Chor eingenommen. Die Prim war nicht sehr lang; sie bestand aus einer Hymne, Psalmen und Gebeten. Direkt an dieses Offizium schloss sich die Frühmesse an, die von einem Mönch, der die Priesterweihe empfangen hatte, für alle Angestellten des Klosters zelebriert wurde. An dieser Messe jedoch nahmen die anderen Mönche nicht teil. Sie hatten vorher die Kirche leise und schweigend verlassen.

Ein Waschraum für alle …

Die nun folgende Zeit nutzten die Mönche, um sich zu waschen und Notwendiges zu verrichten. Geoffrey de Gorham, Adeliger aus La Tannière, Lehrer und Gelehrter, jetzt Mönchsnovize von St. Albans, tat sich besonders schwer, zusammen mit den Mitbrüdern ins Lavatorium zu gehen, um in der für ihn gewohnten Art seinen Körper zu pflegen. Selbst bei noch so guter Freundschaft mit dem Infirmarius, der über die Bäder in Einzelzellen verfügte, hatte er vorerst keine andere Wahl, als mit in den allgemeinen Waschraum zu gehen. Es kostete Geoffrey reichlich Überwindung, da er alles, was er tat – im Gegensatz zu manchen anderen Mönchen –, sehr gründlich tat. Er brauchte zwar die Regel, bekleidet zu schlafen, die für die jüngeren Novizen galt, nicht befolgen, doch stand in der für ihn geltenden Regel etwas Ähnliches:

Sobald der Bruder das Zeichen zum Aufstehen vernommen hat, eile er, sich zu erheben. Ehe er jedoch die Decke abwirft, zieht er im Bett sitzend die Kukulle an und bedeckt mit ihr seine Beine, ehe er sich vor sein Bett stellt …

Sollte diese Anweisung, das Zentrum der Weitergabe des Lebens und gleichzeitig der Lust nicht anzuschauen oder zu berühren, tatsächlich auch für ihn – zumindest bis nach der Prim – gelten?

Nach einigen Tagen – Geoffrey blieb nichts anderes übrig, um sein Ziel zu erreichen – hatte er angesichts der Mitbrüder seine Scheu überwunden. Selbst in ihrer Gegenwart und ohne sie zu beachten, tat er das, was er tun musste, um sich den Tag über wohlzufühlen.

Die Arbeit

Nach dem Waschen wandten sich die Mönche ihrer jeweiligen Aufgabe zu. Auf den Infirmarius wartete bereits der Arzt, der mit ihm zusammen nicht nur die Kranken im Kloster besuchen wollte, sondern auch einige Schwerkranke außerhalb der Abtei. Im Gästehaus mussten die Fremden versorgt werden. Viele, die von London aus eine Tagesreise hinter sich hatten, machten hier in St. Albans Station, stellten die Pferde unter und schliefen über Nacht im Kloster.

Der Hospitaliter, der Mönch, der für die Gäste verantwortlich war, hatte alle Hände voll zu tun, da Reisende Tag und Nacht ankamen. Unter ihnen waren Händler und Geschäftsleute, die in den umliegenden Gasthäusern kein Quartier gefunden hatten, offizielle Gäste, die nach St. Albans gekommen waren, um einen bestimmten Auftrag zu erfüllen, und vor allem Pilger, Menschen mit einem religiösen Anliegen, die oft schwere Schicksalsschläge und Krisen zu bestehen und zu verarbeiten hatten. Auch die vielen Armen, die täglich an die Klosterpforte kamen, mussten versorgt werden.

Die Novizen versammelten sich zu dieser Stunde im westlichen Kreuzgang, um ihrem Meister zuzuhören, der sie tiefer in die mönchische Lebensweise einzuführen versuchte.

Die Terz – die dritte Stunde

Der nächste kirchliche Dienst, an dem alle Mönche teilnahmen, war die dritte Gebetshore, die Terz, in der in besonderer Weise der Geistsendung gedacht wurde. Wenn es das Einbringen der Ernte oder die Versorgung der Tiere erforderte, waren die damit beschäftigten Mönche dispensiert. Vor der Terz stand die Möglichkeit offen, ein leichtes Frühstück zu sich zu nehmen, das „Mixtum“ genannt wurde. Es bestand aus einem Viertelpfund Brot und etwas Bier oder Wein – einem Drittel der sonst üblichen Menge. An Fasttagen und während der Fastenzeiten, ausgenommen an Sonntagen, gab es diese Mahlzeit am Morgen nicht. Durch das Glockengeläut war das Ende des Frühstücks angesagt; die Mönche versammelten sich jetzt wieder schweigend in der Abtei-Kirche. Nach diesem kurzen Offizium bildete sich eine Prozession, in der die Novizen vorausgingen. Man zog von der Kirche über den Kreuzgang in den Kapitelsaal, der so groß war, dass die gesamte Mönchsgemeinschaft Platz fand.

Das Kapitel

Im Kapitelsaal hörten sie jeden Tag ein Kapitel aus der Regel – daher der Name des Raumes. Hier bekannten sie ihre Verfehlungen gegen die Gemeinschaft, es wurden Fragen der Disziplin, Verwaltung und Finanzen besprochen, gelegentlich hielten sie Diskussionen ab oder hörten einen Vortrag des Abtes oder eines älteren Mönches über das geistige Leben.

Das Kapitelhaus – direkt an das südliche Querschiff der Kathedrale angebaut – war das Haus des Bekenntnisses, das Haus des Gehorsams, der Gnade und der Vergebung, das Haus der Einheit, des Friedens und der Ruhe. Beim Kapitel hatte entweder der Abt oder der Prior den Vorsitz. Der für sie bestimmte Platz war etwas erhöht und befand sich vor der Ostwand des Kapitelsaales. Auch die Mönche hatten ihre bestimmten Plätze, festgelegt durch ihr jeweiliges Alter. Sie saßen auf Steinbänken, die entlang der Wände eingemauert waren. Dem Vorsitzenden gegenüber, an der Westwand des Kapitelsaales gleich neben der Tür, hatten die jüngeren Mönche und die Novizen ihre Plätze.

Auf das große holzgeschnitzte Kreuz über dem Stuhl des Abtes konnten alle schauen. Die Kreuzform entstand durch die ausgebreiteten Arme Christi – ein Kreuzbalken war nicht vorhanden. Nichts Beängstigendes, weder Schmerz noch Tod ging von Ihm aus. Es schien, je länger man auf Ihn schaute, als ob Er alle versöhnend und liebevoll in Seine Arme schließen wollte. Geoffrey, der von der johanneischen Botschaft besonders angezogen wurde, kamen beim Anschauen dieses heilbringenden Bildes die Worte ins Bewusstsein: *Ich komme wieder und werde euch zu mir holen, damit auch ihr dort seid, wo ich bin,* und: *Wenn ich über die Erde erhöht bin, werde ich alle an mich ziehen.* Es war eine andere Atmosphäre als in der Kirche, weniger liturgisch, weniger anonym.

Die Frühlingssonne, die zu dieser Stunde am südöstlichen Himmel stand, schickte ihre ersten warmen Strahlen durch die Fenster des Kapitelsaales und berührte mit ihnen auch Geoffrey, der nicht unter den Novizen, sondern zwischen den Mönchen seines Alters saß. In der Mitte des Kapitelsaales stand das Lese- und Vortragspult. Das Kapitel dauerte nicht länger als zwanzig Minuten. Nach den kurzen Eröffnungsworten und den Segenswünschen des Abtes wurde der verstorbenen Mönche gedacht, die an diesem Tag seit dem Bestehen des Klosters ihre große Reise angetreten hatten. Während dieses Gedenkens erhoben sich alle von ihren Plätzen, und nach einem kurzen Schweigen wurde ein gemeinsames Gebet gesprochen. Im Sitzen hörten jetzt alle dem Lektor zu, der ein Kapitel aus der benediktinischen Regel vortrug. Dann kündigte der Abt mit kurzen Worten an: „Loquamur de Ordine nostro“ – „Lasst uns über die Angelegenheiten unseres Hauses sprechen." Daraufhin zogen sich die Novizen und die Gäste, die am Kapitel teilnahmen, zurück.

Dringend zu erledigende Aufgaben wurden bestimmten Mönchen zugewiesen; Briefe, die den gesamten Konvent betrafen, und die Namen der Verstorbenen aus anderen Klöstern wurden laut vorgelesen. Wer glaubte, eine Schuld auf sich geladen zu haben, sprach sie jetzt aus und bat um Entschuldigung. Vom Abt Richard d'Albani wurde erwartet, dass er Stellung bezog, ein Versagen rügte und Untaten sowie Vergehen bestrafte. Eine maßvolle Unterscheidung zu treffen fiel ihm oft sehr schwer: Die Starken mussten das ihnen Gemäße erhalten, und die Schwachen durften nicht davonlaufen. Neben Zurechtweisungen und Ermahnungen wurden oft auch härtere Strafen verhängt: Fasten bei Wasser und Brot an bestimmten Tagen, der vorübergehende Ausschluss von der Mönchsgemeinschaft, Verbot der Teilnahme am Chorgebet und am Kapitel, ganz selten jedoch körperliche Strafen, die dann in Anwesenheit aller vollzogen werden mussten.

Das Lyng-Haus

Wenn allerdings kriminelle Handlungen vorkamen, eine Seltenheit, wurde zu Gericht gesessen und ein Urteil gefällt. Hier konnte es dann durchaus zu einer Bestrafung durch Einzelhaft kommen; Exkommunikation und Ausweisung aus dem Orden waren weitere Strafmittel. Bei schwerem kriminellen Vergehen wurde der Straffällige im „Lyng-Haus" eingesperrt, einem Gewölbekeller, der nur vierundzwanzig Fuß in der Länge maß und sich im westlichen Teil der Klostergebäude befand. Dort hatte er – so lautete ein festgeschriebenes Urteil – zumindest ein ganzes Jahr angekettet zu verbringen, ohne mit irgendjemandem zu sprechen oder zu jemandem Kontakt zu haben. Eine Ausnahme bildete der Gefängniswärter, der jedoch auch dann in großer Distanz bleiben musste, wenn er das Essen durch die Falltür mit einem Seil herunterließ. Zum Glück und zur Entlastung aller gab es Jahre, in denen das „Lyng-Haus“ nicht besetzt war.

In der Zeit zwischen dem Kapitel und dem Hochamt sprach der Abt regelmäßig mit den Mönchen oder gar Laien, die eine ökonomisch verantwortungsvolle Aufgabe im Kloster hatten. Der Seneschall musste vom Abt und der Abt wiederum vom Seneschall über alle kommerziellen Angelegenheiten des Klosters unterrichtet werden. Wenn der Abt nach London an den Hof oder zu Gerichtsverhandlungen gerufen wurde, hatte der Seneschall die verantwortungsvolle Aufgabe, die Säkularinteressen der gesamten Abtei zu wahren und zu verantworten. Um in Bewegung zu kommen oder zu bleiben, ging der Abt gern während dieser Gespräche mit seinen Partnern im Kreuzgang auf und ab. Wenn längere Reisen bevorstanden, hatte der Abt sehr viel mit dem Prior, seinem Stellvertreter, zu bereden. Diese Gespräche mit dem Abt, zu denen oft der Cellerar, der Keller- und Küchenmeister, der Hospitaliter oder – wenn auch selten – der Armarius, der Bibliothekar, hinzugezogen wurden, nannte der gesamte Konvent, ohne dass es der Abt selbst hören durfte, das „Parlament“.

In der Zeit vor dem Hochamt, das um zehn Uhr begann, traf Geoffrey seinen Freund, den Prior. Obwohl sie sich vorgenommen hatten, während der Probezeit für Geoffrey nicht allzu oft zusammenzusein, weniger miteinander zu sprechen und sich auf keinen Fall mit du anzureden, gab es Gelegenheiten, bei denen sie ihr Vorhaben nicht einhalten konnten.

„Du, Denis“, sagte Geoffrey zum Prior, „ich habe heute gehört, hier in St. Albans soll es ein Lyng-Haus geben. Die Vorstellung, dass in diesem Verließ ein Mensch unter so unwürdigen Bedingungen gefangen gehalten wird, macht mich krank. Kannst du mir ehrlich sagen, ob sich in diesem Kellergewölbe jemand befindet?“ Der Prior, der von Geoffrey während der Novizenzeit sehr selten mit seinem Namen angesprochen wurde, schaute ihn lange an. „Mir wäre es nicht möglich“, flüsterte Geoffrey leise, „gleich in das Hochamt zu gehen, ohne vorher mit diesem armen Menschen Kontakt aufgenommen zu haben.“ Einen Augenblick noch zögerte der Prior, bis er Geoffrey die Antwort gab. „Du kannst ganz beruhigt sein; es ist lange her, dass hier im Lyng-Haus ein Straffälliger eingekerkert war. Ich erinnere mich nur schwach daran, denn ich kam gerade neu ins Kloster. Über diese Angelegenheiten aber durfte nicht gesprochen werden. So erfuhr ich es erst viel später, nachdem dieser Mönch entlassen worden war.

Aber etwas anderes muss ich dir bei dieser Gelegenheit sagen, etwas, womit ich selbst nur sehr schwer fertig werde. Ich bitte dich inständig, gleich in der Messe für diesen Jungen besonders zu beten. Als ich vor einigen Wochen in London war, musste ich an einer Gerichtssitzung teilnehmen, die unser Kloster betraf. Vorher wurde ein schwerer Fall verhandelt, in dem ein Urteil mit sofortigem Vollzug gefällt wurde. Der Urteilsspruch lautete, man solle dem Jungen die Zunge abschneiden und ihn dann bei lebendigem Leib verbrennen.

Ohne eine Miene zu verziehen, hielt der Junge seine Zunge dem Messer des Henkers hin; er streckte sie heraus, so weit er konnte. Mit einer Zange zog der Henker sie weiter heraus, schnitt sie ab und schlug sie dem Verurteilten ein paar Mal links und rechts ins Gesicht. Dann stieß man ihn auf einen Karren. Wenn man den Jungen sah, hätte man meinen können, er fahre zu einem Fest. Von selbst und ohne Hilfe sprang er vom Wagen und stellte sich neben den Pfahl, der für die Hinrichtung aufgestellt war. Ich kann dir nicht beschreiben, mit welcher Gelassenheit und mit welchem Ausdruck im Gesicht er das Gejohle und das Hohngeschrei der Menge ertrug, als man ihm die Kette um den Leib legte. Keinen Laut gab er von sich. Ab und zu spieh er das Blut aus, das sich in seinem Mund gesammelt hatte.“ Geoffrey und Denis standen sich gegenüber und keiner von ihnen sagte ein Wort.

Das gemeinsame Mahl

Der wichtigste Gottesdienst während des ganzen Tages und der Nacht war das Hochamt. Für St. Albans begann es – mit der durch die Sonnenuhren naturgemäßen Unbestimmtheit – gegen zehn Uhr. An Sonn- und kirchlichen Feiertagen ging dem Hochamt eine Prozession voraus. Der Liturg segnete die Kirche und besprengte die Altäre und die Mönche, die jetzt im Chor Platz genommen hatten, mit Weihwasser. Anschließend – gefolgt vom Kreuz- und zwei Kerzenträgern sowie einigen Mönchen – besuchte er die Kranken in der Infirmerie, um ihnen Heil und Gesundheit zu wünschen. Durch die Novizentür kam die Prozession zurück in die Kirche. Nachdem der Zelebrant den Hauptaltar mit Weihwasser besprengt hatte, sprach er Gebete zum Schutz für die Kirche, das Kloster, die königliche Familie und alle Wohltäter. Die Prozession setzte sich noch einmal in Gang, um den Reliquienschrein des heiligen Alban zu besuchen. Auf diesem Weg reihten sich jetzt viele Gäste mit brennenden Kerzen ein; unter ihnen waren sehr häufig auch Mitglieder der königlichen Familie, die zur sonntäglichen Feier des Hochamtes nach St. Albans gekommen waren. Nach der Segnung des Schreins und einem kurzen Gebet, das an den heiligen Alban gerichtet war, schritt der Zelebrant zum Hauptaltar, die Mönche gingen in den Chor und die Gäste ins Mittelschiff der Kirche.

An Sonntagen wie auch an Werktagen wurde nach dem Hochamt zu Mittag gegessen. Die auf elf Uhr angesetzte Essenszeit wurde fast immer pünktlich eingehalten. Bevor sich alle zu dieser Hauptmahlzeit zu Tisch setzten, wuschen sich die Mönche im Lavatorium ihre Hände. Die Mittagsglocke gab den Ton an, damit sich alle rechtzeitig im Refektorium versammelten. Der Weg zum gemeinsamen Speisesaal, der sich direkt an den südlichen Kreuzgang anschloss, war nicht weit. Alle erwarteten stehend Abt Richard, der auch beim gemeinsamen weltlichen Mahl den Vorsitz hatte.

Als nach dem Tischgebet sich alle Mönche gesetzt hatten, gab der Abt dem Lektor ein Zeichen, mit der Tischlesung zu beginnen. Dann nahm er das Leinentuch vom Brotkorb, griff ein Stück Brot und reichte den Korb weiter. Jetzt nahmen auch die anderen Mönche die Tücher von den Brotkörben, die dem Brot Schutz und Frische gewährten. Gleichzeitig betraten mit großen Schüsseln die Mönche, die Tischdienst hatten, das Refektorium. Für gewöhnlich bestand das Essen aus einer Gemüsesuppe, Bohnen, Fisch und Eiern; manchmal gab es zusätzlich Käse und Früchte zum Abschluss. Fleisch hatte Benedikt verboten; doch verstand es der Cellerar – unauffällig in Pastetenteig verpackt –, gelegentlich Fleisch aufzutischen und somit diese Anweisung zu umgehen. Wenn sich dann einige Mönche beschwerten, wurde der Inhalt der Fleischpasteten als Geflügelfleisch bezeichnet, denn man war allgemein der Ansicht, dass der Vogel in dieses Verbot nicht eingeschlossen sei.

An Festtagen gab es Seezunge, zu Weihnachten zwei Portionen für jeden Mönch; wenn Scholle gekocht wurde, war es ebenso. Während es an Sonntagen für jeden zwei Heringe gab, durfte zu Weihnachten jeder acht Heringe essen; ähnlich war es, wenn Weißfisch serviert wurde. Der Cellerar kaufte so viel Weißfisch ein, dass die Ladung einen Pferdewagen füllte. Er verbrauchte über tausend Eier in der Woche, Mengen von Lachsen und Stinten wurden gegessen. Manchmal verarbeitete die Küche bis zu vierzehn Gänse in der Woche, in einer anderen achtundvierzig Hühner. Über den Verbrauch von Kalb- und Schweinefleisch wurde der Benediktregel wegen nicht gesprochen. Dagegen wurde – besonders zur kalten Jahreszeit – mit Butter und Honig nicht gespart. Eine heimliche Speise, auf die manche Mönche wie versessen waren, erlaubte sich der Cellerar zu kochen, wenn die Obrigkeit für einige Tage das Kloster verlassen hatte. Er hatte das Rezept heimlich vom Kathedral-Priorat in Winchester bekommen: Knochenmark, vermengt mit zerriebenem Brot, dazu Kutteln und Hammelfleisch.

Geoffrey, der Fisch- und Eierspeisen nicht verachtete, zog

allerdings bei Kutteln und Kaldaunen ein langes Gesicht. An solchen Tagen aß er nur Brot und trank viel Milch mit Honig.

Die erwähnten Nahrungsmengen waren nicht nur für den Mönchskonvent allein erforderlich. Es mussten zudem die über achtzig Laienmitarbeiter, die in St. Albans angestellt waren, beköstigt werden, die Kapläne der umliegenden Gemeinden, die ihren Mittagstisch im Kloster hatten, und die vielen Gäste, die wussten, in welchen Häusern es gutes Essen gab. Aber auch viele Almosenempfänger bekamen – zumindest einmal am Tag – ihre Nahrung aus der St. Albans-Küche sowie einige arme und kranke Menschen in der Umgebung, die aus Gutmütigkeit des Küchenmeisters gespeist wurden.

Die Tischsitten der Mönche waren streng. Niemand durfte während des Essens seinen Platz verlassen und im Refektorium umhergehen. Es war weder erlaubt, sein Kinn mit der Hand abzustützen, noch die Arme oder die Ellbogen auf den Tisch zu legen. Dass im Refektorium geschwiegen wurde, war selbstverständlich. Ein gegenseitiges Beobachten oder Herumschauen war nicht erwünscht. Wenn jemand beim Essen Geschirr zerbrach oder sich so laut benahm, dass der Vorleser nicht verstanden werden konnte, musste er sich erheben und so lange stehen bleiben, bis der Abt ihm erlaubte, sich wieder zu setzen. Kam es vor, dass Nüsse im Essen waren, so durften sie nicht laut im Mund geknackt und zerkaut werden, sondern jeder war gehalten, sie mit seinem Messer leise zu zerkleinern. Da Geoffrey aus einem adeligen Geschlecht kam, waren für ihn viele Manieren selbstverständlich, die andere oft erst mühsam lernen mussten.

Es durften keine Schüsseln für die Speisen benutzt werden, die angebrochen, schmutzig oder von der Unterseite nicht sauber waren. Auch war es den Mönchen nicht erlaubt, mit dem Mundtuch ihre Nase zu putzen oder mit ihm die Zähne zu polieren, eine Unsitte, die weit verbreitet war. Ebenso wurde streng darauf geachtet, dass niemand das Mundtuch oder das Tischtuch benutzte, um sein Nasenbluten zu stillen.

Um seine Wünsche trotz des Schweigegebotes kundzutun, hatte man eine rege Zeichensprache entwickelt. Geoffrey, dem diese Art der Kommunikation fremd war, lernte täglich neue Zeichen hinzu. Manchmal waren sie so individuell und urkomisch, dass er laut lachen musste. Dann wurde auch er nicht verschont, für eine Weile stehen zu müssen. Ein Bruder wedelte seitwärts mit der Hand und deutete mit dieser Fischschwanz-Bewegung seinen Wunsch an. Jemand, der Senf wünschte, hielt seine Nase in der Faust und bewegte beide – Nase und Faust – hin und her. Wenn man um Salz bitten wollte, musste man den Daumen und den Zeigefinger der rechten Hand über den aufgerichteten Daumen der linken Hand herumtanzen lassen.

Am Fest des heiligen Alban, das am 22. Juni begangen wurde, wie auch an einigen anderen besonderen Festtagen im Jahr gab es für jeden Mönch eine kleine Extraportion, die für ihn in besonderer Weise das Festmahl abrunden sollte. Eine derartige Zusatz- oder Nachspeise, die für alle Mönche von Freunden des Klosters gespendet worden war, bestand entweder aus köstlich zubereitetem zarten Fleisch, aus Früchten oder einer anderen feinen Delikatesse. Fisch, Huhn oder Schinken wurde mit einem Teig aus Weizenmehl und Milch überbacken und ein Schuss Rotwein hinzugegeben.

Am Ende der Mittagsmahlzeit gab der Prior ein Zeichen zum Abtragen der übrig gebliebenen Speisen. Meist übernahmen zwei jüngere Brüder die Aufgabe des Einsammelns der Reste, die sie in Körbe packten, um sie an der Klosterpforte zu verteilen. Die Mönche, die jetzt vom Tisch aufgestanden waren, bildeten einen Kreis, sodass sie sich gegenseitig anschauen konnten, und drückten ihren Dank für das Essen in einem Lied aus. Nachdem sie das Refektorium verlassen hatten, wuschen sie sich erneut die Hände – eine notwendige Handlung, da nicht nur mit dem Löffel und dem Messer gegessen wurde, sondern vornehmlich mit den Fingern.

Im Refektorium nahmen jetzt die Mönche Platz, die die

Speisen auf- und abgetragen hatten, um zusammen mit dem Küchenmeister und seinen Helfern in Ruhe zu essen.

Die Non – die neunte Stunde

Einige Mönche hatten es sich zur Gewohnheit gemacht – und Geoffrey schloss sich ihnen gern an –, nach der mittäglichen Hauptmahlzeit auf den Friedhof zu gehen. Der Weg führte vom Refektorium am Kapitelhaus vorbei, hinter dem – am westlichen Seitenschiff der Kirche – der Mönchsfriedhof lag. Da alle zur ersten Gebetshore, der Matutin, sehr früh aufstehen mussten, gab es kaum einen Mönch, der nicht die anschließende Mittagspause nutzte, um sich eine Stunde auszuruhen oder gar zu schlafen.

Nach dieser für alle notwendigen Ruhezeit war ein kurzes Gebetstreffen angesagt, die Non, das Gebet um die neunte Stunde, in dem des Todes Jesu am Kreuz und des eigenen Todes gedacht wurde. Anschließend konnte dann jeder seiner eigenen Beschäftigung nachgehen. Für die älteren Mönche war es die Zeit ihrer Rekreation, andere mussten diese kostbare Zeit nutzen, um begonnene Arbeiten fertigzustellen. In den Werkstätten herrschte jetzt große Geschäftigkeit. Feld- und Gartenarbeit wurde verrichtet, die Pferde, Schafe, Ziegen, Hühner und Tauben mussten versorgt werden. Die Mühlräder liefen, und in der Bäckerei und der Küche begannen die Mönche bereits für den kommenden Tag zu sorgen. Die Novizen hatten sich in die Studierstuben des Klosters zurückgezogen, die Schreiber und Illuminatoren saßen im Scriptorium über ihren Büchern, und der Armarius hatte ebenfalls alle Hände voll zu tun, um den Besuchern der Bibliothek nicht nur Auskunft zu geben, sondern ihnen auch die gewünschten Bücher vorzulegen.

In dieser Zeit, die im Winter bis fünf Uhr und im Sommer bis sechs Uhr dauerte, fanden auch vornehmlich die seelsorgerischen Gespräche mit Pilgern und Hilfesuchenden statt. Auf der anderen Seite mussten zur Existenzsicherung des Klosters Aufrechnungen und Rechnungen erstellt, Berichte und Rechenschaftsberichte geschrieben, Bestellungen aufgegeben und Pachtzinsen sowie sonstige Forderungen eingetrieben werden. Wenn Geoffrey in der Verwaltung des Klosters mitarbeiten musste, fühlte er sich am wenigsten glücklich. Auch belasteten ihn häufig die persönlichen Gespräche mit Pilgern, zu denen er in Folge seiner Redegewandtheit, Bildung und guten Intuition immer wieder herangezogen wurde. Wie gern hätte er sich im Anschluss an diese Gespräche mit Denis ausgetauscht!

Die Vesper

Am Beginn des Abends – der Nachmittag war für die meisten viel zu kurz – läuteten die Glocken zur Vesper, dem ältesten und wichtigsten Teil des kirchlichen Stundengebetes. Benedikt bestand in seiner Regel darauf, dass die Vesper so früh angesetzt werde, dass man bei Tisch kein Lampenlicht brauche, sondern alles noch bei Tageslicht fertig werde. Doch wer konnte schon direkt beim Glockenschlag aufhören, wenn er in ein Buch, einen Gedanken oder in eine ihm Freude bereitende oder fast fertige Arbeit vertieft war? Daher wurden Unregelmäßigkeiten stillschweigend hingenommen, und nicht selten brannte das Licht während des Abendessens. Viel Zeit nahm außerdem in Anspruch, dass sich die Mönche nach ihrer Tagesarbeit vor der Vesper wuschen oder waschen mussten. Die Wasch- und Abtrittsgelegenheiten wurden zu dieser Stunde reichlich genutzt.

Die Vesper, deren vier Psalmen gesungen wurden, hatte den Charakter eines freudigen Lobpreises und innigen Dankes für einen Tag, der jetzt verabschiedet wurde. Dieser Lobpreis fand seinen Höhepunkt im Magnifikat, dem Lobgesang Mariens aus dem Lukas-Evangelium.

Das Abendessen war für gewöhnlich spärlich und bestand

aus nur einem Gang. Es wurde das restliche Brot vom Mittag gereicht. Dazu gab es Käse, Kräuter und Früchte, im Winter auch Nüsse und Feigen. Wein oder Bier wurden am Abend nicht getrunken. Wenn an Fastentagen und während der gesamten Fastenzeit das Abendessen ausfiel, bestand trotzdem für die Hungrigen die Möglichkeit, sich im Refektorium mit Brot und einem Getränk zu bedienen.

Die Komplet – der Tag geht zu Ende

Das letzte gemeinsame Gebetsoffizium des monastischen Tages war die Komplet, zu der wiederum die Glocke aufrief. Vor dem Beten der Psalmen wurde regelmäßig ein Gespräch aus den *Collationes Patrum,* den *Unterredungen mit den Vätern* des Johannes Cassian vorgelesen. Johannes Cassian, ein Mönchsvater des vierten Jahrhunderts, aus dessen Theologie und Gebetsanweisung Benedikt geschöpft hatte, brachte die Praxis des Ruhegebetes ins Abendland:

Wir müssen es unserem Geist abgewöhnen, sich herumzutreiben: Nur dann kann er allmählich Schritt für Schritt zu geistlicher Schau, ja zur Kontemplation Gottes, aufsteigen. Die innere Verfassung, in der wir vor dem Beten waren, wird schließlich auch das Gebet prägen. Was nämlich unseren Geist vor der Stunde des Gebetes beeindruckt hat, steigt in ihm wieder hoch, wenn er betet. Wovon wir während des Betens nicht belästigt werden möchten, müssen wir schon vorher aus unserem Herzen verbannen …

Zur Lesung und der Komplet versammelten sich die Mönche nicht immer in der Kirche, sondern auch im Refektorium oder im Kapitelsaal. Nach dem Segen zur Nacht, den alle Mönche vom Abt erhielten, herrschte absolute Ruhe. Die Türen der Abtei-Kirche und des Klosters wurden verriegelt, und alle zogen sich schweigend zurück – die Mönche in ihre Zellen, die

Novizen ins Dormitorium –, bis kurz vor zwei Uhr das Zeichen zum Nachtoffizium ertönte.

Krankheit der Könige

Mit ständig neuen inneren und äußeren Bewegungen wurde für Geoffrey der Alltag im Kloster zu einer Welt voller Erlebnisse. Obwohl er bisher noch kein Versprechen abgelegt hatte, stand für ihn das Ja zu dieser mönchischen Lebensweise fest. Die Zeit der Erprobung und Einübung in das Ordensleben ging langsam zu Ende. Seiner Aufnahme in den benediktinischen Orden und damit in die Abtei von St. Albans stand nichts im Wege. Geoffrey wurde von Abt Richard d'Albani gefragt, ob er nach wie vor bereit sei, die feierliche Klosterprofess abzulegen und damit zu bekennen und zu geloben, in Armut, Ehelosigkeit und Gehorsam zu leben. Der Abt betonte während des Gespräches, dass Geoffreys freie Entscheidung gewährleistet sein müsse, wenn er in der Profess sein Leben dem Dienst an Gott und den Menschen weihe und in die Klostergemeinschaft eingegliedert werde.

Je näher der Tag rückte, an dem Geoffrey die klösterlichen Gelübde vor Gott und den Zeugen sowie allen Mitbrüdern ablegen sollte, umso mehr hatte er das Verlangen, mit Denis ausführlich und unverblümt über den einen evangelischen Rat, die Keuschheit zu sprechen. Ihre Freundschaft ließ alle Offenheit zu.

Im Scriptorium von St. Albans hergestellte kostbare Urkunden wurden Geoffrey und den beiden Mitbrüdern überreicht, als sie die feierliche Profess in der Abtei-Kirche ablegten. Jetzt unterschied sich Geoffrey, der seinen Namen behalten durfte, nicht mehr von den anderen Mönchen, die wie er versprochen hatten, in Armut, Ehelosigkeit und Gehorsam ein Leben lang im Benediktinerkloster von St. Albans zu bleiben.

Das Beglückende für ihn war, auf der einen Seite eine

Weltoffenheit zu spüren und auf der anderen Seite sich in einer meditativen Geistigkeit geborgen und heimisch zu fühlen. Ihn faszinierte zu erleben, dass die benediktinische Regel nicht nur den Zugang zur antiken Kultur offen hielt, die lateinische Sprache pflegte und aus dem Geist der frühen Kirchenväter lebte, sondern auch bereit war, neue und fremde Elemente in den christlichen Geist aufzunehmen.

Die jüngeren Mönche und Novizen hatten hierfür noch keinen allzu großen Sinn entwickelt. Nach ihren Studien und den klösterlichen Pflichten konnten sie die Erholungszeiten kaum abwarten, um sich auszutoben. Verschiedene Ballspiele waren angesagt und begeisterten. Einige, vornehmlich die Anfänger, spielten eine Art Fußball; andere erfreuten sich an einem Sport, bei dem kleine Bälle mit einem Schläger so weit wie möglich geschlagen wurden. Ein altes Spiel, das Kegeln, war sehr beliebt. Durch diese Arten der Entspannung wie auch durch das von allen geschätzte Bockspringen zeigten die jungen Mitglieder der Klostergemeinschaft, dass sie vorerst mit der Seriosität der älteren Mönche nichts gemein hatten.

Geoffrey hingegen nutzte die ihm persönlich zur Verfügung stehende Zeit, um in die Bibliothek und das Scriptorium zu gehen. Durch die *Unterweisung für Kleriker* des gerade in Spanien verstorbenen Petrus Alfonsi öffnete sich ihm ein wenig die arabische Welt, zu der ihm bisher kein Zugang ermöglicht worden war. Durch dieses Buch angeleitet, erfuhr Geoffrey von den hervorragenden Kenntnissen und Leistungen der arabischen Heilkunde, die der Bischof Isidor von Sevilla in drei Arten von Heilmaßnahmen übertragen hatte: Diätik als Lebensordnung, Pharmazie als Heilmittellehre und Chirurgie als Eingriff mit der bewaffneten Hand. Weder in seinem Studium noch durch eine eigene Krankheit bedingt hatte Geoffrey bisher die Möglichkeit, sich medizinische Kenntnisse zu erwerben. Aber auch jetzt wäre er nicht auf die vielen Bücher in der Klosterbibliothek gestoßen, die über Heilkunde und Heilmethoden Auskunft gaben, hätte es nicht einen akuten Anlass für ihn gegeben.

Sein Freund Denis, der Prior, klagte schon seit Jahren über Atembeschwerden. Jetzt, nach dem vergangenen Winter, war es schlimmer geworden, denn der Schleim seines chronisch gewordenen Schnupfens hatte sich auf der Brust verhärtet. Die Schwierigkeiten beim Atmen wurden größer und es kamen heftige Hustenanfälle sowie Fieberschübe hinzu. Der Infirmarius und Geoffrey waren die einzigen Menschen, vor denen sich Denis nicht zusammennehmen musste und denen er bedingungslos sein Leid und seine Schmerzen klagen konnte. Der Infirmarius, der die Gabe und das Wissen hatte, aus dem Beschauen des Urins Krankheiten zu erkennen, sagte zu Geoffrey, dass der Prior unter einer schweren Krankheit des Brustraumes leide.

Denis klagte jetzt über zunehmende stechende Schmerzen im Schulterblatt; ihm wurde oft schwindlig, und eine allmähliche Abnahme der Körperkräfte fesselte ihn immer häufiger ans Bett. Der Subprior hatte ihm bereits alle verantwortungsvollen Aufgaben im Kloster abgenommen und Geoffrey die, über die man nicht sprechen konnte, die man einfach ausführte, weil das Herz sie eingab. Als Geoffrey eines Morgens seinen Freund in der Mönchsgemeinschaft vermisste – Denis war es freigestellt worden, zu kommen oder in seiner Zelle zu bleiben –, eilte er, so schnell er konnte, zu ihm hinauf.

Als Denis vor Husten und Brustschmerzen nicht sprechen konnte und Geoffrey, seinen Freund, aus Augen mit blaugrünlichem Glanz hilfesuchend anschaute, konnte Geoffrey nicht anders, als sofort den Infirmarius und den Arzt zu rufen. Durch eine brutal erscheinende Methode versuchten sie, Denis augenblicklich vor dem Ersticken zu retten, indem sie das Übermaß an Schleim absaugten, das sich in den Atemwegen festgesetzt hatte. Der Patient, der vor Schmerzen schrie, griff nach Geoffrey, der ihn stark und liebevoll festhielt. Die Atemnot und die damit verbundene Angst waren so groß, dass Denis am ganzen Leib zitterte. Nach dem Eingriff wurden die Schmerzen noch stärker, sodass es auch Geoffrey nicht mehr gelang, ihn zu beruhigen. Der Infirmarius nahm auf Anweisung des Arztes einen Schwamm, tränkte ihn in einen betäubenden Saft aus Opium, Mandragora und Bilsenkraut und hielt ihn Denis so unter die Nase, dass er das Betäubungsmittel einatmen musste. Wenn er durch den Mund zu atmen versuchte, legte der Infirmarius sofort seine Hand auf die Lippen und presste sie gewaltsam zu. Es dauerte eine Viertelstunde, bis der Schlafschwamm wirkte. Denis dämmerte ein und sie konnten ihn jetzt sanft zurück auf sein Bett legen.

Geoffrey atmete tief durch und setzte sich neben Denis Bett auf den Boden. Der Arzt stellte in Folge der überstark und unnatürlich geröteten Wangen bei Denis hohes Fieber fest und warnte Geoffrey, der bei ihm bleiben wollte, vor einer möglichen Ansteckung. Dann nahm er das bauchige Uringlas und hielt es zur Harnschau vor das Licht. Geoffrey erkannte die rote Farbe und fragte, was sie zu bedeuten habe. Der Arzt gab keine Antwort, denn er hatte große Mühe, die verschiedenen Farbqualitäten und Tönungen zu erkennen, da der Urin fein war und keine Trübung zeigte. Als er endlich das Glas schweigend zur Seite stellte, schien es, dass er nicht nur das akut erkrankte Organ erkannt hatte, sondern auch über die Natur und den Verlauf dieses Leidens seine Schlüsse zog.

Denis schlief ruhig und tief. Doch blieb Geoffrey, nachdem er Abt Richard um Erlaubnis gebeten hatte, die Nacht über beim Prior. Er handelte aus seinem Herzen und gleichzeitig – ohne es zu wissen – nach der benediktinischen Regel, indem er für Denis alles tat, was ihm möglich war, und somit die Sorge für ihn vor und über alles stellte.

Am nächsten Morgen ging es Denis erheblich besser. Doch da er jetzt nicht mehr aufstehen konnte, wurde er in die Infirmerie gebracht. Hier bekam er, wohlweislich vom Arzt und dem Infirmarius angeordnet, eine Einzelkammer. Von seinem Bett aus konnte er durch das Fenster in den sommerlichen Garten und auf den überdachten Wandelgang schauen. Von Tag zu Tag stabilisierte sich seine Gesundheit, und Geoffrey, der Denis täglich und lange besuchte, konnte mit ihm wieder tiefgreifende Gespräche führen und mit ihm lachen.

„Unserer Bibliothek", sagte Geoffrey, „ist ein Buch des Arztes Constantinus Africanus gespendet worden. Ich habe gleich darin gelesen und es mitgebracht. Constantinus zog sich zwischen 1056 und 1060 in das Kloster Monte Cassino zurück und übersetzte dort unter der Leitung des Abtes Desiderius arabische Handschriften medizinischen Inhalts. Er nannte sein Buch *Pantegni;* es soll bereits überall bekannt sein und das Wissen der Mönchsärzte mächtig angeregt haben. Ich habe darin über die Lokalisation der Seelenfunktionen gelesen und für dich einige Sätze über das Lachen herausgesucht." Mit gewohnter Behutsamkeit nahm Geoffrey das Buch auf seinen Schoß, schlug die vorgesehene Seite auf und las mit zurückgenommener Stimme:

„Die Menschen, die viel lachen, haben gutes Blut und nichts Verdorbenes in sich. Kinder lachen oft im Schlaf wegen ihres wohlgemischten und reinen Blutes, denn auch die Seele nimmt durch Freude teil an der gesunden Mischung im Körper. Da wir den Namen 'Lachen' nun einmal genannt haben, müssen wir auch seine Erklärung geben. Das Lachen ist ein Staunen der Seele über etwas, was sie nicht zu fassen vermag. Das Lachen geschieht zwar seitens der vernünftigen Seele, aber über eine Sache, die eigentlich nicht vernunftgemäß ist. Die Milz, in der die schwarze Galle aufbereitet wird, ist das Organ des Lachens. Sie zieht aus dem Blut die Hefe als schwarze Galle, reinigt damit die Substanz des Blutes und durchdringt so den ganzen Körper, über den sie alsdann auch die Seele mit Heiterkeit und Freude zu erfüllen vermag.

Das Lachen hängt also von der Reinheit des Blutes ab. Daher ist die Vorbedingung des Lachens ein über den ganzen Körper verteiltes reines Blut, und das Lachen selbst ist eine Stimmung der Seele, die scherzhaft ist.

Daher verschwindet das Lachen oft im Alter ganz oder fast ganz, weil das Alter von Ernst und Schwermut begleitet ist, als

Folge einer Melancholie, die durch schlechte Beschaffenheit des Blutes bedingt ist. Damit ist genug über das Lachen gesagt.“

Bei jedem seiner Besuche – und es waren viele – hatte Geoffrey für Denis irgendeine Überraschung, sei es eine geistige, eine materielle, wie wunderbare Steine zum Anfassen und Schmeicheln, oder etwas Köstliches zum Essen.

In Folge seiner zunehmenden körperlichen Kraftlosigkeit hatte Geoffrey erneut über dieses merkwürdige Übel von Denis mit dem Arzt gesprochen und von ihm erfahren, dass es die „Krankheit der Könige“ sei, die allgemeine Auszehrung oder Schwindsucht. Und er erfuhr auch, dass für Denis keine Hoffnung mehr bestünde, jemals wieder über eine längere Zeit aufzustehen, und dass die Berührung der mit dem heiligen Michael gezierten Goldmünze – zumindest körperlich – keine Wirkung zeigen würde.

Gegen den Stau von Schleim und Blut in der Lunge musste Denis regelmäßig und über einen langen Zeitraum mit Honig gekochten Weißen Andorn essen, eine Pflanze, von der man sich Linderung bei Lungenleiden versprach. Als weiteres schleimlösendes Mittel und gegen den Husten bekam er ein wohlschmeckendes Getränk, das aus der zerstoßenen Wurzelknolle des Fenchel zusammen mit Wein bereitet war.

Geoffrey hatte es sich zur Gewohnheit gemacht, regelmäßig des Nachts nach Denis zu schauen, um mit ihm, sollte er wach sein, ein paar Worte zu wechseln. Manchmal lag er mit offenen Augen da und bewegte sich nicht. Wollte er allein sein? Doch Geoffrey setzte sich und schaute ihn an. „Wenn ich redete“, sagte Denis leise, „musste ich es oft bereuen – wenn ich schwieg, niemals.“ Als seine Augen feucht wurden, wagte Geoffrey ihn zu fragen, ob er sich fürchte. „Ja, es ist die Wahrheit. Die Furcht, die jetzt in mir ist, ist in mir, seit ich denken kann.“ In dieser Nacht sprachen sie lange miteinander, und als der Morgen dämmerte, war Geoffrey immer noch bei Denis.

Für die Fälle, in denen Denis nachts nicht schlafen konnte

und auch nicht sprechen wollte, hatte der Arzt vorsorglich ein Mittel bereit gestellt, das aus Mohn gewonnen war. Der Arzt hatte Geoffrey mit der Anwendung vertraut gemacht. Als aber die Waschung des Gesichtes mit dem Dekokt aus Schlafmohn keine abkühlende und schlafbringende Wirkung mehr zeigte, musste Denis den Absud dieses Arzneimittels trinken. Um bei Hustenanfällen sofort helfen zu können, standen Moecon-Pastillen, ebenfalls aus Schlafmohn hergestellt, zur Verfügung. Die grüne Pflanze wurde zerrieben und im Schatten getrocknet. Die daraus geformten Pastillen wurden zusammen mit Graupen geraspelt und in Wasser aufgelöst. Diese Arzneimittelzubereitung brauchte erheblich weniger Zeit als das Abkochen der Pflanze.

Das Holz des Todes

Geoffrey las in der St. Andrew-Kapelle die Messe. Als er den Kanon betete, flog ein Specht zum Fenster und klopfte mit seinem Schnabel so hartnäckig an die Scheibe, dass Geoffrey sich in seiner Stille gestört fühlte. In seinem Unwillen wünschte er sich das Verstummen dieses Vogels, der sich erfrechte, ihn an seiner Sammlung zu hindern. Nachdem Geoffrey die Messe beendet und den Kelch fortgetragen hatte, ging er, wie üblich, noch einmal zurück in die Kirche. Er fand dort den Vogel tot.

In großer Beschämung entschuldigte sich Geoffrey. Er starrte auf das grüne Gefieder, in dem vor kurzem noch so viel Lebenskraft steckte. Bei wem hatte der Vogel angeklopft und was wollte er sagen? Geoffrey war traurig und über sich selbst betroffen, dass er nicht nur ein Gefühl gegen das Leben in seinem Inneren gespürt, sondern es auch zugelassen hatte.

Als Geoffrey Denis besuchte und dieser zu ihm sagte: „Ich weiß nicht, wo ich heute über Nacht bleiben werde“, wurde ihm bewusst, dass das Erlebnis in der St. Andrew-Kapelle im Zusammenhang mit Denis stand.

Denis spuckte Blut, besonders in der Nacht. Sein Zimmer blieb auch nachts erleuchtet, und es war ständig jemand bei ihm. So oft es Geoffrey möglich war, saß er an seinem Bett. Der Infirmarius bat Geoffrey, er möge Acht geben, dass das Blut, das Denis spuckte, gesammelt würde. Am nächsten Morgen nahm er es, roch daran und sagte voraus, dass eine akute schwere Entzündung der Atemwege und der Lunge folgen würde. Sie alle, der Infirmarius, der Arzt und Geoffrey wussten, dass Denis diese Erschütterung in Folge seiner Schwäche nicht überleben würde. Aber auch Denis selbst spürte, dass der Aufruf zur großen Reise erfolgt war. „Wenn er kommt", flüsterte er Geoffrey zu, „möchte ich, dass nur du dabei bist; sorge dafür."

Geoffrey hatte unendliches Vertrauen und wusste, dass alle Wünsche erfüllt würden. „Dir kann nichts geschehen, wenn du die Gabe Gottes wieder an Ihn zurückgibst, denn nichts geht verloren. Du hast dich vorbereitet und diese Stunde lange schon im Herzen und im Gedächtnis gehabt. Ich werde für alles sorgen und bei dir sein."

Denis stärkte sich durch die letzte Ölung und den Empfang des Leibes und Blutes des Herrn für den Weg in eine neue geheimnisvolle Welt, den erst der Tod freigeben würde. Und trotzdem hatte er Angst – selbst wenn er wusste, dass mit dem Sterben das Leben in eine neue Schöpfung fällt, in eine andere und bessere Welt, von der er sich aber noch kein Bild machen konnte. Fast alle Mönche nahmen persönlich Abschied von ihrem Prior. Er bat alle um Vergebung und verzieh allen; sagte den Anwesenden ein letztes Wort und ließ den Abwesenden seine guten Wünsche mitteilen. Er beschwor alle, unverbrüchlich bis zu ihrem Tode St. Albans treu zu bleiben, auch dann, wenn einmal Dunkelheit sie umhüllen würde. „Man darf diesen Weg nicht Tod nennen, sondern richtiger nur eine Veränderung", sagte er mit leiser, kaum hörbarer Stimme.

Nach diesem Abschied von seinen Mitbrüdern bat er Geoffrey inständig, man möge bei seinem Tod nicht das Holzbrett schlagen. Geoffrey, der zunächst nicht wusste, was die Bitte zu bedeuten hatte, erfuhr von diesem Totenbrett, das zusammen mit einem Hammer im Kreuzgang hing und in der Todesstunde eines Mönches geschlagen wurde, damit sich alle noch einmal beim Sterbenden versammeln und für ihn beten konnten.

Hatte nicht der Specht dieses Zeichen vorweggenommen? Geoffrey, der darüber schwieg, weil er von tiefer Herzenstrauer erfüllt war, besorgte alles, was sich Denis wünschte. Er betete um eine ruhige Nacht und darum, dass seinem Freund ein schmerzloses und vollkommenes Ende verliehen würde.

In der unentrinnbar eintretenden Stunde verstand es Geoffrey, ganz für Denis da zu sein und ihm bei der anstrengenden Arbeit der Todesbewältigung zu helfen. Er war ihm sehr nahe und versuchte, die Dunkelheit zu erhellen. Als Geoffrey spürte, wie der Tod begonnen hatte, das Leben zu stehlen, stand auch er dem letzten Feind ohnmächtig gegenüber. Vorsichtig legte er die Hand des Sterbenden in seine Hände und sagte zu Denis:

„Wenn du mich hörst, so gib mir ein Wort aus deinem Leben als Erbschaft." Obwohl der Strom des lebendigen Atems bereits stockte und dem nahen Tod der Weg offenstand, sagte Denis nach einem langen Schweigen leise zu Geoffrey: „Lehre niemanden etwas, was du vorher nicht selbst getan hast. Denke besonders daran, wenn du Prior von St. Albans bist."

Mit weit geöffneten Augen, in denen Zeit zur Ewigkeit geworden war, sprach er wortlos weiter. Ein wunderbarer Wohlgeruch erfüllte das Zimmer und tiefes Schweigen. Denis schloss die Augen und begann mit dem Atem zu ringen. Noch einmal befeuchtete Geoffrey seinen trockenen Mund und spürte Denis' Herz, das unregelmäßig schlug. Langsam wurde die Atmung schwächer und schwächer, bis sie zeitweilig ganz aussetzte. Der Kampf, den Geoffrey befürchtet hatte, blieb aus, und großer Friede – wie aus unendlichen Welten kommend – umgab den Sterbenden. Er atmete noch einmal tief und lange aus, dann entspannten sich seine Gesichtszüge vollends und die geschlossenen Hände lösten sich, als ob Denis jetzt endgültig die Gabe seines Lebens an den Ursprung allen Lebens zurückgegeben hätte.

Geoffrey sah, wie sich in einem sanften Lächeln das Gesicht des Toten zum ewigen Schlaf formte. Große Stille und Ehrfurcht breiteten sich aus. Der Tod als Bildhauer des Körpers hatte seine Arbeit vollendet, doch wusste Geoffrey, dass Denis alles, was er hier noch hören würde, mit hinüber in die Welt seines neuen Daseins nahm.

„Ich danke dir, Denis, für deine Freundschaft, die du mir in dieser Welt geschenkt hast und – ich bin sicher – auch weiterhin schenken wirst. Ich danke dir, dass du mich als deinen Freund teilnehmen ließest an allem, was dich bewegt hat, und ich selbst im Tod noch dein Begleiter sein darf. Jetzt bist du geborgen und hast voll Vertrauen deinen Geist in Seine Hände gelegt. Auf Ihn, den Herrn, hast du dich verlassen, und Er hat dich aufgenommen in das Land Seiner Ruhe." Das Wesentliche war vollzogen, daher nahm Geoffrey bei allem, was folgte, nur noch mit halbem Herzen teil.

Als Abt Richard mit einer kleinen Prozession kam, um den Prior mit Weihwasser zu segnen, hatte Geoffrey das Sterbezimmer verlassen. Nachdem der Tote gewaschen worden war, brachten ihn mehrere Brüder hinunter in den Kreuzgang, wo er in einer Nische aufgebahrt wurde. Als Zeichen der Vergänglichkeit alles Irdischen wurde vor den Sarg Asche in Form eines Kreuzes gestreut und dabei die Totenlitanei gebetet. Im ganzen Kloster hatte anstatt des gewöhnlichen Stundengebetes das Totenoffizium begonnen. Mehrere Mönche, unter ihnen auch Geoffrey, hielten beim verstorbenen Prior Nachtwache. Die Kerzen brannten und warfen ihren fahlen Schein auf das blasse Gesicht mit der herausragenden Nase. Das pausenlose Beten wurde Geoffrey zu viel; er hielt sich zurück und verstummte.

Noch in der Nacht ritt ein Bote zu den erreichbaren Nachbarklöstern, um ihnen die Kunde vom Tod des Priors Denis von St. Albans zu bringen. Am nächsten Morgen wurde der

Prior unter Anteilnahme vieler seiner Mitbrüder zum Requiem in die Abtei-Kirche gebracht. Sein Sarg, der mit einem schwarzen Tuch bedeckt war, stand vor dem Hauptaltar. Kerzen brannten und alle Mönche waren im Chor versammelt. Im Hauptschiff der Kirche drängten sich die Gäste, die Mitarbeiter und die Nachbarn des Klosters. Als die Glocken verstummten, begann die feierliche Totenmesse mit dem großen Eingangslied „Requiem aeternam dona eis, Domine“ („Ewige Ruhe schenke ihnen, Herr“).

Die tief schwarze Farbe der Messgewänder der Liturgen verdeutlichte die Trauer um ein Vielfaches. Geoffrey hätte sich ein erlösendes, lichtes und heiteres Moment für Denis gewünscht. Im Anschluss an das Seelenamt fand die Beisetzung statt. Sechs Mönche hoben den Sarg auf einen Leichenwagen. Ihm folgten die Priester, die die Beerdigung vollzogen, dann die Mönche, die Gäste und alle anderen. Der Wunsch des Priors war es, auf dem Mönchsfriedhof beerdigt zu werden, weder in der Abtei-Kirche noch im Kreuzgang, wo seine Vorgänger ihre letzte Ruhestätte gefunden hatten. Die Vorstellung, dass ständig Menschen über sein mit Steinen abgedichtetes Grab gehen würden, wirkte erdrückend und war ihm unangenehm.

Der Leichenzug verließ das nördliche Kirchentor und wurde von ununterbrochenem Glockengeläut begleitet, bis die Beerdigung stattgefunden hatte.

Beim gemeinsamen Mittagsmahl schaute Geoffrey auf den leeren Platz des Priors. Es kamen gute Erinnerungen in ihm auf wie aber auch Gedanken an die Zukunft. Dann schloss er für eine Weile die Augen. So bemerkte er erst später, dass einer der Tischbrüder auf den Platz des Priors – wie zu seinen Lebzeiten – das Essen aufgetragen hatte. An diesem Tag seines Begräbnisses nahm der Prior symbolisch ein letztes Mal an der irdischen Tischgemeinschaft teil. Später wurde das Essen, zusammen mit anderen Speisen, im Namen des Verstorbenen an die Armen verteilt.

Vom Trost der Philosophie

Am 17. Mai des Jahres 1114 wurde Ralph d'Escures zum Erzbischof von Canterbury geweiht. Geoffrey hatte viel von ihm als einer stark herausragenden Persönlichkeit gehört. Seine Predigten, die aufmerken ließen und zu Herzen gingen, wurden schnell von Canterbury aus durch häufiges Abschreiben in Umlauf gebracht. In der Bibliothek von St. Albans, in der Geoffrey sich nach dem Tode seines Freundes Denis noch mehr als in früheren Zeiten aufhielt, entdeckte er unter den Neuzugängen eine Predigt von Ralph d'Escures: Intravit Jesus in quoddam castellum, die Jesu Begegnung mit Maria und Martha zum Inhalt hatte. Diese vielsagende Auslegung des Lukas-Evangeliums in einer so klaren, schönen und zeitnahen Sprache war eine Bereicherung. Jedoch der inneren Suche Geoffreys nach einem geistigen Freund hielten diese Worte nicht stand.

Nachdem er nicht mehr oder nur noch einseitig und in Gedanken mit Denis sprechen konnte, war ein schmerzhafter Hohlraum in ihm entstanden, von dem er nicht wusste, wie er ihn füllen könnte. Denis hatte etwas von ihm mit auf die große Reise genommen. Zwei zusammen geleimte Bretter wurden gezwungen, sich wieder voneinander zu trennen. Der Bruch war nicht an der Leimstelle erfolgt, sondern das von einer nicht definierbaren Macht gewaltsam abgetrennte Brett hatte einen Teil des anderen Brettes mit sich fortgerissen. Geoffrey legte die Predigtworte des Erzbischofs Ralph d'Escures aus der Hand und ging diesem Bild nach. Die Ursache des Schmerzes wurde ihm nun noch stärker bewusst. Er stand jetzt vor seinen Freunden, den Büchern, und bat, sie möchten ihm helfen.

Ein Werk des Cassiodorus *De Anima (Über die Seele)* zog ihn an. Er nahm die kleine Schrift aus dem Regal und las unter der Überschrift *Vom Wesen und Wert der Seele:*

Die Seele ist eine von Gott geschaffene geistige Substanz, die dem Körper das Leben verleiht, vernünftig zwar und unsterblich, doch fähig, sich sowohl dem Guten als auch dem Bösen zuzuwenden.

Als Geoffrey sah, dass das letzte Kapitel dem Leben der Seele nach dem Tod gewidmet war, konnte er nicht umhin, sich darin zu vertiefen. So hatte er Cassiodorus, den er von seinen Werken her als Gelehrten und Staatsmann kannte, noch nicht erlebt. Diese ergreifende Schrift hatte Cassiodorus verfasst, nachdem er sich aus dem offiziellen Staatsdienst in das Kloster Vivarium zurückgezogen hatte. Eine kleine Zusatzbemerkung am Ende des Buches kam Geoffrey sehr entgegen. Cassiodorus, der auch Gründer des Klosters Vivarium war, hatte all seinen Mönchen zur Pflicht gemacht, Lesen und Schreiben zu lernen, um studieren zu können und Bücher abzuschreiben.

Als Geoffrey die Schrift *Über die Seele* zurückstellen wollte, fiel ihm zufällig das diesem Buch auf der linken Seite Nächststehende in die Hand. Fast war er schon im Begriff, den Boethius mit zur Nachtlektüre in seine Zelle zu nehmen, aber beim Aufschlagen der ersten Seite kam ihm ein in leuchtend roter Tinte geschriebener Text entgegen: *Hic est liber sancti Albani … (Dieses Buch gehört St. Albans, und Fluch über den, der es entwendet oder diese Inschrift ausstreicht.)* Sofort stellte er es an seinen Platz zurück, wusste aber, dass er dieses Buch in den nächsten Tagen lesen und sich erneut mit dem römischen Philosophen Boethius beschäftigen würde.

Beim Einschlafen kam ihm noch einmal die auffällige Begegnung mit diesem Buch in den Sinn, das er oberflächlich während seiner Studienzeit im Fach „Antike Philosophie“ gelesen hatte. Geoffrey erinnerte sich, dass Boethius diese Trostschrift für sich selbst als letztes Buch geschrieben hatte, als er einsam und von allen verlassen im Gefängnisturm zu Pavia auf seine Hinrichtung wartete. Dieser letzte große antike Philosoph war in den unbegründeten Verdacht gekommen, hochverräterische Verbindungen mit Konstantinopel begünstigt zu haben. Im Jahr 524 wurde er auf Befehl des misstrauisch und hart gewordenen greisen Königs Theoderich der Große zum Tode verurteilt.

Gleich am nächsten Morgen, in der Frühe nach der Matutin, eilte Geoffrey in die Bibliothek und nahm das Buch des Schriftstellers Anicius Manilus Severinus Boethius zur Hand: *De consolatione philosophiae (Vom Trost der Philosophie).*

Am Beginn der fünfteiligen Schrift klagt Boethius, der in Ungnade gefallene Kanzler Theoderichs, in einem elegischen Gedicht sein Leid. Die letzte Hoffnung, vor dem Todesurteil bewahrt zu werden, schwindet und reine Verzweiflung bemächtigt sich seiner. In dieser Situation unendlicher Verlassenheit erscheint vor Boethius eine wunderschöne, majestätische Frau – die Philosophie –, um ihm in seinem Unglück Mut zuzusprechen und ihm die Augen für das eigentliche Ziel des Menschen, die Erkenntnis der Wahrheit, zu öffnen.

Für einen Augenblick legte Geoffrey das Buch zur Seite und staunte darüber, dass nicht die Offenbarung in der Heiligen Schrift, sondern die als schöne Frau personifizierte Philosophie dem verzweifelten Gefangenen vor seinem gewaltsamen Ende Trost brachte. Boethius, der aus einer vornehmen Familie des römischen Adels stammte, war Christ. SeineTrostschrift – so empfand es Geoffrey jetzt – gehörte zum Schönsten, was am Ausgang des Altertums zu Pergament gebracht worden war.

Um nicht ganz diesen wunderbaren Text seinem Gedächtnis zu überlassen, schrieb er einige ihm besonders auffallende Sätze mit einem Griffel auf eine kleine wachsbeschichtete Holztafel. Diese Tafel benutzte Geoffrey immer zur ersten Niederschrift seiner Gedanken, um sie dann später in Ruhe und Auswahl auf das teure Pergament zu übertragen. *Darum fürchte dich nicht zu sehr, aus diesem winzigen Fünkchen wird sich dir die Lebenswärme entfachen.*

Die Philosophie mache dem Verzweifelten Hoffnung auf Heilung, da er überzeugt sei, dass die Welt und jedes Schicksal letztlich von der göttlichen Vorsehung geleitet werde. Die Philosophie bietet dem so hart Geprüften seelischen Trost an, denn sie will helfen, indem sie nicht nur die Last mit ihm teilt, sondern auch die seine mit trägt. Im zweiten Buch erfuhr Geoffrey, wie die Philosophie als personifizierte Ärztin mit den Methoden ihrer Heilung beginnt. Zunächst stellt sie das Glück vor, dessen Charakteristikum die Unbeständigkeit ist. Das wahre Glück der Menschen kann nicht im Besitz ihrer Zufallsgüter begründet sein, es muss vielmehr im eigenen Inneren des Menschen, im geistigen und sittlichen Wert der unsterblichen Seele beschlossen sein. Reichtum, Würde und vor allem Macht sind veränderlich, zufällig und vergänglich, die Ruhmsucht ist töricht. Das Verdienst dieses falschen Glücks liegt einzig darin, dass es sich immer wieder vom Menschen abkehrt. Wenn es ihn also verlässt, besteht das Gute darin, dass der Mensch jetzt in dieser Situation auf seine eigentlichen Güter verwiesen wird.

Weitaus beruhigter und gekräftigter als am Anfang verlangt der Kranke – im dritten Buch *Vom Trost der Philosophie* – nach stärkerer Medizin, die ihm die Philosophie willig und wohlwollend reicht. Sie zeigt ihm den Weg zum wahren Glück, das nur in Gott, dem Endziel aller Dinge liegen könne. Denn Gott ist gleichzeitig das absolute und vollkommene Sein und das höchste Gut. Das wirklich wahre und beständige Glück des Menschen besteht nicht darin, nur in sich selbst nach Wahrheit und Werten zu suchen, sondern bezieht Gott als deren Ursprung und Ziel mit ein. Von Ihm ist alles ausgegangen, auf Ihn ist alles hingeordnet. Er lenkt die Welt und die gesamte Schöpfung nach Seinem weisen Plan mit Seinem *Steuerruder der Güte;* denn Er hat alles zum Guten angelegt.

Mit der heimlichen Freude eines Menschen, der einen kostbaren Schatz entdeckt hat und ihn sich langsam zu Eigen machen will, stellte Geoffrey jedes Mal, wenn die Zeit und die Pflichten dazu drängten, das Buch zurück in den Schrank. Über das *Steuerruder der Güte* dachte er an diesem Tag lange nach und machte seine persönlichen Aufzeichnungen.

Im vierten Buch antwortet die Philosophie auf die immer wieder gestellte schwierige Frage nach der Vereinbarung der

Existenz eines guten Gottes mit dem Übel und dem Leid in der Welt. Es scheint nur so, als ob das Böse über das Gute triumphiere. Es scheint nur so, als ob der Zufall unsere Geschicke bestimme und nicht der göttliche Plan. Zwar ist die göttliche Vorsehung nicht einfach und leicht zu durchschauen, denn das Schicksal eines Menschen ist in den Gesamtplan der Schöpfungsordnung eingewoben wie der Faden in das Muster eines großen Teppichs. Das scheinbare Glück wird ans Licht kommen und vergehen, und somit auch alles Böse. Schickt Gott aber das sogenannte Unglück, dann tut Er es in heilsamer Absicht: zur Übung, Reinigung und Läuterung unserer Seele. Die Philosophie beendet das vierte Buch mit einer Betrachtung darüber, wie notwendig und heilsam es ist, diese Prüfungen ohne zu klagen und vertrauend anzunehmen. Der Leidgeprüfte kommt bei seinen tiefsinnigen, durch die Philosophie angeregten Gedanken über den Sinn des Leidens zu dem Schluss, dass alles von Gott, dem wahren Glück her und auf Ihn hin letzten Endes sinnvoll sei.

Der Armarius, der Geoffrey täglich und mehrere Male in die Bibliothek kommen sah, war neugierig geworden und wollte wissen, welche Schrift eine derartige Begeisterung bei seinem Mitbruder ausgelöst hatte. Als Geoffrey mit ihm über den *Trost der Philosophie* sprach, bemerkte der Bibliothekar, dass König Alfred der Große am Ende des neunten Jahrhunderts diese Schrift des Boethius bereits in die angelsächsische Sprache übertragen habe. Stolz holte er das in der St. Albans-Bibliothek stehende Exemplar und überreichte es Geoffrey mit dem freundlichen Hinweis, dass er sich dieses Buch ausleihen könne, so lange er wolle.

„Ich kann mir nicht vorstellen", sagte Geoffrey und bedankte sich vielmals, „wie König Alfred, der eigentlich sein ganzes Leben lang Kriege aushalten und kämpfen musste, Zugang zu Boethius gefunden hat." Der Armarius, der glücklich darüber war, mit Geoffrey ins Gespräch zu kommen, antwortete wissend auf diese Frage: „König Alfred war von seiner Persönlichkeit eigentlich ganz und gar nicht der Typus des harten Kriegsmannes und schwertgewaltigen Kämpfers, sondern eher eine stille Gelehrtennatur. Doch bevor er König wurde, verlangte der Einfall der dänischen Armee in Wessex von ihm bereits eine erste militärische Bewährungsprobe. Später berief er – trotz der vielen Kriege, die er zu führen hatte – hochrangige Gelehrte an seinen Hof und gründete Schulen und Klöster. Indem er vor allem durch eigene Übersetzungen die angelsächsische Sprache förderte, gab er der Bildung und den Wissenschaften den Anstoß zu einer neuen kulturellen Blüte."

Das fünfte und letzte Buch, das von der göttlichen Vorsehung und dem Problem ihres Verhältnisses zur menschlichen Freiheit handelt, las Geoffrey in angelsächsischer Sprache. Um dieses Schlusskapitel noch eingehender zu verstehen und in sich aufzunehmen, kamen ihm die Abgeschiedenheit und Ruhe seiner Zelle sehr entgegen. Er genoss die vortrefflichen Begriffsbestimmungen des Boethius und die Musikalität und Korrektheit seiner bestechenden Sprache.

Die personifizierte Philosophie in Gestalt einer majestätischen Frau versucht die menschliche Freiheit einzuschränken, indem sie ihren Vollbesitz auf Gott und die höheren intellektuellen Substanzen bezieht und alle anderen Wesen ihrer Vernunft entsprechend an ihr teilhaben lässt. Am freiesten ist die menschliche Seele, wenn sie ganz auf den Schöpfer ausgerichtet ist, am unfreiesten, wenn sie sich in einem geistlosen Unten verliert. Durch das Vorauswissen Gottes wird aber die Freiheit des Menschen keineswegs beeinträchtigt. Die freie Entscheidung eines Menschen wird nicht dadurch eingeschränkt, dass die Konsequenz der Entscheidung vorausgesehen wird – obwohl sie vorausbestimmt ist.

Das unendlich liebende Wesen, das Wesen Gottes, ist im Schöpfer selbst vollkommen verwirklicht, ist ewig und stets gegenwärtig. Alles Geschaffene – wenn auch gleich-ewig mit Gott aufgefasst – hat dagegen nur „eine ewige" Dauer. Gott existiert in allem und gleichzeitig außerhalb von allem. Vor

Seinen Augen läuft das Notwendige notwendig ab. In Seinem bewegt-unbeweglich verharrenden göttlichen Schauen lässt Gott jedem Menschen seine persönliche Freiheit und greift in die freien menschlichen Entscheidungen nicht ein.

Mit dem Aufruf: *Verabscheut das geistlose Tun, pflegt die Wahrheit, erhebt die Seele zu den rechten Hoffnungen und schafft durch Gebete eine Verbindung zu den Höhen,* verabschiedet sich die Philosophie von Boethius und dem Leser seiner Aufzeichnungen.

Der Kreis schließt sich

Obgleich der Subprior sehnsüchtig darauf wartete, Prior zu werden, ließen sich Abt Richard d'Albani und die Mönchsgemeinschaft mit den Neuwahlen Zeit. Der verstorbene Prior Denis – er war ungefähr zehn Jahre älter als Geoffrey – hatte in vielem und in manchen Herzen liebevolle Spuren hinterlassen. Sein Nachwirken war wie eine nur langsam versiegende Quelle, aus der man noch ein Stück weit leben konnte. Daher blieb über ein ganzes Jahr die Stelle des Priors unbesetzt.

Die Voraussage des Priors Denis, die er bei seinem Abschied leise und kaum wahrnehmbar Geoffrey zugeflüstert hatte, ging in Erfüllung. Geoffrey de Gorham, Mönch von St. Albans, wurde mit großer Mehrheit von Abt Richard und dem Konvent zum Prior und damit gleichzeitig zum Stellvertreter des Abtes gewählt. Wem die eine Stimme gehörte, die sich enthalten hatte, schien allen bekannt – ebenso dass Geoffrey jemand anderen gewählt hatte.

Allein schon seiner großen Liebe wegen, der Bibliothek und der Bücher, wäre Geoffrey gern noch einfacher Mönch unter vielen geblieben – ohne die verantwortungsvollen Aufgaben und Pflichten eines Priors, der neben dem Abt einem so großen Haus vorstehen musste.

Aus freundschaftlicher Verbundenheit zu Denis, die über

den Tod hinaus währte, aus Gehorsam Abt Richard gegenüber und vielleicht auch etwas aus Freude daran, einen höheren Posten zu bekleiden, hatte Geoffrey die Wahl zum Prior angenommen. Der Abt bestätigte vor allen Mönchen, dass er seine Last unbesorgt mit Geoffrey, dem neuen Prior, teilen könne. In der dann folgenden notwendigen Zeremonie sprach Geoffrey kurz seinen Dank für das Vertrauen aus und verließ als Erster schweigend den Kapitelsaal. Er ging in die Kathedrale und erinnerte sich an seinen hoffnungsvollen Besuch hier in der Kirche, nachdem er damals die abenteuerliche Schiffsreise mit großer Verzögerung überstanden hatte. Jetzt stand er als Prior dieser Abtei vor dem Hauptaltar und schaute zu dem großen Wandgemälde auf, das den erhöhten Christus darstellte und die ganze Halbkuppel über und hinter dem Altar ausfüllte. Im Aufblick und Anschauen des Christus in der Glorie wurden ihm seine neue Verantwortung wie auch seine Grenzen und sein Unvermögen vollends bewusst.

„Du bist der Herr. Dich hat der Vater verherrlicht. Dir hat der Vater alle Gewalt gegeben. Aber du hast gesagt, dass er sie dir gegeben hat, damit du allen ewiges Leben gebest. Du bist der Erhöhte. Und du hast gesagt: *Ich werde, wenn ich von der Erde erhöht bin, alle an mich ziehen.* Dein Blick geht bis an den Horizont der Schöpfung, und gleichzeitig erkennt er auch mich. Da deine Hand sich segnend erhebt – diese Hand, die ans Kreuz genagelt war –, darf auch ich dir grenzenlos vertrauen. Deine Linke zeigt mir das Buch. Das Buch, das von seinem Anfang bis zum Ende von dir spricht und das in seinem Innersten dein eigenes Wort ist. Du bist das Brot. Du bist das Licht. Du bist der Weg, die Wahrheit und das Leben.

Ich will das Buch der Offenbarung aus deiner Hand entgegennehmen und es weitergeben an die, die sich danach sehnen, damit auch sie erfüllt werden von deiner Weisheit und Liebe."

In einem persönlichen Gespräch drückte Abt Richard noch einmal dem neuen Prior Geoffrey seinen Dank dafür aus, dass er nicht gezögert hatte, dieses Amt anzunehmen.

„Ich habe großes Vertrauen zu Euch und möchte Euch gern an allem teilhaben lassen. Das Jahr ohne Prior Denis, der mir eine große Stütze war, ist mir äußerst schwer geworden. Ihr wisst sicherlich, nach dem Tod meines Vorgängers Paul de Caen, der 1093 starb, gab es zunächst vier Jahre keinen Abt in St. Albans. Das letzte Jahr ohne Prior erinnerte mich stark an die Ungewissheit der damaligen Jahre.

König Wilhelm II., Rufus, verstand es, die Abtwahl über einen so langen Zeitraum hinauszuzögern, um in der Zwischenzeit die Einkünfte von St. Albans für sich zu nutzen. Daraus ergaben sich natürlich für ihn schwerwiegende Konflikte mit der Kirche. Auf dem im Jahr 1095 in Rockingham abgehaltenen Hoftag lenkte Rufus endlich ein und erkannte sogar Urban II. als rechtmäßigen Papst an. Die Spannungen mit Erzbischof Anselm von Canterbury hielten jedoch bis 1097 an – so lange also, bis Anselm England verlassen hatte. In diesem Jahr erhielt St. Albans wieder einen Abt. Wie Ihr als Prior, so wurde auch ich damals einstimmig zum Abt von St. Albans gewählt.

Paul de Caen hinterließ mir ein gewaltiges und schweres Erbe: Ich hatte den von ihm begonnenen Aufbau unserer Kathedrale zu Ende zu führen. Vor den großen Einweihungsfeierlichkeiten im Jahr 1115 seid Ihr ja bereits eingetreten und wisst somit um alles."

Als Geoffrey sich anschickte, das Zimmer des Abtes zu verlassen, wurde er gebeten, noch zu bleiben, und verstand, dass Abt Richard einer längeren Einleitung bedurfte, um Folgendes zu sagen:

„In unserer Klosterregel heißt es: *Als Prior soll nur der ausgewählt werden, mit dem der Abt seine Last unbesorgt teilen kann. Nicht die Rangordnung sei bei der Wahl entscheidend, sondern Bewährung im Leben und Weisheit in der Lehre.* Als besonderen Beweis meines Vertrauens möchte ich zu Euch von etwas sprechen, das mich seit langem sehr bedrückt und womit ich nur schwerlich fertig werde. Ich war einige Jahre Abt von St. Albans, als mich mehrere meiner Verwandten fragten – sie lebten damals noch in der Normandie –, ob ich ihnen eine Starthilfe bei der Übersiedlung nach England gewähren könnte. Wie war es mir anders möglich, als auf diese familiären Wünsche einzugehen?

Das Kloster hat viel Grundbesitz entweder gegen Geld oder Naturalien verpachtet. Immer wenn ein Pachtvertrag auslief, habe ich ihn nicht mit Fremden und Engländern neu abgeschlossen, sondern eine Nachricht in die Normandie geschickt, um Verwandte von mir zu holen. Indem ich den Pachtzins sehr niedrig ansetzte, konnte ich meine Familie unterstützen. Damit habe ich in gewisser Weise dem Kloster Einkünfte entzogen.

Den großen Besitz von Stanmore habe ich für sechzig Shilling im Jahr vermietet. Als der Steinmetz Robert, den Paul de Caen für den Kirchenbau aus der Normandie gewonnen hatte, freiwillig auf die Ländereien von Sarret verzichtete, verpachtete ich sie an Peter, den Butler von William Graf von Mortaigne. Robert erhielt dafür das Land von Sopwell für acht Shilling jährlich.

Mir wird jetzt vorgeworfen, die Position als Abt ausgenutzt zu haben, um mir persönliche Vorteile zu verschaffen. Anstatt einzig und allein die Belange der Abtei im Auge zu haben, um das Eigentum des Klosters zu vermehren, würde ich meine eigene Familie unterstützen und ihr zu Reichtum verhelfen."

Dass Abt Richard ein solch persönliches Bekenntnis gerade vor seinem Prior ablegte, bedeutete für Geoffrey auf der einen Seite großes Vertrauen, auf der anderen Seite war es ihm sichtlich unangenehm, in diese missliche Situation einbezogen zu werden.

In späteren Gesprächen versuchte Geoffrey, den Abt zu einem gewissen Ausgleich zu bewegen, um sich der inzwischen laut gewordenen Anklage entziehen zu können. In mancher schlaflosen Nacht und an den wenigen Büchern, die ihm noch vergönnt waren zu lesen, erkannte Geoffrey, dass er nicht nur als Prior voll eingestiegen war, sondern auch als Lastenteiler des Abtes die Benediktregel erfüllte.

Neben seinen weit reichenden Aufgaben, die ihn besonders erfüllten, wenn es um seelsorgliche Gespräche und Geistiges ging, wandte er sich liebend gern künstlerischen Fragen und baulichen Veränderungen zu. Ein großer Verehrer der benediktinischen Kultur, vornehmlich des Klosters von St. Albans, hatte Prior Geoffrey nach einem passenden Geschenk für die Abtei gefragt. Schließlich hatte man sich auf einen großen Wandteppich für die Kathedrale geeinigt, der das Leben und Leiden des heiligen Alban darstellen sollte. Um ihn ins Mittelschiff zwischen zwei Fenster und Säulen hängen zu können, damit er die große Strenge und Schlichtheit des Kirchenraumes belebe, musste dieser Bildteppich eher schmal, dafür aber sehr lang sein.

Nachdem alle entsprechenden Umstände geklärt und die Maße festgelegt waren, fuhr der Spender nach Frankreich, um den Wandteppich in Auftrag zu geben. Die Nonnen der Abtei St. Vaast in Arras waren für ihre hohe künstlerische Gestaltung und Webkunst über alle Grenzen hinaus bekannt. Die schönsten Wandbehänge für sakrale Räume, Kirchen und Kathedralen kamen aus diesem Zentrum im Nordosten Frankreichs.

Es war ein Fest, als der St. Albans-Teppich, der vom Spender persönlich aus London gebracht wurde, erstmals vor den Augen aller seine Pracht entfaltete. Die braun-roten Farben waren vorherrschend und verliehen dem Kirchenraum neben den vorhandenen Wandgemälden ganz besondere Wärme. Um die Bilder der Lebens- und Leidensgeschichte Albans wirkungsvoll und aussagekräftig zu gestalten, hatten die Nonnen aus St. Vaast neben der Wolle als Grundmaterial für den Teppich zusätzlich Seide und Goldfäden verwandt. Jetzt konnten die vielen Pilger, die nach St. Albans kamen und des Lesens unkundig waren, die Geschichte des ersten englischen Märtyrers sehend und schweigend im Gebet nachvollziehen.

In diesen Jahren, in denen gleichzeitig eine innere Neu- und

Umgestaltung stattfand, genossen die Kathedrale und die Abtei von St. Albans höchstes Ansehen. Eine große Schar von Pilgern – viele kamen sogar vom Festland – strömte jährlich zum Märtyrerhügel, und die Zahl der Mönche nahm zu.

Nach erfüllten letzten Jahren starb am 16. Mai 1119 Abt Richard d'Albani. Einundzwanzig Jahre hatte er die Kirche und die Abtei von St. Albans geleitet. Richard d'Albani, der zweite normannische Abt, wurde in der St. Cuthbert-Kapelle innerhalb der Abtei-Kirche beigesetzt. Mit einer Wallfahrt nach Durham zur Kathedrale, die Cuthbert von Lindisfarne geweiht ist, hatte er die Heilung seines gelähmten Armes in Verbindung gebracht. Daher hatte er als Dank eine Seitenkapelle in der Kirche von St. Albans Cuthbert von Lindisfarne gewidmet und darum gebeten, hier einmal ruhen zu dürfen.

Geoffrey de Gorham, Prior des Benediktinerklosters St. Albans, wurde noch im selben Jahr von allen Mönchen einstimmig zum Abt gewählt. König Heinrich I. hatte dieser Abtwahl nicht nur zugestimmt, sondern Geoffrey de Gorham in einem persönlichen Gespräch ermutigt, trotz seines Zögerns diese Wahl anzunehmen.

St. Albans, das Kultur-Kloster

Man schrieb den 22. Juni 1122. Geoffrey de Gorham war bereits drei Jahre Abt von St. Albans. In der festlich geschmückten Kirche – es brannten fast doppelt so viele Kerzen wie an gewöhnlichen Tagen – hatten sich nicht nur alle Mönche des Klosters versammelt, sondern auch eine große Zahl von Besuchern. Dicht gedrängt standen die Menschen noch hinter den mächtigen Säulen und Kapitellen. St. Albans feierte das Patrozinium, den Gedenktag des heiligen Alban, der 208 in Verulamium, also an dieser Stelle enthauptet worden war.

Der intensive und eigenartige Duft weißer Levkojen durchzog den Kirchenraum und hüllte den Geruch von Lauch, Zwiebeln und Alkohol, den manche Körper abgaben, ein. Den Mönchen der Abtei war es ein großes Anliegen, diesen 22. Juni feierlich zu begehen, war der heilige Alban doch der erste Märtyrer Englands. Selbst aus London waren viele Besucher gekommen, zu Fuß, zu Pferd, mit Karren und auf Planwagen. Ihre Erwartungen waren groß, einen himmlischen Tag zu erleben, an dem auch einmal von anderen, besonders den Mönchen für das ewige Leben ihrer verdunkelten Seelen gebetet wurde.

Die schwere vom Boden aufsteigende und lichter werdende Architektur der Kloster-Kirche, die endlosen und bis in die Ewigkeit reichenden Psalmengesänge der Mönche, die Gebete in lateinischer Sprache und die vielen Zeremonien, Riten und Handlungen – sie vermittelten ein unwiderstehliches Gefühl von Erlösung und trugen gleichzeitig zur heiteren Stimmung dieses festlichen Sommertages bei. Immer neu vom Altar aufsteigende Weihrauchwolken mischten sich in fast narkotisierender Weise mit dem Duft der Blumen, die heute den sonst eher kargen Kirchenraum schmückten.

Und dann war das hervorragende Essen weit bekannt, das die Mönche an diesem Tag zwischen den liturgischen Feiern an alle ausgaben. Wie die Gärtner-Mönche seit vielen Wochen in den Klostergärten die Blumen großgezogen und zur Entfaltung gebracht hatten, so gärte, vom Kellermeister sorgfältig gepflegt, der Slip in Mengen, ein Getränk aus Honig und Wasser. Es gab reichlich Apfelwein, Starkbier und ein von vielen neuerdings begehrtes süßes Bier, das schon nach einigen Schlucken die Zunge schwer und die Sinne trübe machte. Somit standen viele bei der feierlichen Vesper am Nachmittag schon nicht mehr auf festem Boden.

Seinen Mönchen gleich – außer dem Brustkreuz, das er an einer Kette um seinen Hals trug – saß Abt Geoffrey unauffällig im Chorgestühl. Die Aufgabe des Hauptzelebranten, die er am Vormittag bei den Gottesdiensten und dem Hochamt ausgeübt hatte, führte jetzt der Prior des Klosters aus. Die angenehme Zurückgezogenheit innerhalb der noch zunehmenden

Fülle der Besucher – viele waren erst jetzt zum Kloster gekommen, da ihre Tagesarbeit Vorrang hatte – empfand Geoffrey als wohltuend. Jetzt konnte er erstmals an diesem Tag seinen Gedanken und Gefühlen nachgeben und auf sie eingehen. Das Zulassen dieser inneren Bewegung war für ihn genauso notwendig und wichtig wie das tägliche Brot für seinen Körper. Daher konnte er es verantworten, vorübergehend nicht mehr der Liturgie zu folgen, den Gesängen, Lesungen, Psalmen und Responsorien. Er wusste zwar, dass nach der Benediktregel dem Gottesdienst nichts vorgezogen werden soll, doch trotz dieser mahnenden Erinnerung seines Gewissens erlaubte er sich bewusst und in innerer Freiheit, diesem Bedürfnis Raum zu geben.

Erfahrungsgemäß würde die Festtags-Vesper jetzt noch weit über eine Stunde hinaus dauern. Schwüle, satt getränkte Luft stand in der Kirche. An diesen längsten Tagen des Jahres drang die Sonne auch am Abend immer noch unerbittlich grell und warm durch die westlichen Portalfenster. Der Chorraum lag im Schatten, der die Zurückhaltung des Abtes unterstützte. Geoffrey genoss das Schweigen. Ihm kamen nach diesem Tag, der für die meisten in seiner Fülle noch währte, erhebliche Bedenken und Zweifel, ob Benedikt solch ein Großkloster gewollt hätte. Auf der anderen Seite hatte insbesondere der König durch häufige Synoden darauf gedrängt, die Kirchenherrschaft zu zentralisieren. Als Geoffrey in das vorherige Jahrhundert hineindachte, war es schon König Wilhelm der Eroberer, der mit Hilfe seines Erzbischofs von Canterbury, Lanfranc, alles daransetzte, die Kontrolle der Krone über die groß und reich gewordenen Kirchen einzuführen. Die Schaffung und Unterstützung von Großklöstern war durchaus für die Zentralgewalt von größtem Vorteil und ein brauchbares Mittel, die Fliehkräfte in der Normandie wie aber auch in den so unterschiedlichen Grafschaften Englands in den Griff zu bekommen. Ein Teil der Güter und Einkünfte der Klöster konnte somit vom Staat für politische Zwecke genutzt werden.

Geoffrey sah nicht nur diese Politik unter König Heinrich I. fortgesetzt, sondern gleichzeitig wurde ihm erschreckend klar, dass er und seine Werkstatt Gottes – so nannte er St. Albans – zum Garant für einen möglichst ertragreichen Gebetsdienst zum Wohl von Herrscher und Reich wie auch zur materiellen Einnahmequelle geworden waren. Die große Anerkennung, die ihm und seinem Kloster von London aus entgegengebracht wurde, rührte daher, dass der Dienst der Mönche als besonders staatstragend und deswegen als unentbehrlich angesehen wurde.

Gehörte Geoffrey bereits zu den Reformern, die ein anderes, neues Mönchsverständnis besaßen, die Großklöster ablehnten und für kleine, weniger aufwändige Gemeinschaften eintraten? Obgleich es nicht seine Art war, so verdrängte er doch diesen Gedanken schnell wieder zu Gunsten einiger Aspekte, die für dieses Großkloster sprachen. Damit hatte er es erreicht, den anstrengenden, hinter ihm liegenden Tag mit der Überfülle des Lichtes und noch einem höheren Maß an Dunkelheit innerlich zu überwinden.

Es war gut so. In einem Großkloster wie St. Albans fanden viele unterschiedliche Berufungen ihren Platz, konnten herausgebildet und gefördert werden. Hätte Geoffrey ohne die personelle und materielle Grundlage den bekannten Alexismeister und seine Maler bitten können, im Scriptorium zu arbeiten und Jahre in St. Albans zu verbringen?

Mit dieser Frage, deren Antwort sich wie von selbst einstellte, erneuerte er sein unbedingtes Ja zu einem Bildungs- und Kulturkloster, denn nur ein gut ausgestatteter Konvent kann in vielfältiger Weise als Kulturträger dienen. Dieses hatte Benedikt sicherlich nicht bedacht, als er nach vielen inneren wie auch äußeren Auseinandersetzungen im Jahre 529 endgültig auf dem Monte Cassino sein monastisches Ideal verwirklichte. Gewiss waren auch die späteren Klöster nicht dazu gegründet worden, Kulturträger zu sein.

Aber setzt denn nicht die Gottsuche, das geistliche Streben, eine immer intensiver werdende manuelle und geistige Tätigkeit voraus? Nur in der angemessenen und kultivierten Entfaltung des Vielen – ohne sich allerdings in der Fülle zu verlieren – kann das Eine, der Eine gesucht und erfahren werden. Auf diesem Weg drücken sich die unterschiedlichsten Charismen aus und profilieren sich: die Freude am Gottesdienst, die Hingabe im Gebet, die rechte Arbeit, die Liebe zur Musik und bildenden Kunst. War es da nicht Geoffreys besondere Aufgabe, jede Begabung und Begeisterung zu fördern, sei es in der Landwirtschaft oder im Scriptorium …?

Trotz oder gerade wegen des vergangenen Tages, der für ihn so schmerzhaft mit allzu lautem Spektakel gefüllt war, bekannte sich Geoffrey noch einmal durch und durch zu seiner Aufgabe als Abt von St. Albans. „Jeder Mönch – und wenn er noch so fehlt – ist ein Geschenk Gottes, ist mein Bruder. Das Gebet gibt der göttlichen Gnade Raum, sich zu entfalten. Eine klare Ordnung dient dem inneren und äußeren Frieden der Gemeinschaft, setzt Energien frei und gibt Geborgenheit. Die Liturgie ist notwendig als Ausdruck der inneren Bewegtheit und Gottesliebe. Das Bestehen des Ortes und der Zeit führt zu einer gesunden Bodenständigkeit, von der aus gute Kraft auf die Umgebung ausstrahlt. Der Gottesdienst der Mönchsgemeinde in der Abtei-Kirche muss allen Gläubigen zugänglich sein wie auch seelsorgliche Gespräche, der Empfang der Sakramente und der Besuch der Kloster-Schule.“

Ein klares Ja war in ihm. So kam er, von guten Gedanken und Absichten geführt, zurück in die Gegenwart und fühlte seine notwendige Präsenz im Chorgestühl. Der 22. Juni, das Fest des heiligen Alban, hatte noch kein Ende gefunden. Geoffreys Herz schlug für die Bücher, die in „seinem“ Scriptorium entstanden. Wie gern hätte er sich jetzt mit dem Alexismeister schweigend unterhalten. Doch heute war es ihm verwehrt. Heute vor 914 Jahren wurde an dieser Stelle Alban enthauptet, der einem anderen zur Flucht verholfen hatte. Wie würde der Alexismeister Albans Leben und Sterben wohl darstellen? Geheimnisverschlüsselt auf einem Bild oder in einer Folge? Um seinen erneut ausschwärmenden Geist wieder zurückzuholen – die Vesper ging mit dem gewaltig gesungenen Magnifikat langsam dem Ende entgegen –, begann Geoffrey, wie er es eingeübt hatte, in einfacher Weise zu meditieren.

Nach dem Auszug der Mönche aus der Kirche, dem Abendessen und der Komplet fand der Tag für den Abt von St. Albans noch kein Ende. Die Verabschiedung der Gäste zog sich bis in die Nacht hinein. Überall im Kloster herrschte zu dieser Zeit noch reges Leben. Pferdewagen verließen den Klosterhof, Tore wurden geschlossen, Speisen eingesammelt, übrig gebliebene Getränke in große Behälter gefüllt, Kerzen, Fackeln und Kohlenpfannen gelöscht; im „Großen Stall" beruhigte ein Mönch mehrere aufgebrachte Pferde. Erst ganz allmählich verebbten die Stimmen und Geräusche wie die letzten Klänge des Finales eines großen Lobgesanges, der jetzt müde geworden war.

An Tagen wie dem 23. Juni wurde kein Nachtoffizium gehalten.

Innen-Ansicht der Abtei-Kirche St. Albans

DIE BEGEGNUNG

Abt Geoffrey de Gorham von St. Albans wurde schnell über alle Grenzen hinaus bekannt. Seine adelige Abstammung, seine hohe Bildung sowie sein Geschick und sein Erfolg im Handeln ließen ihn auch außerhalb des Klosters zu einer einflussreichen Persönlichkeit werden. Der ihm anvertraute Konvent wurde in liebevoller Strenge angeleitet. Für alle Anliegen zeigte der Abt große Offenheit. Auch im ökonomischen Bereich hatte er eine glückliche Hand: Sämtliche Pachtzinsen wurden an ein allgemein übliches Maß angeglichen, durch allgemeine Sparmaßnahmen ergaben sich höhere Einkünfte und die Ernten waren ergiebig.

Zudem bildete ein zufriedenes Miteinander die Basis. Durch die materielle Hilfe seiner reichen adeligen Verwandtschaft in der Normandie war Abt Geoffrey glücklicherweise in der Lage, vernachlässigte Einrichtungen im Kloster zu unterstützen. Das brachte ihm zwar auf der einen Seite erhöhte Anerkennung und Ehre ein, auf der anderen Seite verlor er manches Mal die rechte Mitte und begann, ein wenig überheblich zu werden.

Geoffrey gewöhnte es sich an, auf sein eigenes Urteil mehr zu geben als auf das seiner Mitbrüder. So ergab es sich mehr und mehr, dass er aus seiner Vormachtstellung heraus eigene Entscheidungen fällte, ohne vorher die Gemeinschaft der Mönche im Kapitel – wie geboten und üblich – zu fragen.

Ganz behutsam bereitete sich auf einer sehr feinen Schöpfungsebene eine Begegnung zwischen Abt Geoffrey und Christina von Markyate vor.

Christina, die in aufblühender geistiger Kraft und Gesundheit ihr Leben in der nahe gelegenen Einsiedelei führte, hatte Abt Geoffrey de Gorham bisher noch nicht persönlich kennen gelernt. Sie wusste nur, was er von ihr und vielleicht auch den anderen Einsiedlern hielt und dachte. Verstreut um das Kloster St. Albans und ihm zugeordnet lagen einige Einsiedeleien, die der Abt nur selten oder gar nicht besuchte.

Die Begegnung, die im tiefen Bewusstsein Christinas ihren Anfang nahm, geschah auf folgende Weise:

Wieder einmal plante Abt Geoffrey, ein größeres Projekt eigenmächtig auszuführen. Er war fest entschlossen, seine Handlungsweise durchzusetzen – selbst wenn sie zu einem großen Ärgernis für das Kapitel wurde, gegen die Gemeinschaft und gar die Schöpfungsordnung verstieß. Infolge seines überaus starken Selbstbewusstseins und der Kraft seines Durchsetzungsvermögens war es nicht einfach, Geoffrey von seinem Vorhaben abzubringen. Im Gegenteil: Seine oft anmaßende und gewaltsam erzwungene Handlungsweise wurde noch unterstützt durch zunehmende Hartnäckigkeit und Unbeugsamkeit. Er merkte nicht, dass er im Konvent Unruhe stiftete und ungutes Blut erzeugte, wenn er dem Kapitel seine Vorschläge nicht unterbreitete, um mit ihm gemeinsam nach möglichen Lösungen zu suchen.

Als Christina von Markyate zusammen mit ihren Eltern das erste Mal St. Albans besuchte – sie war damals fünfzehn Jahre alt und man schrieb das Jahr 1112 –, lernte sie den Mönch Alvered kennen, mit dem sie zeitlebens eine Freundschaft verband. Noch bevor Geoffrey de Gorham Abt wurde, war Alvered hochbetagt gestorben. Eines Nachts sah Christina ihn im Traum. In der Hand trug Alvered eine brennende Kerze – symbolisch für einen Freund des Lichtes. Die folgenden Worte, die er zu Christina sprach, drangen so tief in sie ein, dass sie ihr am Morgen völlig gegenwärtig waren: „Der Herr Abt Geoffrey hat eine große Entscheidung getroffen und will sie, ohne vorher das Kapitel um Rat zu fragen, entsprechend ausführen. Seine geplante Handlungsweise, die eine große Gefahr in sich birgt, wird, wenn er sie wirklich ausführen sollte, nicht nur viele Menschen, sondern auch Gott beleidigen. Ich bitte dich ganz dringend, einen Weg zu finden, Abt Geoffrey daran zu hindern."

Christina dachte am nächsten Morgen und Tag lange über diese Botschaft nach, die sie so eindringlich im Traum empfangen hatte. Sie überlegte, ob sie diesen Auftrag ausführen sollte oder nicht. „Sollte ich mich wirklich an den Abt wenden, so bin ich sicher, dass er mir nicht glauben wird. Auf der anderen Seite aber werde ich mich durch ein Schweigen schuldig machen."

Die Angst, sich beim Abt von St. Albans lächerlich zu machen, hatte auf einmal keinen Bestand mehr. Christina wurde sich bewusst, was sie auf sich laden würde, wenn sie diesen Schritt nicht wagte.

Ohne lange zu zögern, bat Christina eine Vertraute, Abt Geoffrey von St. Albans eine persönliche Botschaft zu überbringen und ihm mitzuteilen, was sie gesehen und gehört hatte, vor allem aber, dass sie bereit sei, alles zu versuchen, den Abt an der Verwirklichung seines Vorhabens zu hindern.

Über diese Anmaßung und das Eingreifen in seine persönliche Entscheidung wurde Geoffrey sehr ärgerlich. Er betrachtete das ihm Zugetragene als reinen Unsinn und sandte die Botin nach Markyate zurück mit dem Ratschlag, Christina möge doch ihren Träumen nicht trauen, kein Aufhebens darum machen und ihn künftig in Ruhe lassen. Trotz seiner starken inneren Erregung konnte er sich des Staunens nicht erwehren und dachte darüber nach, wie diese Frau etwas so Konkretes wissen konnte, das er bisher lediglich in Gedanken erwogen hatte und erst beabsichtigte, in die Tat umzusetzen.

Als Christina die überhebliche und hochmütige Antwort des Abtes erhielt, fühlte sie sich beschämt. Um jedoch auf keinen Fall lange bei sich selbst zu verweilen, sondern den Abt trotzdem auf gute Weise mit den ihr möglichen Mitteln zu unterstützen, schickte sie ihm kraftvolle Gedanken, fastete stellvertretend für ihn und betete darum, dass er von seinem Vorhaben ablassen möge. Da es ihr nicht gelungen sei, so möge es doch einen anderen Menschen geben, der durch guten Einfluss und die Fähigkeit zu überzeugen den Abt zur Einsicht und auf einen für alle Beteiligten gangbaren Weg führe.

Niemand erfuhr jemals etwas davon, als sich in einer der kommenden Nächte Folgendes ereignete: Am Tage zuvor hatte Abt Geoffrey öffentlich sein Vorhaben kundgetan, fest entschlossen, alles das auszuführen, was er sich seit langem in seinem unbeugsamen Stolz vorgenommen hatte. Überzeugt von sich selbst, überzeugt davon, das Richtige zu tun, hatte er diesen arbeitsreichen Tag beendet und sich in sein Zimmer zurückgezogen. Da er von der Anstrengung, sich durchzusetzen, sehr müde und erschöpft war, ging er gleich zu Bett und schlief sofort ein. Er sah sich allein in einer grenzenlosen Dunkelheit stehen und hatte jegliche Orientierung verloren. Angst überfiel ihn. Und im selben Augenblick stürmten undefinierbare personifizierte Kräfte auf ihn zu, griffen ihn an, zerrten an ihm und raubten ihm den Atem, sodass er zu ersticken drohte. Die Qual, die er auszustehen hatte, war unerträglich. Er konnte sich gegen eine solche Übermacht nicht aus eigenen Kräften wehren. Geoffrey rang um Luft, und als er das Gefühl hatte, seinen letzten Atemzug zu tun, sah er plötzlich seinen früheren Mitbruder, den Mönch Alvered vor sich stehen. Seine Augen und sein Antlitz sprühten vor Zorn. Geoffrey war wie gelähmt und brachte kein Wort hervor. Wut und Ärger waren so groß, dass auch Alvered kein Wort sprechen konnte. Gebannt schauten sich beide lange schweigend an. In dieser kaum auszuhaltenden Situation nahm Geoffrey all seinen Mut zusammen und sprach Alvered an: „Was, verehrter Herr, möchtet Ihr, dass ich tue?“ In einem sehr barschen und unwilligen Ton gab Alvered zur Antwort: „Du weißt das nur allzu gut. Du hast eine Botschaft empfangen und dich daraufhin in keiner Weise anders verhalten. Nicht die leiseste Bewegung noch irgendein Rückzug von dem unverantwortlichen Weg, den du eingeschlagen hast, sind bei dir erfolgt.“

„Hochverehrter Alvered“, und er wiederholte noch einmal,

„hochverehrter Alvered, habe Erbarmen mit mir: Ich will versuchen, meine ichsüchtige Neigung zurückzunehmen, und ich werde das ungute Vorhaben auf keinen Fall ausführen. Und sollten noch einmal Botschaften dieser Einsiedlerin mich erreichen, werde ich sie nicht mehr ausschlagen, sondern die Weissagung annehmen und mich nach ihr richten."

Bei diesen Worten verschwand Alvered langsam und mit ihm die kaum auszuhaltende innere und äußere Qual, die Geoffrey die Zeit über hatte mitmachen müssen. Er atmete erleichtert auf. In Schweiß gebadet erhob er sich von seinem Lager und wusste nicht, ob das Erscheinen Alvereds und das Gespräch mit ihm im Traum geschehen oder Wirklichkeit gewesen war. Ganz gleich, wie es zustande gekommen war: Geoffrey konnte kaum den Morgen erwarten, denn er wusste jetzt – von guten Mächten unterstützt –, wie er sich zu entscheiden hatte und was zu tun sei. In aller Frühe begann er damit, seine getroffenen Entscheidungen zu revidieren. Zunächst ließ er die Mönche und Mitarbeiter des Klosters rufen, die sein besonderes Vertrauen besaßen. In aller Offenheit besprach Abt Geoffrey mit ihnen seine neue Wegrichtung und jede damit in Verbindung stehende Einzelheit. Vor allen Anwesenden versprach er, dem ursprünglichen Vorhaben ein Ende zu setzen und die ersten Verwirklichungen, die bereits erfolgt waren, sofort rückgängig zu machen.

Durch sein Bekenntnis und Eingeständnis löste Geoffrey eine Woge der Erleichterung aus. Einige dankten ihm sogar; und von ganz besonderer Bedeutung und zukunftsweisend war ein anschließendes Gespräch über Christina von Markyate. Geoffrey erfuhr wichtige Einzelheiten, die er vorher weder wissen noch wahrhaben wollte oder gar als nichtig und verrückt abgetan hatte. Der Abt erlebte, mit welcher Hochachtung und Anerkennung von der Frau aus Markyate gesprochen wurde. Ohne etwas darüber zu sagen, nahm er sich fest vor, unbedingt den Eingebungen, Mahnungen und Warnungen, die Christina ihm vielleicht weiterhin übermitteln würde, in sich Raum zu geben, um darüber nachzudenken. Geoffrey ging sogar noch einen Schritt weiter, denn er war sich nach der letzten durchkämpften Nacht absolut sicher, dass von dieser Frau Heil für ihn ausging, weshalb er ohne abzuwägen spontan und bedenkenlos Rat von ihr annehmen konnte.

Etwas sehr Wesentliches war geschehen. Der Abt erkannte in seinem Inneren eine außerhalb von ihm liegende Kraft – sogar von einer Frau ausgehend –, die an Intuition, Wissen und vielleicht auch Gottesnähe seinem eigenen Vermögen überlegen war. Der dringende und brennende Wunsch wurde in ihm wach, Christina von Markyate persönlich kennen zu lernen, um mit ihr über die Vorgänge, die er so schmerzvoll und nachhaltig dankbar erlebt hatte, ausführlich zu sprechen. Abt Geoffrey schickte zu ihr und bat darum, sie in den nächsten Tagen besuchen zu dürfen. Christina, hoch erfreut über diese Nachricht, erwartete sein Kommen.

Feuer, wenn der Abend kalt ist

Im Frühjahr 1124 sollten sich Abt Geoffrey de Gorham und Christina von Markyate zum ersten Mal begegnen. Als der Stallmeister seinem Abt einen Wagen anbot, um ihn nach Markyate zu fahren, lehnte er dankend ab und meinte, es sei unmännlich, mit dem Wagen zu reisen, da dieser nur für Frauen, Alte, Kranke und gegebenenfalls für besonders Vornehme bestimmt sei. So bestieg er eines der besten Pferde und ritt zusammen mit einem Begleiter, dem der Weg zur Einsiedelei nach Markyate vertraut war, schon am frühen Morgen in eine ihm noch unbekannte Welt. In weniger als drei Stunden hatten sie die sechzehn Meilen zurückgelegt – teils über die alte Römerstraße, die nach Dunstable führte, durch Waldungen, an Feldern vorbei und über Wiesen.

Christina, die den Abt von St. Albans erwartete, stand an der Tür und hielt Ausschau. Am Horizont sah sie zwei Reiter, die geradewegs über die weit ausladenden frisch-grünen Wiesen auf ihre Einsiedelei zuritten. Nachdem sie abgestiegen waren und die Pferde angebunden hatten, stand vor Christina ein großer, eher schlanker Mann von gut fünfzig Jahren, mit fröhlichen Augen und weltmännischer Gebärde. Vor Geoffrey stand eine wesentlich kleinere, zierliche Frau, die einen Haarschleier trug. Darunter erkannte er ihre schwarzen Haare, die seitlich herabfielen und dem blassen Gesicht einen noch intensiveren Ausdruck verliehen. Aus ihren blauen Augen schaute sie ihn gütig, aber auch bestimmend an und bat ihn einzutreten. Der Begleiter folgte. Geoffrey bemerkte, dass er zu Christina langsamer, ruhiger und leiser sprach, als es gewöhnlich seine Art war. Etwas, was von dieser Frau ausging, berührte ihn.

Nach dem gemeinsamen Mittagsmahl verließen der Begleiter Geoffreys und die Aspirantin, die das Essen aufgetragen hatte, den kleinen Speiseraum, um einem persönlichen Gespräch zwischen Christina und dem Abt nicht im Wege zu stehen. Zunächst entschuldigte sich Geoffrey dafür, dass er – nun schon über vier Jahre Abt von St. Albans – die Einsiedelei von Markyate vernachlässigt habe. In besonderer Weise aber gestand er sein ungebührliches Verhalten ein, das er Christina gegenüber an den Tag gelegt hatte. Zwischendurch und im Stillen wunderte sich Geoffrey über sich selbst, dass er dieser für ihn fremden Frau so viel Offenheit und Selbstverständlichkeit entgegenbrachte – ohne Absichten zu hegen oder über seine Worte vorher nachdenken zu müssen. So verschönte er seine frühere Haltung Christina gegenüber nicht, als er ihr sagte, dass er sie als zu fromme Frau betrachtet und ihre Botschaft an ihn vorschnell abgetan habe. Er entschuldigte sich mit sehr klaren und überzeugenden Worten und dankte, jetzt hier in Markyate sein zu dürfen. Auch sprach er darüber, welch große innere Befreiung er durch die Erlebnisse der letzten Tage und Nächte erfahren habe.

Christina schaute aus guter Distanz und weit geöffneten

Augen Abt Geoffrey an und hörte ihm aufmerksam zu, ohne etwas zu sagen. Als Geoffrey sie nochmals um Verzeihung für sein grobes Verhalten bat und darum, dass Christina ihm künftig bei seinen Entscheidungen raten und helfen möge, blickte sie zu Boden und gab eine kurze bejahende Antwort. Durchdrungen von der guten Atmosphäre in Markyate und der lichten Ausstrahlung Christinas, versprach er in diesem Augenblick zwei Dinge, die er sein ganzes Leben lang hielt: vor wichtigen Entscheidungen sich den Rat Christinas zu holen und sich dem Konvent in Markyate mehr zuzuwenden und ihm zu helfen.

Nach diesen Worten, die Christina mit großer Zurückhaltung aufgenommen hatte, bat Geoffrey inständig darum, sie möge ihn durch Wohlwollen, gute helfende Gedanken und vor allem durch ihr fürbittendes Gebet auf all seinen Wegen begleiten. Christina stimmte zu, und es zeigte sich, dass in nächster und fernerer Zeit ihre wie auch seine Worte, die in dieser Stunde gesprochen worden waren, zuverlässig waren und Bestand hatten.

Beide – Christina und Geoffrey – spürten und wussten, dass eine große, nicht von Menschen gemachte oder gewollte Kraft und Fügung über ihrer Begegnung stand, dass sie durch besondere Gnade zusammengeführt wurden und ihnen eine große gegenseitige Verantwortung in die Hände und ins Herz gelegt war. Geoffrey sprach zu Christina über alles in einer ungeahnten Offenheit und Ehrlichkeit, sodass ihr Gespräch nicht enden wollte. Zutiefst war er über die Quellen erstaunt, aus denen Christina ihre Antworten empfing und sie ihr geistliches Leben schöpfte.

Als der Abend dämmerte – Geoffrey hatte ihre Worte verstanden, bevor sie zu sprechen begann –, mahnte Christina zum Aufbruch. Bei der Verabschiedung stand sie wieder in der Tür ihrer Einsiedelei und spürte – wesentlich stärker als bei der Ankunft – den gewaltigen Gegensatz zwischen ihrer Natur und der Geoffreys. In einer Sprache, die ihr ein wenig fremd war, die sich aber ihrer bemächtigte, gab Christina in einem Gefühl von distanzierter Nähe dem Abt folgende Worte mit auf den Weg:

„Möget Ihr eine sanfte Straße auf dem Weg nach Hause haben, Vollmond in der dunklen Nacht und das Feuer des Geistes in Eurem Herzen, wenn der Abend kalt ist."

Auf dem Heimweg, in der verbleibenden kurzen Nacht und am kommenden Tag hatte Geoffrey nur eine leise Ahnung davon, dass die Begegnung mit Christina von Markyate für ihn den größten Wendepunkt in seinem Leben darstellen würde. Als er darüber nachdachte und ihm bewusst wurde, dass alles, was er tat, dachte und empfand, von einem anderen Menschen mit getragen wurde, fühlte er Befreiung von einer seelischen Last und gleichzeitig Sicherheit im Handeln. Von Zeit zu Zeit – in kürzer werdenden Abständen – besuchte er Christina, um sich bei ihr Rat zu holen und mit ihr über seine Zweifel zu sprechen – aber auch, um den Glanz und die Melodie ihrer Stimme in sich aufzunehmen. Von ihr konnte er bedenkenlos, uneingeschränkt und ungekränkt Ermahnungen und Kritik annehmen sowie aus ihren Worten Energie und Klugheit schöpfen, um Fehlentscheidungen zu vermeiden. Ebenfalls war es ihm möglich – wie bisher von keinem anderen Menschen in seinem Leben –, von Christina Vorwürfe in aller Ruhe hinzunehmen, anschließend mit ihr darüber zu sprechen, um eventuell aus den neuen Erkenntnissen das Beste auch aus verfahrenen Situationen zu machen.

Nur allzu oft kam es vor, dass Geoffrey als Abt von St. Albans sowohl durch ökonomische Angelegenheiten als auch durch Grenzen seiner eigenen Person derart in weltliche Probleme verwickelt wurde, dass er weder Zeit fand noch sensibel genug war, seelische Nöte anderer zu beachten oder auf sie einzugehen. Dieses übermäßige Gefordertsein, die hohen Erwartungen anderer und ein damit verbundener Leistungsdruck brachten die große Gefahr einer ständigen Überforderung mit sich. In diesen Zeiten, wie auch dann, wenn sein innerer Friede Störungen ausgesetzt war, hatte Geoffrey das große Verlangen, nach Markyate zu reiten, um Christina nicht nur in Gedanken, sondern auch leibhaftig zu begegnen.

Immer wenn er spürte, dass sein Gleichgewicht ins Wanken geriet, sich Unruhe und Zweifel breit machten – immer wenn er aus sich allein nicht mehr so weiterleben konnte wie bisher, bemächtigte sich seiner eine tiefe Sehnsucht, mit einem lieben Menschen zusammen zu sein. Wenn er es eben ermöglichen konnte, ritt er nach Markyate, um Zuflucht bei Christina zu nehmen. Ihr Wort – und das musste er sich eingestehen – war für Geoffrey zu etwas so Wesentlichem geworden, dass es für ihn einer Offenbarung gleichkam. Kam er entmutigt und niedergeschlagen in der Einsiedelei an, so kehrte er gestärkt und erfreut am Abend nach St. Albans zurück; wenn er der Repräsentation müde war und erschöpft durch die vielschichtigen weltlichen Probleme, die an ihn herangetragen wurden, konnte er in Markyate neue Lebensenergie sammeln. Christina verstand es nicht nur, mit Geoffrey tiefe geistliche Gespräche zu führen, sondern ihm praktische Anweisungen zu vermitteln, Konflikte zu bewältigen, um in Krisen das Leben besser zu bestehen.

Jedes Mal, wenn er mit ihr gesprochen hatte, durchdrang ihn eine Begeisterung, die sich zunächst auf seinen Beruf bezog und in ihm ein allgemein gutes Lebensgefühl weckte und stabilisierte.

Steine werden zu Brot

Bei seinen Besuchen in Markyate konnte Geoffrey mit Christina über alles sprechen. Er erzählte ihr begeistert, welche Fortschritte die Arbeiten am Reliquienschrein machten, und dass er täglich zuschaue, wie sich Gold, Silber und kostbare Steine mehr und mehr zu einem großen Ganzen zusammenfügten. Christina schwieg dazu, denn sie wollte Geoffrey nicht durch eine voreilige Äußerung verletzen. Doch fiel es ihr nicht leicht, die Zeit abzuwarten, von der sie bereits wusste, dass sie sich mehr und mehr verfinsterte.

Den ganzen Sommer über hatte es nicht geregnet. Die Hitze, die über dem verdorrten Land lag, wollte auch im Herbst nicht schwinden. Die Natur war dem Zugriff der sengenden Sonne erbarmungslos ausgesetzt. Das Vieh auf den verbrannten Weiden hatte schon seit langem keine Nahrung mehr, und auch die Tiere im Stall begannen zu darben. Notschlachtungen waren an der Tagesordnung. Nach der witterungsbedingten Missernte dieses Jahres 1124 breitete sich die Lebensmittelknappheit wie eine schleichende Seuche aus. Überall herrschte gereizte Stimmung. Man lebte von der Hand in den Mund. Weil niemand wusste, ob er auch morgen satt würde, war selbst die karge Mahlzeit, die heute noch aufgetragen werden konnte, ein Fest. Der Preis für einen viertel Zentner Weizen, der für gewöhnlich um vier Schilling betrug, war in diesem Herbst auf zwanzig Schilling gestiegen.

Nicht allzu selten und immer häufiger wurden Gras und schädliche Kräuter zwischen das Mehl gemischt, sodass schon bald nach dem Verzehr körperliche Hinfälligkeiten auftraten. Eine weitere äußerst schmerzhafte Folge waren ausgedehnte Haut- und vor allem Schleimhautblutungen. Viele Menschen erkrankten an Vergiftungen durch schwarzes Mutterkorn, das sich verstärkt im Getreide fand. Infolge der Falsch- und Unterernährung traten Mangelerkrankungen auf, die weitere und schwerere Krankheiten nach sich zogen. Unruhe verbreitete sich überall und löste Aggressionen aus. Die erbarmungslose Missernte hatte die Bewohner umliegender und weiterer Gebiete in größte Bedrängnis gebracht und – sie war nicht mehr aufzuhalten – in bittere Hungersnot gestürzt.

Als Abt Geoffrey an diesem Tag auf seinem Weg nach Markyate durch das große Torhaus in St. Albans ritt und dort vom Hunger gequälten Menschen begegnete, schämte er sich. Ihnen gegenüber konnte er sich selbst, hoch zu Ross, nicht ertragen, stieg vom Pferd und führte es eine Weile, bis er freies Feld erreicht hatte.

Christina war an diesem Abend sehr ernst, und Geoffrey spürte, dass sie ihm etwas Wesentliches zu sagen hätte. Daher schwieg er in ihrer Gegenwart – gegen seine sonstige Gewohnheit – und wartete auf ein Wort von ihr.

„Es ist verheerend, wie diese entsetzliche Hungersnot über unser Land züngelt. Daher möchte ich gern, ja, es zwingt mich sogar dazu, mit Euch über mögliche Hilfsmaßnahmen sprechen und ein großes Anliegen an Euch herantragen. Ich bin fest davon überzeugt, dass ein Überfließen unserem Leben Sinn und erst den zündenden Funken verleiht. Doch leider kommt bei den meisten Menschen das, was ihnen zufließt, nicht wieder ins Fließen, weil sie es zurückhalten."

Christina schaute Geoffrey bei diesen Worten klar und offen an. Doch er hatte sie noch nicht verstanden und ahnte nicht, dass sie ihn an diesem Abend an einer äußerst empfindlichen Stelle seines Ich-Bewusstseins treffen würde. Die Not der Stunde und der Schrei vieler Menschen gaben ihr den Mut fortzufahren.

„Ich habe den Eindruck oder weiß es sogar, dass auch Ihr das Hinzufließende zurückhaltet, indem Ihr einfach die Behälter vergrößert, wenn sie gerade wie die Schalen eines Brunnens überfließen wollen. Ihr schaut mich so unverständlich und fragend an. Ich weiß um Eure ständigen Bemühungen, den Armen und Hungernden zu helfen. Doch jetzt befinden wir uns bereits in einem Ausnahmezustand, der wiederum Ausnahmen unseres sonstigen Verhaltens verlangt. Ich möchte mit Euch überlegen und Euch eventuell einen Hinweis dazu geben, wie Ihr das Gefäß kleiner machen könnt, damit es schneller überfließt. Ihr habt erlebt und erlebt es bestimmt immer wieder als Mönch: Wenn Ihr Eure Bedürfnisse einschränkt und damit das Gefäß kleiner macht, dann fließt es schneller über, und damit tritt die Freude der Dankbarkeit früher ein. Es ist das Überfließende, was in der Sonne funkelt."

Noch immer erkannte Geoffrey nicht, worauf Christina mit ihren Worten hinauswollte. Er brachte ihr all seine Aufmerksamkeit entgegen und bat sie, doch ohne Umschweife und gezielt das auszusprechen, was sie so sehnlichst von ihm erwartete.

„Ich dachte an den Reliquienschrein, den Ihr für Alban so kostbar bereitet und von dem Ihr mir häufig und begeistert erzählt habt. Der Goldschmied Anketil ist ein gereifter Mann, er kennt das Leben, Enttäuschungen und Schattenseiten. Ich bin sicher, dass gerade er tragfähig ist und nichts dagegen hätte ..."

Geoffrey schluckte und hielt seinen Kopf in beiden Händen. Damit hatte er nicht gerechnet. Einen Reliquienschrein plündern, der einmal die Zierde und Anziehung von St. Albans darstellen sollte, war für ihn in diesem Augenblick unmöglich, nicht einmal aussprechbar.

„Könntet Ihr nicht das für den Schrein eingelagerte Gold und Silber zu Münzen prägen lassen, um hungernden Familien Hilfe und Unterstützung zu geben? Es ist doch darüber hinaus auch möglich, Silber- und Goldplatten vom Schrein abzunehmen wie auch fertig gestellte Ornamente und Figuren, um sie zu verkaufen. Rohe, geschliffene und gefasste Steine wären ebenso zu handhaben. Nichts ist zur Erhaltung des Lebens notwendiger als das Überflüssige. Deswegen brauchen wir nichts dringender als Einfachheit.

Ich sehe, wie weh Euch meine Worte tun und Ihr Euch mit ihnen krampfhaft auseinandersetzt. Lasst die Behälter von St. Albans wie auch den Eurer eigenen Bedürfnisse nicht zu groß werden, damit sie sich schneller füllen und überfließen können. Als Abt habt Ihr sofort die Möglichkeit – heute noch –, alles Überflüssige überfließen zu lassen, um menschliche Not zu lindern. Wenn Ihr es fertig bringt und diesen Schritt tut – ich begleite Euch innerlich dabei –, werdet Ihr eine unendliche Freude spüren. Ungeahnte gute Kräfte werden Euch dabei unterstützen, und neue tiefere Welten werden sich Euch auftun."

Noch an diesem Abend, nachdem Geoffrey wieder in St. Albans angekommen war, sprach er mit Anketil. Dieser hatte sofort Verständnis für das Vorhaben des Abtes und unterbrach noch zur Stunde die Arbeiten am Schrein. Alles an Verzierungen wurde in den darauf folgenden Tagen vom Schrein abgenommen. Aus den Silber- und Goldplatten wurden Münzen geprägt und unter die Armen verteilt, die sich zu immer größeren Scharen am Klostertor versammelt hatten. Figuren und Ornamente wurden in London verkauft oder gegen Lebensmittel eingetauscht. Die zurückkehrenden Wagen waren bereits unterwegs von Hungernden gestürmt worden. Ungeachtet dessen gab Geoffrey, was zu geben war, und verkaufte oder verschenkte die Edelsteine, die in den Schrein eingearbeitet werden sollten, wie auch die Steine in kostbaren Fassungen, die den Schrein bereits zierten.

Sardonyx – oder: „Die Eule war des Bäckers Tochter"

Ganz allmählich begann Geoffrey, ein feineres Gespür für Christinas Worte, für sie als sein Gegenüber und nicht zuletzt für sie als Frau zu entwickeln. Nach dem für ihn so überaus schmerzhaften Eingriff in den Schrein von St. Albans wurde ihm bewusst, wie gefahrvoll es war, über Jahre nur in einer reinen Männergemeinschaft zu leben. Auch die liturgischen Dienste, die Meditationen, geistliche Gespräche, die Literatur und Kunst allein hatten es nicht vermocht, das Kreisen um sein eigenes Ich aufzubrechen. Es bedurfte einer ganz anderen Begegnung, die Geoffrey nicht bedenken oder vorhersehen konnte: Ein wunderbarer Mensch in dieser Welt, eine Frau, Christina, hatte seine verhärtete Seele berührt. Sie vermochte es durch Einsicht und Liebe, eine Saite in ihm zum Klingen zu bringen, die bisher weder einen Resonanzboden noch einen Raum oder die Freiheit zum Ausschwingen hatte.

Um nicht in die sengende Mittagshitze zu kommen und nicht gesehen zu werden, hatte sich Geoffrey am frühen Morgen mit zwei Pferden auf den Weg nach Markyate gemacht.

Ein Pferd führte er am Zügel mit sich, um auf ihm am Abend zurückzureiten, denn er wollte das Tier, auf dem er jetzt ritt, auf dem Rückweg entlasten. Nach den wiederholten Gesprächen und Begegnungen mit Christina war es für ihn selbstverständlich geworden, behutsamer mit den Gaben der Schöpfung, den Tieren und den Menschen umzugehen.

In seiner Satteltasche trug Geoffrey einen Halbedelstein von ganz besonderer Größe und Schönheit. Dieser kostbare Sardonyx, der zum alten Klosterschatz von St. Albans gehörte und bei Aufräumungsarbeiten ans Tageslicht gekommen war, sollte zur Krönung und Betonung der Mitte in den Reliquienschrein eingearbeitet werden.

Im Kapitel, der Beratung der Mönche, stellte Abt Geoffrey alles vor, was er zu tun gedachte, um sich für sein Vorhaben Bestätigung und Unterstützung oder eventuell auch Kritik und Korrektur einzuholen. Den Hungernden zu helfen und ihnen vom Kloster bis zum Äußersten entgegenzukommen wurde von allen Mönchen ausnahmslos sofort bejaht und tatkräftig unterstützt. Einige seiner Mitbrüder entdeckten in Geoffrey ein ganz neues, feinfühliges Verhalten, das sie in all den Jahren an ihm vermisst hatten. Sie wunderten sich über ihren Abt, sprachen jedoch vorerst nicht darüber. Sie ahnten noch nicht, dass diese Tür zu einer tieferen Liebe und Nächstenliebe in seinem Inneren von einer Frau geöffnet worden war.

Wegen seiner außergewöhnlichen Größe und Schönheit hatte der Abt den weiß- und rotbraungestreiften Chalcedon mit in das Kapitel genommen, um ihn seinen Mönchen zu zeigen und nach einem eventuell neuen Verwendungszweck zu fragen. Von zwei älteren Mönchen erfuhr er, dass dieser Stein ein königliches Geschenk aus früheren Jahren an das Kloster war. Geoffrey ließ den kostbaren Sardonyx, der so groß war, dass man ihn nicht einmal mit beiden Händen umfassen konnte, durch alle Hände gehen. Nach einer Weile kam er wie von selbst zu ihm zurück mit der einstimmigen Erklärung, der Abt möge diesen Stein nach seinem Belieben verwenden.

Als in der Goldschmiede Anketil den so wunderbaren Sardonyx noch einmal an sich drückte, sagte er zu Geoffrey, dass dieser wohl aus Indien stammende Stein ganz besondere und hervorragende Heilkräfte in sich trage. Wie von einem lieb gewordenen Menschen verabschiedete sich Anketil von diesem Staunen erweckenden Wunder der Natur und legte den Stein zurück in Geoffreys Hände.

Geoffrey, der wesentlich durchlässiger für alle Arten von Schwingungen geworden war, spürte leibhaftig, dass diesem Stein nicht nur gute Kräfte innewohnten, sondern dass er auch von außen durch die vielen Hände und Gedanken seiner Mönche mit heilbringender Energie aufgeladen war. Wie konnte er anders, als Christina die Entscheidung zu überlassen, was mit diesem wunderbaren Stein geschehen sollte? Er wusste aus den Gesprächen mit Christina, obwohl sie bisher sehr wenig von sich selbst gesagt hatte, dass sie über Kenntnisse der Naturheilkunde verfügte.

„Eine Lyra ist nicht dazu da, dass sie schweigt", waren die ersten Worte Christinas, als Geoffrey ihr behutsam diese kostbare Gabe der Natur in die Hände legte. Mit diesem Stein und der damit verbundenen Geste des Weiterreichens hatte er Christina dankend zu verstehen gegeben, dass dieser Schlussstein der Beginn eines neuen Aufbruchs war.

Mit der ihr eigenen Zärtlichkeit liebkoste sie den Stein und legte ihn dann staunend und bewundernd auf den Tisch, an dem sie sich gegenübersaßen. „Ihr fragt mich, wie Ihr diesen Stein verwenden sollt." Geoffrey nickte und schaute dabei Christina liebevoll und dankbar an. „Lasst mich ihn zunächst noch etwas spüren, damit ich von seiner Energie aufnehmen kann." Dann legte Christina ihre beiden Hände um den Stein und begann – als ob ihr die Worte aus einer anderen Welt eingegeben würden – zu reden. „Wisst Ihr eigentlich, dass Ihr mir einen himmlischen Stein in die Hände gelegt habt? In der Geheimen Offenbarung wird der Sardonyx zum fünften Grundstein der Stadtmauer des neuen Jerusalem. Die heilbringenden

Kräfte des Steins dringen über die Halswirbel und die Nervenfasern ganz tief in den Menschen ein. Der Sardonyx hat die Gabe, die eigenen Körperkräfte zu stärken und vor Infektionen zu bewahren. Das geschieht dann allerdings nur, wenn ein Mensch ihn längere Zeit auf der bloßen Haut trägt und ihn oft mit dem Mund in Berührung bringt. Da die Leber selbst nicht schmerzen kann, ist der Sardonyx ein treuer Vorsorgestein und Heilstein, der durch Verfärbungen der weißen Streifen auf Erkrankungen der Leber hinweist. Er heilt auch Gelbsucht, Leberentzündung und Schrumpfleber. Die beruhigenden Eigenschaften dieses Steines wirken auf das Herz, die Nieren und vor allem auf die Nervenfasern."

Nun verstand Geoffrey die ersten Worte Christinas, als sie den Stein in die Hand genommen hatte: „Eine Lyra ist nicht dazu da, dass sie schweigt." Damit hatte sie sicherlich gemeint, dass der Stein seine Wirkung zum Erkennen von Krankheiten und zur Heilung entfalten müsse. Geoffrey war fest davon überzeugt, dass dieser Sardonyx nicht dazu geschaffen und in seine und Christinas Hände gekommen war, um als Zierde des Reliquienschreins die Augen der Anschauenden zu weiden, sondern seine heilbringenden Kräfte bei kranken Menschen zu entfalten hatte. Doch hörte er zunächst Christina weiter zu.

„Wenn Ihr noch etwas mehr über diesen Stein wissen möchtet, will ich es Euch gern sagen. Bei ungeordneter und zu starker Sinnenlust – wenn ein Mann oder eine Frau übernatürlich stark und davon abhängig dauerhaft in sinnlichen Gelüsten entbrennen – soll der Mann den Sardonyx an seine Leistenbeugen, die Frau den Stein über ihren Nabel legen, und sie werden von diesem Sinnenbrand Heilung erlangen. Ich weiß auch, dass dieser Stein Frauen bei einer gefährlichen Geburt Hilfe bringt und ein in Gefahr schwebendes Leben retten kann."

In ihrem weiteren Gespräch waren sich Christina und Geoffrey darüber einig, dass gerade dieser Sardonyx weder verkauft noch verschenkt werden dürfe, sondern als Heilstein im Besitz des Klosters bleiben müsse. Geoffrey machte den Vorschlag, den Stein zusammen mit diesem Wissen, das er von Christina erhalten hatte, dem Infirmarius und dem Arzt des Klosters zur praktischen Anwendung zu übergeben. Christina, die von Beginn an diesen Plan gehegt hatte, freute sich und beglückwünschte Geoffrey dazu, dass er bereit war, auch über diesen Weg Menschen Heil zu bringen.

„Bitte grüßt den Infirmarius herzlich von mir und sagt ihm, dass er bei Anwendung den Sardonyx mindestens wöchentlich einmal reinigen und entladen müsse. Dann kann er ihn in der Sonne wieder aufladen, denn von Natur aus ist dieser Stein warm, weil er um die sechste Stunde – also mittags – von der Sonne geboren ist. Daher benötigt er, nachdem er seine Wirkung abgegeben hat, zur Aufladung die heiße Mittagssonne. Sagt dem Infirmarius eindringlich, dass sich die Heilkraft des Sardonyx nur in der Sonne wieder belebt und er ihn mehrmals und für längere Zeit der Mittagssonne aussetzen möge."

Hätte Geoffrey jemals daran gedacht, einer Frau so aufmerksam und wissbegierig zuhören zu können? Er nahm ihre Sprache und ihre Worte auf wie eine Wüste, die auf einen Ozean gewartet hatte. Christina, die in diesem Augenblick eine derartige und ernste Bewegung bei Geoffrey spürte, fragte ihn, ob sie ihm noch eine kurze Geschichte erzählen dürfe. Damit wollte sie den Augenblick überbrücken und Geoffrey deutlich aufzeigen, wie sich sein Standort geändert hatte.

„In einen Bäckerladen kam ein Mann, der ärmlich und alt aussah. Er bat um ein Stück Brotteig. Die Tochter des Bäckers gab ihm ein winzig kleines Stück, und der alte Mann bat darum, dieses mit dem Brot in den Ofen legen zu dürfen. Als sie das Brot herausnahm, sah das Mädchen, dass der Teig zum größten Laib im Ofen aufgegangen war. Daher wollte sie es dem alten Mann nicht geben. Schließlich reichte sie ihm aber ein anderes Teigstück, das halb so groß wie das erste war, und es sollte mit dem zweiten Schub in den Ofen kommen. Dieser Teig ging sogar noch mehr auf als der vorherige, und so wollte das Mädchen auch dieses Brot nicht abgeben.

Noch einmal bat der alte Mann um ein ganz winziges Stückchen Teig. Das Mädchen gab ihm ein bisschen, das kaum größer als ein Daumen war, und sie tat es mit dem dritten Schub in den Ofen. Als sie es wieder herausnahm, war dieses winzige Teigstückchen größer als alle anderen Brote, die jemals zuvor gebacken worden waren. Wieder war das geizige Mädchen zurückhaltend.

Doch nun bekam sie es mit der Angst zu tun und schaute mit großen runden Augen auf den alten Mann, der seinen Umhang abgeworfen hatte und hoch aufgerichtet und strahlend dastand.

'Die Welt hat schon zu lange deine Selbstsucht und deinen Geiz ertragen, die trotz unserer Hungersnot eher noch größer geworden sind', sagte der Mann und schlug mit einem Stab nach dem Mädchen, das augenblicklich zur Eule wurde und hinaus in die Nacht flog."

Beide, Christina und Geoffrey, schauten sich an und lächelten. Beide fühlten sie eine innere Freiheit, die ein Gefühl hinterließ, als ob sie ein großes Hindernis mühsam beiseite geräumt hätten. Nicht nur das Wissen um den so kostbaren und heilbringenden Sardonyx hatte Geoffrey stark beeindruckt und bewegt, sondern er dachte auf seinem Heimweg nach St. Albans auch über die Eule nach, die des Bäckers Tochter war. Dabei kam ihm immer wieder der Satz in den Sinn, dass wir zwar wissen, wer wir sind, aber nicht wissen, was wir sein können.

Aufbruch in ein neues Geheimnis

Ganz allmählich wuchs in Christina eine große Zuneigung zu Abt Geoffrey. Sie sah und erlebte, dass er fähig und bereit war, größere Verantwortung zu tragen und weitreichendere Aufgaben zu übernehmen. Selbst wenn sie es vorerst nicht wahrhaben wollte, so musste sie sich doch mit der Zeit eingestehen, dass durch ihren Einfluss und ihr Eingreifen das Leben des Abtes sich wesentlich verändert und in vielem verbessert hatte. Dabei empfand sich Christina in ihrer Bescheidenheit eher als unbedeutend und als Frau – geschweige denn für den Abt von St. Albans – unwesentlich. Doch nahm sie dankbar die guten Gefühle wahr, die in ihr aufstiegen und ihr Selbstbewusstsein stärkten, als sie sah, wie Geoffrey einige Hindernisse, die in ihm verwurzelt waren, überwunden hatte, klarere und gerechtere Entscheidungen treffen konnte und harmonische zwischenmenschliche Beziehungen aufzubauen imstande war.

Mit jedem Fortschritt, den er in seinem inneren wie auch äußeren Leben machte, wuchs Christinas Zuneigung zu ihm. Sie begann, Geoffrey mit einer wunderbaren, ihr bisher nicht bekannten Liebe zu lieben. Sie, die durch und durch von einer geistigen Kraft erfüllt und gestärkt war, benötigte für sich selbst von den Dingen dieser Welt rein gar nichts. Das größte und schönste Geschenk, das sie empfangen durfte, war der Augenblick, in dem ihr bewusst wurde und sie wahrnahm, dass die Zuneigung auf Gegenseitigkeit beruhte. Christina wusste jedoch aus den vier Jahren, in denen sie bei Roger weilen durfte, dass es im Menschen verschiedene Ebenen und Ausformungen des Bewusstseins gibt. Dementsprechend durfte sie nicht ihre Empfindungen zu Geoffrey der Zuneigung Geoffreys zu ihr gleichsetzen.

Wann immer er es nur konnte, unterstützte Geoffrey die Einsiedelei von Markyate. Er half Christina, ihre notwendigen weltlichen Aufgaben und materiellen Angelegenheiten schneller und besser zu regeln, als sie es bisher vermocht hatte. Sie wiederum versuchte, für ihn alles, was er ihr entgegenbrachte, geistig und liebevoll zu durchdringen, zu verstehen und zu einem tragfähigen Baustein zu formen, den sie gewillt war, in eine Stufenleiter für Geoffrey einzulagern.

In all ihre Gebete und Meditationen schloss sie Geoffrey ein. Wenn sie für ihn irgend etwas tun konnte, war sie eifriger als um ihr eigenes Wohl darum bemüht. Eine große und liebevolle Fürsorge ging von ihr aus, die sich sowohl auf die körperliche Gesundheit wie auch auf das Seelenheil Geoffreys bezog. Die heilbringenden und lebensunterstützenden Kräfte Christinas erreichten Geoffrey in einer Weise, die nicht mehr in Worte zu fassen war oder einem Fremden völlig unglaubwürdig erscheinen musste. Wo auch immer der Abt sich aufhielt – ob in der Nähe oder weit entfernt: Ihm war es weder in Worten noch in der Tat möglich, grobe beleidigende Dinge auszusprechen oder gar auszuführen. Mit einer großen Liebe, die nicht das eigene Wohl, sondern das des anderen möchte, begleitete sie Geoffrey auf all seinen Wegen. Durch eigene reife Lebenserfahrung wusste sie, dass nur jemand zum Besseren hin verändert werden könnte, wenn sie ihn durch und durch bejahen und annehmen würde.

In seiner Gegenwart machte sie kein Geheimnis aus ihren Gefühlen; sie sprach zu Geoffrey offen und über alles. Sie verstand es geschickt, ihm ihre Ansichten kundzutun, selbst wenn er völlig anderer Meinung war als sie. Christina scheute sich nicht, ihn zu kritisieren oder zu tadeln, wenn sein Verhalten dazu Anlass gab oder sie durch kleine Äußerungen von ihm wahrgenommen hatte, dass er aus unverständlichen Motiven geneigt war, einen nicht zu verantwortenden Weg zu gehen. Sie wusste um die Notwendigkeit und Unumgänglichkeit, manchmal und vorübergehend einem geliebten Menschen wehzutun, vor allem, wenn es zu seinem Heil ist und Schlimmeres verhindert werden muss. Kam Geoffrey in eine Situation, die ihn unsicher in seiner Entscheidung machte, stellte er sich Christina vor und das, was sie ihm augenblicklich raten würde. Und spontan floss ihm klarere Einsicht und eine Kraft zu, die ihn das Richtige tun ließ.

Bei großen Veränderungen mit und in einem Menschen, besonders wenn es um die Reifung der Persönlichkeit geht, bleiben häufig Krankheiten nicht aus. Die Umstellung in Geoffreys Leben – Christina wusste in allem, wie vorsichtig und behutsam sie vorzugehen hatte – und die neuen Verhaltensweisen, die der Abt in seinem beruflichen und persönlichen Leben an den Tag legte, waren letztlich für ihn noch so ungewohnt, dass sie sein Gleichgewicht störten. Eine schwere Krankheit überfiel ihn, die ihn an den Rand des Todes brachte. Mit hohem Fieber, unfähig, einen eigenen Schritt zu tun, wurde der Abt in die Infirmerie gebracht. Ihm ging es derart schlecht, dass er den Glauben an menschliche und ärztliche Hilfe bereits aufgegeben hatte. Doch sein Glaube an übernatürliche Kräfte nahm zu, je mehr er seine Angst, das Leben zu verlieren, seine körperlichen Verkrampfungen und Schmerzen immer wieder und bei jedem Ausatmen in die Hände des Schöpfers zu legen versuchte. Geoffrey spürte dabei die geistige Nähe Christinas, mit der er sich jetzt noch tiefer verbunden fühlte. Ein zunehmend ernster werdender Krankheitsverlauf, der ihn an die Schwelle des Todes führte, blieb ihm jedoch nicht erspart.

Vieles hatte der Abt zur Zufriedenheit seiner Mönche und für seinen eigenen inneren Frieden vom Krankenbett aus noch regeln können. Doch etwas, wonach er unendlich verlangte, hatte er bisher nicht aussprechen können. Es war die tiefe Sehnsucht, Christina vor seinem Tod noch einmal zu sehen, um ihr seinen Dank auszusprechen und sich ihr noch einmal ganz anzuvertrauen. Diesen Schritt vor seinen Mitbrüdern zu tun fiel Geoffrey sehr schwer. Dennoch entschied er, zu ihr zu schicken und um das Kommen von Christina zu bitten.

Andrew, ein junger Mönch, der dem Wesen des Abtes sehr nahe stand, sollte sich am nächsten Morgen auf den Weg nach Markyate machen. Doch Christina wusste bereits um den äußerst gefährdeten und kritischen Gesundheitszustand des Abtes. Zu Fuß und unaufgefordert war ein älterer Mönch von St. Albans, der aus einer tiefen und sich offenbarenden Religiosität lebte, noch am Abend zu ihr in die Einsiedelei gekommen. Er hatte Christina empfohlen, den Abt zu besuchen, da er sehr krank sei. Ohne etwas zu sich zu nehmen oder sich in ein Gespräch einzulassen, war er schweigend noch in der Nacht zurückgegangen. Da der Mönch ihr keine näheren Einzelheiten berichtet hatte und sie ihn auch nicht weiter bedrängen wollte, überlegte sie, was zu tun sei. Sie war derart erschüttert und betroffen, dass sie am liebsten auf der Stelle zu Geoffrey geeilt wäre. Doch entschloss sich Christina zunächst, in das Oratorium zu gehen, um ein wenig zur Ruhe zu kommen und Einsicht zu gewinnen. Sie betete für Geoffrey, und Tränen über Tränen flossen über ihre Wangen.

War es richtig, jetzt in der Nacht sich allein aufzumachen und als Frau zu einer solchen Stunde in St. Albans Einlass zu erbitten? Aus Liebe zu Geoffrey war dies alles kein Hindernis für sie. Doch es könnte für ihn zu einer großen Belastung werden, wenn er wieder gesund werden und weiter als Abt in St. Albans leben würde. Und an diese baldige Gesundung glaubte sie fest. Inständig bat sie daher in ihrem Gebet um ein sichtbares und hörbares Zeichen, das etwas über die Gesundheit des Abtes aussagen möge. Sie schloss die Augen und ließ sich ohne eigenes Wollen in ihre Meditation hineinfallen, vertrauend und wissend, dass ein anderer es nach Seinem Willen und gut fügen würde.

Sie sah sich aus dem Oratorium kommen, bekleidet mit dem Umhang, den sie trug, wenn sie ihre Eremitage verließ. Ihre Erschöpfung empfand sie als so groß, dass sie sich an der Wand des Gebäudes festhalten und abstützen musste. Im gleichen Augenblick fühlte sie sich wie von unsichtbarer Hand nach St. Albans geführt, wo ihr Einblick in das Krankenzimmer Geoffreys gewährt wurde.

Wie einen müden Wanderer sah sie ihn in einer Ecke des Raumes zusammengekauert sitzen. Seinen Kopf hatte er auf einen Stab gestützt, wie Wanderer ihn benutzen. Sie konnte nicht recht erkennen, in welchem Gesundheitszustand sich Geoffrey befand, denn er schlief. Vor ihrem geistigen Auge sah sie Mönche und unter ihnen auch zwei Nonnen, die den sterbenden Abt besuchen und noch einmal sehen wollten. Dann hörte sie zu ihrer großen Freude auf einmal die Stimme des Abtes: „In diesem Augenblick weiß Christina von uns allen."

Wie von selbst ging die Meditation, in die Christina hineingenommen war, zu Ende, und sie kam wieder ganz in ihrer Gegenwart an: erleichtert, wissend, dass etwas sehr Heilvolles geschehen war oder werden würde. Sie dankte und bat ganz inständig den Schöpfer, Er möge Geoffrey schnell Hilfe zukommen lassen.

Dem Wunsch Geoffreys und dem des Mönches, der sie am Vorabend aufgesucht hatte, folgend, brach Christina bei Tagesanbruch auf, um rechtzeitig in der Abtei anzukommen. Bereits auf der Höhe von Flamstead kam ihr auf der alten Römerstraße ein Reiter entgegen, in dem sie schon von Ferne Andrew aus St. Albans erkannte. Er berichtete ihr voll Freude, dass der Abt die lebensgefährliche Krise, die sich noch am Vortage seiner bemächtigt hatte, überwunden habe und es ihm zusehends besser gehe. Christina erkundigte sich nach vielen Einzelheiten, um ganz sicherzugehen, wenn sie ihren Weg nach St. Albans nicht fortsetzen würde. Ihre Sehnsucht, Geoffrey wiederzusehen und ihm Heil und weitere Gesundheit zu wünschen, war so stark, dass sie gern weitergegangen wäre. Doch mahnte sie ihre Klugheit umzukehren.

Das Geheimnis offenbart sich

Auf erstaunlich schnelle Weise durfte Geoffrey Genesung erfahren; doch konnte er vorerst die Infirmerie nicht verlassen. In den langen Nächten und Stunden des Tages, die seine Gesundheit benötigte, um sich wieder herzustellen, weilten seine Gedanken bei Christina. Ihm wurde deutlich, dass er bisher nur von ihr erhalten und genommen hatte, ohne den leisesten Gedanken daran, auch ihr einmal eine Herzensfreude zu erfüllen. Immer wenn Geoffrey an Christina dachte, stieg die Sehnsucht in ihm auf, sie bald wiederzusehen, ihre Stimme zu hören und ihre liebevolle Gegenwart in sich aufzunehmen. Ihn erfüllten ein liebendes Gefühl und Dankbarkeit, die ihn in seinen einsamen Stunden darüber nachdenken ließen, auf welche Weise er dieser großartigen Frau seine Verbundenheit zum Ausdruck bringen könne.

Wie von selbst führten ihn seine Gedanken in das Scriptorium zum Alexis-Meister, der damit begonnen hatte, feinsinnige Miniaturen zu illuminieren, um sie später einem Kodex beizufügen. Hatte nicht Christina, von der er wusste, wie sehr sie geistliche Texte liebte, von einem eigenen Buch der Psalmen gesprochen, das sie sich so sehnlichst wünschte, da sie den in Markyate zur Verfügung stehenden Psalter mit ihren Aspirantinnen teilen musste?

Als sein Gesundheitszustand es einigermaßen zuließ, besuchte Geoffrey als Erstes den Alexis-Meister im Scriptorium. Mit dem heimlichen Gedanken an Christina wurde für Geoffrey die Arbeit des Meisters zu einer Offenbarung. Ohne lange darüber nachzudenken, hatte die Intuition in Geoffrey konkrete Gestalt angenommen, und er wusste, dass der Alexis-Meister bereits an einem Buch arbeitete, das einmal Christina gehören und in das er seine unsagbare Liebe zu ihr einfließen lassen würde. Von diesem Augenblick an spürte er in Verbindung mit dem gerade entstehenden Buch die Gegenwart Christinas wesentlich intensiver, sogar leibhaftig.

Der Alexis-Meister konnte und durfte nicht unbeteiligt sein. Da Geoffrey diesem offenherzigen und hochgebildeten Künstler größtes Vertrauen entgegenbrachte, weihte er ihn in seine Gefühle und in sein Vorhaben ein. Die anfängliche Gespanntheit und Ernsthaftigkeit des Meisters wandelte sich schnell in freudige Akzeptanz und Güte, die seine Gesichtszüge zu einem wissenden und heiteren Lächeln formten. Bei diesem Verständnis und inneren Entgegenkommen konnte Geoffrey nicht umhin, den Alexis-Meister herzlich und dankbar zu umarmen.

Durch sein Scriptorium in St. Albans und die Besuche in

Markyate begann für Abt Geoffrey die erfüllendste Zeit seines Lebens. Die erlösenden und hilfreichen Kräfte, die in ihm frei wurden, verschenkte er – ohne aufdringlich zu sein – an alle, die danach verlangten. Da er eine Liebe, die sich auch im menschlich-irdischen Bereich formte, in sich selbst zuließ und gleichzeitig bereit war, die Liebe einer Frau anzunehmen, wurde er zu einem Liebenden, dessen Licht auch in der Dunkelheit leuchtete. Weit mehr noch als in früheren Zeiten und vor seiner Krankheit kamen seine Mönche zu ihm, um sich von ihm Rat auch in sehr persönlichen und intimen Angelegenheiten zu erbitten.

Je tiefer Geoffrey zusammen mit dem Alexis-Meister in die Gestaltung und Ausführung des Psalters für Christina eindrang, je öfter er ihre Gegenwart im Scriptorium fühlte und je öfter er sie in Markyate besuchen durfte, umso glücklicher, reicher und geistig erfüllter wurde er. Ihre gemeinsame Liebe, die nichts Heimliches und Dunkles hatte, wirkte ansteckend und verbreitete sich wie das Licht, das allen im Haus leuchtet. Weder diese Liebe noch das von ihr ausgehende Licht konnte und durfte verborgen bleiben. Durch Geoffreys klare Offenheit und letzte Ehrlichkeit dem Alexis-Meister gegenüber wurde der Illuminator derart inspiriert, dass er für den Psalter ein Bild zu malen begann, durch das hindurch der Himmel die Erde berührt. Geoffrey konnte vorerst nicht erkennen, welche Bedeutung die drei Reiter auf ihren Pferden haben sollten, und der Maler sprach vor der Fertigstellung des Bildes nicht darüber.

Durch den schmerzhaften Aufbruch, den Geoffrey in seiner schweren Krankheit erfahren hatte, wurden ihm schrittweise und seiner Gangart entsprechend neue Quellen eröffnet, die sein Leben ins Strömen und Überströmen brachten. Als Geoffrey darüber nachdachte, erinnerte er sich an die Worte Christinas vom Überfließen und an den kostbaren Stein, der diesen Aufbruch besiegelt hatte. Da sich Liebe, wenn sie aus wahrhaften Quellen fließt, einfach weiterschenkt, strömte nicht nur in Geoffrey neues geistliches Leben, sondern er war auch in der

Lage, andere Menschen zu begeistern. Dass er allerdings durch seine Liebe und Lebensenergie besonders bei einigen seiner Mitbrüder dunkle Kräfte ans Licht hob, bemerkte er vorerst nicht.

Auch Christina, die in ihrem jungen Leben bereits diese Erfahrungen zur Genüge gemacht hatte, sprach vorerst mit Geoffrey nicht darüber. Der Alexis-Meister, der ebenso um die ungeheuere Macht gegnerischer und zerstörerischer Kräfte aus seinem eigenen Leben wusste und ihr Kommen auch bei Geoffrey vorausahnte, besaß wie Christina die Klugheit, vor dem Abt weder darüber zu sprechen noch sie ihm vorerst in Bildern vor Augen treten zu lassen.

Obgleich nach seiner überstandenen schweren Krankheit keine übermäßige Anstrengung erlaubt war, verschmähte es Geoffrey, sich mit dem Wagen nach Markyate bringen zu lassen. Er nahm die Pferde und machte sich trotz häufiger Müdigkeit und Erschöpfung immer wieder auf den Weg zu Christina. Für ihn stand die Anstrengung des sechs Stunden zu Pferde-Sitzens in keinem Verhältnis zu den Lebenskräften und neuen Einsichten, die er durch Christina empfing. Einmal und des Öfteren zweimal in der Woche, wenn es ihm eben möglich war, ritt er spontan nach Markyate, ohne vorher Christina sein Kommen anzukündigen. Sie verbrachte weder ihre Zeit damit, auf ihn zu warten, noch war sie überrascht, wenn Geoffrey plötzlich vor ihr stand.

Eine tiefe Freude und Dankbarkeit erfüllte Christina, als sie von ihm erfuhr, dass er zusammen mit dem Alexis-Meister begonnen hatte, seine neuen, ihm zufließenden geistig-geistlichen Impulse sinnvoll auszudrücken und künstlerisch darstellen zu lassen. Dass ihr dieses Buch gewidmet sein würde, ließ er sie nicht ahnen. Sie entnahm seinen Berichten, wie Geoffrey einfühlend und von höheren geistigen Werten getragen seinen Mitbrüdern begegnete und ein offenes Ohr und Herz für sie hatte. So konnte auch sie teilhaben an den immer neuen Aufbrüchen, die sich in ihm vollzogen, und nach und nach das

Geheimnis erspüren, das sich auf vielfältige Weise in allem offenbarte.

Damit Geoffrey nicht Gefahr laufe abzustürzen und damit das in ihm Begonnene gestärkt und gefestigt würde, schenkte sie ihm ihre Gebete, ihre Meditationen und darüber hinaus alle ihre guten und lebensunterstützenden Gedanken. Sie ahnte, dass das Licht ihrer gemeinsamen Liebe manche Schatten stärker konturieren würde und Stürme das neu gebaute Haus einstürzen lassen könnten. Christinas Gedanken und Wünsche kreisten mehr um Geoffrey als um ihre eigene Person; sie wusste, dass er alle Unterstützung des Himmels und der Erde benötigte. Deshalb gestand sie sich offen ein: Es gab für sie niemanden auf der Welt, dem sie sich mehr verbunden fühlte als Geoffrey; von allen Menschen, die ihr nahe standen und für die sie Verantwortung mit trug, war es Geoffrey, den sie am häufigsten und immer wieder in ihren inständigen selbstlosen Gebeten dem Schöpfer empfahl.

Christina spürte in ihrem Herzen eine wunderbare menschliche Nähe zu Geoffrey, eine Liebe, die sich in jedem ihrer Atemzüge offenbarte. Trotzdem war ihr bewusst, dass sie diese Liebe nicht wahllos, ungesteuert und selbstbezogen verschenken durfte. Sie handelte behutsam und klug, blieb in allem, was sie dachte, sprach und tat, in ihrer eigenen Mitte und versuchte auch in Geoffrey ein derartiges Fundament zu festigen. Ihre weise Voraussicht mahnte sie und stellte ihr die Anschuldigungen, Angriffe und Fallen vor Augen, die Geoffrey über kurz oder lang in den Weg gestellt werden würden. Diese Gabe schützte sie davor, augenblicklichen überstarken Gefühlen zu erliegen, mit denen Geoffrey weder in seiner gegenwärtigen noch zukünftigen Situation hätte angemessen umgehen können. Doch musste und durfte Christina, die immer um eine liebevolle und gleichzeitig distanzierte Nähe zu Geoffrey bemüht war, in einer gewissen Weise der Sprache ihres Herzens Ausdruck verleihen.

Obwohl sie niemals in seinem Leben „du" zu ihm sagte, fand

Christina, wenn sie allein waren, eine Anrede für Geoffrey, die ihn nicht nur glücklich machte, sondern ihm auch in schweren Zeiten Zuwendung verhieß. Sie nannte ihn „Beloved“.

Gute Ernte

Die Hungersnot des Jahres 1124, die bis zum Sommer des folgenden Jahres andauerte, war glücklicherweise vorüber. Die erste Ernte war gut und die noch zu erwartende vielversprechend.

Mit der ihm eigenen Geduld und künstlerischen Leidenschaft hatte Anketil erneut damit begonnen, am Reliquienschrein von St. Albans zu arbeiten. Ihm standen wieder Mittel zur Verfügung, wenn sie auch einfacher und bescheidener waren. Im Gegensatz zu seiner früheren Arbeitsweise verlegte sich Anketil darauf, die Figuren und Ornamente sorgfältig zu treiben und die Nahtstellen geschickt zu verdecken. Um ihnen Festigkeit zu verleihen, füllte er die hoch aufgerichteten Figuren, die innen hohl waren, mit Mörtel.

Die gute Ernte, Verkäufe von Pferden, Pachtzinsen und andere Einkünfte hatten den Haushalt von St. Albans wieder ausgeglichen, sodass niemand Mangel leiden musste. Auch für das Scriptorium konnten genügend Häute eingekauft werden. Alle Schreiber und Illuminatoren waren nun in der Lage, ihre begonnenen Arbeiten fertigzustellen und neue zu beginnen.

In einer lang anhaltenden gerichtlichen Klage, die aus bewusst verschleierten Erbschaftsgründen nicht entschieden werden konnte, wurde Einigung erzielt; es kehrte Friede ein. Die Beilegung dieses Rechtsstreites, in den Geoffrey als Abt von St. Albans verwickelt war, entlastete ihn sehr. Eines Tages kamen Emma von Bradewey und ihr Sohn Hugo zum Kloster und sprachen im Kapitel vor. Als sie vor dem Abt und allen anwesenden Mönchen erklärten, in friedlicher Absicht gekommen zu sein und aus freiem Willen auf das strittige Land verzichten zu wollen, trat – zumindest bei denen, die mit diesem Prozess zu tun hatten – große Erleichterung ein. Im Anschluss an das Kapitel gingen alle in die Kathedrale und versammelten sich um den Hochaltar. Unaufgefordert legten Emma von Bradewey und ihr Sohn Hugo vor allen Mönchen ein Messer auf den Altar. Damit zeigten sie ihre Bereitschaft zum Frieden, und dass sie das Land unbehelligt und frei von jeder gerichtlichen Klage an St. Albans zurückgeben würden.

Christina von Markyate, die eine Vielzahl von Aufgaben erfüllte, über die sie nur selten oder gar nicht sprach, gab dem Abt, wenn er sie in ihrer Einsiedelei besuchte, das Gefühl, sie sei ganz und für ihn allein da und beiden stünde eine unendliche Zeit zur Verfügung. Sie war niemals in Eile oder unruhig, ganz gegenwärtig in jedem Augenblick und derart einfühlsam, dass sie bereits die Belange und Anliegen des anderen spürte, ohne dass er sie ausgesprochen hatte.

Pergament, das Geoffrey ihr mitbrachte, nutzte sie eifrig, um geliehene oder ihr lieb gewordene Texte und Bücher abzuschreiben. Geoffrey bewunderte und lobte ihre Geduld und feinsinnige Schrift, doch sprach er noch nicht über sein großes Vorhaben, Christina eines Tages einen reich illuminierten und persönlich für sie geschriebenen Psalter zu überreichen. Im Scriptorium von St. Albans machte die Arbeit große Fortschritte – mit jeder Seite wuchs die Begeisterung.

Als geistliche Lehrmeisterin war Christina von Markyate mehr und mehr gefragt. Junge Mädchen, nicht nur aus der unmittelbaren Umgebung, sondern auch von weit her, kamen zu ihr in die Einsiedelei, um das asketische Leben mit ihr zu teilen und gleichzeitig religiöses Wissen und Lebensweisheit von Christina zu erfahren. Der herausragende Ruf der Einsiedlerin Christina von Markyate verbreitete sich.

Eines Tages erschien eine jüngere, gut aussehende und sehr gepflegte Frau in der Einsiedelei und fragte nach ihrer Schwester. Die seit der Flucht aus Huntingdon vergangene Zeit hatte weder bei Christina noch bei Margaret eine Entfremdung oder unangenehme Distanz hinterlassen. Voll Freude nahmen sich die beiden in den Arm, küssten einander und drehten sich wie junge Mädchen beim Tanz im Kreis. Durch den Besuch ihrer jüngeren Schwester Margaret erfuhr Christina, dass ihre andere Schwester Matilda mit einem Bürger aus Huntingdon verheiratet sei, es ihrem kleinen geliebten Bruder Gregory gut gehe und die Eltern sich seit langem mit dem eigenwilligen Weg ihrer Tochter Christina wohlwollend abgefunden hätten.

Als nach einigen Wochen Margaret von Huntingdon erneut nach Markyate kam, fragte und bat sie ihre Schwester Christina, ob sie für immer bei ihr bleiben dürfe. Noch bevor Christina, die für einen Augenblick die Luft anhielt, antworten konnte, sagte Margaret, dass sie dieses Ansinnen aus tiefstem Herzen und eigenem freien Entschluss stelle; auch begleiteten sie die guten Wünsche und der Segen ihrer Eltern. Christina schwieg. Sie schwieg lange, denn sie konnte das Glück kaum fassen, dass ihr in Margaret ein Teil – ein geliebter Mensch ihrer verloren geglaubten Familie zurückgeschenkt wurde.

Selbstverständlich konnte Margaret von dieser Zeit an in Markyate bleiben und an allem teilhaben, was an diesem lichterfüllten Ort geschah. Schon sehr bald lernte sie nicht nur durch Worte ihrer Schwester, sondern aus eigener, zunächst schmerzhafter Erfahrung, dass, wenn jemand von diesem Licht, das sich in Fülle und Güte spendet, geblendet wurde, die Schuld nicht beim Licht liegt, sondern beim Schauenden, der die ihm gesetzte rechte Beziehung nicht eingehalten hat. Auf dieser Erfahrungsgrundlage verstand es Christina – und es wurde ihr leicht –, die zu häufigen Meditationen und den übermäßigen Eifer ihrer Schwester Margaret abzubauen und ihr Leben in der Wirklichkeit auch dieser Welt standhaft zu verwurzeln. Handfeste Arbeit, die Margaret infolge ihrer adeligen Abstammung keineswegs gewohnt war, wurde ihr zur bitteren, aber heilsamen Aufgabe.

Durch die Strenge und liebevolle Führung Christinas überstand Margaret viele anfängliche Krisen. Diese waren jedoch notwendig, um aus der zu Christina aufschauenden und von ihr abhängig gewordenen Schwester eine reife, selbstständige Frau und Persönlichkeit zu machen.

Der Ritt nach Markyate – oder: „Licht vom Licht“

Zwar hatte Abt Geoffrey jederzeit Zugang zur Bibliothek und zum Scriptorium, doch traf er nicht immer den Alexis-Meister dort an. Als Künstler nahm dieser sich die Freiheit, gleichzeitig in mehreren Scriptorien und damit auch für andere Klöster zu arbeiten. So weilte der Alexis-Meister zeitweilig im Benediktiner-Kloster Bury St. Edmunds, um dort ein zweibändiges Werk über das Leben des Heiligen Edmund zu illuminieren. Wenn er unterwegs war, oft für Wochen, hatte Geoffrey keine Gelegenheit, in das Buch für Christina zu schauen. Voll gespannter Erwartung freute er sich auf die Rückkehr des Meisters und die Fortsetzung der begonnenen Arbeit.

Die Pflichten der Klosterregel und seine zusätzlichen Aufgaben als Abt bewahrten Geoffrey davor, sich in endlose Gespräche mit dem Alexis-Meister einzulassen und sich in der Betrachtung der Entwürfe und ersten Bilder zu verlieren. Der Maler schöpfte zwar aus den Texten der Heiligen Schrift und dem biblischen Geschehen, doch wollte er in dieses Buch der Psalmen für Christina von Markyate ihre und Geoffreys Lebensgeschichte und gegenseitige Liebe mit einfließen lassen. In dem so wunderbaren Aufbruch in ein gemeinsames, starkes geistiges Leben und der damit unweigerlich verbundenen menschlichen Liebe sah er ein Abbild der Liebe des Schöpfers zur Schöpfung. Jeden Tag war Geoffrey mehr davon überzeugt, wie richtig und unumgänglich es war, dem Alexis-Meister sein volles Vertrauen entgegenzubringen. Noch bevor er sie ausgesprochen hatte, beantwortete Geoffrey seine Fragen und kam ihm in der Erfüllung mancher Wünsche entgegen.

Für das Schreiben und Illuminieren dieses Buches wurden

die besten Pergamente ausgesucht und vom Alkuin ins Scriptorium gebracht. Die Zubereitung der Farben nahm der Meister eigenhändig vor, und alle Handlungen, die mit diesem Buch zu tun hatten, geschahen besonders sorgfältig und liebevoll.

„Was siehst du und was kommt dir entgegen?“, fragte an diesem Nachmittag der Alexis-Meister den Abt gespannt und voller Erwartung, als er ihm seine erste fertig ausgemalte Miniatur für den Albani-Psalter vorlegte. Geoffrey spürte eine geheimnisvolle Kraft, die von diesem Bild ausging, und war nicht in der Lage, sofort zu antworten.

Er sah drei reitende Männer, die staunend nach oben schauten. Die starken und mutigen Farben vermittelten Geoffrey eine Heiterkeit, die sich als erstes in seinem Gesicht widerspiegelte. Auch er staunte und wusste zunächst nicht, wie die Reiter zu deuten seien. Der Alexis-Meister schwieg und gab Geoffrey somit genügend Zeit, sich in das Geschehen einzufühlen.

„Die Pferde, die in Bewegung sind“, sagte der Abt leise, während er unentwegt und wie gebannt auf das Bild schaute, „die Pferde halten mitten in der Bewegung inne und vermitteln dadurch ihren Reitern die Möglichkeit aufzuschauen. Die erhobenen Arme, Hände und Finger weisen in dieselbe Richtung – ebenso die beiden rahmensprengenden kunstvollen Bäume zur Rechten und Linken. Jetzt sehe ich auch, wie die Reiter kräftig in ihre Steigbügel treten, um anzuhalten. Ich bin überrascht, in welch heiterer Farbgebung du die Pferde gemalt hast; und auf ihrer Hinterhand sehe ich lustige runde Ornamente. Der rote Umhang des ersten Reiters und der orangefarbene des letzten sprechen mich in ihrer Leuchtkraft besonders an. Der Faltenwurf zeigt mir, wie schnell sie geritten sein müssen, bevor sie Halt machten. Trotz der angespannten Muskelkraft der Pferde und des wohl eher spontanen Aufmerkens der Reiter strahlt für mich das Bild eine angenehme und heitere Ruhe aus, in die ich mich mit hineingenommen fühle.

Doch wie ich dich kenne, willst du dem Betrachter weitaus mehr sagen und ihn vielleicht – wie die Reiter zeigen – über sich selbst hinausführen. Hilf mir, ich bin befangen, da mich selbst mein Weg zu Pferd an einen Ort führt, von dem ich manches Mal nicht weiß, ob ich ihn so oft besuchen darf."

„Du hast genau den Punkt getroffen", antwortete der Alexis-Meister aus der Zurückhaltung, „auf den ich gespannt war, ob du ihn entdecken würdest. Mit den drei Reitern meine ich dich, Geoffrey: als Abt Geoffrey de Gorham natürlich – hoch zu Ross. Und dann gleich dreimal. Du bist es, den ich versucht habe, aus meinem Gefühl heraus darzustellen. Als ich mit diesem Bild begann und auch während des Malens, habe ich mir eigentlich nicht viele Gedanken hinsichtlich deiner Person und der Darstellung gemacht. Es war eine unsichtbare Hand, die die meine lenkte. Daher habe ich auch die rechten Hände der Reiter so überaus groß gemalt. Sie sollen etwas Empfangendes ausdrücken, das ich in seiner Konkretisierung dem Betrachter anheim stellen möchte.

Für mich als Maler ist es eine verborgene, jenseitige Kraft der Liebe, die mir in besonderer Weise bei diesem Bild zugeflossen ist. Bei den anderen Arbeiten an Christinas Buch spüre ich sie auch. Aber du bist es, der zunächst einmal in der Mitte steht. Von deinem früheren Leben in Frankreich hast du mir nicht allzu viel erzählt.

Im ersten Reiter habe ich dich in jungen Jahren voller Elan und normannisch dargestellt. Daher konnte ich nicht anders, als deinem Pferd eine braun-rote Farbe zu geben und seinen Kopf hoch erhaben, mit offenen Nüstern zu malen. Mit seinem Kopf – damit meine ich auch den deinen – sprengt es eigenwillig den Rahmen. Diesem mehr gedanklichen Vorstoß folgt die fortschrittliche Tat, die sich im linken Vorderlauf des Pferdes widerspiegelt. Das rote Obergewand, das dir an diesem Reiter so gut gefällt, zeigt nicht nur die Kraft deines feurigen Geistes, sondern auch dein persönliches und intimes Leben in jungen Jahren, von dem ich glaube, dass du es ausgelebt und genossen hast. Du warst schon um die fünfunddreißig Jahre alt, als du nach England kamst.

Im mittleren Reiter erlebe ich dich jetzt in deinen mittleren Jahren: gehalten und geprägt von dem, was hinter dir liegt. Deine Zukunft, das Kommende, das unweigerlich folgt, ist im letzten Reiter – du in deinem Alter – dargestellt. So himmelstürmend und kanalüberquerend der Erste, auf dem rot-braunen Pferd Sitzende auch war, umso zurückhaltender, bescheidener und klüger abwartend wirkt der Zweite. Dieses dein Pferd, auf dem du jetzt reitest, kann nur ein sonnenfarbiges sein, das dich nach Markyate trägt. Daher habe ich über dem mittleren Reiter auch den Stern aufgehen lassen, ihn aber bewusst etwas nach links verschoben, damit der letzte Reiter ihn noch in seiner Zeit wahrnehmen und liebhaben kann. Die rote Farbe habe ich jetzt nur noch bei deiner Kopfbedeckung wiederkehren lassen. Du verstehst, was ich damit ausdrücken möchte?“

Geoffrey, der den Alexis-Meister prüfen wollte, wie tief er in ihn wissend eingedrungen war, gab zur Antwort, dass ihm eine derartige Verbindung nicht bewusst sei. Fragend und erwartungsvoll gab er dem Alexis-Meister das Wort. Unwillig zu sprechen hörte Geoffrey doch leise und mit äußerster Zurückhaltung von ihm die Antwort – darauf bedacht, dass keiner der umsitzenden Schreiber auch nur ein Wort vernehmen konnte:

„Ich drücke es anders aus, als du es vielleicht hören möchtest: Aber der mittlere Reiter trägt das Feuer der Liebe immer noch in sich, die Liebe zum Schöpfer und seiner Schöpfung, die geistige Liebe und die menschliche Liebe, die du in Christina erfährst und Christina in dir. Die dir, deinem Alter und deinem Beruf angemessene behutsame Zurückhaltung und die wohldurchdachten Ausdrucksformen deiner Liebe zu dieser wunderbaren Frau sind in dem verborgenen Rot der Kopfbedeckung wiedergegeben. Als ob er das Abenteuer seines Lebens kaum wagen wollte, weil er noch zu wenig Vertrauen hat, hebt der mittlere Reiter nur zaghaft seinen Arm. Er kann das, was ihm aufgeht, nicht fassen und begreifen. Und trotzdem ist es für ihn Wirklichkeit geworden.“

Den Alexis-Meister verlangte es, von der gegenwärtigen Situation Geoffreys in die zukünftige hinüberzuwechseln, indem er auf den roten Sattel des letzten Reiters wies. Jetzt verstand Geoffrey ohne Worte die zum dritten Mal wiederkehrende Farbgebung: Von liebender Kraft als Frucht seines Lebens getragen, gelang es dem letzten Reiter, aufrichtig den Himmel mit der Erde zu verbinden. Das ausgewogene orange-farbige Obergewand des greisen Reiters war ein Zeichen seiner Weisheit und Bereitschaft, in das Land weiterzureiten, das sich ihm zur gegebenen Zeit öffnen würde.

„Damit aber auch unser Psalter für Christina all denen, die ihn in späterer und fernster Zeit anschauen und meditieren werden, etwas zu sagen hat, möchte ich den Bildern zudem eine immer gültige biblische Bedeutung geben", fügte der Alexis-Meister sichtlich erleichtert hinzu. Er freute sich, wie sich ein Künstler über sein Werk nur freuen kann, als er Geoffrey damit offenbarte, dass die Miniaturen und Texte auf verschiedenen Ebenen und zu unterschiedlichen Zeiten dem Betrachter etwas sagen oder sagen können. „Die drei Reiter sind die Weisen und Begnadeten unter den Menschen, denen mitten in ihrem Leben ein Licht aufgeht, an dem sie sich orientieren können, das sie erleuchtet und ihnen den Weg in eine andere verborgene Welt weist. Auf ihren Pferden sind sie – wie wir alle – unterwegs auf einem Weg, der die Wahrheit und das eigentliche Leben ausmacht."

Ein grenzenloses Gefühl

Das noch bis zum Abend andauernde Gespräch mit dem Alexis-Meister war derartig tief und umfassend, dass der Abt trotz später Stunde nicht in den Schlaf finden konnte. Zu stark hatte sich das Bild der drei Reiter seiner Seele eingeprägt und ihn beeindruckt. Er erkannte zusehends: Es war kein neues Bild, das er geschaut und empfunden hatte; es war sein eigenes, das er wiedererkannte.

Welch ein Zusammenhang bestand hier? Musste der Alexis-Meister ihm begegnen, um Bilder seiner eigenen Seele zu belichten, um ihn, den Herrn des Klosters, geistlich zu führen und ihm wortlos eine Lebensenergie zukommen zu lassen, von der er glaubte, sie bereits zu besitzen?

Er fühlte ein inneres Feuer, eine Lebendigkeit im christlichen Glauben und gleichzeitig vitale Lebenskräfte, die seinen Körper durchfluteten. Die Vorstellung von seinem eigenen Ich war gesprungen, was ihm jedoch erst viel später bewusst wurde. Er ging einige Male unruhig in seinem Zimmer hin und her. Langsam spürte er wieder seine bloßen Füße, die wie von selbst mit den Bohlen des Holzbodens Kontakt aufgenommen hatten. Erst ganz allmählich bekam er das Gefühl für seinen Körper und seine Identität zurück. Es waren noch immer keine eigenen Gedanken da – nur eine Befindlichkeit an sich, die ihn zwar nicht mehr die Überschreitung des Raumes erfahren ließ, aber die Auflösung der Zeit.

Wie ihn ein grenzenloses Gefühl von Leichtigkeit – gleich einer Flaumfeder, die von einem Windhauch berührt wird – hatte aufstehen lassen, so empfand er jetzt eine Dauer, die die Zeit mit ihren Begrenzungen überwunden hatte.

Er stand am Fenster. Wie lange, das vermochte er auch später nicht mehr zu ergründen. Dann – oder irgendwann – schob er den Vorhang beiseite und sah, wie unten im Scriptorium Licht brannte, eher flackerte, spärlich und dünn. Der Alexis-Meister schien wieder bei seiner den Himmel berührenden Arbeit zu sein. In Geoffrey entbrannten eine unbändige Sehnsucht und das Verlangen nach einem tiefen seelischen Kontakt mit den Miniaturen.

Neben seine vielen Aufgaben als Abt, die bis dahin erste Priorität hatten, war nun etwas völlig Neues getreten: Er suchte jede Gelegenheit einer Begegnung mit dem Alexis-Meister und besuchte das Scriptorium, sooft es ihm eben möglich war.

Es gab Stunden, in denen Geoffrey dem Alexis-Meister schweigend zuschaute, wie er die Farben mischte und sie mit feinen Pinselstrichen auftrug. Woher kannte er die vielen Rezepte für die Zubereitung der Farben? Wie feinsinnig waren ihm auf dem Bild der Reiter die drei Lebensstufen des Menschen gelungen, die der Maler durch Verschiedenartigkeit der Haar- und Bartfarbe angezeigt hatte.

Den fleischfarbenen Ton der Gesichter und Hände stellte er aus Bleiweiß und Zinnober her. Diese Farbe, die als Grundton immer frisch zur Verfügung stand, nannte sich „Inkarnat". Um einen intensiveren Ton für feine Konturen zu erreichen, mischte er das Inkarnat mit grüner Erde, gebranntem Ocker und ein wenig Zinnober. Die braun-rosa Farbe, in die er das erste Pferd gekleidet hatte und die er immer wieder in seinen Miniaturen verwendete, war eine Mischung aus Inkarnat, Zinnober und rotem Blei. Ein bläuliches Grau, Veneda, verwandte der Meister, um einen sensiblen Ausdruck hervorzurufen wie zum Beispiel für die Augen.

Das erste fertiggestellte Bild des Albani-Psalters, die drei Reiter, hatte er auf einer Staffelei vor sich, um im Vergleich mit diesen Farben bei den nächsten Miniaturen den rechten Ton zu treffen. Hellere Tönungen wurden mit feiner werdenden Pinselstrichen aufgetragen. Immer wieder und mit himmlischer Geduld setzte der Alexis-Meister an, bis die gewünschte Form genügend durchgebildet wirkte. Das Zuschauen Geoffreys störte ihn zwar nicht bei seiner Arbeit und dem grenzenlosen Gefühl von Raum und Zeit, das er dabei empfand, doch blieben Worte aus. So tief fühlte er sich mit dem darzustellenden Bildgeschehen verbunden, dass er über Stunden nicht einmal aufschaute. Wenn er Farben nebeneinander setzte, nahm er Abstand vom Bild, betrachtete es aus der Ferne, um festzustellen, ob sich die Töne klar voneinander unterschieden.

Wenn sie gewünscht waren, ergaben sich dagegen durch Überlagerung neue Farben, über deren plötzliches Erscheinen Geoffrey nicht wenig staunte. Ebenso war es für ihn unfassbar, durch welch einen geringen Aufwand der Alexis-Meister die verschiedenen Altersstufen repräsentierte. Dann wieder faszinierten ihn die verschiedenfarbigen Gewänder, die mehrfach in ihrem lebendigen Faltenwurf übereinander geschichtet waren und oftmals völlig transparent erschienen. Die Rundungen der Gewänder waren in einem selten gekonnten und mehr linearen Stil ausgebildet. Dadurch erschienen alle Proportionen gestreckt und die Personen groß und schlank.

Zu den für Geoffrey aufregendsten Farben gehörte das Lapislazuli, ein durchsichtig-undurchsichtiges Tiefblau, das der Maler regelmäßig für den Hintergrund verwandte. Da die rote Farbe nicht nur für den Alexis-Meister von ausschlaggebender Bedeutung war, sondern auch für Geoffrey eine Symbolkraft hatte, konnte Geoffrey nicht umhin, nach der Entstehung und Zusammensetzung dieses leuchtenden Rots zu fragen. Nach einer Weile und in dem Augenblick, als er es benutzte, sagte der Alexis-Meister: „Der Saft aus einem bestimmten Pflanzenblatt wird rot und purpurfarben, wenn man ihn mit erhitzter Kohle anrührt. Gibt man hingegen während dieses Mischprozesses Kalk hinzu, verfärbt der Saft sich blau. Wir verwenden aber auch das Krapprot oder Alizarin, das aus einer Pflanzenwurzel, die man Färberröte nennt, hergestellt wird."

Die Bordüren an fast allen Obergewändern hervorragender Personen erscheinen in glänzendem Gold. Geoffrey sah zu, wie der Maler pures Goldpulver mit ein wenig Fischleim mischte und diese flüssige, noch warme Masse auf den mit rotem Blei vorbereiteten Grund auftrug. Nachdem die Metallfarbe getrocknet war, polierte er sie mit einem Zahn. Das Goldpulver wurde in diesem Verfahren auch als Malfarbe für besonders dekorative Schrift verwandt. Neben den gemalten Goldbordüren benutzte der Alexis-Meister reines Blattgold, das er an besonders bezeichneten Stellen auftrug.

Selbst im Juni, in dem Monat, der die längste Helligkeit verspricht, beendet die Dunkelheit irgendwann einmal die heiter begonnenen Sommerabende. So auch heute. Die Nacht fiel wie plötzlich ins Land.

Geoffrey saß noch immer in seinem Arbeitszimmer. Lange

und immer wieder schaute er in den Abendhimmel, der eine Vielzahl von Blau-Variationen sichtbar werden ließ und vom hellen Blau allmählich immer tiefer und dunkler sich verdichtete. Das Lapislazuli-Blau, das der Alexis-Meister hinter all seinen Figuren aufleuchten ließ, besaß eine Leuchtkraft, die ihn faszinierte – dunkel und gleichzeitig lichtdurchflutet.

Jetzt, wo er immer noch dieses unendliche Blau und die damit verbundene Weite des Kosmos in sich aufnahm, fühlte er erneut das Schwinden jeglichen Zeitgefühls.

Innerlich stand er noch einmal vor den Bildern im Scriptorium und nahm besonders die blauen Töne wahr. Welche unendlich großen kosmischen Zusammenhänge deuteten sich an zwischen der Arbeit des Alexis-Meisters und der so sehnsüchtig erwarteten kosmischen Dimension der zukünftigen Welt – einer Welt, die sich bereits durch die Bilder und den Himmel in das Hier und Jetzt hineinschenkt!

Geoffrey stand auf. Seine Hände öffneten sich wie von selbst leicht nach oben, als ob sie alle Himmel in sich aufnehmen wollten. Und es war so. Mit der Vorstellung der Bilder – es waren nur wenige, die er bisher gesehen hatte – floss ein gewaltiger, undefinierbarer Energiestrom durch seinen Körper und sein inneres Wesen. Die Wahrnehmung des gegenwärtigen Himmels über ihm verstärkte dieses Strömen in seinem Inneren. Alle Tore des äußeren und des inneren Wesens schienen weit geöffnet zu sein: so die zu zwei Schalen sich formenden Hände, seine Augen, die nicht nur den Himmel über ihm, sondern auch in ihm sahen. Mit jedem Atemzug nahm er eine unendliche Weite in sich auf, die über die Grenzen seines Körpers bis in seine Seele hineinreichte. Im Ausatmen war es ihm, als ob er in dieses endlose Blau hineinfiele, ohne jedoch den Boden unter den Füßen zu verlieren. Seinen Kopf – so empfand er – umgab ein Kranz von vielen tausend kleinen energiegeladenen Strömen. Und wieder erlebte er diese körperliche und seelisch-geistige Leichtigkeit, die selbst die Zeit zur Dauer werden ließ.

So stand Geoffrey immer noch mit leicht geöffneten Händen am Fenster, als sich schon längst die dunklen und fast schwarzen Wolkenschichten vor das himmlische Blau geschoben hatten. Es dauerte bis nach Mitternacht, ehe die Zeit, die Dunkelheit und das Gesetz der Schwerkraft ihn eingeholt hatten.

Noch einmal sah er während des Einschlafens das Blau des Himmels in das Blau der Alexis-Bilder übergehen und beide miteinander verschmelzen: die lebendige, lichterfüllte Gegenwart des unendlichen Kosmos, der die Erde mit dem Himmel und seine Seele mit dem Schöpfer verband. Durchscheinend helleres Licht gab dem Blau seine Transparenz auf Gott und von Gott in die Welt bis in seine Seele hinein. Es war seine Komplet, die er – ohne ein Wort zu sprechen, zu denken oder gar zu fühlen – an diesem Abend ohne die Gemeinschaft seiner Mönche gebetet hatte.

Der Auftakt zum Albani-Psalter

Die Spannung und Freude in Geoffrey, zusammen mit dem Alexis-Meister den Albani-Kodex zu gestalten, waren so groß und überströmend, dass er sich vorgenommen hatte, Christina von diesem Buch, das gerade erst seinen Anfang erlebt hatte, zu berichten. Obwohl der Maler sehr eigen mit seinen Werken war und sie besonders für neugierige Betrachter unzugänglich machte, solange sie nicht vollendet waren, wagte Geoffrey, ihn zu fragen, ob er das Blatt mit den drei Reitern für einen Tag mit nach Markyate nehmen dürfe. Der Alexis-Meister, der in Geoffrey einen neuen Freund gefunden hatte, stimmte zu, und schon am nächsten Tag befand sich die kostbare Miniatur, wohlverpackt und geschützt vor der Witterung, auf dem Weg nach Markyate.

Zur Schonung der Tiere ritt Geoffrey jetzt regelmäßig mit zwei Pferden zu Christina. An vielen Tagen spürte und sah sie voraus, dass er nach Markyate kommen würde, und erwartete ihn mit größter Freude. Geoffrey, der so schnell wie eben möglich bei ihr sein wollte, verließ die alte Römerstraße und kürzte den Weg ab, der ihn über Felder, Wiesen und durch unwegsame Waldungen führte. In seinem Drang, mit Christina über das Buch zu sprechen und ihr das erste Bild vorzulegen, hatte er etwas unbedarft Kindliches, das ihm auch künftig erlaubte, manche Hindernisse zu nehmen. Es verwunderte daher nicht, dass Geoffrey in langen, verspielten Anläufen Christina raten ließ, weshalb er heute und so eilig zu ihr gekommen war.

Christina erfreute sich an der kindlichen Heiterkeit Geoffreys. Als jedoch die Illumination mit den drei prächtigen Reitern zwischen ihnen auf dem Tisch lag, ergriff sie dieser erste Eindruck. Sie nahm das Bild tief in sich auf.

„Was seht Ihr in diesem Bild, das den Beginn eines besonderen Buches darstellt?“ – hatte Geoffrey sie gefragt und sich erwartungsvoll zurückgenommen.

Sofort kam die Erinnerung an ihre abenteuerliche Flucht aus Huntingdon und an Loric, der ihr dazu verholfen und sie in eiligem Ritt nach Flamstead begleitet hatte. Sie war einem drängenden und immer lauter werdenden Aufruf gefolgt, dem sie sich nicht mehr entziehen konnte. Genau diese Situation erlebte sie jetzt noch einmal in den drei Reitern vor ihr auf dem Bild. Doch vorerst sprach sie nicht darüber, sondern überlegte, auf welche Weise sie Geoffrey mit in das Bild und in ihre Gefühle nehmen könne.

„Für mich sind diese Reiter unterwegs und gleichzeitig am Ziel. Ich denke, sie selbst ahnen dies nur und halten daher inne.“ Sie schaute Geoffrey an und gab ihm durch ihren Blick zu verstehen, dass damit wohl er gemeint sei.

„Im Innehalten – die Männer unterbrechen für diesen Augenblick ihren Weg – richten sie sich auf und erspüren etwas für sie ganz Neues. Trotz der männlichen Aktivität, die durch die bunten vollblutigen Pferde unterstützt wird, ist das Bild, das Ihr vor mir entfaltet habt, ein Bild der Ruhe und großer Innerlichkeit. Die anfängliche Spannung, die ich beim ersten

Anschauen erlebte, geht allmählich in ein Stillwerden und Gelassensein über. Es scheint mir, dass die drei bereit sind, etwas sehr Wesentliches zu empfangen. Vielleicht ist es das Wesen Gottes, das uns sucht, weil es die Sehnsucht hat, im Menschen anwesend zu sein. Ich denke an die Meditation, das Ruhegebet, das mich Roger gelehrt hat. Hier wird diese Haltung eingeübt: innezuhalten, still zu werden und für die Zeit des Gebetes Empfangender zu sein.

Tiefsinniger hätte Euer Alexis-Meister den Anfang von allem nicht darstellen können. Er scheint mir ein Mann zu sein, der um das Wesentliche weiß."

Es gefiel Geoffrey, wie Christina mit ihren Worten immer tiefer in das Geheimnis eindrang, das der Schöpfer bereit war, seinen Geschöpfen zu offenbaren. Doch gleichzeitig freute er sich in seiner menschlich-männlichen Wesensart über ihre Gedanken, mit denen sie nicht nur die geistig-geistlichen Kräfte ins Schwingen brachte, sondern auch der Melodie der Erde Raum und Resonanz zum Ausschwingen gab. Innerlich schämte sich Geoffrey, dass er diese, den Himmel und die Erde faszinierende Frau einmal als fromme Traumwandlerin bezeichnet hatte.

Es drängte ihn, mehr von ihr zu erfahren. So ermutigte er sie, weiterzusprechen und ihre Gefühle auszudrücken. Ganz allmählich, durch Geoffreys Ruhe und Liebe zu Christina unterstützt, nahm der Auftakt zu diesem wunderbaren Kunstwerk des Albani-Psalters durch ihre Worte Gestalt an, die in ihrem Ausdruck – wenn man genau hinhorchte – alle menschlichen Sinne und darüber hinaus die Transzendenz erreichte.

„Da sich der Mensch vom Urgrund Liebe oftmals weit entfernt, möchte sich der Himmel für ihn wieder öffnen, um ihn zu berühren. Denn wir sollen erkennen, wer wir eigentlich sind und welche Bestimmung wir in uns tragen. Das Bild sagt dies aus durch die Umkehrung der drei elementaren Farben – die der Erde, der Grünkraft und des Himmels."

Geoffrey erkannte zunächst nicht, was sie damit meinte,

doch beim näheren Hinschauen wurde ihm das intuitiv durch den Alexis-Meister wahrgenommene kosmische Geschehen bewusst. Das die Reiter umgebende Feld, die Welt, in der wir leben, ist durch die blaue Farbe zum Himmel geworden. Er hat sich in diesem Augenblick des Innehaltens für die Reiter geöffnet, indem der Himmel sie umgibt und auch ihr Inneres erfüllt.

„Schaut, die Grünkraft der Erde, wie sie den Himmel umrahmt, damit er sich nicht im Unendlichen verliert! Ist dieses Grün – im Gegensatz zum Blau des Himmels – nicht eine beruhigende, erfrischende, ja, menschliche Farbe? Der vor Lebenskraft strotzende grüne Rahmen mit seinen pflanzlichen Ornamenten verbindet den Himmel, der zur Erde geworden ist, mit der Erde, die auf diesem Bild für die drei Reiter und den Betrachter zum Himmel wird. In Augenblicken eines erfüllten Innehaltens und in ruhevoller Wachheit kann es uns – wie hier den Reitern – geschenkt werden, dass das Schwere leicht und das Dunkle in unserem Herzen Licht wird.

Mir scheint, Geoffrey, die Männer auf ihren Pferden begreifen und ergreifen das Licht, das in der Dunkelheit der Erde leuchtet, den Stern, der über ihnen und in ihnen aufgegangen ist. Hier geschieht es: Im staunenden Innehalten geht die Strahlkraft in ihren Herzen auf. Der Himmel strebt zur Erde – bis in die tiefsten Tiefen der menschlichen und verdunkelten Herzen, bis in die dunkelsten Verschattungen einer verschatteten Welt. Vor meinem Aufbruch in Huntingdon habe ich in mir und zum Teil in meiner Umwelt diese Schatten schmerzhaft und oft grausam erleben müssen und konnte nichts dagegen tun. Erst Roger hat es mich gelehrt, aus verkrustetem Umfeld aufzubrechen und zuzulassen, dass aus Schatten Licht wird. Ist das nicht ein Wunder, das mitten in unseren Herzen und unserer Welt und immer wieder geschieht?

Wenn ich noch einmal auf das Bild schaue und die sich aufrichtenden und alle Grenzen durchbrechenden Lebensbäume sehe, empfinde ich unsere eigentliche Aufgabe umso stärker und eindeutiger: die Erde mit dem Himmel zu verbinden und mitzuhelfen, die einst gebrochene Schöpfungsordnung wieder herzustellen. Wie kann man sich angesichts dieser Miniatur dem liebenden Entgegenkommen des Schöpfers innerhalb seiner Schöpfung noch verweigern?"

„Warum sind es wohl drei Reiter?", fragte Geoffrey nach einer längeren Pause und gab selbst die Antwort:: „In ihnen sind die drei Lebensalter des Menschen symbolisch dargestellt. Der Alexis-Meister will damit sagen, dass es dem Menschen, wer er auch ist und welche Vergangenheit er auch hat, zu keiner Zeit verwehrt ist, das Heilsangebot Gottes anzunehmen."

Als nach einer Weile Geoffrey langsam und behutsam das kostbare Pergament einrollen wollte, kam ihm Christina zuvor. Dabei berührte er sanft ihre Hände und nahm sie in die seinen. Vor ihren Augen entfaltete sich noch einmal die Miniatur in ihrem vollen Glanz und ihrer umfassenden Aussage.

Ohne dass es ihre Absicht war, hatte Christina bei ihren einfühlenden Worten etwas von sich selbst und ihrer Lebensgeschichte gesagt. Geoffrey war hellhörig geworden, denn der illuminierte Psalter konnte nur ein Buch für Christina werden, wenn er auch die Geschichte ihres Lebens enthalten würde. Von diesem Zeitpunkt an versuchte Geoffrey bei jedem seiner Besuche in Markyate, sie geschickt und möglichst unauffällig nach prägenden Ereignissen der Vergangenheit und Gegenwart zu fragen. Er verriet es Christina nicht, dass er die Absicht hatte, die wichtigsten Stationen ihres inneren und äußeren Lebens aufzuschreiben. Diese so erfüllende Aufgabe hatte sich Geoffrey nicht nur vorgenommen, um den Alexis-Meister bei seiner Buchkunst zu inspirieren, sondern vor allem auch, um kommende Generationen am Wesen und Wirken dieser großen Frau, Christina von Markyate, teilhaben zu lassen.

Der Auftakt zum Albani-Psalter, einem Werk des Himmels und der Erde – einer bis in die Ewigkeit reichenden göttlichen und menschlichen Liebe –, hatte begonnen und bereits seine ersten heilbringenden Spuren in den Herzen von drei Menschen hinterlassen.

Brief an Christina und die neue Zeit

In der Begegnung mit seinen Mönchen, aber auch mit den Gästen und Hilfesuchenden, die ins Kloster kamen, stellte Geoffrey fest, dass er durch Christina wieder gelernt hatte, zuzuhören und sich auf andere einzustellen. In dem, was er sagte oder zur Antwort gab, entdeckte er einen Zustrom liebender Energie, die ihm früher nicht zu eigen war. Noch unfähig, sich in dieser Hinsicht zu offenbaren, versuchte er, in einem Brief an Christina ihr gegenüber seinen Dank auszudrücken und ihr von der Veränderung zu berichten, die er an sich erfahren durfte:

Nachdem ich Euch, liebste Christina, begegnet bin, spüre ich, dass ich langsam ein neuer Mensch werde. Mir fällt es schwer, in Eurer Gegenwart darüber zu sprechen. Daher möchte ich auf diese Weise – in Gedanken tue ich es immer – zu Euch reden und mich für Eure Liebe bedanken.

Ich bin in dieser Nacht aufgestanden, weil ich Euch danken und sagen muss, wie ich mich jetzt gegenüber der Zeit in Dunstable empfinde, als ich diese wunderbare Frau von Markyate – Euch, Christina – noch nicht kannte. Lasst mich etwas von mir erzählen, das niemand besser als Ihr verstehen kann. Das Neue und Entscheidende ist eine Erfahrung, die ich im Umgang mit meinem Willen mache. Nein, ich fange anders an. Der Wille ist nur ein Teilaspekt einer neuen umfassenderen Erfahrung. Mir ist, als ob ich nun erst richtig wach geworden bin – aus einem Halbschlaf erwacht. Mir ist, als ob ich mich zum ersten Mal in meinem Leben aufgerichtet und aufgemacht habe, um auf eigenen Füßen zu stehen. Welch einmalige Erfahrung für das Bewusstsein, das eigentlich vorher nur durch Kräfte von außen, Verbote, Gebote und Regeln gesteuert war! Und der Steuermann war der eigene anerzogene und willentliche Wille.

Jetzt kann ich sagen: Ich war absolut und überhaupt nicht ich selbst, sondern ein anderer, den die äußere Welt durch Erziehung gebildet hat, ohne fähig zu sein, sich in der leisesten Krise zu behaupten und innere wie auch äußere Standfestigkeit zu haben. Ohne Euch führte ich ein Leben, das keines war, weil kein wirkliches Leben ins Leben kommen konnte.

Ich kann das Gefühl einer Neugeburt – rückblickend empfinde ich, dass ich mitten im Leben nicht gelebt habe – am besten mit einer Uhr vergleichen, deren Zeiger zwölf Stunden durchlaufen hat und nun wieder beginnt, von neuem die Zeit zu durchschreiten. Unendlich dankbar bin ich für diese neue Lebenszeit, die mir durch Euch geschenkt wird. Eine starke Kraft in mir ist zu mir selbst aufgebrochen und verfügbar geworden. So kann ich nun, durch sie und Euch getragen, nach etwas Ausschau halten, das wesentlich ist und bleibt – auch über die Zeit des Schmerzes und vielleicht des Todes hinaus.

Indem ich mich Euch näher fühle als jemals irgendeinem Menschen in meinem Leben zuvor, fühle ich mich gleichzeitig mir selbst näher und vertrauter mit meinem Wesen. Wohin dieser Aufbruch führen wird – ich weiß es nicht. Ich vertraue unendlich auf Euch und lege dankbar mein Geschick in die Hände des Schöpfers.

Wie ihn sein Novizenmeister gelehrt und es Geoffrey hatte erfahren lassen, gehört die Arbeit zum wichtigen Bestandteil benediktinischen Lebens. Welcher Art sie auch war, für Geoffrey hatte jegliche Arbeit einen ausgesprochen geistlichen Wert. Wenn sie schweigend verrichtet werden konnte, war sie für Geoffrey am angenehmsten. Das Mitgestalten der Bilder des Alexis-Meisters und das eingehende Betrachten dieser Miniaturen kam für ihn dem Gebet und der Meditation gleich.

Eine besondere Form der Arbeit im weiten Sinn erlebte Abt Geoffrey im Vollzug der Gastfreundschaft. Die unvorhergesehenen und dem Kloster nie fehlenden Gäste – *alle Fremden, die kommen, sollen aufgenommen werden wie Christus,* besagt die Regel – waren in St. Albans immer willkommen. Wenn er es sich auch manches Mal sehnlichst gewünscht hätte, so war mit der Aufnahme der Gäste eben nicht nur ein Offenhalten der Tür gemeint, nicht nur die Anweisung einer Unterkunft und eines Platzes am Tisch. Sie verlangten sehnlichst nach einem Menschen, der ihnen zuhörte, ohne vorschnell ein eigenes Urteil zu fällen; sie hungerten danach, einem Menschen zu begegnen, der ihr Leid wahrnahm und sie ein Stück weit mittrug; sie dürsteten danach, in ihrer Ausweglosigkeit angenommen zu werden und einen gangbaren Weg gezeigt zu bekommen; sie suchten jemanden, der ihnen auf der Suche nach Sinn behilflich war, mit ihren Wunden umgehen konnte, ohne neu zu verletzen, und ihnen Entgegenkommen, Verstehen und Liebe schenkte.

Die Mönche versuchten, den Gästen innerhalb ihrer Gemeinschaft eine menschlich-geistliche Heimat zu geben und sie an ihrem eigenen mönchischen Leben teilhaben zu lassen. Doch das war es nicht allein. Besonders gefragt war ein Mensch, der die Brücke herzustellen vermochte von innen nach außen, von außen nach innen, vom Ich zum Du und damit auch zum Du Gottes: Abt Geoffrey.

Von weither, sogar zu Fuß kamen die Fremden, um mit ihm zu sprechen und Weisung zu erhalten. Geoffrey hatte Zeit für jeden, alle Zeit der Welt – wie es der Hilfesuchende erlebte und immer wieder dankbar bekundete. Niemand bemerkte jedoch, wie oft Geoffrey während der langen, oft über Tage andauernden Gespräche sich in der inneren Vergegenwärtigung des Albani-Psalters für Christina und der Betrachtung der Miniaturen selbst neue Kraft holte. Welch eine Quelle von Lebensenergie kam ihm entgegen, aus der er immer neu schöpfen durfte, um wahrer Mensch zu sein – ja, es erst einmal richtig zu werden, Nähe zu spüren und diese erfahrbar auch für andere zu machen! Welch eine Quelle geistig-geistlichen Lebens strömte aus diesem Buch und seinen energiegeladenen Bildern – selbst wenn man sie nur oberflächlich und abwesend betrachtete!

Als Glied einer Kette oder eingebunden in einen Kreis fühlte sich Geoffrey unendlich dankbar, wenn durch ihn als Mittler zwischen Himmel und Erde lebendige Ströme das Bewusstsein und die Herzen vieler Menschen erreichten.

Zur Ader lassen

Bei seinem nächsten Besuch in Markyate hatte Geoffrey viel von einer Reise nach London, dem Empfang im königlichen Palast und vor allem vom Erwerb des Landes in Biscot zu berichten. Nach der herzlichen Begrüßung durch Christina überbrachte er ihr zunächst die besten Empfehlungen des Alexis-Meisters und erzählte ihr von den neuesten Arbeiten am Albani-Kodex, die reichlich Fortschritte machten.

Ein Schüler des Malers hatte damit begonnen, die einhundertfünfzig Psalmen in blauer, grüner und roter Tinte abzuschreiben. Es war vorgesehen, den Anfangsbuchstaben eines jeden Psalms groß und farbig zu gestalten und mit ihm eine figürliche Darstellung zu verbinden. Da der Alexis-Meister das Malen der ganzseitigen Bilder sich selbst vorbehielt, wollte er seinen Schülern mit den Darstellungen in den Initialen Möglichkeiten bieten, ihr vielfältiges künstlerisches Können zu fördern und zu entfalten.

In seinen Ausführungen zum Albani-Psalter, die eigentlich stets an erster Stelle standen, war Geoffrey heute eher zurückhaltend. Ein anderes sensibles Thema, das alle Mönche in St. Albans anging, beschäftigte ihn schon seit längerer Zeit. Da Geoffrey für medizinische Maßnahmen und therapeutische Anwendungen sowohl das Wissen als auch eine gute Intuition fehlten, wandte er sich – wie in nahezu allem – an Christina, um ihren Rat einzuholen.

„Während meiner ganzen Zeit im Kloster war und ist es für jeden Mönch Pflicht, einmal im Monat zur Ader gelassen zu werden. Viele Mitbrüder empfinden diesen Eingriff als besondere Wohltat und fragen sogar, ob sie zu ihrem Geburtstag auch zum Aderlass gehen dürfen. Für andere hingegen – und ihre Zahl nimmt zu – bedeutet das Abfließenlassen von Blut eine Qual und ein Eingreifen in ihr persönliches Leben. Es kommt zu heftigen Auseinandersetzungen mit dem Infirmarius, der die

Aderlässe besorgt, und nicht selten hört man Schimpfworte wie 'du Schlächter, menschenmordender Blutsauger'. Mir ist dieser Zwang schon lange ein Dorn im Auge. Gern hätte ich Eure Meinung gehört zu einem solch gewaltsamen Blutentzug." Christina hielt sich für einen Augenblick zurück, denn für sie und ihre Mitbewohnerinnen kam diese Maßnahme, dem Körper verdorbene und überflüssige Säfte zu entziehen, nicht infrage. Sie waren der Überzeugung, dass sich bei einer Frau dieser Vorgang monatlich von selbst vollziehe. Doch wollte Christina die Frage Geoffreys von einer anderen Ebene her beantworten. „Eigentlich muss man beim Aderlass zwischen Gesunden und Kranken, zwischen Männern und Frauen unterscheiden." Christina sah an seinem Gesicht, dass Geoffrey sie nicht verstanden hatte, und begann noch einmal, seine Frage von einer anderen Seite zu beantworten.

„Wie der Hunger an den Kräften des Körpers zehrt, so macht auch ein übermäßiger Aderlass den Körper wie die Seele schwach, während nach meiner Ansicht der gemäßigte Aderlass bei den Mönchen dem Körper Gesundheit bringt."

Bei allen sinnvollen Fragen, die Christina gestellt wurden, hatte sie die wunderbare Gabe, sich derartig einzufühlen, dass ihr Antworten eingegeben wurden, die über ihre persönlichen Erfahrungen in dieser Welt hinausgingen. Als sie zu reden begann und davon sprach, dass der Eingriff nur bei abnehmendem Mond durchgeführt und das „Lassen" nicht zu einer Manie werden dürfe, kam Geoffrey eine Idee. Er entschuldigte sich, als er Christina unterbrach, und fragte, ob er den Infirmarius zu einem weiteren Gespräch über den Aderlass mitbringen dürfe, da diese wertvollen Hinweise durch ihn, Geoffrey, nicht zur Anwendung kämen.

Christina wusste, da der Abt sich nach ihr richten würde, welche Verantwortung sie mit der Bejahung seines Anliegens übernommen hatte. Durch einige Tage Stillschweigen, Fasten und tiefere Meditationen schuf sie eine Grundlage, von der aus sich keine oberflächlichen Antworten mehr ergeben durften.

„Wie wir bei uns in St. Albans den Aderlass handhaben“, sagte der Infirmarius in ihrem gemeinsamen späteren Gespräch, „ist genau vorgeschrieben. Einmal im Monat kommen alle Mönche nacheinander in die Infirmerie, wo ich sie zur Ader lasse. Bei Mönchen in fortgeschrittenem Alter sowie bei schlechtem Wetter führe ich das Lassen jedoch nicht aus. Günstig wirkt der Eingriff an sonnigen Tagen und früh am Morgen auf leeren Magen, also nüchtern. Die schädlichen Giftstoffe können dann zusammen mit dem Blut besser ausfließen.

Der Patient sitzt auf einem Stuhl und zieht sein Habit am rechten oder linken Arm so weit hoch, bis die Ellenbogenbeuge frei ist. Es sind allerdings auch andere Venen zur Blutentleerung möglich. Wir legen Wert darauf, dass außer dem, der zur Ader gelassen wird, sowie meinem Gehilfen und mir kein Fremder im Zimmer weilt. Die Fensterläden sind beim Eingriff immer geschlossen. Den Venenschnitt führe ich bei Kerzenlicht durch. Dann gebe ich dem Patienten einen Stab in die Hand mit der Anweisung, diesen mit den Fingern zu drehen. Der Blutaustritt wird nämlich durch die Bewegung der Finger erleichtert und zudem entsteht noch ein stärkerer Blutfluss.“

Der Infirmarius unterbrach seinen Bericht über das Aderlassen, um sich zu vergewissern, ob er auch wirklich so ausführlich sein Vorgehen in Gegenwart von Christina schildern sollte. „In meiner langjährigen Ausbildung bei einem Medicus in London lernte ich zunächst an den Adern von Roten Beten zu üben, ehe ich die Vene schlagen durfte. Nun ist es ein Einfaches für mich, verschiedene Venenschnitte mit dem Skalpell oder der Lanzette durchzuführen. Am liebsten arbeite ich mit der einfachen quadratischen Lanzette, einem kleinen Messer mit doppelter Klinge.

Doch zunächst umschnüre ich den Arm mit einer Aderlass-Binde oder Aderpresse, um die Vene vor dem Einschnitt zum Anschwellen zu bringen. Dann erfolgt der Venenschnitt. Sofort spritzt das Blut im Strahl aus der eröffneten Vene in eine Schale, die von meinem Gehilfen gehalten wird oder im Schoß des

Patienten steht. Ich halte seinen Arm und, wenn nötig, mit meiner anderen Hand seine Stirn. Die besondere Nachbehandlung des zur Ader Gelassenen dürfte Euch, verehrte Christina, sicherlich genügend bekannt sein.“

Da sie mit den Neuerungen, die der Abt in der Infirmerie eingeführt hatte, nicht vertraut war, bat Christina den Infirmarius darum, noch einige Worte zur Behandlung des Patienten nach dem Eingriff zu sagen.

„In Gegenwart des Abtes fällt es mir nicht leicht, darüber zu sprechen, denn ich bin nicht mit allem einverstanden, was er verändert hat. Doch wenn Ihr mich so freundlich darum bittet, will ich es versuchen. Die nach dem Aderlass empfohlene aufmerksame und rücksichtsvolle Behandlung des Patienten wird selbstverständlich eingehalten. Er ruht einige Stunden nach dem Eingriff, seine Lasswunde wird beobachtet, damit sie sich nicht entzündet, und dann erhält der zur Ader Gelassene für zwei Tage in der Infirmerie besonders gutes und reichliches Essen. Allein schon wegen des Fleischgenusses, der bei uns in der Infirmerie gestattet ist, sehnen sich einige Mönche nach dem Aderlass. Auch wird bei uns das sonst im Kloster nicht übliche Weißbrot gereicht und reichlich Wein.

Womit ich allerdings nicht einverstanden bin – ich habe es Abt Geoffrey bereits persönlich gesagt: Wenn die Glocke über dem gemeinsamen großen Esstisch im Hospital ertönt, muss unter Schweigen gegessen werden. Ich halte dagegen das Reden bei Tisch – zumindest bei uns in der Infirmerie – für notwendig, weil es den Heilungsprozess fördert.“

Bei diesen Worten schaute der Infirmarius verstohlen Abt Geoffrey an, als ob er ihn auffordern wollte, diese Schweige-Anweisung noch einmal zu überdenken. Christina, die dem Infirmarius gern an dieser Stelle schon Recht gegeben hätte, hielt sich jedoch eine Weile zurück, da es Wichtigeres zu bedenken gab.

„Ihr habt nicht davon gesprochen, wie groß die Menge Blut ist, die Ihr jeweils abnehmt“, sagte Christina. Als der Infirmarius zugab, dass es bis zu einem Liter sei, antwortete Christina streng: „Bei einem gesunden und kräftigen Menschen darf die Menge des gelassenen Blutes nicht mehr betragen, als ein durstiger Mann mit einem Zug an Wasser trinken kann. Bei körperlicher Schwäche soll der Aderlass so viel betragen, wie in ein Ei von gewöhnlicher Größe hineingeht."

Aus all dem, was der Infirmarius an weiteren Angaben auf ihre Fragen machte, entnahm Christina, dass das Aderlassen in St. Albans übermäßig gehandhabt wurde und vielleicht schon in eine Manie ausartete. Jetzt verstand sie auch das erste Anliegen Geoffreys und war bereit, ihren mäßigenden Einfluss soweit wie möglich auszuüben.

„Nur eine Blutentziehung, die das richtige Maß einhält, schwemmt die schlechten Säfte hinweg und hält den Körper gesund. Ich empfehle daher, einen kräftigen Mann nur alle drei Monate zur Ader zu lassen. Man sollte aber nur so lange das Blut fließen lassen, bis das faulige und zersetzte Blut, das verschieden gefärbt ist, dem reinen Blut Platz macht. Dann muss man mit der Blutentziehung sofort aufhören."

Christinas Worte kamen dem Infirmarius sehr entgegen, denn schon seit langem hatte er sich gegen das Überhandnehmen des Aderlasses gewehrt. Ihre Aussagen bedeuteten ihm daher eine große Unterstützung; weder empfand er sie als eine Einmischung in seinen Beruf noch als Bevormundung.

„Sehr gern arbeite ich mit dem Schröpfen", sagte der Infirmarius, „wenn dem Körper überflüssige und schädliche Säfte abgezogen werden müssen. Nachdem ich den Rücken erwärmt habe, ritze ich die Haut an mehreren Stellen auf und setzte die erhitzten gläsernen Schröpfköpfe darüber, um dem Körper Blut zu entziehen. Diese sanftere Methode, die weniger aufwändig und gefährlich ist, wende ich mit Erfolg regelmäßig bei denen an, die zu viel getrunken haben."

Damit hatte er vor Geoffrey etwas gesagt, womit der Abt momentan und vor Christina nicht gut umgehen konnte. Geschickt und klug in der Argumentation bewies Christina, dass die verbreitete Ansicht – je mehr Blut man beim Lassen entnähme, umso heilvoller sei es – eine falsche war und zu großen körperlichen Schäden führte. Auch vertrat sie die Meinung und sprach offen darüber, dass bei großer körperlicher wie auch seelischer Unruhe eines Mönches ein Gespräch mit ihm und natürliche Handlungsweisen weitaus besser seien als der hier gebotene Aderlass.

Geoffrey verstand, was Christina auch ihm damit sagen wollte. Es wurde ihm klar: Zur Reifung drängende Lebenskräfte oder gar durch Zurückhaltung bereits verdorbene konnten nicht nur durch einen einfachen Aderlass kanalisiert werden. Bei all dem, was sie sagte, betonte Christina noch einmal sehr deutlich den Unterschied beim Blutentzug zwischen Frauen und Männern, zwischen Gesunden und Kranken. Sie wies bei aller Wertschätzung des Aderlasses als wertvolles Heilverfahren auf die mit Übertreibung verbundenen Gefahren hin. Sie empfahl eine Blutreinigungsmethode, die mit dem künstlichen Setzen von Pusteln zu tun hatte.

„Im Alter und in besonders angezeigten Fällen würde ich lieber durch die schwarze Eberwurz, ein ätzendes Heilkraut, künstlich Pusteln hervorrufen, damit die schädliche Flüssigkeit beim Aufbrechen der Pusteln zwischen Haut und Fleisch ausfließen kann."

Als Abt Geoffrey zum Aufbrechen drängte, bat ihn der Infirmarius inständig, mit Christina noch kurz über die Anwendung des Aderlasses bei bestimmten Krankheiten sprechen zu dürfen wie auch über die verschiedenen Färbungen des Blutes. Infolge seines Eingebundenseins in das Klosterhospital und ohne den Abt war es ihm kaum möglich, zu einem derartig intensiven und lehrreichen Gespräch erneut nach Markyate zu kommen. Wie gern hätte er zusammen mit Christina in der Infirmerie die Kranken betreut und die Gesunden gesunder gemacht – doch sie war eine Frau und durfte die Klausur niemals betreten.

Noch bevor Christina und der Infirmarius ein neues Gespräch begannen, fragte Geoffrey, dem das Reden über Blut an dieser Stelle einfach zu viel wurde, ob er den Kräutergarten betreten und das Oratorium besuchen dürfe. Ohne sich mit Christina ausgestauscht zu haben, wusste er genau, was zu tun sei: Ab sofort darf ein Aderlass nur alle zwei Monate vollzogen werden und nicht mehr monatlich. Darüber hinaus wird jedem Mönch freigestellt, ob er Gebrauch davon macht oder nicht. Es gibt keinen Zwang mehr!

An dem weiteren Gespräch über die Verwendung des Aderlasses bei Krankheiten wollte er nicht mehr teilnehmen, da es allein Angelegenheit des Infirmarius war, sich jetzt mit Christina auszutauschen. In Geoffreys Abwesenheit sprachen sie darüber, wie durch das Lassen überhitztes Blut gekühlt wurde, man Blutflüssen begegnete und schädliche Stoffe auch durch andere Venen abgeleitet werden konnten. Durch den Infirmarius, der ein Meister in der Früherkennung von Krankheiten war, erfuhr Christina vieles über die Farbe und Gerinnung des Blutes sowie über die Notwendigkeit des Aderlasses bei bestimmten Krankheiten: akutes Fieber, geschwollene Venen, Bedrohung des Lebens durch Erstickungsgefahr, bei unerträglichen Schmerzen, Bluthochdruck und Lungenentzündung. Als Christina einwendete, dass bei hohem Fieber der Blutentzug nicht angezeigt sei, stimmte der Infirmarius sofort zu.

„Vielleicht könnt Ihr mit einigen kleinen Empfehlungen von mir etwas anfangen?“, fragte Christina und begann zur Abrundung des Gespräches kurz über das Verhalten nach dem Aderlass zu sprechen: „Das Wesentliche habt Ihr zwar schon gesagt, doch es ist darüber hinaus noch von großer Bedeutung, dass sich der Patient nach dem Blutentzug drei Tage lang nicht der direkten Sonnenglut und auch nicht sonstiger zu heller Bestrahlung aussetzt, nicht auf glitzernde Wasserflächen oder Schneefelder schaut, nicht in Feuer blickt oder sich Feuerstrahlen aussetzt. Das Blut wird sonst erschüttert und das Herz nimmt Schaden. Meidet ungewohnte Speisen und scharf gebratenes Fleisch nach dem Aderlass, ferner den Genuss von

Obst und rohem Gemüse. Auch warne ich vor Käse wegen seines hohen Fettgehaltes. Erst am dritten Tag nach dem Eingriff hat das Blut seine alte Kraft und Souveränität wiedergewonnen.

Man kann das Blut und damit die Selbstheilungseigenschaften des Körpers natürlich weiterhin unterstützen. Nach der Entgiftung durch den Aderlass zeigt das Wasserlinsen-Elixier erst seine volle Wirkung."

Der Infirmarius, der diese Arznei bisher nicht verabreicht hatte, ließ sich von Christina die Zubereitung des Honig-Wein-Extraktes erklären und erfuhr, wie er aus Zimt, Salbei, Ingwerwurzel, Fenchel, weißem Pfeffer, Blutwurzblättern, Ackersenf, Kletten und wildem Labkraut hergestellt und heiß über Wasserlinsen filtriert wurde.

Als sie aufgestanden waren, um sich zu verabschieden, nahm der Infirmarius Christina zur Seite und flüsterte ihr leise zu: „Ich weiß, wie sehr Ihr unseren Abt schätzt und Euch um ihn sorgt. Er leidet unter entsetzlichen Kopfschmerzen, die ihn oft bis zur Untätigkeit überfallen. Redet ihm gut zu, denn es bedeutet eine Erleichterung und bringt Heilung, wenn ich ihm – allerdings nur bei ganz sauber rasiertem Kopf – durch die Stirn- und Schläfenarterien Blut entnehme. Wer viel Phlegma im Kopf hat oder wem der Kopf brummt, soll den Aderlass nämlich an der Kopfader vornehmen lassen."

Da Roderic zwei jüngere Pferde an den Wagen gewöhnen wollte, hatte er den Abt und den Infirmarius gebeten, sich von diesem Gespann nach Markyate fahren zu lassen. Auf dem Heimweg saßen sie nebeneinander, und Geoffrey erfuhr während ihres Gespräches, dass der Krankenmeister ein heimlicher Verehrer und Benutzer der umfangreichen Klosterbibliothek von St. Albans war. Er sprach von Polybos, dem Schwiegersohn des Hippokrates, der das Buch *Die Natur des Menschen* geschrieben hatte. Besonders bei der Bekämpfung von Hodenschmerzen halfen die Anweisungen des Polybos außerordentlich. Darüber konnten sie jetzt – ohne die Gegenwart von Christina – besser und ausführlicher sprechen.

Als sie in Redbourn, kurz vor St. Albans waren, bedankte sich der Infirmarius herzlich bei Abt Geoffrey für diesen Tag, der ihm wesentlich neue Erkenntnisse und tiefes anwendbares Wissen gebracht hatte. Mit einer zwar für den Infirmarius belanglosen, doch für Geoffrey wichtigen Bemerkung, über die er noch lange nachdenken musste, beendete der Krankenmeister endgültig das Gespräch an diesem Tag über den Aderlass:

„Ich freue mich, dass Christina von Markyate, eine wirklich weise Frau, sich trotz ihrer berechtigten Mahnungen zu Gunsten des Aderlasses ausgesprochen hat. Nach meiner Kenntnis wurde das Lassen zu allen Zeiten und bei allen Völkern als eine nötige, ja sogar unentbehrliche Maßnahme betrachtet. Aristoteles dürfte als Erster die Annahme vertreten haben, dass der Aderlass zuerst bei den Tieren beobachtet werden konnte. Plinius schreibt seinen Ursprung dem Nilpferd zu, von dem er berichtet, dass es – sobald es sich krank fühle – das Flussufer aufsuche, um sich an einem Ast oder einem spitzen Stein die Fußvene zu öffnen und das Blut ausfließen zu lassen. Auch spricht er vom Selbstaderlass anderer Tiere und erwähnt, dass sich Pferde zu diesem Zweck an einem Dornstrauch reiben. Es soll einen Vogel geben – dies ist allerdings eine Legende –, der in seinem Leben nur ein einziges Mal singt. Von dem Augenblick an, da er sein Nest verlässt, sucht er nach einem Dornstrauch und ruht nicht, bis er ihn gefunden hat. Hat er aber den für ihn bestimmten Dornstrauch entdeckt, lässt er sich darauf nieder und beginnt zu singen. Sein Gesang wird zum Gesang des Himmels – immer durchdringender und schöner als der feinste Schlag der Nachtigall. Beim Singen drückt er sich mehr und mehr an einen scharfen Dorn, der sein Gefieder und seinen zarten Leib durchbohrt. Während das Blut des Vogels ausfließt, wird sein Gesang immer herzergreifender, sodass die ganze Welt und der Himmel innehalten, um zu lauschen."

Puella von Redbourn

Der Albani-Psalter nimmt immer mehr Gestalt an. Zwar ist es mir nicht vergönnt zu malen, doch möchte ich ein kleines bleibendes Zeichen meiner großen Verbundenheit mit Euch in dieses Buch einfließen lassen“, sagte Geoffrey bei seinem nächsten Besuch in Markyate zu Christina. „Der Alexis-Meister lehrt mich daher das Schönschreiben, das mit dem Anfertigen der Gänsefeder beginnt.“ – „Und das alles nehmt Ihr, Beloved, auf Euch, um mir eine Freude zu machen?“, fragte Christina. Geoffrey lächelte unmerklich und fuhr fort: „Gregor der Große schrieb einen Brief *Über den rechten Umgang mit Bildern*, den ich Euch gern vorlesen möchte, bevor ich ihn in verschiedenfarbigen Schriftzeilen zu Pergament bringe:

Jedes Bild, das wir anschauen, erzählt uns eine Geschichte, die etwas in uns bewirkt. So ist es nicht das Bild selbst, sondern das, was von ihm auf uns übergeht, das imstande ist, unseren Glauben und das Gebet zu vertiefen.

Man kann es mit der Heiligen Schrift vergleichen. Was sie für die Lesenden bedeutet, das bietet für die Schauenden, die nicht lesen können, das Bild. Diejenigen also, denen die Schrift nicht durch das Lesen zugänglich ist, können durch die Aussage eines Bildes wesentliche und offenbarende Erkenntnisse haben. Aus dem Betrachten eines Bildes kann man ablesen, was wahrzunehmen und im eigenen Leben zu befolgen ist. Aber auch die des Lesens Kundigen können im Bild etwas lesen, das ihnen der Buchstabe nicht vermitteln kann.

Ein Bild kann daher für alle zu einer wunderbaren Lektüre werden, die Unendliches aussagen kann. Diese wirkungsvollen Zusammenhänge solltest du besonders beachten, damit du nicht in der Verkündigung des Glaubens die im Lesen Kundigen bevorzugst und wohlmöglich den sogenannten Ungebildeten – durch deinen Eifer unvorsichtig entflammt – zum Anstoß wirst.

Man hätte auf keinen Fall die vielen kostbaren Bilder, die in den Kirchen aufgestellt wurden, zerbrechen und vernichten dürfen. Selbstverständlich dienen die Bilder als solche nicht der Anbetung – wie es fälschlicherweise verstanden wurde –, sondern sie geben dem Schauenden Anregungen, zu sich und einem tieferen Glauben zu finden. Einzig und allein deshalb sind Bilder auch in früherer Zeit besonders an verehrungswürdigen Orten gezeigt worden.

Die wunderbaren Bilder aus der Heiligen Schrift und die, die das Leben der Heiligen darstellen, hättest du ohne Schaden behalten können, wenn du deinen Übereifer auch nur ein wenig gezähmt hättest. Das, was du anstrebst, konntest du auch mit diesen Bildern auf heilsame Weise erreichen und bewahren. Die Spaltung in der Gemeinde musste der Bilder wegen nicht stattfinden. So muss ich dir, der du die Bilder missachtet hast, leider sagen, dass du den Namen Pastor, der die Herde führen und zusammenhalten sollte, nicht zu Recht trägst. Versuche wiedergutzumachen, was möglich ist, damit nicht die Schuld des Fanatikers und Spalters weiter auf dir lastet."

Im Anschluss an diesen Brief führten Christina und Geoffrey ein langes Gespräch über die Bildkunst und die starke Aussagekraft von Bildern, wenn sie verantwortungsvoll und gut eingesetzt werden. Als Beispiel diente die Darstellung der drei Reiter, die in ihnen beiden lebendige Gegenwart war.

Zwei große Aufgaben – von der Erfüllung seines Herzenswunsches ganz zu schweigen –, die sich Abt Geoffrey gestellt hatte, ließen keine Woche mehr vergehen, in der er Christina in Markyate nicht besuchte. Das langsame Werden und Gestalten des Albani-Psalters erfüllte ihn so, dass er jede Einzelheit mit Christina besprach oder ihr vorstellte – wie an diesem Tag den Brief Gregors des Großen.

Zum anderen hatte Geoffrey damit begonnen, das *Leben der Christina von Markyate* aufzuschreiben. Hätte Christina davon gewusst, wäre sie mit den Erzählungen aus ihrem Leben zurückhaltender gewesen. Geoffrey wusste von ihrer gewaltsamen Verheiratung mit Burthred und war offen für jede weitere Einzelheit, die Christina ihm auf sein Fragen erzählte. Auch von der rührenden Geschichte des alten Godescal und seiner Frau aus Caddington hatte Christina berichtet. Geoffrey fragte weiter und erfuhr von ihrem Besuch bei Erzbischof Thurstan in Redbourn. Ihre Augen strahlten und sie sprach so freudig und kraftvoll, als ob sie noch einmal alle Hoffnung auf Annullierung ihrer Ehe in den Erzbischof setzte. Geoffrey hörte gespannt zu, denn ihre Worte waren für ihn so bedeutungsvoll, dass er sofort weiter fragte, wenn sie geschickt versuchte, von ihrer Lebensgeschichte abzulenken.

„An diesem Hochsommertag des Jahres 1122 – ich kann es kaum fassen, es sind erst fünf Jahre seitdem vergangen – brachte mich Godescal nach Redbourn. Nur ungern habe ich Roger in Markyate allein gelassen, denn es ging ihm zu der Zeit sehr schlecht. Die starke Hitze, die ständig wie eine Glocke über unserem Land lag und alles versengt hatte, machte ihm sehr zu schaffen. In dieser Zeit fühlte er bereits seinen nahen Tod, sprach aber noch nicht darüber. Heute verstehe ich nur zu gut, warum er es so eilig hatte, mich dem Erzbischof von York vorzustellen. Roger setzte alle Hoffnung auf ihn, der mit ihm familiär und freundschaftlich verbunden war. Ich spürte, dass ich an diesem Tag nach Redbourn fahren musste, da es wohl der Himmel so wollte. Es war ein langes Gespräch, das wir führten, denn Thurstan fragte mich immer und immer wieder nach den Umständen meiner Ehe, in die ich hineingeraten war. Im selben Augenblick, als ich dem Erzbischof gegenüberstand, wusste ich, diesem Mann würde es gelingen, meine Ehe für ungültig erklären zu lassen. Er spürte sofort, unter welch großem Druck ich stand und wie unerträglich die Bedrängnis des Bischofs Bloet von Lincoln für mich war. Je mehr ich ihm erzählte – leider konnte ich dabei das ungute Verhalten meiner Eltern und der Familie nicht ausschließen –, umso eindeutiger war es für Erzbischof Thurstan, dass meine Ehe annulliert werden könnte und müsste. Ich kann ihn noch heute wörtlich wiederholen:

'Das Recht sagt eindeutig, dass es zwischen einem Mann und einer Frau, die im Hinblick auf eine Eheschließung hintergangen wird, eine gültige Ehe nicht geben kann. Ungültig ist zudem eine Ehe, die geschlossen wurde auf Grund von Zwang.'

Ich erinnere mich noch allzu gut, dass Thurstan mich mit meinem Taufnamen Theodora anredete und mich als Geschenk Gottes mit einem besonderen Auftrag in dieser Welt bezeichnete. Für ihn, den Erzbischof, war äußerst wichtig, dass ich bereits vor meiner Verheiratung in St. Albans ein Gelübde abgelegt hatte, nicht zu heiraten, sondern wie die Mönche dort in Ehelosigkeit zu leben.

Am Ende unseres Gespräches gab mir Erzbischof Thurstan die Zusage und Gewissheit, er werde sofort einen apostolischen Indult einleiten, durch den meine Ehe aufgelöst und auch Burthred von der gesetzlichen Eheverpflichtung befreit würde.

Beloved, ich kann Euch kaum sagen, wie wohl und leicht es mir ums Herz und in meiner Seele war, als ich Godescal wieder traf, der so viele Stunden in Redbourn auf mich gewartet hatte. Die Sonne ging an diesem Tag bereits unter, als wir uns auf den Heimweg machten – in meinem Herzen jedoch war sie gerade aufgegangen. Erzbischof Thurstan behielt mit seinem Versprechen und seiner Zusage Recht, sodass Redbourn zu einem großen Meilenstein in meinem Leben geworden ist, für den ich unendlich dankbar bin. Roger nahm mich an diesem Abend in seine Arme – ebenso dankbar für alles, was in Redbourn geschehen war."

Geoffrey erfuhr an diesem Tag in Markyate, wie unendlich viel Christina daran gelegen war, ihren Stand als Ehefrau auch kirchenrechtlich abgeben zu können, um wieder ganz als Mädchen, ja, als eigenständige Frau – ohne einem Mann zu gehören – leben und atmen zu können.

Ganz leise flüsterte Geoffrey die Worte „Mädchen von Redbourn“ und wiederholte etwas lauter – da ihm für das Wort „Mädchen“ die lateinische Sprache besser gefiel: „Puella von Redbourn“.

Nach einem langen Schweigen wiederholte er: „Puella von Redbourn – darf ich Euch von heute an so nennen?“ Ohne eine Antwort abzuwarten, fuhr Geoffrey fort: „Dieses Vertrauen und die Offenheit, die Ihr mir heute geschenkt habt, machen es mir nahezu unmöglich, ein lang gehegtes Geheimnis weiter unausgesprochen zu lassen. So drängt es mich, Euch zu sagen, dass der Albani-Psalter Geschenk und Zeichen unendlicher Zuneigung für diese 'Puella' sein wird.“

Christina nahm Geoffreys Hand, umfasste sie fest und schaute ihn lange Zeit sprachlos an.

Die Geißel

Wie Gregor in seinem Brief schreibt“, sagte Geoffrey zum Alexis-Meister, „bewirkt das Betrachten und lange Anschauen eines Bildes etwas in der Seele, das im Betrachter zum Ausdruck kommen möchte und muss. Durch diesen Text und das Gespräch mit Christina darüber sind die Bilder für mich noch wertvoller und tiefsinniger geworden. Durch unseren Austausch nimmt der Psalter seine ganz eigene Gestalt und Aussagekraft an, die du durch das Bild an andere weiterzugeben vermagst. Du verstehst es, unseren geschichtlichen Rahmen von Raum und Zeit zu sprengen und durch das Bild etwas ganz Persönliches im Betrachter auszulösen, das leben möchte oder ins Leben umgesetzt werden muss.“

Der Alexis-Meister spürte aus den Worten Geoffreys, dass sich in ihm ein Boden bereitete, der etwas sehr Wesentliches hervorzubringen hatte. Geoffrey ahnte noch in keiner Weise, welche Auswirkung das Bild haben würde, das der Meister ihm in diesem Augenblick vorlegte.

„Ich möchte den Psalter für Christina zu einem kraftvoll lebensspendenden Buch werden lassen, dem es auch an Heiterkeit nicht fehlt. Daher habe ich mich entschlossen, der Darstellung des Leidens keinen allzu großen Raum zu geben. Doch ganz ohne Passion kommt auch dieses Buch nicht aus, da – wie mir scheint und mich die Erfahrung lehrt – es kein Leben in dieser Welt gibt, das nicht durch Leid mit geprägt wird. Für den Albani-Psalter habe ich nur drei oder vier Passionsbilder vorgesehen. Eines davon habe ich aus einem besonderen Anlass fertiggestellt und möchte es dir gern vorlegen. Es ist die Geißelung. Vielleicht kommst du dem auf die Spur, was mich zu diesem Bild bewogen hat."

Mit geheimnisvoller Behutsamkeit enthüllte der Alexis-Meister die Miniatur, überreichte sie dem Abt und trat einige Schritte zurück, um ihn beim Betrachten nicht zu stören. Inmitten des Bildes, an eine Säule gefesselt, ist ein übergroßer, schlanker männlicher Körper dargestellt, entblößt bis auf den Lendenschurz. Die Säule trägt zwei Rundbögen und darüber eine Stadt. Am Nimbus, der seinen Kopf umstrahlt, erkennt man Christus, der in die Passion eingetreten ist. Er wendet dem Betrachter den Rücken zu, als ob er damit sagen wollte: „Leg auch deine Last darauf, ich werde sie mit tragen." Sein erschrockener, offener Blick ist auf Pilatus gerichtet, der links im Bild, rot bekleidet auf einem Thron sitzt, einen Zweig wie eine Rute in der rechten Hand trägt und fragend zu Christus aufschaut. Die Distanz ist offensichtlich: ausgestoßen und ausgesetzt.

Die überschlanke Gestalt überragt noch die beiden Knechte, die auf sie mit Ruten einschlagen. Durch irdische Macht gefesselt, bleibt Er, der durch Seine Größe die Erde mit dem Himmel verbindet, der entsetzlichen Geißelung ausgesetzt. Pilatus weist mit dem Finger auf Ihn und gibt damit den untergeordneten Kräften das Zeichen, an diesem „Schuldigen" ihre ganze Wut auszulassen. Mit krampfverzehrter Lust – ihre Gesichter sind voll des geschürten Hasses – schlagen die Knechte auf den entblößten Körper ein. Was mag in Ihm, in Seiner Seele vorgehen? Die Geißelsäule als Mittelachse des Bildes gibt zu denken.

Und wieder als Hintergrund das Lapislazuli-Blau des Himmels, das sich auch in diesem Augenblick des grenzenlosen Leidens zur gequälten Erde senkt. Die Erde und mit ihr alles Leid der Welt, alle Gequälten, Kranken und Ausgesetzten schreien zum Himmel auf.

„Hörst du ihn, diesen Schrei der Geknechteten und Weinenden, der wie ein Echo unter dem Gewölbe des Himmels dein Ohr und deine Seele erreichen möchte?", flüsterte der Alexis-Meister Geoffrey zu. Beide schwiegen. Der Abt dachte über die Bedeutung der Lilien nach, die den Rahmen dieses Leidens bildeten. Doch er verstand nicht.

„Ich habe ihn gesehen", sagte der Meister, „er hat mich Hilfe suchend, schweigend angeschaut wie Christus dich und uns von diesem Bild her. Haar und Bart waren dem Aussätzigen ausgefallen. Er blickte mich aus gelben Augen an – unter Augenbrauen, als hätten Milben sie angefressen. Seine Haut hatte eine blutrote Farbe und die Stimme tönte heiser. An Füßen und Händen schrumpften die Ballen."

Requiem für „Tote auf Abruf"

Bis auf das Schreiben ihrer Lebensgeschichte und einige persönliche, intime Eigenarten erzählte Geoffrey Christina alles, was er erlebte, dachte und fühlte. Das Bild der Geißelung und Aussetzung, das er vor ihrem inneren Auge entstehen ließ, beeindruckte Christina so sehr, dass sie Geoffrey bat, zusammen mit ihr ein Lepra-Krankenhaus in London zu besuchen. Immer mehr verdichtete sich das, was Wirklichkeit werden sollte – ohne dass es Geoffrey ahnte. Zunächst geschah jedoch das unwirklich Erscheinende und kaum Mögliche: Geoffrey de Gorham, Abt von St. Albans, und Christina von Markyate fuhren gemeinsam nach London, um diejenigen zu besuchen, die ausgestoßen und bürgerlich für tot erklärt waren.

„Durch die abscheulichen und verachtenswerten Kreuzzüge hat der Aussatz bei uns um ein Beträchtliches zugenommen. Ortschaften und vor allem Städte stehen den vielen Kranken völlig hilflos gegenüber", sagte Christina zu Geoffrey, der neben ihr auf dem Wagen saß. Roderic fuhr sie nach London, Andrew war in St. Albans geblieben.

„Ich meine auch, dass die Kreuzfahrer unerwartete und grassierende Epidemien verbreiten und durch sie die Lepra von neuem eingschleppt wurde. Die Krankheit wird entsetzlich gefürchtet. Es ist nicht der schmerzhafte Verlauf, der die meiste Angst auslöst, sondern das Ausgestoßenwerden aus der Gemeinschaft, das Abbrechen aller verwandtschaftlichen Beziehungen und die völlige Isolation sind das Schlimmste."

Christina, die Geoffreys Worten aufmerksam gefolgt war, sagte: „Wer möchte vor der Lepra nicht fliehen? Und jetzt sind wir beide auf dem Weg zu ihr. Ich kann nur zu gut verstehen, dass es allen vor der Lepra graut, wenn sie den eigenen Sohn oder die Tochter, den Bruder, Vater oder die Mutter befallen hat, da man Furcht haben muss, dass man sich an der Krankheit ansteckt."

Als Christina und Geoffrey das Aussätzigen-Hospital betraten, empfing sie der Leprosenmeister mit großer Freundlichkeit, und es kam Geoffrey vor, als ob er auf sie gewartet hätte. Erst später erfuhr er, dass Christina aus einem wohl überlegten Grund diesen Besuch sorgfältig vorbereitet hatte. Als Geoffrey und Christina kurze Zeit darauf – es war noch Morgen, denn sie waren in der Nacht aufgebrochen – denselben Leprosenmeister erlebten, blieb ihnen fast der Atem stehen. Der Meister hatte lepraverdächtige Personen zu schauen und anschließend zu bestimmen, ob sie ausgesondert werden mussten oder nicht. Für das „Besehen" des Aussatzes war ein geordneter Prozess vorgesehen, an dem auch ein sachkundiger lepröser Mann und eine in der Krankheitsbestimmung erfahrene lepröse Frau teilnahmen.

Um Fehlurteile zu vermeiden, wurde der Lepraverdächtige bei hellichtem Tage besehen. Schon eine Veränderung der Haut mit Knötchenbildungen insbesondere im Halsbereich erregte den Verdacht. Eine Reihe von Patienten wartete ungeduldig und voll ängstlicher Spannung. Geoffrey und Christina hielten sich zurück, um nicht beim Zuschauen störend aufzufallen. Der Leprosenmeister untersuchte genau und ließ sich sehr viel Zeit. Er wusste um die große Verantwortung, die er trug, denn die schnelle Übertragbarkeit der Krankheit war seit alters her bekannt. Zu jedem einzelnen Erkrankten sagte der Leprosenmeister, bevor er mit der Untersuchung begann, dass man gegen das Urteil Berufung einlegen könne, doch wohl niemandem der Anstehenden gab diese Aussicht Trost.

Wenn das Gesicht des Kranken kupferrot gefärbt war, die Nase angeschwollen oder Gelenkbänder gerissen waren, handelte es sich bereits um ein fortgeschrittenes Stadium dieser Krankheit. Der Leprakranke wurde sofort in das Hospital aufgenommen, da er wegen der Ansteckung isoliert werden musste. Die Gesetze zum Schutz der Gesunden waren streng, für die Leprakranken hingegen hart, radikal und unmenschlich. Viele Lepraverdächtige wurden an diesem Tag auf eine Anzeige hin der Kommission zur Untersuchung zugeführt. Das Ergebnis wurde in einem Lepra-Schaubrief niedergelegt. Jedes Mal, wenn der Meister ihn ausschrieb, gab er Geoffrey und Christina verstehbare Erklärungen. Eine große Erleichterung bedeutete es für alle, dass der Patient dabei nicht zugegen war. Einen so schweren Tag hatte auch Christina nicht erwartet.

„Hier ist das Bild eindeutig: Gewebeverdichtungen um die Augenbrauen, Knoten auf der Kopfschwarte und an den Gelenken. Sobald sich das Gesicht zu einem Löwengesicht verändert hat und die Stimme heiser und rauh ist, besteht kein Zweifel mehr am Aussatz."

Als Christina und Geoffrey sahen, wie viele Kranke trotz eindeutiger Diagnose keine Aufnahme fanden, da die Lepra noch nicht fortgeschritten war, wurde ihnen das unsagbare gesellschaftliche Problem bewusst und die Not des Kranken. Bei der Entlassung – das Hospital konnte außer ganz schweren Fällen keine weiteren Patienten mehr aufnehmen – waren Anweisungen wie die folgenden an der Tagesordnung:

„Ich lege dir ans Herz, dass du nicht irgendeine Sache, die du kaufen willst, wo es auch sei, anrührst, sondern diese nur mit einer Gerte oder einem Stäbchen berührst, damit man erkenne, was für eine Sache es sei. Ferner befehle ich dir, dass du nicht die Balken oder das Geländer anrührst, wenn du über einen Steg oder über ein Wasser gehen musst oder auch anderswohin, bevor du deine Handschuhe angezogen hast."

Christina hatte den Leprosenmeister während der Ausstellung der Lepra-Schaubriefe jedes Mal wieder nach neuen Symptomen für die Krankheit gefragt. Seine kurzen und klaren Antworten schrieb sie auf. Geoffrey wunderte sich darüber und sah, dass ihr Katalog immer umfangreicher wurde:

1. Haarausfall, 2. süßer Fäulnisgeruch der Haut, 3. Muskelschwund, 4. knollige Veränderung der Nase, 5. harte und gehöckerte Muskeln, 6. kupferfarbene Haut, 7. Schuppen- und Geschwürbildung, 8. körnige Anschwellungen unter der Zunge, an den Lidern und hinter den Ohren, 9. Knoten unter der Haut, 10. das Löwengesicht, 11. Wasser wird von der Haut abgestoßen, 12. Fieber selten, 13. Heraustreten der Augen, 14. Gefühllosigkeit an den unteren Teilen des Schienbeines und den kleinen Zehen, 15. die Haut zeigt bei Kälte keine Gänsehaut, 16. heisere, rauhe, näselnde Stimme, 17. Schmerzunempfindlichkeit bestimmter Hautpartien, 18. schwere Träume, 19. stinkender Atem, 20. starrer Blick, 21. schwacher Puls, 22. Blut schwarz und körnig, 23. Urin weiß und aschig.

Der Leprosenmeister ahnte das Vorhaben Christinas, doch wegen der Unbedarftheit des Abtes sagte er nichts. In all diesem entsetzlichen Leid wirkten die vor Freude leuchtenden Gesichter der drei verdächtigen Patienten, bei denen sich der Aussatz nicht bestätigt hatte, wie ein helles Licht der Hoffnung in der Dunkelheit. Die Anweisungen, die der Leiter des Hospitals immer wieder geben musste – er war dazu verpflichtet –, wirkten so grausam auf Geoffrey, dass er sich des Öfteren die Ohren zuhielt, Christina anschaute und dabei überlegte, ob nicht doch eine Frau mehr ertragen und aushalten könne als ein Mann. Christina war sehr mutig und stark.

„Es ist dir verboten, jemals in die Kirchen, auf den Markt, in die Mühle, an den Backofen und in die Volksversammlung zu gehen. Ich befehle dir, nicht mit irgendeinem Weibe, auch nicht mit deiner Frau umzugehen. Ferner befehle ich dir, wenn auf dem Wege dir jemand begegnet und dich befragt, dass du nicht antwortest, bis du aus der Windrichtung gegangen bist, damit er nicht von dir den Tod empfange. Du sollst nicht geraden Weges auf jemanden zugehen, sondern hast erst mit der Klapper zu schlagen, um auf dich aufmerksam zu machen."

Als alle Kranken versorgt und die Lepra-Schaubriefe ausgeschrieben waren, gewann der Krankenmeister seine ureigene menschliche Natur und Freundlichkeit zurück. Nur mit äußerster Mühe und um den Gastgeber nicht zu verletzen, konnten Christina und Geoffrey die ihnen angebotenen Getränke und Speisen zu sich nehmen. Geoffrey wusste, dass Aussätzige Kirchenräume nicht mehr betreten durften. Es gab daher an verschiedenen Gotteshäusern ein Durchschaufenster, das einerseits dem Außenstehenden den Blick zum Altarraum ermöglichte, zum anderen dem Geistlichen das Austeilen des Abendmahles erleichterte.

Geoffrey wurde nahezu schlecht, als er vom Leprosenmeister etwas hörte, was ihm völlig neu war:

„Wenn wir nach der Lepraschau den Kranken hierbehalten müssen, verliert er nicht nur sofort sein gesamtes Hab und Gut, sondern auch alle bürgerlichen Rechte. Daher ist er praktisch für tot erklärt. Während dieser Ausstoßung wird in der Regel für den Leprosen, den 'Toten auf Abruf', auch eine Totenmesse gelesen und, wenn er verheiratet ist, der Ehepartner zur Witwe oder zum Witwer erklärt. Aber oft erst nach Jahren stirbt der Kranke unter Fieberschüben einen qualvollen Tod."

Als Geoffrey ein wenig Luft geholt hatte und durch einen energischen Blick von Christina wieder ganz zu sich gekommen war, machten sie sich auf Bitten des Hospitalmeisters auf, um durch das Leprosenhaus zu gehen. Einige der ausgegrenzten Unglücklichen gingen mühsam an Krücken mit ihrem Essnapf zur Küche. Bleierne Müdigkeit und ein starrer Blick gingen von ihnen aus. Nicht allein, dass die Heimgesuchten unter den fortschreitenden körperlichen Qualen der Krankheit dahinsiechten, mehr litten sie unter dem Ausgegrenztsein. Das seelische Leid lastete auf ihnen. Launenhaftigkeit und Unzufriedenheit prägten sie. Fast alle Leprakranken, denen Christina und Geoffrey begegneten, litten extrem unter Schwermütigkeit, dumpfem Hirnbrüten, Schläfrigkeit und Schwächung der Sinnesorgane.

Viele der Kranken lagen zu Bett und konnten nicht mehr sprechen. Ihre Finger und Zehen, oft auch Hände und Füße waren abgefallen. Geoffrey und Christina schauten auf brandige und verstümmelte Gliedmaßen, die aber den Kranken keinen Schmerz verursachten und völlig unempfindlich waren.

Der Tagesablauf war streng festgelegt, und alles geschah fast schweigend oder wegen der kranken Stimmen in leisem, rauem Ton. Einige Kranke durften sich auch mit Erlaubnis des Hospitalmeisters über Nacht außerhalb des Hauses aufhalten. Sie konnten Urlaub bekommen, wenn sie aus religiösen Gründen eine Pilgerschaft antreten wollten. Mitunter nächtigten auch fremde lepröse Pilger in diesem Haus. Wenn sie sich am nächsten Tag wieder auf den Weg machten, bekamen sie eine Wegzehrung.

Die Hausordnung war streng, für Männer und für Frauen, die in getrennten Einrichtungen ihre Tage fristeten. Wer gegen grundsätzliche Regeln wie das Keuschheitsgebot verstieß, konnte seinen Platz im Hospital verlieren. Selbst die Bekleidung war den Kranken vorgeschrieben. Die Leprösen beiderlei Geschlechts trugen ein wollenes Untergewand und darüber einen wollenen Umhang, der am Hals eng abschloss. Die leprösen Frauen trugen über dem Unterkleid eine weiße Schürze, darüber den schwarzen Umhang. Um den Kopf wickelten sie ein Tuch, sodass nur das Gesicht frei blieb.

Am liebsten wären Geoffrey und Christina an diesem späten Abend schweigend noch nach Markyate und St. Albans zurückgefahren. Doch für Roderic und die Pferde war es nicht möglich, am selben Tag und vor allem bei Nacht die Heimfahrt anzutreten. Der brennende Wunsch, wieder in ein gesundes Umfeld zu kommen, war bei Christina nicht minder stark als bei Geoffrey. Doch sollte auch diese Nacht, die sie im Lepra-Hospital verbrachten, dazu beitragen, einen festen Grundstein für Kommendes zu legen. Dazu hatte Christina in ihren Meditationen den Himmel bestürmt. Roderic und seine Pferde hatten, wie immer, wenn sie in London waren, ihre Herberge bei den Benediktinern in Barking.

Auf der Rückfahrt am nächsten Tag, Geoffrey und Christina saßen wieder nebeneinander, konnte Christina endlich das aussprechen, was sie so lange auf dem Herzen hatte. Sie war davon überzeugt, dass ihr Wunsch in Erfüllung gehen würde, denn seit langem hatte sie einerseits darum gebetet und andererseits den vergangenen Tag gut vorbereitet.

„Geoffrey, Beloved, könnt Ihr Euch vorstellen, in St. Albans ein Hospital für Leprakranke zu gründen?“ Blitzartig wurden ihm alle Zusammenhänge bewusst: die Geißelung aus dem Albani-Psalter, die Worte des Alexis-Meisters und seine Reise mit Christina ins Londoner Lepra-Hospital. Er fühlte seine Verantwortung und das Eingebundensein in einen tragfähigen Kreis, der aus Liebe bestand. Geoffrey umarmte Christina und sagte in einem eindeutigen und festen Ton: „Puella, ich werde, nachdem ich den Plan im Kapitel vorgestellt habe, sofort damit beginnen, ein Hospital für Leprakranke in St. Albans zu errichten. Es soll an der Straße nach London entstehen, und ich weiß bereits, wie wir es nennen werden: St. Julian-Hospital.“

St. Julian-Hospital

Christina wusste von Geoffrey, dass er schnell handelte, wenn er sich zu etwas entschlossen hatte. Sie unterstützte ihn in allem, was er zur Gründung des Lepra-Hospitals in Angriff nahm. Klugerweise unterbreitete Abt Geoffrey zunächst den Mitbrüdern im Kapitel von St. Albans sein Vorhaben, etwas für die Aussätzigen zu tun. Als er dann im Verlauf des Gespräches konkreter wurde, von seinen eigenen Erfahrungen in London sprach und anbot – wenn sich ein geeignetes Grundstück fände –, das Haus aus seinen persönlichen Mitteln zu spenden, hatte er alle Mönche auf seiner Seite. Infolge der beträchtlichen Energie ihres Abtes, seines starken Willens und Durchsetzungsvermögens, trauten alle Mitbrüder es ihm zu, in nur sehr kurzer Zeit in St. Albans ein Lepra-Krankenhaus mit einer dazugehörigen Kirche zu errichten.

Gemeinsam fand man heraus, dass sich ein Grundstück zwischen der alten Römerstraße und dem Eye-Wald, das der Abtei gehörte, am besten eignete. Dieses Land nutzte bisher Alulsus, der Glasmacher, für seine persönlichen Zwecke – doch ohne Einwilligung des Konventes von St. Albans. Daher war es ohne weiteres möglich, ihm die Nutzung zu untersagen und mit den Vorarbeiten zu beginnen. In einer Urkunde wurde bestätigt, dass dieser Grund und Boden zwischen der alten Römerstraße und dem Eye-Wald aus dem Besitz der Abtei genommen wird und in das Eigentum der von Abt Geoffrey de Gorham gegründeten Lepra-Stiftung übergeht.

Da der Infirmarius zunächst die neue Lepra-Station in St. Albans mit übernehmen sollte, sich aber überfordert fühlte, wandte er sich mit der Bitte um Hilfe an Christina. Diese hatte sich inzwischen eifrig damit beschäftigt, einen Lepra-Katalog zu erstellen und jede Einzelheit, die ihr aus London in Erinnerung geblieben war, schriftlich festzuhalten. Sie wussten beide, der Infirmarius und Christina, dass der Aussatz – wie bereits in den Tages des Mose – eine allgemein verbreitete, scheußliche und vor allem unheilbare Krankheit war. Es ging nicht nur um einen Austausch von Heilmethoden, sondern auch darum, dem Infirmarius zur Seite zu stehen und ihn für diese neue Aufgabe zu stärken. Bei seinen Besuchen in Markyate holte er sich Kraft und Bestätigung.

Um ihm die Tragweite dieser Todeskrankheit bewusst zu machen und ihn seine große Verantwortung spüren zu lassen, berichtete Christina von ihrem Umgang mit Aussätzigen und las dem Infirmarius Ausschnitte aus dem Alten Testament vor, in denen von der Lepra die Rede ist. Er hörte den Texten so aufmerksam zu, als ob sie nur für ihn geschrieben worden wären.

Wenn sich auf der Haut eines Menschen eine Schwellung, ein Ausschlag oder ein heller Fleck bildet, liegt Verdacht auf Aussatz vor. Wenn das Haar an der kranken Stelle weiß wird und die Stelle tiefer als die übrige Haut liegt, ist es Aussatz. Wird festgestellt, dass sich auf der Haut eine weiße Schwellung zeigt, dass die Haare heller geworden sind und dass sich an der Schwellung wildes Fleisch gebildet hat, dann ist es ein veralteter Aussatz auf der Haut. Das wilde Fleisch ist in jedem Fall Aussatz. Eine andere Art Aussatz kann auch im Furunkel ausbrechen oder in einer Brandwunde. Die Krankheit ist zu erkennen, wenn sich eine Wucherung als hellroter oder weißer Fleck bildet.

Du bist geschlagen mit dem ägyptischen Geschwür, mit Beulen, Krätze und Grind, und keiner kann dich heilen. Du bist geschlagen mit Wahnsinn, Blindheit und Irresein. Am hellen Mittag tappst du im Dunkel wie ein Blinder.

In seinen stillen Stunden dachte Abt Geoffrey darüber nach, wie das Bild des Alexis-Meisters, die Geißelung, das für Christinas Buch bestimmt war, spontan die sofortige Gründung eines Lepra-Hospitals bewirkt hatte. Für ihn wurde es immer klarer: Der Albani-Psalter – soweit er fertig war – übte auf den

Betrachter nicht nur eine heilende Kraft aus, sondern bewegte ihn zu völlig neuen Handlungen. Etwas geheimnisvoll Wunderbares umgab bereits das Buch!

Ohne langes Zögern gab es für Geoffrey nur diese eine Möglichkeit, schnellstens eine Heimat für die Aussätzigen in St. Albans zu schaffen. Auch wenn es für sie keine Heilung gab, benötigten sie ein Zuhause, da die Kranken wegen der Ansteckung von allen gemieden und ausgestoßen wurden. Geoffrey setzte alles daran, das St. Julian-Hospital für die Leprakranken fertigzustellen, um ihnen ein ungestörtes Leben zu bieten und einen Ort, an dem sie in Ruhe sterben konnten. Erst dann, so hatte es der Abt bereits in der Hausordnung bestimmt, durfte für die wirklich Verstorbenen das Requiem gefeiert werden.

Geoffrey erinnerte sich daran, wie der Alexis-Meister vor dem Albani-Bild der Geißelung von dem Schrei der Gequälten gesprochen hatte, dessen Echo selbst die Himmel durchdringe. Nachdem er in London die bettelnden Aussätzigen erlebt hatte, die „unrein, unrein" riefen und ohne Bleibe von Ort zu Ort zogen, denen auf dem Markt unverkäuflicher, angefaulter Fisch als Nahrung zugeworfen wurde, nahm das Albani-Bild lebendige Gestalt an.

Dankbarerweise unterstützte der gesamte Konvent die Einrichtung des Lepra-Hauses durch Gebet und tatkräftige Mithilfe. Auf dem Grundstück an der alten Römerstraße nach London entstanden separate Gebäude, Wohngebäude für die Kranken und, von ihnen getrennt, für den Leprosenmeister, die Pfleger und die Priester. Erst als alles Notwendige fertiggestellt war – das Hospital, ein Backhaus, Kornspeicher und ein Brauhaus –, wurde die dazugehörige Kirche erbaut. Ein Garten, allerdings eingezäunt, stand den Kranken zur Verfügung. Durch Verträge mit einigen Gutspächtern, die bestimmte Abgaben an das St. Julian-Hospital zu erbringen hatten, sicherte Abt Geoffrey, auch weit über seinen Tod hinaus, die Existenz und die notwendigen Einkünfte dieses Krankenhauses.

Da es auf keinen Fall geschehen durfte – wie Geoffrey es in einigen Leprahäusern gesehen hatte –, dass man Wild und Tiere, die tot im Wald gefunden wurden, den Leprakranken als Nahrung brachte, legte er die zu leistenden Abgaben genau fest. Sechzig Schilling im Jahr zahlte die Stadt St. Albans, die sich im Laufe der Jahrhunderte als Ansiedlung um das Kloster gebildet hatte. Peter von Syreth verpflichtete sich, dreißig Schilling jährlich von den Gütern Redinges und Syreth zu zahlen. Zwei Drittel des Zehnten vom Getreide musste das Herrenhaus Hamstude abgeben, ebenso das Gut Kyngesbri und Estona, das Herrenhaus des Richard von Hou und das von Stratle. So wichtig war Abt Geoffrey die Absicherung des Lepra-Hospitals, dass er darüber hinaus Stephan von Lege verpflichtete, von seinem Gutshof Hanelawa die Hälfte des Zehnten vom Getreide abzuliefern, ebenso Roger von Chandos, der Gut Sivelesho verwaltete, und Simon von Bello Campo, der den Herrensitz von Stanford unter sich hatte.

Abt Geoffrey bestätigte in einer Urkunde die Schenkung des St. Julian-Hospitals und setzte damit unwiderruflich fest: Das Haus, der Grund und Boden gehören mit immerwährendem Besitzrecht den Aussätzigen. Ein Nachsatz der Urkunde besagt, dass alle mit dem Bannfluch verdammt werden, die zu irgendeinem Zeitpunkt dieses Recht der Aussätzigen außer Kraft setzen.

Abt Geoffrey, der nach seiner Begegnung mit Christina von Markyate nicht mehr so unüberlegt, unbedarft und eigenwillig handelte, wurde noch sensibler und bedächtiger. Ihm war die Erhaltung und Weiterführung des Lepra-Krankenhauses in St. Albans so ungemein wichtig, dass er eine Bestätigung des Papstes einholte, die die augenblickliche und zukünftige Existenz des St. Julian-Hospitals garantierte. Von Christina gründlich in die politische Geschichte Englands eingeweiht und vor unvorhergesehenen königlichen Machenschaften gewarnt, ließ sich Abt Geoffrey von König Heinrich I. die Gründungs- und Stiftungsurkunde des St. Julian-Hospitals bestätigen. Darüber hinaus gelang es dem Abt, von König Heinrich I. eine vertragliche Garantie zu erhalten, nach der aus dem königlichen Vermögen täglich ein Penny an das St. Julian-Hospital in St. Albans gezahlt wird.

… wie wir es nennen

„Als wir nach dem wegweisenden Tag in London, wo wir zum ersten Mal ein Lepra-Krankenhaus besucht haben, beeindruckt, belastet und erschöpft zurückfuhren, hatte ich den Mut, Euch nach einem solchen Haus für St. Albans zu fragen“, sagte Christina zu Geoffrey. „Ich war überrascht von Eurer so spontanen und eindeutigen Antwort. Unendlich stolz bin ich auf Euch und dem Himmel dankbar, dass Ihr mit seiner Hilfe dieses Werk zum Wohl der Ärmsten der Armen so schnell in die Tat umgesetzt habt. Sofort sagtet Ihr damals: ‘Und ich weiß bereits, wie wir es nennen: St. Julian-Hospital!’ Ihr habt mich so liebevoll mit dem ‘Wir’ in die Namensgebung einbezogen. Doch lasst mich jetzt, wo alles hinter Euch liegt und bereits viele Kranke im St. Julian-Hospital aufgenommen sind, wissen, warum Ihr den Namen St. Julian gewählt habt und wer Julian war.“

„Eure erste Frage, Puella, ist schnell beantwortet, die zweite Antwort bedarf ein wenig mehr der Zeit. So danke ich Euch, dass Ihr so viel Geduld aufbrachtet und warten konntet, um zunächst dem Infirmarius Wissen zu vermitteln und Stütze zu sein. Inzwischen haben wir im Hospital bereits einen eigenen Leprosenmeister. Es wird von ihm viel verlangt; aber Lepra-Schaubriefe braucht er zum Glück nicht auszustellen. Doch wie viel mehr als für den Infirmarius habt Ihr für mich in dieser ganzen Zeit getan!

Schon als Kind besuchte ich mit meinen Eltern von La Tanière aus die große Kathedrale von Le Mans, die dem Heiligen Julian geweiht ist. Später ging ich auf die Dom-Schule in Le

Mans, und nach meinem abgeschlossenen Studium unterrichtete ich auch dort. Nach den Bischofslisten war der erste Bischof von Le Mans, dessen Amtszeit aber nicht bekannt ist, Julianus. Seine Gebeine wurden 835 in die Kathedrale überführt.

Ob dieser Bischof Julianus derselbe ist wie Julianus Hospitator, von dem ich Euch jetzt erzählen möchte, weiß man nicht genau. Im siebten Jahrhundert wurde Julian in Ath, einer Stadt in der belgischen Provinz Hennegau, geboren. Er soll von sehr vornehmer Abstammung gewesen sein. Bei der Jagd spürte er einen Hirsch auf und verfolgte ihn durch den Wald. Julian glaubte, den Hirsch sprechen zu hören – doch wahrscheinlich war es seine eigene innere Stimme: 'Warum verfolgst du mich, du, der du deinen Vater und deine Mutter töten wirst?' Diese Weissagung erschreckte Julian so sehr, dass er die Jagd abbrach und überlegte, was zu tun sei, damit so etwas nicht geschehe. Er entschloss sich, Vater und Mutter heimlich zu verlassen, und floh in ein fernes Land. Dort diente er treu einem Fürsten, wurde von ihm zum Ritter geschlagen und heiratete eine Frau, die die Herrin einer angesehenen Burg war.

Die Eltern Julians waren so betrübt über den Fortgang ihres Sohnes, dass sie sich aufmachten, ihn zu suchen. Nach langer Zeit kamen sie zu eben dieser Burg, in der Julian mit seiner Frau lebte. Doch Julian war nicht daheim. Seine Frau nahm die Pilger auf und erfuhr voll Freude, wer sie waren. Sie bereitete den Eltern ihres Mannes das Beste, was sie vermochte, und am Abend stellte sie ihnen ihr eigenes Bett zur Verfügung. Sie selbst richtete sich eine andere Schlafstätte ein.

Am nächsten Morgen ging sie früh zur Kirche. Um dieselbe Zeit kehrte Julian zurück, und da er als Erstes in die Schlafkammer trat und seine Frau aufwecken wollte, sah er zwei Menschen in seinem Bett liegen. Julian war fest davon überzeugt, seine Frau läge bei einem anderen Mann.

Er sprach kein Wort und verhielt sich leise. Dann zog er sein Schwert und tötete beide. Als er aus dem Haus trat, sah er seine Frau aus der Kirche kommen: frisch und gesund. Julian war verwirrt und fragte: ‘Wer sind die zwei, die in unserem Bett liegen?’ Sie antwortete: ‘Es sind dein Vater und deine Mutter, die dich lange Zeit gesucht haben. Ich habe ihnen unsere Kammer zum Schlafen angeboten.’

Als Julian das hörte, kam er fast um vor Kummer, weinte bitterlich und schluchzte: ‘Ach, ich Unseliger, was habe ich getan, ich habe meine eigenen Eltern getötet. Ich habe das Wort erfüllt, vor dem ich geflohen bin!’

Die Traurigkeit erfüllte Julian so sehr, dass er sich allein auf den Weg machen wollte, um Buße zu tun, bis er Ruhe fände. Doch seine Frau ließ ihn nicht gehen. ‘In deinem Glück bin ich bei dir gewesen, so will ich auch jetzt mit dir leiden.’ Sie verließen alles, die Burg, das Land, und machten sich gemeinsam auf den Weg, der sie nach Südfrankreich in die Provence führte. Am Gard, einem reißenden Fluss, der aus den Cevennen kommt und bei Beaucaire ins Mittelmeer mündet, machten sie Halt, da es zu gefährlich war, den Strom zu überqueren. Hier schien für Julian und seine Frau der rechte Platz zu sein. Sie errichteten ein Hospiz am Gard und führten Menschen, die über den Fluss wollten, sicher hinüber. Sie gaben den Reisenden Unterkunft und Sicherheit, den Armen Herberge und Fürsorge.

In einer stürmischen Nacht hörte Julian eine Stimme jenseits des Wassers, die jämmerlich schrie: ‘Helft mir und führt mich hinüber.’ Er stand eilends auf und fand einen Menschen am Ufer, der halb tot vor Kälte war. Julian trug ihn in sein Haus, und als er Feuer entfachte, sah er, dass der Fremde ein Leprakranker war. Ungeachtet dessen gab Julian ihm sein eigenes Bett und pflegte, zusammen mit seiner Frau, den Aussätzigen liebevoll. Doch bereits nach kurzer Zeit erhob sich der Fremde und gab sich zu erkennen. Ein heller Glanz umhüllte ihn, als er zu Julian und seiner Frau sagte, dass Gott ihr Werk in Gnaden angenommen habe und Julians Schuld vergeben sei. Er versprach ihnen Frieden und, wenn die Zeit gekommen sei, einen ruhigen Tod. Dann entschwand er.“

In dieser zusammenhängenden erzählerischen Form hatte Geoffrey selbst seinen eigenen Worten gelauscht und damit die Lebensgeschichte Julians neu vernommen. Wenn Christina etwas fragte, wollte sie alles genau wissen, sie nahm sich Zeit und hörte aufmerksam zu. Geoffrey konnte sich dem nicht entziehen und versuchte, so ausführlich wie möglich zu antworten. Als er an diesem Abend Christina verlassen hatte, dachte sie noch lange über das Leben Julians und seiner Frau nach. Dass Julian einem Leprakranken so fürsorglich Heimat gab, war das tragende Moment, das zur Namensgebung des Lepra-Hospitals führte. Julian erlebte noch in dieser Welt Vergebung durch die göttliche Kraft der Liebe. Durch die Begegnung mit dem „Leprakranken", den Julian durch den reißenden Fluss trug und sich selbst dabei in Lebensgefahr brachte, musste Christina unweigerlich an Christophorus denken, der beim Hinübertragen Christus und das Leid der Welt auf sich genommen hatte.

Dankbar für die Begegnung mit Geoffrey, dankbar, dass sie in allem große Zusammenhänge erkennen und schauen durfte, beendete Christina diesen Tag mit der ihr so lieb gewordenen Ruhe-Meditation.

Christinas 30. Geburtstag

Ohne jemandem etwas davon zu erzählen, feierte Christina mit Geoffrey in Markyate am 6. November 1127 ihren 30. Geburtstag. Obwohl sie es als Geheimnis zwischen ihrer Mutter und dem Schöpfer unausgesprochen bewahren wollte, erzählte Christina an diesem Tag Geoffrey die Geschichte der Taube von Huntingdon und damit die ihrer Geburt. So tief war Geoffrey von diesem Ereignis beeindruckt, dass er den Alexis-Meister inspirierte, bei der Darstellung der ersten verborgenen Jahre Jesu viele Tauben mit ins Bild zu bringen, um damit die geistige Anwesenheit Christinas zu bekunden.

„Mein großer Lehrer, und an ihn denke ich an diesem Tag besonders gern, war Roger, der, als er aus Jerusalem zurückkam, Markyate gegründet hat", sagte Christina. „Ihr habt ihn persönlich gekannt und geschätzt, obwohl – wie ich hörte – Ihr mit seinem eigenwilligen Leben außerhalb der Klausur nicht ganz einverstanden gewesen seid. Ihr könnt Euch daher sicher kaum vorstellen, wie sehr ich ihn als meinen geistlichen Lehrer geehrt und geliebt habe. Hattet auch Ihr einen solchen Meister in jungen Jahren, der Euer Leben mit geprägt und geformt hat?"

Mit dieser Frage hatte Geoffrey nicht gerechnet. Er war überrascht, zögerte einen Augenblick, dann antwortete er: „Wenn auch seit der ersten Begegnung mit meinem Lehrer eine sehr lange Zeit vergangen ist, so denke ich doch gern und dankbar an ihn zurück. Meine Eltern gaben mir die Möglichkeit, die Kathedral-Schule von Le Mans zu besuchen. Da der Weg nach La Tanière nicht allzu weit war, konnte ich an manchen Wochenenden und in den Ferien mein Zuhause genießen.

Leiter der Schule war Hildebert von Lavardin, Kleriker und gleichzeitig Schriftsteller. Nicht nur die Gedichte, die er verfasste, sondern auch seine Persönlichkeit zog mich an, und ich besuchte, sooft es möglich war, seinen Unterricht. Von ihm habe ich viel gelernt und zehre noch heute davon. Als ich dann selbst Lehrer an der Kathedral-Schule wurde, unterstützte und förderte er mich sehr. Bis zu meinem Abschied aus Frankreich begleitete er mich als geistlicher Lehrer. Seine Schriften, in die ich immer wieder hineinschaue, bedeuten mir viel.

Hildebert empfing ebenso seine Ausbildung in der Kathedral-Schule von Le Mans, die er dann später bis 1092 leitete, als er zum Archediakon der Kathedrale St. Julian berufen wurde. Bereits vier Jahre später ernannte man ihn zum Bischof von Le Mans."

„Könnt Ihr mir sagen, worüber er geschrieben hat?", fragte Christina.

„Mit Begeisterung lese ich seine philosophischen Dialoge

und vor allem seine vielfältigen Gedichte. Er gab ein aufsehenerregendes Buch heraus, in dem sich der menschliche Körper darüber beklagt, dass er nicht zu seinem Recht komme. In großartiger Weise beschrieb er das Leben des Abtes Hugo von Cluny und verfasste eine Lebensgeschichte der Maria von Ägypten, die die Wandlungsfähigkeit des Menschen zum Inhalt hat."

Christina horchte auf, als sie den Namen „Maria von Ägypten" hörte, und fragte Geoffrey, ob er ihr dieses Buch von der ägyptischen Maria zum Lesen ausleihen könne.

„Ja, sehr gern", sagte Geoffrey, „denn von der Gestalt der Maria Aegyptiaca geht eine sehr eigentümliche Faszination aus, die Ihr unbedingt erleben müsst. Ich freue mich sehr darüber, dass Ihr durch die ägyptische Maria mit meinem Lehrer Hildebert von Lavardin in Berührung kommt. Mit großer Entschiedenheit wandte er sich gegen König Wilhelm II., Rufus, der nicht nur brutal die Kirche bekämpfte, sondern auch alles versuchte, um Hildebert nicht Bischof werden zu lassen. Durch sein mutiges Vorgehen ist es Hildebert sogar gelungen, gegen Rufus die Freiheit der Kirche zu verteidigen. Im Jahr 1125 wurde er dann zum Erzbischof von Tours geweiht, und in diesem Jahr leitete er die Synode von Nantes."

Vor nicht allzu langer Zeit hatte Geoffrey gefragt, was sich Christina von ihm zu ihrem 30. Geburtstag wünsche. Sie, die auf Grund ihrer Bescheidenheit und selbst gewählten Lebensweise nichts annehmen wollte, antwortete Geoffrey, dass sie alles habe, was sie und ihre Begleiterinnen zum Leben benötigten – das Schönste ihr aber in diesem Augenblick bereits geschenkt würde: Geoffreys Gegenwart. Eine ausgelassene Freude erfüllte Geoffrey und Christina an diesem Tag.

Rannulph Flambard: über die Hintertreppe zum König

Der Sommer des Jahres 1128 brachte dem Kloster St. Albans eine so gute Ernte ein, dass alle Mönche zur Mithilfe aufgefordert wurden. Die Arbeit und das Bemühen, die benediktinische Regel einzuhalten, füllten mehr als die zur Verfügung stehende Zeit aus. Abt Geoffrey, der tatkräftig mitarbeitete, die reiche Ernte einzuholen, und gleichzeitig seine vielen anderen Aufgaben erfüllen musste, fand auch in dieser angespannten Zeit Wege und Möglichkeiten, mit Christina zusammenzukommen. Sie war für ihn lebensnotwendig geworden, und bei jedem ihrer gemeinsamen Gespräche vertiefte sich ihre Freundschaft und Liebe.

Nachdem sie davon gehört hatte, dass vor einigen Wochen Rannulph Flambard, der Bischof aus Durham, verstorben war, hatte sie das große Verlangen, mit Geoffrey über dieses Kapitel ihres Lebens zu sprechen.

„Rannulph Flambard ist mir vor vierzehn Jahren im Haus meiner Tante Alveva in Huntingdon in besonderer Weise begegnet. Hätte ich damals gewusst, dass er der Vater des ersten Kindes meiner Tante ist und mehr von seinem wüsten Leben, hätte ich mich ihm gegenüber klüger verhalten. Mein Vater kannte ihn aus früheren Zeiten, als Flambard noch königlicher Kaplan unter Wilhelm II., Rufus, war, hatte ihn aber noch nicht durchschaut. Vater ließ sich durch Flambards Reden und Gehabe stets sehr beeindrucken. So geschah es mir seinerzeit auch. Immer wenn der Bischof auf seinen Reisen bei Alveva Station machte, besuchten ihn auch meine Eltern. Bei einer solchen Gelegenheit hatten sie mich mitgenommen und ich geriet in seine Fänge. Mit niemandem konnte ich darüber sprechen, außer nun mit Euch, Geoffrey. Vor Euch das jetzt auszusprechen, was mich seit Jahren bewegt und mich an der Lebensgeschichte dieses Mannes so geärgert hat, ist wie eine Erlösung für mich. Zeitweilig stand Flambard in großem Ansehen, und ich wusste nie, zu wem ich etwas über ihn sagen durfte."

„Sprecht das aus, was Ihr wollt, Puella, Ihr dürft mir grenzenlos vertrauen. Vielleicht werdet Ihr, wie auch Flambard, dadurch eine größere Ruhe finden, wenn Ihr das, was Euch bewegt, ausbreitet und ordnet. Da der Bischof von Durham zu Klöstern und Ordensleuten kein gutes Verhältnis hatte, gab es zwischen uns keine Berührungspunkte. Ich lernte ihn 1115 bei den Einweihungsfeierlichkeiten unserer Kathedrale in St. Albans kennen, an denen er mit großem Aufwand teilnahm. Sein Erscheinungsbild und sein Benehmen entsprachen nicht der Vorstellung, die ich von einem Bischof habe. Doch lasst mich hören, was zwischen Euch und ihm geschah."

„Nachdem ich ihn in Huntingdon, ich war siebzehn Jahre alt, erlebt hatte", sagte Christina, „ging ich lange Zeit gewissen Männern aus dem Weg, die Ähnlichkeit mit ihm hatten oder sonst etwas mit ihm gemein."

Christina berichtete in allen Einzelheiten von diesem Abend bei ihrer Tante, besonders von den Schmeicheleien, die ihr der Bischof entgegengebracht hatte. „Geschickt, und ich ahnte nicht einmal, was er mit mir vorhatte, lockte er mich in sein Zimmer. Ich war so dumm und unerfahren, dass ich zunächst nicht einmal bemerkte, wie er bei sich selbst sexuell zu spielen begann, um mich zu reizen und neugierig zu machen. Geoffrey, dass ich Euch so offen davon erzählen darf, bedeutet für mich eine große Erleichterung. Bitte, lasst mich Euch alles sagen, was ich von diesem Mann weiß."

Christina berichtete Geoffrey von der intimen Begegnung mit Rannulph Flambard und dem unausweichlichen Anblick, dem sie ausgesetzt war, in einer so aufgeregten Weise, als sei es ein Schrei ihrer Seele. „Unter dem Vorwand, die Tür verriegeln zu wollen, rannte ich aus dem Zimmer und schloss ihn ein. Damit habe ich ihn umso mehr bloßgestellt und seine Eitelkeit gekränkt. Ich handelte damals schnell, doch die Wunden, die ich in meinem Inneren davontrug, heilten nur langsam. Ich bin sehr glücklich und erleichtert, dass ich Euch diese so wichtige Geschichte in meinem Leben unverblümt erzählen darf."

Nun konnte Geoffrey vieles in einem größeren Zusammenhang erfassen als bisher. Er sah ihre damalige panische Flucht vor Männern in einem anderen Licht, als Christina davon sprach, dass Flambard alles daran gesetzt hatte, dass sie ihre Unschuld verliere. Pausenlos quollen die Worte aus Christina hervor, so sehr war ihr daran gelegen, die Eindrücke, die Flambard für ein Leben lang bei ihr hinterlassen hatte, in Worte zu fassen und auszudrücken. Einmal alles auszusprechen, was von diesem für sie widerlichsten Menschen in ihre Seele gefallen war, bedeutete Erlösung.

„Eigentlich liegt es mir fern, nach dem Tod eines Menschen Ungutes von ihm zu sagen, doch Ihr versteht es hoffentlich richtig, da es dabei um die Befreiung meiner eigenen Seele geht." Geoffrey ermutigte Christina zu reden und versicherte ihr, dass niemandem durch das Gesagte Schaden entstünde.

„Dieser Mann mit seinem maßlosen eitlen Imponiergehabe hätte fast mein Leben zerstört und lächelnd mit angesehen, wie sich das Schicksal, das er meiner Tante zugefügt hat, an mir wiederholte. Ich möchte nicht wissen, wie viele Kinder von ihm in der Normandie, in Winchester, Durham und den vielen Zwischenstationen leben. Wenn ich Euch jetzt so viel von diesem Mann erzähle, heißt das, dass er in meinem Leben keine unbedeutende Rolle spielte und ich mich mit ihm schwer auseinandersetzen musste und muss.

Rannulph Flambard war der Sohn eines unbekannten Priesters der Diözese Bayeux in der Normandie. Das halte ich auch für durchaus in Ordnung, denn seine Eltern kann man sich nicht aussuchen. Es ist jedoch kaum zu glauben, wie es einem Mann aus einem derart niedrigen Umfeld gelang, von der Normandie aus zur Spitze der englischen Gesellschaft aufzusteigen. Wie ich weiß – und entschuldigt bitte meine Wut –, gelang ihm das nur über die Hintertreppe zur königlichen Regierung des Rufus. Aus dem Wenigen, was der König ihm entgegenbrachte, machte Flambard viel, indem er nicht nur Kaplan am Hof war, sondern auch bedingungsloser Ausführer des königlichen Willens. So fand Rufus in ihm genau den skrupellosen Erneuerer, den er suchte. Durch unlautere Machenschaften – Enteignung von Land, das Klöstern gehörte – versuchte Rannulph Flambard geschickt, die königlichen Einkünfte zu erhöhen, um sich bei Rufus beliebt zu machen.

Um sich abzusetzen und nicht mit den vielen Personen namens Rannulf, die die Chroniken erwähnen, verwechselt zu werden, bat er den König um einen zweiten Namen. So kam es zu 'Flambard'. Winchester wurde zum Zentrum, von wo aus er für erhöhte kirchliche Abgaben an den König sorgte. Dabei kam seine Familie niemals zu kurz. In Finanzfragen, besonders in Verbindung mit der Kirche, wurde Rannulph Flambard zur führenden Hand des Königs Wilhelm Rufus.

Als königlicher Kleriker wurde er dann 1099 zum Bischof von Durham und Vorsitzenden der Kathedrale St. Cuthbert ernannt. Aus dem Nichts hatte er eine glänzende Karriere zum Bischof gestartet. Doch der mysteriöse Tod des Königs Rufus, der ihn am 2. August 1100 auf der Jagd in Südengland ereilte, stürzte Rannulph Flambard zunächst in eine Katastrophe. Als bereits am 5. August 1100 der Bruder und wahrscheinliche Mörder des Königs, Heinrich I. den Thron bestieg, machte er den Bischof von Durham mit verantwortlich für die schlechte und korrupte Regierung seines Bruders Rufus. Heinrich fand in Flambard, der sich gern als führender Minister und königlicher Agent ausgegeben hatte, einen Sündenbock und Mitschuldigen an der Ausbeutung kirchlicher Güter. Da der Bischof von Durham zudem beim Volk sehr unbeliebt war und als 'Räuber' – allerdings geschützt durch die königliche Macht – bezeichnet wurde, gelang es dem neuen König schon innerhalb von zehn Tagen, Rannulph Flambard wegen Amtsmissbrauchs anzuklagen.

Bereits am 15. August 1100 saß er als Gefangener im Tower von London. Flambard, der es verstand, sich überall zu seinen

Gunsten einzuschmeicheln, gelang tatsächlich nach einigen Monaten die Flucht aus dem Tower. Freunde und Anhänger von ihm wie auch seine unaufhörliche Energie hatten dafür gesorgt. Der gut vorbereitete Fluchtplan wurde zwischen dem Bischof und seinen Mittelsmännern ausgetauscht und in die Wege geleitet. In seiner unschuldigen und gewinnenden Art hatte Flambard die Gefängniswärter, die ihn bewachten, zu einem hervorragenden und nur in kirchlichen Kreisen gehandelten Wein eingeladen. Die Wärter stimmten freudig zu, und am nächsten Tag wurde ein großes Fass Wein von Flambards Freunden in den Tower gebracht. Tief unten in diesem Fass hatten sie ein Seil versteckt. Als nun der schwere Wein den Wärtern zu Kopf gestiegen war und sie trunken machte, verloren sie die Kontrolle, sodass der Bischof freie Hand hatte. Nachdem alle eingeschlafen waren, nahm er das Seil und band es an die schmale Säule, die das Fenster seiner Zelle in zwei Hälften teilte. Auch in diesem Augenblick seiner bevorstehenden Flucht vergaß Rannulph Flambard nicht, dass er noch immer ein Bischof war.

Ich schäme mich fast", sagte Christina zu Geoffrey, der gespannt darauf war, ob die Flucht geglückt sei, „Euch derartig geistlose Geschichten zu erzählen. Dafür ist unsere gemeinsame Zeit eigentlich zu kostbar. Doch trotzdem möchte ich mir Flambard jetzt aus dem Herzen reden.

Ihr haltet es kaum für möglich: Bevor der Bischof sich abseilte – er war groß, wohl beleibt und unbeweglich –, steckte er seinen Bischofsstab, den er seiner Würde entsprechend mit ins Gefängnis genommen hatte, zu sich, damit er nicht verlustig ginge. Bei der Anstrengung, am Seil sein Gewicht zu halten, schmerzten und bluteten ihm die Hände, und er soll bedauert haben, seine bischöflichen Handschuhe vergessen zu haben. Noch bevor er den rettenden Boden erreicht hatte, stellte sich heraus, dass das Seil zu kurz war, an dessen Ende er jetzt hing. Er musste sich fallenlassen und fiel schwer zu Boden. Verletzt und stöhnend rief er um Hilfe. Seine Freunde und Anhänger, die am Fuß des Towers auf ihn warteten, brachten ihn sofort in Sicherheit, indem sie Rannulph Flambard noch am selben Tag – es war der 3. Februar 1101 – einschifften und über den Kanal in die Normandie beförderten.

Damals war Robert, genannt 'Kurzhose', der ältere Bruder Heinrichs I., noch Herzog der Normandie. Ihm vertraute sich Bischof Flambard an und fand als Verfolgter König Heinrichs I. in der Normandie Bedauern, Verständnis und Aufnahme. Trotz seiner Verletzungen und Schmerzen – fast am ganzen Körper hatte er blaue Flecken – verließ ihn seine einschmeichelnde menschliche Liebenswürdigkeit nicht.

Flambard war ein unverwüstlicher Mann. Während der nächsten fünf Jahre verhielt er sich ambivalent, einzig auf seinen eigenen Vorteil bedacht, indem er eine abwägende Doppelrolle zwischen den Brüdern Robert in der Normandie und Heinrich in England spielte. Er wurde förmlich zum Diener zweier Herren. Als Flambard bemerkte, dass trotz des Abkommens in Alton König Heinrich seinen Bruder Robert auch von der Herrschaft in der Normandie ausschließen wollte, verlegte er den Schwerpunkt seiner einschmeichelnden Hilfsangebote nach England. Da Heinrich I. für seine Regierung unbedingt die Unterstützung der Kirche benötigte, war Bischof Rannulph Flambard ihm willkommen.

So konnte er im Jahr 1107 endgültig den Bischofssitz in Durham wieder einnehmen, der ihm 1099 von Rufus zugesprochen war. Im Gegensatz zu seinen früheren administrativen Tätigkeiten am Hof war Flambard jetzt nicht genügend ausgelastet, da König Heinrich ihm wohlweislich keine Rechts- und Finanzaufgaben mehr übertragen hatte. Obwohl Rannulph Flambard jetzt nur noch einer unter vielen war, fühlte er sich doch als angesehener Bischof und territorialer Magnat von England. Er drängte sich in die Nähe des Königs so oft er nur konnte und nahm – auch unaufgefordert – an allen großen kirchlichen und staatlichen Veranstaltungen im Lande teil.

Zwischen dem Mönchskonvent in Durham, der von Flambards Vorgänger, dem hoch angesehenen Mönchs-Bischof William von St. Calais gegründet worden war, und dem zurückgekehrten Bischof bestanden erhebliche Spannungen. Für ein einfaches mönchisches Leben – wie Ihr selbst festgestellt habt und bereits sagtet – hatte Flambard nichts übrig. So geriet er naturgemäß mit Turgot, dem Prior des Benediktiner-Klosters in Durham, in einen großen Konflikt. Turgot hatte mit großem Geschick und mit Umsicht während der Abwesenheit Flambards bis 1107 die Diözese Durham geleitet. Zudem war er noch ständiger Archediakon an der St. Cuthbert-Kathedrale. Rannulph Flambard hatte maßgeblichen Anteil daran, dass der Prior und Archediakon Turgot im Jahr 1108 als Bischof nach Schottland berufen wurde. Jetzt konnte er als kirchliches Oberhaupt von Durham wieder uneingeschränkt seine Macht ausüben. Er verstand es sogar, die Sheriffs in Durham von sich und nicht vom König abhängig zu machen. So war es für Flambard leicht, seinen Neffen Osbert als Sheriff einzusetzen, denn familiäre Interessen standen bei ihm im Mittelpunkt. Für seinen ältesten Sohn Thomas besorgte er die Pfründe in Lincoln, für die beiden anderen Söhne Ralph und Elias stellte er angesehene Posten im kirchlichen Dienst bereit. Auch für seinen Vater, den Priester, hatte Flambard gut vorgesorgt. Dieser starb hochbetagt in der St. Augustinus-Abtei von Canterbury."

Christina unterbrach ihr heftiges Reden über Rannulph Flambard, schaute Geoffrey lange an und fragte ihn, ob sie auch den Rest vor ihm ausbreiten dürfe. Geoffrey hielt seinen Kopf in beiden Händen; entsetzt über eine derartige Lebensgeschichte wartete er jetzt gespannt auf ihren Ausgang.

„In dieser Zeit", fuhr Christina fort, „als Flambard bereits von großen Schatten umgeben war, begegneten wir uns in Huntingdon. Alle, wie auch ich damals, fielen auf ihn herein, denn er hatte ein hervorragendes Gespür, passende Gelegenheiten für sich zu nutzen."

Bei dem, was Christina anschließend zu Geoffrey sagte, konnte sie sich eines ironischen Untertons nicht erwehren. „Zudem hatte sich Rannulph Flambard Jagdrechte einräumen lassen, wie sie eigentlich nur dem König zustanden. Und dann war ich mit diesem kräftigen, beleibten Mann allein in dem mit Teppichen ausgehängten Raum. Er verhielt sich so lieb und verständnisvoll, dass ich zunächst an ihn glaubte – dumm und naiv, wie ich damals war. Allerdings war mir sein kleiner Kopf schon immer als unangenehm aufgefallen, die flache, abgeschrägte Stirn und dieser große ausladende Hinterkopf. Ich habe Euch erzählt, was dann noch alles bei ihm zum Vorschein kam …

Sein Einfluss in England, wie ich immer wieder von meiner Familie erfahren habe, war trotz allem nicht unbedeutend. Als am 20. Oktober 1122 Ralph d'Escures, der Erzbischof von Canterbury, starb, wurde William von Corbeil sein Nachfolger. An dieser Besetzung war Flambard nicht unbeteiligt. William, der Geistlicher in Durham war, gehörte zum engen Freundeskreis um Rannulph. Ich will Euch als Normannen nicht damit treffen, wenn ich ein wenig spitz sage, dass der Bischof von Durham ein überaus tatkräftiges Mitglied einer außerordentlichen Vereinigung ehrgeiziger normannischer Kleriker in London war: dem Kapitel von St. Pauls.

Flambard liebte zeitlebens große triumphale Auftritte. Ich erinnere mich nur allzu gut an seinen großen massiven Goldring, auf dem ein prächtiger Saphir glänzte, und an seinen grünen Mantel, auf den unzählige kleine Perlen gestickt waren. Auf der anderen Seite gründete er in Durham ein Krankenhaus für die Armen und zeigte sich nachsichtig und wohltätig. Bei allem, was er tat, soll er kein ehrfurchtsloser Mann gewesen sein. Ich glaube schon, dass Rannulph Flambard ein großes Herz hatte, doch war er äußerst eigensinnig und machte sich in meinen Augen durch sein Verhalten und Auftreten lächerlich.

Etwas Gutes möchte ich zum Schluss noch über ihn sagen:

Bevor er starb, gab er den Benediktinern von Durham die Ländereien und Güter zurück, die er ihnen einstmals gewaltsam abgenommen hatte. Damit stellte er vor seinem Tod den alten Besitzzustand wieder her."

Glücklich und dankbar, dass Christina ihre inneren Spannungen und die damit verbundenen Gefühle zum Ausdruck gebracht hatte, wie aber auch sprachlos über das unaufrichtige Leben des Rannulph Flambard, ritt Geoffrey an diesem spätsommerlichen Abend zurück von Markyate nach St. Albans. Diese und die folgenden Geschehnisse bereiteten Christina den Weg, damit sie noch offener und sensibler die wirkmächtige Strahlkraft empfangen konnte, die von dem Buch ausging, das auf sie wartete.

Nach allen Seiten offen

Der Alexis-Meister, der jetzt wieder im Scriptorium von St. Albans tätig war, freute sich über die täglichen Besuche des Abtes und seine immer neuen Anregungen. Als Christina ihr Herz ausgeschüttet und über den Bischof von Durham gesprochen hatte, war bei Geoffrey etwas ins Schwingen geraten, worüber er lange und immer wieder nachdenken musste. Gab es nicht eine Möglichkeit, die aufregenden Ereignisse in Christinas Leben verschlüsselt mit in das große Buch aufzunehmen? Wenn in späteren Generationen geistlich wache Menschen darin lesen, dachte Geoffrey, sollen sie aus den Texten und Bildern eine Ahnung bekommen, wer diese Frau, Christina von Markyate war.

Das, was Christina bisher aus ihrem Leben erzählt hatte, arbeitete in ihm, und er konnte den Gedanken an das Alexius-Lied nicht loslassen. Das Buch *Vie de St. Alexis,* das in seiner Muttersprache Französisch geschrieben war und das Geoffrey als kostbaren Schatz mit über den Kanal nach England gebracht hatte, war beim großen Brand in Dunstable vernichtet worden. Geoffrey liebte dieses literarische Zeugnis seiner Heimat sehr, das in rhetorisch durchdachter Komposition das Leben des Alexius erzählt. Hatte sein Leben nicht mit dem Christinas Ähnlichkeit? Dieser wunderbare Text in gebundener Sprache bestand aus 125 assonierenden zehnsilbigen Fünfzeilern und stammte aus der Mitte des 11. Jahrhunderts. Aber weitaus wichtiger war sein Inhalt. Je mehr Geoffrey darüber nachdachte, umso klarer wurde ihm, dass Abschnitte aus dem Leben des Alexius mit Abschnitten aus dem Leben Christinas zu vergleichen waren.

Eine geschichtliche Tatsache, die sogar Alexius mit der Kathedrale von St. Albans in Zusammenhang brachte, offenbarte Geoffrey die lebendige Verbindung. Da Rannulph Flambard damit zu tun hatte, nahm er sich vor, Christina hiervon nichts zu erzählen. Ein oder zwei Jahre nach den großen Einweihungsfeierlichkeiten der Kathedrale im Jahr 1115 wurden Abt Richard d'Albani die Mittel für eine Seitenkapelle gespendet, mit der Auflage, sie dem Heiligen Alexius zu weihen. Da die Weihehandlung eines sakralen Raumes nur durch einen Bischof vollzogen werden konnte und sich der Bischof von Durham anbot, ergab es sich, dass Rannulph Flambard dieses Ritual in St. Albans vornahm. Als Geoffrey hierüber nachdachte, wurde ihm die Paradoxie dieser Handlung bewusst: Gerade der Bischof von Durham, der das Leben auch über natürlich gesetzte Grenzen hinaus auszukosten verstand, richtete Alexius, der wie Christina ehelos leben wollte, in der Klosterkirche von St. Albans eine Gedenkstätte ein.

Schon seit langem hatte der Illuminator des Albani-Psalters, der Alexis-Meister, Abt Geoffrey um einen geeigneten längeren Text für Christina gebeten, den er – eigenhändig von Geoffrey geschrieben – gern mit in das Buch hineinnehmen wollte. Durch Verwandte, die von La Tanière nach England übergesiedelt waren und nun in der Nähe von St. Albans lebten, hatte der Abt die Möglichkeit, das Buch *Vie de St. Alexis* zu bekommen. Vor dem Hintergrund der Ereignisse in Christinas Leben beeindruckte ihn der Text nun umso mehr, sodass er gleich den Meister im Scriptorium von seinen Plänen erzählte und ihm Passagen aus dem Alexius-Lied vorlas. In der Vorstellung des Malers entstand bereits ein Bild, das er diesem wunderbaren Text voranstellen wollte. Er dachte an eine dreigliedrige Szenenfolge in einer Miniatur, die man wie die Schrift der Lebensgeschichte von links nach rechts „liest".

„Kannst du mir das Alexius-Lied einen Tag überlassen?", fragte der Meister. „Ich möchte mich in den Text vertiefen, um die wesentlichen Geschehnisse in einem Bild erzählend darzustellen. Wenn du mir sagst, mit welchen Anfangsbuchstaben du den Text zu schreiben beginnst, kann ich zum Bild die entsprechende Initiale entwerfen." Geoffrey antwortete, er wolle dem Alexius-Lied einen kurzen Prolog vorausschicken, dessen erstes Wort mit dem Buchstaben „I" beginnen würde. Er war mit dem Vorschlag des Malers einverstanden, den Text – Geoffrey wollte ihn in französischer Sprache schreiben – zweifarbig zu gestalten. Zeilen in roter und blauer Tinte geschrieben sollten einander abwechseln. Auf sorgfältig vorgezeichneten Haarlinien, die im Gegensatz zu den anderen Texten nicht wieder fortgenommen wurden, begann Abt Geoffrey damit, das Alexius-Lied aufzuzeichnen. Seine Buchstaben gerieten wesentlich größer als die der Psalmentexte. Doch der bezeichnendste persönliche Wesenszug der Schrift Geoffreys war die Form des Zeichens für „und". Viele der kleinen „g" waren bei ihm nicht geschlossen, sodass sie leicht mit dem kleinen „s" verwechselt werden konnten.

Bei seinem nächsten Besuch in Markyate gab Geoffrey Christina auf besondere Weise zu verstehen, wie sehr ihn der dramatische Weg, der sie aus ihrem Elternhaus in ein völlig anderes Leben geführt hatte, beeindruckte und zum Nachdenken anregte. Er hatte auf ihren Bericht von Rannulph Flambard geschwiegen, um keine alten Wunden aufzureißen. Doch jetzt, aus dem Abstand, wollte Geoffrey ihr durch das Alexius-Lied sein Verständnis, seine Sympathie und sein Entgegenkommen ausdrücken. Er erzählte ihr, dass er das *Leben des Alexius* als symbolische Erinnerung an ihre eigene Lebensgeschichte zusammen mit einem Bild in den Albani-Psalter aufnehmen würde. „Da ich aber, wie Ihr wisst, nicht solange warten kann, bis das Buch für Euch fertiggestellt ist, erlaubt mir, Euch heute schon die Lebensgeschichte des Alexius vorzustellen. Sie soll eine Antwort sein auf die vielen unausgesprochenen Fragen, die ich glaube, in Eurem Lebensbericht gehört zu haben.

Das Alexius-Lied ist in meiner Heimat genauso bekannt wie das Rolandslied. Die erstmalig in Syrien aufgezeichnete Lebensgeschichte des Alexius stammt aus dem 5. Jahrhundert. Bei uns wurde sie erst im 10. Jahrhundert bekannt und poetisch bearbeitet. Zu allen Zeiten entstand die Frage, ob die Handlungsweise des Alexius seiner Braut gegenüber gerechtfertigt war. Im Albani-Psalter soll die Alexius-Vita einen Hinweis auf Eure Lebensentscheidung geben und sie untermauern. Doch wird es bestimmt auch immer Leser geben, die dieses Verhalten nicht verstehen."

Christina war gespannt und gleichzeitig ein wenig verlegen, dass sie nun – wenn auch verschlüsselt – in den Mittelpunkt der Erzählung gestellt wurde.

„Alexius war der Sohn des römischen Senators Euphemius und seiner Gemahlin Aglais. Sehr lange hatten die Eltern darauf gewartet, endlich Vater und Mutter zu werden. In dem vornehmen und reichen Patrizierhaus fanden alle Bedürftigen einen reichen Tisch und, wenn notwendig, auch Unterkunft. Die Eltern lebten als Christen und sahen dieses Verhalten den Armen gegenüber als ihre Pflicht an. So wurde auch der spät geborene Alexius im christlichen Sinne erzogen und gebildet. Doch der Reichtum seiner Eltern bedeutete ihm nicht viel und er gab geistlichen Zielen den Vorrang. Seine Eltern, an Jahren fortgeschritten, waren hingegen besorgt um das Erbe und wünschten sich vor allem durch ihren Sohn Nachkommenschaft. Sie drangen daher so lange mit Bitten auf ihn ein, bis sie Alexius mit der vornehmen Römerin Sabina verheiraten konnten. Die Hochzeit wurde mit großer Pracht gefeiert. In der Nacht aber, nachdem Alexius sein Leben noch einmal überdacht hatte, spürte er für sich die Unmöglichkeit, Ehemann und Vater zu sein. Er wusste, dass er unter dem Zwang, den seine Eltern ihm auferlegt hatten, keine Ehe führen konnte und durfte. Als er mit seiner Braut zusammen in der Kammer war, versuchte Alexius mit ihr über ein anderes Leben zu sprechen, ein eheloses, zu dem er wegen seiner Eltern nicht den Mut gehabt hatte sich zu bekennen.

Alexius spürte, dass er noch in dieser Nacht endgültig handeln musste und nahm Abschied von seiner Braut. Er zog seinen Ring vom Finger, öffnete seinen kostbaren Schwertgürtel und legte ihr beides zu Füßen. Dann nahm er heimlich Reisegeld und floh ungesehen aus dem Haus, eilte zum Hafen und fand alsbald ein Schiff, das ihn nach Edessa in Mesopotamien brachte.

Alexius vertauschte seine Kleider mit dem Gewand eines Bettlers, gab den Armen seine ganze Barschaft und mischte sich unter sie. Von dem, was er durch Gelegenheitsarbeiten und durch Zuwendungen erhielt, benutzte er nur das Notwendigste und schenkte das Übrige an Notleidende und Kranke. Alexius lebte in Edessa in völliger Armut und hielt sich vorwiegend im Vorhof der großen Kirche auf.

Im Haus seiner Eltern war große Trauer. Die ausgesandten Boten kehrten zurück, ohne dass sie eine Spur von Alexius gefunden hatten. Seine Eltern wollten sich nicht trösten lassen, seine Braut zog Trauerkleider an und verbrachte ihre Tage wie eine Witwe.

Siebzehn Jahre lang lebte Alexius in asketischer Weise, bis eines Tages die Gläubigen, die die Kirche besuchten, vor der er sich aufhielt, durch ein besonderes Zeichen auf ihn und sein offensichtliches Auserwähltsein hingewiesen wurden. Um der Bewunderung der Menge zu entgehen, ergriff Alexius heimlich die Flucht. Er zog sich nach Tarsus in Cilicien zurück. Als aber das Schiff durch widrige Stürme an die Gestade Italiens geworfen wurde, fasste er den unwiderruflichen Entschluss, in sein Elternhaus nach Rom zurückzukehren. Doch sein Vater erkannte den bettelnden Pilger nicht als seinen Sohn, nahm ihn aber in sein Haus auf.

Alexius wählte sich einen engen Verschlag unter der Treppe und setzte sein asketisches Leben fort. Bald schon hatten die Diener den Befehl ihres Herrn, dem Fremden Gutes zu tun, vergessen. Sie spotteten des armen Narren, gossen Spülwasser über seinen Kopf und warfen ihm Brocken hin wie einem Hund. Alexius aber war geduldig und ertrug alles ohne ein Wort zu sagen.

Siebzehn Jahre lang sah er fast täglich seinen Vater, seine Mutter und seine Braut. Obwohl es ihm das Herz zerriss, blieb er fest bei seinem Entschluss, unerkannt zu bleiben bis zu seinem Tod. Als er aber das Ende seines Lebens nahen fühlte, ließ er sich Pergament und Tinte geben, um seine Lebensgeschichte aufzuschreiben.

Wie durch ein Wunder wurden hohe Herren der Kirche und des Senates darauf aufmerksam gemacht, dass im Haus des Euphemius ein besonders begnadeter und heiligmäßiger Mann lebe. Als sie herausgefunden hatten, dass damit der arme Bettler unter der Stiege gemeint war, gingen sie hin, um nachzusehen. Staunend fanden sie den Bettler dort tot auf seinem ärmlichen Lager, sein Antlitz leuchtete und in seiner Hand hielt er ein Schriftstück. Erst nach einigen Versuchen, ihm das Schriftstück zu nehmen, ließ es der Tote los. Als Euphemius vernahm, dass der arme Bettler niemand anderer war als sein Sohn, fiel er ohnmächtig zu Boden. Aglais, Alexius' Mutter, und seine Braut liefen in größter Bestürzung und Betrübnis herbei und warfen sich klagend über den toten Alexius.

Dies geschah im Jahr 417. Von dem Leichnam gingen wunderbare Kräfte aus, und es geschahen unerklärbare Heilungen. Nach sieben Tagen wurde Alexius in der Kirche des Heiligen Bonifatius bestattet. Man sagte, noch lange Zeit danach hätten viele Menschen am Grab des Alexius heilsame Schwingungen gespürt."

Der Buch-Meister, der das Alexius-Lied vorher gelesen hatte, war ganz und gar damit beschäftigt, diese Legende passend für Christina in einem Bild zu verdichten. Es gelang ihm, drei Szenen aus dem Anfang der Geschichte mit Christinas Leben in Verbindung zu bringen. Der Alexis-Meister fühlte sich besonders davon angesprochen, dass es Menschen auch unter extremen Bedingungen gelang, ihr Wünschen und ihre eigene Persönlichkeit durchzusetzen.

Seine farbige Federzeichnung blieb ungerahmt und damit nach allen Seiten offen. Das Bild, das gut die Hälfte des Blattes einnimmt, illustriert den Beginn des Textes. Links oben übergibt Alexius, von der Geist-Taube inspiriert, seiner Braut zum Abschied den Ring und den Schwertgürtel. Übergehend in die zweite Szene malte der Künstler rechts daneben die trauernde Braut, die im Haus bleibt, während Alexius aus der Tür tritt. Ganz rechts außen zum Blattrand hin steht Alexius – von einer Hand gesegnet – bereits im Schiff und bezahlt dem Schiffer die Überfahrt in das für ihn gelobte Land.

Ein verlockendes Angebot …

Nach Markyate kamen rat- und hilfesuchende Menschen nicht nur aus ganz England, sondern auch vom Kontinent. Wegen der vielen Besucher war es Christina kaum möglich, auch nur einen Tag nicht in Markyate zu sein. Ein heimlicher Wunsch nach größerer Stille und Zurückgezogenheit wurde in ihr wach und ließ sie sogar mit dem Gedanken spielen, England zu verlassen, um an einem Ort zu leben, an dem sie unbekannt war. Die Frage, ob es eine erneute Flucht sei, beschäftigte Christina sehr; gleichzeitig traten ihr der Einsiedlermönch Roger und Abt Geoffrey mahnend in den Weg.

Eigens aus Frankreich reisten geistliche Persönlichkeiten von bekannten Klöstern an, die Christina darum baten, in französischen Frauenkonventen als Priorin oder gar Äbtissin tätig zu werden. Bisher hatte sie jedoch alle Angebote abgelehnt. Eines Tages erschien bei Christina in Markyate – es war im Frühjahr 1130 – Erzbischof Thurstan von York. Ihm, dem sie unendlich viel und ihre innere Freiheit zu verdanken hatte, konnte sie schwerlich eine Absage erteilen. Erzbischof Thurstan bat sie inständig und mit allem Nachdruck darum, das von ihm gegründete Frauenkloster St. Clement in York als Äbtissin zu leiten.

Am Ende des vielversprechenden Gesprächs, für das Christina dankbar war, erbat sie sich vom Erzbischof einige Wochen Bedenkzeit. Doch bevor sie mit Geoffrey über St. Clement sprechen konnte – aus Sorge, er könne ihr abraten, hatte Christina gezögert –, machte ihr Erzbischof Thurstan noch einmal einen Besuch. Er brachte sein Verständnis zum Ausdruck und sagte: „Vielleicht ist es für dich nicht sehr empfehlenswert, gerade in York und so ganz in der Nähe die Aufgabe als Äbtissin zu übernehmen. Ich verstehe deine Bedenken nur allzu gut, besonders wenn ich an den Kleriker denke, bei dem ich dir Unterkunft besorgte."

Christina fiel ein Stein vom Herzen, war sie doch auf sensible Weise davor bewahrt worden, das auszusprechen, was sie in York erleben und durchstehen musste.

„Heute bin ich zu dir gekommen, da ich von zwei bekannten französischen Klöstern gebeten wurde, dich zu fragen, ob du dort die Verantwortung übernehmen würdest. Du bist eine hoch geschätzte und begehrte Frau und selbst in Frankreich nicht unbekannt. Ich will dir alles, was ich von den Benediktinerinnen aus Fontevrault und Marcigny weiß, berichten, dir aber zur Entscheidung genügend Zeit lassen.

Das Kloster Fontevrault, das zur Diözese Poitiers gehört, wurde vor dreißig Jahren von Robert von Arbissel gegründet. Die große Anlage liegt verborgen und einsam im Tal von Fontevrault. Der Gründer – er starb 1117 – wurde in der Bretagne geboren und besuchte die Theologenschule von Paris. Später war er Wanderprediger und begleitete vor allem Frauen auf ihrem geistlichen Weg. Für sie richtete er mit Unterstützung des Papstes Paschalis II. das Benediktinerinnen-Kloster ein – eine große verantwortungsvolle Aufgabe, die dich als Äbtissin von Fontevrault erwarten würde. Zu diesem Kloster gehören bereits zahlreiche Priorate in Frankreich und auch bei uns in England.

Das andere Kloster, mit dem ich in ganz besonders enger Verbindung stehe, ist Marcigny. Du wirst sicherlich viel davon gehört haben, denn es ist ein Priorat des Benediktiner-Klosters von Cluny. Wenn ich mir vorstelle, Christina, welch geistige Strömungen dich erwarten, möchte ich dich am liebsten gleich dort wissen. In Marcigny-les-Nonnains lebt Raingard als Ordensfrau, die Mutter des Abtes Petrus Venerabilis von Cluny. Petrus Venerabilis, der auch ein bedeutender Schriftsteller ist, besucht Marcigny sehr häufig. Seit 1122 ist er Abt von Cluny, ein Mann von großer Güte und Weitherzigkeit. Und stell dir vor, Petrus Venerabilis hat sich an den Koran gewagt und lässt ihn zur Zeit in seinem Kloster Cluny ins Lateinische übersetzen."

Christina, die erstaunt war über die Einzelheiten, die Thurstan aus Marcigny und Cluny zu erzählen wusste, fragte den Erzbischof nach seiner besonderen Verbindung zu diesen französischen Klöstern. Zuerst zögerte er, doch dann beantwortete er Christinas Frage offen:

„Schon über zwanzig Jahre begleite ich geistlich die Schwester König Heinrichs I., Adela Gräfin von Blois. Ihr Sohn Heinrich, der seit einem Jahr Bischof von Winchester ist, trat als Benediktinermönch in Cluny ein. Nach dem Tod ihres Mannes, des Herzogs von Blois, überlegte Adela und bat mich um Rat, ob sie in das cluniazensische Priorat von Marcigny gehen solle, um dort ein rein geistliches Leben zu führen. Der Gräfin den Weg in das Kloster zu ebnen fiel mir außerordentlich schwer. Diese Frau ist politisch für England – wenn auch im Verborgenen – von größter Bedeutung, denn sie hat einen guten Einfluss auf ihren Bruder Heinrich I. Durch Vermittlung der Gräfin von Blois gelang es Anselm von Canterbury im Jahr 1106, eine wichtige Übereinkunft mit König Heinrich I. im

Kloster Bec in der Normandie zustande zu bringen. Anselm kehrte nach der Vertragsschließung von Bec auf seinen erzbischöflichen Sitz in England zurück. Leider war ihm dann nur noch eine kurze Zeit in Canterbury vergönnt. Wie du sicherlich weißt, starb er am 21. April 1109 im 76. Lebensjahr.

Als im Jahr 1120 Adelas ältester Sohn, Stephan von Blois, auf eigenen Füßen stand, drängte es sie, endgültig in Marcigny einzutreten. Ich habe Gräfin von Blois dann noch im selben Jahr zu Ostern in das Benediktinerinnen-Kloster nach Frankreich begleitet, wo sie sehr glücklich ist."

Durch die so detaillierten und vertrauensvollen Berichte des Erzbischofs Thurstan, der Christina schon in Redbourn in sein Herz geschlossen hatte, wurden ihr tief greifende politisch-kirchliche Zusammenhänge bewusst. Schon seit ihrer frühen Jugend war sie – angeregt durch ihren Vater Autti – offen für Gespräche, die mit dem Königshaus, der Politik und der Kirche zu tun hatten.

„Damit du, Christina von Markyate, die rechte Entscheidung finden kannst, brauchst du Zeit, Stille und das Gebet. Bevor ich dich jetzt wieder allein lasse, möchte ich dir kurz etwas zur Geschichte von Marcigny sagen. Dieses Frauenkloster ist – wie ich schon sagte – eine Gründung der Benediktiner-Abtei von Cluny. Hugo von Cluny, der 1109 starb, war sechzig Jahre lang Abt dieses berühmten Klosters, von dem die großen Reformen ausgingen. Im Jahr 1080 erbaute Abt Hugo zusammen mit seinem Bruder Godefroy Marcigny-les-Nonnains als Haus für ihre Mutter, für ihre Schwester und eine Gruppe gleichgesinnter Frauen. Es gibt bis heute zwei verschiedene Lebensweisen in Marcigny: Ordensfrauen, die in Gemeinschaft, also in der Kommunität leben, und Einsiedlerinnen, die ihr Leben allein gestalten und in Zellen in erreichbarer Nähe zum Kloster wohnen."

Erzbischof Thurstan hatte Christina wieder verlassen, doch schwirrten jetzt eine Menge ungelöster Gedanken und Gefühle in ihrem Kopf und in ihrem Herzen.

… wird ausgeschlagen

Das werdet Ihr mir doch nicht antun", sagte Geoffrey entsetzt zu Christina, als sie ihm von ihren Plänen berichtete. Er zog alle Register, um ihr bewusst zu machen, dass ihr Platz in Markyate sei und er ohne sie weder als Mensch noch als Abt leben könne.

Christina, die längst vor diesem Gespräch ihre Entscheidung aus Liebe zu Geoffrey und zu St. Albans getroffen hatte, ließ ihn sich alles von der Seele reden, bevor sie ihm antwortete. Geoffrey erklärte: „Niemals würde der Albani-Psalter vollendet werden, wenn Ihr nicht in unmittelbarer Nähe seid und geistig wie bisher mitarbeitet. Ohne Euch bricht der Dreiklang, den wir für das Buch zusammen mit dem Alexis-Meister bilden, sofort auseinander. Ihr könnt nicht einfach fortgehen – ich will von mir nicht sprechen – und das Begonnene, das wunderbare Buch unvollendet zurücklassen.

Christina, Puella, Ihr habt Euer geistliches Leben mit dem Versprechen bei Eurem ersten Besuch in St. Albans begonnen und solltet es auch hier weiter- und zu Ende führen. Daher bitte ich Euch noch einmal inständig darum, ernsthaft zu überlegen, ob Ihr nicht doch in der Abtei-Kirche vor unserem Bischof die Profess für eine benediktinische Lebensweise ablegen wollt. Dieses öffentliche Bekenntnis wäre Euch als völlig freiem Menschen möglich und bedeutet – vorausgesetzt, Ihr steht weiterhin zu Eurem Versprechen – folgerichtig den nächsten Schritt in Eurem Leben. Wenn Ihr, gute Christina, auf diese Weise die kirchliche Anerkennung vom Bischof und den Benediktinern habt, können wir ohne weiteres in Markyate ein Priorat gründen, dem Ihr als Priorin vorstehen würdet. Ihr könnt mit offizieller kirchlicher wie auch mit klösterlicher Unterstützung rechnen, Novizinnen ausbilden und jungen Frauen Meisterin in der Bewältigung des Lebens sein.

Roger, Euer geistlicher Lehrer, bat Euch, seine Nachfolge in

Markyate anzutreten. Ihm dürft Ihr nicht untreu werden, sonst würde das Licht in Markyate verlöschen und die menschliche Wärme, die so viele Menschen suchen, schwinden. Ihr dürft auch mich nicht allein lassen, und bedenkt, es sind über hundert Menschen und damit Schicksale, die von meinen Entscheidungen abhängen, die wiederum von Euch mit beeinflusst und getragen werden. Ich will Euch nicht überreden, in Markyate zu bleiben, aber es spricht nichts dafür, dass Ihr nach Marcigny geht. Ihr hinterließet hier nur einen großen Hohlraum, in den sich sofort Dämonen stürzen würden. Ich denke, so wird es auch in meinem Herzen sein.

Stellt Euch einmal vor, wenn Ihr das Grab von Roger nicht mehr besuchen könntet. Denkt daran, wie schlimm es ist, Eure Schwester Margaret zu verlassen. Nie würde der Infirmarius ohne die Berührung mit Euch die Verantwortung für die vielen Kranken tragen können. Glaubt Ihr denn, der Alexis-Meister wäre so häufig bei uns im Scriptorium und würde diesen, seinen neuen Stil in der wunderbaren Weise, wie Ihr ihn gesehen habt, entfalten können, wenn er nicht ebenso wie ich begeistert von Euch wäre und immer neu von Euch begeistert würde? Lasst uns, Puella, den Albani-Psalter, den wir gemeinsam begonnen haben und der symbolisch für alles steht, das mit uns beiden und St. Albans zu tun hat, auch gemeinsam vollenden. Und dann wird es weiterhin noch unsere Aufgabe sein, nicht nur das Buch zu hüten, sondern es für alle – auch über unseren Tod hinaus – zu öffnen, damit die heilenden Kräfte dieses Buches dorthin strahlen können, wo sie am dringendsten benötigt werden."

Dann nahm Geoffrey die zarten Hände Christinas fest in die seinen, als ob er Christina bis in alle Ewigkeit festhalten wollte. „Denkt auch daran, wie viele Mönche aus unserem Kloster durch die Gespräche, die sie mit Euch haben durften und haben, in St. Albans eingetreten sind – denkt daran, wie viele Mönche durch Euch in Krisenzeiten geistlich und durch das Gebet unterstützt werden."

Mit Worten und einer Umarmung versprach Christina, in Markyate zu bleiben und die Anbindung an das Kloster St. Albans weiter und intensiver zu pflegen. Wenn sie nicht in dieser Weise, wie es längst fällig war, gehandelt hätte, wäre Geoffrey nicht müde geworden und hätte kein Ende gefunden, weitere zwingende Argumente für Christinas Verweilen in Markyate zu finden.

Als sie sich an diesem Abend herzlich voneinander verabschiedeten, sagte Christina zu Geoffrey, dass sie zwar versprochen habe, in Markyate und damit auch in St. Albans zu bleiben, sich aber mit der feierlichen Profess in der Kathedrale noch nicht festlegen könne.

Feuerprobe

Sich für Markyate, St. Albans, Geoffrey und ihr gemeinsames Werk, den Albani-Kodex, zu entscheiden war Christina nicht schwergefallen, da dieser Weg in ihrem Herzen bereits vorgezeichnet war. Doch nun noch Armut, Keuschheit und Gehorsam zu geloben – bei allem, was sie erlebt und besonders in York gelebt hatte – schien ihr nahezu eine Unmöglichkeit. Da die Profess aber, wie Geoffrey gesagt hatte, ein folgerichtiger Schritt in ihrem Leben war, vermochte Christina sich nicht der vielen Gedanken und Zweifel zu erwehren, die jetzt über sie hereinbrachen. Mit niemandem konnte sie über die Flut von Gefühlen und Erinnerungsbildern sprechen, die sie bei der Vorstellung überfielen, vor Gott, dem Bischof von Lincoln, Abt Geoffrey sowie allen Mönchen und Frauen aus Markyate das Gelübde der Keuschheit abzulegen. Mit der Ehelosigkeit, die Christina lebte, war es allein nicht getan. – Dies waren ihre Gedanken, die einem übersensiblen Gewissen entstiegen.

Was sollte sie tun und was sollte sie antworten, wenn der Bischof sie während der Weihe-Zeremonie vor allen Anwesenden nach der Keuschheit und Jungfräulichkeit in ihrem Leben fragte? Bilder durchzuckten ihre Seele mit der immer wiederkehrenden Frage, ob es nur Wunsch oder Tat war, ob sie es getan hatte oder ob die letzte sexuelle Vereinigung mit einem Mann nur ihrer Wunschvorstellung entsprungen oder wirklich körperlich vollzogen worden war. Erlebnisse aus der Zeit in York stiegen in Christina wieder auf; sie durchlebte noch einmal in Gedanken und in ihrer Vorstellung die Liebessehnsucht, die sie damals ergriffen und die sie bis zu einem gewissen Grad auch ausgelebt hatte. Als sie sich an bestimmte Situationen der körperlichen Liebe und männliche Annäherungen erinnerte, wurde sie von heftigen Zweifeln überfallen, sodass sie sehr vorsichtig mit der Behauptung sein musste, sie sei unversehrt entkommen.

Christinas denkender Geist brachte vieles zur Entschuldigung an. Doch gaben diese Argumente ihrer Seele keinen Frieden. In der meditativen Versenkung bat sie um klare Erinnerung, um von ihrer quälenden Ungewissheit befreit zu werden. Da aber ihr Denken und Fühlen derart von bestimmten Vorstellungen besetzt waren, konnte sich in ihrem tieferen Bewusstsein noch keine Klärung einstellen. Ihr fragender Geist erhielt vorerst keine Antwort, und ihre aufgebrachte Seele entbehrte den Frieden.

Doch nach tiefen Meditationen gab es Tage, an denen Christina großes Selbstvertrauen spürte und fest davon überzeugt war, ohne Bedenken die Profess ablegen zu können. Diese Sicherheit wurde von Phasen unterbrochen, die sie in größte Selbstzweifel stürzten.

Sie konnte sich in keiner Weise entscheiden und schob die Festlegung eines Datums für ihre Profess immer weiter auf. Ihr war sehr unwohl bei dem Gedanken an die wiederholten Verzögerungen. Trotz ihrer inständigen Bitten im Gebet wurde ihr Wunsch nicht sofort erfüllt. Tage und Wochen vergingen. Sie glaubte, mit sich keinen Schritt weitergekommen zu sein. Ihre Meditationen, in denen sie gelernt hatte, die unsteten Gedanken auf Gott hin loszulassen, führte sie gewissenhaft aus, ebenso ihre täglichen Pflichten und die Gespräche, um die sie gebeten wurde.

Am 21. August dieses Jahres 1130 stand Christina noch vor der Morgendämmerung von ihrem Lager auf, schaute sich um und bemerkte, dass im Gegensatz zu der sonstigen Gewohnheit alle ihre Mitschwestern noch fest schliefen. Die Welt in Markyate war in ein tiefes Schweigen versunken, in das hinein sich eine außerordentliche Erfahrung für Christina schenkte. Im Augenblick, als die Sonne aufging und ihre ersten wärmenden Strahlen die Kühle und die Dunkelheit der Nacht vertrieben, spürte Christina, wie es auch in ihrem Inneren licht wurde. Es war, als ob jemand eine Tür aufgestoßen hätte, die in eine unbegrenzte Landschaft der Seele führte. Während sich ihre Augen an der vor ihr sich ausbreitenden Schönheit der Natur nicht satt sehen konnten, hörte sie eine Stimme: „Niemand, der seine Hand an den Pflug legt und nochmals zurückblickt, ist tauglich für das Reich Gottes."

Seit diesem Morgen des 21. August fühlte Christina eine derartig starke, auf die Zukunft ausgerichtete Kraft in ihrer Seele, die es ihr nicht mehr erlaubte, ängstlich zweifelnd auf Vergangenes zurückzublicken. Eine Lichtbotschaft, die auch Roger in Markyate wahrnehmen durfte, hatte Christina ergriffen und in ihrem Bewusstsein eine neue Dimension ausgeleuchtet. Es wurde ihr die Gewissheit geschenkt, dass das Vergangene zur Ruhe gekommen war und seinen rechten Platz in der Geschichte ihres Lebens eingenommen hatte.

Angeregt durch heller scheinendes Licht machten sich jetzt auf der anderen Seite die Schatten stärker und dunkler bemerkbar. Christina musste generell und in vielen kleinen Alltäglichkeiten eine Neuorientierung mit sich vornehmen. Die Skala der gewohnten Maßstäbe reichte bei weitem nicht mehr aus, Gegenwärtiges und Zukünftiges miteinander abzuwägen. Von Christina, die durch und durch von dem überzeugt war, was sie dachte und tat, ging eine derartige Strahlkraft aus, dass sie – ohne es zu wollen – neue dunkle Kräfte provozierte.

Durch ihr Wachstum ins Licht musste sich Christina diesen Dämonen stellen, die versuchten, gegenwärtig von außen an ihr zu zerren. Es gab Situationen, in denen sie genau spürte, wie eine Fremdmacht sie unterdrücken und sich ihrer bemächtigen wollte. Fallgruben des Bösen wurden auf Christinas Wegen ausgehoben, die eigentlich von ihrem Herzen her in ein lichtvolles Morgen führten. Sie wusste um diese unermüdlichen Angriffe, die selbst in unscheinbaren Situationen auf sie lauerten, und war äußerst vorsichtig. Auch konnte sie zeitweilig ihren eigenen Gedanken nicht mehr trauen, weil sich zerstörerische Kräfte in sie einzuschleichen versuchten.

Üble Gerüchte, scheinbar mit einer Wahrheit ummantelt, erreichten hartnäckig Christinas Ohr, um ihre Einstellung und Standfestigkeit ins Wanken zu bringen. Bittere Zungen, die nur dämonischen Wesen gehören konnten, flüsterten ihr unglaubliche Verleumdungen zu. Das Böse wurde förmlich vor ihr ausgebreitet, damit sie darüber fallen sollte. Unwahrheiten über Christina und Lügen, zu denen sie nicht den geringsten Anlass gegeben hatte, setzte man in die Welt. Es waren unheimliche Kräfte am Werk, die jede nur denkbare Schlechtigkeit ersannen und in übelster Weise weiter trugen.

Eigentümlicherweise waren es Auseinandersetzungen, die nichts mit der Vergangenheit Christinas zu tun hatten, sondern aus der Gegenwart wie Schlangenbrut immer neu geboren wurden. Infolge ihres guten Gewissens jedoch konnte Christina sich inmitten all dieser Widerwärtigkeiten aufrecht halten und sich bedenkenlos in der Meditation der liebenden Sorge des Schöpfers anvertrauen. Um nicht die Natur- und göttlichen Gesetze zu verletzen, versuchte sie, nichts von diesen dunklen Kräften in sich aufzunehmen und nicht an sie zu denken. Im Gegenteil: Christina betete für die, die sie verleumdeten und ihr Schmähungen zufügten.

Viele, denen sie durch ihre eindeutige Haltung und religiöse Lebensweise ein Dorn im Auge war, waren überzeugt, ihren guten Glauben durch Blasphemie oder andere dunkle Wolken überschatten zu können. Selbst bei den schrecklichsten Einflüsterungen des Bösen hörte Christina nicht hin. Immer wenn sie erneut angegriffen wurde, versuchte sie, den Angreifer an sich abprallen zu lassen. Die dunklen Kräfte bedrängten sie selbst noch im Gebet und der Meditation in Form von Vorstellungs- und Erscheinungsbildern so stark, dass manch anderer Mensch verrückt geworden wäre. Die ständigen Spannungen, denen Christina ausgesetzt war, lösten bei ihr die berechtigte Frage aus, warum gerade sie diese entsetzlichen Attacken durchmachen müsse. Es trat eine körperliche Erschöpfung ein und oft wusste sie nicht, was zu tun sei und an wen sie sich wenden sollte. Doch nahm sie sich immer wieder zusammen und versuchte, aus der Erinnerung an gute Zeiten und aus ihren Meditationen zu leben. Häufig brach Christina dann während dieser Entspannung in heftige Tränen aus, derer sie sich nicht schämte, besonders wenn sie sich im Gebet der liebenden Gegenwart Gottes überließ.

Auf der anderen Seite fühlte sie, dass ihr Kräfte zuwuchsen, die durchaus imstande waren, weit größere Anfeindungen zu ertragen und abzuwehren. Nach einem aufregenden Tag gelang es Christina in ihrer Abendmeditation, die Ereignisse des Tages und ihre Gedanken völlig loszulassen. Wie die Schwerkraft der Erde die Materie an sich zieht, so wurde ihr Geist wie von selbst von einer höheren Macht angezogen und bewegt. Sie ließ es geschehen, denn nichts konnte sie von dieser befreienden aufsteigenden Bewegung abhalten.

Vor ihr inneres Auge traten die drei Reiter, die auf ihren Pferden innehielten und sich ganz dem öffneten, was über ihnen war, dem Himmel. Lebensströme stiegen von der Erde auf und durchfluteten Christinas Körper, richteten ihn auf und begannen in ihr, sich zu vergeistigen. Sie fühlte Schwerelosigkeit und eine aufwärts strömende Bewegung, in die sie sich vertrauend hineingab, hingebend und nichts festhaltend.

Nach einer Weile – sie konnte später die Zeit nicht mehr bestimmen – füllte sich ihr Bewusstsein mit einer lebensbejahenden Energie, wie Christina sie bisher noch nicht erfahren hatte. Diese wunderbaren Kräfte, die sie empfangen hatte, verließen sie nach der Meditation nicht wieder und standen ihr somit ständig zur Verfügung. Alle Angst, die sich von außen doch wieder eingeschlichen hatte, war von ihr gewichen, und großer Friede und Sicherheit legten sich auf Christinas Seele. Sie fühlte eine lebendige Verbindung zu einer verborgenen Welt, von der ihr ohne Unterlass tragende Lebensenergien zuströmten, die alle Anfeindungen von ihr abprallen ließen.

Seit diesem Durchbruch machte Christina die Erfahrung, dass sie sich nicht mehr mit jeder dunklen Kraft in der Welt auseinandersetzen musste, sie diese Dunkelheit nicht zu der ihren machen durfte und vor allem die Hingabe an den göttlichen Willen sowohl in der Meditation als auch während des ganzen Tages als Übung an die erste Stelle zu setzen hatte.

Sie nahm sich fest vor, mit Geoffrey eines Tages darüber zu sprechen und ihm dankend zu sagen, wie bereits die wenigen Bilder, die sie vom Albani-Psalter gesehen hatte, eine heilende und aufbauende Wirkung in ihrem Leben zeigten.

Eine derartige Zuwendung musste des Himmels sein!

Eine gewaltige Feuerprobe lag hinter Christina – und sie hatte sie bestanden. Die Fähigkeiten, die Menschen, die geschaffene Welt und den Schöpfer zu lieben, zu vergeben und Erbarmen zu haben, waren in ihr zu einer großen Dimension angewachsen. Durch diesen geistig-seelischen Aufbruch, der Christina nach einer schweren und dunklen Wegstrecke geschenkt wurde, hatte sie jetzt verstärkt den Wunsch, das Empfangene weiterzuschenken und ins Leben zu bringen.

Christinas Bekenntnis

Die Auseinandersetzungen, die Christina nicht erspart blieben, dauerten fast ein ganzes Jahr. Geoffrey zeigte ihr gegenüber großes Verständnis und vermied es, sie auch nur andeutungsweise zu bedrängen. Er spürte, dass Christina einen wichtigen Prozess mit all seinen Schattenseiten durchleben musste. Aus diesem Grund besuchte er sie, sooft es ihm möglich war. Dadurch hatte auch Geoffrey böse Stimmen zu hören und war gezwungen, sich Anfeindungen zu widersetzen.

Bedingungslos war Christina jetzt bereit, vor Bischof Alexander von Lincoln, vor der Mönchsgemeinschaft von St. Albans und den Frauen von Markyate ihre feierliche Profess in der Klosterkirche abzulegen. Ermutigt, besonders durch die Liebe und Zuwendung von Abt Geoffrey, aber auch durch andere Freunde, fasste Christina endgültig ihren Entschluss, die benediktinische Regel anzunehmen und sich den Anweisungen von St. Albans zu unterziehen.

Der Tag der Weihe wurde durch Bischof Alexander von Lincoln in Absprache mit Abt Geoffrey festgelegt. Inständig bat Christina darum, den Aufwand so gering wie möglich zu halten und die Feier ihrer einfachen Lebensweise entsprechend zu gestalten. Geoffrey nahm alle ihre Vorschläge an und versuchte, sie im benediktinischen Sinn umzusetzen.

Am 21. September 1131, dem Fest des Heiligen Matthäus, dem Verfasser des ersten Evangeliums, legte Christina von Markyate vor Bischof Alexander von Lincoln in der Kirche der Abtei St. Albans ihre feierliche Profess ab. Damit bekannte sie, in Armut, Keuschheit und Gehorsam zu leben, ihr Leben dem Dienst an Gott und den Menschen zu weihen und sich in den Benediktinerorden von St. Albans einzuordnen. Die gesungenen Worte des Evangeliums dieses Tages, an dem Christina geweiht wurde, schrieben sich für immer als Erbe und Auftrag in ihre Seele:

Jesus sah einen Mann namens Matthäus am Zoll sitzen und sagte zu ihm: Folge mir nach! Da stand Matthäus auf und folgte ihm.

Und als Jesus in seinem Haus beim Essen war, kamen viele Zöllner und Sünder und aßen zusammen mit ihm und seinen Jüngern. Als die Pharisäer das sahen, sagten sie zu seinen Jüngern:

Wie kann euer Meister zusammen mit Zöllnern und Sündern essen? Er hörte es und sagte: Nicht die Gesunden brauchen den Arzt, sondern die Kranken. Darum lernt, was es heißt: Barmherzigkeit will ich, nicht Opfer. Denn ich bin gekommen, um die Sünder zu rufen, nicht die Gerechten.

Vor Sonnenaufgang

Um die Mitte des Januar bekam Abt Geoffrey plötzlich heftige Schmerzen, und hohes Fieber packte ihn, sodass er nicht einmal mehr aufstehen konnte. Er fühlte sich sehr schlecht und musste sich vorerst geschlagen geben. Christina, die in der Lage gewesen wäre, Geoffrey Linderung in dieser ernsten Krankheit zu verschaffen, erschien ihm äußerst weit entfernt. Hinzu kam, dass sie als Frau die Klosterklausur nicht betreten durfte. Trotzdem sandte Geoffrey durch Andrew eine Botschaft an Christina, seine treue Beschützerin, und bat sie dringend um Unterstützung in seiner schweren Krise. Er ließ ihr sagen, dass er jetzt ganz auf die ihr gemäße Hilfe angewiesen sei und darauf sein Vertrauen setze.

Christina wusste, was sie zu tun hatte. Sie zog sich in das Oratorium zurück und begann eine mehrstündige Meditation mit dem Wunsch, die in dieser Meditation frei werdende Kraft möge Geoffrey und seiner Heilung zugute kommen. Schon nach kurzer Zeit spürte Christina eine außerordentliche Wirkung. Eine immer intensiver werdende Lebenskraft durchströmte sie, die sie nicht nur empfing, sondern sofort auch wieder abgeben konnte. Sie fühlte sich eingebunden als Mittlerin zwischen zwei Welten. In ihrer Meditation stellte sich ganz allmählich die Gewissheit ein, dass Geoffrey schon bald wieder gesund und sogar in der Lage sein würde, sie bereits in fünf Tagen zu besuchen. Da Dienstag war, würde er also am Sonntag nach Markyate kommen. Keinen eigenen Wunschgedanken hatte Christina in diese Richtung gelenkt. Obwohl ihr die Gesundheit und Gegenwart Geoffreys am Herzen lagen, wagte sie nicht, in der Meditation eigene Gedanken und Wünsche an die erste Stelle zu setzen.

Christina schickte eine Botin nach St. Albans und ließ durch sie darum bitten, dass noch am selben Tag Andrew nach Markyate kommen möge. Als dieser Christina einige Stunden später gegenüberstand, sagte sie lächelnd und entspannt zu ihm: „Berichte deinem Meister, wenn du wieder bei ihm bist, dass du in Markyate warst, und sage ihm folgenden Satz von mir: Morgen werden weiße Steine in den Topf geworfen."

Andrew schaute Christina entgeistert an, denn er wusste nicht, was dieser Ausspruch zu bedeuten hatte. „Dieses Sprichwort ist sehr alt. Man benutzt es, wenn sichergestellt ist, dass sich eine Sache zum Guten wendet und Erfolg bringt. Wenn du dem Abt das Sprichwort übermittelst, weiß er, was gemeint ist. Mit anderen Worten bedeutet es: Euer Abt wird bald wieder gesund sein. Und als Erstes wird er nach Markyate kommen."

Andrew aber, überzeugt von der schweren Krankheit Geoffreys, antwortete: „Verehrte Frau, das kann nicht sein. Er leidet unter hohem Fieber und einer bedrückenden Lungenentzündung, sodass er kaum ruhig im Bett liegen kann. Wie sollte er in diesem Zustand ein Pferd besteigen können?"

„Reite du schnell zurück", antwortete Christina, „und versichere Abt Geoffrey, dass er sich in absehbarer Zeit erholen wird. Sage aber niemandem sonst etwas, denn die Gesundung wird sich ganz von selbst einstellen."

Andrew führte alles gewissenhaft aus, doch von dem durch Christina angekündigten Besuch in Markyate sagte er nichts. Innerhalb von wenigen Tagen wurde Geoffrey tatsächlich wieder gesund. Freudig überrascht sagte er zu Andrew: „Wie konnte Christina wissen, dass ich so wider Erwarten schnell gesund werden würde? Am Sonntag bin ich gewiss wieder so weit hergestellt, dass ich zu ihr reiten werde."

Andrew konnte nicht begreifen, dass Christina die gegenwärtige Situation genau vorausgesagt hatte. Daher drängte es ihn, Geoffrey von diesen wunderbaren Zusammenhängen zu erzählen. Als Andrew gegangen war, erfüllte Geoffrey eine derartige Dankbarkeit, dass er spontan begann, in der Weise zu meditieren, wie es ihm Christina geraten hatte. Auf dem Weg in ein wortloses und tieferes Schweigen spürte er göttliche Gnade, die ihm zuteil wurde, und die liebende Fürsorge Christinas.

Ein kaum vorstellbares Ereignis, das von der wunderbaren Verbundenheit Christinas zu Geoffrey kündete, schenkte sich ihr in der Christnacht, als sie in tiefe Meditation versunken war. Für einige Momente wurde ihr die lebendige Gegenwart ihres geliebten Freundes Geoffrey nicht nur bewusst, sondern sie bekam die Fähigkeit, ihn zu sehen. Christina nahm Abt Geoffrey während eines liturgischen Dienstes visuell wahr: Er trug einen roten Chormantel und von seinem Gesicht, das vor Anstrengung leicht gerötet war, ging eine große Helligkeit aus. Von diesem Augenblick an fühlte sie eine noch größere Verbundenheit zu Geoffrey, um den sie weitaus mehr besorgt war als um sich selbst. Durch die kurze visuelle Wahrnehmung, die die räumliche Distanz aufgehoben hatte, empfing Christina eine derartige Sicherheit, dass weder eine übertriebene Gunstbezeugung noch irgendeine Bosheit sie von Geoffrey entfremden könnte. Er würde immer ihr engster Freund bleiben.

Doch in der Öffentlichkeit blieb ihre Freundschaft nicht ohne den Beigeschmack gehässiger Redereien. Viele Menschen waren eifersüchtig und unterstellten Christina Denk- und Verhaltensweisen, die weder ihrem geistigen Status noch ihrer hervorragenden Persönlichkeit angemessen waren. Andere wiederum erwarteten von ihr die gleiche Zuneigung und Liebe, wie sie Geoffrey zuteil wurde. Enttäuschungen und unerfüllte Erwartungen zogen dunkle Kräfte nach sich, die aus einer Art Kränkung auf Christina und Geoffrey zurückgeschleudert wurden. Das anfängliche Wohlwollen schlug dann plötzlich um, und um den wahren Hintergrund, die schmerzhafte Enttäuschung zu verschleiern, wurde äußerst schlecht und gehässig über die beiden gesprochen.

Am dritten Tag nach Weihnachten kam der Subprior von St. Albans, Alexander, nach Markyate zu einem Gespräch mit Christina. Als sie ihn nach der liturgischen Kleidung fragte, die der Abt in der Christnacht getragen hatte, antwortete Alexander, dass er mit einem weißen Chormantel bekleidet gewesen wäre.

„Denkt doch noch einmal ganz sorgfältig darüber nach", sagte Christina, „ob der weiße Chormantel der Wirklichkeit entspricht. Ich war nämlich in der Weihnachtsmesse und habe Abt Geoffrey in einem roten Chormantel gesehen." Zu seinem großen Erstaunen musste der Subprior Alexander feststellen, dass er sich geirrt hatte. Er gab Christina Recht – ohne die näheren Zusammenhänge ihrer Frage zu ergründen. Doch hätte sie auch niemals darüber gesprochen.

Durch das große Geschenk, Christina an seiner Seite und in seinem Herzen zu wissen, machte Geoffrey weitere Fortschritte in seiner Persönlichkeitsentfaltung. Weltlicher Ärger und nicht zu verhindernde Missstände hatten keine Macht mehr, ihn zu besetzen und außer sich geraten zu lassen. In seinem Inneren spürte er ein tragfähiges Fundament, auf das er sich verlassen konnte und das ihm jederzeit zur Verfügung stand. Geoffreys Denken war scharfsinniger, sein Unterscheidungsvermögen klarer und eindeutiger geworden. Durchaus durfte Christina als Ursache dieser guten Veränderung bezeichnet werden, doch darüber hinaus waren die täglichen Meditationen notwendig, um Erreichtes zu erhalten, Dunkles abzubauen und weiter zu wachsen. Nur wenn der Boden immer wieder neu bereitet wurde, konnte das Wort als Geschenk des Himmels und der Menschen in Geoffrey und durch ihn reife Frucht bringen.

Höhere menschliche und geistige Werte hatten – im Gegensatz zu früheren Zeiten – jetzt Vorrang in seinem Leben. Was er früher für Äußerlichkeiten ausgegeben hatte, um sich und das Kloster besser darzustellen, kam denen zugute, die auf dem Weg der Wahrheitssuche waren: den Eremiten, Einsiedlern und Reklusen. Nicht genug vermochte Geoffrey Christina zu danken, die ihn in wacher Aufmerksamkeit und liebender Fürsorge begleitete. Durch sie wurde Geoffrey zu dem Menschen, der er eigentlich war, dessen Gedanken und Handlungen jetzt wesentlich mehr mit dem Schöpfungsganzen in harmonischer Verbindung standen als je zuvor. Wenn er auch in allem wesentliche Fortschritte machte, so blieb ihm doch unfassbar, wie Christina es erreichte, dass ihr durch Intuition und Gnade übernatürliche Einsichten geschenkt wurden. Sie war sogar in der Lage – machte aber keinen Gebrauch davon –, die Gedanken Geoffreys zu erkennen, bevor er sie ausgesprochen hatte. Für ihn war es unmöglich, durch bloßes Nachdenken tiefere Zusammenhänge in Christinas Bewusstsein zu erforschen. Erst nach und nach gelang es Geoffrey – und mochte er sich noch so den Kopf zerbrechen –, vom Gefühl her das zu verstehen, was der bloße Verstand nicht erfassen konnte.

Eines Nachts sah Geoffrey im Traum sich selbst. Er hielt ein blühendes Heilkraut in seinen Händen. Aus dieser Pflanze konnte man bei richtiger Behandlung wertvolles Öl gewinnen, das bei vielen und schweren Krankheiten heilende Wirkung zeigte. Im Traum zerdrückte Geoffrey dieses blühende Heilkraut mit seinen Fingern. Dabei hörte er eine Stimme: „Wenn du dir Zeit nimmst und diese Pflanze ganz ruhig und zart behandelst, wirst du das bekommen, was du dir wünschst."

Am nächsten Morgen erwartete der Abt einen hohen Besuch, mit dem er zusammen in die Einsiedelei von Markyate reiten wollte. Evisandus, der St. Albans sehr verbunden war, hatte von Christina und ihren besonderen Fähigkeiten gehört und beabsichtigte, diese große Frau persönlich kennen zu lernen.

Da Geoffrey um die hohe Bildung von Evisandus wusste und Vertrauen zu ihm hatte, erzählte er ihm auf dem Weg nach Markyate seinen Traum. Evisandus sagte daraufhin: „Das wertvolle Heilkraut, von dem Ihr geträumt habt, symbolisiert Christina. Das Blühen der Pflanze spricht von der entfalteten Lebensfülle und Strahlkraft dieser hoch entwickelten Frau. Wenn Ihr Euch Christina nähert – und sei es auch nur in Gedanken –, dürft Ihr es weder aus unlauteren Motiven noch unter Zwang. Ihrem wahren Wesen kann man nur in absoluter Freundlichkeit und mit herzlicher Offenheit begegnen. Damit ihre Strahlkraft heilende Wirkung zeigt, darf man ihr nichts Grobes antun. Um Christina auch nur im Entferntesten verstehen oder begreifen zu können, benötigt man nicht nur die Fähigkeit zu warten, sondern auch ein großes offenes Herz ohne Vorurteile."

Als Evisandus und Abt Geoffrey in Markyate ankamen, war es noch früh am Morgen. Christina kam gerade aus ihrem nahe gelegenen kleinen Garten. Als sie die beiden sah und Abt Geoffrey erkannte, lief sie noch einmal in den Garten zurück und pflückte – wie es schien – die erstbeste Blume, die sie fand. Es war eine blühende Kamille, die sie behutsam und ehrfurchtsvoll in ihrer Hand trug. Nachdem sie den Gast und Abt Geoffrey freundlich begrüßte hatte, sagte sie, zu Geoffrey gewandt: „Dies ist die Blume, die Euch in der letzten Nacht in Eurer Vision begegnete. Oder ist sie es nicht?" Dann gab Christina behutsam und liebevoll Geoffrey die Pflanze in seine Hände. Evisandus und der Abt waren sehr erstaunt über das, was sie sahen und aus Christinas Mund vernommen hatten. Geoffrey berichtete jetzt von der Vision, die er in der vergangenen Nacht gehabt hatte, und Evisandus wiederholte vor Christina das Gespräch, das er auf dem Weg mit dem Abt geführt hatte.

Da Christina die geistige Aussage dieser Vision nur allzu gut verstand und es ihr ein Bedürfnis war, von sich abzulenken, sprach sie über die Heilkraft der Kamille, die Geoffrey immer noch in seinen Händen hielt. „Die Kamille ist eines der ältesten und allgemein bekanntesten Heilmittel. Um ihre Wirkung nicht zu schwächen, darf man diese Pflanze nur vor Sonnenaufgang sammeln. Durch ein behutsam angewandtes Verfahren gewinnt man aus dem Pflanzensaft ein besonders heilsames Öl. Wenn man den ganzen Körper damit einreibt, zeigt es sofort eine fiebersenkende Wirkung.

Die getrockneten und zerriebenen Blüten und Pflanzenteile werden mit Mulsum vermischt und als Arznei getrunken. Sie ist bei Magen- und Darmstörungen zu empfehlen, da sie sofort Krämpfe löst und auf alle Organe beruhigend wirkt. Auch sind die entzündungshemmenden Eigenschaften der Kamille bekannt. Man wendet sie ebenfalls bei Augenbeschwerden an. Wenn man einen schwer kranken Patienten mit dem Pflanzenöl einreibt, kann man die sichere Todesprognose stellen, wenn die Haut des Kranken das Öl nicht aufnimmt und er die Salbung sofort wieder ausschwitzt."

Evisandus und Abt Geoffrey schauten sich schweigend an. Sie dankten Christina und verbrachten mit ihr, heiter und in geistreichen Gesprächen, diesen wertvollen Tag in Markyate.

Unaussprechliches

Durch unaussprechliche Erfahrungen und Erlebnisse wuchsen Christina und Geoffrey noch mehr zueinander. Wann immer es eben möglich war, besuchte er sie in Markyate – häufiger noch als in früheren Zeiten.

Der Psalter für Christina wurde immer umfangreicher, und alle, die daran arbeiteten, schrieben und malten, empfingen eine besondere Art schöpferischer Zuwendungen, die ihr Inneres beseelte. Bei seinen Besuchen in Markyate erzählte Geoffrey jedes Mal eingehend von den Fortschritten, die das Buch machte.

Geoffrey sorgte für das Haus in Markyate, das angehende Priorat, das jetzt mehr und mehr Bewerberinnen aufnehmen musste. Es gehörte nicht nur zum Eigentum von St. Albans, sondern war seit der Profess von Christina auch geistlich im benediktinischen Sinn der Abtei unterstellt. Für Christina bedeutete dies eine große Entlastung, durch die ihr Zeit für Wesentlicheres geschenkt wurde. Während Abt Geoffrey und das Kloster somit die materielle Unterstützung von Markyate übernommen hatten, konnte Christina noch intensiver Menschen auf ihrem geistlichen Lebensweg begleiten.

Besonderen Wert und Aufmerksamkeit legte sie auf die Meditationsanweisungen, die sie Geoffrey – je nach seinen Erfahrungen und Fragen – immer wieder gab. Wie sie es von ihrem Meister Roger gelernt hatte und gewohnt war, ließ Christina keine Meditation ausfallen und lud, wenn sie Gäste hatte, diese zum gemeinsamen Schweigen ins Oratorium ein. Dass sie zusammen mit Geoffrey meditierte, der meist vorher für alle Anwesenden den Gottesdienst feierte, war zur Selbstverständlichkeit geworden. Wenn sich Christina durch tiefe Versenkung in diesen Zeiten oft nicht einmal mehr der Anwesenheit Geoffreys bewusst war, zeugte dies von ihrer großen Hingabe an den Urgrund der Schöpfung.

Geoffrey, der nicht nur um diese wunderbare Gabe wusste, sondern auch miterlebte, wie Christina in der Meditation von einer geistigen Kraft ergriffen wurde, die nicht von dieser Welt war, sagte wiederholt: „Meine Bewunderung ist groß Euch gegenüber. Ich habe Euch wie verklärt und nicht mehr auf dieser Welt seiend erlebt. Obwohl Ihr bestimmt in diesen Augenblicken Euch meiner Gegenwart nicht mehr bewusst wart, bin ich sicher und vertraue darauf, dass Ihr mich dorthin, in Seine Nähe mitgenommen habt."

Eine Vision, über die Christina nicht sprach, bestätigte ihr, in welcher geistigen Nähe sie zu Geoffrey stand. Sie sah sich, wie sie in einem wunderschönen Raum von geistig geprägter Atmosphäre in tiefe Meditation versunken war. Auf ihrer Schulter ruhte eine Taube – schöner als sie je eine Taube gesehen hatte. Außerhalb des Raumes sah sie den Abt, der sich vergeblich bemühte, zu ihr zu kommen. Ohne ein Wort zu sprechen gab er Christina durch die Bewegung seines Kopfes und seiner Augen zu verstehen, wie groß sein Wunsch war, auch von dieser wunderbaren Taube berührt zu werden. Wie konnte sie anders, als die Tür zu diesem geheiligten Raum für Geoffrey zu öffnen und die Taube auf ihrer Schulter zu bitten, ihn hineinzuholen? Dazu wandte sie alle ihr zur Verfügung stehenden Kräfte auf: ihre volle geistige und menschliche Liebe, die Sehnsucht, dass es Geoffrey ebenso gut haben möge wie sie, und letztlich die Hingabe an den Schöpfer, der auch Geoffrey den rechten Weg weisen würde.

In ihrer Vision öffnete die Taube die Augen, schlug mit den Flügeln und flog hinaus. Ob Geoffrey Besitz von der Taube genommen oder die Taube Besitz von Geoffrey ergriffen hatte, konnte Christina nicht erkennen. Allmählich schwand dieses Bild vor ihrem geistigen Auge, ließ aber in Christinas Bewusstsein eine Gewissheit zurück, dass Geoffrey mit einer geistigen Welt in lebendiger Berührung stand.

Durch dieses meditative Erlebnis fühlte sich Christina mit Geoffrey und seiner Seele noch enger verbunden. Die seelisch-geistigen Erfahrungen, die sie in ihrer zunehmend größer werdenden Gottes- und Menschenliebe machte, die Einsichten, die ihr geschenkt wurden, die Tränen, die sie vor Dankbarkeit und Freude weinte, und die Zusammenhänge zwischen Erde und Himmel, die sich Christina offenbarten, waren weder durch sie noch durch ihren Biographen Geoffrey in Worte zu fassen …

Vom geistlichen Kampf

Von der Übergabe des Psalters an Christina von Markyate durch Abt Geoffrey de Gorham spricht weder der Biograph Christinas noch irgendein Chronist. Aller Wahrscheinlichkeit nach geschah es so liebevoll und persönlich, so geisterfüllt und tief greifend, dass für diesen Augenblick der Verbindung göttlicher und menschlicher Liebe alle Worte fehlen.

„Geoffrey, Beloved, schaut einmal rechts auf das Bild. Fällt Euch etwas Wunderbares, Besonderes auf?" Geoffrey, der das Bild der drei Könige vor Herodes in sich aufnahm, die Darstellung innerhalb des verzierten Rahmens, sah den erhöhten Thron, auf dem Herodes sitzt, hinter ihm einen Schwertträger, die drei Männer, die leuchtenden Farben – aber etwas Besonderes sah er nicht. Christina lachte und sagte eher scherzhaft: „Schaut doch einfach über die Begrenzung hinaus und Ihr werdet sehen, worauf es ankommt.“ Langsam weitete er seinen Blick und sah oberhalb des Bildes auf dem gelb-weißen Pergament – genau zwischen den drei Königen und Herodes – einen rotfarbenen einsamen Stern. Die acht Strahlen des Sternes, die spitz zulaufen, sind mit Farbe ausgefüllt. In der Mitte ziert den Stern ein feiner goldener Punkt. Christina lächelte und umarmte Geoffrey, da er nun verstanden hatte, worum es ging. „Ich bin erstaunt darüber“, sagte sie, „wie es dem Alexis-Meister gelungen ist, demjenigen, der sich wirklich zu lesen bemüht, durch versteckte Feinheiten so viel zu sagen. Diesen Wert unterstreicht er zu Recht viel mit der Farbe Gold und echter Goldauflage. Fast jedes Gewand ist mit Goldstreifen umsäumt, jede Halskrause goldbelegt und dazu die strahlenden Nimbusse.“

Der Albani-Psalter war schon einige Zeit im Besitz von Christina, als der Alexis-Meister Abt Geoffrey fragte, ob er noch einmal Einblick nehmen dürfe; auch wolle er dabei gern mit Christina sprechen. Ihre Begegnung zu dritt wurde zu einem Fest, und ihre Gespräche über den Albani-Psalter wollten nicht enden. Das Buch lag vor ihnen auf dem Tisch des Refektoriums, und nacheinander wählte jeder eine Seite, über die sie ausführlich sprachen.

Als Christina sagte, sie werde niemals müde, den Psalter anzuschauen, und die Texte seien wertvolle Hilfe für den geistlichen Kampf, horchte der Maler auf. Christina meinte, sich genauer ausdrücken zu müssen, und ergänzte: „Ich meine damit den nicht endenden Kampf gegen das Böse in der menschlichen Seele, den Kampf gegen den alten Feind, der nun einmal da ist. Daher sind für mich die Psalmen in ihrer Wiederholung von besonderem Wert.“

Während Christina weitersprach, nahm der Alexis-Meister das Buch zur Hand und schlug die Seite 72 auf, das Bild der großen B-Initiale mit dem musizierenden David – also das Einleitungsblatt zu den Psalmentexten. Er stutzte einen Augenblick, überlegte, dann zog er Feder und Tinte aus seiner Tasche, die er immer bei sich führte, und begann, in den freien Raum über den Buchstaben B zu malen. Christina und Geoffrey schauten ihm schweigend zu, denn der Alexis-Meister konnte am besten durch ein Bild sprechen. In feiner Manier und tiefgründiger Aussage zeichnete er zwei Pferde, auf denen Ritter sitzen, die sich bekämpfen. Geoffrey und Christina wussten, dass er den geistlichen Kampf meinte, von dem Christina so ausführlich gesprochen hatte.

Die aufeinander losstürmenden Ritter tragen eine Rüstung – in der einen Hand einen Schild, in der anderen ein Schwert. Zwei Lanzen, mit denen sie vorher gekämpft und ihre Körper durchbohrt haben, sind gebrochen.

Erstaunenswert: Die beiden Ritter kämpfen weiter, so als ob nichts mit ihnen geschehen sei. Christina musste schmunzeln, als der Meister den Pferden ein Apfelmuster aufmalte, wie sie es von dem großen und einmaligen Bild der drei Männer auf ihren Pferden kannte. Die Ritter erhielten eine leicht grünliche Rüstung, die Schilde und Sättel wurden rötlich-braun. Der Alexis-Meister gab nur wenig Farbe auf die Zeichnung, sodass sie trotz der Härte ihrer Aussage leicht und durchsichtig wirkt. Dann begann er zu sprechen.

„Euer Thema vom geistlichen Kampf, verehrte Christina, führte mich zu diesem Bild, das ich Euch gern noch mitgeben wollte als besondere Erinnerung an diesen wundervollen Tag. Eines, wovon ich Euch kurz erzählen möchte, kommt noch hinzu:

Zur selben Zeit, als der Albani-Psalter geschrieben wurde, haben wir im Scriptorium ein Buch von Petrus Damiani erstellt. Damiani war auch Benediktiner, wurde in Ravenna geboren und starb 1072. Seine Abhandlung *Vita eremitica,* die das Leben der Einsiedler beschreibt, hat mich sehr inspiriert, bestimmt auch unterschwellig zu diesem Bild. Wie Ihr, Christina, sagtet, sind es besonders die Eremiten und kontemplativ lebenden Menschen, die immer wieder in den geistlichen Kampf verwickelt werden. Petrus Damiani spricht in seinem Buch auch sehr eindringlich davon. Entschuldigt, Christina, aber auf Euer so bildhaftes Gespräch über den geistlichen Kampf musste ich Euch einfach diese Randzeichnung zu Beginn der Gebetstexte auf eine freie Stelle in den Psalter malen."

Christina dankte dem Alexis-Meister, und mit Geoffrey freute sie sich, dass der Maler mit ihrem Buch lebendig und menschlich umging und nicht übertrieben rituell-liturgisch. In diesem Sinne gestalteten sich auch ihre weiteren Gespräche sowie der Tag mit köstlichem Essen und Getränken.

Zur Abfahrt steht der Wagen

Die Fertigstellung des kostbaren Psalters für Christina von Markyate wurde im Scriptorium für alle Schreiber und Illuminatoren, die daran gearbeitet hatten, zu einem besonderen Ereignis. Sie veranstalteten in der Schreibstube ein kleines Fest und ließen es sich wohl ergehen. Adam, der Cellerar, von dem das Scriptorium täglich mit Essen und Trinken beschickt wurde, lieferte an diesem Tag reichlich Köstlichkeiten, die erheblich zur freudigen Stimmung beitrugen. Jeder aus dem Kloster, der sich das endgültig fertiggestellte Werk anschauen wollte, hatte dazu reichlich Gelegenheit. Viele Besucher des Scriptoriums nutzten diese Möglichkeit zur Genüge, um die Routine des Alltags zu unterbrechen und sich genüsslich zu laben.

Doch wer den Sinn dazu entwickelt hatte und es verstand, nahm mit großem Gewinn Einblick in den faszinierenden Albani-Psalter. Zu denen, die sich von dieser Kunst tief bewegen ließen und staunen konnten, gehörten die drei Freunde Michael, der Kantor, Patric aus dem Wachshaus und Gregory, der

Bruder Christinas. Sie waren allein des Buches wegen ins Scriptorium gekommen und vertieften sich lange in die einzelnen Miniaturen. Gregory, der zu seiner Schwester aufschaute, war sehr glücklich darüber, dass sie als Empfängerin des Buches an diesem Tag geistig in ihrer Mitte weilte. Doch ein Tag wie dieser eilte dahin und wurde von den meisten Mönchen schnell wieder vergessen, da der ausgefüllte klösterliche Alltag sie einholte.

Michael und Gregory hingegen zehrten lange von den Betrachtungen der heilwirkenden Bilder und nutzten auch später die Möglichkeit einer Auffrischung bei jedem Besuch in Markyate. Wenn Gregory dort den Gottesdienst hielt, war es für ihn selbstverständlich, dass der Albani-Psalter mit einem aufgeschlagenen Bild während der Feier auf dem Altar lag. Auch gedachte er stets des Einsiedlers Roger, der diesen Ort des geistigen Aufbruchs gegründet und seiner Schwester die Verantwortung übertragen hatte.

Eines Morgens, als zur verabredeten Zeit Christina ihren Bruder zu Pferd in Markyate erwartete, hielt stattdessen der Planwagen von St. Albans vor der Tür. Andrew, der den Wagen gefahren hatte, half seinem Mitbruder Gregory behutsam beim Aussteigen. Als Christina sie begrüßte, bemerkte sie sofort, dass Gregory nicht nur kraftlos und erschöpft war, sondern ihn auch eine eigentümliche Aura umgab, die sie erschreckte. Als sie von der Krankheit Gregorys hörte, die hinter ihm lag, fühlte sie sich ein wenig erleichtert. Doch sein Aussehen ließ sie an dieser scheinbaren Besserung zweifeln. Vielleicht ist Gregory auch nur nach seinen Fieberanfällen zu früh aufgestanden, weil er es nicht abwarten konnte, nach Markyate zu kommen, waren ihre Gedanken. Als Christina jedoch mit Andrew unter vier Augen sprach und erfuhr, dass Gregory trotz eines Rückfalls nicht davon abzuhalten gewesen sei, seine Schwester zu besuchen, sah sie ihre Sorge bestätigt und fühlte sich hilflos.

Mit großer Anstrengung hielt er den Gottesdienst, bei dem alle Anwesenden sich derart um Gregory sorgten, dass sie kaum imstande waren, der Liturgie zu folgen. Schon am frühen Nachmittag – Christina hatte ihrem Bruder eine Lagerstatt zum Ausruhen bereitet – schlief er ein. Das gemeinsame Gespräch über die Ursachen seiner Krankheit hatte ihn zu stark erschöpft. Andrew betrat den Raum und sagte leise zu Christina, dass der Wagen zur Abfahrt bereit stehe und es besser sei, Gregory so schnell wie möglich in die Infirmerie nach St. Albans zurückzubringen. Dem Fieber, das sich bereits auf der Heimfahrt wie ein loderndes Feuer in Gregory entfachte, war Rauch vorausgegangen, der Christinas Seele vor Traurigkeit zu Boden drückte. Sie hatte sich an dem gewohnten Ort der Stille in Schweigen versenkt, um der inneren Stimme zu lauschen. Doch die Sorge um ihren Bruder holte sie immer wieder ein und ließ sie darum bitten zu erfahren, welchen Sinn Gregorys Krankheit habe und wie sie ausgehen würde.

Für Gregory, der sich mit letzter Kraftanstrengung die Stufen ins Krankenzimmer hochgeschleppt hatte, zerbrach die Zeit. Ein böser Wind blies in die Glut. Schlechte Fieberarten traten in seinem Körper auf und große Schwerfälligkeit überfiel ihn. Die Seele spürte etwas von einem kommenden Wechsel und wich bereits ein wenig von ihrem Körper zurück. Der Infirmarius, der alles Erdenkliche für Gregory tat und ihn liebevoll pflegte, sah im trüben Blick seiner Augen, dass Gregorys Körper für diese Seele nicht mehr kraftvoll genug war. Wenn er lange am Bett des Kranken saß, der von starken und hitzigen Fieberanfällen geschüttelt wurde, glaubte er, in Gregorys Augen seine Seele zu erkennen, wie sie bewölkt dasitzt und überlegt, wann sie ihren Platz verlassen muss. Wie ein Sturm erhob sich die gefährliche Krankheit und zeigte dem Sehenden an, dass Leib und Seele sich trennen wollten. Das Fieber nahm weiter zu, da die Seele ihre Lebensregel in dieser Welt eingestellt hatte. Ohne dass Gregory jemals darüber sprach, fühlte er sich eingeborgen in den Lebensrhythmus, der mit dem leiblichen Tod nicht endet.

Große Unruhe überfiel Christina, die sich schon immer mit

ihrem Bruder in besonderer Weise verbunden gefühlt hatte. Trotz ihrer Meditationen wusste sie vorübergehend weder ein noch aus. Als Christina jedoch erfuhr, dass die Gesundheit ihres Bruders weiterhin nachließ, ahnte sie, dass eine große Veränderung bevorstand. Von diesem Augenblick an befiel sie große Traurigkeit, und Tränen erleichterten ihre bedrückte Seele.

Gregory war ein besonderer Mensch und Mönch, der im Verborgenen und im Schutz der Abtei leben wollte. Durch seine Zurückhaltung und gleichzeitig die Offenheit allem gegenüber hatte er schnell die Liebe seiner Mitbrüder gewonnen. Obwohl er nicht viel redete, machte er sich über alles Gedanken und hatte das rechte Wort, wenn es angebracht war. Doch jetzt, während seiner Krankheit, war ihm nicht nur der Geschmack an den Speisen vergangen, sondern auch die Freude an den Besuchen seiner beiden Freunde Michael und Patric. Jede innere und äußere Bewegung wurde für Gregory zu einer großen ermüdenden Anstrengung. Er spürte, wie sich etwas in ihm zum Weggehen rüstete. Es war, als vernehme er ein leises Anklopfen, das zum Aufbruch mahnte. Weder bemächtigte sich Angst seiner noch erfüllte ihn Unruhe. Doch verlangte Gregory danach, Christina möge zu ihm kommen und bei ihm bleiben. Seinen Wunsch nach liebender Umarmung konnte niemand erfüllen außer Christina.

Aus Mitgefühl und tiefer Betroffenheit war Abt Geoffrey versucht, Andrew unverzüglich nach Markyate zu schicken, um Christina zu holen. Doch berief er – wie es Christina ihm immer wieder nahe gelegt hatte – zuerst das Kapitel ein, um sich mit der Gemeinschaft zu beraten, auf welche Weise Gregorys Wunsch erfüllt werden könnte. Eine Frau durfte bekanntlich niemals die Klausur betreten. Jeder zeigte jedoch Verständnis für die vorgeschlagene Ausnahme, dass es unter Geschwistern statthaft sei, die Infirmerie zu betreten.

Den Tag und die ganze Nacht über saß Christina an Gregorys Bett, umarmte ihn immer und immer wieder und hielt seine Hand. Sie sah, als der Infirmarius ihren Bruder zur Ader ließ, wie schwarz und getrübt das Blut war. Außerhalb des Krankenzimmers sagte der Infirmarius zu Christina, er sehe keine Möglichkeit, Gregory von seinem Leiden zu befreien. Doch bemühe er sich mit allen zur Verfügung stehenden Mitteln, Gregorys hohes Fieber zu senken und seine Schmerzen zu erleichtern. Unter gutem Zureden von Christina musste Gregory mit Honig gekochten weißen Andorn essen und wurde mit frischen Klettenpflanzen umgürtet. Um ihrem Bruder Linderung seiner starken Kopfschmerzen zu verschaffen, salbte Christina seine Stirn mit zerriebenem Basilikum, das sie mit Rosenöl gemischt hatte.

Als Gregory sich aufrichtete und zu ihr sagte: „Mein Freund betrachtet mein Antlitz“, wurde Christina von tiefer Herzenstrauer erfüllt, denn sie wusste um die Bedeutung dieser Worte.

In seiner Ohnmacht dieser fortschreitenden Krankheit gegenüber hatte der Infirmarius für Gregory frische Himbeeren gekocht und reichte ihm den warmen Saft zum Trinken. Gregory jedoch hatte nur den einen Wunsch, von dem er immer wieder sprach: noch einmal in der großen Abtei-Kirche sein zu dürfen, um Abschied zu nehmen. Er wusste um sein leibliches Sterben und darum, dass der Tod sich bereits nach und nach eingenistet hatte und es bald und endlich ganz tun würde. Ohne Auflehnung nahm Gregory den Tod an – als etwas Unabwendbares.

Zu dieser Einstellung, der bitterer Schmerz des Abschiednehmens von dieser Welt vorausging, hatte auch Christina durch ihre Gebete und Gespräche mit Gregory wesentlich beigetragen. Das letzte Abendmahl, das Gregory für die Reise empfing, die er jetzt unweigerlich antreten musste, wurde zu einem Fest. Obwohl er vorübergehend ohne Schmerzen war und das Fieber sich senkte, zeitigte sein Leben bereits den Tod. Christina musste mit ansehen, wie das natürliche Licht in Gregory allmählich ausgelöscht und seine Natur in dieser Welt getilgt wurde. Alle Mitbrüder nahmen persönlich Abschied von ihm, in besonderer Weise Michael und Patric, die Gregory um Verzeihung bat und umarmte.

In der Nacht – Christina wachte bei ihm – sprach er seine letzten Worte, bevor er in Bewusstlosigkeit fiel, aus der er nicht mehr zurückkehrte. Als am nächsten Morgen Christina leise und bescheiden bittend zum Infirmarius sagte, dass sie Gregorys Wunsch, vor seinem Tod ein letztes Mal in der Kathedrale sein zu dürfen, noch nicht erfüllt hätten, bereitete der Krankenmeister sofort alles Notwendige vor. Er selbst war erstaunt und überrascht, dass Gregory am Ende das Bewusstsein verloren hatte – ein ungewöhnlicher Zustand im Verlauf dieser Krankheit. Als er lange wie erstarrt an Gregorys Bett stand, mahnte ihn Christina: „Lasst uns eilen, denn Gregorys Seele hat bereits begonnen, die Flügel ihrer Vernunft zusammenzufalten und sich zum Weggehen zu rüsten."

Der Infirmarius, der Christinas Worte nur allzu gut verstand, veranlasste alles, um den Sterbenden zum Sterben in die Abtei-Kirche zu bringen. In der Nacht, als Christina fühlte, wie der Tod ihren Bruder bereits unerbittlich umklammerte und versuchte, durch die Pforte des geöffneten Mundes in ihn einzudringen, ließ sie Margaret rufen, so schnell wie möglich nach St. Albans zu kommen.

Nach einer Weile betrat der Infirmarius wieder das Krankenzimmer und flüsterte Christina zu: „Zur Abfahrt steht der Wagen."

Einige Mönche und Helfer betteten Gregory vorsichtig auf eine Bahre, trugen ihn hinunter und legten ihn dann auf den Wagen, der am Eingang der Infirmerie bereitstand. In der langen Klostergeschichte war es das erste Mal, dass mit diesem Wagen nicht ein Verstorbener, sondern ein Sterbender gefahren wurde.

Christina blieb so nahe bei Gregory, wie es ihr eben möglich war – auch jetzt, während der Wagen in die Kathedrale geschoben wurde. Beim Öffnen der Kirchentür eilte Margaret, die inzwischen aus Markyate gekommen war, auf den Wagen zu und berührte ihren Bruder. Abt Geoffrey, der sich mit vielen seiner Mönche im Chorraum versammelt hatte, hielt sich zurück.

Gregory atmete schwer; er hatte nun dem Tod vollends die Schwelle seines Mundes geöffnet. Alle schauten auf den Sterbenden – Christina und Margaret fühlten in besonderer Weise die große Bedeutsamkeit dieser Stunde. Viele Kerzen wurden angezündet und lichterfülltes Schweigen breitete sich in der Kathedrale aus, die jetzt für Gregory zum Haus des Sterbens wurde.

Wenn auch Dunkelheit herrschte, wo der Schein der Kerzen endete, und alle Worte schwiegen, so hatte Gregory doch bereits diese Grenzen überschritten und war allem Abschied voran. In diese Stille hob Michael, der Kantor, langsam seine Hände, um zum Gregorianischen Gesang aufzufordern. Langsam, wie ein Lichtstrahl aus fernen Welten, der diese Erde berührt, erklangen für Gregory aus dem Mund seiner Mitbrüder die wunderbaren Kadenzen:

„Steht ihm bei, ihr Heiligen Gottes,
eilt herbei, ihr Engel des Herrn.
Nehmt seine Seele in Empfang
und bringt sie vor das Angesicht des Höchsten.
Es nehme dich auf Christus,
der dich gerufen hat,
und die Engel mögen dich in Abrahams Schoß geleiten.“

Michael, der um die große Liebe seines Freundes zur Gregorianischen Musik wusste, verstummte in diesem Augenblick des Todes, und Tränen des schmerzlichen Abschieds trübten seine Augen. Die ernste Anmut dieses Gesanges in dem Augenblick, in dem sich Gregorys Seele vom Körper löste, wurde für alle Anwesenden zu einer Erfahrung jenseits des Todes und zum Höhepunkt der Sterbebegleitung und Totenliturgie.

Diabolische Machenschaften

Eine wunderbare Fähigkeit, die Christina in besonderer Weise eigen war, soll nicht unerwähnt bleiben. Sehr häufig – wenn sie sich mitten in einem Gespräch befand – offenbarten sich ihr tiefere Sinnzusammenhänge, die ihr in Form von Bildern sichtbar wurden. Wenn sie diese visionären Momente überfielen, nahm Christina von ihrer momentanen Situation, ihrer Umgebung und von dem, worüber gesprochen wurde, nichts mehr wahr. Es waren bestimmte Zeichen, die sie empfing und wahrnahm. Diese sich offenbarenden Bilder standen immer mit dem Anliegen in einem engen Zusammenhang, um das Christina inständig gebetet und das sie mit in ihre tiefen Meditationen hineingenommen hatte. Meist begleitete ihre Visionen auch ein körperlich-gefühlsmäßiges Moment: Christina nahm bestimmte Schwingungen wahr, die – wie sie Geoffrey anvertraute – mit dem zarten Flügelschlag eines kleinen Vogels zu vergleichen waren.

Wenn sie ihr bewusstes Denken einstellte und ihren geistigen Impulsen freien Lauf ließ, sah sie häufig ein Licht – manchmal sogar drei Lichter – in wunderbar gleichmäßigem Glanz strahlen. Weilte in diesen Augenblicken einer ihrer engsten Freunde bei ihr, war es Christina möglich, ihm das Licht, das sie wahrnahm, zu zeigen.

Welche Zeichen auch immer ihr geschenkt wurden: Sie offenbarten jedes Mal, dass ein besonderer Wunsch Unterstützung aus einer verborgenen Welt erfuhr. Ihre Visionen – Geoffrey hatte sie über Jahre bei Christina beobachtet und zweifelte nicht an ihnen – waren weder Einbildungen, Wunschvorstellungen noch irgendwelche Träume. Aufrichtig und wahrhaftig konnte er daher über diese besondere Gabe Christinas auch in der Biographie über sie vorbehaltlos berichten. Christina empfing diese sich ihr offenbarenden Bilder durch eine klare Intuition, losgelöst von jeglichem eigenen Wollen.

Geoffrey, dem durch seinen verstorbenen Freund Dennis die mystische Theologie des Dionysius vertraut war, erlebte eindeutige Zusammenhänge zwischen den Visionen Christinas und der dionysianischen Mystik. Selbst wenn Christina vor körperlicher und geistiger Erschöpfung fester und tiefer als gewöhnlich schlief, erwachte sie zur gegebenen Zeit so leicht und heiter, dass man kaum glauben konnte, sie habe einen Klang vernommen, den andere nicht hörten.

Doch inmitten all dieser wunderbaren Fähigkeiten waren die diabolischen Pfeile, die auf Christina nach wie vor abgeschossen wurden, weder in ihrer Zahl geringer geworden noch weniger spitz. Sie konnten dem gefestigten Bewusstsein Christinas nichts anhaben: Christina wurde nicht mehr zur Verzweiflung gebracht, und keine dieser dunklen Kräfte vermochte es mehr, Gift in ihre Seele zu streuen oder ein verzehrendes ungutes Feuer in ihrem Inneren zu entfachen. Loderte es um sie herum, nahm sie zwar den Rauch und Ruß wahr, verbrannte sich aber nicht einmal die Finger.

Durch die Distanz, die Christina zu ihnen hatte, waren die zerstörerischen Kräfte umso mehr aufgebracht, da sie ihr Ziel nicht erreichten. So musste sie erneut dummes Geschwätz, Verleumdungen, bissige Worte und andere Widerwärtigkeiten ertragen. Immer und in allem bestand die Absicht darin, ihren guten Namen – der für Christina selbst nicht wichtig war – in den Schmutz zu ziehen. Man verbreitete, Christina sei eine verstiegene Träumerin, die in eigenen Phantasien lebe. Andere sagten, sie verführe die Menschen und verderbe ihre Seelen. Gemäßigtere Stimmen bezeichneten sie als kluge Frau, die lediglich materiellen Vorteilen nachjage. Vor allem aber wurde immer wieder und in allen Varianten das Gerücht verbreitet, sie sei durch ein triebhaftes Liebesverhältnis mit Abt Geoffrey völlig von ihm abhängig und ihm hörig.

Je stärker ihr Bewusstsein sich in der nicht sichtbaren, transzendenten, übernatürlichen Welt verankerte und Christina aus eben diesen Kräften ihr Leben gestaltete, umso gewaltiger wurden auch die Nachstellungen, denen sie ausgesetzt war. Wenn auch das, was böse Zungen über sie behaupteten, Christina nicht von ihrem geraden Weg abbringen konnte, so bedeutete für viele die Verbreitung der Verleumdungen immerhin eine gewisse Genugtuung. Da es Menschen gab, die besondere Freude daran hatten, Schlechtes und verderbte Geschichten über andere zu vernehmen, blieben die Gerüchte, die man über Christina verbreitete, nicht ungehört. Oft wurden die erfundenen Schlechtigkeiten – verschleiert unter einer angeblichen Wahrheit – so geschickt weitergegeben, dass sie ihre Wirkung nicht verfehlten.

Vor der großen freundschaftlichen Liebe, die Christina und Geoffrey verband, stand Christina in weiten Teilen Englands in unangetastet gutem Ruf. Man nannte ihren Namen mit großer Anerkennung und Hochachtung. Trotz der hervorragenden seelisch-geistigen Entwicklung beider und der caritativen Leistung, die sowohl von Christina als auch von Geoffrey auf Grund ihrer gemeinsamen Liebe ausging, wurde der Abt umso mehr als heimlicher Verführer und Christina als gewissenlose, liederliche Frau bezeichnet. Es verwunderte keineswegs, dass Neid aufkam und viele Menschen die liebende Verbindung und die sich durchaus ergebenden Vorteile dem Abt und „seiner" Frau aus Markyate nicht gönnten. Die außerordentliche Entwicklung, die beiden durch ihre Liebe geschenkt wurde, gab ständig erneut zu Überlegungen Anlass, wie man am besten einen zerstörerischen Keil zwischen St. Albans und Markyate treiben könne. Doch alle Versuche dieser Art scheiterten und schlugen zum Nachteil derer um, die solche zerstörerischen Kräfte in die Welt gesetzt hatten.

Hingegen kam es auch vor, dass einige Gegner, die Freude daran hatten, das Ansehen Geoffreys und Christinas in den Schmutz zu ziehen, eines Besseren belehrt wurden, ihr unrechtes Verhalten eingestanden und um Verzeihung baten. Sie, die bisher die Rolle falscher Anklage gespielt hatten, wurden nun zu wahren Verteidigern der Wahrheit.

Ein trennendes Ehehindernis

Als an einem Tag im Spätherbst des Jahres 1139 Abt Geoffrey in Markyate weilte, konnte er Christina die Ergebnisse des II. Lateran-Konzils vorlegen, an dem er eigentlich hätte selbst teilnehmen sollen.

„Puella, Ihr könnt Euch kaum vorstellen, wie dankbar und glücklich ich auch jetzt noch bin, dass ich davor bewahrt wurde, die Reise nach Rom anzutreten. Bestimmt habt Ihr das Eure dazu beigetragen. Welch großes Glück und welche Gnade ich hatte, in England bleiben zu dürfen, wird mir erst jetzt voll bewusst, da ich Einblick in die Konzilsunterlagen nehmen konnte. Die Anstrengung der Reise wäre gering gewesen gegen das, was mich in Rom erwartet hätte. Darf ich Euch kurz von dem berichten, was ich von einem Teilnehmer des Konzils erfahren habe? Gern würde ich Euch dann mehr zu Kanon 7 sagen, in dem Papst Innozenz II. die Kleriker-Weihen zu einem trennenden Ehehindernis erklärt und somit den Zölibat verbindlich macht."

Christina tat kund, wie gespannt sie sei, das Neueste aus Rom zu hören, besonders zur Festschreibung des Zölibates, ein Thema, mit dem Geoffrey sich viel beschäftigt hatte und infolge mancher Situationen unter den vielen Mönchen von St. Albans immer wieder beschäftigen musste. Obwohl die Zölibatsfrage nicht zu Christinas augenblicklichem Thema gehörte, lauschte sie den Worten Geoffreys, da sie sein Anliegen jetzt auch zu dem ihren machte.

„Zur selben Zeit – es war im Jahr 1130 –, als Gregorio Papareschi zu Papst Innozenz II. ernannt wurde, wählte man die bedeutendste Persönlichkeit im Kardinalskollegium, Petrus Pierleone, zum Gegenpapst Anaklet II. Das Schisma, die Trennung von der Einheit der Kirche, richtete großen Schaden und Verwirrung an, denn unter Innozenz II. regierte durch acht Jahre der Gegenpapst Anaklet II. in Rom. Als 1138 Anaklet starb, wurde Victor IV. zu seinem päpstlichen Nachfolger gewählt. Da Victor IV. jedoch nach kurzer Zeit resignierte, konnte Papst Innozenz endgültig mit dem II. Lateran-Konzil in diesem Jahr das Schisma beenden. Als wir Anfang des Jahres in Oxford berieten, wer von England aus am Konzil teilnehmen sollte, wussten wir noch nicht, dass der Anlass zur Einladung des Papstes das Schisma Anaklets II. war.

Wie bin ich glücklich", unterbrach Geoffrey sich selbst, „dass ich vor diesen Sitzungen bewahrt wurde, denn so manches Ergebnis hätte ich einfach nicht mit tragen und verantworten können.

Zwischen siebenhundert und tausend Konzils-Teilnehmer waren angereist, als am 4. April Papst Innozenz II. in seiner Eröffnungsrede im Lateranpalast die durch das Schisma entstandene Verwirrung in der Kirche beklagte. Das zunächst Wichtigste gelang dem Konzil bereits nach wenigen Sitzungen: Die Anhänger Anaklets II. wurden abgesetzt und das Schisma konnte damit endgültig beendet werden. Dass auf diesem Konzil der Wucher verboten wurde wie auch das Abhalten von Turnieren, kann ich – und ich stelle mir vor, Ihr ebenso – sehr gut nachvollziehen und unterstützen. Doch als ich hörte, dass den Mönchen das Studium des Rechtes und – Ihr könnt es kaum glauben – auch das Studium der Medizin durch Kanones des Lateran-Konzils untersagt worden ist, war ich sprachlos und wütend und bin es noch immer."

Christinas Gesichtszüge verkrampften ebenso wie die Geoffreys. Ein lang gehegter Wunschtraum von ihr war es, die Medizin-Schule von Salerno zu besuchen, um sich ärztliche Kenntnisse auf anerkannt wissenschaftlicher Basis zu erwerben. Christina lebte aus einer erwartungsvollen Freude, nachdem sie seinerzeit gehört hatte, dass endlich auch Frauen in Salerno zugelassen wurden. Doch nun, da nach dem II. Lateran-Konzil nicht einmal mehr Mönche Medizin studieren durften, war sie sichtlich enttäuscht und ließ es auch Geoffrey wissen.

Er, der ganz auf ihrer Seite stand, deutete an, dass sie bei Kanon 7 weiteren Grund habe, sich zu entsetzen. „In Kanon 7, der viele und lange Sitzungen in Anspruch nahm, wurde die Forderung nach Ehelosigkeit der Kleriker verschärft, indem ihre Eheschließungen nicht nur verboten, sondern für nichtig und unwirksam erklärt wurden. Als vorbildlich zölibatär lebender Mann soll Innozenz II. sehr hässliche und diffamierende Äußerungen über Frauen gemacht haben. Ich bin entsetzt und traurig über diese Rückentwicklung. Auf der Synode von Clermont im Jahr 1130 erklärte Innozenz kurz nach seiner Papstwahl – ich möchte Euch diesen Satz wörtlich vorlesen, daher habe ich ihn mir auf dieses Pergament geschrieben: *Da die Priester Tempel Gottes, Gefäße des Herrn und Heiligtümer des Heiligen Geistes sein sollen, verstößt es gegen ihre Würde, dass sie in Ehebetten liegen und in Unreinheit leben.* Den entscheidenden rechtlichen Schritt jedoch vollzog Innozenz II. erst auf dem II. Lateran-Konzil. Hier wird die Priester-Ehe nicht mehr nur verboten, sondern es wird offiziell erklärt, dass die nach der Weihe geschlossenen Ehen ungültig sind, das heißt, die Kirche sieht sie fortan einfach nicht mehr als Ehen an. Für sie ist also ein Priester eheunfähig.

Gern möchte ich Euch den genauen Text vorlesen, den ich mir ebenso abgeschrieben habe. Dieser Kanon macht die dauernde Lebensform der Ehelosigkeit und geschlechtlichen Enthaltsamkeit als kirchenrechtliche Regelung ab diesem Jahr 1139 für alle Kleriker verpflichtend:

Die Kleriker sind gehalten, vollkommene und immerwährende Enthaltsamkeit um des Himmelreiches willen zu wahren; deshalb sind sie zum Zölibat verpflichtet, der eine besondere Gabe Gottes ist, durch welche die geistlichen Amtsträger leichter mit ungeteiltem Herzen Christus anhangen und sich freier dem Dienst an Gott und den Menschen widmen können.

Ich bin ganz sicher“, sagte Geoffrey bestimmend, „dass sich mit der geistlichen Motivierung des Zölibats die Sorge um eine

Entfremdung des Kirchengutes durch Vererbung in der Familie verbindet. Da bisher die Zölibatsdisziplin zu brüchig war, verspricht man sich nun endlich mehr Erfolg in den Bemühungen, das Kirchengut durch ausbleibende Nachkommen der Priester nicht mehr einer familiären Vererbung unterzogen zu wissen. Daher hat Papst Innozenz II. die Priesterweihe zu einem trennenden Ehehindernis erklärt, und zwar für Bischöfe, Priester, Diakone und Subdiakone. Seit April dieses Jahres dürfen Verheiratete erst gar nicht mehr zum Priester geweiht werden – sofern der Kirche ihre Ehe bekannt ist. Das allerdings ist, wie Ihr wisst, nicht immer der Fall. Es gibt also weiterhin – kirchenrechtlich gesehen – noch gültig verheiratete Priester, wenn diese vor ihrer Weihe heimlich geheiratet haben.

Verbindlich möchte ich Euch, liebe Christina, am Ende meines Berichtes vom II. Lateran-Konzil noch hinzufügend sagen – ich schäme mich, es auszusprechen, es vor Euch in Worte zu fassen, weil es Euch sehr weh tun wird –, dass die Frauen der Priester, auch diejenigen, die vor April dieses Jahres die Ehe eingegangen sind, nach neuer kirchlicher Sprachregelung des II. Lateran-Konzils ohne Rücksicht auf das Kirchenrecht nur noch 'Konkubinen' oder 'Huren' heißen.

Es tut mir unendlich Leid", fügte Geoffrey mit traurigen Worten hinzu, „dass ich diese Ausdrücke in Eurer Gegenwart benutzen musste, um Euch den tatsächlichen Sachverhalt zu vermitteln. Ende April reisten die Konzilsväter dann wieder aus Rom ab", sagte Geoffrey nach einer langen Pause.

Und Christina – kopfschüttelnd zu Geoffrey gewandt – erwiderte leise: „Wenn ich auch als angehende Priorin des Nonnenkonvents von Markyate nicht in Salerno Medizin studieren darf und wenn auch zur Zeit vielen Klerikern die Ehe versagt ist oder das Priestertum durch eine Ehe, so bin ich sicher, Geoffrey, Beloved, dass wir – und wenn nicht wir, dann aber bestimmt die nach uns kommen – es schaffen werden, die göttlichen Gesetze, die Er natürlich in seine Schöpfung eingebettet hat, nach Seinem Willen und freier Wahl und in Freiheit zu leben."

Die Frau

Ganz so gut wie Ihr sehe ich die Zukunft nicht", sagte Geoffrey bedenklich. „Ich bewundere aber Euren Mut und Eure Vision von der zukünftigen Stellung der Frau in der Kirche und in der Politik. Vor ungefähr achtzig Jahren fand unter Papst Gregor II. schon einmal eine gewaltige Zurückdrängung der Frauen statt. Ich bin sicher, dass die damalige Stärkung der päpstlichen Macht und die Ungleichstellung der Frau auf die große Spaltung zwischen der Ostkirche und der westlichen Kirche zurückzuführen ist."

Geoffrey schaute Christina an und dachte – ohne es auszusprechen: Was muss das für eine erleuchtete und starke Frau sein, die die Geschichte des Christentums nicht zu einer Geschichte des fortschreitenden Totschweigens und Entmündigens der Frauen werden lässt! Welch eine erleuchtete und starke Frau ist Christina, dass sie nicht einfach jeden Kirchenmänner-Befehl, hörig wie so viele, in die Tat umsetzt!

Christina sprach in dieses Schweigen hinein: „Nimmt man die Unterdrückung der Frauen, ihre Zurückdrängung, Diffamierung und Verteufelung, so bedeutet unsere bisherige Kirchengeschichte für mich eine einzige lange Kette männlicher Willkürherrschaft über die Frau. Die Männer-Kirche hat noch immer nicht begriffen, dass die Wirklichkeit der Kirche sich auf die Menschlichkeit und Mitmenschlichkeit von Mann und Frau gemeinsam gründet."

„Christina", unterbrach Geoffrey, „Ihr habt Recht, Ihr habt aber auch Unrecht." Im selben Augenblick stand er auf und nahm den Albani-Psalter zur Hand, der immer in der Nähe Christinas anzutreffen war. Geoffrey, der sich in diesem Buch nur allzu gut auskannte, schlug direkt die Seite 51 auf und zeigte Christina das Bild der Frau im roten Gewand, die den gegenüberstehenden staunenden Männern überzeugend darlegt, dass Leben auch inmitten von Ausweglosigkeit gelingen kann.

„Das seid Ihr, Christina, und das werdet Ihr immer bleiben: Meisterin bestandenen Lebens, die aus Liebe und gelebtem Glauben allen, und dazu gehören auch Männer der Kirche, Wesentliches zu sagen hat.“ Als Christina die Buchseite mit der Miniatur der Frau umblättern wollte, hinderte Geoffrey sie und sagte mit einer Stimme, die keinen Widerspruch zuließ: „Nein, jetzt müsst Ihr mir zuhören und die Worte ertragen, die seit langem unausgesprochen in mir sind.

Auch ich bin einer von den Männern auf der rechten Seite, die sich immer noch an sich selbst und an dem festhalten, was sie erlernt, aber nicht erfahren haben. Hat der Alexis-Meister das nicht treffend mit den Büchern oder Gesetzesbüchern ausgedrückt, die von einigen so krampfhaft gehalten werden? Christina, Puella, wenn ich Euch, Eurer Liebe und Begeisterung nicht hätte begegnen dürfen, stünde ich auch heute noch dort als einer unter ihnen. Ihr habt mich gelehrt, das erfahrbar ins Leben kommen zu lassen, was die Wahrheit ist, sodass meine Zweifel, meine Angst und meine Unsicherheit zunehmend schwinden.

Wenn ich das Eigentliche letztlich auch nicht fassen kann, so habt Ihr mich auf den Weg gebracht, der mir eine untrügerische Ahnung von dem alles durchflutenden Wesen Gottes vermittelt und gleichzeitig eine Erfahrung, die mir Sicherheit gibt und keinen ängstlichen Rückschritt mehr erlaubt. Christina, Ihr seid es, die zu mir sagt, dass ich mich der einleuchtenden Botschaft stets aufs Neue zu öffnen habe, um Hindernisse in mir und die Dunkelheit zu überwinden. Ich höre Euch: ‘Nur die Liebe vermag unser Inneres wieder zu erhellen und bringt uns den Sonnenaufgang nahe. Legt doch endlich alles aus der Hand und lasst das wahre Licht in Euch hinein, damit es Euch einleuchtet, Ihr tiefere Zusammenhänge des Lebens schaut und es zum Heil für Euch und andere wird.’

Glaubt Ihr denn, ich hätte über zwanzig Jahre ohne Euch diesen bedeutenden Männerkonvent von St. Albans führen können? Christina, Ihr habt die Gabe und es mich gelehrt, nicht nur in das Dunkel hineinzuschauen, sondern in das wirkliche Leben, das sich entfalten und Licht werden möchte. Ich bin fest davon überzeugt – und wenn ich auf dieses Bild schaue, auf dem die Frau den Männern die befreiende Botschaft ausrichtet, umso mehr: Zu allen Zeiten gehört es mit zu den wesentlichen Aufgaben einer Frau, sowohl im familiären Leben als auch in der Kirche die Rolle der Mittlerin zwischen Erde und Himmel einzunehmen."

Geoffrey bemerkte, wie seine Worte für Christina zu viel wurden. Daher wies er noch einmal kurz auf das vor ihnen liegende Bild und sagte: „Aller Wahrscheinlichkeit nach werde ich vor Euch diese Welt verlassen. Da es mir ein großes Anliegen ist, Euch in dem, was Ihr seid, lehrt und tut, zu bestätigen und zu fördern, erlaubt mir noch einen abschließenden Satz, der in meinem Herzen brennt:

Durch Euch, Christina, erfährt die Frau, die zu lange schon eine Eingrenzung ihres Standes hinnehmen und ertragen musste, wieder die ursprüngliche uneingeschränkte Würde ihres Menschseins. Euer Leben – und das wird mir immer deutlicher, denn ich habe damit begonnen, es niederzuschreiben – ist zu einem vorbildlichen Leben für alle geworden, die sich aus vorgegebenen Zwängen befreien und sich zu ihrer eigentlichen menschlichen Würde erheben müssen. Ich weiß, Christina, dass Euer Leben in dieser Hinsicht zu einer göttlich inspirierten Urkunde geworden ist, und wünsche mir, dass meine Biographie über Euch es ebenso für kommende Generationen werden möge."

Christina wusste, bei diesem Vorhaben würden ihr Wille und ihre Worte keine Wirkung erzielen; dieses Mal kam sie gegen die starke Überzeugung Geoffreys und seine Willenskraft nicht an.

Brandmarkung

Durch die umfassende Fürsorge des Abtes von St. Albans für den Konvent in Markyate konnte Christina wesentlich mehr Zeit erübrigen, um auf Fragen, Verhaltensweisen und Nöte ihrer Mitschwestern sowie der Gäste, die ständig bei ihr weilten, einzugehen, und konnte ihnen Hilfe anbieten. Dass Christina auf diese Weise mit vielen Schattenseiten in Berührung kam, war nicht auszuschließen.

Eine junge Frau, die einen erschöpften und gequälten Eindruck machte, bat um Aufnahme in Markyate. Wegen politischer Delikte musste sie über ein Jahr in London im Gefängnis verbringen und wurde wiederholt auf äußerst schmerzhafte Weise zu Aussagen gezwungen, die nicht dem wahren Sachverhalt entsprachen. Christina nahm diese Frau liebevoll auf, vermied es aber, sie nach ihrer Vergangenheit zu fragen.

Auf einer Wange waren ihr auffallend die Buchstaben BC eingebrannt. An einem Abend weinte sie bitterlich, und als Christina den Arm um sie legte, löste sich ihre Zunge. Sie begann, aus ihrem Leben zu erzählen. Christina erfuhr, dass dieser Frau, die nicht bereit gewesen war, das zu sagen, was man von ihr hören wollte, in Schwefel getränkte Späne hinter die Fingernägel getrieben worden waren. Da sie trotz heftigster Schmerzen immer noch geschwiegen hatte, zündete man die Hölzchen an und ließ sie abbrennen.

„Nachdem Kaiserin Mathilde endlich in London eingezogen war, wurden alle politischen Gefangenen freigelassen; fast im selben Atemzug auch viele andere, die aus den verschiedensten Gründen schon über Jahre inhaftiert waren. Der Kerker- und Foltermeister, der diese Freilassung nicht uneingeschränkt hinnehmen wollte, fand große Befriedigung daran, einen jeden von uns auf besondere Weise zu brandmarken. Ihr seht hier die Buchstaben in meinem Gesicht!“

Die Frau nahm die Hand Christinas und führte sie über ihre Wange, in die das Zeichen BC gebrannt war. „Man hat eine neue Methode entwickelt, in der nicht, wie bisher üblich, mit einem glühenden Eisen gearbeitet wird. Durch ein kaltes Eisen wurde bei allen, die entlassen werden sollten, ein bestimmtes dauerhaftes Zeichen in die Haut geprägt. Ich musste lange warten, bis die Reihe an mir war.

Der Foltermeister durchstieß den infrage kommenden Körperteil mit Nadeln, bis das Zeichen entstand, das er einprägen wollte. Als er dann in die so gesetzten Löcher der Haut ein dunkles Pulver einstreute, schrie der Gefolterte vor Schmerzen entsetzlich auf. Ich musste mit ansehen, wie einer nach dem anderen auf diese Weise gequält wurde, bis ich mich dieser grausamen Tortur selbst unterziehen musste.

Bei Diebstahl wurden Schlüssel eingebrannt, Münzen bei Münzfälschern, flüchtige Schiffsleute erhielten Bootshaken in die Haut graviert. Als die ersten politischen Häftlinge an der Reihe waren, wurden ihnen an augenfälliger Stelle die Buchstaben BC eingebrannt, um diese Menschen als Verbrecher mit schlechtem Charakter (Bad Character) abzustempeln. Je näher ich dem Foltermeister kam, umso mehr wuchs meine Angst – wusste ich doch nicht, an welcher Stelle er bei mir das schmerzhafte Brandmal einstechen würde. Es kamen infrage: Stirn, Wange oder Lippen, Rücken oder Ohren, Arme, Hände, Daumen, Schultern, Brust, Beine oder Füße.

Da der Foltermeister eine offensichtlich sonderbare abartige Freude an dieser Art augenblicklicher und bleibender Folter hatte, nahm er sich für die Quälereien bei jedem äußerst viel Zeit. Er konnte es nicht lassen, mit hämischer Stimme seine Genugtuung zum Ausdruck zu bringen, indem er jeden Buchstaben, den er setzte, und jedes Zeichen mit der angeblichen Straffälligkeit in Verbindung brachte. Für Sodomie wurden Hufeisen eingebrannt, Verführern und Vergewaltigern gravierte er Geschlechtsorgane auf die Stirn, die Figur eines Menschen ohne Kopf war das Zeichen für Mörder und Totschläger.

Wenn der Foltermeister eine Brandmarke richtig und deutlich auf den Körper gesetzt hatte und er mit dem Ergebnis zufrieden war, übertönte er mit lauter und schriller Stimme die Schmerzensschreie der Gefolterten: 'Das Zeichen ist wohl gelungen, Euer Hochwohlgeboren! Und wenn Ihr so weitermacht, werden bald verschiedene Brandmarken Euer Vorstrafenregister darstellen!'

Nach der Entlassung gingen alle in verschiedene Richtungen – viele weinten vor Kummer über diese lebenslange Brandmarkung oder waren bitterböse ob des ihnen eingebrannten Males. Ohne es vorher zu wissen, hat mich mein Weg zu Euch nach Markyate geführt, und ich bitte Euch, verehrte Christina, vorerst in Eurer Nähe bleiben zu dürfen, bis auch die Wunden meiner Seele geheilt sind."

Licht und Schatten

Durch ihre persönliche Lebenserfahrung, durch Gespräche und durch Einblicke, die Christina in Schicksalszusammenhänge nehmen durfte, fühlte sie sich immer stärker der Verschlagenheit und Bösartigkeit dieser Welt gewachsen. Ihr war es gelungen – und letztlich geschenkt worden –, nicht nur Abt Geoffrey den Weg in ein besser gelingendes Leben zu weisen, sondern auch vielen anderen Menschen, die sich Christinas Weisung gegenüber öffneten. Die Zeit war reif, sodass sie sich nicht mehr gegen ihre Verleumder und Zwischenträger auflehnte, die nun keine Macht mehr hatten, sie zu verletzen.

In Christina und aus ihr strahlte ein Licht, das auch andere erleuchtete, ohne sich selbst zu verzehren. Als Dank für diese innere geistige Kraft, die ihr unaufhaltsam zuströmte, stellte sie jeden Sonntagabend eine Kerze im Oratorium auf. Diese liturgische Geste wurde in Markyate für alle Frauen zu einem festen Ritual, doch kannte niemand von ihnen den tieferen Grund.

Es geschah an einem Sonnabend. Widergöttliche, zerstörerische Kräfte waren durch Christinas Geradlinigkeit, durch ihre lichterfüllte Seele und ihre Ausstrahlung derart in Aufruhr versetzt, dass sie nach Wegen suchten, diese erleuchtete Frau wenigstens von außen zu irritieren.

In der Nacht zum Sonntag, als sich alle zur ersten Gebetsstunde rüsteten, sah Christina eine dunkle Gestalt vor der Tür des Oratoriums sitzen. Sie traute ihren Augen nicht. Weder bei ihrem Näherkommen noch bei ihrem Zuruf entschwand diese diabolische Gestalt – sie reagierte nicht einmal. Die Mitschwestern, die sich nach und nach um ihre Meisterin versammelten, spürten diese unheimliche und angstmachende Atmosphäre. Sie sahen zwar nicht, was Christina wahrnahm, doch bemächtigte sich ihrer eine derartige Angst, dass eine Frau völlig erstarrte, eine andere sich unter ihrem Schleier verbarg, wieder andere wichen angsterfüllt zurück, versteckten sich und hatten derartiges Herzklopfen, dass sie glaubten, ihrer Todesstunde nahe zu sein.

Inmitten dieses Aufruhrs und der Angst gab es nur ein Entkommen, und das spürten alle: so nahe bei Christina zu sein, wie es nur eben möglich war. Daher hielten sie sich an ihr fest und klammerten sich an sie in der Gewissheit, dass von Christina eine gute Gegenkraft und Hilfe ausgehen würde. Doch auch Christina wurde beim Anblick dieser monströsen Gestalt von einer gewissen Furcht ergriffen. Sie nahm all ihren Mut zusammen und blieb standhaft. In einem inständigen Gebet bat sie darum, diese so grausame Phantomgestalt möge schwinden. Aber eine noch größere Furcht überkam sie, der sie sich nicht erwehren konnte. Je stärker diese zerreißenden Kräfte wurden, umso mehr gelang es Christina – alles loslassend –, sich Dem anzuvertrauen, der Sieger über die Dunkelheit und heller als alles Licht ist. Ganz allmählich stabilisierten sich in ihr innere Ruhe und die vertraute Gewissheit, dass unter dem Schutz des Höchsten niemand ihr und ihrem Konvent etwas anhaben könne.

Zusehends machte die Dunkelheit dem Licht Platz. Als der Morgen dämmerte, standen die Türen ungehindert offen, die

Angst war bei allen geschwunden und Licht durchflutete nicht nur die Gebäude von Markyate, sondern auch die Herzen.

Nach diesem herausragenden Erlebnis versenkte sich Christina – als sie wieder allein war – in die Miniaturen des Albani-Psalters. Obwohl kein Bild einen sichtbaren Schatten hat, dachte sie, so weist doch jedes unsichtbar eine dunkle Seite auf. Alles in der Welt ist aus mehreren geistigen Komponenten zusammengesetzt und hat seine entsprechende Ausstrahlung. Nach dem Gesetz, dass Gleiches Gleiches anzieht, kommt es erheblich darauf an, mit welcher Einstellung und in welcher inneren Verfassung ich auf eine Miniatur zugehe. Es ist daher ratsam, wenn nicht gar notwendig, vor dem Betrachten und Versenken den Bildinhalt zunächst zu meditieren.

Nach dem Erlebnis der vergangenen Nacht wurde Christina durch und durch bewusst, dass dem sich Nähern des Lichtes und der eigentlichen Wahrheit eine Bereitung vorausgehen müsste. Hierzu war es notwendig, alles loszulassen und ein Empfangender zu werden.

Keine Maßstäbe für dieses oder jenes dürfen mehr angelegt werden, dachte sie weiter, und alle Vorurteile haben dem Kommenden gegenüber keine Berechtigung mehr. Das sich Leermachen und einfach Dasein vor dem Wesentlichen ist das Entscheidende, sowohl in der Schweige-Meditation als auch beim Betrachten und Verinnerlichen der Albani-Miniaturen.

Christina überlegte, inwieweit sie – ohne eigenes Eingreifen – in der Lage sei, ausschließlich zu empfangen, um den kraftvollen Energiestrom einer Miniatur zu erfahren. Ihr wurde bewusst, wie gefährlich es ist, sich in einer nicht guten und von dunklen Kräften aufgeladenen Gesinnung dem Psalter und seinen Bildern zu nähern. Daher bedurfte es einer guten Bereitung, um schauen zu können und Einblick in verborgene Geheimnisse zu nehmen. Es ist somit von unbedingter Wichtigkeit, dachte Christina, dass jeder, der schauen und Einblick nehmen möchte, eine Anleitung zum Schauen erhält, damit er nicht das Wesentliche verpasst – die Lichtausstrahlung und das

Gewahrwerden der Siegermacht über die Dunkelheit. Nur in einer unbedarften, offenen Haltung, ohne eigenes Wollen, Vorstellungen und Wünsche kann der Lichtkraft Raum zur Entfaltung und Ausstrahlung gewährt werden. Sie muss im Inneren des Betrachters ankommen und vom ihm bejahend aufgenommen werden, damit er aus dieser geistigen Kraft das Leben für sich und andere zum Besseren gestalten kann.

Der Schatten des missgestalteten Phantoms, den Christina an diesem frühen Sonntagmorgen voll Schrecken erblickt und der vorübergehend die Atmosphäre in Markyate verdunkelt hatte, schien ihr jetzt nichts anderes zu sein als die Abwesenheit des Lichtes.

Eine wichtige Erfahrung auf ihrem geistigen Entwicklungsweg wurde Christina an diesem Tag geschenkt, an dem sie – wie immer – gegen Abend eine Kerze im Oratorium entzündete.

Erste Anzeichen des Abschieds

Ermutigt durch die Einsichten, die sich Christina an diesem Sonntag geschenkt hatten, und gleichzeitig erfreut über die damit verbundene Lebenssicherheit, gewann sie noch mehr Zutrauen zu den Eingebungen ihres Herzens und den Intuitionen, die aus der Tiefe ihres Bewusstseins ihr Leben mit Licht erfüllen wollten. Auf diesem Weg eines zunehmenden inneren Wachstums stellte sich Christina die Frage, ob sie bereit sei – wie einst Abraham seinen Sohn Isaac –, im Gebet der Hingabe und darüber hinaus in dieser Welt und Zeit denjenigen loszulassen, den sie am meisten liebte: Geoffrey.

Christina spürte, dass sie eine derartig vollkommene Hingabe nicht oder noch nicht vollziehen konnte; sie wusste aber, wenn sie in der Meditation nicht bereits ein Loslassen übte, dass Geoffrey ihr in nicht allzu ferner Zukunft gewaltsam und unter größten Schmerzen entrissen würde. Ihre gemeinsame

Liebe, die schon längst nicht mehr an den Ich-Kern Geoffreys und Christinas gebunden war, hatte sich zu einer Weite entwickelt, in der der Himmel die Erde und die Erde den Himmel berührt. Zu dieser kosmischen Weite ihrer Liebe kam die Tragfähigkeit hinzu, die Veränderungen in dieser Welt und letztlich den körperlichen Tod auszuhalten.

Daher wagte es Christina nach langen Meditationen, in denen sie belastende und festhaltende Gefühle abbauen konnte, mit Geoffrey offen über ein Loslassen und Neuempfangen zu sprechen sowie über den Tod und das Leben danach. Geoffrey, der sich auf seine Weise und infolge seines Alters selbst mit möglichen Veränderungen ihrer gelebten Liebe beschäftigt hatte, war auf dieses Gespräch, das Christina mit ihm führen wollte, vorbereitet.

Eines Tages kam ein unbekannter Pilger nach Markyate, um Christina zu besuchen. Sie hieß diesen Mann, dessen ehrfurchtsvoller Gesichtsausdruck ihr besonders auffiel, freundlich willkommen und bot ihm, wie sie es bei allen gewohnt war, ihre Gastfreundschaft an. Weder fragte Christina ihn, wer er sei, noch erzählte zu dieser Zeit der Pilger etwas von sich selbst. Nach einem kurzen Aufenthalt in Markyate zog er seiner Wege, doch hatte er bei Christina einen tiefen Eindruck hinterlassen. Nach einiger Zeit kam er ein zweites Mal nach Markyate. Bei seinem ersten Besuch hatte sich der unbekannte Pilger fast schweigend verhalten und ausschließlich meditiert; zu Christinas Freude suchte er nun das Gespräch mit ihr.

Während sie miteinander sprachen, fühlte Christina eine derart begeisternde und leidenschaftliche Spiritualität, die von dem Pilger ausging, wie sie sie vorher noch bei keinem Menschen erlebt hatte. Höchst erfreut darüber und selbst begeistert von der lichten Ausstrahlung des Fremden hätte Christina beinahe vergessen, wie es die Gastfreundschaft gebot, dem Pilger etwas zu essen und zu trinken anzubieten. Als sie mit ihrer Schwester Margaret ein Mahl bereitete, setzte er sich zu ihnen. Doch weilte Christinas Aufmerksamkeit mehr bei dem, was der Fremde sagte, als bei der Zubereitung der Speisen. Daher nahm Margaret alles Notwendige in die Hand und deckte den Tisch.

Nachdem der Pilger Platz genommen hatte, nahm er behutsam das Brot und führte es zum Mund. Es schien, als äße er, doch in Wirklichkeit nahm er nur einen kleinen Bissen, um zumindest aus Höflichkeit zu kosten. Als Margaret ihn bat, von dem Fisch zu probieren, der ihm gereicht wurde, dankte er mit den Worten, er wolle nicht mehr zu sich nehmen, als notwendig sei, um Körper und Seele zusammenzuhalten.

Das Verhalten des Fremden berührte beide Schwestern sehr. Aus einer guten Distanz sahen sie ihn nun in einem anderen Licht: seine wohl geformten Gesichtszüge, den gepflegten Bart, sein außergewöhnliches Auftreten und seine noble Erscheinung. Vor allem aber lösten die wohl ausgewogenen und feinen Worte des Pilgers bei Christina und Margaret eine derart große geistige Freude aus, dass sie glaubten, eher einen Engel vor sich zu sehen als einen einfachen Pilger. Hätte es ihnen das Gelübde der Armut, Keuschheit und des Gehorsams erlaubt, das sie im benediktinischen Sinn abgelegt hatten, würden beide Schwestern nicht gezögert haben, den Pilger zu bitten, bei ihnen in Markyate zu bleiben.

Nach ihrem Gespräch erhob sich der Fremde und verabschiedete sich mit segensreichen Worten von Christina und Margaret. Als er sich aufmachte, seinen Weg weiterzugehen, verloren sie ihn zwar aus den Augen, aber nicht aus dem Herzen. Der Eindruck, den der unbekannte Pilger in ihnen hinterlassen hatte, war so erfüllend und tief greifend, dass sie sich oft an ihn erinnerten und über die inspirierende Begegnung sprachen. „Wie wunderbar wäre es, wenn unser Pilger noch einmal zurückkehren würde! Wir erfreuten uns nicht nur seiner Gegenwart, sondern würden bestimmt auch viel von ihm erfahren und lernen können."

Weihnachten 1142 – oder: Der unbekannte Pilger

Christina war voll damit beschäftigt, sich auf das kommende Weihnachtsfest vorzubereiten. Doch am Tag vor der Vigil des Festes wurde sie krank und musste das Bett hüten. Der Schwächeanfall, der mit ihrer Krankheit zusammenhing, war so stark, dass sie nicht einmal mehr in die Kirche gehen konnte. Zwei Mönche, die auf dem Wege waren, hörten von Christinas Krankheit und beschlossen, sie zu besuchen. Zur Freude für Christina und zu ihrer Genesung sangen sie in gregorianischer Weise das Stundengebet. Infolge ihrer Krankheit war Christina kaum in der Lage, aufmerksam zuzuhören; doch ein Vers hatte sie besonders berührt und ging ihr nicht mehr aus dem Sinn: „Heute sei euch gesagt, dass der Herr kommen wird, und morgen werdet ihr Seine Herrlichkeit sehen."

Sie dachte über die Bedeutung dieser Botschaft nach und stellte sich vor, auf welche Weise sie Wirklichkeit werden würde. Von großer Freude auf das kommende Weihnachtsfest bewegt, gingen Christina an diesem Tag wie auch während der darauf folgenden Nacht viele Fragen durch den Kopf: Auf welche Weise wird Er sichtbar, und wer wird Ihn wirklich sehen, wenn Er kommt? Auf welche Weise wird Er sich in unserer Welt offenbaren?

Dadurch dass Christina ihren fragenden Geist auf ein höheres Ziel ausrichtete, wurde ihr Bewusstsein nicht durch die schwere Krankheit getrübt, die ihr Körper zu ertragen hatte. Als Christina vom Bett aus – man hatte ihre Zellentür und die des Oratoriums geöffnet – die feierlich gesungene Hymne zum Weihnachtsfest hörte: „Christ ist geboren", spürte sie, dass auch sie eingeladen war, am Fest des Lichtes und der Freude teilzunehmen. Nur allein im Dasein und Zuhören schenkte sich ihr tiefe geistige Erfüllung, die nicht nur Freudentränen auslöste, sondern auch ihrem kranken und geschwächten Körper heilende Lebensenergien zuströmen ließ.

Christina fühlte sich durch den geistlichen Gesang ihrer Mitschwestern, die innige Atmosphäre, die von ihnen ausging, und durch die sich spürbar ausbreitende Liebe in die Kathedrale von St. Albans versetzt. Sie schloss die Augen und gab dem Bild, das in ihr Gestalt und Licht annahm, Raum, sich zu entfalten.

Sie sah sich zu Füßen des Lesepultes stehen, von dem aus die frohe Botschaft verkündet wurde. Als Christina ihren Blick schweifen ließ, bemerkte sie inmitten des Mönchs-Chores eine Gestalt, die wohlwollend und gütig auf die ehrfürchtig singenden Mönche blickte. Seine Ausstrahlung war unbeschreiblich und unfassbar; eine lichtvolle Aura umgab ihn. Beim Anblick dieser Erscheinung fühlte sich Christina in eine andere Welt versetzt. Durch die Vision empfing sie nicht nur stärkende Kräfte für ihre Seele, sondern gleichzeitig für ihren Körper, sodass sie schnell von ihrer Krankheit befreit wurde.

Am Morgen des Weihnachtstages wurde Christina die Nachricht überbracht, der von ihr hoch geschätzte Pilger sei in Markyate angekommen. In diesem Augenblick wurde sie von großer Freude erfüllt und konnte dieses Glück kaum fassen. Sie bat, man möge ihn einlassen und die Türen hinter ihm schließen. Durch die Gegenwart des Pilgers, der ihr nun keineswegs mehr unbekannt erschien, und durch das damit verbundene Glücksgefühl erfuhr Christina unaussprechbare Antworten auf viele ihrer Fragen.

Als der Konvent von Markyate – Christina durfte wieder inmitten ihrer Schwestern sein – zur Weihnachtsliturgie in das Oratorium einzog, war auch der Pilger anwesend. Allen fiel seine Bescheidenheit auf, seine Zurückhaltung beim Betreten des sakralen Raumes, sein ernster Ausdruck und die Vornehmheit seiner Erscheinung. In dieser Haltung, ohne sich hervorzutun, nahm der Pilger an den liturgischen Feierlichkeiten des hohen Weihnachtstages teil. Das Ende der Liturgie wurde von Christina selbst vollzogen. Beim Auszug schritt sie allen voran, verließ als Erste das Oratorium, um dem Pilger und ihren Mitschwestern persönlich gesegnete Weihnachten zu wünschen. Da keine andere Tür aus dem Oratorium führte als die, an der Christina stand, war sie sicher, auch den Pilger herzlich begrüßen zu dürfen.

Alle Schwestern hatten die Kirche verlassen. Christina wartete noch eine Zeit ungeduldig auf den Pilger. Auf ihre Frage, wo der Pilger sei, erhielt sie zur Antwort, er halte sich noch in der Kirche auf und bete. Da alle gemeinsam das Festmahl einnehmen wollten, bat Christina eine Mitschwester, den Pilger zu rufen und ihn hierzu einzuladen. Diese kam nach kurzer Zeit zurück und berichtete, sie habe ihn nicht angetroffen. Höchst überrascht und erstaunt fragte Christina, ob während des Gottesdienstes wirklich die Tür verschlossen gewesen sei. „Hier ist der Schlüssel, und von dem Augenblick an, als wir alle eingezogen waren, bis zu dem Moment, als ich vor Euch die Tür wieder öffnete, war sie fest verschlossen, sodass niemand das Oratorium verlassen konnte. Aber auch jetzt hat niemand den Pilger aus der Kirchentür kommen sehen“, antwortete die Türhüterin, während sie in ihrer Verlegenheit Christina noch einmal den Schlüssel zeigte.

Christina, die es gewohnt war, mit Unerklärbarem und mit Geheimnissen zu leben, wusste, dass das Wesentliche im Innerpersönlichen und nicht sichtbar geschieht; sie wusste um die Notwendigkeit des Einübens der Geduld, bis sich nacheinander und von selbst die geheimnisvollen Zeichen offenbaren. Sie nahm daher alles momentan nicht Fassbare in diesem Sinne an, ohne Aufhebens darum zu machen. Wenn Christina in das gewohnte und ihr lieb gewordene Schweigen ging, trennte sie sich bewusst von allem, was sie an diesem Tag erfahren hatte, von dem, was ihr gelungen war, wie auch von dem, was ihr nicht gelungen war. Sie legte ihr Wissen und alles, was ihr Bewusstsein füllte – ungelöste Fragen und auch das Nichtwissen –, in die Hände Gottes. Aus ihrer Erfahrung war ihr vertraut, und aus dieser Gewissheit gestaltete sie ihr Leben, dass zur rechten Zeit das Rechte zur Verfügung stand – sei es eine

Ahnung, ein Gefühl oder ein Gedanke; sei es ein Staunen, ein Schweigen oder ein sich Zurücknehmen.

Durch ihre Meditationen der Hingabe und die sich daraus ergebende Haltung und Lebenseinstellung wurde es ihr geschenkt, vielen Geheimnissen auf die Spur zu kommen, verborgene Weisheiten einzusehen und verworren scheinende Situationen und Schicksale geistig zu durchdringen. Das Erscheinen des „unbekannten Pilgers", den sie nicht nur mehrere Male in der Wirklichkeit wahrgenommen hatte, sondern auch in der Vision während ihrer Krankheit, als er sich im Chor unter den Mönchen von St. Albans offenbarte, hatte Christina auf ihrem geistig-geistlichen Weg in Bewusstseins- und Glaubenstiefen geführt, die nicht mehr in Worte zu fassen waren. Erst nach langem Fragen erfuhr Geoffrey einiges, worüber Christina von sich aus niemals gesprochen hätte. In der Biographie über sie versuchte er, dem Leser zumindest eine Ahnung von den außergewöhnlichen Fähigkeiten Christinas zu vermitteln. Die Lebensgeschichte der Frau von Markyate, die Abt Geoffrey bis kurz vor seinem Tod weiter schrieb, sollte dem Frauenkonvent und nachfolgenden Generationen Mut geben, auf dem geistigen Entwicklungsweg Fortschritte zu machen, und von der begnadeten Sendung ihrer Gründerin Kunde geben.

Eine von Christinas Mitschwestern, die im Nebenhaus wohnte, war im Begriff, etwas heimlich zu tun, das ihr Schaden zufügen würde. Christina, die diese unguten Schwingungen in ihrem Herzen spürte, griff ein, um sie vor einem großen Fehler zu bewahren. Da sie noch nicht hellhörig und sensibel genug war, Christinas Gedankenkraft zu empfinden, ging Christina zu ihr und flüsterte ihr auf eindeutig verstehbare Weise das zu, woran sie sie hindern wollte und musste. Erstaunt und ein wenig beschämt bat sie ihre Priorin, niemandem etwas über das Vorhaben zu sagen. Es dauerte Christina, sie verstehen lassen zu müssen, dass dies selbstverständlich sei.

Als Abt Geoffrey in Markyate war und mit Christina zu

Tisch saß, wurde er Zeuge einer Situation, die ebenso für die hohe Sensibilität und geistige Entwicklung Christinas sprach. Godit, ein junges Mädchen, trug das Essen auf, das sie für den Gast bereitet hatte. Plötzlich erhob Christina ihre Hand und hinderte Geoffrey daran, von der Speise zu nehmen. Ruhig und freundlich rief sie Godit und fragte – ohne sie durch scharfe Worte bloßzustellen –, ob sie den Salat mit Zutaten bereitet habe, die sie zu verwenden untersagt habe. Christina hatte nämlich nachdrücklich der Küche Anweisung gegeben, nichts aus dem Nachbargarten zu nehmen, da der Besitzer ihr aus Geiz einen Kerbel-Zweig abgeschlagen hatte, um den sie ihn vor kurzem gebeten hatte. Obwohl Godit beteuerte, in dem Salat seien keine Zutaten aus dem Nachbargarten, bat Christina Geoffrey, nicht hiervon zu essen. Später, nachdem Christina erfahren hatte, dass Godit im Garten des Nachbarn gesehen worden war, gestand sie, den Salat mit Kräutern aus eben diesem Garten bereitet zu haben.

Geoffrey wusste, dass er selbst die hohe Sensibilität, über die Christina verfügte, und den entsprechenden Durchblick, der ihr eigen war, niemals erreichen würde.

Einer der in Markyate beschäftigten Helfer wurde von Christina auf den Weg nach St. Albans geschickt, um Abt Geoffrey eine für ihn sehr wichtige Botschaft zu überbringen. Der Mann hatte jedoch unterwegs einiges von dem vergessen, was Christina ihm aufgetragen hatte. Hinzu kam, dass er das, woran er sich noch erinnern konnte, zu seinem eigenen Vorteil auslegte. Als Christina diese verkehrte Situation vor ihrem geistigen Auge wahrnahm, gelang es ihr, den Boten mit dem Irrtum zu konfrontieren, ihn auszuschelten und die richtige Botschaft in sein Bewusstsein zu pflanzen.

Dass Christina geistigen Kontakt zu bestimmten Personen herstellen konnte, beweist eine Begebenheit, die sich im Haus ihrer verheirateten Schwester Matilda in Huntingdon zutrug. Von ihrer Zelle in Markyate aus konnte sie infolge ihrer geistigen Hellhörigkeit eine wichtige Unterredung wahrnehmen, die Matilda mit ihrem Mann führte. Als das Ehepaar später zu einem Besuch bei Christina weilte, war sie in der Lage, ein Gespräch zu führen, welches das Wissen um die Ereignisse in Huntingdon voraussetzte.

Später erfuhr Geoffrey, der Christinas Leben auch tiefer erforschen wollte – um darüber zu schreiben –, von dem Ehepaar aus Huntingdon, dass Christina von all dem, worüber sie zu Hause gesprochen hatten, nichts wissen konnte. Dies war für Geoffrey ein weiterer Beweis für die Fähigkeit Christinas, intuitiv wahrzunehmen.

Von allem, was Christina auf dieser Erde wichtig war, bildete Abt Geoffrey den Mittelpunkt. Ihre Gedanken und ihre Aufmerksamkeit bezogen sich vornehmlich auf ihn, ihren treuen Freund. Sie war ihm nahe und wusste, wie sehr er ihrer bedurfte – ihrer geistigen Kraft, ihrer Zuwendung, der Geborgenheit in Markyate wie auch noch ihrer persönlichen Gegenwart.

Bereitung zur großen Reise

In den wenigen Jahren, die Abt Geoffrey de Gorham in dieser Welt noch zur Verfügung standen, versuchte er – getragen durch Christina – begonnene Aufgaben abzuschließen und, soweit es ihm möglich war, vorausschauend in die Zukunft wichtige Entscheidungen zu treffen.

Einigen seiner Mönche mag es übertrieben gewesen sein, doch Abt Geoffrey legte größten Wert darauf, dass in der Sakristei von St. Albans genügend und vor allem schöne Chormäntel für den liturgischen Gottesdienst zur Verfügung standen. Er verwandte besondere Sorgfalt auf das Auswählen und scheute weder Kosten noch Mühe, wertvolle Roben zu erwerben. Wer allerdings nicht um die bedrängende innere Not wusste, in der Geoffrey während der Brandnacht von Dunstable und der Zeit danach gesteckt hatte, als die aus St. Albans geliehenen kostbaren Chormäntel verbrannt waren, konnte die übermäßige Anschaffung dieser liturgischen Kleidung nicht verstehen.

Als nach 1142 im Priorat von Markyate die Kirche und einige sie umgebende Gebäude abbrannten, erlebte er noch einmal – doch nun zusammen mit Christina – das Gefühl, ohnmächtig und hilflos vor dieser zerstörerischen Naturgewalt zu stehen. Doch dieses Mal gelang es Geoffrey, an der Seite der tatkräftigen und unerschütterlichen Frau aus Markyate, sich nicht durch die Brandkatastrophe entmutigen zu lassen. Innerhalb kurzer Zeit konnte er mit hilfreicher Unterstützung vieler Menschen, die zum Freundeskreis von Markyate gehörten, und mit finanziellen Mitteln aus den Pachteinnahmen der Landgüter Caysum und Watford die zerstörte Kirche und die Gebäude wieder aufbauen.

Durch Christina von Markyate, die über Abt Geoffrey zur geheimen und indirekten Ratgeberin im Kirchenkampf mit König Stephan von Blois geworden war, hatte Geoffrey einen Bekanntheitsgrad, der über England und Frankreich hinaus bis nach Rom reichte. Neben den einflussreichen Kontakten zum Königshaus unterhielt Geoffrey zu vielen englischen und französischen Bischöfen persönliche und kirchenpolitische Beziehungen, insbesondere zu benediktinischen Prioraten, Klöstern und Abteien. Abt Geoffrey war es sogar gelungen, zu Osbert von Clare, dem redegewandten und viel gefürchteten Prior von Westminster, eine über Jahrzehnte lebendige und ungetrübte Verbindung aufrecht zu erhalten. Ein Verwandter Geoffreys, Walter von Lucy, war Mönch in St. Albans, bis er im Jahr 1139 zum Abt des Benediktiner-Klosters Battle berufen wurde.

Durch unlautere Machenschaften, mangelnde Disziplin und Missachtung der Benedikt-Regel war die Abtei Croyland in eine fragwürdige Existenz geraten und dem Ruin nahe. Um sie zu retten und zu neuem Ansehen zu bringen, war es notwendig, mehrere Mönche auszutauschen. Abt Geoffrey de Gorham, an den die Bitte zur Erneuerung und geistig-geistlichen Wiederbelebung dieses Klosters herangetragen wurde, da man sich von ihm als Einzigem wirksame Hilfe versprach, nahm sich der Abtei Croyland an. Er sandte zehn seiner besten Mönche, die über Disziplin und gutes Durchsetzungsvermögen verfügten, in diese Abtei, mit der Aufgabe, angerichteten Schaden wieder gutzumachen und die geistliche und administrative Leitung zu übernehmen. Godfrey, einer dieser Mönche aus St. Albans, wurde 1143 zum Prior von Croyland gewählt. Er stand nach der Art Geoffreys diesem Kloster mit großem Erfolg vor. So ließ er sogar – in Anlehnung an St. Albans – dort einen kostbaren Reliquienschrein fertigen.

Die Wirren unter der Regierung des Königs Stephan von Blois brachten es mit sich, dass auch über die Stadt und das Kloster St. Albans eine schlimme Notlage hereinbrach. Da St. Albans sich gegen eine Vereinnahmung wehrte, beschloss man heimlich, Feuer zu legen, um die Stadt niederzubrennen. Abt Geoffrey de Gorham erfuhr rechtzeitig von diesem hinterhältigen Plan und konnte die gräflichen Invasoren, die sich aus Machthunger verselbstständigt hatten, mit einem kostbaren Geschenk und verbindenden Worten besänftigen. Er ließ noch in der Nacht alles Gold, das in der Abtei zur Verfügung stand, zu einer ungeformten Masse einschmelzen, um es am nächsten Morgen Graf von Warenne, William von Ypre, Graf von Arundel und William Martel zur Versöhnung zu überreichen. Es schmerzte Abt Geoffrey sehr, dass durch die Unfähigkeit der Königsherrschaft Barone und Grafen sich aus Macht- und Besitzhunger selbstständig machten und sich Besitz aneigneten, der ihnen nicht zustand.

Wegen der Zurückhaltung und Bescheidenheit Christinas war es Abt Geoffrey bisher nicht gelungen, trotz der Profess, die Christina im benediktinischen Sinne in St. Albans abgelegt hatte, die Kommunität von Markyate auf eine kanonische Grundlage zu stellen. Man bezeichnete Markyate zwar seit langem als Priorat von St. Albans und Christina als Priorin, doch mussten zu diesem Status bestimmte kirchenrechtliche Bedingungen vollzogen und eingehalten werden, die aber noch nicht erfolgt waren. Dazu gehörte die rechtliche Übertragung von Ländereien, die den Domherren von St. Pauls gehörten, die feierliche Einweihung der Prioratskirche und die Beurkundung des gesamten Priorats von Markyate.

Abt Geoffrey, der fühlte, dass seine Zeit gekommen war, setzte im Jahr 1145 alles daran, Christina und das Priorat auf die Zukunft hin abzusichern und so selbstständig wie möglich zu machen. Zwischen ihm und den Domherren von St. Pauls kam ein Vertrag zustande über den Standort und das Grundstück, auf dem das Priorat von Markyate nun seine offizielle Bestätigung fand. Damit waren die Besitzverhältnisse endgültig geklärt. Die Urkunde wurde am selben Tag erstellt und von den anwesenden Zeugen unterschrieben, an dem Bischof Alexander von Lincoln die Prioratskirche feierlich im Beisein vieler Gäste einweihte. Sie erhielt den Namen „Kirche der Heiligen Dreifaltigkeit".

Die Liste der Gäste und Zeugen, die die Gründungsurkunde unterschrieben, zeigte die enge Beziehung Christinas zur kirchlichen Obrigkeit. Viele Verbindungen, die sie schon während ihrer Zeit in Huntingdon hatte, überdauerten selbst die Zeit ihrer Flucht und ihres verborgenen Aufenthaltes in der Einsiedelei. An dieser Stelle sei besonders Robert, der Prior von Merton, erwähnt, der vormals Kanoniker in Huntingdon war.

An den Einweihungsfeierlichkeiten von Markyate nahmen nicht nur Mitglieder der Mönchsgemeinschaft von St. Albans teil, sondern auch Vertreter anderer Klöster, Augustiner-Chorherren und Laien.

Nur ein Laie unterzeichnete die Gründungsurkunde von Markyate mit: Simon, der Bruder Christinas, Bürger von Huntingdon. Die Unterschrift des Dekans von St. Pauls war stellvertretend für alle anwesenden Domherren. Es folgten die Unterschriften des Archediakons William aus London, des Archediakons Alwaldus aus Colchester, des Stiftsherrn Odo von Caddington Minor und verschiedene andere.

Christina, die an diesem ehrwürdigen Tag als Gründerin des

Priorats von Markyate im Mittelpunkt stand, gedachte in ihrer Rede in besonderer und dankbarer Weise Rogers, der als erster Einsiedler in Markyate gelebt und den eigentlichen geistigen Grundstein gelegt hatte.

Am späten Abend, nachdem alle Gäste das Priorat verlassen hatten und durch Christina und ihre Schwestern das Notwendige für den Alltag wieder hergerichtet war, ging Christina in ihre Zelle und nahm den Albani-Psalter zur Hand. Auf diese ihr lieb gewordene Gewohnheit verzichtete sie nicht einmal an Tagen, die sie besonders und bis zur Erschöpfung geistig und körperlich forderten. Während der erhebenden Einweihungsfeierlichkeiten hatte sich Christina ihrem ersten geistlichen Meister, Roger, dem Einsiedlermönch, besonders nahe gefühlt. Sie schlug das Septemberblatt des Kalenders im Albani-Psalter auf und betrachtete lange ihre Eintragung unter dem 12. des Monats. Dann stand sie auf, holte Tinte und eine Feder und fügte der Eintragung *Der 12. September, Todestag des Einsiedlers Roger, Mönch von St. Albans* folgende Worte hinzu:

In wessen Händen sich auch immer dieser Psalter befindet, der möge seiner (Rogers) gedenken, besonders an diesem Tage.

Der Ritt nach Markyate – oder: Die große Reise

Seit Wochen lag eine klirrende Kälte über dem Land. Schnee und Schneeverwehungen ließen nicht einmal mehr den Verlauf der Straßen erkennen. Der eisige Nordwind, der auch nachts nicht aufhörte zu heulen, brachte jegliches Leben zum Erstarren. So wagte es kaum jemand, sich für längere Zeit im Freien aufzuhalten. Doch an diesem 25. Februar 1146 machte sich Andrew vom Kloster St. Albans auf den Weg nach Markyate.

Er wusste, dass der Ritt etwa drei Stunden dauern würde. Heute, mit der Botschaft des Todes von Geoffrey – über vereiste Schneefelder und ab und an auf freigewehten Straßen, die ihre Richtung schnell wieder verloren –, gab es jedoch nur ein unendlich mühsames Fortkommen.

Andrew sah, wie durch das Fell am Hals des Pferdes Schweiß ausbrach. Er verlangsamte den Schritt. Der süße und warme Geruch gegen den kalten Wind erfüllte ihn mit einem sicheren Gefühl von Vertrautheit und gleichzeitig Geborgenheit. Wie oft hatte er bei den Pferden die Nächte verbracht – wohlig in ihrer Nähe und Wärme. Immer wenn die Enge seiner Klosterzelle ihn bedrückte und er vom weiten Land und der Ferne zu träumen begann, schlich er sich heimlich aus der Klausur und ging zu den Pferden. Geoffrey wusste davon, hatte sich aber niemals etwas anmerken lassen, denn nur allzu gut konnte er diese Unruhe und Sehnsucht nachempfinden.

Abt Geoffrey hatte ihn in all den Jahren immer wieder ausgewählt, wenn es darum ging, eine besondere Botschaft sofort und gewissenhaft zu überbringen. Einige Tage vor seinem Tod hatte er Andrew zu sich kommen lassen. Er bat ihn, Christina von Markyate so schnell wie möglich die Nachricht von seinem Tod zu vermitteln, sobald das Unabänderliche eingetreten sei.

In den frühen Morgenstunden dieses kalten Februartages war es geschehen – ganz sanft und in großem Vertrauen –, dass Geoffrey de Gorham nach 76 Jahren die Gabe seines Lebens an den Ursprung zurückgegeben hatte. Als die anwesenden Mönche mit dem Totenoffizium begannen, hatte Andrew bereits das Pferd gesattelt, um nach Markyate zu reiten. Dankbar dem Verstorbenen gegenüber, war er sich dieser ganz besonderen vertrauensvollen Aufgabe bewusst.

Trotz der gebotenen Eile stieg er vom Pferd, um es vorübergehend auf dieser unwegsamen Strecke seiner zu entlasten. Geoffrey war tot, und nun stand er hier, mitten im hohen Schnee und in der klirrenden Kälte, und atmete die Wärme seines Pferdes. Ihm war wohl dabei; konnte er doch die Todesbotschaft noch etwas hinauszögern. Als er auf den Hals des Tieres klopfte und es liebevoll streichelte, spürte er, dass er in dieser kalten, erstarrten Welt nicht allein war.

Am frühen Nachmittag schließlich, der scharfe Ostwind hatte sich ein wenig gelegt, kam er in Markyate an.

Als Andrew der Priorin gegenüberstand, wusste Christina, was sie gefühlt und in der letzten Nacht wahrgenommen hatte: Geoffrey, der Abt von St. Albans, hatte die große Reise angetreten. Geoffrey würde nun nicht mehr nach Markyate kommen – zu ihr, in das von ihm gegründete Priorat.

„Es war noch finstere Nacht, als es geschah, und wir waren bei ihm“, sagte Andrew leise. Die Gewissheit traf sie zutiefst. Mit dem Anflug eines Lächelns fragte sie: „Ist für das Pferd gesorgt? Ihr bleibt in dieser Nacht hier – ohne Widerrede –, und wenn Ihr es nur dem Tier zuliebe tut; eine Höllenqual bei diesem Wetter. Kommt, wir werden alles Notwendige richten. Später frage ich nach Einzelheiten; erholt Euch erst einmal.“

Christina gab Eile vor, um endlich mit sich und dem unsagbaren Schmerz allein zu sein. Als sie den Riegel der Zellentür hinter sich geschlossen hatte, flüsterte sie leise: „Ihr werdet es gut haben, Ihr werdet es jetzt sehr gut haben.“ Dann nahm sie „das Buch“ fest und liebevoll in ihre Hände, streichelte es, presste es an sich, als wolle sie es bis in alle Ewigkeiten nicht mehr loslassen: das Buch – ein „Ring ohne einen Anfang und ohne ein Ende“ –, das sie mit dem Himmel, mit Geoffrey, verband; das Kostbarste, das es je für sie gegeben hatte: der Albani-Psalter.

Durch Geoffreys Worte und durch sein liebevolles Verhalten zu Christina hatte sich der Aufbruch zur großen Reise angekündigt, auf die er nun gegangen war. Christina verstand lange vor Geoffrey die Zeichen, die sich offenbarten, und versuchte behutsam, sie auch ihn verstehen zu lassen. In ihren Meditationen, die sie Geoffrey schenkte, damit ihm Gnade zur Reise zuteil werde, hatte sie tiefen Frieden und die Gewissheit erfahren, dass er dorthin aufbrechen würde, wo es keine Nacht mehr gibt und weder Trauer noch Tod.

Doch nun war Christinas Schmerz tief wie das weite und wogende Meer – nicht zu fassen in der Begrenzung der Worte oder der Sätze. An diesem 25. Februar 1146 verließ Christina erst spät in der Nacht das Oratorium, ihren geliebten Ort des Schweigens, in dem sie sich Geoffrey und dem Ziel allen Lebens besonders verbunden fühlte. Es bedurfte vieler Stunden, um die aufgebrachten Gedanken und Fragen zur Ruhe kommen zu lassen.

„Meine Gedanken eilen mir davon; ich kann sie nicht halten. Wenn ich die Psalmen bete, schweifen sie ab; sie benehmen sich schlecht und kreisen um mein trauriges Herz. Sie irren durch Wälder der Erinnerung an gemeinsame Stunden – schneller als der Wind. Ohne Schiff gleiten sie über jegliches Meer; heimlich springen sie von der Erde zum Himmel. Dann wieder kehren sie ein im eigenen Haus. Sie bleiben zerfahren und unstet und wollen nicht zur Ruhe kommen …

Mein Freund, ich sehne mich nach dem fernen Land, in das du gegangen bist. Möge die Gabe, die ich erbitte, mir nicht verweigert werden. Möge ich die Straße finden, die zum Tor führt, durch das du geschritten bist. Möge ich Ruhe finden und nicht traurig mehr sein.

Ich bin durch die Liebe verwundet. Meine Seele sucht den Brunnen und trinkt, doch beim Trinken ist sie immer noch durstig, denn auch mächtige Wasser können die Liebe nicht löschen. Die Liebe – sie wurde uns geschenkt auf begnadete Weise – haben wir gelebt von Augenblick zu Augenblick, vom Augenblick zur Stunde, von Stunde zu Tagen, bis der Tod sie uns in dieser Welt entrissen hat. Nun wirst du, was für mich hier noch unmöglich ist, sie in Wahrheit sehen und alles zugleich in einem."

Erst allmählich, nach vielen Gedanken und schmerzhaften Gefühlen des von der Liebe Getrenntseins, tauchte Christina in ihrer Meditation in das Schweigen ein und in die Dunkelheit, die heller als alles Licht ist.

Nach-Ruf

An der Totenliturgie, die in der Kathedrale von St. Albans für Abt Geoffrey de Gorham feierlich begangen wurde, nahmen auch Christina, Priorin von Markyate, und ihre Mitschwestern teil. Geoffrey, der sechsundzwanzig Jahre und einige Monate als 16. Abt und 3. normannischer Abt das größte Kloster Englands geleitet hatte, wurde – wie seine Vorgänger – in der Abtei-Kirche beigesetzt. Christina, die indirekt Einfluss auf seine Grabinschrift nehmen konnte, war über den Mut erstaunt, den das Kapitel aufbrachte, als es die Inschrift festlegte. Auf Geoffreys Gruft, die sie im ersten Jahr nach seinem Tod häufig besuchte, las sie schon bald nach der Beisetzung die in die Bodenplatte gemeißelten Worte:

Abbas Galfridus, papa cui fuit ipse molestus,
Hic jacet innocuus, prudens, pius, atque modestus.
(Abt Geoffrey ruht hier. Der Papst selbst machte ihm Ärger.
Rechtschaffen, maßvoll und fromm, voll Klugheit zu Lebzeiten war er.)

Während seiner Amtszeit hatte Abt Geoffrey einen hochbegabten jungen Mann aus Le Mans, Ralph de Gubion, in den Mönchskonvent von St. Albans aufgenommen. Vor seinem Eintritt ins Kloster arbeitete dieser bereits als angesehener Wissenschaftler in der Normandie. Auf Bitten Ralph de Gubions, der seine Studien fortsetzen wollte, hatte Geoffrey ihm erlaubt – gegen die Regel und die Gewohnheit in St. Albans –, als Benediktiner-Mönch in den Dienst des Bischofs Alexander von Lincoln zu treten, dort in der Gerichtsbarkeit tätig zu sein und gleichzeitig bei dem italienischen Lehrmeister Wodo zu studieren. Durch seine hervorragende Bibelkunde war Wodo über alle Grenzen hinaus bekannt.

Ralph de Gubion zeichnete sich nicht allein durch seine hohe Bildung und menschliche Reife aus, sondern er war zudem ein großer Liebhaber von Büchern, was Abt Geoffrey besonders zu schätzen wusste.

Als Ralph de Gubion noch im selben Jahr, in dem Abt Geoffrey de Gorham starb, zu seinem Nachfolger gewählt wurde, war auch Christina von Markyate anwesend. Er hatte sie nicht nur als Priorin gebeten, an den Feierlichkeiten teilzunehmen, sondern auch als Besitzerin des Albani-Psalters, den er aus seinen langjährigen Besuchen im Scriptorium von St. Albans als das schönste Buch seines Lebens lieb gewonnen hatte. Bei Eidesleistungen hoher Würdenträger symbolisierte die Anwesenheit eines Pracht-Kodexes die Gegenwart Christi. Bei dieser hohen Ehre, die dem Albani-Psalter zuteil wurde, konnte Christina den Wunsch nicht ausschlagen und brachte den Kodex mit nach St. Albans zur Abt-Weihe Ralph de Gubions.

Während seiner Amtszeit, die nur sehr kurz war, förderte er im Sinne Geoffrey de Gorhams vor allem die Bibliothek und das Scriptorium von St. Albans. Er legte größten Wert darauf, Schäden an den Gebäuden sofort zu beheben und die Abtei von jeglicher Schuldenlast zu befreien, sei es finanzieller, materieller oder immaterieller Art.

Im Jahr 1150 überfiel Abt Ralph de Gubion eine schwere unheilbare Krankheit. Infolge dieser Umstände und auf seinen eigenen Wunsch zog er sich als residierender Abt von St. Albans zurück, um einem anderen, einem Jüngeren Platz zu machen. Mit Erlaubnis König Stephans, der im Jahr 1151 die Abtei von St. Albans besuchte, machten die Mönche Gebrauch von ihrem Recht, einen neuen Abt zu nominieren. Einstimmig wurde Robert de Gorham, ein Neffe Geoffreys, gewählt. Er wurde in Caen geboren; Roberts Mutter war eine Schwester von Abt Geoffrey. Als er in jungen Jahren von den Erfolgen seines Verwandten, des Abtes in England, hörte, hatte er den Wunsch, Mönch von St. Albans zu werden. Nachdem Robert die Kloster-Schule in der Normandie mit besten Noten abgeschlossen hatte, siedelte er nach England über und trat in das

Benediktiner-Kloster St. Albans ein. Schon nach sehr kurzer Zeit übernahm er eine wichtige Position, in der er für die Pflege und Reparaturen aller Gebäude verantwortlich war. In dieser Funktion erneuerte er das Kapitelhaus von Grund auf und ließ einen großen Teil der Klostergebäude neu eindecken. Im Jahr 1149 wurde er Prior der Abtei.

Neunzehn Tage vor dem Tod des Alt-Abtes Ralph de Gubion, am 5. Juli 1151, empfing Robert de Gorham die Weihe zum Abt.

Abt Robert de Gorham stand ganz in der Tradition seines Verwandten, Abt Geoffrey de Gorham. Auch Robert förderte das Priorat von Markyate, so gut er es konnte, und holte sich in entscheidenden Fragen Rat bei Christina. Robert de Gorham war ein kluger, vor allem politisch geschickter Abt, der seine ganzen Fähigkeiten unermüdlich einsetzte, um die Mönche spirituell anzuleiten und zu führen, aber auch bestrebt war, die Abtei von St. Albans zu erweitern.

Als er 1155 im Auftrag des Königs Heinrich II. nach Rom zu Papst Hadrian IV. gesandt wurde, nutzte Abt Robert diese günstige Gelegenheit, um vom Papst eine Unabhängigkeitserklärung für St. Albans zu erbitten.

Als Christina von Markyate von der Entsendung Roberts nach Rom hörte, bat sie ihn vor dem Antritt der langen Reise zu einem Besuch nach Markyate. Sie, die die abenteuerliche Lebensgeschichte des ersten englischen Papstes, Hadrian IV., durch seinen Vater und Abt Geoffrey kannte, beabsichtigte, Abt Robert nicht nur von der gestörten Beziehung des Papstes zu St. Albans zu berichten, sondern ihm auch einen Rat mit auf den Weg nach Rom zu geben und selbstgefertigte Geschenke, um Hadrian wieder mit St. Albans zu versöhnen.

Nicholas Breakspear – Papst Hadrian IV.

Um seiner ärmlichen Familie Breakspear Ehre zu erweisen und ihrer immer eingedenk zu sein, nahm Papst Hadrian IV. das Bild eines gebrochenen Speeres in sein Papstwappen. Vielleicht dachte er dabei auch an die große, einschneidende Enttäuschung, die die Erwartung, die er an sein Leben gestellt, jäh zerbrochen hatte. Um das Jahr 1100 wurde auf dem Weiler Bedmond, in der Nähe von Abbots Langley, Nicholas Breakspear geboren. Seine Familie lebte in äußerster Bescheidenheit; der Vater war auf dem Hof angestellt, und da er nur das Notwendigste erhielt, um seine Familie zu ernähren, konnte er kaum den Pachtzins für seine Unterkunft aufbringen. Nach dem frühen Tod seiner Frau hatte Nicholas' Vater den großen und einzigen Wunsch, Mönch in der nahe gelegenen Abtei St. Albans zu werden. Als er Abt Richard d'Albani glaubhaft machen konnte, dass dieser Entschluss gereift und keine Flucht vor dem Leben sei, dass er keine Sorge mehr für seine Familie zu tragen habe und beabsichtige, seinen Sohn Nicholas auf die Kloster-Schule von St. Albans zu schicken, wurde er in die Mönchsgemeinschaft aufgenommen. Die Abtei sorgte so lange für den Unterhalt seines Sohnes, bis dieser zur Aufnahmeprüfung zugelassen wurde.

Als die Zeit gekommen war, legte Nicholas Breakspear sein Examen ab – bestand es aber nicht. Seine schulischen Leistungen waren ungenügend und entsprachen nicht dem gewünschten Standard; so wurde Nicholas wegen zu geringen Grundwissens abgewiesen. Als er daraufhin den Wunsch äußerte, wie sein Vater später als Mönch in das Kloster einzutreten, nahm sich der Abt seiner an und prüfte ihn erneut. Abt Richard d'Albani war zwar von den guten menschlichen Eigenschaften des Sohnes seines Mönches Breakspear überzeugt, doch schien auch ihm der zu geringe Bildungsgrad für ein Studium nicht geeignet zu sein. Um beides in Ruhe abwägen zu können und die Verantwortung nach allen Seiten zu prüfen, bat sich der Abt Bedenkzeit aus.

Nicholas jedoch, der sich stark getroffen fühlte und außerordentlich enttäuscht war, fasste die Bedenk- und Wartezeit als Ablehnung auf. Heimlich machte er sich auf den Weg, erreichte den nächsten Hafen und ein Schiff, das ihn als blinden Passagier über den Kanal nach Frankreich brachte. Nicholas hatte nur eines im Sinn: so schnell wie möglich England zu verlassen. Daher nahm er sich nicht die Zeit, das Geld für die Überfahrt zu erarbeiten. Als armer Scholar, ganz sich selbst überlassen, durchwanderte er Frankreich, kam nach Paris und lebte eine Zeit lang in der Region Languedoc. Er verdiente sich seinen Lebensunterhalt, doch der Wunsch nach höherem und theologischem Wissen drängte ihn in eine Stadt, in der er sich weiterbilden konnte. Sein gutes Aussehen, sein Benehmen und sein aufgeweckter Geist öffneten Nicholas viele Türen bis hin zur Möglichkeit, in Arles zu studieren. Nach der Ausbildung dort wurde Nicholas Breakspear Kanoniker des Augustiner-Chorherrenklosters St. Rufus bei Avignon. Infolge seiner hervorragenden Menschenkenntnis, seiner Religiosität und seiner Fähigkeit, Menschen anzuleiten und zu führen, wurde er zunächst zum Prior und im Jahr 1137 zum Abt von St. Rufus gewählt.

Sein Reformeifer rief jedoch bald Widerstände und Misshelligkeiten hervor, die dadurch verschärft wurden, dass er Ausländer war. Ein Streit mit den Kanonikern seines eigenen Hauses war nicht mehr zu vermeiden. Es kam zu Klagen beim Papst und Nicholas Breakspear wurde nach Rom zitiert. Papst Eugen III., der 1145 den Thron bestiegen hatte – selbst Mönch, Zisterzienser und einstiger Novize bei Bernhard von Clairvaux –, waren die Tüchtigkeit und der Reformeifer des Abtes von St. Rufus nicht unbekannt geblieben. Durch die herausragende Rechtfertigung seines Verhaltens und Gespräche, die er mit Nicholas Breakspear führte, erkannte der Papst dessen Talente und befreite ihn aus seiner unhaltbar gewordenen Lage, indem er ihn 1149 zum Kardinalbischof von Albano berief. Wie sehr Papst Eugen III. Nicholas Breakspear schätzte, lässt sich daraus entnehmen, dass er ihn im Jahr 1150 mit einer wichtigen Legation für die nordischen Reiche betraute. Am erfolgreichsten war sein Wirken in Norwegen; dort verhalf er der Kirche schon bald zur Selbstständigkeit. In Schweden jedoch gelang ihm die Einigung zwischen den Nordländern und Goten vorerst nicht.

Als Nicholas von dieser nordischen Mission zurückkam, lebte Papst Eugen III. nicht mehr. Er war kurz zuvor, am 8. Juli 1153 zu Tivoli gestorben. In dem hoch betagten Kardinalbischof Konrad, einem Römer von Geburt, gaben die Kardinäle Eugen III. einen Nachfolger, der sich Anastasius IV. nannte. Ihm war nur ein Pontifikat von kaum eineinhalb Jahren beschieden. Schon am Tage nach dem Tod des greisen Anastasius IV. erfolgte die Neuwahl. Sie fiel auf den Kardinalbischof von Albano, Nicholas Breakspear. Die Kardinäle, die ihn am 4. Dezember 1154 als Papst Hadrian IV. einsetzten, waren von seiner willensstarken, zielbewussten Persönlichkeit überzeugt, die zu entschiedenem Vorgehen geneigt und entschlossen war, das Ansehen und die Macht des päpstlichen Stuhles zu wahren und zu vergrößern.

In mehreren Gesprächen, die Christina von Markyate als äußerst notwendig erachtete, gab sie fast alles, was ihr von Nicholas Breakspear bekannt war, an Abt Robert de Gorham weiter. So war er mehr als gut gerüstet für seine bevorstehende Italienreise. Christina hatte in weiser Voraussicht für einen versöhnenden Gruß von St. Albans gesorgt, den Robert in Form kostbarer Geschenke Papst Hadrian persönlich überreichen sollte. In kunstvoller mühseliger Nadelarbeit hatte Christina drei Mitren – Kopfbedeckungen und Würdezeichen der Bischöfe – und ein paar Sandalen gefertigt und kostbar bestickt. Die Mitren, dic sie zu Prunkstücken der Pontifikalbekleidung ausgestattet hatte, und die erlesenen, mit Geschicklichkeit verzierten Sandalen sollte Abt Robert de Gorham dem Papst als besondere Gabe der Versöhnung von der Abtei St. Albans überreichen.

Robert de Gorham war jedoch nicht nur bestrebt, Papst Hadrian wieder mit St. Albans zu versöhnen, sondern sein Hauptanliegen bestand darin, eine Erklärung zu erwirken, die die Abtei St. Albans vom Bischof von Lincoln und jedem anderen Bistum unabhängig machte. Christinas Segenswünsche, ihre Gebete und Meditationen begleiteten ihn.

Zur Abfahrt waren die Pferde gerüstet und das Geld sowie die sonstigen Mittel bereit gestellt. In Begleitung von drei Bischöfen bestieg Robert de Gorham das Schiff zur Überfahrt nach Frankreich. Unterwegs erhob sich ein gewaltiger Sturm, das Schiff drohte zu kentern und große Angst überfiel die Reisenden ebenso wie, als die See reißender wurde, die Schiffsleute. In seiner Bedrängnis gedachte Robert des fürbittenden Gebetes von Christina und flehte selbst den Heiligen Alban um Rettung an. Mit knapper Not entkamen sie einem Schiffbruch; die See beruhigte sich. Sie konnten wohlbehalten in der Normandie landen und ihre Reise an Land ungehindert fortsetzen.

Als sie unbeschadet in Italien und dann in Rom angekommen waren, musste die englische Delegation mit Abt Robert de Gorham in das südlich von Rom gelegene Benevent weiterreisen, wo sich Papst Hadrian IV. aufhielt. Auf dem Weg freute sich Robert besonders darüber und sah darin ein gutes Vorzeichen, dass man den Papst als „kraftvollen Engländer" bezeichnete. Als sich endlich der „kraftvolle Engländer" und Abt Robert de Gorham, ein Mann von kühnem Unternehmungsgeist, gegenüberstanden, umgab beide Männer eine herzlich-freundliche Atmosphäre. Der Abt war glücklich darüber, dass er zunächst die ihm von König Heinrich II. anvertraute Botschaft übermitteln und mit dem Papst über diese Angelegenheit verhandeln konnte, bevor er das Gespräch auf die Abtei St. Albans brachte.

Als er ihm die Segenswünsche und die kostbaren Geschenke der Priorin Christina von Markyate, die würdevollen Kopfbedeckungen und die Sandalen, überreichte, war der Papst hoch erfreut. Während Papst Hadrian IV. diese Geschenke für seinen persönlichen Gebrauch dankbar annahm, bat er Abt Robert de Gorham, die weiteren Geschenke aus England unter den Kardinälen zu verteilen. Zu Beginn des nun folgenden Gespräches stellte Abt Robert zu seiner großen Freude fest, dass der Papst ohne Vorbehalte gegen die Abtei St. Albans war. Im Gegenteil: Papst Hadrian IV., der St. Albans längst verziehen hatte, schien offensichtlich eine besondere Liebe in seinem Herzen für dieses Kloster zu hegen. Und zum größten Erstaunen des Abtes griff der Papst die Erfahrungen, die er in seiner Jugend in St. Albans gemacht hatte, scherzhaft auf und sprach sogar über die Zurückweisung, die er auch dann erfahren habe, als er als Nicholas Breakspear erklärte, Mönch von St. Albans werden zu wollen.

Diese glücklichen Umstände, die Abt Robert nicht erwartet hatte, und vor allem die Hoch- und Wertschätzung der Abtei durch den Papst schafften gute Voraussetzungen, die erhoffte Unabhängigkeitserklärung anzusprechen. So gelang es Abt Robert de Gorham ohne weiteres und leicht, diese zu erhalten.

Die Begeisterung und Freude, mit der Abt Robert de Gorham von dem Papstbesuch in Benevent zurück nach England kam, ist kaum zu beschreiben. Als Erstes berichtete er im Kapitelhaus von St. Albans seinen Mönchen von den Privilegien, die Papst Hadrian IV. urkundlich der Abtei und dem jeweiligen Abt eingeräumt hatte. Dieses Jahr 1155 ging in besonderer Weise in die „Gesta Abbatum" und in die Geschichte von St. Albans ein.

Geheimer Abschied

König Heinrich II., der die Priorin Christina von Markyate in besonderer Weise verehrte und wertschätzte, blieb nicht verborgen, dass viele entscheidende Geschicke, die das Kloster St. Albans – aber auch die gesamte Kirche Englands –

betrafen, von dieser herausragenden Frau mitbestimmt wurden. Christina hielt sich zwar in der Öffentlichkeit zurück, doch empfing sie zu Gesprächen in Markyate bekannte und einflussreiche Persönlichkeiten, die sowohl in der Kirche als auch in der Politik Englands eine große Rolle spielten.

Christina stand somit mit beiden Füßen in dieser Welt und lebte gleichzeitig aus einer den meisten Menschen verborgenen Welt, aus der sie ihr geistiges Leben, ihre Einsichten und Lebensweisheiten empfing. Zu den Quellen, aus denen sie schöpfte, über die sie jedoch niemals sprach, gehörten die Liebe zu Geoffrey, die auch über seinen Tod hinaus währte, und das aus ihrer Liebe entstandene, die jenseitige Welt berührende Buch: der Albani-Psalter.

Um ihnen Kraft und Bestätigung zu geben, ließ Christina ihre Besucher oft in dieses Buch des weltlichen und zugleich des ewigen Lebens schauen, um über Gesehenes und Gelesenes mit ihnen zu sprechen.

Das Licht, das den Einsiedlermönch Roger nach Markyate geführt hatte und das durch Christina bis in die Herzen und Taten vieler Menschen leuchtete, konnte nicht verborgen bleiben. Zu den vielen Anerkennungen, die Christina in ihrer Bescheidenheit und Klugheit dahin lenkte, wo sie am notwendigsten gebraucht wurden, gehörte eine außerordentliche Gabe, die sie aus den Händen des Königs empfing: Im Jahr 1156 erhielt Christina für das Priorat von Markyate eine königliche Zuwendung von fünfzig Shilling.

Bis zu ihrem Tod bestand ihre große Aufgabe darin, Menschen hilfreich Wege zu einem erfüllten Leben zu weisen, wobei ihr besonders die Menschen sehr nahe standen, die durch die Macht anderer unterdrückt und verletzt wurden. Unermüdlich setzte sich Christina von Markyate für die Würde der Frau, ihre Förderung und ihre Weiterbildung ein sowie für diejenigen, die durch kirchliche Macht und Gesetze zu etwas gezwungen wurden, was weder ihrer Natur noch dem göttlichen Gesetz entsprach.

In welchem Jahr Christina von Markyate diese Welt verlassen hat, ist nicht bekannt. Die Anerkennung des Königs Heinrich II. empfing sie im Jahr 1156 noch aus seinen Händen. Ob jedoch Abt Robert de Gorham seine überaus große Freude, die er vom Konzil von Tours im Jahr 1163 mit nach England brachte, noch mit Christina teilen konnte, ist ungewiss.

Auf diesem Konzil wurde St. Albans weltweit als erste und richtungsweisende Abtei Englands bestätigt. Abt Robert de Gorham wurde daher zum Repräsentanten aller englischen Äbte ernannt und konnte somit auf das Konzilsgeschehen großen Einfluss nehmen. Nach England zurückgekehrt, nahm er vom König persönlich eine Urkunde in Empfang, die dokumentierte, dass auch von königlicher Seite der Benediktiner-Abtei St. Albans umfassende Freiheiten gewährt wurden.

Als Abt Robert de Gorham im Oktober des Jahres 1166 starb, lebte die Priorin Christina von Markyate nicht mehr.

Zwei Bücher überleben und tragen

D*as Leben der Christina von Markyate,* aufgeschrieben von Abt Geoffrey de Gorham, wie auch das wunderbare Geschenk an die Priorin von Markyate, der Albani-Psalter, überdauerten die Zeiten.

Nach Christinas Tod blieb der Albani-Kodex bis zur Auflösung des Priorates zur geistlichen Erbauung der Benediktinerinnen in Markyate. Im Kalender des Psalters entdeckten die Schwestern viele Einzelheiten, die ihnen das Leben ihrer Gründerin näher brachten und es erhellten. Die Aufzeichnungen über Christina beendete Abt Geoffrey im Jahr 1142; so konnte der Konvent von Markyate über diese Zeit hinaus durch die Kalendereintragungen im Albani-Psalter Ereignisse im Leben ihrer Priorin weiter verfolgen. Neben vielen persönlichen Vermerken trug Christina unter dem 11. Januar den Sterbetag ihres Vaters Autti und unter dem 7. Juni den Sterbetag ihrer

Mutter Beatrice ein. Es ist anzunehmen, dass sich Christina nach den nicht einfachen Auseinandersetzungen mit ihren Eltern in späterer Zeit wieder mit ihnen versöhnte.

Die Biographie der Christina von Markyate wurde in den Folgejahren mehrere Male im Scriptorium von St. Albans abgeschrieben. Eine Abschrift befand sich im Benediktinerinnen-Priorat von Markyate, eine andere gehörte zum festen Bestandteil der Bibliothek von St. Albans und war unter dem Titel zu finden: *Das Leben der Christina von Markyate. Geschrieben von einem Mönch aus St. Albans.*

Aus dem 14. Jahrhundert ist bekannt, dass Abt Thomas de la Mare seinen Mönchen nahe legte, die Biographie über die Einsiedlerin von Markyate zu lesen. Bevor im Jahr 1349 Thomas de la Mare zum Abt von St. Albans gewählt wurde, war er ab 1341 Prior von Tynemouth. Dieses Priorat in Northumberland war im Jahr 1093 gegründet worden von Graf Robert de Mowbray, der später als Mönch in das Kloster St. Albans eintrat. Der Prior Thomas de la Mare war sich der geschichtlichen Tradition von Tynemouth bewusst und bestrebt, mit seinen Mönchen eine hohe geistliche Kultur nach benediktinischen Vorbildern zu leben, zu denen auch Christina von Markyate gehörte.

Als Abt von St. Albans fand er größere Möglichkeiten, *Das Leben der Christina von Markyate* zu verbreiten. In den Zeiten der Pest hatte Abt Robert de la Mare das zur Abtei gehörende Haus in Redbourn als Erholungsstätte für kranke Mönche bestimmt. So gab er zum Beispiel sechzehn Mönchen, die er nach Redbourn schickte, unter anderen Büchern auch die Biographie von Christina mit auf den Weg.

Wahrscheinlich handelt es sich um dieses Exemplar, das heute zu den wertvollen Handschriften – durch einen Brand leider stark angesengt – des Britischen Museums in London gehört. Dort ist *Das Leben der Christina von Markyate. Geschrieben von einem Mönch aus St. Albans* einsehbar unter *Cotton Tiberius E 1.*

„C“ wie „Christina“

Alle, die Einblick in den Albani-Psalter nehmen, finden einfach kein Ende – selbst wenn die Öffnungszeiten der Bibliothek längst überschritten sind. Sie sagen, dass Sie die Geschichte der Christina von Markyate gelesen haben und nun den Psalter einsehen möchten. Da ich schon seit Jahren für die Handschriften zuständig bin, kann ich sagen, dass fast alle Besucher von einem ganz besonderen Eindruck sprechen, den der Albani-Psalter bei ihnen hinterlässt. Vielleicht machen Sie auch eine derartige Erfahrung. Ich lasse Sie mit dem Psalter allein, doch bitte ich Sie, sich nur Notizen mit dem Bleistift zu machen und die Seiten so wenig wie möglich zu berühren.“

„Ich bin vor allem wegen der Miniaturen gekommen. Können Sie mir einen ‘Schlüssel’ zum Einstieg geben, damit ich das, was die Bilder aussagen, besser verstehen kann?“

„Sehr gern eröffne ich Ihnen einen möglichen Zugang zu den Miniaturen – er ist natürlich subjektiv und entbehrt der Wissenschaftlichkeit: Eine später in die Seite eingefügte Initiale spricht nach meiner Meinung ganz deutlich die Absicht des Malers aus, die er letztlich allen Bildern zugrunde legt. In der nur acht Zentimeter großen C-Initiale auf der Seite 285 sehen Sie Christina in ihrer Mittlerrolle zwischen Himmel und Erde. Obwohl sie ihrem geliebten Geoffrey de Gorham strengstens untersagte, im Buch abgebildet zu werden, hat sie der Maler doch in dieser relativ kleinen Initiale so großartig dargestellt. Das C, in dem Christina erscheint, ist der Anfangsbuchstabe von Psalm 105 *Confitemini Domino* und steht gleichzeitig verborgen für das C in Christinas Namen.

Der Alexis-Meister, der Maler des Psalters für Christina, versteckte die Priorin so geschickt, dass kaum ein Leser sie bemerkt. Sie wollte in Zurückgezogenheit und im Hintergrund leben, doch hier wird sie förmlich von den hinter ihr Stehenden in den Vordergrund gedrängt. Christinas Wesenszüge, nicht hervortreten und auffallen zu wollen, werden durch die sanfte mittelgrüne Farbe des Hintergrundes symbolisiert, von dem sich ihr gleichfarbiges Obergewand kaum abhebt. Ihr Leben, das trotz größter Schwierigkeiten immer neu von Hoffnung getragen war, bestand darin, für andere da zu sein. Ihr spirituelles Leben – lebendig, glühend, liebend – spiegelt das rotfarbene Untergewand wider. Beide Hände hält Christina, ohne sich umzuschauen, geöffnet für das ihr Entgegenkommende. Sie ist bereit zu empfangen, was auch immer ihr vom Schicksal ausgehändigt wird.

Abt Geoffrey und drei Mönche aus dem Benediktiner-Kloster von St. Albans geben ihr Rückhalt. Als Abt unterscheidet Geoffrey sich von den anderen Mönchen durch den braunen Saum an den Ärmeln und der Kapuze seines schwarzen Habits. Geoffrey weiß um das auf sie Zukommende. In ihrem Glauben ist es der kommende Christus, auf den der Abt seine geliebte Christina eindeutig durch die Geste seiner rechten Hand aufmerksam macht. Zudem ermutigt er sie zum nächsten Schritt, indem seine linke Hand dem Gehen Nachdruck verleiht.

Alle stehen mit wachen und großen Augen staunend vor dem Unnennbaren. Sie spüren die Gegenwart der göttlichen Liebe in ihren Herzen, doch für ihre Augen ist sie verborgen. Die weiße Trennlinie zwischen den vier Menschen und dem, der aus dem überhellen Licht des blauen Firmamentes auf sie zukommt, drückt die Begrenztheit der sinnlichen Wahrnehmung und des menschlichen Fassungsvermögens aus. Die nach rechts offene C-Initiale lässt den Himmel grenzenlos erscheinen, den Himmel, der sich in diesem Augenblick der Erde zuneigt, um sie aus der Dunkelheit ins Licht zu führen und ihr inmitten der Begrenzungen das Unbegrenzte bewusst zu machen.

Hier, in dieser Begegnung zweier Welten, finden Sie den Schlüssel zu allen Bildern des Alexis-Meisters. Wenn der Mensch es versteht, sich diesem liebenden Entgegenkommen zu öffnen, wird ihm Transzendenzerfahrung geschenkt, die in Gotteserfahrung übergeht. Christina gehört als Mystikerin zu diesen begnadeten Menschen, zu denen wir, unserer eigentlichen Natur entsprechend, alle gehören. Wie hätte der Maler die Bewegung der menschlichen Seele schöner darstellen können als durch die offenen, erhobenen und empfangsbereiten Hände? Wenn Sie noch einmal auf das Bild schauen, erleben Sie eine grenzüberschreitende Handbewegung Christinas. Ihre rechte Hand reicht über die weiße Trennlinie hinaus in die unendliche Sphäre des Firmamentes. Dieser bescheidenen Frau schenkt sich eine wesentliche Begegnung.

Damit der Betrachter der Albani-Bilder, die für ihn Wegweisung zum Leben sein wollen, keine Angst vor dem Überschreiten der Grenzen hat, kommt ihm, im Bild als Christus, die Liebe des Schöpfers entgegen. Christina von Markyate konnte in ihrer Zeit diese mystische Erfahrung an geliebte und ihr nahe stehende Menschen weitergeben. Der Albani-Psalter ist daher ein Buch, das nichts von seiner Aktualität verloren hat, denn so lange wir in dieser Welt stehen, wird uns immer neu eine Sehnsucht nach einem verborgenen Geheimnis der Liebe erfüllen.

Für mich ist das besonders Ergreifende an dieser Initiale, dass die schöpferische Kraft keine Grenzen kennt und auf der anderen Seite der Mensch fähig ist, auf das ihm Entgegenkommende hin selbst Grenzen zu überschreiten. Christina von Markyate gehörte zu diesen Menschen, die aus eigener Lebens- und Liebeserfahrung anderen den Weg weisen können. Die Initiale legt den Betrachter nicht fest; sie führt in eine Weite. Der kräftige Wuchs der Akanthusblätter, die zwar zueinander streben, gleichzeitig aber alles für alle offen lassen, unterstreicht diese ungeahnte Weite.

Nun möchte ich Sie mit diesem wunderbaren Erlebnis des Schauens allein auf die Reise schicken …“

C-Initiale aus dem „Psalter der Christina von Markyate“